KITE

J.A. KONRATH
BLAKE CROUCH

amazon crossing

Das Buch

Leutnant Jacqueline »Jack« Daniels ist den schlimmsten und schrecklichsten Schurken begegnet. Sie hat gute Freunde verloren und mehrmals dem Tod ins Auge geblickt. Aber bisher hat sie immer über das Böse gesiegt. Luther Kite ist einer dieser schlimmsten und schrecklichsten Schurken. Er hat ungeheure Gräueltaten begangen und aus schierem Vergnügen gemordet. Von allen Bösewichtern ist er der schlimmste, und niemand hat es bisher geschafft, ihm das Handwerk zu legen. Jack und Luther gehören zu den Besten auf ihrem Gebiet. Keiner kann ihnen das Wasser reichen. Bis jetzt ... Luther hat bisher stets die Erfahrung gemacht, dass die Menschen schwach sind. Selbst die Starken und Mutigen lassen sich zu leicht brechen. Er sucht nach einer Herausforderung und nimmt Jack ins Visier. Diese steht kurz davor, ein Baby zur Welt zu bringen, und ist daher höchst verwundbar. Jack war schon immer eine Kämpfernatur, hatte aber noch etwas, für das es sich zu kämpfen lohnte. Luther errichtet deshalb etwas ganz Besonderes für Jack: seinen privaten neunten Kreis der Hölle – eine Welt wie aus einem Albtraum, ein Ort, von dem bisher noch niemand fliehen konnte.

Die Autoren

J.A. Konrath ist Autor der Jack-Daniels-Thriller-Serie, die aus über siebzig Kurzgeschichten besteht und bereits in elf Sprachen übersetzt wurde. Als Jack Kilborn veröffentlichte er die Horror-Romane »Angst«, »Trapped« und »Endurance«. Unter seinem Pseudonym Joe Kimball schreibt er auch Science-Fiction-Bücher. Bis heute hat Konrath weltweit mehr als 500 000 E-Books verkauft. Über ihn wurde bereits in *Forbes*, *Wall Street Journal* und *Newsweek* berichtet.

Blake Crouch hat über ein Dutzend Thriller, Mystery- und Horror-Romane geschrieben, die allesamt Bestseller wurden. Seine Kurzgeschichten sind in zahlreichen Sammelbänden, *Ellery Queen's Mystery Magazine*, *Alfred Hitchcock's Mystery Magazine* und vielen anderen Publikationen erschienen. Es ist geplant, »Serial« (mit J.A. Konrath) und »Abandon« zu verfilmen. Crouch lebt in Colorado.

J.A. KONRATH
BLAKE CROUCH

KITE

THRILLER

Übersetzt von Peter Zmyj

amazon crossing

Die Originalausgabe erschien 2011 unter dem Titel »Stirred« bei
Thomas & Mercer, Las Vegas.

Deutsche Erstveröffentlichung bei
AmazonCrossing, Luxembourg, April 2013

Umschlaggestaltung: Carl Graves, Chicago
Lektorat: Simon Jaspersen
Satz: infidia Textservice und Lektorat, Würzburg

Printed in Germany
by Amazon Distribution GmbH, Leipzig

ISBN 978-1-477-80526-8

www.amazon.com/crossing

Inhalt

Einleitung

Kite ist ein in sich abgeschlossener Roman, für dessen Verständnis die Lektüre der vorangegangenen Werke von Blake Crouch und J.A. Konrath nicht notwendig ist. Der Band bildet den Abschluss zu der Jack-Daniels-Serie von J.A. Konrath und der Andrew-Z.-Thomas/Luther-Kite-Serie von Blake Crouch.

In der E-Book-Version von *Kite* stößt der Leser gelegentlich auf Querverweise in Form von unterstrichenen Hyperlinks. Diese treten dann auf, wenn eine Figur das erste Mal in Erscheinung tritt oder wenn eine Stelle in der Handlung sich auf einen vorangegangenen Roman eines der Autoren bezieht. Klickt der Leser diesen Link an, gelangt er zu einem kurzen Hinweis zu der Figur oder dem betreffenden Roman. Auf diese Weise erhalten interessierte Leser zusätzliche Informationen zu vorangegangenen Ereignissen. Dieses Zusatzmaterial ist jedoch nicht unbedingt für das Verständnis der Handlung in *Kite* erforderlich.

Unser Ziel ist vielmehr, dem Leser einen vollständigen Überblick zu unserem Gesamtwerk zu bieten. Das E-Book-Format macht dies auf eine Art und Weise möglich, die in herkömmlichen Büchern undenkbar gewesen wäre.

Wir hoffen, dass diese innovative Funktion Ihr Lesevergnügen erhöht und Ihnen einen umfassenden Einblick in unser Gesamtwerk bietet.

Blake Crouch und J.A. Konrath

Erster Teil

»Es war in unseres Lebensweges Mitte,
als ich mich fand in einem dunklen Walde,
denn abgeirrt war ich vom rechten Wege.«

Dante Alighieri, *Die Göttliche Komödie*

31. März

Jessica Shedd
31. März, 1:45 Uhr

Er war überhaupt nicht ihr Typ.

Es fing schon damit an, dass er zu alt war. Sie schätzte ihn auf fünfundvierzig oder sechsundvierzig – fast fünfzehn Jahre älter als sie – und mit langhaarigen Typen ließ sie sich grundsätzlich nicht ein. Schuld daran war wohl die Tatsache, dass sie sich insgeheim immer noch dafür schämte, Anfang der Neunzigerjahre ein Fan von Michael Bolton gewesen zu sein.

Was noch schlimmer war: Er hatte auf die übliche Masche verzichtet.

Hatte sich einfach nur hinter den freien Stuhl neben ihr gestellt und gefragt: »Stört es Sie, wenn ich mich hier hinsetze?«

Und trotz alledem saß sie fast vier Stunden später immer noch an der Bar im Publican, wo sie mit dem Typen in ein reges Gespräch vertieft war und sich von ihm zu einem weiteren Glas von dem vorzüglichen Sauvignon Blanc aus Neuseeland einladen ließ, den sie schon den ganzen Abend getrunken hatte.

Als der Barkeeper ihr gerade ein frisches Glas hinstellte und ihr einschenkte, gab sie Robs Augen die Schuld daran, dass sie sitzen geblieben und nicht einfach unter dem Vorwand, auf die Toilette zu müssen, verschwunden war – ein Trick, den sie in der Vergangenheit immer wieder benutzt hatte. Natürlich waren Robs Augen schwarz und strahlten eine gewisse Intensität aus, aber das war nicht alles – sie verrieten auch, dass der Mann, dem sie gehörten, gut zuhören konnte. Einem Mann wie ihm war sie schon eine Ewigkeit nicht mehr begegnet. Die Loser, die sie sonst immer anbaggerten, sahen vielleicht auf den ersten Blick besser aus – mit ihren Tausend-Dollar-Anzügen, dem Kölnischwasser und all dem metrosexuellen Schnickschnack, mit dem ein erfolgreicher Single-Mann in Chicago zu protzen pflegte –, aber dafür waren sie fast alle farblose Langweiler, die sich nur für sich selbst interessierten.

Werbefuzzis, Anwälte, Manager und hin und wieder ein Investmentbanker – sie alle meinten, dass Frauen wie sie nichts anderes im Sinn hatten, als sich jedes noch so kleine Detail über ihre neuen Sportboote und Chalets in Aspen anzuhören oder darüber, was für einen gewaltigen Kick es ihnen gab – *»Wie eine Droge, wie Sex, weißt du, was ich meine, Baby?«* –, das zu tun, was immer sie mit dem Geld anderer Leute machten.

Nein, Rob war anders.

Die meisten Abende, an denen sie ausging und nach einem passenden Partner suchte, redete sie nur wenig. In der Regel saß sie nur da, nippte an ihrem Wein und hörte höflich zu, bis sie es keinen Augenblick länger aushielt, Interesse zu heucheln.

Aber heute Abend war *sie* diejenige gewesen, die die meiste Zeit geredet hatte, und er schien aufrichtig an ihr interessiert gewesen zu sein, als sie ihm von ihrem Job als Sachbearbeiterin bei einer Versicherung erzählte.

Er hatte intelligente Fragen gestellt, und zwar nicht nur darüber, was sie gegenwärtig machte, sondern wo sie in fünf oder zehn Jahren sein wollte.

Und er sah gar nicht mal schlecht aus.

Klar, er hätte sich für einen Laden wie diesen etwas besser anziehen können. Andererseits verstärkten die verwaschenen Jeans, schwarzen Cowboystiefel und das karierte Flanellhemd die Signale, die Rob aussendete.

Er war echt.

Sie hatte einen Typen vor sich, der ihr nichts vorspielte und der wahrscheinlich aus dem gleichen Grund unterwegs war wie sie – um jemanden kennenzulernen, der ein wenig Abwechslung in ihren unsäglich eintönigen Alltag brachte.

Der Barkeeper, ein junger Mann mit Piercings und Tätowierungen, der gerade mal alt genug aussah, dass er Alkohol ausschenken durfte, blieb vor ihnen stehen und sagte: »Ich wollte Ihnen nur Bescheid sagen, dass wir in zehn Minuten schließen. Kann ich Ihnen noch etwas bringen?«

Rob warf Jessica einen Blick zu. »Noch ein Glas, bevor man uns vor die Tür setzt?«

Jessica sah auf ihr Weinglas. Ein bisschen war noch drin, aber gegen ein Glas mehr hatte sie nichts einzuwenden – zumal die Maracuja-Limetten-Cocktails, die sie zwischendurch getrunken hatte, allzu leicht die Kehle heruntergegangen waren. Aber sie wollte nicht bei ihrem ersten Date den Eindruck erwecken, sie sei eine Trinkerin.

»Danke, ich hab genug für heute.«

Rob beglich die Rechnung mit einem dicken Bündel Scheinen. Dann stand er auf und half ihr in die gebrauchte Martin-Margiela-Jacke. Es war ihr immer noch peinlich, wenn sie daran dachte, was sie dafür bezahlt hatte.

»Danke, Rob«, sagte sie.

»Es war mir ein Vergnügen, Jessica.«

Als sie durch das leere Restaurant schritten, wo die Kellner bereits die Tische für den morgigen Tag neu deckten, sah sie den peinlichen Augenblick kommen. In zehn Sekunden würden sie draußen auf dem Gehsteig stehen, und dann drängte sich die Frage auf, ob der Abend schon vorbei war oder erst beginnen würde.

Sie hatte nicht vor, gleich mit ihm ins Bett zu gehen – so viel stand fest.

Aber vielleicht noch schnell auf einen Absacker zu ihm oder zu ihr? Da war doch wirklich nichts dabei.

Rob hielt ihr die Tür auf, und schon waren sie draußen in der kühlen Frühjahrsnacht.

Jessica blieb am Straßenrand stehen und steckte die Hände in die Taschen ihrer Jacke. Unentschlossen hielt sie nach einem Taxi Ausschau, nicht sicher, ob sie überhaupt eins brauchte.

»Ich bin wirklich froh, dass ich Sie spontan gefragt habe, ob ich mich zu Ihnen setzen darf«, sagte Rob.

»Mir geht's genauso«, sagte Jessica. »Das war wirklich ein netter Abend.«

Komm schon, mach weiter. Ich hab dir doch schon ein deutliches Signal gesendet. Wenn ich gewollt hätte, dass unser Date zu Ende ist, hätte ich längst gute –

»Hätten Sie vielleicht Lust auf einen kleinen Nachtspaziergang?«

Rob hielt ihr seinen Arm hin. Es war seine bisher kühnste Geste, und sie wurde weich dabei.

»Das klingt verlockend.« Sie hängte sich bei ihm ein und spürte die Muskeln unter seinem Hemd.

»Ich dachte mir, wir könnten vielleicht runter zum Fluss gehen«, schlug Rob vor. »Da ist es nachts immer so schön.«

Sie gingen auf der West Fulton Street nach Osten. Am Nachthimmel über ihnen glänzten die Wolken im Schein der Großstadtlichter.

»Es ist schon witzig«, sagte Rob, als sie unter dem Kennedy Expressway hindurchgingen, »wenn man bedenkt, dass ich jetzt an drei Montagen hintereinander abends ausgegangen bin, und Sie sind die erste Frau, die mich eingeladen hat, dass ich mich zu ihr setze.«

»Und ich bin froh, dass ich es getan habe«, sagte Jessica. »Ich geh auch oft aus.«

»Allein?«

»Ja. Es ist halt … na ja, Sie wissen schon … nicht leicht, Leute kennenzulernen.«

»Die *richtigen* Leute.«

»So ist es.« Sie lachte. »Die meisten sind total oberflächlich.«

»Es ist fast schon 'ne Seuche«, sagte Rob. »Die Leute sagen nie, was sie wirklich denken. Jeder macht heutzutage den anderen was vor.«

»Das sehe ich ganz genauso, Rob.«

Die Straßen waren ruhig und verlassen. Nur hin und wieder taumelten ein paar übrig gebliebene Nachtschwärmer aus Kneipen und hielten nach ihren Autos oder einem Taxi Ausschau.

Vor ihnen erhob sich die City wie eine leuchtende Bergkette in den Nachthimmel und Jessica konnte den Fluss riechen. Vom Wasser wehte eine feuchtkalte Brise zu ihnen herüber.

Als sie die North Canal Street entlanggingen, sah der Fluss wie flüssiges Glas aus.

Sie bogen in die Kinzie Street, die über den Fluss führte. Mitten auf der Brücke blieb Rob stehen, und sie lehnten sich ans Geländer und sahen zu, wie das Wasser unten vorbeifloss.

Die Lichter der City glitzerten im Dunkeln.

Ein angenehmer, stiller Augenblick, dachte sie. Dass sie so etwas bei ihrem ersten Date erleben durften, war vielleicht kein schlechtes Omen.

Rob deutete auf die alte Kinzie-Street-Eisenbahnbrücke. »Haben Sie die schon mal aus nächster Nähe gesehen?«, fragte er. »Ich meine vom Ufer aus?«

»Ich bin noch nie zu Fuß auf die andere Seite gegangen.«

»Na, dann wird es aber Zeit.«

»Im Ernst?«

»Ja, gehen wir.«

Er nahm sie fest an die Hand. Den Rest der Strecke über die Brücke legten sie in einem schnelleren Tempo zurück und liefen dann die Flusspromenade entlang nach Süden. Er ging zügig und zielstrebig, und Jessica musste sich Mühe geben, mit ihm Schritt zu halten.

»Sind Sie sicher, dass man hier entlanggehen darf?«, fragte sie.

»Na klar. Wir haben die Stadt ganz für uns allein.«

Es war bereits Viertel nach zwei, als sie am Fuß der historischen Eisenbahnbrücke ankamen, einer beweglichen, klappbaren Konstruktion, die in einem Fünfundvierzig-Grad-Winkel über dem Chicago River in den Himmel ragte.

In der Ferne ertönten Sirenen von Polizei- oder Rettungsfahrzeugen, aber ansonsten war die Stadt ungewöhnlich still.

Wie die Ruhe vor einem Schneesturm.

Mit Ausnahme eines weißen Lieferwagens, der neben dem Fußweg parkte, war nirgendwo in der Nähe ein Fahrzeug zu sehen.

Rob legte seinen Arm um sie.

Sie neigte den Kopf zur Seite und ließ ihn auf seiner Schulter ruhen. In diesem Augenblick verspürte sie ein starkes Bedürfnis, ihn zu küssen. Jetzt war die perfekte Gelegenheit dafür – wie sie da am Flussufer standen und das Gefühl hatten, als wären sie die einzigen Menschen, die in dieser tollen Stadt noch wach waren.

Er starrte zu den Stahlträgern der Brücke empor. Jetzt musste sie ihn nur noch dazu bringen, sie anzusehen, und dann musste es einfach passieren.

Die perfekte Art und Weise, einen wunderschönen Abend ausklingen zu lassen.

»Woran denken Sie gerade?«, fragte sie. Sie konnte ihr Herz klopfen hören – es war schon über ein halbes Jahr her, seit sie zum letzten Mal einen Mann geküsst hatte.

Endlich sah Rob ihr ins Gesicht.

»Ich hab mir gerade überlegt«, sagte er, »wie toll es wohl aussieht, wenn Sie vom Ende dieser Brücke über dem Wasser hängen.«

Ihr leichter Rausch verschwand mit einem Schlag.

Sie starrte Rob erschrocken an und ließ sich das, was er soeben gesagt hatte, noch einmal durch den Kopf gehen. Bestimmt hatte sie sich verhört. Aber dann spürte sie, wie er sie fester an der Schulter packte.

»Sie fragen sich jetzt sicher, ob Sie richtig gehört haben, oder, Jessica?«

Plötzlich spürte sie einen starken metallischen Geschmack im Mund und ihr Herz pochte wie verrückt. Ihre Brust zog sich zusammen und aus ihren Beinen wich jegliche Kraft.

»Ich sag's Ihnen gerne noch mal«, fuhr er fort. »Ich sagte, es muss wirklich toll aussehen, wenn Sie vom Ende dieser Brücke hängen.«

»Rob …«

»Das ist nicht mein richtiger Name. Mir wäre es lieber, wenn Sie Luther zu mir sagen. Luther Kite. Vielleicht haben Sie ja schon von mir gehört? Ich hab jede Menge Leute umgebracht.«

Ihr Schrei dauerte weniger als eine Sekunde, dann hielt er ihr den Mund zu. Alles geschah so schnell und mit einer geballten Wucht, und bevor sie sich versah, hatte er sie schon in den Schwitzkasten genommen und zerrte sie in die Dunkelheit am Fuß der alten Eisenbahnbrücke.

Pfefferspray. Ich hab Pfefferspray dabei.

Die Dose war in ihrer Handtasche, wahrscheinlich ganz unten. Sie hatte das Ding kein einziges Mal angerührt, seit sie es vor zwei Jahren gekauft hatte, gleich nach diesem Selbstverteidigungskurs, den sie damals mit Nancy und Margaret besucht hatte.

Er zerrte sie in die Dunkelheit, und Jessica spürte, wie er sie gerade mal für zwei Sekunden hochhob. Dann prallte sie mit dem Rücken hart auf dem Boden auf und bekam keine Luft.

Sterne tanzten vor ihren Augen, wahrscheinlich eine Folge

schierer Panik und akuten Sauerstoffmangels, aber zum Glück konnte sie ihren linken Arm bewegen. Sie tastete nach ihrer Handtasche und bekam den Reißverschluss mit zwei Fingern zu fassen. Gerade als sie ihn öffnete, flüsterte er ihr ins Ohr: »Hören Sie auf zu schreien, Jessica. Haben Sie mich verstanden?«

Hektisches Kopfnicken.

»Wenn Sie schreien, wird alles nur noch schlimmer. Viel schlimmer sogar.«

Sie stieß die Hand in die Tasche, kam aber nicht ganz hinein, weil sie und dieses Monster mit vollem Gewicht darauf lagen.

»Wenn ich meine Hand von Ihrem Mund nehme, versprechen Sie mir dann, dass Sie still sind?«

Sie nickte wieder, während sie gleichzeitig die Pfefferspraydose mit den Fingerspitzen berührte und sich krampfhaft bemühte, das Ding richtig zu fassen zu bekommen. Dabei hämmerte ihr Herz gegen ihre Brust. Selbst wenn sie noch so hart trainierte und ihr Puls dabei auf Hochtouren ging, schlug ihr Herz nicht so schnell wie jetzt.

Der Mann ließ sie los. Sie starrte zu ihm empor, umklammerte die Spraydose und bemühte sich, sie aus der Handtasche zu bekommen.

Er lag immer noch mit vollem Gewicht auf ihr. Plötzlich packte er sie mit einer Hand am Hals und holte mit der anderen etwas aus einer schwarzen Sporttasche, die ihr erst jetzt ins Auge fiel. Er hatte sie vorhin nicht dabeigehabt, was nur bedeuten konnte, dass er sie bereits im Voraus an dieser Stelle platziert haben musste.

»Sie können mit mir machen, was Sie wollen«, sagte sie und versuchte dabei, ruhig zu klingen. »Aber tun Sie mir nichts. Ich flehe Sie an, tun Sie mir nichts. Ich schwöre, dass ich keinem was sage. Ich will nicht sterben.«

Luther packte ihr rechtes Handgelenk und sagte: »Geben Sie mir Ihre Hände.«

Er griff gerade nach ihrer Linken, als sie auf einmal die Pfefferspraydose aus der Tasche bekam.

Sie fand den Druckknopf, hob die Dose mit einer einzigen raschen Bewegung hoch und zielte damit in Luthers Gesicht. Sie drückte auf den Knopf, obwohl sie nicht mit Sicherheit wusste, ob sie das verdammte Ding überhaupt richtig herum hielt. Sie hoffte einfach, dass sie selbst nichts von dem Zeug abbekam.

Ein Strahl Pfefferspray schoss seitlich aus der Öffnung, als der Mann ihr die Dose aus der Hand schlug.

Luther grinste sie an. Jessica war vor Angst so gelähmt, dass sie sich nicht wehrte, als er sie auf den Bauch drehte und ihre Handgelenke mit dickem Kabelbinder fesselte.

Nachdem er sie wieder auf den Rücken gedreht hatte, sagte sie: »Bitte … kann ich irgendwas für Sie tun?«

Sie heulte inzwischen, und der beißende Uringestank kam eindeutig von ihr.

»Passen Sie auf, dass Sie sich nicht übergeben müssen. Sie ersticken dann und verpassen den ganzen Spaß.«

Er griff in die Sporttasche und holte eine Rolle Isolierband hervor.

Riss ein Stück ab und klebte ihr damit den Mund just in dem Moment zu, als sie schreien wollte.

Einen Moment lang konnte sie vor lauter Tränen nichts sehen. Kaum hatte sie sie weggeblinzelt, als sie auch schon ein Messer mit gekrümmter Klinge sah. Irgendwo tief in ihrem Unterbewusstsein kam es ihr vor, als ähnelte die Waffe der Kralle eines Greifvogels.

Sie stöhnte durch das Klebeband und flehte ihn unter verzweifelten Versprechungen an, ihr nichts zu tun.

Er setzte sich auf ihren Bauch. Da ihre Hände rücklings gefesselt waren, konnte sie zappeln, so viel sie wollte – es gelang ihr nicht, ihn abzuwerfen.

Luther warf einen Blick über die Schulter und ließ ihn schnell in beide Richtungen entlang der Flusspromenade wandern.

Sie drehte ihren Kopf ebenfalls zur Seite und konnte durch die Grashalme sehen, dass der Weg immer noch verlassen dalag.

»Ich hab's Ihnen doch gesagt«, meinte er. »Wir haben die Stadt ganz für uns allein.«

Er packte sie am Kinn und drehte ihren Kopf so, dass sie ihn ansehen musste. Sie starrte in seine Augen und versuchte, obwohl es stockfinster war, darin eine Spur von Mitgefühl und Menschlichkeit zu entdecken. Aber sie sah nichts dergleichen.

»Gleich ist es so weit«, sagte er. »Sind Sie bereit?«

Sie schüttelte den Kopf und musste wieder weinen.

»Sie können sich wehren, so viel Sie wollen, es nützt Ihnen nichts. Ihre Tage sind gezählt. Versuchen Sie es mit Würde und Anstand zu nehmen. Wenn es Ihnen ein Trost ist, meine Wahl fiel nicht auf Sie, weil Sie irgendetwas angestellt haben. Sie sind eine nette Frau, und ich bin sicher, dass Sie Rob oder wen auch immer sehr glücklich gemacht hätten. Sie haben einfach nur Pech gehabt, waren nur eine von vielen, die ich beobachtet habe. Wenn eine von den anderen Frauen, die ebenfalls mit Nachnamen Shedd heißen, mir auf den Leim gegangen wäre, wären wir beide uns nie begegnet.«

In ihrem Bewusstsein hatte nur noch ein einziger Gedanke Platz: *Es tut mir leid.* Ihr tat es leid, dass sie bestimmte Dinge im Leben nicht getan hatte, weil ihr der Mut dazu fehlte. Ihr taten die Menschen leid, die sie schlecht behandelt hatte, die Beziehungen, die ihr Stolz zerstört hatte. Ihr tat es leid, dass sie mit ihren Eltern wegen Nichtigkeiten in Streit geraten war. Aber am meisten bedauerte sie die Jahre, die sie mit der Suche nach einem Partner vergeudet hatte, der ihrem Leben einen Sinn gab – wo das doch ihre Aufgabe gewesen wäre.

Die Tränen liefen ihr jetzt in Strömen übers Gesicht. Um Luthers dunkle Augen bildeten sich Lachfalten.

»Ich weinte nicht, also wurde ich innerlich zu Stein«, flüsterte er.

Seine Stimme riss sie aus ihrem Selbstmitleid und nackte Angst ergriff von ihr Besitz. Sie fing zu schreien an und schloss die Augen. Ihre Stimme hallte über den Fluss und ging dann im sanften Plätschern des Wassers unter.

»Morgen wird man über Sie schreiben«, sagte er. »Sie werden berühmt.«

Sie schlug die Augen auf und sah, wie er mit dem Messer auf das Leuchtschild mit der Aufschrift *Chicago Sun-Times* zeigte, das wie eine Neonwolke über ihnen schwebte.

Dann richtete er die Klinge auf sie.

Und die Metzelei begann.

Jack Daniels
31. März, 9:15 Uhr

»Nervös?«

Ich sah zu Phin hinüber, der neben mir im Wartezimmer der Notaufnahme saß, und dann wieder hinunter auf meine Turnschuhe. Dabei tappte ich mit den Zehenspitzen so schnell auf den Boden, dass der Klettverschluss vor meinen Augen verschwamm.

Ich hasste diese Schuhe. Wer Schuhe mit Klettverschluss trug, schrie damit der ganzen Welt ins Gesicht: *»Ich gebe auf! Ist mir doch scheißegal, wie ich aussehe!«*

Aber leider war es so. Ich hatte ein Paar elegante Damenschuhe von Yves Saint Laurent, für die ich vierhundert Dollar hingeblättert hatte, gegen diese billigen Fünfunddreißig-Dollar-Schuhe der Marke Keds eingetauscht, weil meine Füße mittlerweile zu dick waren, als dass sie in Schuhwerk gepasst hätten, das auch nur annähernd sexy aussah.

Schlimmer fand ich jedoch das T-Shirt in der Größe XL, das sich eng um meine Hüften spannte und das ich mir über die kurze Hose gezogen hatte, bei der ich die obersten zwei Knöpfe offen lassen musste. Mein Körper war nur noch ein scheußliches Zerrbild dessen, was er früher einmal gewesen war, und schuld daran war das fremde Wesen, das ich in mir trug.

Ein fremdes Wesen, das noch dazu versuchte, mich umzubringen, als ob es nicht schon reichte, wenn es bloß meine Figur ruinierte.

»Warum sollte ich denn nervös sein?«, erwiderte ich. Es

klang abgehackter und schriller, als mir lieb war. Die Klimaanlage blies lauwarme Luft in den Raum und mir tat von dem Geruch nach Zitronenreiniger der Kopf weh. »Entweder geht es mir wieder besser oder nicht. Wie auch immer, ich seh sowieso wie Humpty Dumpty aus.«

»Du siehst toll aus, Jack.« Phin langte zu mir herüber und ergriff eine meiner verschwitzten Hände.

»Ich hasse es, wenn du das sagst.«

»Ich meine es wirklich so. Du siehst aus wie das blühende Leben.«

Seine blauen Augen strahlten so rein, gesund und liebevoll, dass ich ihm am liebsten in die Fresse gehauen hätte. Ich wandte mich von ihm ab und starrte die anderen Unglücklichen an, die sich im Wartezimmer aufhielten.

Es gab nichts Schlimmeres als die Notaufnahme in einem Krankenhaus. Man traf dort auf spontane Ansammlungen von Menschen, die schlechte Nachrichten und unglückliche Umstände zusammengewürfelt hatten. Nicht, dass es in der Praxis meiner Frauenärztin viel besser war. In ihrem Wartezimmer tummelten sich Frauen, die nur halb so alt wie ich waren und die gerne tratschten. Die erste Frage, die ihnen automatisch über die Lippen kam, lautete stets: »Wie alt sind Sie?«

Alt genug, um zu wissen, dass man so spät im Leben nicht mehr schwanger werden sollte.

Phins Finger strichen zärtlich über meine Hand und tasteten sich verstohlen zu meinem Handgelenk.

Ich zog die Hand weg.

»Wollte nur mal nachsehen«, sagte er.

»Das brauchst du nicht. Deswegen sind wir ja hier, oder?«

Als wir heute Morgen meinen Blutdruck gemessen hatten, war er hundertsechzig zu hundert – gefährlich hoch. Deshalb waren wir jetzt in der Notaufnahme, um meinen Urin auf seinen Eiweißgehalt untersuchen zu lassen und herauszufinden, ob sich meine Präeklampsie verschlimmert hatte. Wenn das der Fall war, würden sowohl Phin als auch meine Ärztin darauf bestehen, die Geburt einzuleiten. Aber bis zu meinem Geburtstermin waren es noch drei Wochen. So sehr ich mich auch danach sehnte, dass das Kind endlich meinen Körper verließ, hatte ich doch eine Riesenangst davor zu gebären.

Trotz meiner achtundvierzig Jahre fühlte ich mich immer noch zu jung dazu, Mutter zu sein. Wenn mir nur noch drei Wochen ohne Kind blieben, würde ich sie auf der Stelle nehmen, auch wenn ich zu nichts anderem imstande war, als den ganzen Tag vor der Glotze zu sitzen und dabei die Füße hochzulegen und gebratene Schweinekrusten zu essen.

»Phin, du hast nicht zufällig ein paar Schweinekrusten dabei?«

Phin hatte im Rahmen der Vorbereitung auf meine Geburt damit begonnen, eine Wickeltasche mit sich herumzutragen. Aber statt eines Vorrats an frischen Windeln befanden sich darin allerhand ungesunde Snacks und ein paar ebenso ungesunde Schusswaffen. Ich war nämlich inzwischen so dick, dass mir mein Schulterholster nicht mehr passte und ich mich nicht mehr so tief bücken konnte, um an das Knöchelholster zu kommen. Phin trug deshalb Waffen für uns beide.

Er kramte in der Tasche herum – ein hässliches Ding mit einem Kermit-der-Frosch-Aufdruck – und fand schließlich eine Tüte Chips. Die waren zwar nicht so gut wie Schweinekrusten, aber zur Not taten sie's auch. Ich riss die Tüte mit den Zähnen auf und bediente mich.

Phin zog sein Handy aus der Gesäßtasche seiner Jeans und blickte mit zusammengekniffenen Augen auf das Display.

»Alles klar«, las er vor. »Wie geht es Mezcal?«

Mein Geschäftspartner, Harry McGlade, hielt draußen vor dem Eingang zur Notaufnahme Wache. Vor einigen Monaten war mir ein ziemlich gefährlicher Mann über den Weg gelaufen und hatte mir gedroht, dass wir uns wiedersehen würden. Harry, Phin und mein alter Partner aus Polizeitagen, Herb Benedict, hatten diese Drohung ernst genommen und beschlossen, rund um die Uhr auf mich aufzupassen. So nobel diese Geste auch war – nachdem wir uns über ein halbes Jahr gegenseitig auf die Zehen getreten waren, hatte ich von meinem Leibwächter-Trio die Schnauze voll. Schlimmer noch war die Tatsache, dass McGlade es sich zur Aufgabe gemacht hatte, sich einen Namen für mein zukünftiges Baby auszudenken. Wegen meines unglücklichen Namens Jack Daniels dachte McGlade, dass mein Kind ebenfalls nach einem alkoholischen Getränk benannt werden sollte.

»Schick ihm ’ne SMS zurück«, sagte ich. »Sag McGlade, lieber nenne ich mein Kind Helga oder Fanny anstatt irgendwas, das mit Alkohol zu tun hat.«

»Ich find Mezcal gar nicht schlecht«, sagte Phin.

»Das hast du bei Brandy auch gesagt.«

»Brandy ist ein cooler Name für ein kleines Mädchen.«

»Klar doch. Warum kaufen wir ihr dann nicht gleich auch so eine Poledance-Stange für ihr Kinderbett, wie man sie in Stripteaselokalen hat?«

Phin lächelte. Er trug einen Zweitagebart, ein weißes T-Shirt und verwaschene Jeans. Letztes Jahr hatte er wegen einer Chemotherapie sämtliche Haare verloren. Obwohl die Nebenwirkungen inzwischen am Abklingen waren, behielt er den Look bei und rasierte sich regelmäßig den Schädel. Jetzt fehlte ihm nur noch ein goldener Ohrring, und er würde wie eine sexy Version von Meister Proper aussehen.

»Ich finde immer mehr Geschmack an dieser Idee mit den Drink-Namen«, meinte er. »Ich sehe mich schon als stolzer Papa, der einen Kinderwagen mit Wodka durch die Gegend schiebt.«

»Das kannst du dir abschminken.«

Ich versuchte, mir Phin mit einem Kinderwagen vorzustellen. Anstatt in einem Park oder einem Einkaufszentrum sah ich ihn vor meinem geistigen Auge, wie er unser Baby in eine Bank schob, eine Pistole aus der Windel hervorholte und den Laden ausraubte. Phin war zehn Jahre jünger als ich, und ich hatte ihn beruflich kennengelernt, als ich noch bei der Polizei war – ich hatte ihn damals festgenommen. Ich hatte zwar das Gefühl, dass er keine krummen Dinge mehr drehte, seit er mich geschwängert hatte, aber hundertprozentig sicher war ich mir da nicht.

Eine Krankenschwester rief meinen Namen auf. Ich erhob mich schwerfällig von dem unbequemen Plastikstuhl und watschelte in eines der Behandlungszimmer, wo man mich aufforderte, ich solle mich ausziehen. Phin musste mir bei den Schuhen helfen. Ich entkleidete mich bis auf meinen mittlerweile viel zu engen Sport-BH und ein gigantisches Paar Oma-Höschen – ein weniger schmeichelhaftes Kleidungsstück gab es wohl kaum. Aber da ich kurz nach dem zweiten Trimenon ohnehin meine ganze Würde verloren hatte, konnte es mir egal sein, wenn Phin mich so sah. Ich ließ mich auf den Untersuchungstisch plumpsen und lag da wie ein gestrandeter Wal, der darauf wartete, wieder ins Meer gerollt zu werden.

Ein gut aussehender Arzt trat durch einen Vorhang. Er hielt einen Ausdruck in der Hand. »Mrs Daniels?«

»Miss«, korrigierte ich ihn. Beinahe hätte ich *Lieutenant* gesagt, aber das war nun doch schon eine Zeit lang her.

»Ich bin Dr. Aguier. Ich habe hier die Ergebnisse Ihres Urintests. Ihr Eiweißgehalt beträgt dreihundertsechzig Milligramm und Ihre Kreatinin-Clearance-Werte sind besorgniserregend hoch.«

Phin verzog das Gesicht. »Das ist schlimmer als zuvor.«

»Haben Sie Kopfschmerzen oder sehen Sie verschwommen?«, erkundigte sich der Arzt.

Ich blinzelte Dr. Aguier an und tat so, als könne ich ihn nicht sehen. »Wer hat das gesagt?«

»Sie hat in letzter Zeit häufig Kopfschmerzen«, verpetzte Phin mich. »Und ein Kribbeln in den Händen und Füßen.«

»Schmerzen im Oberbauch?«

»Noch viel schlimmer als die Schmerzen …« Ich senkte meine Stimme zu einem Flüstern. »Ich glaube, in mir wächst etwas heran.«

»Jack, lass bitte den Blödsinn.« Phil schlug einen strengen, fast schon elterlichen Ton an. Aber ich konnte es nicht lassen. Wenn ich das Ganze ernst nahm, könnte ich meine Heidenangst nicht verbergen.

»Sie sind jetzt in der siebenunddreißigsten Woche«, sagte der Arzt und warf einen Blick auf den Ausdruck. »Hat Ihr Gynäkologe Ihnen empfohlen, die Geburt einzuleiten?«

»Ja«, antworteten Phin und ich gleichzeitig. Doch dann fügte ich hinzu: »Ich werde es nicht tun.«

»Eine Eklampsie ist für Sie und Ihr Baby lebensbedrohend. Hatten Sie in letzter Zeit Krämpfe?«

»Nein«, sagte ich.

»Doch, hatte sie schon«, sagte Phil.

Ich wandte mich zu ihm. »Wann?«

»Gestern Nacht, als du geschlafen hast. Du hast auf einmal ziemlich stark gezittert.«

»Vielleicht war es nur ein Albtraum.«

»Deine Albträume kenne ich. Das war etwas anderes. Du wurdest am ganzen Körper stocksteif, und dann hattest du …« Er ließ den Satz unvollendet.

»Dann hatte ich was?«

»Du hattest Schaum vor dem Mund, Jack. Hast mir ganz schön Angst damit gemacht. Hat ungefähr zwanzig Sekunden gedauert, und du hast die ganze Zeit geschlafen. Eine Sekunde länger und ich hätte den Notarzt gerufen.«

Um Himmels willen.

Plötzlich zog Phin erneut sein Handy aus der Tasche, blickte aufs Display und ging ein paar Schritte zur Seite.

»Hey!«, rief ich ihm nach. »Was ist los?«

Phin blieb stehen. In seinem Gesicht spiegelte sich etwas, das ich bei ihm nicht kannte – Angst. Es gab nicht viel, wovor Phin Angst hatte.

»Sag schon«, forderte ich ihn auf.

»Herb hat mir eine SMS geschickt. Er ist gerade an einem Tatort am Fluss.«

Ich wusste bereits, worauf das hinauslief, fragte aber trotzdem.

»Luther?«

Phin nickte. »Er ist wieder da.«

Luther Kite
31. März, 9:30 Uhr

Es gibt so viel zu tun.

Und er hat so wenig Zeit.

Aber Luther ist zufrieden.

Nach Monaten, nein, nach *Jahren* der Vorbereitung läuft jetzt alles so reibungslos, wie er es sich gewünscht hat.

Er starrt auf sein iPhone.

Der Gedanke, sie anzurufen, ist verlockend.

Noch einen klitzekleinen Hinweis hinterlassen.

Ihre Nummer zu ermitteln, war kinderleicht gewesen. Bei einer seiner vielen Erkundungstouren zu ihrem Haus hatte er in ihrem Briefkasten eine Rechnung von ihrem Mobilfunkanbieter gefunden und sich die Nummer notiert. Zu seiner Freude stellte Luther fest, dass Jacks Handy Internetzugang besaß. So etwas war eine feine Sache, und Luther schaffte sich daraufhin ebenfalls ein iPhone an.

Er hält die Finger über den Touchscreen und will eine SMS schreiben, überlegt es sich dann jedoch anders.

Später, Jack.

Es besteht kein Grund zur Eile.

Eine Belohnung macht umso mehr Spaß, wenn man sie aufschiebt.

Ein Klopfen an der Fensterscheibe lässt Luther von seinem iPhone aufschrecken.

Ein Polizist bedeutet ihm mit kreisendem Finger, das Fenster zu öffnen.

Luther stockt der Atem.

Wenn dieser Bulle sieht, was er hinten in seinem Van hat …

Luther lässt das Fenster herunter und gibt sich Mühe, unbekümmert dreinzuschauen.

»Ja, Officer?«

»Sie dürfen hier nicht parken, Sportsfreund, es sei denn, Sie wollen unbedingt hundert Dollar Strafe zahlen. Das hier ist eine Ladezone.«

Luther nimmt den Finger vom Abzug seiner Glock, die er zwischen dem Fahrersitz und der Tür hält. »In Ordnung, ich fahr sofort weg.«

Der Polizist beugt sich näher heran. »Darf ich Sie was fragen, Sportsfreund?«

Luther legt den Finger erneut an den Abzug. »Klar doch.«

»Was haben Sie für diesen Mercedes Sprinter bezahlt? Ist echt ein toller Van.«

»So um die fünfundsiebzigtausend.«

Der Polizist tritt noch näher heran und versucht dabei, einen Blick in den dunklen Laderaum hinter Luther zu erhaschen.

»Ein Kumpel von mir hat so einen. Hat den Laderaum zu einem kleinen Liebesnest umgebaut, wenn Sie wissen, was ich meine.«

Luther ringt sich ein Lächeln ab. Er hat den Van ebenfalls umgebaut, aber nicht, um darin Sex zu haben.

»Ja, ich hab auch ein bisschen dran rumgebastelt.«

Eine quälende Sekunde lang denkt er, dass der Polizist sich den Wagen genauer ansehen will.

»Aber die Karre ist echt teuer«, fügt Luther mit herablassendem Unterton hinzu. »Ich glaube nicht, dass ein kleiner Beamter sich so was leisten kann.«

Die Miene des Polizisten verhärtet sich.

»Los, fahren Sie weiter.«

»Schönen Tag noch, Officer.«

Luther schaltet gerade auf Drive, als er sieht, wie der Professor das Gebäude betritt.

Verdammt, jetzt muss er auch noch fürs Parken bezahlen.

Jack
31. März, 9:30 Uhr

Gegen den vereinten Protest des Arztes und meines Freundes zog ich mich an und machte mich, so schnell es ging, aus dem Staub. Phin war darüber nicht besonders erfreut. Er ließ mich weder sein Handy benutzen, damit ich Herb anrufen konnte, noch gab er mir die Wickeltasche, in der sich mein eigenes befand. Ich stürzte ins Freie und kniff die Augen zusammen, als mir ein kühler Nieselregen entgegenschlug. Und dann beging Phin einen noch schwereren Fehler, als er mich am Handgelenk packte, um mich am Weitergehen zu hindern.

»Jack, ich kann dich unmöglich gehen lassen. Du musst …«

Ich drehte meinen Arm und riss mich aus seiner Umklammerung. Dann packte ich sein Handgelenk und nahm ihn in den Polizeigriff. Er ging in die Knie, nicht weil er mich um Verzeihung bitten wollte, sondern weil ich ihm sonst den Ellenbogen gebrochen hätte.

Oder vielleicht bat er mich doch um Verzeihung. So wütend ich auch war – wir wussten beide, dass ich ihm nicht wehtun würde.

»Ich lass mir von dir nicht sagen, was ich tun und lassen kann, Phin. Und versuch ja nie wieder, mich festzuhalten. Habe ich mich klar ausgedrückt?«

Phin starrte zu mir empor. Er blickte drein wie ein geprügelter Hund. »In deinem Zustand …«

»Luther ist wahrscheinlich der gefährlichste Psychopath, der mir je begegnet ist, und das will was heißen. Ich habe keine

Lust, den Rest meines Lebens über die Schulter zu gucken und zu warten, bis er zuschlägt.«

»Soll sich Herb drum kümmern. Er ist gut.«

»Ich bin besser.«

»Ich mache mir für den Rest meines Lebens Vorwürfe, wenn dir was passiert, Jack.« Er streckte die Hand aus und legte sie mir auf den Bauch. »Das gilt für euch beide.«

Ich spürte, wie sein Kind darauf mit einem Tritt reagierte.

Ich ließ Phins Handgelenk los und ging auf den roten Tesla Roadster zu, der auf einem Behindertenparkplatz stand – Harry McGlades neuestes Spielzeug. Der vollständig elektrisch betriebene Sportwagen schaffte es in weniger als vier Sekunden von null auf hundert. McGlade saß auf dem Fahrersitz und spielte mit seinem Handy herum. Als ich an sein Fenster klopfte, fuhr er erschrocken zusammen. Er ließ die Scheibe herunter und verzog das unrasierte Gesicht zu einer grimmigen Miene. Seine Haare waren um einiges grauer als damals vor über zwanzig Jahren, als wir bei der Sitte als Partner zusammenarbeiteten. Das Schicksal war mir nicht besonders gnädig und hatte irgendwie dafür gesorgt, dass Harry wieder einmal mein Partner war, diesmal im privaten Sektor. Die fünf Stunden am Tag, die ich mit ihm zusammenarbeitete, weckten in mir eine nostalgische Sehnsucht nach den Achtzehn-Stunden-Tagen, die bei der Mordkommission zu meinem Alltag gehörten – dafür aber ohne Harry McGlade.

»Was guckst du so böse?«, sagte McGlade. »Hat der Arzt dir gesagt, du bist gar nicht schwanger, sondern nur extrem fett?«

»Sag bloß, du spielst schon wieder irgendwelche Spiele? Du sollst doch eigentlich auf mich aufpassen.«

»Das ist TowerMadness. Die Außerirdischen nehmen mir gerade alle meine Schafe weg.«

»Gib mir dein Handy.«

Er brachte es vor mir in Sicherheit. »Du machst es kaputt.«

»Mach ich nicht.«

»Das glaub ich dir nicht. Du hast diesen irren Blick, wie ihn nur schwangere Frauen haben. Als ob die Hormone mit dir durchgehen.«

»Gib mir jetzt das Scheißhandy oder du kriegst eins in die Fresse.«

Er gab es mir. Ich rief Herb an.

»Komm bloß nicht hierher«, sagte Herb.

»Wenn mir noch ein einziges Mal ein Mann sagt, was ich zu tun und zu lassen habe, krieg ich einen Anfall.«

»Ihre Hormone spielen verrückt!«, schrie McGlade in Richtung Handy. »Hau über die Grenze nach Kanada ab! Bring dich in Sicherheit!«

Ich konnte Herbs Antwort nicht hören, weil McGlade wie ein Idiot herumbrüllte.

Ich ging von seinem Tesla weg, um mir seine dummen Sprüche nicht mehr anhören zu müssen.

»Und außerdem hat sie mein Handy geklaut!«, fügte McGlade schreiend hinzu.

»Kannst du das bitte wiederholen, Herb?«

»Die alte Eisenbahnbrücke an der Kinzie Street. Sieht wirklich schlimm aus, Jack.«

»Woher willst du wissen, dass es wirklich Luther Kite war?«

Am anderen Ende war es still.

»Herb? Bist du noch dran?«

»Er … äh … Luther hat etwas hinterlassen. Etwas mit deinem Namen drauf. Du brauchst wirklich nicht hierherzukommen. Ich komm bei dir vorbei, sobald ich hier fertig bin.«

»Ich bin in zehn Minuten da.«

Ich drückte die rote Taste.

Ein Auto hielt neben mir – Phin in seinem neuen Ford Bronco.

»Tut mir leid«, sagte er. »Kann ich dich ein Stück mitnehmen?«

Ich stemmte die Hände in meine immer breiter werdenden Hüften. »Bringst du mich zum Tatort, oder versuchst du schon wieder, mich zu kontrollieren?«

»Ich glaube, ich kann mich zusammenreißen.«

Ich war immer noch sauer auf Phin, aber die Alternative war, bei Harry McGlade mitzufahren. Mit ihm in einem Auto zu sitzen war fast noch schlimmer, als die Zähne gebohrt zu bekommen.

»Okay, warte.« Ich gab Harry das Handy zurück und sagte ihm Bescheid, wo wir hinfuhren.

Er runzelte die Stirn. »Willst du wirklich? In deinem Zustand?«

»Nur weil ich schwanger bin, McGlade, bin ich noch lange nicht hilflos.«

»Und was ist mit deiner Präkognitionskrankheit?«

»Das heißt Präeklampsie.«

»Hab ich doch gewusst, dass das jetzt kommt.«

Ich seufzte. »Das ist Präkognition.«

»Ich dachte, das heißt Präeklampsie.«

»Heißt es auch. Aber du hast Präkognition, wenn du schon im Voraus weißt, was ich sagen will.«

Er zuckte mit den Schultern. »Wahrscheinlich hab ich das von 'nem Callgirl. Die wissen auch immer im Voraus, wann's mir kommt.«

Es war mir schon immer ein Rätsel, ob McGlade die Leute einfach nur verarschen wollte oder ob er tatsächlich so dumm war. Dieses Mal tippte ich auf Letzteres.

»Du bist dumm«, sagte ich zu ihm.

»Und du bist so riesig wie ein Planet. Ich kann sogar deine Anziehungskraft spüren. Solltest du nicht lieber daheim im Bett liegen und die Sterne um dich kreisen lassen?«

Ich runzelte die Stirn. »Meiner Präeklampsie ist es egal, ob Luther Kite frei rumläuft oder nicht. Aber mir ist es lieber, wenn man ihn aus dem Verkehr zieht.«

»Okay. Wenn ich das nächsthöhere Level bei TowerMadness erreicht habe, können wir uns am Tatort treffen. Das schaff ich locker in zwanzig Minuten.«

Ich fixierte ihn mit meinem irren Blick.

»War nur ein Witz«, sagte er. »Ich bin schon unterwegs.«

Ich ging wieder zum Bronco und fuhr mit Phin in einer Atmosphäre angespannten Schweigens zu der Polizeisperre auf der Kinzie Street, wo sechs Streifenwagen mit eingeschaltetem Blaulicht standen. Ein Verkehrspolizist wollte uns schon vorbeiwinken, doch dann erkannte ich den hochgewachsenen Mann, der bei den uniformierten Streifenpolizisten stand.

»Ich steig hier aus«, sagte ich zu Phin.

Er presste die Lippen zusammen. »Ich lass dich nur ungern aus den Augen.«

»Die lassen dich nicht zum Tatort.«

»Und warum darfst du dann hin? Du bist nicht mehr bei der Polizei.«

»Aber ich hab dort noch einflussreiche Freunde. Außerdem steht das Chicago Police Department noch tief in meiner Schuld.«

Er sah mich weiterhin gequält an. »Weißt du eigentlich, wie sehr ich mir um dich Sorgen mache?«

»Hier sind zwei Dutzend Polizisten«, sagte ich. »Mir passiert schon nichts.«

»Das ist nicht der Grund, warum ich mir Sorgen mache, Jack. Der Arzt hat gesagt …«

»Es war bloß ein einziger Vorfall, Phin. Du hast überreagiert.«

Sein Blick wurde hart. »Überreagiert? Er hat immerhin von der Möglichkeit eines Leberrisses gesprochen. Oder eines Nierenversagens.«

»Die Wahrscheinlichkeit dafür ist gering.«

»Du könntest in ein Koma fallen.«

»Das glaube ich nicht.«

»Du könntest sterben, Jack. Du *und* das Baby.«

»Keiner wird sterben«, sagte ich. Dieser fürsorgliche, sentimentale Aspekt von Phins Persönlichkeit ging mir langsam auf die Nerven. Als er noch Bandenmitglieder verprügelt und Autos geklaut hatte, war er mir lieber gewesen.

»Jack …«

»Sei still und gib mir das Handy.«

Er griff zögernd in die Wickeltasche. Ich konnte dort noch eine Tüte Chips sehen und wollte ihn schon darum bitten, doch dann unterdrückte ich das Verlangen. Außerdem zeugte es wahrscheinlich von schlechten Manieren, wenn man an einem Tatort, an dem ein Mord begangen worden war, Chips aß – egal wie gut sie schmeckten und wie sehr jede einzelne Zelle in meinem Körper danach schrie.

Schwangerschaft war wirklich ätzend.

»Bin in zehn Minuten wieder da«, sagte ich. Dann stieg ich aus und stürzte mich ins Getümmel.

Ein Streifenpolizist hielt mich an. Ich bat ihn, Detective Tom Mankowski zu holen. Kurz darauf kam der hochgewachsene Mann herbeigeschlendert und lächelte, als er mich erkannte. Er hatte lange Haare, eine markante Nase und ein ebensolches Kinn und sah dem Abbild von Thomas Jefferson, das auf Fünf-Cent-Münzen prangte, verblüffend ähnlich.

»Hey Lieutenant. Herzlichen Glückwunsch zu dem Baby.«

»Danke, Tom. Aber du musst nicht mehr Lieutenant zu mir sagen.«

Er grinste. »Alte Gewohnheit. Willst du dir den Tatort ansehen? Sie haben die Leiche bereits runtergeholt.«

»Von wo?«

Er deutete auf die alte Kinzie-Street-Eisenbahnbrücke, die in einem Fünfundvierzig-Grad-Winkel in die Luft ragte. Sie war nur eines von vielen Bauwerken in Chicago, die einer Erektion ähnlich sahen. Man hatte die verrostete Brücke dauerhaft in dieser Position belassen, nachdem sie nicht mehr benutzt wurde. Die Stahlträgerkonstruktion hatte denselben antiken, utilitaristischen Look wie der Eiffelturm. Tom deutete auf den mittleren Brückenabschnitt und ich erblickte ein über dem Fluss hängendes Seil. Unter der Brücke befand sich ein mit hölzernen Planken befestigter Fußweg, auf dem ich mehrere Rettungssanitäter und die obligatorische, mit einem Tuch verhüllte Leiche sah. Weiter hinten, auf dem Parkplatz des *Chicago-Sun-Times*-Gebäudes, standen Pressebusse und Reporter hinter dem gelben Absperrband der Polizei.

Tom führte mich durch das Chaos und dann ein paar Betonstufen hinunter zur Leiche. Hier unten am Fluss blies ein stärkerer Wind und es war um gut fünf Grad kälter. Ein Geruch nach Wasser und Schlamm wehte zu mir herüber. Mein alter Partner und guter Freund, Sergeant Herb Benedict, lehnte an einem Brückenpfeiler. Er trug einen grauen Konfektionsanzug von Sears, auf dessen Revers sich ein Senffleck befand, und dazu eine breite Krawatte, die vielleicht vor ein paar Jahrzehnten mal modern gewesen war. Als er mich sah, verzog er den Mund, sodass die Enden seines Walrossschnurrbarts nach unten zeigten.

»Verdammt, Jack, du hast hier nichts zu suchen.«

»Todeszeitpunkt?«, fragte ich.

Herb seufzte. »Laut Rechtsmediziner zwischen zwei und drei Uhr morgens.«

Ich blickte mich nach dem Rechtsmediziner um, konnte ihn aber nirgends sehen.

»Wo ist Hughes?«

»Der holt sich gerade einen Kaffee. Jack, du solltest jetzt wirklich …«

»Fang gar nicht erst damit an, Herb.« Ich drückte die Handflächen aneinander und rieb sie unauffällig, um das Kribbeln loszuwerden, das während meines Fußmarsches zum Tatort begonnen hatte. »Wie wurde sie dort oben aufgehängt?«

»An den Handgelenken. Der oder die Täter haben ein Kletterseil an einem der Stahlträger befestigt.«

»Weiß man, woher es stammt?«

»Das überprüfen wir gerade. Aber damit kommen wir wahrscheinlich nicht weit. Fallschirmschnur bekommt man überall. Ich hab mir welche bei Amazon bestellt und verwende sie als Schnürsenkel. Das Zeug reißt nicht.«

Ich spähte mit zusammengekniffenen Augen nach oben in den grauen, wolkenverhangenen Himmel und suchte mit meinem Blick die Unterseite der Brücke ab. Nieselregen fiel mir ins Gesicht. »Wie weit oben?«

»Ungefähr zwölf Meter.«

Zu steil zum Klettern. »Enterhaken?«, fragte ich.

Tom schüttelte den Kopf. »Eher unwahrscheinlich.«

»Woher willst du das wissen?«, fragte ich.

»Das haben sie in dieser Sendung *Mythbusters* versucht. So ein Ding lässt sich nicht höher als fünf oder sechs Meter werfen.«

»Wie hat er dann das Seil dort hochbekommen?«, fragte Herb.

Während die beiden nach oben sahen, suchte ich mit meinen Augen die zerkratzten Holzplanken zu meinen Füßen ab. Nach zehn Sekunden beugte ich mich vor und erkannte einen Gegenstand, der wie ein grauer Stein aussah.

»Hast du Handschuhe und einen Plastikbeutel dabei?«, fragte ich Tom.

Tom holte ein Paar Latexhandschuhe hervor und zog sie sich über. Herb gab ihm einen Plastikbeutel zur Aufbewahrung von Beweismaterial. Tom stieß das Bleigewicht mit einem Fingerknochel hinein. Es hatte die Form einer Träne und die ungefähre Größe einer Walnuss und wog etwa hundert Gramm. An seinem Ende war eine Messingklammer mit einer Angelschnur befestigt.

»Ein Bleigewicht zum Angeln«, sagte Herb.

Tom signalisierte mit einem Nicken, dass er sich einen Reim auf das Ganze machte. »Er hat das Ding an eine Testschnur gebunden und über einen der Stützbalken dort oben geworfen, sodass es sich darüber gehakt hat. Dann hat er das Seil daran befestigt und es hochgezogen.«

»Ich glaube eher, er hat es mit einer Angelrute ausgeworfen«, sagte ich.

»Meinst du, er hat sein Opfer überredet, mit ihm hierher zum Nachtangeln zu kommen?«

Ich schüttelte den Kopf. »Nicht, wenn er ein dreißig Meter langes Kletterseil um die Brust gewickelt hatte.« Ich starrte zu den Reportern hinüber. »Wird der Parkplatz der *Sun-Times* nachts bewacht?«

»Ein Wachmann macht dort seine Runden«, sagte Herb. »Es gibt jedoch keine Überwachungskameras.«

»Der Täter hat wahrscheinlich dort drüben geparkt und hatte die Sachen im Kofferraum. Oder das Zeug war bereits am Tatort versteckt, als er mit dem Opfer dort ankam. Habt ihr den Fußweg mit UV-Licht untersucht?«

Herb nickte. »Blut haben wir keins gefunden.«

Ich schnalzte mit der Zunge und dachte nach. »Dann hat er sie also hierhergelockt, oder sie war bereits bewusstlos, als er sie hergebracht hat. Und dann hat er sie an Ort und Stelle getötet. Was ist mit ihren Fingernägeln?«

»Sauber«, sagte Herb.

Mordopfer kratzten oft ihre Angreifer und verschafften damit der Polizei DNS-Material. Saubere Fingernägel bedeuteten, dass der Mörder sein Opfer während des gesamten Tathergangs unter Kontrolle hatte.

Ich warf einen Blick auf das Kletterseil, das im Wind hin und her baumelte. Wenn man damit einen menschlichen Körper emporziehen wollte, bedurfte dies großer Kraft und Anstrengung.

Oder …

Ich erblickte das andere Ende des Seils. Es war um das Geländer bei der Treppe geschlungen. »Fragt den Wachmann, ob er einen Pick-up oder Van mit Anhängerkupplung gesehen hat. Ich wette, er hat ein Seilende an seinem Fahrzeug befestigt und das Opfer damit hochgezogen.«

Und jetzt kam der Augenblick, vor dem ich mich gefürchtet hatte. Ich wandte mich der Leiche unter dem blutigen Tuch zu. »Wurde sie bereits identifiziert?«

»Jack.« Der Ton in Herbs Stimme klang nicht wie eine Warnung. Er flehte mich förmlich an, die Sache nicht weiterzuverfolgen.

»Haben wir einen Namen?«, bohrte ich weiter.

Er seufzte. »Sie hatte die Handtasche noch bei sich. Jessica Shedd. Wohnt in Wrigleyville.«

»Todesursache?«

»Hypovolämie.«

Blutverlust. Plötzlich spürte ich, wie das Baby in mir zu treten anfing. Aber vielleicht drehte sich mir auch nur der Magen um. Obwohl ich das Opfer eigentlich nicht ansehen wollte, bat ich Tom, das Tuch anzuheben. Als Zivilperson musste ich aufpassen, dass ich nichts anfasste, denn damit würde ich die Arbeit der Strafverfolgungsbehörden kompromittieren.

Tom kam meinem Wunsch nach, und ich zwang mich dazu, emotional unbeteiligt zu bleiben.

»Ein Jogger hat sie heute Morgen gefunden, als es gerade hell wurde, und die Polizei verständigt. Als ich am Fundort eintraf, dachte ich, sie hätte ein paar extra Seile am Körper hängen. Aber das waren keine Seile …«

Herb sprach den Satz nicht zu Ende. Ich versuchte, nicht auf die Eingeweide zu blicken, die sich über den Boden schlängelten. Die Frau war nackt, lag auf der Seite, die Hände mit Kabelbindern gefesselt. Ich konzentrierte mich auf ihr Gesicht. Die

Augen standen weit offen und der Mund war mit einem Streifen Isolierband zugeklebt. Ich trat ein paar Schritte zurück. Der Gestank vermischte sich mit dem faulen Geruch des Flusses.

Ich holte mein iPhone aus der Tasche.

»Tut mir leid, Jessica«, flüsterte ich und machte ein paar Aufnahmen. Dann wandte ich mich wieder Herb zu. »Du hast gesagt, der Täter hätte etwas für mich dagelassen.«

»Es ist immer noch in ihrem, äh ...«

Herb senkte seinen Blick, und es kostete mich große Überwindung, auf ihren aufgeschlitzten Bauch zu gucken.

Es war ein Taschenbuch in einem teilweise in den Innereien versteckten verschließbaren Plastikbeutel, an dem so viel Blut klebte, dass er fast wie ein menschliches Organ aussah.

Ich ging in die Hocke, hielt den Atem an und blickte mit zusammengekniffenen Augen durch die blutverschmierte Plastikhülle.

Auf den Beutel hatte jemand mit wasserfestem Filzstift geschrieben:

JACK D – WIR WERDEN DAS KIND SCHON SCHAUKELN – LK

Herb machte ein paar Fotos, während Tom neben mir kniete und versuchte, das Buch aufzuheben. Doch es steckte fest.

»Es ist mit Draht an ihren Rippen befestigt«, sagte er und blickte mit einer Mischung aus Ekel und Wut drein.

Es dauerte ein paar Minuten, bis jemand einen Drahtschneider brachte. Während die Sanitäter den Beutel entfernten, starrte ich über den Fluss, rieb mir den Bauch und dachte an meine letzte Begegnung mit Luther. Sein Versprechen fiel mir wieder ein.

»Wir werden uns wiedersehen, und zwar bald.«

Plötzlich fror ich und zitterte. Herb stellte sich zu mir.

»Haben Phin und Harry mit dir über Lake Geneva geredet?«, fragte er.

»Lake Geneva? In Wisconsin? Wieso?«

»Dort gibt es ein Wellness-Zentrum speziell für schwangere Frauen. Wir haben uns alle gedacht, dass es vielleicht keine schlechte Idee wäre, wenn du für ein paar Wochen die Stadt verlässt und dich schonst.«

»Meine Gynäkologin ist aber hier in Chicago.«

»Die Ärzte in diesem Wellness-Zentrum zählen zu den besten im ganzen Staat, Jack.«

Ich sah meinen Freund an und entdeckte einen Ausdruck echter Sorge in seinem pausbäckigen Gesicht. »Wenn ich jedes Mal abhauen würde, nur weil es so ein Irrer auf mich abgesehen hat …«

»Jack, sie hat noch gelebt, als Luther sie hochgezogen hat. Hughes sagt, dass sie womöglich ein paar Minuten oder sogar eine halbe Stunde mit dem Tod gerungen hat. Es sieht wie eine brutale Metzelei aus, aber in Wirklichkeit steckt viel Können dahinter. Sie war nicht auf der Stelle tot.«

Ich bewegte die Zehen. Sie fühlten sich an, als seien sie eingeschlafen.

»Ich hab den Polizeidienst quittiert, damit ich mit so was nichts mehr zu tun habe«, sagte ich leise.

»Ich weiß. Hoffentlich ist das das letzte Mal.«

»Ja. Hoffentlich.«

»Also, was ist mit Geneva?«

Ich riss mich zusammen und schüttelte den Kopf. »Ich fühle mich zwar geehrt, dass ihr drei euch so rührend um mich kümmert, aber die Antwort ist nein. Und ich möchte euch bitten, nie wieder so etwas zu …«

»Jetzt reicht's aber«, sagte Herb.

Verwundert über seine wütende Stimme, wandte ich mich ihm zu.

»Du hast diese Macho-Mutter-Nummer schon viel zu lange durchgezogen, Jack. Wir wollen dir helfen, und du legst dich quer, wo es nur geht. Du *kannst* das nicht allein durchziehen. Du schadest damit nur dir selbst und den Leuten, denen du etwas bedeutest.«

Ich wusste nicht genau, was ich darauf erwidern sollte. Herb und ich stritten fast nie, weshalb mir bei seiner Schimpftirade erst einmal die Spucke wegblieb.

»Wir haben es!« Herb und ich drehten uns zu Tom um, der das Taschenbuch wie eine Trophäe schwenkte und es dann aus dem Plastikbeutel zog.

»*Der Feuerteufel*, ein Thriller von Andrew Z. Thomas«, las er von dem reißerischen Cover ab, das einen Mann mit diabolischem Grinsen zeigte, der ein Feuerzeug in der Hand hielt.

»Thomas?«, sagte Herb. »Das war doch dieser berühmt-berüchtigte Autor. Angeblich hat er eine Menge Leute umgebracht und ist dann spurlos verschwunden.«

»Ich hab das Buch gelesen«, sagte Tom und tippte auf den Einband. »Da kommt ein Pyromane drin vor, der alle diese Leute anzündet. Es gibt da eine Szene, wo der Schurke einem seiner Opfer 'nen Schlauch in die Kehle steckt und ihm Flüssiganzünder einflößt. Dann zündet er Streichhölzer an und wirft sie ihm in den offenen Mund, bis er Feuer fängt.«

»Klingt ja nett«, sagte ich und fragte mich dabei, was für ein krankes Hirn sich so etwas ausdachte. Mir schauderte bei dem Gedanken, einem von diesen Thriller-Autoren persönlich zu begegnen.

»Es war sogar ziemlich gut«, sagte Tom. Offensichtlich hatte er meinen Abscheu bemerkt. »Der Autor hat sich bei den wirklich schlimmen Sachen sogar noch zurückgehalten. So 'ne Art harmloser Stephen King.«

»Schau mal nach, ob da was drin ist«, sagte ich zu ihm.

Tom blätterte im Buch herum und fand etwa in der Mitte eine mit Eselsohr markierte Seite.

Einunddreißigstes Kapitel, Seite hundertzwei.

Seltsamerweise befand sich um den Buchstaben *n* in dem Wort *Bullen* ein Kringel.

Ich überflog den Text auf die Schnelle.

Der Feuerteufel ~ Andrew Z. Thomas

Die Bullen waren überall. Sizzle konnte die Blaulichter auf den Streifenwagen durch die Fenster sehen. Sie hatten das Lagerhaus umzingelt. Ihre Bullenstimmen dröhnten durch die Megaphone und forderten ihn auf, herauszukommen und sich zu ergeben.

Soso. Ergeben sollte er sich.

Ihr dummen, dummen Bullen.

Er warf einen Blick auf das einzige Druckmittel, das er noch in der Hand hatte. Oder besser: gehabt *hatte. Der FBI-Agent war immer noch mit Handschellen an den metallenen Klappstuhl gefesselt, aber er sah aus wie ein Marshmallow, das man zu lange über dem Lagerfeuer geröstet hatte. Schwarz wie ein Nigger und immer noch am Qualmen. Einfach nur tragisch. Der letzte Mensch, mit dem er seinen Spaß gehabt hatte, indem er ihn anzündete.*

»Christopher Rogers …«

Schon wieder dieser Bulle, der mit ihm verhandeln wollte.

»Wir wollen nur mit Ihnen reden.«

Hmm.

Oder lieber doch nicht.

Er hatte ja immer noch einen halbvollen Benzinkanister.

Und eine Schachtel Streichhölzer.

Sizzle setzte sich auf den ölbefleckten Zementboden. Wenn er es sich genau überlegte, musste er zugeben, nie an diese Möglichkeit gedacht zu haben. Wahrscheinlich wegen der unvorstellbaren Schmerzen. Aber es gab schlimmere Dinge als Schmerz. Zum Beispiel hinter Gittern sitzen und nicht mehr das tun können, was einem am meisten Spaß machte.

Er öffnete den Kanister und schüttete sich den Inhalt über den Kopf. Während draußen die Bullen immer wieder die alte Leier abzogen, von wegen sich ergeben und »in einen Dialog treten«, atmete er diese wunderbaren Dämpfe ein.

Jetzt kam das Vergnügen. Der leichte und gleichzeitig der schwere Teil.

Die Streichholzschachtel stammte aus einem Nobelhotel in Asheville, North Carolina, das er sich hin und wieder gönnte … Grove Park Inn hieß der Laden. Sizzle öffnete sie und nahm ein Streichholz heraus.

Er dachte nicht groß über sein Leben nach und schwelgte auch nicht in Erinnerungen.

Er wollte es einfach nur riechen, selbst wenn es der Geruch seines eigenen Fleisches war, das gleich verbrennen würde.

Er zündete das Streichholz an und starrte drei Sekunden, die ihm wie eine Ewigkeit vorkamen, in die wunderbare gelbe Flamme.

»Aus kleinem Funken lodert große Flamme.«

102

Da ich wusste, dass ich das Buch nicht so schnell wieder bekommen würde, bat ich Tom, es hochzuhalten. Dann machte ich ein paar Bilder von dieser Seite und von dem Cover. Als ich damit fertig war, gab Herb das Buch den Kriminaltechnikern.

»Wer ist LK?«, wollte Tom von mir wissen. Herb hatte ihm offensichtlich noch nichts erzählt.

»Wir gehen davon aus, dass es sich um Luther Kite handelt«, sagte ich.

Tom nickte andächtig. Alle hatten schon von meiner Begegnung mit Kite gehört. Ich hatte bei der gerichtlichen Untersuchung eines von ihm begangenen Mordes, den ich mit eigenen Augen gesehen hatte, als Zeuge ausgesagt. Bei dem Vorfall hatte ich einen Beinbruch erlitten. Der war zwar inzwischen wieder verheilt, aber die Dinge, die ich hatte mit ansehen müssen …

Sagen wir's mal so: Lieber würde ich mir beide Beine brechen lassen, als so etwas noch einmal zu erleben.

Phin hatte keine Ahnung, wie schlimm meine Albträume wirklich waren. Obwohl es mir gelungen war, mir die Psychiater vom Leib zu halten, hatten meine nächtlichen Internet-Recherchen meinen Verdacht bestätigt, dass ich zahlreiche Symptome einer posttraumatischen Belastungsstörung aufwies. Nach der Geburt, und wenn die Sache mit Kite aus der Welt geschafft war, würde ich mich ernsthafter damit befassen. Andererseits standen Schlaf und ich seit eh und je auf Kriegsfuß. Und mein Bluthochdruck konnte nicht noch schlimmer werden.

»Jetzt, wo ich's mir genauer überlege …«, sagte Tom und rieb sich dabei am Kinn. »Es gibt da so ein Gerücht im Hinblick auf eine Verbindung zwischen Luther Kite und Andrew Z. Thomas.«

»Was für eine Verbindung?«

»Ich lese viel und manchmal schaue ich auf Wikipedia Informationen über Autoren nach. Vor ein paar Monaten hab ich mir den Eintrag über Thomas angesehen, nachdem ich sein Buch *Der Beifahrer* gelesen hatte. Es gibt da ein paar alte, ungelöste Kriminalfälle, wo Thomas und Kite zur gleichen Zeit am gleichen Ort waren. Das hat vielen wilden Theorien auf der Webseite des Autors Nahrung gegeben.«

Die Sanitäter kamen mit einem Leichensack und begannen damit, Jessicas Überreste zu entfernen.

Ich wusste, dass es hier für mich nichts mehr zu tun gab. Schließlich war ich nicht mehr bei der Polizei.

Aber ich konnte mit eigenen Nachforschungen über eine mögliche Verbindung zwischen Kite und Thomas beginnen. Kite war zwar zweifellos ein übler Bursche, hatte aber kein umfangreiches Vorstrafenregister. Er wurde im Zusammenhang mit einer Handvoll Delikte gesucht und in Chicago gab es einen Haftbefehl auf seinen Namen, aber ansonsten wusste man über ihn erstaunlich wenig.

Ich wollte eine SMS an Phin schreiben und ihm mitteilen, dass ich abfahrtbereit war, aber meine Hand versagte mir den Dienst. Ich sah einen Augenblick zu, wie sie zitterte, und dann kam es mir mit einem Schlag so vor, als würde das Ganze nicht wirklich passieren, als träumte ich nur und stünde kurz vor dem Aufwachen. Aber ich wachte nicht auf. Stattdessen wurde alles immer kleiner, als ob ich in einen tiefen Brunnen fiele.

Dann wurde mir plötzlich schwarz vor Augen.

Luther
15. März, sechzehn Tage vorher
Achtzehn Stunden nach dem Vorfall mit dem Bus

»Und wie heißen Sie?«

»Patricia.«

»Und wie noch?«

»Reid.«

»Darf ich Pat zu Ihnen sagen?«

»Äh, ja. Lassen Sie mich jetzt gehen?«

»Ich stelle hier die Fragen, Pat.«

»Oh, Entschuldigung.«

»Ist schon okay. Sagen Sie, Pat, halten Sie sich für perfekt?«

»Nein, ganz und gar nicht.«

»Haben Sie Angst, Pat?«

»Ja.«

»Das ist gut. Wer vor mir Angst hat, fängt an, weise zu werden. Ich stelle Ihnen jetzt ein paar Fragen und möchte, dass Sie diese offen und ehrlich beantworten. Ich gehe mal davon aus, dass Sie die Schreie nebenan gehört haben.« Er deutet auf die Betonwand.

»Ja.«

»Dieser Herr dachte, seine privaten Sünden gingen mich nichts an. Ich war also gezwungen, ihm wehzutun. Ich hätte auch nichts dagegen, Ihnen wehzutun, Pat.«

»Das ist nicht nötig.«

»Dann sagen Sie mir … was war das Schlimmste, das Sie je getan haben? Ihre tiefste, dunkelste und gravierendste Sünde.«

»Das weiß ich nicht.«

»Nun, dann denken Sie halt einen Augenblick darüber nach.«

Er sieht, wie ihr Blick zu der kahlen Glühbirne an der Decke emporschnellt.

»Ich will nicht darüber reden.«

Er nimmt das Harpy-Messer von dem Metalltisch und klappt es auf. Normalerweise genügt es, wenn das Opfer die gefährlich aussehende Klauenklinge sieht. Pats Augen weiten sich vor Angst.

»Mein Mann …«

»Ja?«

»Ich bin fremdgegangen.«

»Nur einmal oder …«

»Mehrmals … ziemlich oft sogar.«

»Hat er was gemerkt?«

Sie schüttelt den Kopf, und er erkennt an ihren Tränen, dass sie die Wahrheit sagt, dass er einen wunden Punkt berührt hat.

»Er ist letztes Jahr gestorben«, sagt sie.

»Unerwartet?«

»Ja.«

»Sie hatten also nie Gelegenheit, ihm Ihre Sünden zu beichten.«

»Es bringt mich um und frisst mich innerlich auf, und zwar jeden Tag aufs Neue.«

»Aber ist es nicht vielleicht besser für ihn, dass er gestorben ist, ohne davon zu wissen? In dem Glauben, dass Sie die perfekte und treue Ehefrau waren?«

»Ich weiß nicht. Er war mein bester Freund. Ich habe alles mit ihm geteilt.«

Luther berührt über den Tisch hinweg ihre Hand. »Danke, Pat. Haben Sie vielen Dank.«

Jack
31. März, 10:30 Uhr

»Sie hat Präeklampsie«, hörte ich jemand sagen.

Die Stimme kam mir bekannt vor. Ich schlug die Augen auf. Anstatt daheim im Bett aufzuwachen, lag ich auf eine Bahre geschnallt in einem Rettungswagen. Phin hielt meine Hand.

»Nein, hat sie nicht.« Eine pausbäckige Rettungssanitäterin mit strengem Blick. »Das war ein tonisch-klonischer Anfall. Sie hat keine Präeklampsie, sondern eine hundertprozentige Eklampsie. Warum liegt diese Frau nicht im Bett?«

»Diese Frau kann Sie hören«, sagte ich, obwohl sich meine Zunge geschwollen anfühlte und meine Worte undeutlicher als erwartet klangen.

Ich hörte ein schnelles *Pieppieppiep* und sah mehrere Sensoren auf meinem nackten, aufgeblähten Bauch. Wie ich feststellte, kam das Geräusch von einer Maschine.

»EKG in Ordnung«, sagte die Sanitäterin. »Wie es aussieht, fehlt dem Fötus nichts. Aber Sie sollten zu Hause bleiben und sich schonen. Hat schon jemand mit Ihnen darüber geredet, die Geburt einzuleiten?«

Ich wollte mich in eine sitzende Haltung aufrichten, aber mein Oberkörper war festgeschnallt. Durch die hinteren Türen des Krankenwagens sah ich, wie Herb, Tom und McGlade mich anstarrten. Ihre Blicke verrieten, dass sie mein Verhalten aufs Äußerste missbilligten, obwohl McGlade eher verkatert aussah.

»Kann ich jetzt gehen?«, fragte ich.

»Wir sollten Sie eigentlich zu einer Untersuchung ins Krankenhaus bringen. Ihr Mann hat gesagt …«

Ich warf Phin einen wütenden Blick zu. »Er ist nicht mein Mann. Schnallen Sie mich sofort los.«

Die Sanitäterin rührte keinen Finger.

»Hören Sie«, sagte ich. »Ich verspreche Ihnen, dass ich nach Hause gehe und mich ausruhe. Ich weiß über Eklampsie Bescheid. Man kann nichts dagegen tun, außer gebären. Und bis dahin bleiben mir noch drei Wochen. Ich sehe also überhaupt nicht ein, warum ich ins Krankenhaus soll. Mir geht's gut.«

»Ihnen geht's überhaupt nicht gut«, sagte die Sanitäterin. »Beim nächsten Anfall wachen Sie womöglich nicht mehr auf. Wenn Sie wirklich über Eklampsie Bescheid wissen, dann haben Sie bestimmt schon den Begriff *Multiorganversagen* gehört. Sie und Ihr Baby schweben in ernster Gefahr. Sie sollten wirklich ins Krankenhaus.«

»Das ist meine Entscheidung«, sagte ich. »Nicht Ihre.« Ich sah Phin an. »Und auch nicht seine.« Da stellte ich fest, dass ich einen Infusionsschlauch im Arm hatte. »Was ist das denn?«

»Magnesiumsulfat. Für die Krämpfe.«

»Davon wird mir ganz übel.«

»Nein, wovon Ihnen übel wird, das sind die Gifte, die Ihr Körper momentan produziert. Der ist im Grunde genommen eine einzige Giftküche. Bis Sie dieses Kind bekommen …«

Ich stand kurz davor, völlig auszurasten. Plötzlich kamen mir die Tränen, und ich brach in einen Weinkrampf aus, wie ich ihn noch nie erlebt hatte. Ich war stur, aber nicht blöd. Ich wusste, dass ich mich wie ein egoistisches Arschloch benahm. Ich wusste, dass die Einleitung der Geburt das einzig Richtige war. Und ich wusste, dass ich mich bei Phin und den anderen entschuldigen sollte.

Aber ich presste die Augenlider zusammen und fraß alles in mich hinein. Mein Problem lag tiefer als die Tatsache, dass ich auf die Mutterschaft nicht vorbereitet war. Ein äußerst übler Bursche war hinter mir her. Er kannte bestimmt meine Ärzte und meinen Geburtstermin und beobachtete mich womöglich in diesem Augenblick.

Ich konnte unmöglich gegen diesen Mann antreten, während ich gleichzeitig ein Baby stillte. Und so verwundbar ich auch war, ich konnte es nicht meinen Freunden überlassen, mich aus dieser Scheiße herauszuholen.

Aber vielleicht konnte ich einen kleinen Kompromiss eingehen.

»Geneva«, sagte ich mit brüchiger Stimme. »Ich gehe nach Geneva.«

Ich spürte, wie Phin meine Hand ergriff.

»Ist das dein Ernst?«, flüsterte er.

Ich nickte nur, da ich mir nicht länger zutraute, auch nur ein Wort zu sagen, ohne dabei zu heulen.

»Danke, Jack«, sagte Phin und küsste mich auf die Stirn.

Ich schaffte es gerade noch, »Bitte bring mich nach Hause« zu murmeln, ohne einen völligen Zusammenbruch zu erleiden.

Reginald Marquette
31. März, 11:30 Uhr

Es war Vormittag, und trübes Licht fiel durch die Jalousien in das unaufgeräumte, enge Büro im zweiten Stock des Lewisohn-Gebäudes, das Professor Reginald Marquette gehörte, dem Leiter des Instituts für Klassische Literatur am Columbia College.

Als es an der Tür klopfte, blickte Marquette von der Seminararbeit auf, die er gerade las – eine Abhandlung von fünfundzwanzig Seiten über William Blakes *Proverb of Hell.* Die Arbeit war so gut, dass er sich fast sicher war, dass die Verfasserin kein einziges Wort selbst geschrieben hatte. Das gesamte Semester hindurch war sie eine mittelmäßige C-Studentin gewesen und hatte nie etwas von so hoher Qualität abgeliefert. Ihr Fehler bestand darin, nicht die B-Version gekauft zu haben – das hätte diesen Quantensprung in ihrer akademischen Leistung zumindest plausibel erscheinen lassen.

Marquette legte die Arbeit beiseite und kramte zwischen Stapeln von Büchern, Papieren und uralter Korrespondenz, deren Poststempel teilweise noch vom letzten Jahrzehnt datierte. Aber die Unordnung störte ihn nicht. Er blühte in dem Chaos auf. Als er zur Tür ging, dachte er nur daran, wie sehr er sich darauf freute, die Webseite zu finden, auf der diese William-Blake-Expertin ihre Seminararbeit gekauft hatte. Vielleicht würde er sie beim nächsten Mal mit einer rigorosen mündlichen Prüfung zu ihren zwei Dutzend Quellen in die Enge treiben und ihr dann dabei zusehen, wie sie sich wand und rot anlief und stotterte.

An Studenten, die schummelten, musste man ein Exempel statuieren.

Ein schmerzhaftes, erniedrigendes Beispiel.

Als Marquette die Tür öffnete, stand ein Mann davor. Er hatte die langen schwarzen Haare zu einem Pferdeschwanz zusammengebunden und trug einen schwarzen Blazer und Bluejeans. Schwarze Cowboystiefel rundeten sein ungewöhnliches Outfit ab.

»Kann ich Ihnen helfen?«, fragte er.

»Professor Marquette?«

»Richtig.«

Der Mann reichte ihm die Hand.

»Rob Siders von *Ancient Publishing*. Ich hatte Ihnen letzte Woche eine E-Mail geschickt. Es ging darin um unser Interesse an einer Veröffentlichung Ihrer Arbeit über Dante.«

Marquette lächelte und schüttelte seinem Besucher die Hand.

»Natürlich. Ja. Entschuldigen Sie bitte. Sie haben ja gesagt, dass Sie vorbeikommen wollten, nicht wahr? Kommen Sie doch bitte rein.«

Marquette führte den Besucher in sein Büro und schloss die Tür hinter ihnen.

Er räumte den Stapel mit den Studentenbewertungen seines überarbeiteten Assistenten von einem Stuhl und sagte: »Nehmen Sie Platz. Entschuldigen Sie bitte die Unordnung. So wenig es auch den Anschein hat, hier herrscht tatsächlich ein System.«

Als sie sich schließlich am Schreibtisch gegenübersaßen, sagte Marquette: »Möchten Sie einen Kaffee, Tee oder ein Glas Wasser? Ich könnte etwas aus dem Aufenthaltsraum holen.«

»Nein danke. Es ist mir eine große Ehre, Sie kennenzulernen, Herr Professor Marquette.«

»Sagen Sie einfach Reggie zu mir.«

»Ihre Arbeit ist wirklich beeindruckend, Reggie.«

Marquette blähte seine Brust auf. »Oh, danke.«

»Haben Sie gerade viel zu tun?«

»Ich muss nur ein paar Arbeiten aus meinem Seminar für englische Literatur des achtzehnten Jahrhunderts korrigieren. Ich muss sagen, Ihre E-Mail klang faszinierend. Aber könnten Sie mir vielleicht ein bisschen mehr über sich und Ihre Firma erzählen? Im Internet konnte ich nicht viel dazu finden.«

»Wir sind ein Nischenverlag, der sich auf akademische Titel höchster Qualität spezialisiert. Ich bin Mitbegründer und Cheflektor und suche schon eine ganze Weile jemanden wie Sie.«

»Was meinen Sie damit, ›jemanden wie mich‹?«

»Einen echten Literaturwissenschaftler, der *Die göttliche Komödie* Lesern des einundzwanzigsten Jahrhunderts besser näherbringt als je zuvor.«

»Augenblick ... meinen Sie eine Übersetzung? Hat Pinsky das nicht schon vor einiger Zeit ...«

»Ich meine nicht irgendeine schwerverständliche Übersetzung, sondern eine Neufassung.«

Marquette setzte sich aufrecht hin. »Ich kann Ihnen nicht ganz folgen.«

»Wir suchen etwas, das in einer modernen Sprache verfasst ist. Möglicherweise sogar unter Verwendung prominenter Zeitgenossen.«

Marquette lachte. »Sie meinen, indem man zum Beispiel Bill Clinton in den zweiten Kreis der Hölle steckt?«

»Genau. Und Bernie Madoff kommt in den achten und so weiter.«

»Und wer ist dann im neunten?«

»Keine Ahnung. Dafür brauchen wir Sie und Ihr umfangreiches Wissen darüber, was der Verfasser mit dem Original beabsichtigte und wie es beim Publikum ankam. Wir wollen ein Buch, das die Massen im heutigen Amerika genauso anspricht, wie Dantes Meisterwerk dies im Italien des vierzehnten Jahrhunderts tat.«

Marquette spürte, wie er vor Aufregung zitterte.

Eine moderne Adaption für ein Massenpublikum würde Anerkennung bringen, und zwar ernsthafte Anerkennung, die weit über den kleinen Kreis von Wissenschaftlern hinausreichte, die dieselben sechs Fachzeitschriften abonniert hatten.

Und für den Herbst hatte man ihm bereits ein Forschungssemester bewilligt.

»Sie müssen sich natürlich nicht gleich entscheiden«, sagte Siders und erhob sich. Er knöpfte seinen Blazer zu. »Hätten Sie Zeit, mit mir zum Mittagessen zu gehen? Ich kann Ihnen alles genau erklären. Wir bieten einen großzügigen Vorschuss.«

Marquette lehnte sich in seinen Stuhl zurück und kratzte sich an seinem grauen Kinnbart. Eigentlich hatte er seiner Frau, einer Professorin für Volkswirtschaft an der Northwestern University, versprochen, einer geselligen Veranstaltung an ihrem Institut beizuwohnen, aber das Letzte, wozu er jetzt Lust hatte, war, mehrere Stunden mit einem Haufen Buchhalter zu verbringen, die so taten, als wären sie Hochschuldozenten.

»Das passt mir ausgezeichnet«, sagte er.

Der Mann mit dem blassen Gesicht lächelte. »Hervorragend. Und da ich meine Firmen-Kreditkarte bei mir habe, lade ich Sie ein.«

Jack
31. März, 12:00 Uhr

Das Haus, in dem ich wohnte, lag in einer ruhigen Gegend mit viel Baumbestand in Bensenville, einem Vorort im Westen von Chicago. Ich war vor einiger Zeit mit meiner Mutter dorthin gezogen, aber die lebte inzwischen in einem überwiegend von Rentnern bewohnten Ort in Florida. Erst letzte Woche hatte sie mich von dort aus angerufen und mir mitgeteilt, sie hätte sich eine neue Matratze kaufen müssen, weil sie die alte mit ihren sexuellen Eskapaden verschlissen hatte. Jetzt teilte ich das Haus mit Phin, einem notorisch schlecht gelaunten Kater namens Mr Friskers und einem Basset namens Duffy, den mir ein Freund gleichen Namens geschenkt hatte.

Phin bog gerade in die Einfahrt und öffnete das Garagentor mit der Fernbedienung. Als er hineinfuhr, gab ich den Code zur Deaktivierung einer unserer drei Alarmanlagen ein. Dann ging ich ins Haus, deaktivierte die zweite Alarmanlage und streichelte die dritte am Kopf. Duffy bellte wie immer wie verrückt, und ehrlich gesagt hatte ich mehr Vertrauen in ihn als in die elektronischen Alarmanlagen. Obwohl er nur knapp über fünfunddreißig Kilo wog, klang sein Bellen laut und kräftig, als käme es von einem riesigen Rottweiler.

Duffy leckte meine Hand und wedelte dabei wie verrückt mit dem Schwanz. Mit seinen kurzen, krummen Beinen sah er aus wie ein extrem fetter Beagle, auf den jemand getreten war. Duffy der Typ hatte mir vor ein paar Monaten Duffy den Hund ins Haus gebracht, nachdem er von der gegenwärtigen Situation mit Luther Kite Wind bekommen hatte. Inzwischen war mir das Tier sehr ans Herz gewachsen. Duffy sang, wenn ich duschte, und er war das wohl einzige Lebewesen auf dieser Welt, das von Mr Friskers akzeptiert wurde.

Phin schloss hinter mir ab, und ich watschelte in mein Arbeitszimmer, kickte die Schuhe von den Füßen und ließ meinen fetten Arsch auf den Computerstuhl plumpsen. Ich war fix und fertig und hatte Hunger. Aber bevor ich mich ausruhen oder etwas essen konnte, gab es noch ein paar Dinge zu erledigen.

Als Erstes rief ich Duffy den Typen an – Duffy Dombrowski. Ich hatte ihn vor einiger Zeit bei einem Trip nach New York kennengelernt. Er war Rechtsanwalt und nebenbei Profi-Boxer. Vermutlich hatte er für mich geschwärmt. Oder ich für ihn.

Er nahm beim dritten Läuten ab. »Ja?«

»Duff, ich bin's, Jack Daniels.«

»Hey Jack. Wie geht's?«

»Nicht schlecht. Könntest du Duffy für ein paar Wochen nehmen?«

»Alles in Ordnung?«

»Ich gehe in dieses Wellness-Hotel für schwangere Frauen und möchte ihn nicht in eine Hundepension geben. Ich kann dir ein bisschen Geld fürs Futter geben.«

»Das brauchst du nicht. Ich nehme ihn gerne für ein paar Wochen.«

»Er frisst alle fünf Stunden so viel, wie er wiegt.«

»So wenig? Du lässt ihn doch nicht etwa verhungern?«

Ich lächelte. »Ich schick ihn dir mit der Post. Wohnst du immer noch in diesem Trailer?«

»Chateau Dombrowski ist nach wie vor meine Sommerresidenz. Im Winter bin ich in meinem Chalet in der Schweiz.«

»Du weißt ja nicht mal, wie man *Chalet* schreibt.«

»Ich weiß auch nicht, wie man *Schweiz* schreibt. Wann kann ich mit dem Viech rechnen?«

»Ich schreib dir ’ne SMS.«

»Ich freue mich. Sonst alles klar?«

»Alles klar«, log ich. »Und bei dir?«

»Das Leben ist ein einziges Gelage und ich habe statt Händen Gabeln.«

»Danke, Duff. Ich stehe tief in deiner Schuld.«

Ich legte auf, fuhr den Firefox-Browser hoch und loggte mich beim NCIC ein. Das National Crime Information Center war eine Datenbank des FBI. Da Polizeibehörden örtlich begrenzte Amtsbefugnisse hatten, konnte die Polizei in Milwaukee nicht wissen, dass der Mörder, den sie suchte, dieselbe Vorgehensweise hatte wie einer in Boston. Wenn aber beide Behörden ihre Informationen in das NCIC eingaben, konnte man Kriminelle aufspüren, die in einen anderen Bundesstaat umgezogen waren.

Während Duffy unter meinem Schreibtisch saß und auf meine nackten Füße sabberte, verschaffte ich mir Zugang zu den NCIC-Daten über Andrew Z. Thomas.

Während diese ausgedruckt wurden, hielt ich mich über Luther Kite auf dem Laufenden. Wie ich mich erinnerte, gab es über ihn keine handfesten Informationen. Seine Schwester wurde als kleines Mädchen entführt und nie gefunden. Die Eltern waren vor ein paar Jahren ermordet worden. Laut NCIC wurde Luther wegen folgender Delikte gesucht:

7. November 1996: Schießerei in Ricki’s Bar in Scottsbluff, Nebraska

27. Oktober 2003: Mord an der Familie Worthington in Davidson, North Carolina

27. Oktober 2003: Entführung von Beth Lancing in Davidson, North Carolina

28. Oktober 2003: Mord an Daniel Ortega in einem Walmart in Rocky Mount, North Carolina

Eine Reihe von zeitlich nicht festgelegten Morden im Zusammenhang mit zahlreichen Leichen, die am 14. November im Keller im Haus der Familie Kite auf Ocracoke Island entdeckt wurden

Vermutlich 11. November 2003 (ungefähre Zeitangabe): Morde an Sergeant Barry Mullins und Max King

11. November 2003: Morde an Beth Lancing und Charlie und Margaret Tatum

12. November 2003: Massaker auf der Kinnakeet-Fähre

Dazu kam noch der Haftbefehl wegen des Mordes am 10. August 2010, ein Ereignis, das ich nur zu gut kannte.

Die Informationen zu Thomas waren noch karger.

30. Oktober 1996: Mord an seiner Mutter Jeanette Thomas

Anfang November 1996: Verschwinden von Walter Lancing

Die Herzchirurgenmorde einschließlich der Kartons, die bei Ellipse in Washington, DC hinterlegt wurden, sowie die Leichen, die auf Thomas' Grundstück am Ufer des Lake Norman in North Carolina ausgegraben wurden, einschließlich der Lehrerin Rita Jones

7. November 1996: Schießerei in Ricki's Bar in Scottsbluff, Nebraska

12. November 2003: Massaker auf der Kinnakeet-Fähre

Verschwinden von Detective Violet King von der Mordkommission des Davidson Police Department

Inzwischen war Duffy mit dem Kopf auf meinen Füßen eingeschlafen und schnarchte wie eine Motorsäge. Ich kaute auf meiner Unterlippe und ließ mir die Informationen durch den Kopf gehen. Die Ereignisse, die Andrew Thomas und Luther Kite miteinander verbanden, waren die Schießerei in Ricki's Bar und das Kinnakeet-Massaker. Ich wollte schon diese Begriffe googeln, als mir einfiel, dass vielleicht schon jemand diese Arbeit für mich erledigt hatte.

Ich ging auf Wikipedia und suchte nach Thomas. Wie erwartet lieferte mir der von einer Vielzahl von Usern erstellte Beitrag mehr Informationen, als ich selbst in einer Stunde Surfen im Internet gefunden hätte.

Ich lehnte mich in meinen Stuhl zurück und fing an zu lesen. Dabei erfuhr ich mehr über den mysteriösesten Krimiautor der Welt, als mir lieb war.

Reginald Marquette
31. März, 12:15 Uhr

»Ich fahre«, sagte Rob Siders, als sie das Lewisohn-Gebäude verließen und auf dem Gehsteig auf einen weißen Mercedes-Kleintransporter mit getönten Fensterscheiben zugingen, der am Straßenrand parkte. »Haben Sie ein Lieblingslokal?«

»Es gibt da ein ausgezeichnetes Sushi-Restaurant an der State Street, nur ein paar Kilometer von hier. Wie wär's, wenn Sie mir einfach nachfahren? Das wäre wohl am besten.«

»Danke, aber ich muss sowieso wieder hierher zurück. Ich wohne nämlich im Blackstone.«

Siders ging vorne um den Van herum. Marquette, noch auf dem Gehsteig, zögerte einen Moment. Er wusste natürlich, dass seine Bedenken dumm und irrational waren, aber da war immer noch diese Stimme im Hinterkopf, und die fragte, warum der Cheflektor von Ancient Publishing ein Fahrzeug fuhr, das er und seine Frau oft scherzhaft als »Serienmörder-Karre« bezeichneten. Ein weißer, unauffälliger Kleintransporter, in dessen Inneren sich womöglich allerhand Mord- und Folterwerkzeuge befanden.

Das war hier natürlich nicht der Fall, aber ein kleiner Teil von ihm wurde nervös bei dem Gedanken, einzusteigen.

Die Fahrertür wurde mit lautem Knall zugeschlagen.

Der Motor erwachte dröhnend zum Leben.

Was soll's. Wer nicht wagt, der nicht gewinnt.

Er streckte die Hand nach dem Türgriff aus und zog daran.

Als er auf dem Beifahrersitz Platz nahm, drang ein seltsamer

Geruch aus dem Hinterteil des Vans in seine Nase – etwas Beißendes, wie Fensterreiniger oder Ammoniak.

»Schnallen Sie sich bitte an«, sagte Siders mit einem Lächeln im Gesicht.

Marquette zog sich den Gurt über die Brust und ließ die Schnalle einrasten.

Siders schaltete auf Drive und fuhr los.

Marquette starrte durch die dunkel getönte Scheibe nach draußen und sah im Vorbeifahren mehrere Gruppen von Studenten, die im Grant Park herumhingen.

Es war ein typischer Frühlingstag – feucht und kalt. Heute war der erste April und das Gras und die Bäume zeigten ihr erstes Grün. Diese Jahreszeit hatte ihm schon immer gefallen – Lehrveranstaltungen gingen ihrem Ende entgegen und der Sommer war nicht mehr weit.

»Wie lange gibt es eigentlich *Ancient Publishing* schon?«, fragte er.

»Seit etwa zwei Jahren. Dürfte ich mal Ihr Handy benutzen?«

Ein bisschen komisch, aber na ja. »Äh, selbstverständlich.«

Marquette holte sein HTC Thunderbolt aus der Tasche und reichte es Siders.

»Haben Sie vor, sich selbst so ein Gerät anzuschaffen?«, fragte er.

»Nein, von diesem Droid-Betriebssystem halte ich nicht viel. Bin eher ein iPhone-Typ.«

Siders ließ das Fenster auf seiner Seite zur Hälfte herunter. Marquette sah ihm erstaunt zu, als er das Handy hinauswarf und das Fenster wieder schloss.

»Was zum Teufel soll das denn?«, sagte Marquette.

Siders dunkle Augen blieben hinter der Sonnenbrille verborgen. Er hielt seinen Blick auf die Fahrbahn gerichtet und fuhr wortlos weiter.

»Halten Sie sofort an. Ich will hier raus.«

Marquettes Hand fuhr an die Schnalle seines Sitzgurts, fand dort aber keinen Druckknopf, sondern nur ein glattes, rechteckiges Stück Metall mit einem Loch für einen kleinen Inbusschlüssel. Er zerrte am Gurt, aber der ließ sich keinen Millimeter bewegen.

Marquette blickte zur Tür – kein Griff, und auch keine Vorrichtung zum Öffnen des Fensters.

Die Panik traf ihn mit der Wucht eines Güterzuges.

Er wandte sich Siders zu.

»Was wollen Sie von mir?«

»Sagen wir's mal so: Ihr Name gefällt mir.«

Der Mann grinste ihn spöttisch an, und Marquette bemerkte erst jetzt den schwarzen Vorhang, der die beiden Vordersitze vom hinteren Teil des Vans trennte.

»Sie wollen wissen, was sich dort hinten befindet?«, fragte Siders. »Nur zu. Schauen Sie sich's ruhig an.«

Marquette schob den Vorhang beiseite. Im gleichen Augenblick drückte Siders auf einen Knopf an der Decke. Ein grelles Innenlicht beleuchtete den hinteren Teil des Fahrzeugs.

Dunkle Fensterscheiben.

Kein Teppichbelag.

Die Decke und die Seitenwände waren mit schwarzem, schalldichtem Schaumstoff verkleidet.

In der Mitte des weißen Metallbodens konnte Marquette ein Abflussloch sehen, in dem ein großer Gummistopfen steckte.

An der Seitenwand auf der Fahrerseite hatte jemand einen Werkzeugschrank fest im Boden verankert. Darin befanden sich mehrere Regale mit Operationsinstrumenten – Zangen, Sägen, Skalpelle, Stahlhaken, Klemmen.

Er sah wieder zu Siders hinüber.

»Sie waren das, nicht wahr? Der Mann, der diese Frau an der Eisenbahnbrücke aufgehängt hat.«

Siders grinste. »Sie haben's gesehen, oder?«

»Das waren Sie?«

»Das war ich.«

Marquette rutschte auf dem Sitz hin und her und versuchte, sich aus dem Gurt zu befreien.

»Lassen Sie's bleiben«, warnte Siders ihn.

Marquette holte mit dem linken Arm aus und schlug mit der Faust gegen die Fensterscheibe. Er schrie vor Schmerz, als seine Hand abprallte und auf dem Glas eine blutige Schmierspur hinterließ.

Siders fing an zu lachen.

Trotz seiner Angst brachte Marquette einen ganzen Satz über die Lippen: »Ich kann mit Ihnen auf der Stelle zu einem Geldautomaten fahren.«

»Ja? Wie viel können Sie mit Ihrer Karte am Tag abheben?«

»Zweitausend. Und ich werde niemandem was erzählen, das schwöre ich hoch und heilig.«

Marquette wusste, dass er sich die Knöchel gebrochen hatte, aber er fühlte kaum Schmerz. Was er vor allem spürte, war ein Druck auf seinem Brustbein, als hätte jemand eine Hantel daraufgelegt. Er konnte nur noch stoßweise atmen und es wurde ihm dabei immer schwindliger.

»Ich habe eine Familie. Eine Frau …« Er fing an zu weinen. »Eine Tochter.«

»Wie schön für Sie. Werden sie Sie vermissen?«

»Sehr.«

Siders sah ihn von der Seite an. »Es ist gut, wenn es jemanden gibt, der einen vermisst, finden Sie nicht auch?«

»Bitte.«

»Kommen Sie mir bloß nicht auf die Tour. Das ist meine letzte Warnung. Und versuchen Sie ja nicht, mich zu schlagen.« Siders zeigte ihm die Pistole, die er in der linken Hand hielt.

Marquette sah zum Fenster hinaus und stellte fest, dass sie

auf dem Lakeshore Drive nach Süden fuhren. Ein paar Sonnenstrahlen drangen durch die Wolkendecke, trafen schräg auf den See und brachen sich an der Wasseroberfläche, die daraufhin aussah wie ein Feld voller glänzender Juwelen.

Sie kamen am Soldier-Field-Stadion vorbei.

Es herrschte wenig Verkehr.

Marquette dachte über sein Leben nach. Er hatte eine Familie und Freunde und empfand echte, aber keinesfalls außergewöhnliche Gefühle für sie. Außergewöhnlich war nichts in seinem Leben. Er hatte endlos viel Zeit damit verbracht, an einem College uninteressierte junge Leute zu unterrichten, die seine Kurse belegen mussten, um ihren Abschluss zu machen. Und in seiner Freizeit hatte er sich mit den Werken von Autoren befasst, die schon seit mehreren hundert Jahren tot waren.

Aber es war immerhin *sein* Leben, und er hatte es gelebt, so gut er konnte. Natürlich hatte er Fehler gemacht, und im Nachhinein bereute er so manches. Aber es gab immer noch ein paar Dinge, die er tun wollte, zum Beispiel eine Burg in Schottland besichtigen und mit Delfinen schwimmen. Und obwohl es wie ein Klischee klang, hatte er schon immer vorgehabt, eines Tages Fallschirm zu springen.

Doch jetzt wollte er nur noch seine Familie sehen. Ein allerletztes Mal.

»Darf ich meine Frau anrufen?« Seine Unterlippe zitterte und er war den Tränen nahe. »Mich von ihr verabschieden?«

»Nein.«

Siders parkte nicht weit vom Adler-Planetarium und stellte den Motor ab. Die Sonnenstrahlen, die durch die Windschutzscheibe fielen, erschwerten die Sicht.

»Eine gute Nachricht habe ich zumindest für Sie«, sagte Siders.

»Und die wäre?«

»Diese ganzen furchteinflößenden Werkzeuge, die Sie dort

hinten gesehen haben? Die kommen erst zum Einsatz, wenn Sie schon tot sind.«

»Was reden Sie da?« Marquette tat sich schwer, Siders zu folgen. In seinem Hirn wechselten sich Angst, Sorge und Bedauern in schneller Reihenfolge ab.

»Was ich sagen will, ist, dass Sie noch von Glück reden können. Schauen Sie sich das mal an.« Siders hielt ein billiges Taschenbuch hoch, dessen Cover in grellen Farben gestaltet war. Der Titel lautete *Die Waffe des Mörders*. »Das Mädchen auf der Brücke? Sie machte enge Bekanntschaft mit einem anderen Buch von demselben Autor. Haben Sie schon mal was von ihm gelesen?«

»Marquette kniff die Augen zusammen und las den Namen. »Andrew Z. Thomas? Nein, hab ich nicht.«

Siders lächelte. »Glauben Sie mir, das da wird Ihnen im wahrsten Sinn des Wortes unter die Haut gehen. Schauen Sie her.«

Marquette blickte auf die andere Hand des Mannes und sah, dass er darin eine Spritze hielt.

»Was ist das?«

»Hundert Milliäquivalent Kaliumchlorid. Wird bei der Hinrichtung durch die Giftspritze verwendet.«

Marquette blickte auf die Spritze und die klare Flüssigkeit in dem zylindrischen Röhrchen.

»Wie wirkt es?«, fragte er.

»Führt zum Herzstillstand.«

»Wie lange dauert es ...« Er brachte den Satz nicht zu Ende.

»Bis man stirbt? Zwischen zwei und zehn Minuten.«

»Tut es weh?«

»Ich will Ihnen nichts vormachen. Es ist schmerzhaft, wenn das Herz stehen bleibt. Aber längst nicht so schlimm wie das, was sich hinter diesem schwarzen Vorhang versteckt.«

Die Konversation, die ihm anfangs unwirklich erschienen war, hatte nun eindeutig die Grenze zum Wahnsinn überschritten. »Bin … bin ich bei Bewusstsein, nachdem mein Herz aufgehört hat zu schlagen?«

»Keine Ahnung. Das ist ein Teil des Rätsels, was nach dem Tod kommt, und Sie stehen kurz davor, es herauszufinden. Eigentlich ist das aufregend.«

Marquette ließ seinen Blick über den Hafen schweifen. Im Dunst konnte man die Skyline nur undeutlich sehen.

»Ich bin noch nicht so weit.«

Sein Herz schlug wie verrückt.

»Das ist keiner«, sagte der Mann. »Wissen Sie, ich hätte das überall tun können. Aber ich dachte mir, dass Ihnen diese Stadt bestimmt gefallen hat und dass Sie gerne beim Sterben einen letzten Blick auf die Skyline dort drüben werfen möchten.«

»Ich habe seit zwei Jahren keinen Kontakt mehr mit meiner Tochter. Es war ein dummer Streit.«

»Das sind die meisten Streitigkeiten.«

»Haben Sie … eine Familie?«

»Schon eine ganze Ewigkeit nicht mehr.«

»Ich muss mich bei ihr entschuldigen.«

»Okay.«

Marquette drehte sich vom Fenster weg.

»Von mir aus können Sie sie anrufen.«

»Ist das Ihr Ernst?«

Der Mann zog ein iPhone aus einer Innentasche seiner Jacke und betrachtete es. »Sicher, wir haben ja noch ein bisschen Zeit. Und wie ein Freund von mir immer sagte: Was wäre Mord ohne ein paar kleine Höflichkeiten. Wie lautet ihre Telefonnummer?«

»Oh, danke. Danke.« Er musste einen Augenblick überlegen. Sein letzter Anruf lag schon ein paar Jahre zurück.

Als der Mann die Nummer eintippte, betete Marquette zum

ersten Mal seit vielen Jahren. Betete, dass ihre Nummer noch dieselbe war. Betete, dass sie ans Telefon ging.

Der Mann hielt das iPhone so, dass Marquette die Nummer auf dem Display sehen konnte. »Ihnen ist doch hoffentlich klar, was *nicht* der Sinn und Zweck dieses Anrufs ist?«

»Ja.«

»Wenn Sie versuchen, Ihre Haut zu retten, indem Sie unseren Standort verraten, oder irgendwas in der Art …«

»Ich verstehe vollkommen.«

Der Mann drückte auf die grüne Ruftaste und reichte ihm das Telefon. »Sie haben genau eine Minute.«

Es klingelte.

Zweimal.

Dreimal.

Nach dem vierten Klingeln hörte er die Stimme seiner Tochter und entging nur mit äußerster Anstrengung einem Nervenzusammenbruch.

»Hallo?«

»Carly?«

»Dad?«

»Baby.«

Bestimmt konnte sie hören, dass er weinte, aber das war ihm jetzt egal.

»Wieso rufst du an? Ist mit Mom alles in Ordnung?«

»Ihr geht's gut.« Er wandte sich von dem Mann ab, der ihn gleich umbringen würde, und lehnte sich gegen die getönte Fensterscheibe. »Es tut mir leid, Carly. Alles tut mir leid. Du bist mein …«

»Dad, ich hab gerade zu tun … kann ich dich in …«

»Hör mir zu. Bitte. Ich hab dir Unrecht getan, Carly. Großes Unrecht.«

»Hast du getrunken?«

»Nein. Nein. Carly, du bist meine Prinzessin. Das warst du

schon immer. Ich kann dir gar nicht sagen, wie sehr ich dich liebe. Hörst du mich?«

Schweigen am anderen Ende der Leitung.

»Carly?«

»Ich kann dich hören. Dad, ist alles in Ordnung mit dir?«

»Ja. Ich wollte nur …« Er schloss die Augen. Tränen liefen ihm übers Gesicht. »Ich möchte, dass du weißt, was ich für dich empfinde. Was ich schon immer für dich empfunden habe. Unsere gemeinsamen Sommer am Lake Rooney in Wisconsin, mit dir und deiner Mutter … das war die beste Zeit meines Lebens. Ich würde alles geben, nur um das noch einmal für einen einzigen Tag zu erleben. Ich bin so stolz auf dich, Carly.«

Jetzt hörte er, wie sie weinte.

»Noch zehn Sekunden«, sagte der Mann.

»Ich muss jetzt Schluss machen, Liebling.«

»Ich möchte dich sehen, Dad. Ich bin übernächste Woche in Chicago.«

»Das würde mich sehr freuen. Es tut mir so leid, Carly.«

»Dad, ist wirklich alles …«

Marquette spürte, wie ihm das Telefon entrissen wurde.

Er wischte sich die Tränen aus den Augen und starrte einen Augenblick lang auf den Hafen hinaus.

Dann drehte er sich wieder zu dem Mann um und sagte: »Das hätte ich schon lange tun sollen.«

»Immerhin haben Sie es getan. In meinem Leben gab es Leute, die inzwischen längst tot sind und mit denen ich nie ein solches Gespräch führen kann. Sie sollten sich glücklich schätzen.«

Marquette fühlte sich aber nicht glücklich. Er fühlte sich hundeelend.

»Es wird langsam Zeit, Reggie. Krempeln Sie Ihren linken Ärmel hoch.«

Marquettes Finger zitterten so sehr, dass er dreißig Sekunden brauchte, um den Knopf an seinem Ärmelaufschlag aufzubekommen.

»Ist Ihr Interesse rein wissenschaftlicher Natur oder glauben Sie wirklich an Ihre Arbeit?«, fragte der Mann, als Marquette langsam den Ärmel des cremefarbenen Hemdes hochkrempelte, das ihm seine Frau vor zwei Jahren zu Weihnachten geschenkt hatte.

»Ich weiß nicht.«

»Ich habe mich selbst sehr intensiv mit Dantes Meisterwerk befasst. Es fasziniert mich. Ich habe eine Frage an Sie.«

»Ja?«

»In welchem Kreis der Hölle werden Sie landen?«

Marquette starrte in die schwarzen Augen des Mannes und sah dort nur entsetzliche Leere.

»Im fünften.«

»Zorn?«

»Die Ursache aller meiner Verfehlungen.«

»Sie sind ein sehr ehrlicher Mensch, Reggie.«

Marquette hatte den Ärmel inzwischen über den Ellbogen gekrempelt. Der Mann sagte: »Das reicht. Drehen Sie den Arm um, damit ich Ihre Venen sehen kann.«

Marquette zögerte, aber nur eine Sekunde lang.

»Verspüren Sie den Drang, Widerstand zu leisten?«

»Natürlich. Es geht ja schließlich um mein Leben.«

»Das kann ich verstehen. Sie müssen sich aber auch darüber im Klaren sein, was hinter dem schwarzen Vorhang auf Sie wartet. Wenn Sie unter Schmerzensschreien und unerträglichen Qualen aus dem Leben scheiden wollen, so haben Sie die Wahl.«

»Das will ich aber nicht.«

Der Mann mit den langen schwarzen Haaren hielt die Spritze hoch, den Finger auf dem Kolben. Er näherte sich damit der bleichen Unterseite von Marquettes Unterarm.

»Versuchen Sie, den Arm ruhig zu halten.«

Marquette hielt sein Handgelenk fest, damit der Arm nicht zitterte. Er sah zu, wie die Nadel in eine blaue Vene drang, und spürte ein leichtes Stechen.

»Gute Reise, mein Freund«, sagte der Mann und drückte mit dem Daumen auf den Kolben.

Als er die volle Dosis in Marquettes Blutbahn injiziert hatte, zog er die Nadel heraus und lehnte sich in den Fahrersitz zurück.

Marquette saß einfach nur da, die Hände auf den Knien.

Er wartete.

Sein Herz raste.

Kalter Schweiß lief ihm an den Seiten hinunter.

Noch spürte er nichts.

Als er aus dem Fenster blickte, sah er ein Pärchen um die dreißig, das mit zwei kleinen Kindern am Seeufer spazieren ging.

Einen alten Mann, der etwa zwanzig Meter entfernt auf einer Bank saß und eine Zigarre rauchte.

Ein Segelboot weiter draußen auf dem See, das Kurs aufs Ufer nahm.

Er flüsterte die Namen seiner Frau und seiner Tochter, und plötzlich traf es ihn mit voller Wucht – so, als hätte jemand sein schlagendes Herz auf die Überholspur einer Autobahn geworfen, wo ein Sattelschlepper mit voller Geschwindigkeit darüber hinwegdonnerte.

Er konnte sich keuchen hören.

Der Schmerz fühlte sich an, als würde jemand heiße Lava in seine Brusthöhle gießen. Nur undeutlich nahm er wahr, dass er auf seinem Sitz wie wild um sich schlug. Seine Augen traten aus den Höhlen, und dann war er plötzlich still, sank gegen die Tür und starrte ein allerletztes Mal zum Fenster hinaus, auf eine Welt, die in sich zusammenfiel.

Er bewegte sich nicht, konnte es nicht, schaffte es nicht einmal, die Augen zu schließen. Er dachte, er müsse jetzt mit offenen Augen sterben, und starrte auf die vertraute Form des Hancock-Gebäudes, das in einer Entfernung von etwa acht Kilometern in den Himmel ragte, bis es für ihn jegliche Bedeutung verlor.

***

Wikipedia-Artikel über Andrew Z. Thomas

Andrew Ziegler Thomas (* 1. November 1961) ist ein US-amerikanischer Schriftsteller. Er hat hauptsächlich zeitgenössische Horror-Romane und Spannungsliteratur sowie Thriller und Bücher über wahre Kriminalfälle verfasst. Seine Bücher erreichten eine Gesamtauflage von über dreißig Millionen und dienten als Vorlage für Filme, Fernsehsendungen und Comics.

Frühes Leben

Thomas wurde am 1. November 1961 zusammen mit seinem Zwillingsbruder Orson in Winston-Salem als Sohn von James und Jeanette Thomas geboren. Der Vater arbeitete in einer Textilfabrik und starb 1973 an Lungenkrebs. Zum Zeitpunkt des Todes seines Vaters war Thomas elf Jahre alt.

Ausbildung

Thomas besuchte seit 1980 zusammen mit seinem Bruder die Appalachian State University und schloss sein Studium der englischsprachigen Literatur 1984 mit dem Bachelor ab. Orson Thomas verschwand aus unbekannten Gründen während ihres ersten Studienjahres.

Achtzigerjahre

Nach Beendigung seines Studiums im Jahr 1984 begann Thomas, Kurzgeschichten an Magazine zu schicken, die Horror- und Spannungsliteratur veröffentlichten. Seine erste Kurzgeschichte, »Ein Meer voller Schmerz«, erschien 1986 in der Dezemberausgabe von *Ellery Queen's Mystery Magazine*. Zu diesem Zeitpunkt hatte Thomas bereits mit der Arbeit an seinem ersten Roman *Die Waffe des Mörders* begonnen. Darin wird die Geschichte eines Mannes erzählt, der mit seinen Mordgelüsten ins Reine kommt. Mit dem Manuskript landete Thomas einen Vertrag mit der renommierten Literaturagentin Cynthia Mathis, die ihn noch heute vertritt. *Die Waffe des Mörders* erschien 1988. Obwohl das Buch kein durchschlagender Erfolg war, erreichte es eine Auflage von über 100 000 in der gebundenen Ausgabe und 500 000 als Taschenbuch – beeindruckende Zahlen für ein Romandebüt im Horror-Genre, vor allem angesichts der im Buch enthaltenen extremen Gewaltszenen.

Neunzigerjahre

Thomas' zweiter Roman *Der Sonnenuntergang hat die Farbe eines gebrochenen Herzens* (1990) kam weder bei Kritikern noch bei den Lesern an und wurde zu einem kommerziellen Flop. Mit dem Buch, das autobiografische Züge trägt, wich der Autor von seinen packenden Horror- und Spannungsszenarien ab und schrieb stattdessen einen Bildungsroman über einen Jungen, der im Appalachen-Vorland von North Carolina aufwächst. Nach dem enttäuschenden Abschneiden seines zweiten Romans gelang Thomas eine Reihe von kommerziellen Erfolgen, die von Kritikern als eine Rückkehr zu der spannungsgeladenen Form seines Debüts betrachtet wurden. Gleichzeitig benutzten diese neuen Werke wahre Kriminalfälle als Vorlage. Dazu gehörten *Wie die Welt zugrunde geht* (1991), *Blauer Mörder* (1992), *Angriffsplan* (1993), *Mitternacht: Erzählungen* (1994) sowie *Der Beifahrer* (1996). *Blauer Mörder, Angriffsplan* und *Wie die Welt zugrunde geht* wurden verfilmt, wobei ersterer Titel ein großer Kinoerfolg wurde. Bei Erscheinen seines Romans *Der Feuerteufel* im Jahr 1996 war Thomas bereits ein aufsteigender Stern des Horror-Genres und wurde als Nachfolger von Stephen King und Dean Koontz gehandelt.

Die Herzchirurgen-Morde und das Ende von Thomas' Autorenkarriere

Am 31. Oktober 1996 hinterließen Unbekannte eine Schachtel mit menschlichen Herzen im Ellipse-Park in Washington, D.C., unweit des National Christmas Tree. Einige der Leichen, von denen die Organe stammten, wurden später auf Thomas' bewaldetem Grundstück am Lake Norman in North Carolina ausgegraben. Es wird allgemein vermutet, dass Thomas nicht nur die Schachtel mit den Herzen im Ellipse-Park hinterlegt hat, sondern auch für die Herzchirurgen-Morde verantwortlich ist.

Der Mord an Jeanette Thomas

Am 2. November 1996 wurde die Mutter von Thomas erwürgt im Keller ihres Hauses aufgefunden – dasselbe Haus, in dem Thomas aufwuchs. Auf Thomas wurde ein Haftbefehl ausgestellt. Zeugen bestätigten, dass er seine Mutter kurz vor dem mutmaßlichen Todeszeitpunkt, dem Abend des 30. Oktober 1996, besucht hatte.

Das Verschwinden von Walter Lancing und seine mutmaßliche Ermordung

Walter Lancing, Redakteur des in Charlotte, North Carolina erscheinenden Outdoor-Magazins *Hiker*, war ein enger

Freund von Thomas, seit sich dieser nach dem Erfolg seines ersten Romans am Lake Norman niedergelassen hatte. Eine Woche nach Lancings Verschwinden fand man seinen weißen Cadillac DeVille neben einem Müllcontainer hinter dem Champlain-Diner in Woodside, Vermont. Im Wageninneren befand sich viel Blut. Tests ergaben, dass es von Walter Lancing stammte. Seine Leiche wurde nie gefunden.

Der Vorfall in Ricki's Bar in Scottsbluff, Nebraska
Am 7. November 1996 kam es in einer ländlichen Bar namens Ricki's am Ortsrand von Scottsbluff zu einer Schießerei. Zeugenaussagen unterstützen die Annahme, dass Andrew Z. Thomas zusammen mit einem unbekannten Mann mit langen schwarzen Haaren darin verwickelt war. Beide konnten fliehen.

Erstes längeres Verschwinden von Thomas: 1996–2003
Die Schießerei in Ricki's Bar war das letzte Mal in fast sieben Jahren, dass Thomas in der Öffentlichkeit gesehen wurde. Nach seinem Untertauchen wurden vier Leichen auf seinem Seegrundstück in North Carolina ausgegraben. Im Zusammenhang mit diesen Morden wurden Haftbefehle gegen Thomas erlassen. Thomas war bereits in den Jahren vor 1996 ein erfolgreicher Autor gewesen, aber nun sorgte sein neu gewonnener berühmt-berüchtigter Ruf dafür, dass seine Bücher sich so gut verkauften wie nie zuvor. Dies wiederum führte zu Neuauflagen seiner Backlist-Titel, Neuverfilmungen und der Entstehung eines Personenkults, der sich mit dem Rätsel befasste, warum ein erfolgreicher Schriftsteller zum Mörder wurde. Zusätzlich rankten sich allerhand Spekulationen um sein Verschwinden. War er tot oder lebte er noch? Wenn Letzteres der Fall war, schrieb er immer noch Bücher?

Erneutes Auftauchen und Mordserie in North Carolina #1: 27. bis 28. Oktober 2003

Am 27. Oktober 2003 wurden Zach und Theresa Worthington mitsamt ihren zwei Kindern in ihrem Haus am Lake Norman in North Carolina ermordet. Ihre Nachbarin Beth Lancing (die Witwe von Walter Lancing) wurde zu Hause von einem Mann entführt, den Jenna Lancing später als groß und bleich sowie schwarz- und langhaarig beschrieb. Am darauffolgenden Tag, dem 28. Oktober, wurde ein Angestellter eines Walmart in Rocky Mount, North Carolina auf der Herrentoilette ermordet. In den polizeilichen Datenbanken ist das von den Überwachungskameras im Walmart aufgenommene Foto des Mörders das einzige brauchbare Bild des Mannes, bei dem es sich vermutlich um Luther Kite handelt. Obwohl die Polizei davon ausgeht, dass Luther Kite sich während des Kinnakeet-Massakers an Bord der Fähre befand, gibt es anhand der verfügbaren Bilder keinen Hinweis darauf. Am selben Tag fand man nachts die Leiche von Karen Prescott, einer ehemaligen Lektorin und Freundin von Thomas, am Leuchtturm von Body Island hängen. Thomas geriet sofort in Verdacht, diese Morde begangen zu haben. Gerüchte machten die Runde, er wäre wieder aus seinem Versteck aufgetaucht.

Das Verschwinden von Detective Violet King

Violet King, eine Mordermittlerin beim Davidson Police Department, begab sich am 4. November 2003 nach Ocracoke Island, um Hinweisen im Mordfall Worthington und der Entführung von Beth Lancing nachzugehen. Ein Laserpointer, den das jüngste Kind der Familie Worthington in der Hand gehalten hatte, enthielt einen unvollständigen Fingerabdruck von Luther Kite. Dessen Familie wohnte auf der Insel. King kontaktierte das Davidson Police Department zuletzt am 6. November. Danach verschwand sie spurlos und wurde später nur kurz in der von einer Überwachungskamera aufgezeichneten Videoaufnahme des Massakers auf der Kinnakeet-Fähre am 12. November gesehen.

Das Massaker auf der Kinnakeet-Fähre: 12. November 2003

Am Morgen des 12. November 2003 fuhren sechs Fahrzeuge an Bord der Kinnakeet-Fähre, die um 5:00 Uhr von Ocracoke Island abging. Aus ungeklärten Gründen ereignete sich ein Massaker an Bord, bei dem der Kapitän der Fähre sowie fünf Passagiere getötet wurden. Nachdem die Fähre später auf eine Sandbank vor Hatteras Island auflief, befanden sich Luthers Eltern, Rufus und Maxine Kite, ebenfalls unter den Toten. Die beiden waren von einem Chevrolet Blazer gegen ein Geländer gedrückt worden und kamen dabei ums Leben. Insgesamt starben an diesem Tag acht Menschen. Die Aufnahmen der Überwachungskamera an Bord der Fähre zeigten einen Teil des Massakers. Außerdem konnte man auf einigen der Bilder Andrew Thomas, Violet King und einen Mann mit langen schwarzen Haaren erkennen. Letzterer konnte nicht eindeutig als Luther Kite identifiziert werden. Keine dieser drei Personen wurde jedoch unter den Toten entdeckt. Die Polizei geht davon aus, dass sie entweder ums Leben kamen und über Bord gingen oder dass sie fliehen konnten.

Kontroverse und längeres Verschwinden von Thomas: 2003 bis heute

Bevor Thomas 2003 wieder auf der Bildfläche erschien, war die gängigste, unter anderem auch von Polizei und FBI vertretene Theorie, dass der Autor während seiner Arbeit an *Der Feuerteufel*, seinem bis dahin gewalttätigsten Roman, wahnsinnig wurde, nicht mehr zwischen Fiktion und Wirklichkeit unterscheiden konnte und versuchte, die in seinen Büchern geschilderten Gewaltfantasien auszuleben. Allerdings kam es in der Folgezeit, bedingt durch die Mordserie in North Carolina im Jahr 2003 und die Videoaufnahmen vom Kinnakeet-Massaker, zu alternativen Erklärungsversuchen. Einige davon beteuern, Thomas sei unschuldig und womöglich einer massiven Verschwörung zum Opfer gefallen. Andere Theorien beschäftigen sich mit der Frage, ob Thomas noch lebt und weiterhin schreibt und, wenn ja, unter welchen bekannten Pseudonymen. Manche vermuten, Thomas veröffentliche seine neuesten Werke unter dem Namen Jack Kilborn, ein Autor, der 2009 mit dem erfolgreichen Horror-Roman *Angst* auf die Bühne trat.

Schreibstil

Thomas' Romane zeichnen sich aus durch eine knappe, lakonische Sprache und die Verwendung extremer Gewaltszenen, die von manchen Kritikern als exzessiv beschrieben werden. In Wirklichkeit überlässt der Autor viel der Fantasie der Leser.

Literarische Einflüsse und Vorbilder

Thomas wird häufig mit anderen Horrorautoren wie Stephen King, Dean Koontz, Richard Laymon, Edward Lee, Jack Ketchum, Clive Barker und anderen Meistern des Genres verglichen.

Kritische Rezeption

Die Literaturkritik nahm Thomas nie sonderlich ernst. Im Laufe seiner neunjährigen Schriftstellerkarriere erschien zu seinen Büchern in den gängigen Publikationen wie etwa *Publishers Weekly*, *Kirkus Reviews*, *Library Journal* oder *Booklist* keine einzige wohlwollende Rezension. Die *New York Times* beschrieb sein Werk als »eine Mischung aus verantwortungslos und miserabel«. *Kirkus Reviews* kommentierte die Ankündigung eines Nachfolgebandes zu Thomas' erstem Roman *Die Waffe des Mörders* mit den berühmten Worten: »Traurig, aber wahr: Eine Fortsetzung ist in Arbeit.« In jüngster Zeit vertreten manche Kritiker jedoch die Meinung, dass Thomas nach einem weiteren Jahrzehnt vielleicht sogar ein ähnlich breites Publikum gefunden hätte wie Horrorautoren vom Kaliber eines Stephen King oder Dean Koontz. Damit wird ihm endlich größere Anerkennung zuteil: für seine intensiven Schilderungen menschlicher Abgründe und die kontroversen und provokanten Stoffe seiner Romane.

Bibliografie
Die Waffe des Mörders (1988)
Der Sonnenuntergang hat die Farbe eines gebrochenen Herzens (1990)
Wie die Welt zugrunde geht (1991)
Blauer Mörder (1992)
Angriffsplan (1993)
Mitternacht: Erzählungen (1994)
Der Beifahrer (1995)
Der Feuerteufel (1996)
Das finstere Herz (unvollendetes Manuskript) (1998)

Privatleben
Thomas lebte bereits vor den Ereignissen im Herbst 1996 äußerst zurückgezogen und ließ sich nur selten in der Öffentlichkeit blicken – abgesehen von Autorenlesungen in Buchhandlungen und gelegentlicher Teilnahme an Krimifestivals, zuletzt beim Bouchercon 1995 in Indianapolis. Über mehrere Jahre hinweg hatte Thomas eine feste Beziehung mit Karen Prescott, einer Lektorin bei Ice Blink Books. Diese endete jedoch vor den umstrittenen Ereignissen von 1996. Daneben war der Autor eng mit seiner Literaturagentin Cynthia Mathis

befreundet. Obwohl diese jeglichen persönlichen Kontakt zu Thomas nach 1996 abstreitet, glaubt sie bis heute fest an seine Unschuld.

Jack
31. März, 12:50 Uhr

Nachdem ich den Wikipedia-Artikel über Thomas zu Ende gelesen hatte, ging ich zu der inoffiziellen Autoren-Webseite, die von seinen Fans unterhalten wurde. Wobei *Fans* vielleicht nicht der passende Ausdruck war. Im Forum der Webseite meldeten sich Dutzende von Leuten zu Wort, die Thomas hassten und davon überzeugt waren, er sei ein Monster. Darüber hinaus gab es einen ganzen Abschnitt, in dem Spekulationen darüber kursierten, ob Thomas noch lebte und weiterhin schrieb.

Ich gab »Luther Kite« in die Suchfunktion ein und erhielt über hundert Treffer im Forum. Es dauerte etwa eine Stunde, bis ich mich durch das gesamte Material gearbeitet hatte. Bei Weitem die meisten Beiträge bezogen sich auf den Wikipedia-Artikel, das Verschwinden von Detective Violet King und den Mord an Luthers Eltern. Es gab Theorien darüber, dass Andrew und Luther Partner waren, dass Andrew Luther umgebracht hatte oder umgekehrt und dass Außerirdische Andrew entführt und ihm Luthers Gehirn eingesetzt hatten. Keine dieser Spekulationen wirkte auch nur annähernd glaubwürdig.

Dies änderte sich, als ich auf fünf Beiträge eines Users mit dem Namen »ALONEAGAIN« stieß:

Ihr habt ja alle keine Ahnung. Den Andy Thomas, den ich kannte, gibt es längst nicht mehr. Aber sein Mörder, Luther Kite, lebt noch und treibt weiterhin sein Unwesen.

Und:

Luther Kite hat mir meinen geliebten Andy weggenommen. Das Unheil, das er verbreitet, wird Generationen andauern. Es hat mein Baby zerstört.

Und:

Luther Kite ist der leibhaftige Teufel. Und des Teufels größter Trick besteht darin, uns weiszumachen, dass es ihn gar nicht gibt. Das Einzige, was noch schlimmer ist als der Teufel selbst, ist ein Teufel in Verkleidung.

Als Nächstes suchte ich nach Informationen über ALONE-AGAIN, aber leider hatte dieser User noch kein persönliches Profil angelegt. Es gab jedoch noch zwei weitere Einträge von ihm oder ihr. Ich klickte den ersten an.

Luther ist zu allem fähig. Einmal hat er sogar einen Bus verschwinden lassen.

Was auch immer das heißen sollte.

Und:

Er hat es auf dich abgesehen, Jack. Es gibt auf der ganzen Welt keinen Ort, wo du vor ihm sicher bist. Er hat mir mein Baby genommen. Deins holt er sich als nächstes.

Ich starrte auf den Bildschirm und spürte, wie sich die Härchen auf meinen Armen aufstellten. Die Nachricht war fünf Monate alt und ganz offensichtlich für mich bestimmt.

Versteckte sich womöglich Luther selbst hinter dem Namen ALONEAGAIN?

Es sah ganz so aus. Allerdings war es höchst ungewöhnlich, dass jemand in der dritten Person über sich selbst sprach. So etwas taten eigentlich nur Schizophrene. Nichts, was ich bisher über Luther herausgefunden hatte, deutete darauf hin, dass sein krankhaftes Verhalten mit Schizophrenie zu tun hatte.

Vielleicht war dieser User jemand anders, der über Luther schrieb. Jemand, der ihn oder Thomas kannte?

Vielleicht sogar Thomas selbst?

Ich ließ mir diese Frage durch den Kopf gehen. Was, wenn Thomas diese Morde nicht begangen hatte? Was, wenn Luther sie ihm in die Schuhe geschoben hatte und er seitdem untergetaucht war?

Ich ging noch mal zu dem Wikipedia-Artikel und notierte mir den Namen seiner Literaturagentin. In diesem Augenblick hörte ich Phin in der Küche telefonieren. Er war gerade dabei, die Sache mit Geneva zu arrangieren.

Ich gab die Literaturagentur Cynthia Mathis bei Google ein und erhielt über tausend Treffer, von denen die meisten sich auf ihren Blog mit dem Titel *Die Literaturagentin weiß es besser* bezogen. Ich überflog diesen und fand eine ganze Menge Beiträge, in denen Cynthia sich über neue Autoren lustig machte, ihre Anschreiben in den Dreck zog und ihnen unverblümt sagte, dass ihre Texte nichts taugten. Schriftsteller mussten ausgesprochene Masochisten sein, denn sie sogen diese Beschimpfungen gierig in sich auf und konnten gar nicht genug davon bekommen.

Der Blog war Teil ihrer Webseite. Dort fand ich ihre Kontaktinformation und rief dann in ihrem Büro in New York an. Ich wurde mit einem Telefonverzeichnis verbunden und tippte die Nummer der Chefin ein.

Eine Sekretärin meldete sich. »Mit wem spreche ich, bitte?«

»Hier spricht Lieutenant Jacqueline Daniels«, sagte ich und hoffte gleichzeitig, dass ihr der Name ein Begriff war. »Ich möchte bitte Cynthia Mathis sprechen.«

»Einen Augenblick, bitte.«

Ich ließ mich von seichter Hintergrundmusik berieseln. Einer plötzlichen Eingebung folgend, nutzte ich die Wartezeit dazu, die Stimmanalyse-Software hochzufahren, die McGlade auf meinem Computer installiert hatte. Dann schaltete ich auf Lautsprecher und wartete, bis die Literaturagentin sich meldete.

»Lieutenant Daniels? Ich freue mich über Ihren Anruf, meine Liebe. Ich habe die meisten Ihrer Fälle verfolgt. Möchten Sie ein Buch über wahre Kriminalfälle schreiben oder lieber Ihre Memoiren? Wenn Sie sich nicht trauen, selbst zu schreiben, kenne ich einige hervorragende Ghostwriter.«

Sie sprach mit leiser Stimme und in der hastigen Art, wie sie für New Yorker typisch war.

»Ich weiß nicht, ob sich überhaupt jemand für meine Erlebnisse interessiert, Miss Mathis. Eigentlich rufe ich wegen einer anderen Sache an. Sie vertreten doch Andrew Z. Thomas. Hatten Sie in letzter Zeit mit ihm Kontakt?«

Ich fuhr mit dem Mauszeiger auf den Button mit der Aufschrift GRUNDTON und klickte darauf.

»Seit dem Kinnakeet-Vorfall von zweitausenddrei hat niemand mehr wieder etwas von Andy gehört.« Sie klang auf einmal eisig und abweisend. »Und ehrlich gesagt habe ich es satt, der Polizei gegenüber seine Unschuld beteuern zu müssen.«

Ich wartete, da ich noch etwas mehr Zeit benötigte, um für ihre Stimme einen Grundton festzulegen. Stimmanalyse funktionierte im Prinzip wie ein Lügendetektor. Um eine Person beim Lügen zu ertappen, brauchte die Software zu Vergleichszwecken eine Kostprobe normalen Sprechverhaltens.

»Sind Sie noch da, Lieutenant? Wie gesagt, ich beantworte keine Fragen über Andy mehr. Alle sind anscheinend schnell bei der Hand, wenn es darum geht, ihm die Morde in die Schuhe zu schieben. Aber bis jetzt hat noch niemand ernsthaft versucht, ihn zu finden oder seinen guten Ruf wiederherzustellen.«

Auf dem Computerbildschirm erschien die Meldung ANGENOMMEN. Ich klickte auf Pause.

»Ich glaube nicht, dass er schuldig ist«, warf ich schnell ein. Völlig gelogen war das nicht, denn ich war mir nicht sicher. »Ich würde ihn gerne finden und weiß womöglich, wo er sich zurzeit aufhält.« Das allerdings stimmte überhaupt nicht – aber genau genommen hatte ich bereits mit dem Lügen angefangen, als ich mich mit meinem alten Dienstgrad vorstellte.

»Wissen Sie, ich habe immer wieder betont, dass Andy unschuldig ist, seit …«

»Miss Mathis, ich hab's eilig. Es wäre nett von Ihnen, wenn Sie mir einfach nur ein paar Fragen beantworten könnten. Und wer weiß, vielleicht springt am Ende sogar ein Buch dabei raus.«

»Ich verstehe. Schießen Sie los.«

»Sagt Ihnen der Name Luther Kite etwas?« Ich klickte auf ANALYSE.

»Noch nie gehört«, sagte sie.

WAHRHEIT, blinkte es auf meinem Bildschirm.

»Wissen Sie irgendetwas über Orson, Mr Thomas' Bruder?«

»Nein. Andy hat ihn nie erwähnt.«

WAHRHEIT.

»Und Walter Lancing?«

»Der ist mir nie begegnet, aber ich wusste, dass er mit Andy befreundet war. Er befand sich unter den Mordopfern. Andy hätte Walter nie etwas zuleide getan.«

WAHRHEIT.

»Haben Sie jemals in einem Online-Forum den Usernamen ALONEAGAIN verwendet?«

Nach einer kurzen Pause antwortete sie: »Nein, hab ich nicht. Wieso sollte ich das?«

WAHRHEIT.

»Kannten Sie Karen Prescott?«

»Klar kannte ich die. Wir hatten öfter miteinander zu tun. Sie war ja eine Zeit lang Andys Lektorin. Sie hat er übrigens auch nicht umgebracht.«

WAHRHEIT.

Ich warf einen Blick auf den Wikipedia-Artikel, für den ich ein anderes Fenster geöffnet hatte. »Wissen Sie, wo Violet King sich momentan aufhält?«

»Violet King? Tut mir leid, dieser Name sagt mir nichts.«

LÜGE.

Ich setzte mich etwas aufrechter. »Sie war Polizistin und ist zur gleichen Zeit wie Andy verschwunden, unmittelbar nach dem Massaker auf der Kinnakeet-Fähre. Wollen Sie mir sagen, Sie wissen nicht, wo sie ist?«

»Ich hab keine Ahnung, wo sie sein könnte.«

LÜGE.

»Miss Mathis, es ist wirklich wichtig, dass Sie mir reinen Wein einschenken. Den Aufenthaltsort von Andy zu ermitteln, wird nicht einfach werden. Violet ist womöglich der Schlüssel dazu.«

»Ich kenne die Frau überhaupt nicht.«

»Oh doch, Cynthia. Ich bin bei der Polizei und weiß genau, wenn mich jemand anlügt.«

Vor allem mithilfe der richtigen Software.

Cynthia seufzte. »Violet ist mir nie persönlich begegnet und ich hab nur einmal mit ihr gesprochen.«

WAHRHEIT.

»Worum ging es in diesem Gespräch?«, fragte ich.

»Nachdem Andy untergetaucht war, erhielt ich einen Brief in seiner Handschrift. Darin wurde ich gebeten, alle seine zukünftigen Tantiemen an Miss King zu überweisen. Ich rief sie an, um herauszufinden, was ihre Beziehung zu Andy war. Sie hatte jedoch einen Unfall erlitten und konnte wegen ihrer starken Schmerzen meine Fragen nicht beantworten. Ich stellte sie ihr schriftlich und bekam eine nette Antwort, in der sie mir mitteilte, sie wüsste nicht, wo Andy sich aufhielt. Außerdem wollte sie kein Geld von ihm. Trotzdem löst sie die Schecks ein, die ich ihr zweimal im Jahr zusende.«

WAHRHEIT.

»Haben Sie die Briefe noch? Die von Andy und Violet?«

»Bestimmt. Ich werfe eigentlich nie etwas weg.«

Ich gab ihr meine Faxnummer und fragte sie noch, ob sie bezüglich Violet irgendeinen Verdacht hatte.

»Sie meinen, ob sie Andy gezwungen hat, diesen Brief zu schreiben? Natürlich kam mir dieser Gedanke. Ich vertrete ziemlich viele Krimiautoren. Aber dann habe ich mir den Poststempel genauer angesehen. Er war auf ein paar Wochen nach Violets Unfall datiert.«

»Was war das für ein Unfall?«

»Die arme Frau erlitt entsetzliche Brandwunden und Verstümmelungen. Wenn Sie also glauben, sie hätte Andy in ihrem Keller gefangen gehalten und ihn gezwungen, ihr die Rechte an seinen Werken abzutreten, dann wäre das völlig unmöglich gewesen.«

»Wissen Sie, wie man Violet erreichen kann?«

»Ja. Ich kann es Ihnen zusammen mit den Briefen faxen. Aber jetzt würde ich Sie gerne etwas fragen, Lieutenant.«

»Nur zu.«

»Ich weiß, dass zu dem Fall mit dem Lebkuchenmann, in den sie verwickelt waren, bereits mehrere Bücher und eine Fernsehsendung erschienen sind. Aber Sie haben nie Ihre Sicht der Dinge erzählt, meine Liebe. Gegen eine kleine Gebühr kann ich Ihnen einen Ghostwriter vermitteln. Ich bin sicher, dass das ein enormer Bestseller wird.«

LÜGE.

»Danke für Ihr Angebot, Cynthia. Ich melde mich wieder bei Ihnen, falls ich Fragen dazu habe.«

Ich legte auf und fühlte mich ein bisschen schäbig. Dann suchte ich im Adressbuch meines iPhones nach der Nummer eines alten Freundes.

Na ja, *Freund* war vielleicht nicht das richtige Wort. Aber wir hatten in der Vergangenheit ein paarmal beruflich miteinander zu tun gehabt, und wir vertrauten einander, soweit dies zwischen einer Polizistin und einem Reporter möglich war.

Oder vielmehr *Ex*-Polizistin und *Ex*-Reporter. Soviel ich wusste, arbeitete er nicht mehr beim *Chicago Record*. Wahrscheinlich hatte man ihn dort rausgeschmissen. Aber womöglich hatte er immer noch Zugang zum Online-Archiv der Zeitung. Auf diese Weise kam ich vielleicht an Informationen über Andrew Z. Thomas und Luther Kite, die nicht im Wikipedia-Artikel standen.

Ich hatte immer noch seine Telefonnummer, gespeichert unter dem Namen Chapa. Ich drückte auf den Namen und horchte, als es viermal klingelte. Gerade als ich dachte, die Mailbox würde sich melden, nahm er beim fünften Klingeln ab. Ich bemühte mich um einen fröhlichen Tonfall.

»Hi Alex, ich bin's, Jack Daniels. Was macht das Rentnerdasein?«

»Lieutenant, wer hat Ihnen erzählt, dass ich in Rente gegangen bin?«

»So was spricht sich herum. Ich hab von dieser Sache in Oakton gehört, die Ihnen um die Ohren geflogen ist. Ganz schön brenzlig.«

Chapa lachte. »Um die Ohren geflogen? Wie schön Sie das sagen, Jack. Deswegen bin ich jetzt auch auf den Florida Keys und warte, bis sich daheim die Wogen wieder geglättet haben. Und wie geht's Ihnen?«

»Ich bin immer noch in Chicago und kämpfe für eine gute Sache. Ich möchte Sie um einen Gefallen bitten.«

»Schon wieder? Wie oft muss ich Ihnen noch sagen, dass …«

Ich fiel ihm ins Wort. »Wenn ich mich richtig erinnere, schulden Sie mir noch ein paar.«

»Ihr Gedächtnis scheint mit zunehmendem Alter nachzulassen, Lieutenant.«

Ich runzelte die Stirn. »Genug mit dem Firlefanz, Chapa. Ich brauche Zugang zum Online-Archiv des *Record*. Es stehen Menschenleben auf dem Spiel.«

Schweigen am anderen Ende. Im Hintergrund hörte ich ein Gewitter.

»Chapa? Sie sind doch nicht etwa gestorben?«

»Machen Sie sich da mal keine Hoffnungen, Jack. Was Sie von mir verlangen, ist wirklich der Hammer.«

»Das mit den Menschenleben haben Sie doch wohl gehört, oder?«

»Erzählen Sie mir mehr. Wecken Sie meine Reporterneugier.«

»Um es kurz zu machen, ein Psychopath namens Luther Kite hat es auf mich abgesehen. Ich brauche Hintergrundinformationen über ihn und einen Schriftsteller namens Andrew Z. Thomas. Beide machten in der Vergangenheit Schlagzeilen. Aber bevor ich mich bei Ihnen verrenken muss, bestelle ich lieber ein Online-Abonnement. Das kostet bestimmt nicht die Welt …«

»Schon gut, Jack, es reicht. Ich helfe Ihnen. Haben Sie was zum Schreiben?«

»Zum Schreiben? Leben wir etwa in den Sechzigern? Dafür benutze ich Notizen auf meinem iPhone.«

»Okay, Sie Technik-Freak, hier ist es.«

Ich schaltete auf Lautsprecher, und Chapa gab mir ein sechsstelliges Passwort, das einem Mann namens Wormley gehörte.

»Danke, Alex. Jetzt sind wir quitt.« Ich bewegte meinen Daumen in Richtung rote Taste.

»Von wegen quitt, Jacqueline. Zunächst einmal schulden Sie mir einen Drink, wenn wir uns das nächste Mal treffen, was hoffentlich nicht bald ist. Jedes Mal, wenn wir zusammen sind, schießt jemand auf mich.«

»Geht in Ordnung.« Ich würde dem alten Schreiberling einfach ein Old Style ausgeben. »Sonst noch was?«

»Und kommen Sie mir bloß nicht wieder mit Old Style. Bei mir kommt nur noch hochwertiger Rum infrage. Außerdem will ich was von Ihnen.«

»Ich fühle mich geschmeichelt, aber ich habe bereits einen festen Freund. Und Sie sind sowieso nicht mein Typ.«

»Heben Sie sich diesen Gedanken für eine einsame Nacht auf, Lieutenant. Ich wollte damit sagen, dass ich einen Namen brauche.«

Ich schnippte mit den Fingern.

»Brandy.«

»Brandy? Sie haben doch nicht etwa zu viel getrunken, Lieutenant?«

»Mein Freund möchte unser Baby so nennen.«

»Ich mag am liebsten Mojitos, aber nur weil Gale sie mir literweise mitbringt. Aber das ist eine andere Geschichte. Ich brauch den Namen von einem bestimmten Mann. Er war vor etwa zehn Jahren in einen Kidnapping-Fall verwickelt.«

»Geht klar.«

Chapa beschrieb mir den Typen. Ich loggte mich in die Datenbank des Chicago Police Department ein. Nach einer Weile fand ich den Namen und mailte Chapa ein Foto.

»Noch was, Jack. Sie haben genau zwei Stunden Zugang zum Online-Archiv des *Record*. Danach gewinnt meine Berufsehre die Oberhand, und ich muss denen mitteilen, dass ein Hacker eines ihrer Passwörter geknackt hat. Viel Glück.«

»Passen Sie auf sich auf, Chapa. Ich schulde Ihnen ein Old Style.«

Ich legte auf, loggte mich mit Wormleys Passwort beim *Chicago Record* ein und suchte nach Kite, Thomas und Violet. In der ersten halben Stunde scrollte ich durch dieselben Informationen, die ich bereits aus dem Wikipedia-Artikel kannte. Aber dann fand ich einen interessanten Hinweis in der Ausgabe vom 11. November 2003, mit dem ich womöglich etwas anfangen konnte.

Nach Violet Kings Verschwinden besuchten ihr Mann Max und ihr Vorgesetzter, Sergeant Barry Mullins, das Haus von Maxine und Rufus Kite auf Ocracoke Island und suchten dort nach ihr. Zwei Tage später fand man die Leichen der beiden Männer zusammen mit vielen anderen, die im Keller an Ketten hingen. Außerdem befand sich dort unten ein weitverzweigtes Labyrinth von Gängen, die zu mehreren Folterkammern führten. In einer davon gab es eine Vorrichtung, die wie ein selbst gebauter elektrischer Stuhl aussah. Und in einem der hintersten Räume hingen zehn Leichen an Ketten von der Decke, darunter Max King und Barry Mullins.

Zu Violet King fand ich nichts weiter. Aber anscheinend tauchte sie zusammen mit Thomas unter und hielt sich mehrere Jahre versteckt, bis sie schließlich den schweren Unfall erlitt.

Wenn Thomas wirklich der Mörder war, wäre sie dann zusammen mit ihm geflohen, wohl wissend, dass er womöglich ihren Mann und ihren Chef umgebracht hatte? Oder vielleicht war er erst richtig ausgerastet, als sie es herausfand, und bekam später so ein schlechtes Gewissen, dass er beschloss, ihr regelmäßig Geld zu geben.

Andererseits passte ein schlechtes Gewissen nicht zu einem Menschen, der einen elektrischen Stuhl zusammengebaut hatte. Zum Glück enthielt der Artikel keine genaue Beschreibung des Folterkellers. Ich wollte gar nicht wissen, wie das Spielzimmer eines sadistischen Psychopathen aussah. Bei dem Gedanken lief es mir kalt den Rücken hinunter.

Ich loggte mich genau in dem Moment aus, als Phin mit einem Roastbeef-Sandwich und einem Teller, der randvoll mit

Schweinekrusten gefüllt war, hereinkam. Ich glaube nicht, dass ich in diesem Augenblick irgendjemanden mehr geliebt hätte als ihn.

»Was machst du da?«, fragte er.

Als er neben mir in die Hocke ging, klickte ich auf den Bildschirmschoner. »Nur ein paar Recherchen.« Dann stopfte ich mir den Mund derart mit dem Sandwich voll, dass ich mich erfolgreich um eine Rolle in einem Pornofilm hätte bewerben können.

»Was für Recherchen?«

Wenn ich ihm jetzt sagte, dass ich nach einer Verbindung zwischen Luther Kite und Andrew Z. Thomas suchte, wäre er bestimmt sauer auf mich. Andererseits brachte ich es nicht übers Herz, ihn anzulügen. Daher grunzte ich etwas Belangloses und kaute gierig auf meinem Sandwich herum.

»Jack, ich hoffe doch sehr, du gehst nicht schon wieder dieser Sache mit Luther Kite nach.«

Wieder stieß ich ein unverständliches Grunzen aus.

»Das Wellness-Zentrum hat ab übermorgen einen Platz frei. Ich hab denen deine Situation geschildert und bereits dafür gesorgt, dass sie deine Krankheitsgeschichte zugeschickt bekommen. Um die Erlaubnis dafür zu bekommen, musste ich mich als dein Ehemann ausgeben. Apropos Ehemann …«

Ich würgte das Sandwich hinunter und sah ihn mit zusammengekniffenen Augen an. »Worauf willst du hinaus?«

»Magst du die Schweinekrusten?«

»Die Schweinekrusten sind lecker. Aber lenk jetzt bitte nicht vom Thema ab.«

»Ich hab mir gedacht …«

»Soso. Du hast dir gedacht …«

»Es wäre für uns beide …«

Ich schüttelte den Kopf, wohl wissend, wohin das führte. »Phin, ich bitte dich …«

»... einfacher …«
»Phineas Troutt … hör bitte auf damit.«
»… wenn wir heiraten.«

Luther
15. März, sechzehn Tage vorher
Zweiundzwanzig Stunden nach dem Vorfall mit dem Bus

Bis jetzt hat er sich standhaft geweigert zu reden, und deshalb dehnt Luther ihn auf der Streckbank. Die Kabel beginnen unter der Anspannung zu summen. Schweißperlen treten auf die Stirn des Mannes und lassen sie glänzen wie die frisch gewachste Oberfläche eines Sportwagens.

Luther hält die Seilwinde an und tritt vom Schaltpult zurück.

Er stellt sich neben die Streckbank und blickt auf den Mann herab. Steve heißt er und er ist groß und schlank. An seinen Muskeln sieht man, dass er sein Leben lang körperlich gearbeitet hat.

»Sehen Sie mich an, Steve.«

Steves Kopf ist streng fixiert. Er verdreht die Augen in Luthers Richtung. Die unerträgliche Dehnung seines Körpers lässt ihn vor Schmerz stöhnen.

»Wollen Sie endlich reden?«, fragt Luther.

»Ja«, stößt der Mann hervor.

»Zum letzten Mal … das Schlimmste, was Sie je getan haben … Sagen Sie's mir. Aber passen Sie auf … ich merke, wenn Sie lügen.«

Steve zögert.

»Steve, ich weiß, Sie sind stark, aber glauben Sie mir … meine Maschine wird Sie buchstäblich in Stücke reißen.«

»Ich … ich habe einen Mann umgebracht.«

Luther ist überrascht, lässt es sich jedoch nicht anmerken. Die Weigerung des Mannes zu reden war der erste Hinweis darauf, dass er etwas zu verbergen hatte. Aber damit hatte er nicht gerechnet.

Er hätte nie gedacht, dass er so viel Glück haben würde.

»Sie haben einen Mann umgebracht.«

»Ja.«

»Wie hieß er?«

»Das weiß ich nicht. Niemand weiß was davon. Nicht mal meine Frau.«

»Erzählen Sie mir, was passiert ist. Lassen Sie nichts aus.«

»Vor drei Jahren bin ich von dieser Bar heimgefahren. Ich hatte ziemlich viel getrunken. Plötzlich kommt dieser Typ aus einer Seitenstraße und nimmt mir die Vorfahrt. Davor hab ich nie so reagiert, und danach auch nicht. Aber in diesem Moment bin ich ausgerastet. Ich bin ihm dreißig Kilometer weit hinterhergefahren.«

»Sie waren wütend.«

»Sehr sogar. Wenn ich jetzt daran denke, verstehe ich es nicht … es war einfach dumm und sinnlos. Die Woche davor hatte ich meinen Job verloren. Ich hatte getrunken und kam gerade aus einer üblen Spelunke. Ich bin dann ganz dicht aufgefahren, bis er schließlich rechts rangefahren und aus dem Auto gesprungen ist. Er hat mich angeschrien und mich einen Psychopathen genannt.«

»Und was haben Sie dann getan, Steve?«

»Ich hab den Kofferraum aufgemacht und den Golfschläger rausgeholt. Hab aber nur einmal zugeschlagen. Ich hätte nie gedacht, dass ich ihn damit umbringe.«

»Jeder von uns tut im Leben Dinge, die er später bereut. Und niemand hat Sie gesehen?«

»Nein. Das Ganze passierte an einem ruhigen Sommerabend auf einer einsamen Landstraße. Und der Typ war … er war noch ganz jung. Hinterher stand in der Zeitung, dass er erst zweiundzwanzig war. Er hatte gerade seinen College-Abschluss gemacht und sollte eine Stelle als Lehrer an einer Grundschule antreten. Ich hab dann in den Nachrichten gesehen, wie seine Familie mögliche Zeugen gebeten hat, sich zu melden … das war furchtbar. Es ist immer noch furchtbar.«

»Danke, Steve.«

»Werden Sie mich jetzt töten?«

»Nein. Aber Sie klingen fast so, als wollten Sie das.«

»In jedem von uns steckt das Böse«, sagt Steve. »Manche haben davon mehr als andere. Ich hätte nie gedacht, dass das auch auf mich zutrifft, und das macht mir Angst, weil ich mich ständig frage, wie viel davon noch in mir steckt und nur auf eine Gelegenheit wartet, aus mir hervorzubrechen.«

Luther tätschelt ihm die Schulter. »Machen Sie sich deswegen keine Sorgen. Für Leute wie Sie gibt es einen speziellen Kreis der Hölle.«

Jack
31. März, 13:45 Uhr

Es wäre für uns beide einfacher, wenn wir heiraten.

Einen weniger romantischen Heiratsantrag konnte ich mir nicht vorstellen. Ich war fett und hässlich und von meinem Kinn tropfte Soße. Und der Mann, den ich liebte, verlangte von mir ewige Treue und Hingabe mit einer Leidenschaft und Intensität, als wolle er mich fragen, welche DVD ich mir heute Abend ansehen wollte.

»Das ist doch wohl nicht dein Ernst«, erwiderte ich.

Er zuckte leicht zusammen. »Doch. Wir wohnen sowieso schon zusammen, und wegen der Versicherung, den Steuern und dem Baby ist es …«

»Jetzt aber mal langsam«, sagte ich und hob die Hand. Phin wusste, dass ich mir vorgenommen hatte, nie wieder zu heiraten. Vor nicht allzu langer Zeit war ich verlobt gewesen, und die Sache war nicht gut ausgegangen, genau wie meine Ehe davor. Dass er mich jetzt einfach fragte, vor allem auf diese Art …

Mein Faxgerät piepste.

Phin nahm dies zum Vorwand, seinen Blick von mir abzuwenden und zum Drucker zu gehen. Ich sah ihm zu, wie er das Deckblatt las und dabei die Stirn runzelte.

»Andrew Z. Thomas? Jack, du hast mir doch versprochen, dass du das nicht mehr weiterverfolgst.«

»Ich hab dir versprochen, dass ich nach Geneva fahre, aber nicht, dass ich von dem Fall die Finger lasse.«

Er schüttelte den Kopf und hob die Hände. »Es ist nicht nur

dieser Fall. Es ist alles. Du wolltest doch die Polizeiarbeit an den Nagel hängen. Aber seit du den Job gekündigt hast, machst du genau dasselbe wie vorher. Es ist fast so, als hättest du nie dort aufgehört.«

»Entschuldige, dass ein Psychopath hinter mir her ist.«

»Entschuldige, dass ich mir Sorgen um dich mache.«

Er ging zur Tür und blieb vor dem Hinausgehen noch einmal stehen.

»Nimmt das jemals ein Ende, Jack? Selbst wenn sie Luther schnappen oder jemand ihn tötet, kommt immer wieder ein neuer Fall dazu, den die berühmte Jack Daniels unbedingt lösen muss.«

»Dafür werde ich bezahlt, Phin. Ich betreibe jetzt mit Harry eine Privatdetektei und bin verdammt gut darin.«

»Eines Tages wirst du dabei draufgehen. Ich will nicht, dass es so weit kommt.«

»Niemand zwingt dich, bei mir zu bleiben.«

Eigentlich war es gemein, so etwas zu jemandem zu sagen, der soeben um meine Hand angehalten hatte.

»Wow. Wie fühlt es sich an, die größte Zicke im ganzen Land zu sein?«

Autsch.

»Ich dachte, wir hätten Grenzen, die wir beide respektieren, Phin. Du verlangst nicht von mir, dass ich mich ändere, und ich verlang nicht von dir, dass du die Finger von deinen dummen kriminellen Geschäften lässt …«

»Nett. Ausgesprochen nett.«

»… und du verlangst nicht von mir, dass wir heiraten. Darauf hatten wir uns geeinigt.«

»Lass dir dein Sandwich schmecken«, sagte Phin.

Dann ging er zur Tür hinaus. Duffy warf mir kurz einen traurigen Blick zu und folgte Phin nach draußen.

Ein paar Sekunden lang schwelgte ich in Selbsthass. Dann

rollte ich meinen Bürostuhl hinüber zum Drucker und überflog die Briefe, die die Literaturagentin mir gefaxt hatte. Außer dem Hinweis, dass Violet King in Peoria wohnte, fand ich darin nichts Neues. Der Ort lag etwa drei Autostunden von meinem Haus entfernt.

Während ich mein Sandwich aß, überlegte ich, ob es vielleicht nicht besser wäre, persönlich bei ihr vorbeizuschauen, anstatt sie anzurufen. Da entdeckte ich auf einmal unter den Schweinekrusten den größten Brillantring, den ich je gesehen hatte.

Oh … Scheiße.

Mir wurde mit einem Mal bewusst, wie sehr ich mich danebenbenommen hatte. Ich stand sofort auf, watschelte ins Wohnzimmer und sah durch das Fenster, wie McGlade im selben Augenblick in die Einfahrt bog, als Phin gerade in seinem Bronco quer über meinen Rasen davonbrauste.

Ich rief sein Handy an, aber er ging nicht ran.

Mir kamen die Tränen.

Ich schluchzte immer noch, als McGlade den Code für die Alarmanlage eingab und ins Haus kam.

Duffy – anscheinend hatte Phin ihn nicht in sein Auto gelassen – sprang ihn an und wedelte mit dem Schwanz.

»Was ist mit Phin? Er hat ganz schön böse geguckt. Hast du was angestellt?«

Ich schniefte. »Ich … ich bin die … ich bin die größte Zicke im ganzen Land.«

»Was du nicht sagst. Na ja, in letzter Zeit warst du zickiger als sonst. Aber ich würde nicht behaupten, dass du die größte Zicke im ganzen Land bist.«

»Danke, Harry.«

»Ich würde eher sagen, du bist die Meisterin des Zickenuniversums.«

Ich watschelte in die Küche und griff nach der Packung Kleenex. Sie war leer.

»Oder Zickzilla. Du bist eine gigantische Riesenzicke, die durch ganze Städte trampelt und kleinere Zicken zertritt.«

Als ich nach einer anderen Kleenex-Schachtel suchte, sah ich Mr Friskers auf der Anrichte sitzen. Er fauchte mich an.

Ich putzte mir mit dem Ärmel die Nase und drehte mich zu McGlade um. »Hast du Lust, mit mir nach Peoria zu fahren?«

»Das geht nicht. Der Tesla hat mit aufgeladenem Akku nur eine Reichweite von dreihundert Kilometern.«

»Wir können mein Auto nehmen.«

»Was ist in Peoria? Irgend so 'n Zickenkongress? Wollen die dich als Oberzicke nominieren?«

»Verdammt noch mal, McGlade! Jetzt reicht's aber!«

Anscheinend spürte Mr Friskers instinktiv, was ich dachte. Er sprang Harry mit einem lauten, wütenden Fauchen an und krallte sich an seiner Brust fest. McGlade versuchte, ihn loszureißen, aber das war ein Fehler. Der Kater senkte seine Krallen nur noch tiefer ins Fleisch.

Duffy reagierte auf dieses Tohuwabohu, indem er auf McGlade zulief und ihn ins Bein biss.

Ich schrie Duffy an und suchte nach der Spritzflasche, die ich jedes Mal benutzte, wenn Mr Friskers ungemütlich wurde. Sie stand neben der Spüle – leer. Mr Friskers wurde oft ungemütlich.

»ES TUT MIR LEID, DASS ICH ZICKE ZU DIR GESAGT HABE!«, schrie McGlade. »HILFE!«

Ich gab Duffy einen Klaps. Er sah mich traurig an und pinkelte Harry ans Bein.

»DAS IST JA NOCH SCHLIMMER, ALS GEBISSEN ZU WERDEN!«

Ich packte Mr Friskers am Genick und schüttelte ihn. Er ließ von McGlade ab und schlug mit der Pfote nach mir. Ich ließ ihn los.

Er landete auf Duffys Rücken.

Was dann passierte, lässt sich am besten mit dem Wort Hunde-Rodeo beschreiben.

Duffy lief jaulend in der Küche hin und her, während der Kater sich wie ein Jockey an seinen Rücken klammerte.

»Ich blute«, heulte McGlade. »Das Hemd war noch ganz neu. Hast du Fleckenentferner?«

Als Harry sein Hemd aufknöpfte, versuchte Duffy, seine Last abzuwerfen, aber seine kurzen, krummen Beine ließen ein solches Manöver nicht zu. Mr Friskers fauchte und geiferte und krallte sich auf eine ganz unnatürliche Weise an Duffy fest. Dabei weiteten sich seine Katzenaugen so sehr, dass es aussah, als würden sie jeden Moment aus den Höhlen treten. Irgendwann hingen dem Hund die Schlappohren ins Gesicht, sodass er nichts sehen konnte und mit einem Knall gegen den Kühlschrank rannte.

Der Ritt war zu Ende. Mr Friskers sprang ab und stürzte sich erneut auf McGlade, genau in dem Moment, als dieser das Hemd auszog. Die Krallen des Katers bohrten sich in seine nackte Brust.

»BEIDE BRUSTWARZEN!«, schrie Harry. »ER HAT BEIDE BRUSTWARZEN ERWISCHT!«

Die Unruhe versetzte Duffy in erneute Aufregung. Er trottete zu McGlade und biss ihn ein zweites Mal ins Bein.

»ER HAT MICH AN DERSELBEN STELLE GEBISSEN! DAS IST JA NOCH SCHLIMMER ALS DAS GEPINKEL!«

Unter der Spüle fand ich eine zweite Flasche. Damit spritzte ich alle drei so lange voll, bis sie auseinandergingen.

»DAS BRENNT! VERDAMMT NOCH MAL, JACK, DAS BRENNT!«

In diesem Augenblick merkte ich, dass ich mir aus Versehen die Flasche Essig geschnappt hatte, mit dem ich Fenster putzte.

Mit Duffy und Mr Friskers schien alles in Ordnung zu sein.

Harry jedoch schlug sich auf die Brust, als hätte er Feuer gefangen.

»Warum reibst du meine Wunden nicht gleich mit Salz ein?«, sagte er anklagend. »Oder mit Zitronensaft?«

»Tut mir leid«, log ich. Der Zwischenfall hatte meine Laune schlagartig verbessert. Es befriedigte meine niederen Instinkte, McGlade leiden zu sehen.

»VERDAMMTE SCHEISSE, DAS BRENNT JA WIE SÄURE! WAS ZUM … ACH DU SCHEISSE! MEINE BRUSTWARZE IST WEG!«

Ich sah nach, ob Mr Friskers an etwas herumkaute oder mit etwas spielte. Einmal hatte er zwei Stunden lang ein Smartie mit seinen Pfoten hin und her geschubst. Brustwarzen waren ja von der Form her ähnlich.

Zum Glück hatte McGlade seine Brustwarze nicht verloren. Er konnte sie nur nicht sehen, weil sie voller Blut war. Ich gab ihm ein Küchentuch und schickte ihn ins Bad, damit er sich sauber machen konnte. Dann sperrte ich Duffy in mein Arbeitszimmer und wischte seine Pisse weg.

»Ich muss womöglich genäht werden«, rief Harry aus dem Bad.

»Willst du zum Arzt?«

»Nein. Aber was ist, wenn sich die Wunde infiziert?«

»Der Essig hat sie wahrscheinlich gesäubert«, sagte ich, wobei ich mir nicht sicher war, ob das stimmte. Zumindest klang es plausibel. Wenn etwas so schlimm brannte, konnte man davon ausgehen, dass es Bakterien vernichtete.

»Deine Tiere sind wirklich das Letzte. Hast du ein extra Hemd?«

»Im Schlafzimmerschrank. Nimm einfach eins von Phin.«

Ich ging wieder ins Arbeitszimmer, um nach Duffy zu sehen. Er verschlang gerade mein Roastbeef-Sandwich und die Schweinekrusten.

Moment mal … mein Roastbeef-Sandwich und die Schweinekrusten?

»Aus! Böser Hund!«

Ich griff nach dem Teller. Mir ging es nicht um das Essen, sondern um das, was sich darunter befand.

Oder vielmehr, was sich darunter befunden *hatte*.

Es war zu spät. Der Hund hatte das Sandwich, die Schweinekrusten und meinen Verlobungsring gefressen.

»Sag bloß, du schimpfst mit ihm, weil er sich an deinem Essen vergreift, und nicht, weil er deinen Besuch beißt?« McGlade kam ins Zimmer und streifte sich ein weißes T-Shirt über. »Du solltest mal deine Prioritäten klären.«

Ich ließ mich auf den Stuhl fallen, worauf dieser unter meinem Gewicht ächzte. »Ich muss wirklich ganz dringend nach Peoria.«

»Ich komme mit, aber unter einer Bedingung.«

»Und die wäre?«

»Du lässt beide Tiere einschläfern.«

»McGlade …«

»Steck sie in den Backofen. Übergieß sie mit Benzin und zünde sie an. Meinetwegen kannst du sie auch erschießen.«

»Mein Wagen steht in der Garage«, sagte ich.

»Die müssen dran glauben, Jack. Vor allem der Kater. Er ist eine Wiedergeburt von Jack the Ripper. Ich schwör's dir, das Mistviech hat mich die ganze Zeit angegrinst.«

Ich schrieb Phin einen Zettel, auf dem ich ihm mitteilte, dass es mir leidtat und dass er Duffy nicht rauslassen sollte, solange ich weg war.

Dann brach ich zusammen mit McGlade nach Peoria auf, um Violet King zu besuchen.

Luther
31. März, 13:45 Uhr

Er steckt ein Exemplar des Romans *Die Waffe des Mörders* in einen durchsichtigen Plastikbeutel, in dem sich bereits eine mit schwarzem Filzstift geschriebene Botschaft an Jack befindet. Da klingelt plötzlich sein iPhone, penetrant wie das Summen einer wütenden Wespe.

Luther schaut auf das Display und flucht.

Kein passender Zeitpunkt für einen Anruf, vor allem jetzt, wo er sich im hinteren Bereich des Vans an Marquettes aufgeschlitzter Leiche zu schaffen macht. Durch die Einwegscheibe sieht er draußen auf dem Gehsteig Passanten vorbeigehen – mehrere innerhalb einer Minute. Er hat nicht damit gerechnet, an einem verregneten Tag im Frühjahr so viele Spaziergänger zu sehen. Jetzt kann er nur hoffen, dass es kein grober Fehler war, sich diesen Ort ausgesucht zu haben.

Das Handy hört nicht auf zu klingeln.

Er legt den Plastikbeutel weg und wischt sich das Blut von den Armen. Dann schaltet er auf Freisprechanlage. »Hallo?«

»Ja, hallo, ich möchte bitte Rob Siders sprechen.«

»Am Apparat.«

»Hier spricht die Sekretärin von Peter Roe.« Der Patentanwalt. Äußerst schlechtes Timing. »Mr Roe hat mich gebeten, Sie anzurufen und Ihren Termin zu verschieben.«

In Luthers Kopf schrillen die Alarmglocken. »Verschieben?«

»Ja, morgen Nachmittag geht es bei ihm nicht. Aber ich kann Sie für zehn Uhr Vormittag eintragen.«

Luther denkt fieberhaft nach. Das darf doch wohl nicht wahr sein. Das wird den gesamten Plan durcheinanderbringen. Jetzt nur nicht die Nerven verlieren.

»Ich bin aber nur ganz kurz in der Stadt«, sagt Luther und bemüht sich dabei, seine Stimme ruhig zu halten. »Ich muss mich unbedingt morgen mit ihm treffen.«

»Na gut, vielleicht kann ich Sie irgendwie um die Mittagszeit reinquetschen.«

»Jetzt hören Sie mir bitte gut zu. Mittag geht bei mir nicht. Ich habe nur um halb zwei Zeit.«

»Warten Sie bitte einen Augenblick.«

Durch den Lautsprecher dringt Hintergrundmusik. Wenn es nicht klappt, bleibt ihm keine andere Wahl. Er muss dann einfach um halb zwei vorbeikommen und improvisieren. Das wird nicht ganz leicht werden und mehr Menschen werden dran glauben müssen. Aber er ist dieser Herausforderung gewachsen.

Die Sekretärin meldet sich wieder. »Ich habe eine gute Nachricht für Sie, Mr Siders. Mr Roe wird Sie um halb zwei empfangen, allerdings nur kurz. Er hat nämlich um zwei einen …«

Er fällt ihr ins Wort. »Fünfzehn Minuten genügen mir.«

Dann legt er auf.

Er verschließt den Plastikbeutel mit dem Buch und steckt ihn in Marquettes offene Bauchhöhle. Dann streift er die Latexhandschuhe ab und greift nach den feuchten Reinigungstüchern. Nachdem er seine Hände gesäubert hat, zieht er sich die Spezialhandschuhe an. Dabei stellt er fest, dass sie eingefettet werden müssen. Er löst einen Gummizug an der Seitenwand und entfernt einen viel größeren Plastikbeutel sowie einen riesigen Karton.

Was als Nächstes kommt, wird großen Spaß machen, denkt Luther.

Noch mehr als Weihnachtsgeschenke auspacken.

Er macht sich an die Arbeit.

Hector Ramirez
31. März, 14:00 Uhr

Hector Ramirez umklammerte die Hand seines Vaters und unterdrückte den Impuls, zu den Treppen zu rennen, die sich vor ihm erhoben und zum Eingang seines liebsten Ortes in ganz Chicago führten. Er liebte das Shedd-Aquarium und die Delfine, Meeresschildkröten und Haie, die es dort zu sehen gab. Alle Meerestiere hatten es ihm angetan, sogar Rankenfußkrebse. Die Jahreskarte war das schönste Geschenk, das er je bekommen hatte. Hector wollte später mal Meeresbiologe werden.

»Hey, Kumpel, kannst du mir mal helfen?«

Hector blieb stehen und starrte zu dem Mann empor, der seinen Vater angesprochen hatte. Er hatte ein blasses Gesicht und dunkle Haare, trug einen Overall und stand auf einer Laderampe, die aus einem großen weißen Van herausragte.

Der Mann balancierte einen riesengroßen Pappkarton auf einer Handkarre.

»Ich möchte möglichst vermeiden, dass der Karton kaputtgeht und der Inhalt rausfällt«, sagte er.

»Warte hier, *hijo*«, sagte der Vater zu Hector. Dann ließ er seinen Sohn los und ging auf den Van zu.

Hector sah zu, wie sich die beiden Männer abmühten, den großen Karton die Rampe hinunterzuschleppen. Mit Freude stellte er fest, dass an der Seite FISCHFUTTER stand.

Neugierig trat er näher.

»Für welche Fische ist das, Mister?«

Der Mann mit dem blassen Gesicht zwinkerte ihm zu.

»Für ’nen Hecht.«

Hector zog die Augenbrauen zusammen. »Was ist das denn?«

»Ein äußerst aggressiver Raubfisch.«

»Und den gibt’s hier im Aquarium?«

»Ja, da soll ziemlich bald einer kommen.«

Der Mann schob die Handkarre zurück in den Van, sprang herunter und klappte die Laderampe hoch.

»Sie lassen das einfach hier stehen?«, fragte Hector.

»Das holt gleich jemand.« Der Mann mit dem blassen Gesicht zwinkerte. »Glaub mir, der Hecht wird bald hier sein. Er kann das Blut riechen, weißt du.«

Hector sah dem Mann zu, wie er in den Van stieg und davonfuhr.

»*Hijo! Zapatos!*«

Hector blickte auf seine Schuhe herab und stellte fest, dass er in einer Blutlache stand, die sich immer weiter ausbreitete.

Jack
31. März, 16:30 Uhr

So lange ich zurückdenken konnte, hatte ich einen Chevy Nova gefahren, aber irgendwann war ich die Karre leid und schaffte mir einen Nissan Juke an. Das Fahrzeug sah komisch aus, fast wie eine Heuschrecke, aber es hatte Allradantrieb und einen Motor mit Turbolader. Und als SUV eignete es sich hervorragend für Urlaubsfahrten mit der Familie.

Vorausgesetzt, Phin würde mir verzeihen.

Da wir nicht riskieren wollten, dass ich beim Fahren einen Anfall bekam, saß McGlade während unserer Fahrt nach Peoria hinter dem Steuer. Er beschwerte sich fast die ganze Zeit über die Schmerzen in seiner Brust. Vor ein paar Jahren war er einer Serienmörderin in die Hände gefallen, die ihm sämtliche Finger abgeschnitten hatte. Damals hatte er nicht halb so viel darüber gejammert wie jetzt.

Andererseits brannte Essig in einer offenen Wunde bestimmt höllisch.

Ich hatte meinen Kindle nicht dabei, aber mithilfe der Kindle-App auf meinem iPhone konnte ich *Der Feuerteufel* von Andrew Z. Thomas als E-Book herunterladen und während der Fahrt lesen. Ich würde zwar Thomas aufgrund dessen, was er schrieb, nicht unbedingt als Psychopath bezeichnen, aber der Kerl hatte wirklich eine abartige Fantasie. Auf jeden Fall waren die Schurken in seinen Romanen realistisch. Sizzle, der Bösewicht in *Der Feuerteufel*, erinnerte mich an mehrere Mörder, die ich gekannt hatte. Die Bösen hielten sich stets für die Guten und brachten es fertig, ihre perversen Verbrechen vor sich selbst zu rechtfertigen. In dieser Hinsicht traf Thomas den Nagel auf den Kopf.

»Wie wär's mit Goldschläger?«, sagte Harry und riss mich aus meiner Lektüre.

»Hä?«

»Als Name für dein Baby.«

»Goldschläger?«

»Das ist ein Zimtschnaps.«

»Das weiß ich. Und die Antwort lautet nein.«

»Ganz sicher? Goldschläger ist doch ein geiler Name.« Das Grinsen in seinem Gesicht war so breit wie ein Pferdearsch.

»Ich benenne mein Kind nicht nach alkoholischen Getränken, McGlade. Mehr sag ich dazu nicht.«

Ich vertiefte mich wieder in meine Lektüre.

»Kahlua.«

»Nein.«

»Baileys.«

»Seit wann stehen Namen im Plural? Nein.«

»Budweiser.«

»Nein, verdammt noch mal.«

»Wild Turkey.«

Ich starrte McGlade an. »Du bist echt ein Arschloch und musst dich gar nicht mal groß dafür anstrengen.«

»Welcher Kerl wäre nicht scharf drauf, 'ne Tussi zu nageln, die Wild Turkey heißt?«

»Das hat mir für meine Tochter gerade noch gefehlt. Kerle, die sie wegen ihres Namens vögeln wollen.«

»Bist du dir sicher, dass es ein Mädchen ist?«

»Auf den Ultraschallaufnahmen sieht man keinen Penis. Daran erkennt man so was normalerweise.«

»Vielleicht war der Penis versteckt. Oder extrem klein. Muss furchtbar sein, mit einem kleinen Penis auf die Welt zu kommen. Zumindest hab ich das mal gehört.«

»Es ist ein Mädchen«, sagte ich noch einmal mit Nachdruck und wunderte mich, dass ich davon so überzeugt war.

»Vielleicht ist es halb Junge, halb Mädchen. Ein Zwitter.«

»Selber Zwitter!«

»Falls dein Baby tatsächlich männliche und weibliche Geschlechtsorgane hat, weiß ich den perfekten Namen. Möchtest du ihn hören?«

»Um Himmels willen, nein.«

»Doch, willst du schon.«

»Nein, will ich nicht.«

»Brandy Alexander«, sagte er und strahlte dabei über das ganze Gesicht.

Ich schüttelte den Kopf. »Du bist echt krank. Wahrscheinlich hast du nichts Besseres zu tun, als dir so einen Schwachsinn auszudenken, wenn du alleine daheim sitzt, oder?«

»Und wenn es so wäre, ich würde es nie zugeben. Sag mal, was hältst du von einem Retro-Namen? Zum Beispiel Zima?«

»Warum nicht gleich Ripple?«

»Nee, das klingt doch bescheuert.«

»Kann ich irgendetwas tun, damit du endlich die Klappe hältst?«

»Wohl kaum.«

Aber dann gab er ein paar Minuten lang Ruhe. Ich hoffte, dass ihm keine Namen mehr einfielen.

Schließlich sagte er: »Jägermeister.«

»Das ist es, McGlade. Ich nenne sie Jägermeister. Es hat zwar 'ne Weile gedauert, aber jetzt hast du endlich ins Schwarze getroffen.«

Er zog eine Augenbraue hoch. »Ist das dein Ernst?«

»Absolut«, log ich. »Jäger ist der perfekte Name. Jetzt können wir endlich zu sinnvolleren Dingen übergehen, wie zum Beispiel das Maul halten.«

»Ich freue mich, dass ich dir behilflich sein konnte, Jack.«

»Danke für deine Mühe.«

Ich schaffte gerade mal zwei Absätze, als er schon wieder anfing: »Wie gefällt dir Glenfarcas als Zweitname?«

Ich rieb mir die Augen. »Gibt es einen Schalter, mit dem man dich abstellen kann?«

»Jägermeister Glenfarcas Troutt.«

Inzwischen war mir klar, dass ich es nicht schaffen würde, in Ruhe zu lesen. »Erstens bist du ein Idiot.«

»Ist doch ein geiler Name. Wenn sie in die Schule geht, kann es ihr nie passieren, dass ein anderes Kind in ihrer Klasse denselben Namen hat. Darauf gehe ich jede Wette ein.«

»Und zweitens, wieso glaubst du eigentlich, dass meine Tochter Phins Nachnamen annehmen wird?«

Er sah mich entrüstet an. »Er ist ja schließlich der Vater.«

»Wir sind aber nicht verheiratet.« Kaum hatte ich das gesagt, musste ich an meine ungeschickte Reaktion auf seinen Heiratsantrag denken und daran, wie Duffy den Brillantring verschluckt hatte. Was war ich doch für ein schrecklicher Mensch.

»Kinder bekommen immer den Nachnamen des Vaters«, sagte McGlade. »Ich glaube, das ist gesetzlich so geregelt.«

»Du weißt schon, dass wir im einundzwanzigsten Jahrhundert leben, oder? Ich kann sie nennen, wie ich will.«

»Komm mir bloß nicht mit diesem feministischen Quatsch. Wenn ein Mann sein Sperma in eine geile Tussi spritzt, kriegt das Baby seinen Nachnamen. Das gehört zu den Rechten eines Vaters, genau wie Unterhalt zahlen und dem Kind beibringen, wie man Football spielt und ’ne Muschi fingert. Wenn mein Kind auf die Welt kommt, heißt es so wie ich.«

Dank eines unglücklichen Zufalls hatte McGlade erst vor Kurzem eine bemitleidenswerte Frau geschwängert. Wenn er nicht gerade damit beschäftigt war, sich Namen für mein Baby auszudenken, gab er mir schlechte Ratschläge darüber, wie man Kinder großzieht. Hier ein paar seiner härtesten Sprüche:

»Schlag dein Kind nie mit etwas, das dicker ist als die Antenne eines Autoradios« und »Damit dein Baby in der Badewanne nicht ertrinkt, binde ihm ein paar Schwimmer um den Hals, wie man sie beim Angeln verwendet« und »Windeln sind heute so saugfähig, dass man sie mehrere Tage nicht zu wechseln braucht.«

»Das hat gerade noch gefehlt. Ein zweiter Harry McGlade.«

»Vielleicht kannst du ab und zu Babysitter spielen. Schließlich muss Harry Junior ja seine Tante Jackie kennenlernen.«

Jetzt war ich es, die ein entrüstetes Gesicht machte. »Nenn mich ja nicht Tante Jackie.«

»Weißt du, ich hab erst neulich gelesen, dass man gar nicht früh genug damit anfangen kann, einem Baby, das ständig schreit, Ritalin zu geben.«

»Und hör endlich auf mit deinen blöden Ratschlägen. Oder wie wär's, wenn du überhaupt nichts mehr sagst? Bitte.«

»Okay, aber einen Baby-Tipp muss ich doch noch loswerden.«

Ich seufzte. »Also gut.«

»Man sollte sein Kind nie anschreien. Wenn man das tut, hat man die Kontrolle verloren.«

Ich ließ mir diese Bemerkung durch den Kopf gehen. »Klingt gar nicht übel, McGlade.«

»Danke. Ach ja, und wenn du sie zur Strafe in eine Kiste sperrst, vergiss nicht, ein paar Löcher zu bohren, damit sie genug Luft kriegt.«

Ich wusste natürlich, dass McGlade nur Witze machte – zumindest hoffte ich das. Gott sei Dank hielt er sein Wort und gab eine Zeit lang Ruhe, mal abgesehen von seiner nervigen Angewohnheit, alte Neil-Diamond-Lieder zu summen.

»Musst du pinkeln gehen?«, brach McGlade schließlich sein Schweigen.

»Was?«

»Pissen. Urinieren. Wasser lassen. Ich dachte, ihr verrückten Weiber müsst alle fünf Minuten pinkeln, wenn ihr schwanger seid.«

»Muss ich nicht. Dein Interesse an meinen Toilettengewohnheiten in Ehren, aber warum fragst du?«

»Da vorne kommt eine Raststätte.«

Ich gab mir Mühe, nicht zu schaudern – ohne Erfolg. »Ich hasse Raststätten.«

McGlade sah mich kurz an und nickte bedächtig. »Ach ja, jetzt fällt's mir wieder ein. Du bist mal an einer von so Arschlöchern überfallen worden.«

Ich konnte nicht verhindern, dass vor meinem geistigen Auge das fette Gesicht von Donaldson, einem Serienkiller, auftauchte und mich angrinste.

»Ja, die beiden hätten mich um ein Haar umgebracht.«

»Was ist mit ihnen passiert?«

»Einer sitzt im Knast. Der andere ist an jemanden geraten, der noch schlimmer war als er.«

Dieser Zusammenstoß hatte kurz nach meiner Begegnung mit Donaldson stattgefunden. Dieser war offenbar über mehrere Stunden hinweg gefoltert und anschließend angezündet worden und hatte diese Behandlung nur durch ein Wunder überlebt. Donaldson selbst hielt das Ganze wahrscheinlich in keiner Hinsicht für wunderbar.

»Wo steckt er jetzt?«, fragte McGlade.

»In der Psychiatrie, soviel ich weiß. Er hat furchtbare Schmerzen und braucht dauernd ärztliche Versorgung.«

Harry sagte: »Geschieht ihm recht. Wie heißt der Kerl?«

»Donaldson.«

Harry schnippte mit den Fingern seiner guten Hand. »Von dem hab ich gehört. Der war doch mit diesem jungen Mädchen zusammen. Sie haben Tramper umgebracht oder so was in der Art.«

»Können wir vielleicht über etwas anderes reden? Du hast versprochen, still zu sein.«

»Jemand hat die beiden gefesselt und sie mit alten Farmwerkzeugen traktiert.«

»McGlade …«

»Hatte Donaldson nicht einen Haufen Bilder von seinen Mordopfern bei sich im Auto?«

»McGlade! Es reicht!«

Er sah mich an und merkte, dass ich es ernst meinte.

»Jackie, um Himmels willen. Was hast du nur?«

»Die Schwangerschaft macht es mir nicht gerade leicht, McGlade, noch dazu, wenn ich die ganze Zeit über die Schulter gucken und damit rechnen muss, dass so ein Psychopath daherkommt und mich und mein Baby umbringt. Kannst du dir überhaupt vorstellen, wie es ist, wenn man ständig Angst hat?«

McGlade antwortete nicht. Ich hoffte, dass er jetzt endlich die Klappe hielt.

Aber nachdem wir ein paar Kilometer schweigend hinter uns gebracht hatten, fühlte ich mich mies, weil ich ihn angeblafft hatte. War meine Verwandlung schon so weit fortgeschritten? In eine Riesenzicke, die ihre Mitmenschen wie Dreck behandelte?

»Ich weiß, was es heißt, Angst zu haben«, sagte McGlade auf einmal und riss mich aus meinem Selbstmitleid.

Ich starrte ihn an. »Ich weiß.«

»Wirklich?« Für ein paar Sekunden trafen sich unsere Blicke. »Du hast in letzter Zeit viel durchgemacht, Jack, daran besteht kein Zweifel. Niemand hat behauptet, dass du es leicht hattest. Aber weißt du, was Alex mit mir gemacht hat?«

Alex Kork war noch so eine Psychopathin aus meiner Vergangenheit, an die ich mich nur ungern erinnerte. Allerdings hatte sie McGlade genauso schlimm behandelt wie mich. Vielleicht sogar schlimmer.

»Ich weiß noch, wie ich gefesselt auf diesem Stuhl saß, vollkommen hilflos. Hat Phin dir jemals davon erzählt?«, fragte McGlade.

»Nicht in allen Einzelheiten.« Phin war bei dieser Sache dabei gewesen. Beide saßen sie mit dem Rücken zueinander gefesselt da, Alex schutzlos ausgeliefert. Und Alex kannte keine Gnade.

»Sie hat mir die Finger abgeschnitten«, sagte McGlade und hielt seine künstliche Hand hoch. »Und dann hat sie die Blutung mit einem Schweißbrenner gestoppt. Eins kann ich dir sagen – die Schmerzen waren unvorstellbar. Aber weißt du, was noch schlimmer war? Die Tatsache, dass ich jegliche Hoffnung aufgegeben hatte. Ich wusste, wie hilflos ich war und dass Alex nicht aufhören würde. Das war das Schlimmste. Für deinen Mann würde ich mein Leben geben. Ohne ihn wäre ich damals durchgedreht. Und dann bist du gekommen und hast mich gerettet. Ich stehe tief in eurer Schuld. Und es tut mir leid, dass ich dir dauernd auf die Nerven gehe. Ihr seid für mich wie eine Familie, weißt du.«

Ah, verdammt noch mal. Ich hasste es, wenn Harry sentimental wurde. Ich fühlte mich dann nur noch schlimmer.

»Hast du noch ein paar Tipps für mich, wie man Kinder großzieht?«, brach es aus mir hervor. Ich hoffte, damit diese melancholische Stimmung aufzuhellen.

»Eigentlich nur einen. Liebe dein Kind. Schenk ihm so viel Liebe wie möglich. Dir bleibt nämlich nicht viel Zeit.« Er blickte düster drein. »Uns allen bleibt nie genug Zeit.«

Ich brauchte ein wenig, um das Gesagte zu verarbeiten. Dann sagte ich: »Harry, um Gottes willen. Das klingt ja fast philosophisch.«

»Ja. Und bring ihr bei, wie man den Würgreflex unterdrückt. Für ein Mädchen gibt es nichts Wichtigeres.«

Ich bekam allmählich Kopfschmerzen. »Du kannst jetzt wieder die Klappe halten.«

Das Navi kündigte unsere Ausfahrt an und McGlade verließ die Interstate. Es dauerte nicht lange, bis wir in ein Wohnviertel kamen, das aus Reihenhäusern, Doppelhaushälften und Seitenstraßen bestand, die in Sackgassen endeten. Keine reiche Gegend, aber eine mit typischem Kleinstadtflair. Es war schön, nach einer Stunde Fahrt durch eine flache, eintönige Landschaft wieder Bäume zu sehen.

Wir näherten uns dem Haus, wo Violet King wohnte. Gerade als ich überlegte, was ich zu ihr sagen sollte, riss McGlade mich aus meinen Gedanken.

»Versprichst du mir, dass du nicht gleich ausflippst?«, fragte er.

Sein Ton gefiel mir nicht und ich flippte ein klein wenig aus. »Was ist denn?«

»Ich hab aus naheliegenden Gründen den Rückspiegel im Auge behalten. Seit wir Chicago verlassen haben, folgt uns dieser alte Chevrolet Monte Carlo.«

Donaldson
28. März, drei Tage vorher

Der Schmerz war sein ständiger Begleiter.

Er ließ nicht nach.

Nicht einmal im Schlaf – wenn die kurzen Episoden zwischen seinen Albträumen diesen Namen überhaupt verdienten.

So ging es schon seit Jahren.

Inzwischen war er drogenabhängig. An seinen verkrüppelten Beinen trug er stets zwei Codeinpflaster. Dazu kamen dreimal täglich Norco und Vicodin sowie Lorazepam, damit er schlafen konnte. Seine vernarbte Lunge ließ ihn nur mühsam und keuchend atmen. Er besaß noch sechs Finger, von denen nur vier einwandfrei funktionierten.

Manchmal war es so schlimm, dass er stundenlang zitterte. Wäre er einer von der Sorte, die an Karma oder Gerechtigkeit oder eine höhere Macht glaubt, die für Vergeltung sorgt, so müsste er zweifelsohne zu dem Schluss kommen, dass er bekommen hatte, was er verdiente.

So hatten es jedenfalls der Richter und die zwölf Geschworenen gesehen, als sie ihn und seine Partnerin dazu verurteilten, ihre Strafe in diesem Dreckloch zu verbüßen.

Partnerin. Was für ein Witz.

Ein Witz, aus dem eine selbsterfüllende Prophezeiung wurde.

Obwohl Donaldson unzählige Menschen auf dem Gewissen hatte und allgemein als Monster verschrien war, entschied das

Gericht, dass er wegen der Schwere und Dauerhaftigkeit seiner Verletzungen keine Gefahr für die Allgemeinheit mehr darstellte – weshalb er nicht in Hochsicherheitsverwahrung kam. Manchmal vergaß das Personal sogar, nachts die Tür zu seinem Zimmer abzuschließen. Einer seiner Ärzte hatte sogar den Nerv gehabt und vor Gericht ausgesagt, dass bei ihm keine Fluchtgefahr bestand, da er ohne Schmerzmittel nicht leben konnte.

Das Gericht sah es ebenso. Das war ein Fehler – einer, der sich noch bitter rächen würde.

Stöhnend schlurfte er den Krankenhausflur entlang und hielt sich dabei an dem rollenden Infusionsständer fest. Das rückenfreie Nachthemd gab den Blick auf die unzähligen Narben frei, die ihn von Kopf bis Fuß bedeckten. Die Krankenschwestern würdigten ihn keines Blickes. Für sie war er genauso harmlos wie ein zahnloser Hundewelpe. Trotz der Medikamente, die er in hohen Dosen einnahm, bereitete ihm das Gehen unsägliche Qualen. Bei jedem Schritt durchfuhr ihn der Schmerz wie ein elektrischer Schlag und ließ die Nervenenden, die noch intakt waren, wie Feuer brennen – eine unablässige Erinnerung an die Schrecken, die er durchlebt hatte.

Als er das Ende des Flurs erreichte, legte er eine Verschnaufpause ein. Sein Atem rasselte in seiner Brust wie die Mischkugeln in einer Farbsprühdose. Er war am Ende seiner Kräfte angelangt und überlegte, ob er sich ein paar Minuten an die Wand lehnen und ausruhen sollte. Doch dann beschloss er, sich von der Erschöpfung und dem Schmerz nicht unterkriegen zu lassen, und schleppte sich weiter. Er ging um die Ecke und hinkte an vier Türen vorbei, bis er schließlich ihr Zimmer erreichte.

Sie lag auf dem Bett wie ein verletzter Engel. Früher war sie mal hübsch gewesen, doch jetzt bestand sie nur noch aus Narben, Hauttransplantaten, Nähten und Schläuchen. Ihre letzte Operation lag gerade mal eine Woche zurück – ein Rückschlag, der sie viel wertvolle Zeit gekostet hatte.

Er schleppte sich ins Zimmer, hielt auf den nächsten Stuhl zu und ließ sich mit einem Seufzer der Erleichterung auf ihn fallen, obwohl ihm dabei der Schmerz durch alle Nerven zuckte.

»Hey«, keuchte er heiser. »Wie geht's?«

Sie sah ihn mit ihrem einen Auge an, das ihr noch verblieben war. »Super. Und dir?«

Er hielt eine Hand an die Stelle, wo sich einst sein Ohr befunden hatte, und sagte: »Ich hör nichts.«

Sie wiederholte mit lauterer Stimme: »Super. Und dir?«

»Jeder Sonnenaufgang, den ich noch erleben darf, ist ein Geschenk Gottes. Steht unser Termin in zwei Tagen noch?«

»Ja.«

»Bist du dir sicher?«

»Ja, das bin ich. Solange du Fettwanst nicht deine ganzen Pillen auf einmal schluckst.«

Die Bezeichnung *Fettwanst* wäre früher berechtigt gewesen. Er war schon lange nicht mehr fett. Dazu müsste er in der Lage sein, feste Nahrung zu sich zu nehmen.

»Zwei Tage noch«, sagte er mit einem Kopfnicken. »Dann sind wir hier weg.«

Die beiden hatten während der letzten sechs Monate Medikamente gehortet. Bald hatten sie genug, um draußen zwei Wochen lang zu überleben, bevor sie sich neu eindecken mussten.

Zwei Wochen würden ihnen für das, was sie vorhatten, locker reichen.

»Hast du Angst?«, fragte sie.

»Vor unserer Flucht? Oder davor, was dann kommt?«

»Beides.«

»Um Himmels willen, nein. Das ist das einzige Ziel, das mich noch am Leben hält.«

»Mich auch.«

Er erhob sich und wartete einen Augenblick, bis der Schmerz nachließ. Dann bewegte er sich in Richtung Tür.

»Nur noch zwei Tage, Donaldson.«

»Zwei Tage noch, Lucy. Dann knöpfen wir uns die Schlampe vor.«

Er verzog sein Gesicht – oder was davon noch übrig war – zu einem Lächeln.

Jack Daniels, wir kommen …

Lucy
30. März, ein Tag vorher

Als es endlich an der Tür klopfte, öffnete Lucy ihr verbliebenes Auge und richtete sich angestrengt im Bett auf. Sie atmete ein paarmal flach und wartete darauf, dass das Schwindelgefühl nachließ, aber das tat es nicht. Das musste an den drei Codeinpflastern liegen, dachte sie. Eine andere Erklärung hatte sie nicht. Mit dem Zeug konnte man einen großen Hund außer Gefecht setzen, aber ihr wurde davon nur schwindlig – was eigentlich nicht so schlimm war, denn sie brauchte Schmerzlinderung mehr als Sauerstoff. Normalerweise reichten zwei Pflaster. Sie stillten die Schmerzen nicht vollständig – nichts konnte das –, machten sie aber so weit erträglich, dass sie nicht ständig daran denken musste und schlafen und manchmal sogar träumen konnte. Aber heute hatte sie drei Pflaster genommen, weil sie diesen Ort nach drei Jahren endlich verlassen würde – was bedeutete, dass sie laufen musste.

Sie schob ihre spindeldürren Beine über die Bettkante und senkte langsam die Füße, bis ihre Sohlen den kalten Linoleumboden berührten.

Er klopfte schon wieder, das ungeduldige Arschloch. Dabei wusste er ganz genau, dass sie nicht einfach aus dem Bett springen und zur Tür laufen konnte.

Das war Schwerstarbeit von der härtesten Sorte.

Die ersten beiden Schritte waren am schlimmsten. Sie hatte dabei das Gefühl, als ob jemand ihre Beine mit einem Speer durchbohrte. Beim fünften und sechsten Schritt hatte sie sich so weit unter Kontrolle, dass sie trotz der immensen Schmerzen weitergehen konnte.

Langsam bewegte sie sich durch das dunkle Zimmer auf die Tür zu.

Das einzige Licht im Raum drang von einer Straßenlampe durch die Fensterscheibe. Auf dem Fußboden konnte man die Schatten der Gitter sehen.

Endlich schaffte Lucy es bis zur Tür. Sie keuchte und schnaufte stärker als nach einem Marathonlauf.

Die Tür war nicht abgesperrt – ihr Schutzengel hatte dafür gesorgt. Sie drehte den Knauf.

Donaldson stand im spärlich beleuchteten Flur vor ihrer Tür und stützte sich auf den Rollstuhl. Ohne den Infusionsständer auf Rädern, der genau wie die hässlichen Krankenhaushemden inzwischen fest zu seinem und ihrem Leben gehörte, sah er vollkommen nackt aus.

»Was machst du so lange?«, flüsterte er.

»Sehr witzig, du Fettwanst«, sagte sie.

»Bist du bereit?«

»Klar doch.«

Lucys letzte Operation lag erst neun Tage zurück. Sie waren zwar beide ziemlich lädiert, aber die Hauttransplantationen hatten sie noch mehr geschwächt.

Sie machte drei qualvolle Schritte und ließ sich in den Rollstuhl plumpsen. Die Schmerzen, die durch ihre noch vorhandenen Nervenenden schossen, waren so schlimm, dass sie sich über die Armlehne des Rollstuhls beugte und auf den Boden kotzte.

»Nett«, sagte Donaldson und schob den Rollstuhl los.

»Wie sind wir zeitlich dran?«, fragte Lucy und wischte sich mit dem Ärmel über den Mund.

»Wir haben etwa eine Minute Verspätung. Alles nur wegen dir.«

»Aber er wartet doch auf uns … oder nicht?«

»Das will ich doch stark hoffen, bei dem, was wir diesem Arschloch bezahlen.«

Im Gang kamen sie nur langsam voran. Bereits nach ein paar Metern mussten sie eine Rast einlegen. Donaldson schnaufte, und Lucy spürte, wie kalte Schweißtropfen von seinem künstlichen Kinn auf ihren kahlen Schädel fielen.

»Schaffst du es noch, D?«

»Scher dich zum Teufel.«

Die Uhr der Krankenschwesternstation zeigte 19:15 Uhr an. Donaldson nickte der jungen Schwester zu, die gerade den bei Schichtende fälligen Papierkram erledigte.

»Guten Abend«, krächzte er heiser.

Sie beachtete ihn nicht.

Donaldson schob den Rollstuhl weiter den Flur entlang und schließlich in den Aufenthaltsraum. Wie immer war er nach dem Abendessen voll. Ein Haufen Psychopathen, die früher einmal gefährlich gewesen waren, aber jetzt an diversen Krankheiten litten, saßen dicht beisammen vor einem alten Fernseher, in dem es nur jugendfreie Komödien zu sehen gab. Ein paar von ihnen glotzten Lucy an, als sie hereinrollte. Ein Querschnittsgelähmter namens Briggs, der seine Pflegerin umgebracht hatte, weil sie ihm statt seinem gewohnten Mais grüne Bohnen vorgesetzt hatte, wedelte mit der Zunge wie eine Schlange. Am liebsten hätte Lucy bei dem Kerl dort weitergemacht, wo Gott aufgehört hatte, und dafür gesorgt, dass er am ganzen Körper gelähmt war, aber im Augenblick gab es Wichtigeres zu tun.

Sie gingen an dem leeren Tisch mit dem aufgemalten Schachbrett vorbei. Die Figuren fehlten, da das Personal sie einen Monat zuvor konfisziert hatte, nachdem ein Insasse einen anderen im Streit um einen Zug erschlagen hatte. Warum konnten psychisch kranke Gewalttäter nicht einfach nett zueinander sein?

Sie steuerten auf die Tür am hinteren Ende des Zimmers zu.

Aus dem Augenwinkel heraus beobachtete Lucy den kräftigen und mürrischen Pfleger namens Gary. Er beachtete sie nicht, weil er in eine Ausgabe der Zeitschrift *US Weekly* vertieft war.

Als sie bei der Tür ankamen, schnaufte und keuchte Donaldson schwer. Der Speichel, der auf Lucys kahlen Schädel tropfte, fühlte sich wie kalter Nieselregen an. Es ekelte sie, aber sie sagte nichts. Genau genommen tat Donaldson ihr leid.

Was höchst seltsam war, denn Lucy hätte nie gedacht, dass sie so etwas wie Mitleid empfinden konnte.

Sie beugte sich vor und drückte angestrengt auf den Türgriff. »Wie sieht's aus, D?«

»Die Luft ist rein.«

Wie sie es schon etliche Male durchgespielt hatten, sagte Lucy laut: »Ich muss ganz dringend pinkeln.«

»Wirklich? Das dauert ja ewig.«

»Vergiss es. Ich mach's selber.«

»Wie du meinst«, brummte Donaldson und schob den Rollstuhl ins Bad.

Ihr Schutzengel, ein mürrisch dreinschauender Kubaner namens Henry, wartete hinter einem Wäschekarren auf sie.

Henry steckte schnell einen Schraubenzieher in den Pfosten der Tür, damit sie sich nicht öffnen ließ.

»Warum habt ihr so lange gebraucht?«, fragte er.

Lucy schenkte ihm ein Lächeln. Früher wäre es einladend gewesen, aber jetzt sah es nur noch grauenhaft aus. »Wir sind so schnell gekommen, wie es ging.«

»Dann wird das Ganze eben teurer.«

»Was soll das jetzt?«, krächzte Donaldson. »Wir haben dir alles gegeben, was wir haben.«

»Von Geld ist hier nicht die Rede.«

Lucy warf Donaldson einen kurzen Blick zu.

»Ich weiß, dass ihr Medikamente gehortet habt. Gebt mir einfach euer Vicodin.«

Lucy spürte Panik in sich aufsteigen. »Henry, das kannst du nicht machen.«

»Mit einer wie dir hab ich kein Mitleid. Wie viele arme Schweine hast du zu Tode gefoltert? Ihr seid beide Abschaum. Ich helfe euch nur, weil ich mich um meine Mutter kümmern muss.«

Lucy wusste, dass Henry blanken Unsinn verzapfte. Den Gerüchten zufolge, die in der Anstalt kursierten, war er spielsüchtig und schuldete einem lokalen Gangster namens Dovolanni eine Riesensumme. Das war auch der Grund gewesen, warum sie auf ihn zugegangen waren.

»Gib ihm halt das Vicodin«, krächzte Donaldson.

Lucy griff unter ihr dünnes Gewand und betastete eins der in Klopapier eingewickelten Päckchen, um festzustellen, welche Pillen sich darin befanden. Rundlich … also Lorazepam. Sie tastete das nächste Päckchen ab – lang. Sie holte das Vicodin hervor.

Henry riss das Klopapier auf und ließ die Pillen in seine Hand fallen.

»Sieh mal an, ihr wart ja ganz schön fleißig.«

»Du hast gesagt, du hättest normale Klamotten für uns«, sagte Donaldson.

»Ja, Mann. Im Wäschekorb, unter den Betttüchern.«

Henry steckte das Vicodin in die Tasche seiner Pflegeruniform und holte ein Paar Gummihandschuhe hervor. Diese streifte er sich über und machte sich dann daran, Leinentücher aus dem Wäschekorb zu ziehen und sie auf dem Fußboden zu stapeln. Beißender Uringeruch drang Lucy in die Nase.

»Ist das schmutzige Bettwäsche?«

»Ich hab sie selbst vollgepinkelt«, sagte Henry. »Wenn uns jemand unterwegs anhält, wird er bestimmt keine Lust haben, verpisste Betttücher zu durchwühlen.«

Lucy hatte in ihrem ganzen Leben noch nie so viel Lust verspürt, jemanden umzubringen, und das sollte schon was heißen.

Außerdem war sie zum ersten Mal froh darüber, dass ihre Nasenhöhle verbrannt war. Sie konnte zwar immer noch riechen, allerdings nicht mehr so gut wie früher. Donaldson hingegen verfügte nach wie vor über einen uneingeschränkten Geruchssinn – das Einzige an ihm, das noch voll funktionsfähig war.

Der Pfleger zog das letzte Betttuch aus dem Korb. Darunter lagen ein Overall, den er Donaldson gab, und ein scheußliches Blümchenkleid für Lucy.

»Beeilt euch«, sagte Henry.

Lucy kam nur mit Mühe auf die Beine und nahm das Kleid von Henry entgegen. Sie taumelte auf das Waschbecken zu. Der Gedanke, sich vor den beiden Männern auszuziehen, ließ sie einen Augenblick zögern. Als sie sich das Krankenhaushemd über den Kopf zog, sah sie kurz zu Henry hinüber, damit rechnend, dass er sie lüstern anstarrte. Aber er schaute ihr nicht einmal zu. Er hatte sich komplett von ihr abgewandt, jedoch keineswegs aus Respekt. Sie wusste, dass ihr Anblick ihn ekelte. Er fand ihren Körper abstoßend.

Verdammt, wie gerne würde sie ihn umbringen.

Aber zumindest konnte er so die anderen Pillen nicht sehen, die sie ebenfalls in Klopapier gewickelt und ins Waschbecken gelegt hatte.

Ihr kleiner, ausgemergelter Körper verschwand völlig unter dem Kleid. Sie steckte die Päckchen mit den Pillen in die Vordertasche und humpelte zu ihrem Partner zurück.

»Brauchst du Hilfe, D?«

»Ein bisschen.«

Lucy hatte über ihre drei verbliebenen Finger mehr Kontrolle als Donaldson über seine vier. Als er in den Overall stieg, bemühte Lucy sich, nicht auf den kleinen Plastikschlauch zwischen seinen Beinen zu gucken, aber dann sah sie doch hin und verspürte einen erneuten Anflug von Mitleid. *Was zum Teufel ist nur mit mir los?*

Sie brauchte fünfundvierzig Sekunden, um die Schulterträger an Donaldsons Overall zuzuknöpfen.

Als sie fertig war, klopfte Henry auf den Wäschekarren – ein riesiger Leinensack in einem Metallrahmen auf Rädern.

»Eure Kutsche steht zur Abfahrt bereit.«

Der Pfleger griff Lucy unter die Arme, hob sie über den Rand des Wäschekarrens und ließ sie hineinfallen. Sie landete auf einem Seil und einem zerbrochenen Besenstiel.

Donaldson stieg nach ihr hinein und fiel praktisch auf sie. Lucy biss sich in den Arm, um nicht vor Schmerz laut zu schreien. Kaum hatte ihr Partner es sich einigermaßen bequem gemacht, fiel auch schon das erste nach Pisse stinkende Leintuch auf die beiden.

Sie hörte Donaldson würgen.

»Ist es schlimm, D?«

Mehr Bettwäsche fiel auf sie herab – schmutzige Betttücher und Kopfkissenbezüge.

»Verdammt noch mal, auf dem hier hat jemand gelegen, der Durchfall hatte.«

Obwohl es eigentlich schrecklich war, musste Lucy sich ein Lachen verbeißen.

Sie kauerte neben Donaldson, begraben unter fünfzehn Kilo schmutziger Bettwäsche. Unter ihnen quietschten die Räder des Wäschekarrens.

Unterwegs hörte sie, wie Henry zu jemandem sagte: »Was geht ab, Mann?«

Donaldsons Gewicht drückte ausgerechnet an einer Stelle auf ihr Bein, wo sich ein Hauttransplantat befand. Der Schmerz war unbeschreiblich. Dazu kam, dass der Urin anderer Leute auf ihrer offenen Wunde brannte.

Aber sie schrie nicht. Wenn sie ihre Freiheit wiedererlangen wollte, durfte sie keinen einzigen verdammten Laut von sich geben.

Der Karren stieß gegen etwas, das sich wie eine Wand anfühlte. Die Wucht des Aufpralls schleuderte Donaldson auf sie.

Im Dunkeln fand sie seine Hand.

Ihre künstlichen Klauen hielten und drückten einander. Das machte es leichter, den Schmerz zu ertragen.

Einen Augenblick später hörte sie, wie sich die Türen eines Aufzugs öffneten.

Sie rollten in die Kabine. Als die Türen sich wieder schlossen, hatte Lucy das Gefühl, es nicht viel länger aushalten zu können. Abgesehen von den Schmerzen, die Donaldsons Gewicht und das Brennen auf ihrem Hauttransplantat verursachten, fiel es ihr zunehmend schwer, in dem engen Raum zu atmen.

Sie fuhren eine Etage tiefer und rollten dann weiter. In Lucy machte sich langsam Panik breit. *Ich krieg keine Luft, ich krieg keine Luft, ich krieg keine Luft, nehmt diese verfluchten Decken weg!* Sie stand kurz davor, zu schreien und völlig durchzudrehen. Scheiß auf den Plan und die Flucht. Sie brauchte einfach nur Sauerstoff.

Plötzlich blieb der Karren stehen.

Henry zog die Leintücher heraus. Lucy spürte, wie das Gewicht, das auf ihr lastete, weniger wurde. Dann sah sie an der Decke ein Licht.

Sie wand sich unter Donaldson hervor und stellte sich auf. Dabei atmete sie tief ein und aus.

Sie befanden sich jetzt in einem leeren Patientenzimmer. Lucy stellte fest, dass Henry schon wieder vorsichtshalber einen Schraubenzieher in den Türpfosten geklemmt hatte.

Die schwarzen Eisengitter vor dem Fenster hatte er mit einem Schweißbrenner durchgeschnitten. Das Gerät lag immer noch unter dem Fensterrahmen.

Es wäre ein Riesenspaß, diesen Schweißbrenner zu nehmen und …

»Beeilt euch«, sagte Henry. »Gehen wir.«

»Wo ist der Klettergurt?«, fragte Lucy. »Wir haben extra dafür bezahlt.«

»Hab keine Zeit gehabt, so was zu besorgen. Los, macht schon.«

Sie taumelte auf ihn zu. Er legte ihr etwas um die Brust, das wie ein Lasso aussah, und zog die Schlinge fest.

Jesses Maria, das wird verdammt wehtun.

»Hier rauf und dann runter«, sagte Henry und schlug mit der flachen Hand auf das Fensterbrett. Lucy kletterte darüber. Als sie draußen auf dem Sims stand, sagte Henry: »Ach ja, hätt ich beinahe vergessen.«

Er ging zum Wäschekarren und holte ein Stück des abgebrochenen Besenstiels hervor.

»Hör zu, du Schlampe, wenn du auch nur einen Pieps machst, lass ich sofort das Seil los und bringe mich aus der Schusslinie. Verstehst du, was ich meine?«

»Ja.«

»Mund auf.«

»Warum?«

»Los, mach schon auf.«

Lucy öffnete ihren Mund. Henry klemmte ihr den Besenstiel zwischen Ober- und Unterkiefer.

»Wenn es wehtut und du schreien willst, beiß einfach drauf. Und denk daran, wenn du doch schreist, lass ich dich fallen.«

Bis nach unten waren es nur etwa sechs Meter, aber Lucy kam es wie das Zehnfache vor. Sie war heute zum ersten Mal seit Jahren im Freien. Die Nacht war kalt und der Wind fuhr ihr unter den Rock wie der Finger eines lüsternen alten Mannes. Henry sah sie durch das offene Fenster an. Er stützte sich an der Wand ab, das Seil um die Hüften geschlungen. Es spannte sich bereits.

Sie ließ sich vom Sims herab. Als das Seil in ihre Achselhöhlen schnitt, wurde ihr klar, dass sie sich über diesen Augenblick nicht ausreichend Gedanken gemacht hatte. Sie hatte zwar vage geahnt, dass es furchtbar wehtun würde, dabei jedoch das volle

Ausmaß dessen verdrängt, was sie in der nächsten Minute erwartete.

Henry ließ sie langsam herab. Zentimeter um Zentimeter.

Blut lief ihr den Hals hinunter. Sie hatte so kräftig in den Besenstiel gebissen, dass sie sich dabei locker den Kiefer hätte brechen können. Sie ballte die Klauen zu Fäusten. Der Schweiß lief ihr übers Gesicht und brannte in ihrem verbliebenen Auge.

Schreien. Ich muss schreien. Ich halte es nicht mehr aus.

Bei ihrer Operation vor neun Tagen hatten die Ärzte an den Innenseiten ihrer Arme Hauttransplantationen vorgenommen. Wenn das Seil jetzt die Haut durchscheuerte – und genau so fühlte es sich an –, würde sie verbluten.

Aus ihrer Kehle drang ein Wimmern, laut genug, dass Henry es hören konnte. Beinahe hoffte sie, dass er seine Drohung wahr machte.

Lass mich fallen. Lass mich sterben. Wenigstens habe ich dann keine Schmerzen mehr.

Doch dann berührten ihre Zehen den Boden und sie landete auf ihrem Hintern – oder vielmehr dem, was davon noch übrig war. Ihr wurde schwarz vor Augen und sie verlor das Bewusstsein.

* * *

Als sie wieder zu sich kam, lag Donaldson neben ihr auf dem Boden. Er stöhnte und krümmte sich vor Schmerz.

»Ich brauche ein paar Pillen«, stöhnte er.

»Wo ist Henry?«

»Er holt seinen Truck. Gib mir endlich diese beschissenen Pillen.«

Lucy griff in die vordere Tasche ihres Kleids.

Ach du Scheiße.

»Donaldson, sie sind weg.«

»Weg?«, kreischte er und kroch auf sie zu. »Du willst mich wohl verarschen, du Schlampe, was? Du willst sie alle für dich behalten.«

»Sie sind wohl rausgefallen. Hilf mir beim Suchen.«

Lucy hörte das Dröhnen eines sich nähernden Fahrzeugs.

»Du blöde Kuh, ich brauch meine Pillen, verdammt noch mal.«

»Dann hilf mir beim Suchen!«, zischte sie und tastete zwischen kalten Grashalmen herum.

»Wenn du sie verloren hast, bring ich dich um.«

Da. Sie sah etwas Weißes – Klopapier – auf dem Boden vor dem Gebäude.

Scheinwerfer näherten sich. Das musste Henry sein, oder vielleicht ein Wärter auf Patrouille.

»Die Pflaster hab ich gefunden«, sagte Donaldson. »Aber nicht die Pillen. Wir müssen sie unbedingt finden.«

Auf der Straße hinter ihnen kam ein Truck heran.

Henry sprach durch das offene Fenster zu ihnen. »Los geht's. Legt euch hinten unter die Plane.«

»Einen Moment noch«, sagte Lucy leise und kroch auf das Klopapier zu.

»Ich kann auch ohne euch fahren.«

Sie erreichte das Gebäude, grabschte das Päckchen mit den Pillen – wobei sie nicht erkennen konnte, ob es das Norco oder das Lorazepam war – und stopfte es in ihre Tasche.

Nur mit äußerster Mühe schaffte sie es, aufzustehen.

Donaldson stieg gerade auf die Ladefläche des Pick-ups.

Lucy wischte sich die Tränen aus ihrem Auge und folgte ihm.

* * *

Lucy lag zusammengekrümmt unter der Plane auf der Ladefläche des Trucks. Als dieser losfuhr, biss sie ihre wenigen noch vorhandenen Zähne zusammen. Sie spürte jede Unebenheit und jedes Rütteln am ganzen Körper. Es war noch schlimmer als das Abseilmanöver. Plötzlich hörte sie ein Jammern, das den Motorenlärm übertönte. Es war Donaldson, der vor Schmerz weinte.

Als sie den Wachtposten am Ausgang der Anstalt erreichten, hielt Lucy den Atem an. Wenn der Mann unter der Plane nachsah, wäre ihre Flucht zu Ende.

»Guten Abend, Henry.«

»Hey Ron.«

»Hast du da hinten was unter der Plane?«

»Nee. Kannst gern nachsehen.«

Lucy hörte, wie sich Schritte der Heckklappe näherten. Als die Plane angehoben wurde, machte sie sich fast in die Hose.

»Alles in Ordnung«, sagte Ron und sah dabei Lucy an. »Du kannst weiterfahren.«

Henrys Bestechungsgeld hatte offenbar seine Wirkung nicht verfehlt. Das Tor ging auf und sie verließen das Anstaltsgelände in die Freiheit. Aber noch hatten sie es nicht geschafft. Lucy wusste, dass Henry sie immer noch hereinlegen konnte. Von dem Geld, das Donaldson ihm überwiesen hatte, hätte er ihnen ein Auto besorgen sollen. Aber vielleicht hatte er es einfach für sich behalten und hatte nun vor, sie irgendwo am Straßenrand abzusetzen oder schlimmstenfalls umzubringen. Denn wenn er sie einfach nur absetzte und sie dann erwischt wurden, konnten sie Henry wegen Beihilfe zur Flucht drankriegen.

Wäre Lucy an seiner Stelle, so hätte sie beide getötet.

Der Truck blieb stehen, und sie hörte, wie die Fahrertür aufging.

Dies war der Augenblick der Wahrheit. Entweder ging ihr Plan tadellos auf oder sie würden als Opfer eines Doppelmords enden.

Beide Szenarien würden Erleichterung bringen.

Die Plane wurde angehoben und Henry starrte sie grimmig an. »Die Fahrt ist zu Ende. Steigt aus.«

Lucy robbte unter Schmerzen die Ladefläche entlang und richtete sich auf. Sie befanden sich in einer bewaldeten Gegend. Vermutlich ein Naturschutzgebiet. Vor ihnen stand ein alter, verbeulter Monte Carlo. Er war schwarz und mindestens zehn Jahre alt. Außerdem fehlten die Radkappen und ein Kotflügel auf der rechten Seite.

»Ist das unser Auto?«

Im Mondschein konnte Lucy in Donaldsons vernarbtem Gesicht Tränen erkennen.

»Das isses, Alter.«

»Ich hab dir über fünfzigtausend Dollar gegeben, du Arschloch.«

Henry plusterte sich auf. »Die Karre fährt und hat gültige Papiere. Wenn's dir nicht passt, bring ich euch in die Anstalt zurück.«

»Ist schon okay«, sagte Lucy und packte Donaldson bei der Hand. »Alles in Ordnung, oder, D?«

»Hast du nicht noch was vergessen?«, fragte Donaldson.

»Was denn?«

»Dass du uns 'ne Knarre und etwas Bargeld besorgen wolltest?«

»Im Handschuhfach«, sagte Henry. »Eine Beretta. Die Seriennummer ist abgefeilt. Hab sogar noch 'n volles Magazin dazu.«

»Funktioniert das Ding überhaupt?«

»Das musst du selbst rausfinden. Die Autoschlüssel sind unter der Fußmatte.«

»Und wo ist die Kohle?«

»Ach ja, das. Ich hab heute Morgen vergessen, bei 'nem Geldautomaten vorbeizuschauen.« Henry fischte seine Geldbörse aus der Tasche und gab Donaldson ein paar Scheine.

»Sechsundzwanzig Dollar?« Donald bebte vor Wut. »Wie lange soll das denn reichen?«

»Wir werden schon zurechtkommen«, sagte Lucy. Sie fühlte sich genauso hintergangen, aber sie konnten nun mal nichts machen. Wenigstens hatten sie noch das Norco.

»Ihr werdet erst als vermisst gemeldet, wenn das Licht ausgemacht wird, so in anderthalb Stunden«, sagte Henry. »Wenn man euch schnappt und ihr erwähnt meinen Namen, werde ich euch aufspüren und töten.«

»Stellst du dir das so einfach vor, jemanden töten?«, sagte Lucy. »Ihm in die Augen sehen, während er abkratzt? Zuhören, wie der letzte Atemzug aus seiner Lunge entweicht? Weißt du, wie dieser letzte Atemzug schmeckt?« Sie lächelte, wohl wissend, dass ihr Gesicht dabei wie ein Totenschädel aussah. »Er schmeckt wie Zuckerwatte.«

»Fickt euch, alle beide«, sagte Henry. Dann eilte er zu seinem Truck, sprang hinters Steuer und raste davon.

»Ich brauche etwas Norco«, sagte Donaldson.

Lucy ging es genauso. Eigentlich sollten sie sparsam mit dem Zeug umgehen, zumal dieses Arschloch sich ihren Vicodin-Vorrat unter den Nagel gerissen hatte. Aber im Augenblick waren die Schmerzen so furchtbar, dass sie nicht klar denken konnte. Behutsam wickelte sie das Klopapier auf. Gott sei Dank war es das Norco. Dass sie das Lorazepam verloren hatten, war Pech, aber der Verlust des Norco wäre weitaus schlimmer gewesen. Sie gab Donaldson zwei Pillen.

»Drei«, verlangte er von ihr.

Wut keimte in Lucy auf, verging aber sofort wieder. Sie gab ihm noch eine und nahm ebenfalls drei, wobei sie sie kaute, damit sie schneller wirkten. Das Pulver schmeckte wie Batteriesäure und brannte ihr auf der Zunge.

»Schau dir nur diese Schrottkiste an.« Donaldson deutete auf das Auto. »Was für ein Arschloch.«

»Ist schon gut, D. Immerhin sind wir frei.«

Er brummte etwas Unverständliches. Dann öffnete er die Fahrertür und fand die Schlüssel. Ein kleiner Plastikfrosch diente als Schlüsselanhänger. Wenn man auf seinen Bauch drückte, kam ein winziger Lichtstrahl aus seinem Mund. Donaldson hievte sich stöhnend auf den Sitz. In einem Anflug von Verspieltheit streckte Lucy den Daumen heraus.

»Können Sie mich ein Stück mitnehmen, Mister?«

Donaldsons Miene hellte sich auf. »Aber nur, wenn du mir versprichst, keine Titelmelodien von irgendwelchen Shows zu trällern.«

Lucy hinkte um das Fahrzeug herum zur Tür und stieg ein.

»Nimm die Knarre aus dem Handschuhfach«, sagte er.

Lucy machte die Klappe auf und fand die Pistole unter der Betriebsanleitung.

Sie hielt die Beretta unter die Innenbeleuchtung. »Das Ding sieht ja uralt aus.«

»Gib sie her«, sagte Donaldson.

Lucy zögerte einen Augenblick, doch dann händigte sie Donaldson die Waffe aus.

Er nahm das Magazin heraus.

»Nur sieben Kugeln, verdammt noch mal. Dieser Geizhals. Na ja, wenigstens ist es 'ne Fünfundvierziger.« Er lud die Waffe durch. »Okay, hier ist noch eine.«

»Wir brauchen ja auch nur eine«, sagte Lucy.

Donaldson schob das Magazin wieder in den Griff. Mit beträchtlicher Mühe stieß er die Tür auf und zielte mit der Beretta auf den nächsten Baum. Der Knall hallte im Auto wider und ließ Lucys Ohren klingeln. Es war schon einige Zeit her, seit sie das letzte Mal einen Schuss gehört hatte. Für Feuerwaffen hatte sie noch nie viel übriggehabt. Ihre Waffen waren ihr gutes Aussehen, ihre Intelligenz und ihr sadistischer Einfallsreichtum gewesen.

Sie sagte: »Du Blödmann hast gerade eine Kugel verschwendet.«

»Nein, ich wollte nur auf Nummer sicher gehen, dass dieses Scheißding auch funktioniert, falls wir es mal brauchen.«

Er gab Lucy die Waffe wieder und startete den Motor.

Phase eins ihres Racheplans lag hinter ihnen. Nun war es Zeit für Phase zwei.

Lucys Schmerzen waren nichts im Vergleich zu denen, die sie und ihr Partner ihrem Opfer zufügen würden.

Sie grinste wie ein Totenschädel, als Donaldson Gas gab.

Luther
16. März, fünfzehn Tage vorher
Zwei Tage nach dem Vorfall mit dem Bus

»Tief durchatmen, Amena. Gut so. Das ist schon viel besser. Wie heißen Sie mit Nachnamen?«

»Mein Mädchenname lautet Haman. Jetzt heiße ich Haman-Bowers.«

»Jetzt? Wie viele Namen hatten Sie denn schon?«

Sie antwortet mit einem Lächeln, das Eis geschmolzen hätte, wäre sie zwanzig Jahre jünger. »Immer auf der Suche nach dem Nächsten, Süßer.«

»Einen schönen Ring haben Sie da an Ihrem Finger.«

»Welcher?«

Er zeigt darauf. »Erzählen Sie mir mehr davon.«

»Ach, das ist bloß ein vierkarätiger Diamant.«

»Ich nehme mal an, den hat Ihnen Ihr Mann geschenkt?«

»Ja.«

»Er ist aber nicht mit Ihnen zu diesem Ausflug gekommen.«

»Nein, wir sind geschieden.«

»Oh, das tut mir leid.«

Wieder ein Lächeln. »Ist schon in Ordnung.«

»Und was ist das für einer? Der grüne Stein da.«

»Ach, das ist mein Smaragd. Eingefasst in einen Platinring, umgeben von neunundzwanzig Diamanten.«

»Sieht hübsch aus.«

»Peter, mein zweiter Ehemann, hat ihn mir zu unserem ersten Hochzeitstag geschenkt.«

»Und die Halskette? Sind die echt?«

»Natürlich.« Sie fasst die Saphire an. »Die sind von Chance, meinem vierten Mann.«

»Wie oft waren Sie schon verheiratet, Amena?«

»Fünf Mal.«

»Und Sie haben jeden von denen wie eine Weihnachtsgans ausgenommen, nicht wahr?«

Ein vornehmes, verhaltenes Lächeln spielt um ihre Lippen. Amena langt über den Tisch hinweg und berührt seine Hand. Die Klunker an ihren Fingern glänzen im grellen Licht der nackten Glühbirne, die von der Decke hängt.

Schneid hat sie, das muss man ihr lassen.

Luther sieht ihr an, dass sie glaubt, an Boden zu gewinnen, vielleicht sogar die Kontrolle an sich zu reißen. Das amüsiert ihn.

Und obwohl sie um die sechzig ist, lässt sich ihre ungeheure sinnliche Ausstrahlung nicht leugnen.

Keine Frage, sie ist so scharf, wie eine Großmutter nur sein kann. Etwas viel Selteneres als eine MILF. Eine GILF.

»Ich habe Geld«, sagt sie.

»Was machen Sie dann in diesem beschissenen Bus?«

Amena antwortet nicht.

Er fährt fort: »Jede Menge älterer Herren auf diesem Busausflug. Vielleicht haben Sie Ehemann Nummer sechs gesucht?«

Sie lächelt kokett. »Ich habe mir jeden Cent, den ich bei einer Scheidung bekommen habe, hart verdient. Ich bin vielleicht einige Jährchen älter als Sie, aber glauben Sie mir, Schätzchen, Sie könnten noch eine Menge von mir lernen.«

»Das glaube ich gerne, aber daran bin ich nicht interessiert.«

»Wie wär's dann mit Geld?«

»Davon hab ich schon mehr als reichlich, Amena.«

»Was wollen Sie dann? Ich bin sicher, dass wir die Angelegenheit zu unserer beiderseitigen Zufriedenheit regeln können.«

»Eigentlich haben Sie es mir schon gegeben. Genau das, was ich will. Das größte Geschenk, das man sich vorstellen kann.«

»Wie bitte?«

Jetzt ist er derjenige, der lächelt. »Die Bestätigung, dass Sie eine geldgeile Schlampe sind. Und ich weiß genau, wo ich Sie hintue.«

Jack
31. März, 16:45 Uhr

Ich versuchte, in den Rückspiegel zu blicken, und verrenkte mir dabei den Hals.

Die Position stimmte nicht, also stellte ich sie richtig ein.

Da.

Jetzt sah ich den Monte Carlo, den McGlade erwähnt hatte. Er befand sich drei Wagenlängen hinter uns, etwa hundert Meter.

»Siehst du ihn?«, fragte er.

»Ja.«

»Ist es Luther?«

»Das kann ich nicht sehen. Fahr langsamer.«

McGlade trat leicht auf die Bremse. Ein paar Sekunden später überholten uns die zwei Autos hinter uns. Aber der Monte Carlo blieb, wo er war, und hielt weiterhin denselben Abstand ein.

»Kannst du das Nummernschild sehen?«, fragte McGlade.

»Nein, die fahren jetzt auch langsamer. Ich kann nicht mal erkennen, wie viele Leute da drinnen sitzen. Bieg hier ab, dann sehen wir, ob sie uns folgen.«

McGlade bog nach rechts ab und fuhr an einer Grundschule vorbei. Der Monte Carlo tat dasselbe.

»Halt irgendwo am Straßenrand«, sagte ich, »und lass sie vorbeifahren.«

»Und wenn sie das nicht tun? Was, wenn sie etwas im Schilde führen?«

Ich nahm meinen Polizeirevolver aus meiner Handtasche, drehte die Trommel und vergewisserte mich, dass alle sechs Kammern geladen waren. »Lass sie nur.«

»Du gehst wirklich in die Vollen«, sagte McGlade. Er lenkte den Wagen an die Straßenseite und hielt auf dem Schotterstreifen.

Ich warf einen Blick in den Rückspiegel.

Der Monte Carlo hatte ebenfalls angehalten und stand jetzt zweihundert Meter hinter uns.

McGlade griff unter die Jacke und zog seine 44er-Magnum hervor.

Er blickte in den Außenspiegel und sagte: »Du schießt besser als ich. Mein Model 29 ist auf die Entfernung nicht ganz treffsicher.« Er gab mir seine Waffe. »Du kannst ja ein paar Schüsse auf die Windschutzscheibe abgeben, dort wo der Fahrer sitzt.«

»Ich weiß doch nicht mal, wer sie sind.«

»Wenn es Luther ist, können wir die Sache ein für alle Mal zu Ende bringen.«

»Und wenn es jemand anders ist?«

Er zuckte mit den Schultern. »Ups.«

»Ich schieße nie auf ein Auto, wenn ich nicht weiß, wer drinsitzt.«

»Wie wär's mit ein paar Schüssen in den Motorblock?«

Ein paar Autos fuhren an uns vorbei.

Ich konnte zwar nirgendwo Fußgänger sehen, aber ein Querschläger könnte leicht ein Haus treffen. »Kommt nicht infrage«, sagte ich. »Das ist eine Wohngegend. Zu gefährlich.«

»Dann mach ich's eben«, sagte McGlade und stieß die Fahrertür auf.

»Was, wenn der Fahrer ein Gewehr hat?«, fragte ich.

McGlade machte die Tür wieder zu und rutschte ein wenig in seinem Sitz nach unten. »Also, wie sieht dann dein Plan aus, Sherlock? Sollen wir hier bis an unser Lebensende warten?«

Wäre ich noch bei der Polizei gewesen, so hätte ich Verstärkung angefordert und es meinen Kollegen überlassen, sich dem Fahrzeug zu nähern. Ich konnte zwar immer noch Phin oder Herb anrufen, aber die würden bis hierher mehrere Stunden brauchen.

»Wir können die Funkstreife rufen«, sagte ich, »und ihnen sagen, dass uns jemand folgt, der möglicherweise bewaffnet ist. Sollen die sich doch um das Auto kümmern.«

Ich griff nach meinem iPhone.

»Jetzt ist er weg«, sagte McGlade.

Ich blickte in den Rückspiegel und sah, wie der Monte Carlo in die entgegengesetzte Richtung davonbrauste.

»Was jetzt?«, fragte er. »Sollen wir ihm nach?«

Ich überlegte. »Ja, sollten wir.«

Ich wollte die Angelegenheit hinter mich bringen. Wenn das wirklich Luther war, würde ich mir sein Kennzeichen notieren und die Polizei verständigen. Damit wäre die Sache erledigt.

Wir fuhren zehn Minuten lang in dem Viertel umher, konnten jedoch das Fahrzeug nicht finden.

»Vielleicht war das nur ein Zufall«, sagte McGlade. Er hatte den Wagen inzwischen am Straßenrand in Violets Reihenhaussiedlung geparkt.

»Vielleicht.« Aber mein Bauchgefühl sagte mir etwas anderes.

McGlade hielt sein Smartphone in der Hand. »Hast du schon Bilder von dieser Violet King gesehen? Sieht verdammt scharf aus, die Kleine. Du weißt ja, wie sehr ich auf Blondinen abfahre.«

Er betrachtete ein Foto von ihr auf Google Bilder. Es war aus einem alten Zeitungsartikel aus dem Jahr 2003, als sie im Zusammenhang mit den Morden in North Carolina hinter Andrew Z. Thomas her war.

»Du fährst doch auf alles ab, was Titten hat«, sagte ich.

»Sie ist bei der Polizei?«
»Das war sie mal.«
McGlade und ich öffneten gleichzeitig die Wagentüren.
»Warum hat sie aufgehört?«, fragte er.
»Das werden wir wohl gleich rausfinden.«

Donaldson
31. März, 17:00 Uhr

Donaldson hatte sich aus dem Staub gemacht, als Jack Daniels merkte, dass ihr jemand folgte, kam aber nach zehn Minuten wieder. Er und Lucy fuhren weitere fünf Minuten ziellos umher. Von Daniels und ihrem Auto keine Spur.

»Du hast's vermasselt, D.«

Lucys Nörgeln ging ihm langsam auf die Nerven. Er überlegte, ob er von der Beretta Gebrauch machen sollte. Natürlich wollte er sie nicht umbringen, sondern ihr nur eine harmlose Verletzung zufügen, damit sie verdammt noch mal die Klappe hielt.

»Was hätte ich denn sonst tun sollen? Einfach stehen bleiben und warten, während sie die Bullen rufen? Willst du etwa wieder zurück ins Krankenhaus?«

»Du hättest sie nicht aus den Augen lassen dürfen. Das war bescheuert.«

»Sie wären uns gefolgt. Das Auto, in dem Jack saß, war neu. Und wir fahren in einer Schrottkiste aus den Neunzigerjahren herum. Sie hätten uns im Nu eingeholt.«

»Vielleicht hättest du …«

»Da! Schau!«

Donaldson trat voll auf die Bremse. Beide stöhnten vor Schmerz, als der Monte Carlo abrupt zum Stehen kam.

Lucy beugte sich vor und starrte angestrengt durch die Windschutzscheibe. »Ich sehe nichts.«

Natürlich, sie hatte ja nur ein Auge. Donaldson zeigte in die

Richtung. »Dort drüben neben dem Müllcontainer.« Erst jetzt fiel ihm auf, dass er schon einmal daran vorbeigefahren war. Der Nissan Juke war ein kleines Auto, und ein Chevy Astro hatte die Sicht auf ihn versperrt, während sie ihre Runde gedreht hatten.

»Und wie finden wir jetzt raus, in welchem Reihenhaus sie sind?«, sagte Lucy. »Da gibt's mindestens vierzig davon.«

»Wir behalten die Karre im Auge.«

Donaldson fuhr auf die andere Seite des Parkplatzes und stellte den Wagen so ab, dass man ihn nicht sehen konnte. Der Platz war ideal. Sie waren weit genug von Jacks Auto entfernt, um nicht aufzufallen. Gleichzeitig hatten sie einen ungehinderten Blick auf fast jedes Haus in der Siedlung.

»Wir dürfen sie nicht verpassen, wenn sie wieder rauskommen«, sagte Donaldson. »Also, Lucy?«

»Was?«

»Halte dein Auge offen.«

Jack
31. März, 16:55 Uhr
Fünf Minuten vorher

Ich schleppte mich keuchend über den Parkplatz und hielt auf ein etwas abseits stehendes Reihenhaus zu. Es war auf der Fensterseite mit Sträuchern und Büschen zugewachsen.

Auf dem Briefkasten stand kein Name, nur die Nummer, die Cynthia Mathis mir gegeben hatte – 813.

Als ich auf den Klingelknopf drückte, sagte ich zu Harry: »Mach bloß keine blöden oder beleidigenden Bemerkungen. Oder weißt du was … sag am besten gar nichts. Wenn dir eine Frage einfällt, schreib sie auf einen Zettel, und ich entscheide dann, ob ich sie stelle.«

»Klar doch, Mama. Hast du auch Buntstifte für mich, damit ich mich in eine Ecke setzen und beschäftigen kann?«

»Mit Buntstiften stellst du doch nur Unheil an.«

Die Klingel funktionierte nicht. Ich hämmerte mit der Faust an die Glastür. Beinahe hätte ich aus alter Gewohnheit »Aufmachen, Polizei!« gesagt.

Aus einem Fernsehgerät drang Lärm durch die Tür. Inzwischen regnete es wieder stärker. Ich verspürte auf einmal ein starkes Verlangen nach einer Portion Ben-&-Jerry's-Vanilleeis mit Schokochips-Plätzchenstücken und, völlig unpassend dazu, sauren Gurken. Vielleicht sollte ich an Ben & Jerry's schreiben und sie darum bitten, diese Geschmackskombination anzubieten.

»Hab ich gerade deinen Magen knurren gehört?«, fragte McGlade.

»Tu so, als wärst du immer noch bei der Polizei. Benimm dich wie ein richtiger Polizist.«

Die Tür ging langsam und mit einem Knarren auf.

Ehe ich ihr Gesicht sah, roch ich den Zigarettenqualm und das Nikotin.

Ich lächelte sie an. »Violet King?«

Durch den etwa zehn Zentimeter breiten Türspalt sah ich nur einen schmalen Ausschnitt ihres Gesichts.

»Wer möchte das wissen?« Sie sprach mit einem leichten, aber unverwechselbaren Südstaatenakzent und roch nach Bier und Zigaretten.

»Ich bin Jack Daniels und das hier ist mein Partner, Harry McGlade. Wir würden Ihnen gerne ein paar Fragen über Andrew Z. Thomas stellen.«

Ihre Augen verengten sich zu Schlitzen. »Danke, kein Interesse.«

Sie wollte schon die Tür zumachen, hielt dann aber inne. Ihr Blick glitt von meinem Schwangerschaftsbauch zu meinem Gesicht und ihre Miene hellte sich auf. »Wissen Sie was … kommen Sie doch kurz rein.«

Als sie die Tür öffnete, fiel für einen Augenblick das graue Dämmerlicht von draußen in den Vorraum ihres Reihenhauses. Überall waberten Dunstschleier wie Nebelschwaden über einem See. Am anderen Ende des Zimmers drang Lärm aus einem altmodischen Röhrenfernseher. Irgendeine Seifenoper, in der die Darsteller sich in einem Krankenhauszimmer anschrien und darüber stritten, ob man bei dem Patienten den Stecker rausziehen sollte.

Violet war knapp einen Meter fünfzig groß, wog aber bestimmt um die hundertdreißig Kilo. Sie trug ein verwaschenes und weites Kleid. Es kostete sie mehr Anstrengung, durch das Zimmer zu watscheln, als ich aufwenden musste, um einzutreten.

»Ist sie das wirklich?«, sagte McGlade aus dem Mundwinkel heraus. »Oder ist das das Tier, das sie gefressen hat?«

»Benimm dich gefälligst, McGlade.«

Das Wohnzimmer war klein, eng und dunkel. Abgesehen von dem Fernsehgerät gab es nur eine Lichtquelle – eine schwache Lampe auf einem Beistelltisch mit Marmorplatte, der neben der Couch stand. Aus einem Aschenbecher, in dem eine brennende Zigarette lag, kräuselte sich blauer Rauch nach oben in das schummrige Licht.

Der Zigarettenqualm, der einem Tränen in die Augen trieb, überlagerte einen anderen, weitaus schlimmeren Geruch nach etwas Verfaultem – verdorbenes Gemüse oder Fleisch, oder vielleicht auch beides.

Nachdem meine Augen sich an das Dämmerlicht gewöhnt hatten, fielen mir die Babybilder an der Wand auf – Fotos, die einen süßen kleinen Jungen zeigten. Auf vielen dieser Fotos konnte man eine attraktive junge Blondine sehen, die das Baby in ihren Armen hielt, ein strahlendes Lächeln in ihrem Gesicht. Violet hatte zwar immer noch blonde Haare, besaß aber keine Ähnlichkeit mehr mit der Frau auf diesen Bildern. Ich fragte mich, ob es ihr wehtat, die Fotos anzusehen.

Violet ging mit vorsichtigen Schritten rückwärts auf die Couch zu. Als sie sich in die Polster fallen ließ, knarrte das Gestell.

»Setzen Sie sich.« Violet deutete auf einen Ledersessel, nahm die Fernbedienung vom Sofa und stellte die Seifenoper auf stumm. Auf dem Boden zu ihren Füßen lagen Chipstüten und genug Bierflaschen herum, dass ich mich fragte, ob sie Brauereiaktien besaß. Ich merkte, wie ich etwas unter meinen Turnschuhen zertrat – Mäusedreck.

»Sie haben es hübsch hier, Miss King«, sagte McGlade.

»Was wollen Sie von mir?«

Mein nackter Arm berührte die Couch, die so verraucht war,

dass ich das Nikotin praktisch durch meine Poren einatmete. Ich rang mir ein freundliches Lächeln ab.

»Soviel ich weiß, waren Sie Polizistin, als Sie noch in North Carolina wohnten.«

»Mordermittlerin. Aber das ist schon lange her.«

»Gab es einen bestimmten Grund, warum Sie aufgehört haben?«, fragte ich.

»Ich bekomme Invalidenrente.«

»Hat das was mit Ihrem Übergewicht zu tun?«, warf McGlade ein.

Violet bedachte ihn mit einem verächtlichen Blick. »Ich wurde bei einem Polizeieinsatz verletzt.«

Auf dem zugemüllten Tisch lag ein Toyota-Schlüsselanhänger.

»Von der Invalidenrente kann man kaum leben«, sagte ich. »Aber Sie haben ja noch einen Nebenverdienst.«

Ich schwieg und hoffte, dass sie mehr dazu sagen würde.

Aber das tat sie nicht.

»Woher kennen Sie Andrew Z. Thomas?«, fragte ich weiter.

»Na ja, es ist ja schließlich kein Geheimnis, dass ich vor acht Jahren in einem Mordfall ermittelt habe.«

»Bei dem er der Hauptverdächtige war?«

»Richtig.«

»Und diese Ermittlung führte Sie auf die Outer Banks vor der Küste von North Carolina?«, fragte ich in Anlehnung an die Informationen aus dem Wikipedia-Artikel.

»Ja.«

»Was hat die Ermittlung ergeben?«

Violet stieß einen langen Seufzer aus. »Über das, was damals auf Ocracoke Island passiert ist, wurde schon eine Menge geschrieben. Ich bin sicher, Sie finden in Büchern und im Internet sämtliche Antworten auf Ihre Fragen.«

»Über mich wurde auch schon eine Menge geschrieben.« Ich

lächelte. »Aber dabei erfährt man nicht immer die ganze Geschichte oder sogar die Wahrheit.«

»Für mich ist das Thema erledigt.«

»Haben Sie noch Kontakt zu Andrew?«

»Ich hab ihn ewig nicht mehr gesehen.«

Mein Blick fiel auf ein Foto an der Wand.

Stöhnend erhob ich mich und ging um die Couch herum. Violets Blick folgte mir mit unverhohlenem Misstrauen.

Ich langte nach oben, nahm das eingerahmte Foto vom Nagel und musterte es eine Weile, bevor ich es Violet zeigte.

»Wann wurde das aufgenommen?«, fragte ich.

Das Bild zeigte eine jüngere, bedeutend schlankere und glücklichere Violet Arm in Arm mit Andrew Thomas. Im verschwommenen Hintergrund erhob sich eine schneebedeckte Bergkette. Ich erkannte Violet einzig und allein an ihren grünen Augen. Ansonsten gab es nichts, was die Frau auf dem Foto und die Frau auf der Couch gemeinsam hatten.

»Vor sieben Jahren«, sagte Violet. Sie beugte sich mit ihrer massigen Körperfülle nach vorne, nahm eine halb volle Bierflasche vom Tisch und führte sie sich an die Lippen.

»Sie hatten mit Mr Thomas eine Beziehung.«

»Wie kommen Sie darauf?«

»Auf dem Bild sehen Sie wie ein Paar aus.«

»Wir standen uns eine Zeit lang sehr nahe. Aber das ist schon lange her.«

»Aber anscheinend steht er Ihnen immer noch nahe genug, dass seine Agentin Ihnen seine Tantiemen schickt. Soviel ich weiß, verkaufen seine Bücher sich seit der Kontroverse sehr gut.«

Violet zuckte mit den Schultern. Als ehemalige Polizistin wusste sie, wie das Spiel ablief, und gab mir nur die Informationen, die ich bereits kannte. Etwas aus ihr herauszubekommen, war keine leichte Aufgabe.

Ich fragte: »Wo wurde das Foto gemacht?«

Violet lächelte schwach. »Im Paradies?«

»Und wo ist das?«

Sie rutschte auf der Couch hin und her. »Sie sind doch wegen dem Mord hier, oder? Die Frau, die auf der Brücke umgebracht wurde.«

»Wie kommen Sie darauf?«

»Ich hab Sie in den Nachrichten gesehen. Es kommt ja schließlich nicht oft vor, dass schwangere Frauen an einen Tatort gehen. Sie sind vor laufender Kamera zusammengebrochen.« Violets Augen glänzten. »Ich hoffe, dem Baby ist nichts passiert.«

»Wissen Sie etwas über diesen Mord, Violet?«

Sie schüttelte den Kopf. Dann langte sie über den Tisch, angelte die fast abgebrannte Zigarette aus dem Aschenbecher, steckte sie sich zwischen die Lippen und zog lang und gierig daran, bis die Glut wieder zum Leben erwachte.

»Nur das, was ich in den Nachrichten gesehen habe«, sagte Violet und blies Rauch aus der Nase.

Ich sah ihr fest in die Augen. »Haben Sie jemals im Internet den Usernamen ALONEAGAIN verwendet?«, fragte ich im Hinblick auf die Beiträge, die ich im Forum von Thomas' Webseite gesehen hatte.

»Hä?«

Ihrer Verwirrung entnahm ich, dass sie keine Ahnung hatte, wovon ich sprach.

»Kennen Sie einen Mann namens Luther Kite?«

Violets Miene verfinsterte sich. Sie drehte sich um und spuckte einen Schleimklumpen an die Wand. Dann hob sie die Hände und präsentierte die nackte Haut ihrer schwabbeligen Arme. Sie war von Brandwunden übersät und sah wie gepökelter Schinken aus, fleckig und wie Gummi.

»Das verdanke ich Luther Kite«, sagte sie.

»Ich kann mich nicht erinnern, etwas über Ihre Verwicklung mit Kite gelesen zu haben.«

»Das werden Sie auch nicht.«

»Ist das nach dem Kinnakeet-Massaker passiert?«

»Ich möchte nicht darüber reden.«

»Wir vermuten, dass Kite Jessica Shedd umgebracht hat.«

»Das würde mich nicht wundern.«

»Wenn Sie Informationen für uns haben, egal welcher Art, würde uns das sehr helfen. Es könnte Menschenleben retten.«

»Ich fürchte, ich kann Ihnen nicht helfen.«

McGlade beugte sich vor. »Sie sind also mit diesem Schriftsteller in die Kiste gehüpft?«

»Wie bitte?«

»Hat er die rosa Vorhänge auseinandergezogen?«

Violet sah mich fragend an. Ich konnte nur die Augen schließen und den Kopf schütteln.

»Hat er mit Ihnen Versteck-die-Wurst gespielt? Bei Ihnen ein Rohr verlegt?«

»Haben Sie mit Andrew Thomas geschlafen?«, übersetzte ich schließlich.

Sie trank die Bierflasche aus und ließ sie auf den Teppich fallen. »Das geht Sie nichts an.«

»Das bedeutet ja«, sagte McGlade. »Und da er Ihnen immer noch Geld gibt, könnte ich wetten, dass Sie eine Vorstellung davon haben, wo er sich aufhält.«

»Ich möchte, dass dieser Kerl auf der Stelle mein Haus verlässt.« Sie deutete auf McGlade. »Sie sind beide nicht mehr bei der Polizei. Ich habe Sie freiwillig hereingebeten.«

McGlade beugte sich vor und schlug seine Jacke auf, sodass Violet den Griff seines Revolvers sehen konnte. »Vielleicht sehe ich mich trotzdem ein wenig um.«

Sie verschränkte die Arme vor der Brust. »Nur zu. Sie werden nichts finden.«

»Wirklich?«, sagte McGlade. Er hatte genauso wenig mit dieser Antwort gerechnet wie ich.

»Ich habe nichts zu verbergen. Andy und Luther fühlen sich für mich an, als wären sie aus einem längst vergangenen Leben. Ich habe sie nicht mehr gesehen, seit ich verbrannt wurde. Nur weil ich nicht über einen schrecklichen Aspekt aus meiner Vergangenheit reden will, heißt das noch lange nicht, dass ich jemanden decke. Sie können bei mir herumschnüffeln, wo Sie wollen. Sie verschwenden ja doch nur Ihre Zeit. Aber richten Sie bitte kein Durcheinander in meinem Haus an.«

McGlade und ich tauschten einen flüchtigen Blick miteinander. Ich fragte mich, ob eine Durchsuchung sich überhaupt lohnte. Er stand jedoch auf und legte sofort los, während ich sitzen blieb. Nicht weil ich dachte, Violet würde plötzlich reden, sondern weil ich sie im Auge behalten wollte. Wahrscheinlich besaß sie Schusswaffen, und ich wollte nicht, dass sie uns oder sich selbst Schaden zufügte.

McGlade nahm sich als Erstes die Küche vor.

Ich hörte, wie er den Kühlschrank öffnete und sagte: »Mein Gott, das stinkt ja unerträglich.« Dann schlug er die Tür wieder zu.

Mir wurde schlagartig klar, dass McGlade nicht der richtige Mann für diese Aufgabe war. Wieso guckte er überhaupt in den Kühlschrank? Welche Hinweise erwartete er dort? Billigen Wurstaufschnitt und Käse-Imitat?

Er wühlte lautstark in Schränken und Schubladen herum. Als er mit der Küche fertig war, ging er nach oben.

Nach zehn Minuten, in denen ich Violet dabei zugesehen hatte, wie sie eine Zigarette nach der anderen rauchte, kam McGlade mit einem Stapel CDs wieder.

»Wo haben Sie die her?«, fragte er Violet.

»Was sind das für welche?«, sagte sie.

»Raubkopien von Rolling-Stones-Konzerten.«

»Weiß ich nicht. Hab mich früher sehr für Musik interessiert.«

»Kann ich mir die ausleihen?«

»Wie bitte?«

»Einige von denen suche ich schon seit Jahren. Ich verspreche Ihnen, dass ich sie in gutem Zustand zurückbringe.«

Ich verdrehte die Augen.

»Von mir aus können Sie die behalten«, sagte Violet. »Ich hab sie bereits auf meinen Computer kopiert.«

»Echt? Danke!«

»Ist das alles, was du gefunden hast?«, fragte ich ungläubig.

»Du machst wohl Witze. Das ist ein Fund epischen Ausmaßes. Weißt du überhaupt, wie selten diese hier ist? Von siebenundneunzig, live aufgenommen.«

»Ein tolles Konzert«, sagte Violet strahlend. »Ich war dort, in der ersten Reihe. Hab sogar ein paar Schweißtropfen von Jagger abgekriegt.«

»Klingt echt gut. Wo ist eigentlich Ihr Baby?«

Violets Gesicht nahm einen schmerzlichen Ausdruck an.

»Dort oben ist ein Kinderzimmer«, fuhr McGlade fort. »Das sauberste Zimmer im ganzen Haus. Aber im Kühlschrank hab ich nirgendwo Babynahrung gesehen und auch keine Babyfläschchen in den Schränken. In diesem Haus riecht es ja nach allerhand, aber nicht nach Windeln. Also, wo ist das Kind?«

Violet sagte nichts, bekam aber einen glasigen Blick.

»Ist es tot?«, fragte McGlade.

Ich warf ihm einen wütenden Blick zu. Er ging mit dem Guter-Bulle-böser-Bulle-Spiel eindeutig zu weit. Von Violet ging keinerlei Bedrohung aus. Das einzige Gefühl, das sie in mir auslöste, war Mitleid.

»Jetzt wird es aber wirklich Zeit, dass Sie hier verschwinden.«

»War das Baby von dem Schriftsteller?«, drängte McGlade.

»Handelt es sich bei den Tantiemen in Wirklichkeit um Unterhaltszahlungen?«

»Das Jugendamt hat mir mein Kind genommen, Mr McGlade. Irgendein Nachbar hat mich angezeigt und dabei falsche Angaben gemacht. Ich hab fast eine Million Dollar für Anwälte hingeblättert, um ihn wiederzubekommen.« Ihre Stimme wurde brüchig. »Ich darf ihn nicht einmal besuchen.«

»Wie alt ist er jetzt?«, fragte ich behutsam.

»Fast sieben.«

»Und wie heißt er?«

»Max, genau wie sein Vater, mein Mann, den Luther Kite und seine Familie auf dem Gewissen haben.« Violet sah mich flehend an. »Wenn ich Informationen hätte, mit denen ich Luther schaden könnte, würde ich es Ihnen sagen, das schwöre ich. Er hat mein Leben ruiniert. Aber ich kann Ihnen nichts sagen, was meine Situation verbessern würde. Rein gar nichts.«

»Vielleicht kann das, was Sie wissen, jemand anderen retten«, gab ich zu bedenken.

Sie saß eine Weile schweigend da, bevor sie mir antwortete.

»Den Menschen kann man nicht mehr helfen, Jack. Ich wundere mich, dass Sie das noch nicht begriffen haben.«

Ich holte eine Visitenkarte aus meiner Handtasche und gab sie ihr. »Falls Sie es sich doch noch anders überlegen oder Ihnen irgendwas einfällt, können Sie mich jederzeit anrufen.«

»Und danke noch mal für die CDs«, sagte McGlade. Er hielt sie hoch und lächelte. »Sie können auch die Nummer anrufen, falls Sie noch ein paar Raubkopien von den Stones finden.«

Wir gingen zur Tür hinaus. Es hatte aufgehört zu regnen und es fühlte sich kälter an als zuvor.

»Also, das war echt vergeudete Zeit«, sagte ich und hielt auf den Wagen zu.

»Spinnst du? Wenn ich diese CDs auf eBay verhökere, mach ich ein paar hundert Dollar.«

Ich ließ meinen Blick über die Reihe der parkenden Autos wandern, um zu sehen, ob der Monte Carlo sich darunter befand.

Plötzlich summte mein iPhone.

Eine SMS von Herb.

Nur vier Worte, aber sie trafen mich wie ein Schlag ins Gesicht.

SCHON WIEDER EIN MORD.

Lucy
31. März, 17:45 Uhr

Lucy nahm am Rande ihres Gesichtsfelds eine Bewegung wahr und wandte ihren Blick von dem Nissan Juke ab. Zwei dreizehnjährige Jungs standen in etwa drei Meter Entfernung und glotzten sie durch die Fensterscheibe an, die Münder sperrangelweit offen, die Blicke eine Mischung aus Spott und Abscheu.

Sie kamen näher. Einer der beiden klopfte an die Scheibe.

Lucy sah zu Donaldson hinüber, worauf dieser erwiderte: »Sag ihnen, sie sollen sich verpissen.«

Sie drehte sich um und starrte den Jungen durch die Scheibe an. »Los, hau ab.«

»Heilige Scheiße, die hat ja nur ein Auge!«

»Und der Typ da sieht aus wie Freddy Krueger!«, schrie der andere Junge.

»Gib mir mal die Pistole«, sagte Lucy. »Ich knall sie beide über den Haufen.«

»Dafür haben wir keine Zeit.«

»Kann ich wenigstens einen von ihnen abknallen?«

Der größere der beiden Jungs, ein Weißer mit schwarzem Parka und Kopftuch, sagte durch die Fensterscheibe: »Was ist denn mit Ihnen passiert? Hatten Sie ’nen Unfall?«

Lucy ließ das Fenster herunter. »Ich hab mit meinem dummen Freund hier abgehangen und wir haben ein paar echt üblen Burschen zu viele Fragen gestellt.«

Der Freund des Langen boxte ihn gegen den Arm. »Komm, gehen wir lieber.«

»Wollt ihr nicht vielleicht doch ein bisschen Spaß haben?«, fragte Lucy. »Ich hab's schon mit Jungs wie euch gemacht. Ich kann Sachen mit euch anstellen, da bleibt euch die Luft weg.«

»Hey, die Tussi ist doch völlig durchgeknallt. Komm schon, Chris, hör auf mit dem Scheiß.«

»Ich glaube, du hast mich überzeugt«, sagte Donaldson. »Hier gibt es viele Maisfelder. Vielleicht könnten wir 'ne kleine Pause einlegen.« Er wandte sich dem Jungen zu. »Trinkt ihr gerne Bier?«

»Haben Sie welches?«

»Wir haben auch Süßigkeiten«, sagte Lucy. »Wir sind gerade auf dem Weg zu 'ner Party. Eure Freunde wollten auch alle kommen. Ich hab vorhin mit euren Eltern geredet, die haben nichts dagegen.«

»Chris, das ist doch Schwachsinn. Gehen wir.«

»Scheiße«, sagte Donaldson. »Schau mal, Jack kommt gerade raus.«

Lucy blickte durch die Windschutzscheibe und sah, wie Jack in Begleitung eines Mannes aus einem Reihenhaus am anderen Ende der Anlage kam.

In der Zwischenzeit hatten die beiden Möchtegern-Schwarzen die vermutlich bisher einzige kluge Entscheidung in ihrem jungen und verkorksten Leben getroffen und sich aus dem Staub gemacht.

»Schade«, sagte Donaldson bedauernd und sah ihnen nach. »Mein Schlauch wurde gerade hart.«

Er ließ den Motor an.

»Was machst du da?«, fragte Lucy.

»Ich fahre Jack nach.«

»Nein.«

»Nein?«

»Möchtest du nicht wissen, wen Jack da gerade besucht hat?«

»Schon, aber dann verlieren wir sie aus den Augen.«

»Wir wissen ja, wo sie wohnt. Da finden wir sie jederzeit wieder. Aber wer könnte wohl so wichtig sein, dass Jack deswegen extra nach Peoria fährt? Vielleicht sollten wir uns mal mit dieser Person unterhalten. Oder sie als Druckmittel verwenden.«

Donaldson grunzte. »Also gut.« Er stellte den Motor ab und schob die Beretta in die Brusttasche seines Overalls.

Der Nissan Juke von Jack Daniels raste mit quietschenden Reifen vom Parkplatz.

»Sie hat es ziemlich eilig«, sagte Lucy.

Donaldson öffnete die Tür und quälte sich mühsam aus dem Wagen.

Lucy schaffte es erst beim dritten Anlauf, sich aus dem Sitz zu hieven.

Als sie schließlich auf ihren spindeldürren Beinen stand, war ihr schwindlig. Ein lähmender Schmerz durchfuhr ihren Körper. Sie lehnte sich gegen das Auto und atmete tief durch.

»Alles klar?«, fragte Donaldson.

»Ja. Ich brauch bald wieder ein neues Pflaster.«

»Wie viele haben wir noch?«

»Fünfzehn.« Und diese fünfzehn hatte sie sich hart erkämpfen müssen. Sie hatte viele schmerzerfüllte Nächte durchleiden müssen, um sich einen Vorrat anzulegen.

»Wir legen uns frische an, wenn wir wieder im Auto sind. Oder vielleicht haben wir Glück und können bei unserem kleinen Hausfriedensbruch ein paar Medikamente abstauben.«

Sie humpelten zusammen über den Parkplatz wie ein Paar verkrüppelter Dämonen. Als sie schließlich zu der Treppe gelangten, die zum Haus Nummer 813 führte, schnauften sie so sehr, dass sie sich ganze zwei Minuten lang ausruhen mussten.

»Bist du bereit?«, keuchte Donaldson und zog die Beretta aus der Tasche seines Overalls.

»Ich hab keine Waffe.«

»Wenn ich mich richtig erinnere, bestand deine Waffe darin,

andere Menschen mehrere Kilometer hinter deinem Auto her zu schleifen und ihnen dann Zitronensaft in die Wunden zu spritzen.«

»Bio-Zitronensaft«, verbesserte Lucy ihn.

»Du bist ’ne richtige Öko-Tussi. Willst du dir erst welchen besorgen, bevor wir in das Haus eindringen? Oder möchtest du lieber Müsli?«

Lucy schüttelte den Kopf. »Pass lieber auf, dass du keinen Scheiß baust, du Fettwanst.«

Donaldson ballte die drei Finger seiner künstlichen Hand zu einer Faust und pochte damit gegen die Tür.

Nach einer Weile näherte sich drinnen jemand mit langsamen und schwerfälligen Schritten.

Kaum stand die Tür einen Spaltbreit offen, hielt Donaldson der Hausbesitzerin die Pistole vor die Nase.

»Wer sind Sie?«, fragte er.

»Ähm … Violet.«

»Sind Sie allein?«

Sie zögerte einen Augenblick, bevor sie »Ja« sagte.

»Wir würden uns gerne mit Ihnen unterhalten, Violet. Entweder Sie machen jetzt die Tür auf oder ich blas Ihnen das Hirn aus dem Schädel. Es liegt ganz an Ihnen.«

Die Tür ging auf.

Lucys Herz klopfte schneller. Der Kick war größer, als wenn sie sich Morphium gespritzt hätte. Mein Gott, wie sie dieses Gefühl vermisste.

Nachdem sie sich gewaltsam Zutritt verschafft hatten, verriegelte Lucy das Sicherheitsschloss.

Im Haus stank es nach abgestandenem Zigarettenqualm, Bier und Verzweiflung. Lucy sah Violet an. Der Anblick einer extrem übergewichtigen Frau in einem Kleid von der Größe eines Zirkuszelts amüsierte sie. Allerdings würde es in diesem Zirkuszelt kein zahlendes Publikum geben.

Lucy musste an diesen Typen denken, der sie einmal in seinem Auto mitgenommen hatte. Das war schon eine Ewigkeit her, noch bevor sie Donaldson kennengelernt hatte.

Der Fahrer war ein Fettwanst gewesen.

Und sie hatte viel Spaß mit ihm gehabt.

Je mehr Fett ein Mensch mit sich herumschleppte, umso mehr Venen und Arterien benötigte er, um seinen Körper mit Blut zu versorgen – was bedeutete, dass Dicke stark bluteten.

Und Lucy liebte Blut.

Luther
31. März, 20:30 Uhr

Luther starrt die Dame an der Rezeption an. »Nein, das geht nicht. Ich brauche unbedingt ein Zimmer im elften Stock.«

»Sir, hier im Renaissance Blackstone bemühen wir uns …«

»Das ist mir scheißegal. Ich will einfach nur ein Zimmer im elften Stock.«

Die Hotelangestellte seufzt, aber er bleibt nach außen hin freundlich. Sie blickt wieder auf den Monitor und tippt wie verrückt auf der Tastatur. »Sir, das einzige, was wir noch haben, ist eine Suite, aber …«

»Die nehme ich.«

»… die kostet vierhundertfünfundsiebzig pro Nacht.«

Luther langt in seine Brieftasche und wirft die gestohlene Kreditkarte auf den Tresen.

* * *

Er braucht genau fünf Minuten, um die Schrauben aus dem Fenster in seiner Suite im elften Stock zu entfernen. Selbst dann lässt es sich nur fünfzehn Zentimeter weit öffnen – eine vorbeugende Maßnahme gegen potenzielle Selbstmörder.

Aber das reicht ihm.

Aus seiner Sporttasche holt er das mit einer Luftpolsterfolie umwickelte Päckchen heraus. Er setzt sich auf das Fensterbrett und muss das Gesicht gegen die Scheibe drücken, um aus dieser Höhe die Michigan Avenue sehen zu können.

Auf der Straße herrscht viel Verkehr, aber auf dem Gehsteig sind nur wenige Fußgänger unterwegs.

Er schiebt das Päckchen durch den Fensterspalt und sieht zu, wie es nach unten fällt.

* * *

Drei Minuten später geht Luther durch die Drehtür nach draußen.

Vom Himmel fällt leichter Nieselregen.

Er legt etwa sechs Meter auf dem Gehsteig zurück und bleibt neben dem Päckchen stehen. Beinahe wäre es nach dem harten Aufprall auf die Fahrbahn gefallen.

Er bückt sich, hebt es hoch und durchtrennt das Verpackungsmaterial mit seinem Messer.

Es dauert eine Weile, bis er es ganz ausgepackt hat. Als er das Gerät schließlich in den Händen hält, sieht es unbeschädigt aus.

Der Augenblick der Wahrheit.

Er schaltet es ein und lächelt.

Verdammt robust, das Ding.

Jack
31. März, 21:00 Uhr

Ich starrte auf den Computermonitor, sah mir die Bilder vom Tatort an, die Herb mir per E-Mail gesendet hatte, und versuchte, mir einen Reim darauf zu machen.

Zwei Menschen waren ermordet worden, nur um mir eine Botschaft zu senden.

Aber was war Ziel und Zweck dieser Botschaft? Mir Angst einzujagen?

Wenn dem so war, dann hatte ich es laut und deutlich verstanden.

Phin steckte den Kopf zur Tür herein und fragte: »Hast du Hunger?« Er war immer noch sauer auf mich und hatte sich geweigert, meine Entschuldigung zu akzeptieren oder mit mir über den Vorfall zu reden.

Ich hätte ohne Weiteres eine Portion Eis, Nachos oder Sardinen verputzen können – oder noch besser alles zusammen in einer einzigen Schüssel vermischt. Stattdessen antwortete ich: »Danke, geht schon.«

Er verschwand ohne ein Wort.

Nach meiner Rückkehr aus Peoria war ich mit Duffy spazieren gegangen, aber er hatte den Ring, den er verschluckt hatte, nicht ausgeschieden. Ich fragte mich, ob es gefährlich war, einem Hund Abführmittel zu geben. Außerdem fragte ich mich, ob ich den Ring – sollte er jemals wieder auftauchen – überhaupt noch tragen wollte, wohl wissend, wo er sich befunden hatte.

Vorausgesetzt natürlich, dass ich zu Phins Heiratsantrag Ja sagte – und dass der Antrag überhaupt noch aktuell war.

Ich wandte mich wieder dem Bildschirm zu und starrte auf das Foto mit dem großen Karton, auf dem FISCHFUTTER stand.

Auch diesmal hatte der Täter ein Buch hinterlassen, nämlich den Thriller *Die Waffe des Mörders* von Andrew Z. Thomas. Es steckte in einem Plastikbeutel, den man in Marquettes Magen gefunden hatte und auf dem Folgendes stand:

JD, ER HAT DIESES BUCH IN EINEM STÜCK VERSCHLUNGEN, LK

Wieder hatte Luther Kite eine Seite mit einem Eselsohr markiert, diesmal Seite hunderteinundfünfzig. Außerdem hatte er erneut einen Kringel um den Buchstaben *n* gemacht, und zwar bei dem Wort *Vergnügen.*

Die Waffe des Mörders ~ Andrew Z. Thomas

Mit einem Mal sah er es – eine Offenbarung.

Um ihn herum stürzten Mauern ein.

Schlösser wurden gesprengt.

Ketten fielen von ihm ab.

Gut und Böse, diese rosarote Brille, durch die die Menschheit sich selbst betrachtete, war ein Betrug. Es gab kein Gesetz außer dem, das er sich selbst auferlegte. Alles andere war Schwäche, ein Festhalten an Illusionen. Er stand über den Dingen, war der Gott seiner eigenen Welt, und in diesem Augenblick wusste er, wie er von nun an leben würde und welche moralischen Regeln er befolgen würde. Nichts anderes kam infrage.

Die Welt war groß, das Leben kurz, und es gab so viele schöne Dinge, die nur darauf warteten, dass man sie sich nahm.

Er würde nach seinem *Willen handeln und Mittel und Wege finden, das zu tun, was ihm Vergnügen bereitete.*

Er erhob sich von dem Fels, auf dem er die letzten sieben Stunden gesessen und nachgedacht hatte, und eilte von dem dreitausendsechshundert Meter hohen Berg ins Tal hinab. Das Sonnenlicht blendete ihn und tauchte die Gebirgslandschaft ringsum in ein gleißendes Licht, und das Echo seiner Stimme hallte von den umliegenden Bergen wider, als er nach unten in den endlosen grünen Wald rannte. Noch nie in seinem Leben hatte er sich so stark, so glücklich und so unbesiegbar gefühlt.

Heute Nacht, dachte er, und rannte weiter den Berg hinunter, so leichtfüßig, dass es ihm fast schien, als könne er fliegen und wie ein Raubvogel über das Tal gleiten.

Jawohl.

Heute Nacht würde sein neues Leben beginnen.

Behalte diese Nacht im Gedächtnis … denn sie ist der Beginn der Ewigkeit.

Er würde dem Impuls nachgeben, den er noch gestern unterdrückt hatte, als sie ihn an seinem Lagerfeuer besuchten, um Hallo zu sagen.

Er würde das junge Pärchen, das am gegenüberliegenden Flussufer zeltete, töten.

151

Ich las die Seite mehrmals. Dann nahm ich mir noch mal den Auszug aus *Der Feuerteufel* vor und versuchte dahinterzukommen, warum Luther diese Seiten markiert hatte. Was wollte er mir damit sagen? Enthielten sie Hinweise? Oder führte er mich nur an der Nase herum?

Zeugen hatten gesehen, wie Luther den Karton vor dem Aquarium abgestellt hatte. Er hatte blaue Arbeitskleidung getragen und einen weißen Van gefahren. Allerdings konnte sich niemand an die Marke, das Modell oder das Nummernschild erinnern.

Herb hatte bereits die Angehörigen der beiden Opfer vernommen. Auf den ersten Blick schien es keine Verbindung zwischen ihnen zu geben, abgesehen von einer Tatsache, die seltsam anmutete: Der Täter hatte Marquettes Leiche vor dem Shedd-Aquarium entsorgt – und das erste Opfer hieß Jessica Shedd. Aber Jessica hatte mit dem Aquarium überhaupt nichts zu tun.

Mir war das alles ein Rätsel. Irgendwie hatte ich das Gefühl, etwas übersehen zu haben, das sich direkt vor meiner Nase befand.

Die Fingerabdrücke auf dem Karton waren von Luther Kite.

Die Fingerabdrücke auf dem Buch waren von Andrew Z. Thomas.

Ich ließ mir das durch den Kopf gehen. Hatte Luther sich eine Ausgabe aus Andrews Besitz verschafft, um den Anschein zu erwecken, dass Thomas an dem Mord beteiligt war? Oder vielleicht war Thomas gar nicht bei Violet im Keller eingesperrt, wie die Literaturagentin gemeint hatte, sondern bei Kite.

Die Vorstellung, dass er sich seit 2004 in der Gewalt eines Psychopathen befand, ließ mich erschaudern.

Dann kam mir ein anderer Gedanke. Ich hatte vergessen, ein Bild von dem Plastikbeutel zu machen, auf den Luther mit schwarzem Filzstift JACK D – WIR WERDEN DAS KIND SCHON SCHAUKELN – LK geschrieben hatte. Da ich eine Probe von Thomas' Handschrift besaß – aus dem Brief, den er an seine Literaturagentin geschrieben hatte –, konnte ich die beiden vergleichen und sehen, ob sie übereinstimmten. Wenn ja, war das ein ziemlich solider Beweis dafür, dass Andrew Z. Thomas noch lebte.

Ich schrieb eine SMS an Herb und bat ihn, mir Bilder von den beiden Beuteln zu schicken.

Dann las ich noch mal die Passage aus *Der Feuerteufel.* Meine Augen blieben an der letzten Zeile hängen.

»Aus kleinem Funken lodert große Flamme.«

Irgendwie kam mir dieses Zitat bekannt vor.

Ich suchte bei Google danach.

Hm.

Es stammte von Dante Alighieri, dem Verfasser der *Göttlichen Komödie*. Aus Neugier ging ich die gesamte Passage durch und gab jeden Satz bei Google ein, fand dabei aber nur Auszüge aus Raubkopien der E-Book-Ausgabe von *Der Feuerteufel*. Als ich diesen Vorgang mit dem zweiten Buch wiederholte, erhielt ich ähnliche Ergebnisse. Doch dann suchte ich nach dem Satz: *Behalte diese Nacht im Gedächtnis … denn sie ist der Beginn der Ewigkeit*, und wurde fündig.

Schon wieder Dante.

Ich glaubte nicht an einen Zufall. Während ich den Wikipedia-Artikel über Dante las, fragte ich mich, welchen Zusammenhang es zwischen einem mittelalterlichen Dichter und diesen Morden geben könnte. Dann ging ich zu Amazon.com und fand dort eine kostenlose E-Book-Ausgabe der *Göttlichen Komödie*. Dann suchte ich nach *Der Feuerteufel* und stellte fest, dass es zwölf Dollar neunundneunzig kostete – ein unverschämter Preis für ein E-Book, noch dazu eines, das schon so alt war. Ich kaufte es trotzdem, auch wenn mir klar war, dass ich damit Violets Bier- und Zigarettenkonsum finanzierte. Die nächsten zehn Minuten verbrachte ich damit, die mehreren hundert Kundenrezensionen zu überfliegen.

Der Feuerteufel wurde im Schnitt mit drei Sternen bewertet. Zwar gab es viele Fünf-Sterne-Rezensionen, die das Buch lobten, aber mindestens genauso viele Ein-Stern-Bewertungen. Diese kamen überwiegend von Leuten, die sich darüber aufregten, dass ein Thriller über einen Serienmörder, der seine Opfer lebendig verbrannte, Szenen mit unverblümter Gewalt enthielt.

Auf der vierten Seite der Rezensionen stieß ich in der Mitte auf eine, die mich stutzig machte.

Thomas schrieb dieses Buch als eine Ode an den siebten Kreis der Hölle in Dantes Inferno, in der der Antiheld sich von Gott abwendet und auf diesen inneren Kreis zusteuert. Indem er sich der Gewalt verschreibt, führt er seinen eigenen Untergang herbei.

Abgesehen davon, dass diese Rezension intelligenter klang als die meisten anderen, fiel mir vor allem der Name des Rezensenten ins Auge.

ALONEAGAIN.

Der User, der im Andrew-Z.-Thomas-Forum Nachrichten an mich gepostet hatte, verwendete denselben Namen.

Als ich den Namen anklickte, erhielt ich folgende Meldung: »Dieser Kunde hat noch kein Profil eingerichtet.« Meine Suche nach weiteren Rezensionen dieses Users ergab, dass er mehrere verfasst hatte – alle zu Romanen von Andrew Z. Thomas.

Ich sah mir die Rezension zu *Die Waffe des Mörders* an.

Thomas setzt in diesem Werk seine Dante-Alighieri-Allegorie (grins) fort und konzentriert sich auf den fünften Kreis der Hölle, wo die Jähzornigen landen. Wie gehst du eigentlich mit deinem Zorn um, Jack?

Ich blickte mich unwillkürlich nach allen Seiten um. Mir kam es auf einmal vor, als ob mich jemand beobachtete. Ich stand kurz davor, Phin zu rufen, schaffte es jedoch, meine Angst im Zaum zu halten.

Die Rezension war vor fünf Monaten erschienen.

Ich sah mir die anderen an, aber sie waren älter und keine davon war an mich gerichtet.

Ich schlang die Decke fest um meine Schultern, lud mir für dreizehn Dollar *Die Waffe des Mörders* herunter und fing an zu lesen.

Literaturagentin Cynthia Mathis
31. März, 21:50 Uhr

Cynthia schlürfte ihre Tasse Espresso leer, den sie sich mit ihrer siebenhundert Dollar teuren Kaffeemaschine zubereitet hatte. Das Ding füllte fast den gesamten Küchentresen aus. Dann ließ sie wieder ihre Finger über die Tasten huschen und schrieb den wöchentlichen Eintrag für ihren äußerst beliebten Blog *Literaturagenten wissen es besser* fertig.

> Ein so langweiliges und nichtssagendes Anschreiben habe ich noch nie gelesen. Selbst wenn Ihr Roman zehnmal besser wäre, wäre er immer noch grottenschlecht, unverkäuflich und reine Zeitverschwendung. Ich empfehle Ihnen die Lektüre meines Buches *Wie verkaufe ich mein Manuskript*. Wenn Sie damit fertig sind, sollten Sie es noch einmal versuchen. Aber machen Sie zunächst Ihren Highschool-Abschluss nach. Ich hoffe, Englisch ist nicht Ihre Muttersprache.

Cynthia lächelte. Bissig und witzig, aber wahr. Den Tausenden Möchtegern-Autoren, die ihren Blog regelmäßig lasen, würde es gefallen. Dann kopierte sie die nächste E-Mail in ihren Blog: eine dumme Frage, die zeigte, dass der Schreiber keine Ahnung hatte. Es ging darum, ob selbst verlegte E-Books für Autoren eine machbare Alternative zu der traditionellen Verlagsroute darstellten. Als ihr Handy klingelte, nahm sie nicht ab, denn sie wollte zuerst diesem Idioten klarmachen, wie der Buchmarkt wirklich funktionierte. Sie tippte:

> Mit selbst verlegten E-Books lässt sich kein Geld verdienen. Natürlich gibt es Autoren, die glauben, sie wüssten es besser, und die in ihren Blogs lautstark mit ihren Erfolgen prahlen, aber dabei handelt es sich eindeutig um Lügner. Wer veröffentlichen will, für den führt an einem angesehenen Verlag kein Weg vorbei. E-Books sind eine Modeerscheinung, und wer so dumm ist und auf diese Welle aufspringt, der landet bei traditionellen Verlagen auf der schwarzen Liste.

Sie speicherte den Beitrag und kündigte ihren zahlreichen treuen Fans ihren neuesten Geistesblitz auf Twitter an.

Eigentlich schade, dass sie alle untalentierte Schreiberlinge waren, deren Werke sich nie verkaufen würden.

Bis die ersten Kommentare erschienen, würde es noch ein bisschen dauern. Sie griff zu ihrem Handy und hörte die Voicemail ab.

»*Ich bin's. Nimm bitte den nächsten Flieger nach Detroit. Näheres erfährst du nach deiner Ankunft per SMS.*«

Cynthias Puls ging doppelt so schnell. Sie hörte sich die Nachricht noch einmal an und vergewisserte sich, richtig gehört zu haben. Dann ging sie auf Priceline.com und suchte nach einem Flug von LaGuardia nach Michigan.

Luther
31. März, 22:30 Uhr

Er verlässt das Blackstone-Hotel und wartet vor dem Eingang im kalten Nebel darauf, dass der Valet ihm seinen Mercedes Sprinter bringt. Obwohl ihm das Fahrzeug wirklich gefällt, wird es höchste Zeit, es verschwinden zu lassen. Die Bilder von dem Paket, das er vor dem Shedd-Aquarium hinterlassen hat, gingen durch die Nachrichten, und eine Menge Leute haben gesehen, wie er mit dem Van vorgefahren ist. Schon bald wird eine Beschreibung des Fahrzeugs die Runde machen – wenn es nicht schon längst geschehen ist.

Er gibt dem Valet eine Fünfundzwanzig-Cent-Münze Trinkgeld, steigt auf den Fahrersitz und braust auf der Michigan Avenue davon. Dann biegt er in den Lake Shore Drive ein und fährt in hohem Tempo nach Norden. Während der Fahrt lutscht er Zitronenbonbons und hört sich Miles Davis an. Miles gefällt ihm, die Zitronenbonbons schon weniger. Aber schlechte Gewohnheiten sind ein Teil von ihm.

Luther ist spürbar erleichtert, als er eine halbe Stunde später die Hauptstraßen hinter sich gelassen hat und durch ein ruhiges und fast verlassenes Viertel fährt. Hier ist er sicher.

Die Scheinwerfer des Sprinters schneiden durch den Nebel und beleuchten das hintere Ende des Sattelschleppers. Er hält an, lässt aber den Motor laufen. Dann öffnet er die Tür und steigt aus.

Die Laderampe herauszuziehen ist reinste Schwerstarbeit, aber er schafft es.

Er fährt den Sprinter in den Anhänger und stellt ihn am vorderen Ende ab. Zum Öffnen der Fahrertür ist es zu eng, also verlässt Luther den Van durch den Laderaum und die Hintertür.

Heute war ein wichtiger Tag, an dem alles perfekt lief, aber der morgige Tag wird noch wichtiger werden.

Ein Tag von historischer Bedeutung.

Der Tag, an dem sich die viele Arbeit, die er investiert hat, endlich auszahlen wird.

Aber es bleibt noch viel zu tun, überlegt er, als er sich mit der Autorampe abmüht. *An Schlaf ist noch nicht zu denken.*

Zuvor muss ich noch ein paar Versprechen einlösen.

1. April

Donaldson
1. April, 1:23 Uhr

Die lächerlichen sechsundzwanzig Dollar, die Henry ihnen gegeben hatte, waren für Benzin draufgegangen. An diesen verdammten Zapfsäulen, an denen man sofort bezahlen musste, konnte man keinen Sprit klauen. Und Violet King, diese fette Kuh, war ihnen zwar nützlich gewesen, hatte aber nur zehn Dollar bei sich gehabt. Auch dieses Geld hatten sie in die Tankfüllung investiert. Sie würden daher Lebensmittel oder Geld klauen müssen, wenn sie etwas zu essen wollten.

Ladendiebstahl erschien ihnen als das geringere Risiko.

Warum hatten sie nicht daran gedacht, sich in Violets Haus die Bäuche vollzustopfen? Violet hätte das Essen nicht vermisst.

So wie die Dinge standen, würden sie sich mit diesem 7-Eleven zufriedengeben müssen.

Donaldson ging als Erster in den Laden. In den großen Taschen seines Overalls ließ sich Essbares viel besser verstecken als unter Lucys hässlichem Kleid.

Sie lenkte den Inder hinter dem Verkaufstresen ab, indem sie vorgab, ihn nach dem Weg zu fragen.

In dem 7-Eleven gab es bestimmt Überwachungskameras, aber sie waren weit von der Anstalt entfernt. Und selbst wenn der Angestellte sie beim Klauen erwischte, so sahen sie derart armselig aus, dass er sie wahrscheinlich mit einer Verwarnung laufen lassen würde.

Donaldson stibitzte zwei Packungen Twinkies, eine Handvoll Slim Jims und ein paar Schokoriegel. Gerade als er die Hand nach etwas ausstreckte, das er auch ohne Zähne essen konnte – ein Glas Apfelmus –, hörte er den Angestellten schreien: »Hey, Sie! Was machen Sie da?«

Donaldson erstarrte. Er schämte sich wie in seiner Kindheit, wenn ihn sein Vater schimpfte.

Der Angestellte stieß Lucy beiseite und kam mit wutverzerrtem Gesicht herbeigeeilt.

»Leeren Sie sofort Ihre Taschen!«

Als Donaldson reglos verharrte, fasste ihn das Arschloch doch tatsächlich an und zog ihm das Diebesgut aus der Tasche. Donaldson starrte Lucy über seine Schulter hinweg an. Die war gerade dabei, die Pistole aus ihrer Unterwäsche zu ziehen. Sie hatte sie dort versteckt, damit Donaldson in seinen Taschen mehr Platz für Lebensmittel hatte. Er schüttelte den Kopf – Schüsse würden nur die Bullen auf den Plan rufen. Stattdessen entschuldigte er sich mit gesenktem Blick bei dem Arschloch.

»Tut mir leid. Ich hatte Hunger. Ich hab seit Tagen nichts gegessen.«

»Dann suchen Sie sich gefälligst ’nen Job, Sie Penner. Wenn ich Sie noch einmal hier sehe, hol ich die Polizei.«

Er nahm Donaldson den letzten Snickers-Riegel weg, packte ihn am Hosenträger seines Overalls und geleitete ihn zur Tür hinaus. Donaldson tat es überall höllisch weh, aber er wagte keinen Widerstand.

Draußen humpelte er zusammen mit Lucy über die Straße zu ihrer Schrottkiste.

»Ich dachte, du lenkst ihn ab«, sagte Donaldson.

»Er hat gewusst, was du vorhattest, D. Ich konnte nichts machen.«

»Das nächste Mal müssen wir besser aufpassen.«

»Nicht nötig. Während er mit dir beschäftigt war, hab ich mich bedient.«

»Essen?« Bei dem Gedanken lief Donaldson das Wasser im Mund zusammen.

»Was Besseres.«

»Bares?«

»Die Kasse war verschlossen, aber ich hab die hier.« Lucy langte unter ihr Kleid und zog einen Rattenschwanz von Karten hervor, die sich wie eine Ziehharmonika auseinanderziehen ließen.

Rubbellose.

»Verdammt noch mal, Mädel, damit gewinnt man doch nie was. Konntest du nicht wenigstens was Nützliches mitgehen lassen?«

Plötzlich tat Lucy etwas, das Donaldson in all den Jahren, die sie zusammen in der Psychiatrie verbracht hatten, nie bei ihr gesehen hatte.

Sie fing an zu weinen.

Donaldson wusste nicht, wie er darauf reagieren sollte. Vor langer Zeit hatte er sein Bestes versucht, dieses Mädchen umzubringen. Und sie hatte es ihm heimgezahlt. Aber während der letzten paar Jahre, in denen sie Reha-Maßnahmen ertragen und ihre Rache geplant hatten, war zwischen ihnen eine intime Beziehung entstanden, wie keiner sie vorher gekannt hatte. Als er sie jetzt so offensichtlich niedergeschlagen sah, tat ihm seine Bemerkung leid.

Sie stiegen unter großen Schmerzen in den Monte Carlo ein. Donaldson gab ihr einen der Autoschlüssel.

»Hör zu, wie wär's, wenn wir die Lose rubbeln? Vielleicht gewinnen wir ja doch was.«

Zehn Minuten später mussten sie feststellen, dass sie nur ein einziges Freilos gewonnen hatten.

»Ich hasse dich«, sagte Donaldson zu Lucy.

Inzwischen war es kalt geworden. Da sie kein Geld für ein Motelzimmer hatten, mussten sie wohl oder übel im Auto übernachten. Was die Situation noch schlimmer machte, war die Tatsache, dass Lucy das Lorazepam verloren hatte – ihr Schlafmittel. Ohne Pillen würde es ihnen verdammt schwerfallen, einzuschlafen.

Donaldson glaubte nicht an Karma. Aber als er an die vielen Menschen dachte, die er brutal ermordet hatte, fragte er sich, ob er es vielleicht verdient hatte, Hunger, Kälte und furchtbare Schmerzen zu erleiden.

Jack
1. April, 7:30 Uhr

Dieses Mal hatte ich nachts keine Anfälle, weil ich nicht schlief.

Ich hatte einfach zu viel um die Ohren.

Und die Schlaflosigkeit und ich waren sowieso alte Bekannte.

Phin war zwar immer noch sauer auf mich, hatte aber darauf bestanden, bei mir im Zimmer zu bleiben. Eine Stunde bevor es hell wurde, schlief er endlich ein. Jetzt, wo die Sonne aufging, schlief er immer noch im Polstersessel. Duffy lag zu seinen Füßen.

Ich hatte bis in die frühen Morgenstunden Andrew Z. Thomas gelesen.

Der Feuerteufel war ein gewalttätiger und brutaler Thriller, aber zu meiner Verwunderung gefiel mir das Buch, obwohl es darin keinen sympathischen Helden gab. Aber jetzt, wo ich es gelesen hatte, wusste ich nicht so recht, was der Autor damit sagen wollte. Als Nächstes nahm ich mir *Die Göttliche Komödie* vor und gewann daraus nur eine einzige Erkenntnis: Dieser Dante war vollkommen durchgeknallt. Sich Folterqualen für Sünder auszudenken und dann ein Epos darüber zu schreiben, war für mich der Gipfel der Geschmacklosigkeit. Ich bekam einen Schrecken, wenn ich daran dachte, dass so viele Religionen und Menschen Dantes Vorstellung von der Hölle für bare Münze nahmen.

Nach meinem Lesemarathon ließ ich Duffy in den Garten. Als er endlich einen Haufen setzte, starrte ich darauf und überlegte, was ich als Nächstes tun sollte. Da mir keine zündende

Idee kam, wie man das Problem auf angenehme Weise lösen konnte, streifte ich mir einen Gummihandschuh über und stocherte buchstäblich in der Scheiße herum, was genauso ekelhaft war, wie es klang. Der Gestank war so schlimm, dass ich meinen BH auszog und ihn mir um Mund und Nase band. Nach gründlicher Suche musste ich feststellen, dass der Ring nicht da war. Ich hatte umsonst im Dreck gewühlt.

Aber die Sache hatte auch etwas Gutes, denn jetzt wusste ich, dass Windeln wechseln noch vergleichsweise harmlos war.

Als ich ins Haus zurückging, war Phin inzwischen wach.

»Wir sollten deinen Blutdruck messen«, sagte er schläfrig.

»Später.«

»Nein, jetzt.«

Ich war zu müde, um mit ihm zu streiten, also setzte ich mich hin und ließ ihn gewähren. Er blies die Druckmanschette auf und sah sich die Messwerte an.

»Hundertfünfundsechzig zu hundertzehn. Schlimmer als beim letzten Mal.«

»Mir geht's gut.«

»Wir müssen in die Notaufnahme, Jack. Das ist eine ernste …«

»Fass mal an.«

»Was?«

Ich nahm seine Hand und legte sie auf meinen Bauch. »Fühl mal. Sie hört deine Stimme und sagt Guten Morgen.«

Phin ließ die Hand auf meinem Bauch ruhen, während die winzigen Füße unseres Kindes dagegen traten. In diesem glasklaren Augenblick konnte ich mir vorstellen, diesen Mann zu heiraten. Meine Fantasie ging mit mir durch und ich sah mich als Hausfrau und Mutter in einem Haus mit weißem Gartenzaun. Ich würde keine Waffen mehr tragen und keine Mörder mehr jagen, sondern ein spießiges Familienleben führen.

Phin zog die Hand weg. »Ich ruf den Arzt an und frag ihn, was wir mit deinem Blutdruck machen sollen.«

»Kannst du dich nicht erst ein bisschen zu mir setzen?«

Er verließ das Zimmer. Sofort plagten mich Schuldgefühle, und ich fragte mich zum wiederholten Male, warum ich nicht zu seinem Heiratsantrag Ja gesagt hatte.

Ich watschelte in mein Arbeitszimmer zurück, ließ mich hinter meinen Schreibtisch plumpsen und starrte den Computer an. Ich wollte schon Notepad öffnen und mir ein paar Notizen machen, aber dann entschied ich mich für die altmodische Methode und nahm Zettel und Stift zur Hand. Dann schrieb ich mir zu dem ersten Mord ein paar Stichpunkte auf.

Name des Opfers: Jessica Shedd

Leichenfundort: Hing von der Kinzie-Street-Eisenbahnbrücke über dem Wasser

Todeszeitpunkt: 31. März ungefähr zwischen 1:30 Uhr und 2:30 Uhr morgens

Todesursache: Blutverlust als Folge extremer Gewalteinwirkung und Verstümmelung

Entdeckt um 6:40 Uhr von einem Jogger

Buch in Plastikbeutel, mit Draht an Brustkorb befestigt

Aufschrift auf Plastikbeutel: Für Jack D – Wir werden das Kind schon schaukeln – LK

Buchtitel: Der Feuerteufel, von Andrew Z. Thomas

Eine Seite mit Eselsohr markiert: Seite 102

Erster Buchstabe »n« auf der Seite mit Kringel versehen

Dante-Zitat: »Aus kleinem Funken lodert große Flamme.«

Plötzlich kam mir eine Idee. Ich griff zu meinem Kindle und fand die entsprechende Seite. Dann ging ich von dort zum Kapitelanfang zurück und machte mir eine Notiz.

Kapitel 31

Bedeutung der Textpassage: unbekannt

Okay, weiter zum nächsten Mord.

Name des Opfers: Reginald Marquette
Leichenfundort: Shedd-Aquarium
Todeszeitpunkt: 31. März, ungefähr zwischen 13:00 Uhr und 14:00 Uhr

Ich ging online, loggte mich in die Datenbank des Chicago Police Department ein und sah nach, ob der Rechtsmediziner die Todesursache festgestellt hatte. Ja.

Todesursache: Kaliumchlorid-Vergiftung, nachträgliche Gewaltanwendung und Verstümmelung
Laut Zeugenaussage wurde die Leiche in einem Karton vor dem Eingang zum Aquarium gegen 14:00 Uhr hinterlassen.
In Plastikbeutel verpacktes Buch im Magen
Fingerabdrücke auf dem Beutel von Luther Kite
Fingerabdrücke auf dem Buch von Andrew Z. Thomas
Aufschrift auf Beutel: JD, er hat dieses Buch in einem Stück verschlungen, LK
Buchtitel: Die Waffe des Mörders, von Andrew Z. Thomas
Eine Seite mit Eselsohr markiert: Seite 151 im ersten Teil
Erster Buchstabe »n« auf der Seite mit Kringel versehen
Noch ein Dante-Zitat: »Behalte diese Nacht im Gedächtnis … denn sie ist der Beginn der Ewigkeit.«

Ich konzentrierte mich zunächst auf die Gemeinsamkeiten.

Ein Mordopfer namens Shedd und ein Tatort am Shedd-Aquarium. Zwei Bücher von Andrew Z. Thomas. Zwei Dante-Zitate. Zwei auf Plastikbeutel geschriebene Nachrichten an mich. Fingerabdrücke von Kite und Thomas.

Nun zu den Unterschieden …

Eine jüngere Single-Frau; ein älterer, verheirateter Mann.

Sie eine Sachbearbeiterin bei einer Versicherung; er ein Universitätsprofessor.

Sie wurde gefoltert; er starb relativ schnell und schmerzlos.

Ich verglich ihre Geburtsdaten und Adressen, fand dort aber keinen Zusammenhang.

Ich kritzelte *Zwei verschiedene Täter?* auf den Zettel. Dann rief ich Phil Blasky im Leichenschauhaus an.

»Phil, hier ist Jack Daniels.«

»Hey Jack. Was macht das Rentnerdasein?«

»Du willst mich wohl verarschen, oder?«

»Na klar. Rufst du wegen diesen Morden an, die Luther Kite begangen hat?«

»Ja. Sie unterscheiden sich in der Vorgehensweise. Das eine Opfer starb durch Folter, das andere durch Gift.«

»Meinst du, dass es zwei verschiedene Täter waren?«, fragte er.

»Das hab ich mich auch schon gefragt.«

»Soweit ich das bisher sagen kann, stimmen die Verletzungen überein. In beiden Fällen war der Täter ein Rechtshänder und hat dieselbe Waffe verwendet – ein Messer mit gekrümmter Wellenschliff-Klinge. Der Eingangsschnitt befand sich an der gleichen Stelle, knapp über dem Bauchnabel. Der Täter versteht ein bisschen von Anatomie, denn er hat keine inneren Organe unnötig beschädigt.«

»Vielleicht ein Arzt? Oder ein Metzger?«

»Möglich. Oder einfach nur jemand, der schon viele Leute ausgeweidet hat.«

Ich strich den Satz *Zwei verschiedene Täter?* durch. »Danke, Phil.«

Er legte auf.

Ich starrte gedankenverloren meine Notizen an und schrieb:

Jessica.

Sara.

Amanda.

Dann strich ich die Namen durch und schrieb:

Maria

Lisa

Carla

Carla Daniels

Carla Daniels-Troutt

Aber ich hasste den Namen Troutt. Daniels mochte ich allerdings auch nicht besonders. Ich hatte den Namen von meinem Exmann und behielt ihn aus rein beruflichen Gründen.

Aber mein Mädchenname, Streng, war nicht viel besser.

Sollte ich unserem Kind meinen oder seinen Nachnamen geben? Warum konnte ich nicht einfach einen völlig anderen wählen?

Ich schrieb:

Carla Einstein. Carla Aristoteles. Carla Hemingway.

Doch dann fand ich auf einmal den Namen Carla genauso bescheuert.

Ich hörte, wie Phin zurückkam, und drehte schnell das Blatt um.

»Die Ärztin hat gesagt, ich soll dich sofort zur Notaufnahme bringen.«

»Das muss sie ja. Sie könnte sonst verklagt werden.«

»Zieh deine Schuhe an.«

Ich packte ihn am Gürtel und zog ihn an mich heran. »Ich hab eine Idee, wie wir meinen Blutdruck senken können.«

»Ich warte im Auto auf dich.«

Er riss sich von mir los. Die Abweisung versetzte mir einen Stich. Genauso musste Phin sich gestern gefühlt haben.

Ich erhob mich schwerfällig von meinem Stuhl und suchte meine Schuhe.

Das konnte ja nur ein beschissener Tag werden.

Luther
17. März
Fünfzehn Tage vorher
Drei Tage nach dem Vorfall mit dem Bus

»Ihr Name?«

»Christine. Christine Agawa.«

»Wie viel wiegen Sie, Christine?«

»Was?«

»Haben Sie meine Frage nicht gehört?«

»Schon, aber ich verstehe nicht …«

»Ob Sie sie verstehen oder nicht, interessiert mich nicht. Beantworten Sie verdammt noch mal meine Frage.«

Sie senkt ihren Blick und starrt auf den Tisch.

Er kann die Scham und den Selbsthass förmlich riechen.

»Hundertsiebzig Kilo.«

»Stimmt das? Oder verstecken Sie ein paar Kilo vor mir?«

»Ich hab mich schon lange nicht mehr auf die Waage gestellt. Wahrscheinlich wieg ich mehr.«

»Hatten Sie schon immer Übergewicht?«

»Seit ich …« Sie wischt sich eine Träne aus dem Auge. »Seitdem ich zehn Jahre alt war.«

»Und warum?«

»Ich weiß nicht.«

»Liegt es an der Schilddrüse oder sonst etwas, wofür Sie nichts können?«

Sie schüttelt den Kopf.

Er schiebt seinen Stuhl zurück und steht auf.

»Danke, Christine.«

»Warum bin ich hier?«, fragt sie, als er die Hand nach der Tür ausstreckt. »Bitte.« Sie bricht in Tränen aus. »Ich mache mir solche Sorgen.«

»Schon gut, Christine. Das ist eine gesunde Reaktion. Aber Sie sollten sich keine Sorgen machen.« Er lächelt. »Sie sollten Angst haben.«

Peter Roe
1. April, 13:30 Uhr

Es war sein erster Termin nach der Mittagspause, eine Besprechung mit einem potenziellen Mandanten, einem Herrn aus Champagne. Das erste Telefonat war gut gelaufen, und so hatte er beschlossen, den Mann persönlich zu empfangen. Das Produkt, um das es ging, war ein Glasschneider, der die neueste Technologie verwendete, ohne bereits bestehende Patente zu verletzen. Mr Siders schien überzeugt davon, dass dieses Produkt, sobald es auf den Markt kam, sich zu einer Goldgrube entwickeln würde. Andererseits lag genau darin das Problem mit Erfindern. Fünfundsiebzig Prozent von ihnen waren im klinischen Sinne verrückt, und neunzig Prozent bildeten sich ein, dass ihre Erfindung sie zu Millionären machen würde. Aber zu Peter Roes Stärken gehörte – zumindest dachte er das – sein sicheres Gespür im Hinblick auf neue Mandanten. Er wusste, wann er ein Mandat annehmen oder ablehnen musste, und er konnte abschätzen, ob das Produkt Potenzial hatte und für ihn die Mühe wert war, die psychischen Störungen und Neurosen des Erfinders zu ertragen.

Peter Roes Telefon klingelte.

Er schaltete auf Lautsprecher. »Ja, Kelly?«

»Mr Roe, Mr Siders ist wegen seines Termins um halb zwei hier.«

»Danke, ich komme sofort.«

Er legte auf, griff zum Mikrofon seines Diktiergeräts und hinterließ den Vermerk, dass er drei Stunden und fünfundzwanzig

Minuten für seine Antwort auf eine Entscheidung des amerikanischen Patent- und Markenamts, die er vor der Mittagspause fertiggestellt hatte, berechnen würde.

Er erhob sich von seinem Schreibtisch und schlüpfte in das Versace-Jackett, das er immer vor Gericht trug – und bei seinem ersten Termin mit einem neuen Mandanten. Schließlich musste man einen guten Eindruck hinterlassen, wenn man schon sechshundertfünfundzwanzig Dollar pro Stunde berechnete.

Er traf Mr Siders im Vorzimmer an. Der Mann war groß und trug sein langes schwarzes Haar unter einer Baseballkappe mit einem Logo der White Sox. Seine Augen verbargen sich hinter einer dunklen Sonnenbrille. Er trug schwarze Stiefel, schwarze Jeans und ein langärmeliges schwarzes T-Shirt, das mit einem Motiv der Heavy-Metal-Band *Slayer* bedruckt war. Nicht gerade ein Outfit, mit dem man beim ersten Anwaltstermin Eindruck machte, aber so etwas war keineswegs ungewöhnlich. Erfinder, das wusste Roe aus langjähriger Erfahrung, waren komische Käuze, die das Image des verrückten Wissenschaftlers mittels ihrer Kleidung auf aufdringliche Weise pflegten.

»Rob Siders«, begrüßte Roe seinen Besucher mit einem Lächeln, das er im Laufe der Jahre perfektioniert hatte. Es strahlte Selbstbewusstsein und Reichtum aus und wirkte freundlich, aber nicht zu offen – gerade richtig, um dem Gegenüber auf subtile Weise zu zeigen, wo die Grenzen lagen, die die Beziehung zwischen Anwalt und Mandant definierten.

Roe hielt Siders die Hand hin. Der Mann erhob sich und erwiderte die Geste. Sein Händedruck fühlte sich schlaff und kalt an, wie ein toter Fisch. Außerdem stimmte etwas nicht mit seiner Haut. Roe blickte nach unten.

Was zum Teufel?

Siders trug Gummihandschuhe.

»Mr Roe, ich freue mich, Sie endlich persönlich kennenzulernen.«

»Wieso tragen Sie Handschuhe, Mr Siders?« Roe bemühte sich um einen neutralen Ton, der weder unhöflich noch neugierig wirkte. Aber seltsam war es schon.

»Ich will Sie nicht erschrecken.«

»Das tun Sie doch nicht.«

»Ich leide unter Schuppenflechte. Es ist nicht ansteckend, sieht aber nicht gerade schön aus.«

»Verstehe. Hat Kelly Ihnen einen Kaffee oder ein Glas Wasser angeboten?«

»Ja, aber das ist nicht nötig. Ich komme gerade vom Mittagessen.«

»Schön, dann kommen Sie bitte in mein Büro.«

Siders nahm die schwarze Sporttasche, die er mitgebracht hatte – wahrscheinlich enthielt sie ein Musterexemplar, mit dem er Eindruck schinden wollte –, und Roe führte ihn durch den Flur an dem großen Büro vorbei, wo sich eine Anwaltsgehilfin und zwei angestellte Anwälte an ihren Schreibtischen abrackerten. Schließlich gelangten sie zu dem Raum, den er als sein Zuhause bezeichnete.

Roe stand im Türrahmen und bat seinen Besucher einzutreten.

»Hübsches Büro haben Sie da«, sagte Siders.

»Danke.«

Und er musste zugeben, dass es wirklich hübsch war – die Erkerfenster boten eine tolle Aussicht auf die Innenstadt von Chicago. Die Miete war der reine Horror, aber bei seinem Jahreseinkommen und der Produktivität seiner Kanzlei, deren Mitarbeiter er rücksichtslos verschliss, konnte er sich das leisten. Und alles deutete darauf hin, dass es auch in Zukunft so bleiben würde.

An den Wänden hingen keine Kunstwerke, sondern seine Zulassungen als Anwalt für die Bundesstaaten Illinois und Minnesota und das amerikanische Patent- und Markenamt, sein

Jura-Diplom von der Duke University, sein Diplom in Maschinenbau von der Iowa State University, diverse berufliche Auszeichnungen sowie reihenweise Titelblätter aller Patente, die er erfolgreich angemeldet hatte.

Wie die meisten Mandanten, die zum ersten Mal Roes Büro betraten, blieb auch Siders stehen und betrachtete ehrfürchtig die Zeugnisse und Urkunden.

»Beeindruckend«, sagte er und nickte dabei mit dem Kopf.

»Nehmen Sie doch bitte Platz, Rob.«

Roe knöpfte sein Jackett auf und ließ sich auf dem Ledersessel hinter seinem Schreibtisch nieder. Natürlich würde er dies nie zugeben, aber diese Besprechung diente lediglich dazu, sich den neuen Mandanten näher anzusehen. Er hatte bereits auf die Schnelle ein paar Nachforschungen angestellt und einen seiner Mitarbeiter einen Bericht über die letzten zwanzig Patente im Bereich der Glasschneide-Technologie ausarbeiten lassen, um sich einen Überblick über den neuesten Stand der Technik zu verschaffen. Die Sache sah vielversprechend aus. Es gab zwar ein paar Hürden, aber mit der Hilfe eines Staranwalts wie ihm hatte Siders durchaus eine Chance, seine Erfindung erfolgreich auf den Markt zu bringen.

»Könnten Sie bitte die Tür schließen?«, bat Siders.

Die Türen in Roes Kanzlei standen gewöhnlich offen – nicht weil er damit eine lockere Atmosphäre schaffen wollte, sondern weil er dazu neigte, jederzeit unangemeldet bei seinen Mitarbeitern aufzutauchen. So konnte er sich vergewissern, dass sie ihre Arbeit machten, anstatt die Zeit mit Internetsurfen oder privaten Telefongesprächen zu vertrödeln. Eigentlich war das nicht notwendig, denn er überwachte ihre Aktivitäten am Computer mittels einer geheimen Software, die ihm täglich per E-Mail Bericht erstattete. Aber er wollte ihnen den Eindruck vermitteln, allgegenwärtig zu sein.

»Mr Siders, ich kann Ihnen versichern, dass alles, worüber

wir hier reden, unter meine anwaltliche Schweigepflicht fällt. Außerdem werden meine Mitarbeiter mir bei sämtlichen Aspekten Ihres Portfolios zur Seite stehen.«

»Verstehe, aber mir wäre es trotzdem lieber. Zumindest bei unserer ersten Besprechung.«

»Selbstverständlich. Aber unter einer Bedingung.«

»Und die wäre?«

»Dass Sie Ihre Sonnenbrille abnehmen.«

Siders lächelte und kam der Bitte nach.

Erstes Warnzeichen, dachte Roe, als er die Tür schloss. Alle Erfinder machten sich berechtigte Sorgen darüber, dass jemand ihr geistiges Eigentum klaute, aber wenn einer nicht mal seinem Anwalt vertraute, musste er geisteskrank sein.

»Ich habe mir erlaubt, im Vorfeld ein wenig zu recherchieren«, sagte Roe und setzte sich wieder in seinen Sessel. »Es sieht vielversprechend aus. Sie haben mir ja schon ein wenig über Ihr Produkt erzählt, aber ich möchte an dieser Stelle noch mal betonen, dass ich meine Mandanten gründlich betreue. Wenn man über den Stand der Technik und alle bisher eingereichten Patentanmeldungen bestens informiert ist, hat man eine weitaus größere Chance, dass die Patenterteilung zügig erfolgt.«

»Ich habe mein Musterexemplar dabei, falls Sie es sich ansehen möchten.«

»Aber natürlich.«

Siders kniete neben seiner Sporttasche, öffnete den Reißverschluss und nahm eine Feuerwehraxt heraus.

»Soll das ein Witz sein?«, fragte Roe, als Siders das Werkzeug auf die Glasplatte seines Schreibtischs legte.

»Ganz und gar nicht.«

»Ihr Glasschneider ist eine Axt?«

»Sie ist äußerst effektiv. Vielleicht verstehen Sie besser, was ich meine, wenn ich Ihnen eine Demonstration liefere.«

»Unbedingt.«

Siders stand auf, hob die Axt und ging zum Fenster hinter Roes Schreibtisch.

Zweites Warnzeichen.

»Entschuldigen Sie, Mr Siders.« Er drehte sich im Sessel um. »Was zum Teufel machen Sie da?«

»Ihnen eine kleine Demonstration liefern.«

»An meinem Fenster?«

»Na klar. Oder haben Sie sonst noch irgendwo Glas?«

Drittes Warnzeichen.

Roe sprang wütend aus dem Sessel. Der Kerl hatte seine Zeit verschwendet. Immerhin hatte er eine Stunde damit verbracht, sich auf die Besprechung vorzubereiten, seinen Mitarbeitern Anweisungen zu den notwendigen Recherchen zu erteilen und seine Notizen noch einmal durchzusehen. Er veröffentlichte regelmäßig in Fachzeitschriften und war die letzten vier Jahre ununterbrochen als einer der besten Patentanwälte von Chicago nominiert worden. Mit solchem Kinderkram seine wertvolle Zeit zu vergeuden, war einfach weit unter seinem Niveau.

»Mr Siders, ich glaube nicht, dass ich Ihnen helfen kann.«

»Wieso nicht?«

»Ich möchte, dass Sie jetzt gehen.«

»Aber ich muss Ihnen doch erst zeigen, wie das Ding hier funktioniert. Wenn Sie es erst mal mit eigenen Augen …«

»Ich fordere Sie zum letzten Mal auf, mein Büro zu verlassen.«

»Aber Sie müssen sich das ansehen. Das wird Sie umhauen.«

Als Roe sah, wie Siders mit der Axt zum Schlag ausholte, wurde ihm mit einem Mal klar, dass der Mann vollkommen verrückt war. Genies hatten oft mit emotionalen Problemen zu kämpfen, aber dieser Kerl war kein Genie, sondern ein Psychopath.

Roe griff zum Telefonhörer und tippte Kellys Durchwahl. »Kelly, schicken Sie mir sofort den Sicherheitsdienst …«

Er nahm den Hörer vom Ohr und starrte mit einer Mischung aus Schock und zunehmender Angst auf die durchgetrennte Schnur.

Ach du Scheiße.

Siders musste wohl die Schnur durchtrennt haben, als Roe die Tür zu seinem Büro geschlossen hatte.

Er musste hier raus, und zwar sofort.

Roe drehte sich um und wollte an seinem Schreibtisch vorbei, aber Siders versperrte ihm lächelnd den Weg.

Der Ellbogen traf ihn so schnell am Kinn, dass er bereits auf dem Boden saß, bevor er wusste, was geschehen war.

Siders sagte: »Beruhigen Sie sich, dann geht alles ganz schnell und schmerzlos.«

»Sie … Sie können doch nicht einfach …«

Roe wollte aufstehen, sah dann aber die Stahlspitze eines schwarzen Cowboystiefels auf sein Kinn zusausen.

Jack
1. April, 13:40 Uhr

Als ich das zweite Mal innerhalb von zwei Tagen meinen Blick durch das Wartezimmer der Notaufnahme wandern ließ, fragte ich mich, wie viele Menschen hier starben, bevor ein Arzt sich um sie kümmerte. Mein hoher Blutdruck rechtfertigte zwar einen Krankenhausbesuch, war aber offenbar nicht schlimm genug, um an die Reihe zu kommen, ohne erst eine Stunde warten zu müssen. Dazu kamen noch die vierzig Minuten, die ich von Bensenville nach Chicago brauchte, wo das nächste Krankenhaus in meinem Versicherungsnetzwerk lag. Wäre mein Zustand lebensbedrohlich gewesen, so wäre ich wohl schon tot.

»Wenn mein Zustand lebensbedrohlich wäre, dann wäre ich jetzt schon tot«, sagte ich zu Phin.

»Ich schau noch mal in die Schwesternstation.«

Er stand auf und ging los. Ich seufzte. Bestimmt würde man mir wieder einreden, ich solle die Geburt einleiten lassen, aber heute war der erste April, und ich hatte keine Lust, mein Baby an diesem Tag zur Welt zu bringen.

Mein iPhone klingelte.

Ein Anruf mit unterdrückter Rufnummernerkennung. Ich nahm ihn trotzdem an.

»Jacqueline Daniels? Wir bedauern, Ihnen mitteilen zu müssen, dass Herb Benedict tot ist. Er hat eine Unmenge doppelte Cheeseburger verschlungen und ist schließlich geplatzt. Die Explosion war so stark, dass noch sechzehn weitere Personen umgekommen sind.«

McGlade rief mich meistens mit unterdrückter Nummer an. Ich ging nämlich nicht ran, wenn ich wusste, dass er es war. »Bist du schon hier, Harry?«

»Ich fahre gerade auf den Parkplatz. Sag mir doch bitte noch mal, was für mich dabei rausspringt, wenn ich die ganze Zeit auf dich aufpasse. Geld? Ruhm? Oder willst du mich mit ein paar Freundinnen von dir verkuppeln, die zufällig Stripperinnen sind?«

»Du bekommst das gute Gefühl zu wissen, dass ich noch am Leben bin.«

»Die Stripperinnen wären mir lieber.«

»Ich muss Schluss machen. Meine Fruchtblase ist gerade geplatzt.«

»Im Ernst?«

»Nein, natürlich nicht. Aber du bist nicht der Einzige, der andere am ersten April verarschen kann.«

Ich legte auf. Phin war noch nicht zurück. Ich wollte ihm gerade eine versaute SMS schicken, als mein iPhone schon wieder klingelte. Wieder ein Anruf mit unterdrückter Rufnummer. Diesmal wurde ich gefragt, ob ich FaceTime benutzen wollte – eine App, die es den Gesprächspartnern ermöglichte, beim Telefonieren das Gesicht des anderen zu sehen. Genau wie in der Zeichentrickserie *Die Jetsons*. Phin hatte für den Notfall darauf bestanden. Um die Funktion zu nutzen, trug ich einen aufladbaren WLAN-Hotspot mit mir herum, der mich im Monat teurer kam als meine Stromrechnung für das ganze Jahr.

Ich tippte den Button an und aktivierte FaceTime. Mir graute davor, McGlade sehen zu müssen, während ich mit ihm sprach.

Aber es war nicht McGlade, sondern ein Mann mit blassem Gesicht und schwarzen Haaren.

Jemand, den ich lange nicht gesehen hatte.

Jemand, von dem ich gehofft hatte, ihn nie wieder sehen zu müssen.

Ich empfand eine so tiefe Abscheu, dass ich am liebsten aufgelegt und das Telefon weggeworfen hätte. Aber Polizisten tun so etwas nicht.

Luther lächelte in die Kamera.

»Sie sehen ja ganz schön schwanger aus, Jack.«

»Und Sie sind hässlich wie eh und je. Sollten wir uns nicht lieber persönlich treffen? Ich hab ein paar Freunde, die nur darauf brennen, Ihnen Hallo zu sagen.«

»Alles zu seiner Zeit. Ich schlage Ihnen stattdessen ein Spielchen vor. Wenn Sie gewinnen, retten Sie ein Menschenleben. Na, wie wär's?«

»Mit Ihnen spiele ich nicht, Luther.«

Luther drückte auf den zweiten Kamera-Button. Das Video auf meinem iPhone zeigte nun anstelle seines Gesichts einen Mann in einem teuren Anzug. Er war bewusstlos. Auf seinem Mund klebte ein Streifen Isolierband und seine Hand- und Fußgelenke waren mit Kabelbindern gefesselt.

Ich hatte schon einmal so ein abartiges Spiel mit einer Serienmörderin gespielt. Sie hatte mir Bilder ihrer Opfer geschickt, kurz bevor sie sie umbrachte. Aber das waren nur Standbilder gewesen. Dies hier war ein Live-Video.

»Können Sie mich noch hören, Jack?«

Ich antwortete nicht. Mir war zum Kotzen zumute. Am liebsten wäre ich davongerannt, an einen Ort, wo dieser Irre mich niemals finden würde.

»Antworten Sie mir, Jack, oder ich steche dem Mann die Augen aus.«

»Ja, Luther, ich kann Sie hören.« Ich wollte schon sagen: »Lassen Sie ihn laufen«, aber ich wusste, dass dies sinnlos war. Luther hatte etwas vor, und mir blieb nichts anderes übrig, als abzuwarten, was als Nächstes passierte. »Wie sind Sie auf diese Idee gekommen?«

»Durch eine gemeinsame Bekannte. Sie erinnern sich doch

bestimmt an Alex Kork. Die schönste Frau, die mir je über den Weg gelaufen ist.«

»Alex war ein Monster«, sagte ich. »Genau wie Sie.«

»Gleich und Gleich gesellt sich gern. Jetzt erklär ich Ihnen, wie das Spiel läuft, Jack. Eigentlich ganz einfach. Ich werde Sie etwas fragen. Wenn Sie die Antwort nicht wissen, bringe ich ihn um. Kann es losgehen? Habe ich Ihre volle Aufmerksamkeit?«

»Ich hab jetzt keine Zeit für solche Spielchen, Luther. Ich bin gerade in der Notaufnahme.«

Ich tippte den Kamera-Button an, sodass er das Wartezimmer sehen konnte. Dann blickte ich mich verzweifelt nach Phin um. Ich musste ihn über das, was gerade geschah, in Kenntnis setzen. Dann konnte er Herb holen. Zusammen würden wir es vielleicht schaffen, Luthers Aufenthaltsort zu ermitteln.

Luther sagte: »Im Blessed-Crucifixion-Krankenhaus? Sagen Sie bloß, Sie haben schon wieder Präeklampsie?«

Falls er beabsichtigt hatte, mich mit seiner Kenntnis meines Zustandes zu verunsichern, so war es ihm gelungen. Ich presste meine Zähne zusammen und atmete tief durch, um mich wieder zu beruhigen.

»Könnten wir das Ganze nicht ein anderes Mal machen? Lassen Sie den Mann laufen und suchen Sie sich ein anderes Opfer.«

»Das geht nicht. Es muss jetzt geschehen, mit diesem Mann. Aber er hat eine Chance, und zwar Sie. Wenn Sie auflegen, stirbt er. Wenn Sie nicht mitspielen, stirbt er. Und wenn Sie falsch antworten, stirbt er auch. Kann es losgehen? Sagen Sie mir, dass Sie bereit sind, Jack.«

Phin war immer noch nicht zurück. Ich biss die Zähne zusammen. »Ich bin bereit.«

»Wo bin ich?«

»Ist das die Frage?«

»Ja, das ist sie.«

»Ich verstehe nicht, was Sie meinen.«

»Ich habe Ihnen Hinweise gegeben, Jack. Wenn Sie aufgepasst hätten, wüssten Sie jetzt, wo ich bin. Ich hab es Ihnen praktisch auf dem Präsentierteller serviert.«

Ich schloss die Augen. Mein Hirn arbeitete so schnell, dass mir schwindlig wurde.

Ich spürte ein Kribbeln in Händen und Füßen.

Mein Blutdruck war bestimmt jenseits von Gut und Böse.

Aber ich dachte scharf nach.

Ich konzentrierte mich auf die beiden vorangegangenen Morde und auf meine Notizen von heute Morgen, in denen ich Ähnlichkeiten und Unterschiede verglichen hatte.

»Wo bin ich, Jack?«

Wo war er nur?

»Sie haben noch zehn Sekunden.«

Der erste Mord hatte sich an der Kinzie-Street-Eisenbahnbrücke ereignet.

Der zweite am Aquarium.

Was hatten sie beide gemeinsam?

»Sieh mal einer an, wer gerade aufgewacht ist.«

Die Kamera schwenkte von Luther zu dem am Boden liegenden Mann im Anzug zurück. Seine Augen traten aus ihren Höhlen.

»Mr Roe, ich möchte Ihnen gerne Lieutenant Jack Daniels vorstellen. Sie war früher mal beim Chicago Police Department. Jack Daniels, das hier ist Peter Roe. Peter, wenn Jack die Frage nicht richtig beantwortet, werden Sie sterben. Wie finden Sie das? Sie braucht mir nur zu sagen, wo wir sind.«

Der Mann schrie durch das Klebeband und wälzte sich auf dem Boden hin und her.

»Noch sechs Sekunden, Jack.«

Die ersten beiden Morde waren im Freien geschehen.

Aber diesmal befand er sich drinnen.

»Noch vier Sekunden, Jack.«

Jessica Shedd war an der Kinzie-Street-Brücke ermordet worden …

Reginald Marquette am Shedd-Aquarium …

Marquette.

Beging Luther seine Morde an Orten, die den Nachnamen des vorherigen Opfers trugen?

»Zwei Sekunden, eine Sekunde und …«

»Marquette«, schrie ich in mein iPhone.

»… die Zeit ist abgelaufen.«

Der Mann auf dem Boden schüttelte wie verrückt den Kopf.

»Was haben Sie da gesagt, Jack?«, fragte Luther.

Ich überlegte, welche Orte in Chicago den Namen Marquette trugen. Mir fiel nur einer ein.

»Marquette Park.«

Luther lächelte. »Völlig daneben, Jack. Sieht das hier etwa wie ein Park aus?« Er schwenkte die Kamera umher. Es sah aus wie in einem Büro. An den Wänden hingen Diplome und Urkunden. »Sehen Sie hier vielleicht irgendwo Tauben oder Eichhörnchen herumschwirren? Waren Sie wirklich ein Lieutenant bei der Polizei? Muss man für so was nicht erst einen Intelligenztest machen?«

Scheiße. Natürlich.

»Das Marquette-Hochhaus«, sagte ich. »Sie sind im Marquette-Hochhaus im Zentrum, an der Dearborn Street.

Luther nickte und blickte zur Seite. »Ja, aber das war nicht Ihre erste Antwort. Da müssen wir erst die Jury fragen und schauen, ob die das akzeptiert. Können wir die Antwort gelten lassen?«

Die Kamera schwenkte zurück zu Mr Roe. Der nickte so heftig, dass er womöglich ein Schleudertrauma erlitt.

»Die Jury lässt es offenbar durchgehen. Das bedeutet, dass wir jetzt zur Bonusfrage kommen.«

Ich hievte mich aus dem Sessel hoch und ging durch das Wartezimmer. Wo zum Teufel steckte Phin?

Ich sagte: »Sie haben versprochen, dass Sie ihn laufen lassen, wenn ich die richtige Antwort weiß.«

»Das hab ich nie behauptet. Ich hab gesagt, dass ich ihn umbringe, wenn ich eine falsche Antwort bekomme. Und das gilt auch für diese Frage.«

»Bleibt es bei dieser einen? Oder geht es so lange weiter, bis ich falsch antworte?«

»Ich stelle insgesamt drei Fragen. Wenn Sie alle richtig beantworten, bleibt Mr Roe am Leben … jedenfalls so lange, bis ihn sein Schicksal ereilt. Wie heißt es doch so schön? Hochmut kommt vor dem Fall. Aber nun zu Frage Nummer zwei: Um genau wie viel Uhr wurde Reginald Marquette getötet?«

Ich lief an dem Schalter vorbei, wo die Patienten eincheckten, und sah Phin. Er beugte sich gerade über einen Trinkwasserspender am Ende des Flurs.

»Wie genau?«, fragte ich, um Zeit zu schinden.

»Auf die Minute genau.«

Inzwischen rannte ich buchstäblich den Flur entlang und fuchtelte mit meinem freien Arm herum, um Phin auf mich aufmerksam zu machen. Aber der trank immer noch Wasser.

»Hallo, Jack? Sie wirken irgendwie abgelenkt. Laufen Sie gerade herum?«

»Ich vertrete mir nur ein wenig die Beine«, sagte ich schnaufend.

»Wechseln Sie die Kameras. Zeigen Sie mir, wohin Sie gerade schauen.«

Ich blieb neben Phin stehen und tippte auf den Kamera-Button, sodass Luther den Warteraum sehen konnte. Dann flüsterte ich Phin ins Ohr: »Luther bringt einen Mann namens Roe im Marquette-Hochhaus um.«

Phin nickte und holte sein Handy hervor.

»Okay, Jack, lassen Sie wieder Ihr fettes Gesicht sehen und beantworten Sie meine Frage.«

»Ich überlege gerade.«

»Entweder Sie wissen es oder nicht.«

Der Todeszeitpunkt.

Der Todeszeitpunkt.

Marquette.

Wurde gegen zwei Uhr nachmittags vor dem Aquarium abgelegt.

Komm, mach schon.

Ich dachte an meine Notizen.

»Noch zehn Sekunden, Jack.«

Zwischen dem Mord an Jessica Shedd und dem an Marquette gab es eine direkte Verbindung. Ihr Name wies auf den nächsten Tatort hin – das Shedd-Aquarium. Gab es auch einen Hinweis auf den Todeszeitpunkt?

»Noch sieben Sekunden.«

Das Buch vielleicht?

Nein, das war zu allgemein.

Die Seite mit dem Eselsohr. Ja, das musste es sein.

Die Seite mit dem Eselsohr, die in Jessica Shedds Magen gefunden wurde, stammte aus dem einunddreißigsten Kapitel in *Der Feuerteufel.*

»Noch fünf Sekunden.«

Die Seitenzahl.

Was war die Seitenzahl?

102.

Laut Aussage des Rechtsmediziners war Marquette getötet worden, kurz bevor seine Leiche um zwei Uhr nachmittags vor dem Aquarium hinterlassen wurde. Wahrscheinlich nicht mehr als eine Stunde zuvor.

»Vier … drei … zwei …«

»Sie haben Marquette gestern um ein Uhr zwei getötet.«

Luther nickte und wirkte dabei ein bisschen enttäuscht. »Sie sind wohl doch nicht so dumm, wie ich dachte. Okay, letzte Frage: Wie endet der Roman *Die Waffe des Mörders*?«

»Den hab ich noch nicht gelesen. Ich kenne bloß *Der Feuerteufel*.«

»Echt? Wie hat er Ihnen gefallen?«

»Ganz gut. Dem Autor ist es wirklich gelungen, sich in die Gedankenwelt eines Psychopathen hineinzuversetzen. Lebt er übrigens noch? Ich meine Andrew Z. Thomas.«

»Andy wird ewig in seinen Worten weiterleben. Und jetzt beantworten Sie endlich die Frage.«

»Am Ende von *Der Feuerteufel* verbrennt die Hauptfigur sich bei lebendigem Leibe.«

»Darum geht es hier aber nicht. Ich habe nach *Die Waffe des Mörders* gefragt.«

Verdammt. Warum hatte ich das nicht zuerst gelesen? Ich schloss die Augen und rief mir den Klappentext ins Gedächtnis. Das Buch handelte von einem Otto Normalverbraucher, der seinen mörderischen Instinkten freien Lauf ließ. Thomas schrieb nihilistische Literatur und hatte eine Schwäche für Dante.

»Noch fünf Sekunden, Jack.«

»Er …«

»Ja?«

Ich schoss einfach ins Blaue und hoffte, dass ich damit richtig lag. »Er kommt in die Hölle.«

Luther starrte mich einen Augenblick an. Dann nickte er. »Nicht schlecht. Sie sind darauf gekommen, ohne das Buch gelesen zu haben?«

»Ich hab einfach geraten.«

»Gut geraten. Der Kandidat hat hundert Punkte. Aber wie ich vorhin schon sagte: Hochmut kommt vor dem Fall.«

Luther schwenkte die Kamera auf Mr Roe, und jetzt begriff ich klar und deutlich, was er mit diesem Spruch gemeint hatte.

Peter Roe
1. April, 13:45 Uhr

Der Mann, der sich Siders nannte, legte das iPhone auf den Schreibtisch und starrte Roe aus pechschwarzen Augen an. Er zog ein Klappmesser aus der Vordertasche seiner Jeans und ließ die Klinge aufschnappen.

Sie glänzte silbern und ähnelte mehr der Kralle eines Raubvogels als einem Messer.

Roe flehte: »Bitte nicht«, aber das Klebeband auf seinem Mund dämpfte sein Rufen.

Als Siders die Klinge auf sein Bein zubewegte, stammelte Roe: »Oh mein Gott, bitte nicht.«

Er fiel in Ohnmacht. Eine Ohrfeige brachte ihn zurück in die Wirklichkeit.

»Das ist Ihr letzter Augenblick auf dieser Welt, Peter. Sie wollen ihn doch nicht etwa verschlafen?«

Roe wimmerte, als Siders in seine Hose schnitt – sie hatte ihn siebenhundert Dollar gekostet – und den Stoff bis zum Knie aufschlitzte. Dann nahm er eine Rolle Isolierband aus der Sporttasche und befestigte damit einen in Luftpolsterfolie verpackten Gegenstand an der Innenseite von Roes Bein.

Als er damit fertig war, legte er die Rolle beiseite. Er packte Roe am Bein, rüttelte daran und sagte: »Ich glaube, das passt so.«

Dann ging er um den Schreibtisch herum. Roe hörte, wie sich die Schritte in Richtung Tür entfernten. Kurz darauf ertönte das Klicken eines Schlosses.

Siders kehrte zurück und hob die Feuerwehraxt vom Fußboden auf.

»Glasschneider vom Feinsten«, sagte er und holte zum Schlag aus.

Jack
1. April, 13:45 Uhr

Ich riss Phin das Mobiltelefon aus der Hand und schrie Herb an, er solle sich beeilen.

Er sagte: »Die Kollegen sind bereits unterwegs. Roe ist im elften Stock. Die Wachmänner sind auf dem Weg nach oben.«

»Wir sehen uns dort.«

»Jack …« Herb und Phin riefen gleichzeitig meinen Namen, aber ich stürzte bereits durch die automatische Ausgangstür nach draußen und sah mich nach McGlade um.

Sein Tesla stand auf dem Behindertenparkplatz.

Er spielte gerade TowerMadness.

»Hey Jackie. Ich hätte beinahe das Dice-Level geschafft.«

Ich riss die Beifahrertür auf und rutschte auf den Sitz. »Wie schnell ist die Kiste?«

»Von null auf hundert in drei Komma sieben Sekunden.«

»Zeig's mir.«

Peter Roe
1. April, 13:48 Uhr

Das spitze Ende der Feuerwehraxt schlug ein Loch in das Bürofenster. Eine Unmenge feiner Sprünge und Risse breitete sich wie Spinnenweben aus, aber die Scheibe zerbrach nicht. Siders zerrte die Axt heraus und schlug noch mal zu, immer wieder, bis schließlich winzige kunststoffbeschichtete Sicherheitsglassplitter auf Roe herabprasselten und ihn im Gesicht trafen. Von draußen wehte die kühle Aprilluft herein.

Roe schrie in seinen Knebel und fragte sich, ob Kelly und seine Mitarbeiter ihn wohl hören konnten. Aber so laut war er ja nicht, und selbst wenn sie ihn hörten, nützte das nichts.

Er dachte an die Ansprache, die er stets vor neuen Mitarbeitern hielt – was er angesichts des häufigen Personalwechsels in seiner Kanzlei öfter tat. Darin ging es unter anderem auch um seine Politik der offenen Tür, bei der eine Ausnahme galt: *Kommen Sie niemals in mein Büro, wenn die Tür zu ist. Klopfen Sie auch nicht an, weil ich dann entweder ein Nickerchen halte oder nackt bin.*

Wie sich jetzt herausstellte, hatte er mit dieser Regel ein Eigentor geschossen.

Als er nun gefesselt und geknebelt dalag und diesem Irren dabei zusah, wie er ein Loch in die Fensterscheibe schlug, dämmerte es Peter Roe, dass er eigentlich ein Arschloch war. Er war gierig, egoistisch und ein strenger Chef. Aber weil er Geld hatte, ließ ihn das kalt – bis jetzt. Reichtum schirmte einen gegen die unschönen Dinge im Leben ab, auch gegen Schuldgefühle. Aber das alles zählte jetzt nichts mehr, denn er würde bald tot sein. Jetzt blieb ihm nur noch die Erkenntnis, was für ein Arschloch er war. Oder wie sein Sohn sagen würde: ein Wichser. Dass er jetzt in der Tinte saß, verdankte er einzig und allein seinem miesen Charakter.

Siders warf die Axt auf das Sofa und wischte sich den Schweiß von der Stirn.

Das Loch, das er in die Scheibe geschlagen hatte, war zackig und unregelmäßig und maß an der breitesten Stelle knapp einen Meter. Als Roe hindurchstarrte, dämmerte es ihm zum ersten Mal, was nun geschehen würde.

Er hatte aus irgendeinem Grund geglaubt, dass dieser Psychopath ihn erstechen wollte, aber in Wirklichkeit hatte er etwas ganz anderes vor.

Siders packte Roe an den Beinen und schleifte ihn über den Teppich auf das Loch zu. Roe zappelte und versuchte sich unter Aufbietung aller Kräfte zu befreien, erreichte dadurch aber nur, dass sich die Kabelbinder noch tiefer ins Fleisch gruben – so tief, dass die Handgelenke zu bluten anfingen.

Siders schob ihn mit den Füßen voran durch die Öffnung. Sie baumelten jetzt über der Dearborn Street. Kurz darauf ragten die Beine bis zu den Knien ins Freie, und Roe spürte, wie ihn die Schwerkraft weiter nach draußen zog.

Siders setzte sich auf seinen Bauch und hielt ihn einen Augenblick länger fest.

»Ich beneide Sie«, sagte er. »Jeden Menschen quält die Frage: ›Wann muss ich sterben?‹ Niemand weiß im Voraus das genaue Datum, geschweige denn die Uhrzeit. Sie schon.« Siders sah auf die Uhr. »In siebzig Sekunden fliegen Sie aus diesem Fenster. Ich habe Jack versprochen, Sie Ihrem Schicksal zu überlassen, und darum schneide ich Ihnen vorher nicht die Kehle durch. So, jetzt halte ich die Klappe und lasse Ihnen einen Moment, damit Sie ein letztes Gebet sprechen oder mit sich selbst ins Reine kommen können, oder wonach auch immer Ihnen der Sinn steht.«

Roe kam der Gedanke, dass dies der Verrückte sein musste, der die Frau von der Kinzie-Street-Brücke gehängt und diesen Professor in einem Fischfutterkarton vor dem Aquarium deponiert hatte.

Wie hoch war die Wahrscheinlichkeit?

»Noch fünfundvierzig Sekunden.«

Roe konnte mit dem Klebeband vor dem Mund weder etwas sagen noch um Gnade flehen. Sein Gefühl sagte ihm, dass dies sowieso nichts nützen würde. Er war nicht religiös und wunderte sich, dass er selbst jetzt, wo er dem Tod buchstäblich ins Auge starrte, weder an Gott glaubte noch sich vor ihm fürchtete. Das Einzige, was er verspürte, war eine gähnende Leere in seinem Inneren, die er als das erkannte, was sie wirklich war, nämlich Reue.

»Noch dreißig Sekunden.«

Es gab so viele Dinge, die er im Nachhinein bereute.

Er musste daran denken, wie er seiner Frau, seinem Sohn und seinen Freunden immer wieder gesagt hatte, dass Emotionen wie Schuld, Sorge, Eifersucht und Reue reine Zeitverschwendung waren.

Aus dieser Erkenntnis heraus versuchte er, einen klaren Kopf zu bekommen.

Plötzlich riss ihn ein lautes Geräusch aus seinen Gedanken.

Er drehte seinen Kopf zur Seite und sah, wie die Tür zu seinem Büro aufflog.

Waren das etwa seine Mitarbeiter, die seine Regel brachen und ihm zu Hilfe eilten?

Nein, noch viel besser.

Es waren die Wachmänner, die in der Eingangshalle des Hochhauses Dienst taten.

Zwei Männer, für deren Namen er sich nie interessiert hatte, stürmten mit gezogenen Waffen in sein Büro.

Sie waren hier, um ihn zu retten.

Jack
1. April, 13:50 Uhr

»Ach … du … Scheiße …«

»Sag ich doch. Fühlt sich das wie hundertdreißig an, oder was?«

Die Stadt zog verschwommen an uns vorbei. McGlades Tesla beschleunigte so rasant, dass ich in den Sitz gedrückt wurde und an die Achterbahnfahrten in meiner Jugend denken musste, die mir damals so sehr gefallen hatten. Plötzlich hatten wir einen Stadtbus dicht vor uns und ich rechnete schon mit einem Auffahrunfall.

Aber McGlade riss das Steuer in letzter Minute herum. Wie sich herausstellte, ließ sich der Wagen genauso gut steuern, wie er beschleunigen konnte. Wir entgingen um Haaresbreite einem Aufprall auf den Bus, drängten uns zwischen einem Taxi und einem SUV hindurch und kurz darauf zwischen zwei Stützpfeilern der Hochbahn. Dann kamen wir schließlich auf der Wabash Street heraus, wo wir in südlicher Richtung weiterrasten.

»Erinnerst du dich an die Szene in *Brennpunkt Brooklyn?*«, sagte McGlade und grinste dabei schief. Ich schaute zu den Gleisen der Hochbahn empor und dann wieder auf den Verkehr vor uns und dachte mir, dass ich wahrscheinlich nichts weiter zu tun brauchte, um die Geburt einzuleiten. Diese Höllenfahrt würde das von alleine erledigen.

Ich warf einen Blick auf mein iPhone.

Im Krankenhaus war die Verbindung abgebrochen, aber jetzt sah ich eine SMS von Phin, in der er mit mitteilte, er sei unterwegs. Ich rief das Adressbuch auf und rief Herb an, als McGlade gerade hupte und mitten durch eine Gruppe alter Leute brauste, die wie Dominosteine umfielen.

»Um Himmels willen, McGlade!«

»Ich hoffe, die tragen Windeln für Erwachsene.«

»Mach so was noch einmal, und ich brauch selber eine.«

»Aber bitte nicht in meinem neuen Wagen, Jack. Den Geruch kriegt man nicht mehr aus dem Leder.« Er grinste mich verstohlen von der Seite an. »Zumindest hab ich das gehört.«

Dann gab er wieder Gas und der Tesla beschleunigte seine Fahrt. Irgendwie war es komisch, weil der Motor dabei nicht röhrte und aufheulte. Der Elektromotor war mucksmäuschenstill.

»Noch etwa zweieinhalb Kilometer bis zum Marquette-Hochhaus«, sagte McGlade und raste bei Rot über eine Kreuzung. Er riss das Steuer herum und entging nur knapp einer Kollision mit einem Taxi. »Ist doch ein Kinderspiel.«

»Pass nur auf, dass du dich dabei nicht überschlägst.«

Kaum hatte ich diese Worte gesagt, als auch schon eine Baustelle vor uns auftauchte. Mitten auf der Straße befand sich eine Absperrung und dahinter reparierten Arbeiter der Stadtwerke die Hauptabwasserleitung.

Zum Bremsen war es zu spät.

Peter Roe
1. April, 13:50 Uhr

Er würde jedem der Wachmänner ein neues Auto kaufen. Verdammt, er würde jedem ein …

Siders griff in seine Jeans, zog eine Pistole und schoss den Wachmännern mehrmals in die Brust.

Sie fielen zu Boden.

Das Ganze hatte nicht einmal eine halbe Minute gedauert.

»Noch zwanzig Sekunden, Peter.«

Roe spürte die kühle Frühlingsluft auf seiner Haut und ließ den letzten Rest Hoffnung fahren.

Es ging unaufhaltsam dem Ende entgegen.

Roes Blick fiel auf das Titelblatt eines Patents für eine Notausgangbeleuchtung, das er erfolgreich beim amerikanischen Patentamt angemeldet hatte.

Wenigstens habe ich auf dieser Welt ein klein wenig bewirkt, dachte er.

Sein Herz raste …

»Noch fünfzehn Sekunden.«

… aber er schluckte seine Angst herunter und holte tief Luft.

»Zehn Sekunden.«

Er hatte sein Leben damit verbracht, Reichtümer anzuhäufen. Er hatte dieses Leben geliebt und konnte sich kein anderes vorstellen. Auf gar keinen Fall würde er es bei seinem Sturz aus dem Fenster –

»Fünf … vier …«

– auch nur im Geringsten –

»Drei … zwei …«

– bereuen –

»Eins.«

– mit einer einzigen Ausnahme. Er wusste immer noch nicht, wie die beiden Wachmänner hießen, die bei dem Versuch, ihn zu retten, ihr Leben gelassen hatten. Deshalb drehte er seinen Kopf, starrte die Leichen an und entzifferte die Namen auf den Schildern.

Wilson und Roberts.

Danke, dass ihr es versucht habt, Jungs.

»Peter Roe, es ist jetzt genau ein Uhr einundfünfzig. Leben Sie wohl.«

Roe spürte, wie sich eine Glasscherbe in seinen Rücken bohrte. Dann fiel er nach draußen.

Für einen Augenblick blendete ihn das grelle Sonnenlicht, doch dann sah er elf Stockwerke weiter unten die Dearborn Street, auf die er in freiem Fall zuschoss. Er spürte den Wind und die Sonne auf seiner Haut, sah, wie sich das Sonnenlicht in den Fenstern spiegelte, während unten auf dem Gehsteig Menschen vorbeigingen, die keine Ahnung hatten, was da auf sie heruntersauste. Das Letzte, was er sah, war ein Straßenprediger, der eine dicke Bibel mit schwarzem Einband in der Hand hielt und den Passanten zurief, dass der Weltuntergang kurz bevorstand.

Jack
1. April, 13:51 Uhr

»Au weia«, sagte McGlade, als wir auf die Baustelle zurasten.

Die Arbeiter hatten den Straßenbelag aufgerissen und einen fünf Meter langen Graben gebuddelt.

McGlade drückte auf die Hupe –

– und gab Gas.

»Harry! Ach du …«

Der Tesla erreichte das Loch, aber anstatt hineinzufallen und sich mehrmals zu überschlagen, hob der Wagen ab –

»… Scheeeeiiißeee!«

– und landete so sanft auf der anderen Seite, als hätten die Räder nie ihre Bodenhaftung verloren.

»Cool«, sagte McGlade. »Man sollte das in einem Werbevideo zeigen.«

»Jack? Jack, wo bist du?«, hörte ich Herbs Stimme aus meinem iPhone.

»Ganz in der Nähe«, sagte ich, als McGlade um zwei Hochbahnmasten Slalom fuhr, mit zwei Rädern über den Gehsteig raste und das Steuer noch rechtzeitig herumriss, bevor er einen Hydranten rammte.

»Schüsse im elften Stock«, sagte Herb. »Die Kollegen sind gleich da. Warte, bis Verstärkung eintrifft, Jack. Im Klartext: Geh auf gar keinen Fall rein. Wir riegeln das Hochhaus ab, damit er nicht raus kann. Mach also bloß keine Dummheiten.«

McGlade trat auf die Bremse, bog schlingernd in die Adams Street und folgte ihr Richtung Westen.

Vor uns staute sich der Verkehr, aber McGlade kümmerte das nicht. Er legte den Rest der Strecke bis zur Dearborn Street auf dem Gehsteig zurück und hupte dabei wie verrückt. Schließlich brachte er das Fahrzeug mit quietschenden Reifen vor dem Eingang zum Marquette-Hochhaus zum Stehen.

»Houston, der Adler ist gelandet«, sagte er.

Ein Streifenwagen befand sich bereits vor Ort. Der Polizist stand mitten auf der Straße und versuchte, den Verkehr umzuleiten.

Ich stieß die Tür auf und hievte mich aus dem Sitz. Ich griff in meine Handtasche und tastete nach dem Colt, besann mich dann aber eines Besseren. Ich war mir nicht sicher, ob Herb Bescheid gesagt hatte, dass ich kommen würde. Das hier war ein Tatort, und ich wollte nicht, dass irgendein Streifenpolizist mich für einen bewaffneten Zivilisten hielt – eine todsichere Art und Weise, um erschossen zu werden.

Zwei weitere Streifenwagen kamen mit heulenden Sirenen hinter uns aus der Adams Street.

»McGlade, du behältst den Eingang im Auge. Lass bloß keinen schwarzhaarigen Mann aus dem Hochhaus.«

»Ich lass niemanden raus. Aber wenn du da reingehst, setzt es eine Tracht Prügel.«

Während er auf den Haupteingang zulief, ging ich zu den Polizeiwagen. Einer der neu angekommenen Polizisten half seinem Kollegen, die Dearborn Street für den Verkehr zu sperren. Ein anderer stieg gerade aus dem nächsten Wagen. Er sah aus, als käme er frisch von der Highschool.

Als er mich erblickte, sagte er: »Ma'am, gehen Sie bitte auf die andere Straßenseite. Wir haben hier eine gefährliche Situation.« Er deutete auf das Gebäude gegenüber vom Marquette-Hochhaus.

Ich hob die Hand. »Ich bin Jack Daniels aus dem sechsundzwanzigsten Revier. Haben Sie schon von mir gehört?«

Er runzelte skeptisch die Stirn. »Sie meinen Lieutenant Jack Daniels?« Er blickte misstrauisch auf meinen Bauch.

»Sie wurden gerufen, weil hier ein Mord im Gang ist, oder?«, fragte ich.

»Richtig.«

»Der mutmaßliche Täter ist ein männlicher Weißer mit langen schwarzen Haaren. Er ist bewaffnet, befindet sich noch im Gebäude und bringt gerade jemanden um.«

»Ich muss die Zentrale verständigen.« Er griff zu seinem Schultermikrofon.

Ich sagte: »Riegeln Sie sofort das Gebäude ab und schicken Sie ein paar Leute hinein. Wenn Sie keine Lust haben, in Zukunft Strafzettel an Falschparker zu verteilen, dann sorgen Sie dafür, dass hier keiner ein und aus geht.«

Mein Ton hatte offenbar seine Wirkung nicht verfehlt, denn seine nächsten Worte, die er ins Mikrofon sprach, lauteten: »Wagen eins-drei-fünf-sechs zum Hintereingang. Niemanden rein- oder rauslassen. Mutmaßlicher Täter ist ein männlicher Weißer mit langen schwarzen Haaren. Äußerste Vorsicht geboten, er ist bewaffnet.«

Und dann traf die Kavallerie ein.

Ein Chevy Caprice kam angerast und hielt hinter den beiden Streifenwagen. Herb sprang hinter dem Steuer hervor. So schnell hatte ich ihn noch nie gesehen.

Zusammen gingen wir auf das Gebäude zu.

Ein Sirenenkonzert hallte durch die Häuserschluchten. Es klang, als wäre die gesamte Polizei von Chicago ausgerückt. Ein paar Blocks weiter heulte eine Feuerwehrsirene.

»Du musst die Umgebung sperren lassen, Herb«, sagte ich.

»Ist bereits geschehen. Ich habe an sämtlichen Zufahrtswegen Streifenwagen postiert.«

»Ich will, dass man das Gebäude nur durch den Ausgang zur Dearborn Street verlassen kann«, sagte ich, als wir den Gehsteig erreicht hatten. »Keiner kommt hier raus, bevor ich ihn mir angeschaut habe. Wo ist das SRT?«

Das Special Response Team war das Spezialeinsatzkommando des Chicago Police Department.

»Ist schon unterwegs, aber du musst …« Herb sah über meine Schulter hinweg und sagte: »Ach du Scheiße.«

Weiter vorne standen etwa ein Dutzend Schaulustige um einen Blumenkasten und blickten entsetzt drein.

Ich konnte bereits die Blutlache sehen.

Herb hatte sich seine Polizeimarke um den Hals gehängt und klapperte damit, als wir uns der Menge näherten.

»Alles zurücktreten! Niemand verlässt den Ort, bis wir mit ihm gesprochen haben!«

Wir blieben ein paar Schritte vor dem Blutbad stehen.

Ich sagte: »Scheiße, er ist auf einen Fußgänger gefallen.«

Es gab zwei Leichen. Die erste, ein Mann mit Anzug, Roe, lag auf dem Bauch, mit ausgestreckten Armen und Beinen in einem Beet mit zerdrückten Blumen, deren Knospen gerade erst aufgesprungen waren. Er sah wie eine riesengroße Portion Lasagne aus, die in etwa die Form eines menschlichen Körpers hatte. Der arme Kerl, auf dem er gelandet war, bot einen noch schlimmeren Anblick. Seine Gliedmaßen waren verrenkt und sein Kopf war beim Aufprall auf den Blumenkasten zerschmettert worden. Neben ihm lag geöffnet eine dicke Bibel, deren Seiten im Wind flatterten.

Die Polizei hatte inzwischen den Gehsteig abgeriegelt, sodass sich nur noch Leute an der Stelle aufhielten, die gerade vorbeigekommen waren, als sich der Vorfall ereignete.

»Ich gehe rein und suche ihn«, sagte ich.

»Jack, da drinnen sind bereits zwei Dutzend Polizisten. Die kriegen ihn.«

»Aber hat einer von denen den Mörder jemals zuvor aus nächster Nähe gesehen?«, fragte ich. »Ich kann ihnen dabei helfen.«

»Da drinnen läuft ein Psychopath herum, der dich umbringen will.«

»Ich will aber nicht nur untätig rumstehen.«

Herb berührte mich am Arm. »Hör zu, Jack. Ich versprech's dir … keiner verlässt ohne dein Okay das Gebäude.«

»Herb …«

»Ich geh mit dir bis zum Eingang.«

»Herb …«

»Wer hat an diesem Tatort das Sagen?«

Ich biss mir auf die Unterlippe und kochte vor Wut.

Aber er hatte verdammt recht.

»Du«, sagte ich.

»Und du respektierst mich?«

»Natürlich, das weißt du doch.«

»Dann tu bitte, was ich dir sage, Jack.«

Luther
1. April, 13:54 Uhr

Er schlendert gemächlich durch die Räume von Peter Roes Anwaltskanzlei. Wie zu erwarten, wirkt der Ort nach den Schüssen wie eine Geisterstadt.

Er kann sich ein Lächeln nicht verkneifen.

Das FaceTime-Gespräch mit Jack hatte seine Erwartungen übertroffen.

Er geht am Empfang vorbei, öffnet die schwere Holztür und tritt auf den Flur hinaus.

Im Augenblick ist niemand zu sehen, aber er hört Schritte und Stimmen um die Ecke.

Die Polizei ist im Anmarsch.

Er hat nicht damit gerechnet, dass die Wachmänner so schnell eintreffen würden. Die Polizei hat das Hochhaus bestimmt schon umstellt.

Selbst hier drinnen sind die Sirenen laut.

Draußen muss es wie bei einem Weltuntergang klingen.

Das könnte Probleme verursachen.

Aber je härter die Herausforderung, desto schöner der Sieg.

Herb
1. April, 14:04 Uhr

Die Fahrstuhltür ging auf und Sergeant Herb Benedict betrat den elften Stock des Marquette-Hochhauses.

Es war totenstill.

Wahrscheinlich waren die Leute vor den Schüssen geflohen.

Das Spezialeinsatzkommando hatte das Stockwerk geräumt und durchsuchte nun die unteren Etagen.

Herb wandte sich den drei Streifenpolizisten zu, die ihn nach oben begleitet hatten, und schickte zwei von ihnen in die andere Richtung.

»Durchsuchen Sie jedes Büro. Wenn noch jemand da ist, lassen Sie sich die Ausweise zeigen. Bringen Sie jeden, der Ihnen auch nur im Geringsten verdächtig erscheint, runter ins Foyer zur Vernehmung. Dieser Kerl ist ein kaltblütiger Mörder und hat womöglich Geiseln genommen. Bewahren Sie einen kühlen Kopf. Sakey, Sie kommen mit mir.«

Officer Sakey, ein Lockenkopf mit zusammengewachsenen Augenbrauen, der noch nicht lange bei der Polizei war, folgte Herb den Gang entlang zu Roes Büro.

Das Hochhaus selbst war ein Kunstwerk, der erste Wolkenkratzer, bei dessen Bau man Stahlträger und Steinmauern verwendet hatte. Das Foyer bestand aus einem zweistöckigen Atrium, in dem sich allerhand Mosaike, Skulpturen und Bronzestatuen befanden.

Sakey bezog vor der Tür Position, während Herb mit der Waffe in der Hand das Büro betrat.

Drinnen roch es noch nach Schießpulver.

Wie es aussah, war niemand im Empfangsbereich, ein Eindruck, der sich bei genauerem Hinsehen bestätigte.

Herb ging den Flur entlang und betrat den größten Büroraum in der Kanzlei.

Der Geruch, der auf abgegebene Schüsse hindeutete, war hier am stärksten, aber daneben gab es noch andere Gerüche: Blut, der See draußen, abgestandener Kaffee. Herb verharrte einen Augenblick an der Türschwelle und ließ die schreckliche Aura des Raumes auf sich einwirken.

Vor seinen Füßen lagen die Wachmänner in Blutlachen. Beide hatten mehrere Schusswunden in der Brust.

Hinter Peter Roes Schreibtisch hatte jemand ein Loch in eine Scheibe des Erkerfensters geschlagen. Glasscherben waren auf dem Teppich verstreut, und mittendrin lag das Werkzeug, mit dem der Täter das Fenster eingeschlagen haben musste – eine Feuerwehraxt.

Wie hatte Kite es überhaupt geschafft, bei Roe einen Termin zu bekommen? Wahrscheinlich gab es im Computer der Empfangsdame einen Terminkalender. Herb wollte gerade zum Empfang gehen, als sein Knopflochmikrofon knisterte.

»Sergeant Benedict, hier Nicholson, kommen.«

»Ja, was gibt's? Kommen.«

»Ich bin in Büro elf-elf. Da ist einer, der nicht gehen will. Kommen.«

»Halten Sie ihn fest, ich bin gleich da. Ende.« Herb beschleunigte seine Schritte und rief Sakey zu, er solle mitkommen.

Sie eilten in den Flur hinaus. Sämtliche Bürotüren standen offen. Einige davon waren eingetreten worden.

Herb lief an einem Fahrstuhl vorbei um die Ecke und sah Officer Nicholson vor einer offenen Tür stehen. Seine Dienstwaffe steckte noch im Halfter, aber er hatte die Klappe geöffnet und die Hand am Griff.

Herb trat neben ihn und starrte in das kleine Büro.

Der Mann, der dort hinter seinem Schreibtisch saß, war ein Weißer mit kurzen braunen Haaren. Er trug ein weißes Hemd und eine blaue Krawatte. Da das Spezialeinsatzkommando das gesamte Stockwerk durchkämmt hatte, wunderte Herb sich darüber, dass der Mann noch hier war.

»Sir, ich bin Sergeant Herb Benedict. Nehmen Sie bitte die Hände hoch.«

Der Mann blickte finster drein, kam aber der Aufforderung nach. Er sagte: »Ich hatte das Ganze schon vorhin mit Ihren Kollegen.«

»Haben meine Kollegen Sie nicht aufgefordert, Ihr Büro zu verlassen?«

»Ich kenne meine Rechte. Niemand kann mich zwingen.«

Herb nahm sich vor, den Kommandeur des Spezialeinsatzkommandos wegen dieses Versäumnisses zur Rede zu stellen.

Er sagte: »Sir, haben Sie überhaupt mitbekommen, was vor Kurzem nur zwei Büros weiter passiert ist?«

»Ja, jemand wurde erschossen. Ich hab gesehen, wie der Kerl abgehauen ist, direkt an meinem Büro vorbei.«

Herb schüttelte verwundert den Kopf. Wie konnten manche Leute nur so dumm sein? »Hatten Sie keine Angst, selbst getötet zu werden?«

»Soll ich Ihnen sagen, was mir momentan am meisten Sorgen macht?« Der Mann deutete auf den Aktenberg neben der Tastatur seines Computers. »Sie wissen schon, was in vierzehn Tagen los ist, Officer?«

Herb sah das Schild an der Tür: David Dean, Rechtsanwalt und Steuerberater.

Aha. Das erklärte alles.

»In zwei Wochen sind die Steuererklärungen fällig«, sagte Dean, »und ich hab alle Hände voll zu tun. Meine Mandanten gehen vor.«

Herb sah sich schnell in dem spärlich möblierten Büro um. Es gab da ein paar Pflanzen, die dringend gegossen werden mussten, und ein paar Bilder an der Wand. Auf dem Boden lag Sägemehl. Vermutlich waren erst kürzlich die Handwerker hier gewesen. Die einzigen persönlichen Gegenstände befanden sich auf dem Schreibtisch – eine Kaffeetasse mit Smiley, ein Briefbeschwerer aus Kristall und ein eingerahmtes Bild, das Dean zusammen mit Bill Clinton zeigte.

Herb sagte: »Sir, ich muss Sie bitten, das Büro zu verlassen. Wir evakuieren das gesamte Gebäude.«

»Das ist doch Unsinn, ich …«

»Sie können morgen wiederkommen. Wenn Sie mir nicht Folge leisten, muss ich Sie festnehmen.«

Dean seufzte übertrieben, rieb sich die Schläfen und fuhr dann den Computer herunter.

»Ich kapier das nicht«, sagte Dean. »Ist das hier im Augenblick nicht der sicherste Ort? Der Kerl, den Sie suchen, ist ja längst weg.«

Er erhob sich und nahm sein Jackett von der Stuhllehne. Herb begleitete ihn zum Fahrstuhl und wartete, bis dieser unten in der Eingangshalle angekommen war.

Dann ging er zusammen mit Sakey wieder in Roes Büro.

Luther
1. April, 14:07 Uhr

Jack Daniels steht im Foyer und blickt in die Menschenmenge. Um sie herum wimmelt es von Bullen.

Luther findet das furchtbar aufregend und unterdrückt nur mit Mühe ein Lächeln.

Sie starrt ihn an, und ihre Blicke bleiben kurz aneinander haften. Doch dann konzentriert sie sich auf die nächste Person in der Warteschlange.

Geduldig wartet Luther, bis man ihn gehen lässt.

Herb
1. April, 14:07 Uhr

Es war nicht das erste Mal seit ihrer Pensionierung, dass Herb sich wünschte, Jack wäre bei ihm. Sie hatte ein fast schon unheimliches Talent, Hinweise und Spuren am Tatort zu entdecken und sich einen Reim auf Dinge zu machen, die eigentlich nicht zusammenpassten. Natürlich hatte er vollstes Verständnis für Jacks Entscheidung, hoffte aber dennoch, dass das Hochhaus bald vollständig evakuiert sein würde, damit Jack nach oben kommen und ihm sagen konnte, was sie von der Sache hielt.

Herb ließ seinen Blick durch Roes Büro schweifen und sah nirgendwo Spuren und Hinweise. Er sah ein stinknormales Büro, sonst nichts.

Schreibtische, Stühle, Pflanzen, und mehr Aktenschränke, als er zählen konnte …

Moment mal … Aktenschränke.

Die gab es doch in jedem Büro.

Aber dieser Steuerberater, den er vorhin aus seinem Büro verjagt hatte, der mit dem Clinton-Foto … wo hatte *der* seine Aktenschränke?

Er hatte jedenfalls keine gesehen.

Komisch war das schon – so komisch, dass Herb ein mulmiges Gefühl bekam.

Ein Adrenalinstoß erfasste ihn. Mit Sakey im Schlepptau rannte er zurück in Suite 1111 und sah sich das Büro des Steuerberaters genauer an.

Es war klein und hatte keinen Empfangsbereich, sondern nur einen Schreibtisch mit Computer.

Aktenschränke gab es auch keine.

Herb griff zu seinem Walkie-Talkie. »Hier spricht Sergeant Benedict. Geben Sie mir den Kommandeur des Spezialeinsatzkommandos. Kommen.«

»Hier ist Lieutenant Matthews vom SRT. Was gibt's, Sarge? Kommen.«

»Warum haben Sie den Steuerberater nicht mitgenommen, als Sie den elften Stock durchsucht haben? Kommen.«

»Welchen Steuerberater?«

Luther
1. April, 14:08 Uhr

Luther löst die Krawatte vom Hals und beobachtet den Ausgang. Die Stimmung ist elektrisch geladen. Angst, Verwirrung und Aufregung hängen in der Luft. Die Leute reden wild durcheinander, ein paar Büroangestellte reißen Witze. Man sieht ihnen an, wie aufgeregt sie sind, weil in ihrem langweiligen Alltag endlich was passiert.

Etwas, worüber man beim Abendessen vor den Kindern angeben kann. Vielleicht kommen sie sogar in die Nachrichten.

In der Warteschlange vor dem Ausgang stehen nur noch vier Leute vor Luther. Ein Polizist bewegt an ihnen den Metalldetektor auf und ab, bevor sie hinaus dürfen.

Luther blickt auf die Uhr und tut ungeduldig.

Noch höchstens zwei Minuten, dann ist er draußen.

Herb
1. April, 14:08 Uhr

Herb sah noch einmal auf das Schild an der Tür. Dann sprach er in sein Funkgerät: »David Dean, in Suite elf-elf, kommen.«

»In diesem Stockwerk war niemand, Sarge. Wir haben alles gründlich durchsucht. Sind sogar in ein paar Büros eingebrochen. Ich weiß ja nicht, wie das bei der Mordkommission läuft, aber meine Jungs machen keine Fehler. Wenn wir einen Job erledigen, dann richtig. Kommen.«

Der kleine Adrenalinstoß schwoll zu einer gewaltigen Welle an.

Herb trat hinter Deans Schreibtisch und schaltete den Computer ein. Er rechnete damit, dass auf dem Bildschirm eine Tabelle oder ein Excel-Dokument erscheinen würde – etwas, das auf die Tätigkeit eines Steuerberaters hindeutete.

Aber Dean hatte das Videospiel Angry Birds gespielt.

Herb nahm das Foto mit Bill Clinton in die Hand. Erst jetzt fiel ihm auf, wie unscharf der Kopf des früheren Präsidenten war. Hier war jemand mit Photoshop am Werk gewesen – mit mittelmäßigem Ergebnis.

»Achtung!«, schrie er in sein Mikrofon. »Der mutmaßliche Täter ist im Foyer. Ein Weißer, Mitte bis Ende vierzig, kurze braune Haare, weißes Hemd und blaue Krawatte. Er gibt sich für einen Steuerberater namens David Dean aus. Ich wiederhole, der Verdächtige hat kurze braune Haare und nennt sich David Dean.«

Luther
1. April, 14:09 Uhr

Jack steht nicht einmal zwei Meter von ihm entfernt.

Sie interessiert sich nicht mehr für ihn.

Er hat gute Lust, sich zu räuspern oder sonst irgendein Geräusch von sich zu geben, um zu sehen, ob sie reagiert, lässt es aber bleiben. Er hat bereits genug riskiert.

Stattdessen holt er sein iPhone hervor, drückt die Wahlwiederholungstaste und steckt das Gerät wieder in seine Brusttasche.

Jack tastet nach ihrem Handy. Das Klingeln lenkt sie genau in dem Moment ab, als der Polizist am Ausgang Luther nach Waffen durchsucht.

Jack
1. April, 14:09 Uhr

Ich nahm den FaceTime-Anruf an, obwohl er von einer unterdrückten Nummer kam. Aber das Display blieb schwarz.

Ich hielt das iPhone ans Ohr und hörte zahlreiche gedämpfte Stimmen.

»Hallo?«, sagte ich.

Eine Sekunde darauf hörte ich »Hallo?«

Das war nicht der Anrufer, sondern meine eigene Stimme.

Ein Echo.

Das bedeutete, dass ich mit einem anderen iPhone verbunden war.

Und das hieß wiederum, dass Luther sich hier in der Lobby aufhielt, ganz in meiner Nähe.

»Er ist hier!«, schrie ich. Ein Riesenfehler.

Es brach zwar keine Panik aus, aber Unruhe und Hektik nahmen zu.

Da ich nicht mehr bei der Polizei war, besaß ich kein Funkgerät. Also grabschte ich mir einfach das Knopflochmikrofon des Polizisten neben mir. Gleichzeitig hörte ich Herb schreien, dass Luther sich im Foyer befand.

Ich ließ meinen Blick über die Menschenmenge gleiten und drückte das iPhone ans Ohr, in der Hoffnung, irgendetwas zu hören, das mir seinen Standort verriet. Das andere Ohr hielt ich mir zu, damit ich mich auf die Geräusche aus meinem Handy konzentrieren konnte.

»Okay, Sie können gehen«, hörte ich leise, aber deutlich.

Ich blickte zum Ausgang. In diesem Moment verließ ein schlanker Mann mit braunen Haaren das Gebäude.

»Haltet ihn fest!«, schrie ich. Aber es war zu spät. Ein Polizist machte gerade hinter dem Mann die Tür zu.

Ich wollte an ihm vorbeirennen, aber ein anderer Polizist packte mich an der Schulter.

»Er ist gerade rausgegangen!«, schrie ich.

Wir traten zusammen nach draußen –

– ins Chaos.

Auf der Straße herrschte heilloses Durcheinander.

Es wimmelte von Feuerwehrleuten, Rettungssanitätern, Polizisten, Büroangestellten, die darauf warteten, dass ihre Kollegen das Gebäude verließen, und einem Schwarm Reporter, die jedem der Umstehenden Mikrofone und Kameras vor die Nase hielten.

Aber der Mann mit den braunen Haaren war spurlos verschwunden.

Herb
1. April, 14:10 Uhr

Herb hörte das Durcheinander der Funksprüche, ein Stakkato von Anweisungen und kurzen Antworten.

Aber niemand fand Luther.

Herb kaute auf seiner Unterlippe und entdeckte plötzlich Sägespäne auf dem Teppich in Deans Büro. Er sah auf die Holzverkleidung an der Wand direkt darüber und stellte fest, dass die Farbe nicht passte.

Er griff mit den Fingern in die Lücke zwischen dem oberen Ende der Verkleidung und der Zimmerdecke und zog daran.

Die Verkleidung ließ sich leicht entfernen. Dahinter befand sich ein kleines, dunkles Bad.

Im Waschbecken sah Herb eine Pistole sowie ein schwarzes T-Shirt, Stiefel und eine schwarze Perücke.

Mit einem Mal ging ihm ein Licht auf. Luther hatte den Mord an Roe perfekt geplant. Er hatte ein Büro nicht weit von dem seines Opfers gemietet und eine falsche Wand vor dem Bad angebracht. Nach dem Mord war er einfach in sein Büro gegangen und hatte sich hinter der Verkleidung versteckt, bis die Polizei verschwunden war.

Dann war Luther mit frisch geschnittenen und gefärbten Haaren als David Dean durch das Foyer geschlendert und hatte direkt vor Jacks Nase das Gebäude verlassen.

Der Dreckskerl hatte hier vor ihm gesessen und über den fünfzehnten April gefaselt – den Tag, an dem die Steuererklärungen fällig waren.

Und Herb hatte ihn nicht nur entwischen lassen, er hatte ihn sogar *aufgefordert* zu gehen.

Jack
1. April, 14:12 Uhr

Ich tat, was ich konnte, und schickte ein paar Polizisten los. Sie suchten überall, aber Luther war längst über alle Berge.

Der Killer hatte FaceTime ausgeschaltet, ohne vorher einen hämischen Spruch abzulassen. Aber ich rechnete damit, dass er sich wieder bei mir melden würde.

Als Herb mich mitten im Gewühl vor dem Eingang auf der Dearborn Street fand, sah er dermaßen niedergeschlagen aus, dass ich glaubte, er würde jeden Augenblick losheulen.

Mir ging es nicht anders.

»Ich hab's vermasselt«, sagte er.

»Ich hab's vermasselt«, sagte ich einen Sekundenbruchteil später. »Ich war zu sehr auf einen Mann mit schwarzen Haaren fixiert.«

»Ich auch.«

Er schilderte mir in knappen Worten seine Begegnung mit dem falschen Steuerberater namens David Dean.

»Verdammt.« Ich schüttelte den Kopf. »Der Kerl hat uns ganz schön an der Nase rumgeführt. Gib dir nicht die Schuld, Herb.«

»Gibst *du* dir etwa die Schuld?«

Ich schwieg.

»Du kannst nicht einfach die ganze Schuld auf dich nehmen, Jack.«

»Machen wir uns später Vorwürfe. Am Tatort wartet eine Menge Arbeit auf uns.«

Ich ging mit Herb den Gehsteig entlang zu dem Blumenkasten. Hinter dem Absperrband untersuchten Mitarbeiter der Spurensicherung Mr Roes Leiche – oder das, was davon noch übrig war.

»In den Innereien müsste irgendwo ein Buch in einem Plastikbeutel stecken«, sagte ich.

»Es gibt keine Innereien mehr«, sagte einer der Kriminaltechniker. »Beim Aufprall hat es alles rausgedrückt.«

»Sie haben nirgendwo einen Plastikbeutel gefunden?«

»Bis jetzt noch nicht.«

Ich blickte auf die Sauerei herab. Auf der Scheußlichkeitsskala von Leichen kamen Menschen, die aus einem Hochhaus oder von einer Brücke gesprungen waren, gleich hinter Brandopfern.

»Ich hab was«, sagte ein anderer Kriminaltechniker. Er fuhr mit dem Handschuh über Roes Hose. »Da ist was an seinem Bein.«

»Schneiden Sie die Hose auf«, sagte Herb.

Der Mann schnitt das Hosenbein mit einer Schere ab. Darunter kamen noch mehr Blut und Knochen zum Vorschein. Dazwischen erkannte ich ein Päckchen in Luftpolsterfolie. Es war mit Klebeband an Mr Roes Oberschenkel befestigt.

Der Kriminaltechniker wich ängstlich zurück.

»Was machen Sie da?«, fragte ich.

»Könnte 'ne Bombe sein.«

Daran hatte ich gar nicht gedacht.

»Wir müssen das Bombenentschärfungskommando holen. Sollen die sich darum kümmern.« Er packte mich am Arm und wollte mich wegziehen, aber ich riss mich los.

»Das ist keine Bombe«, sagte ich.

Der Mann sah Herb an, und der wiederum sagte zu mir: »Mal ganz ehrlich, Jack, ich fühl mich auch nicht besonders wohl bei der Sache. Du weißt ja, wozu dieser Kerl fähig ist.«

Die Kriminaltechniker hatten sich bereits zurückgezogen und waren gerade dabei, die Schaulustigen zurückzudrängen.

»Herb, für den ist das Ganze doch nur ein Spiel. Okay, nehmen wir mal an, das da ist 'ne Bombe und er beobachtet uns mit dem Finger am Drücker. Er drückt drauf, und dann?«

»Zerreißt es uns in tausend Stücke.«

»Richtig. Und was hat er davon?«

»Ich weiß nicht, worauf du hinauswillst. Der Kerl will dich umbringen und du stehst einfach hier rum wie auf dem Präsentierteller.«

»Das stimmt, er will mich umbringen, aber er will mir dabei in die Augen sehen und sich Zeit lassen. Er möchte bei mir sein und mit mir reden, wenn ich sterbe. Mich einfach in die Luft sprengen, das passt nicht zu ihm.«

Ich nahm mein Schweizer Messer aus meiner Handtasche und stieg in den Blumenkasten.

»Jack!«

»Wir können nicht warten, bis das Bombenentschärfungskommando kommt, Herb. In dieser Leiche befinden sich wertvolle Hinweise. Wenn wir unnötig Zeit vertrödeln, sterben noch mehr Menschen, und das geht dann auf unser Konto.«

Er berührte mich am Unterarm, aber ich schüttelte ihn ab.

»Verdammt noch mal, Herb, lass mich gefälligst meine Arbeit machen!«

»Das ist nicht mehr deine Arbeit, Jack. Gib mir das Messer.«

Plötzlich sah ich ein, wie dumm diese Idee war.

»Vielleicht sollten wir doch auf das Bombenentschärfungskommando warten«, sagte ich.

»Lass mich machen.«

»Das ist aber ein ziemlich kleines Messer. Mit deinen Wurstfingern schaffst du das nie.«

»Jack, es geht hier um den ordnungsgemäßen Umgang mit Beweismaterial. Du bist nicht mehr bei der Polizei. Gib mir das

Messer und stell dich hinter die Absperrung, sonst lasse ich dich festnehmen.«

Die Wahrscheinlichkeit, dass Herb das wirklich tun würde, war gleich null. Aber ich kam seiner Aufforderung nach.

Er zwängte seine Hände in ein Paar Gummihandschuhe, kniete neben der blutigen und zerschmetterten Leiche und klappte das Messer auf. Als er die blutverschmierte Luftpolsterfolie aufschnitt, blieb mir fast das Herz stehen. Ich hatte mit einem Taschenbuch gerechnet, wie bei der letzten Leiche, aber diesmal war es keins. Durch die Plastikfolie konnte ich lediglich einen dünnen, grauen Gegenstand erkennen.

Was, wenn ich falsch lag? Was, wenn das doch eine Bombe war?

Herb machte sich weiterhin mit dem Messer an der Verpackung zu schaffen.

Ich wurde immer unruhiger.

Plötzlich hörte ich eine Stimme – die von Phin.

Er schrie meinen Namen.

Ich drehte mich nach ihm um. Er stand hinter dem gelben Absperrband. Ich formte mit Daumen und Zeigefinger einen Kreis – das Okay-Zeichen. Dabei fühlte ich mich alles andere als okay.

Herb durchschnitt das restliche Verpackungsmaterial und nahm den Gegenstand heraus. Er war flach und grau, etwa zwanzig Zentimeter lang und zwölf breit und steckte in einer durchsichtigen Plastikhülle.

Herb stand auf, lief quer durch das Beet und stieg über die Einfassung des Blumenkastens.

Er hielt den Gegenstand hoch, damit ich ihn sehen konnte.

Auf die Plastikhülle hatte jemand mit schwarzem Filzstift geschrieben:

JD – DER IST DIR BUCHSTÄBLICH ZU FÜSSEN GEFALLEN – LK

Als ich sah, was in der Hülle steckte, wunderte ich mich, dass ich nicht schon früher draufgekommen war.

Es war ein Buch. Ein E-Book.

Oder vielmehr ein Kindle-Lesegerät.

»Es ist bloß ein Kindle!«, rief ich den Kriminaltechnikern zu. »Ihr Weicheier könnt wiederkommen.« Dann bat ich Herb, das Gerät so zu halten, dass ich den Bildschirm sehen konnte.

»Was ist das, Jack?«, fragte Herb.

»Ein Lesegerät für E-Books.« Mit dem Fingernagel schob ich durch die Plastikhülle den Einschaltknopf nach links. Das Bild von Emily Dickinson (sie sah dem Zauberer David Copperfield verblüffend ähnlich) verschwand vom Bildschirm und machte einer Seite mit Text Platz.

Am oberen Rand des Bildschirms stand der Titel des Buches: *Blauer Mörder: Thriller.*

Die Statusanzeige am unteren Ende zeigte vier Prozent. Die Seite war oben links mit einem elektronischen Lesezeichen in der Form eines Eselsohrs markiert.

Aus dem Wikipedia-Artikel über Andrew Thomas wusste ich, dass er der Autor war.

Ich holte mein iPhone aus der Handtasche und fotografierte die Seite.

Blauer Mörder: Thriller

Auf dem Heimweg entlang der dunklen und regennassen Straße sah er durch die Bäume das Haus, in dem seine Wohnung lag. Bei dem Gedanken, heute Nacht in dieser trostlosen Bude zu pennen, bekam er Magenkrämpfe. Er hatte sich gut gefühlt, als er ihnen von dem Traum erzählte. Er wünschte, er hätte ihnen alles erzählt. Vor allem von der Angst. Darüber, dass er mitten in der Nacht in dem dunklen Zimmer aufgewacht und im Bett hochgeschreckt war und dabei am ganzen Körper gezittert hatte. Darüber, dass er nicht wusste, warum der harmlose Anblick des kleinen Zeigers, der sich auf die Zwölf zubewegte, ihm so viel Angst einjagte, dass er die Uhr von der Wand in seinem Klassenzimmer entfernt hatte. Darüber, dass er nicht wusste, was an jenem Nachmittag in dieser idyllischen Stadt an der Ecke Oak und Sycamore passieren würde. Man glaubt bei euch nicht, wie viel Blut es kostet.

Als ich den Abschnitt fertig gelesen hatte, runzelte ich die Stirn.

Herb sagte: »Was ist los, Jack?«

»Da ist keine Seitenzahl.«

Er deutete auf die Statusleiste, wo 4 % stand. »Seite vier.«

»Nein, das zeigt nur an, wie viel Prozent von dem Buch man gelesen hat. Beim Kindle gibt es keine Seitenzahlen, sondern nur …« Ich nickte. Jetzt, wo es mir wieder einfiel, erfasste mich Euphorie.

»Was ist, Jack?«

»Es gibt keine Seitenzahlen, aber dafür Positionsangaben.«

Ich drückte auf die Plastikhülle an der Stelle, wo sich der Menu-Button befand, und als der Reiter erschien, sah ich ganz unten in der Mitte die Position:

Position 310 von 7647

»Jack …«

»Augenblick, Herb.« Ich drückte auf die Taste, mit der man eine Seite zurückblätterte, und wiederholte das Ganze, bis ich zum Beginn von Kapitel zwei gelangte.

»Ach du Scheiße«, sagte ich.

»Stimmt was nicht?«

»Wie spät ist es jetzt?«

Er sah auf seine Uhr.

»Drei nach halb drei.«

Ich rieb mir die Stirn. »Er wird in ein bisschen mehr als zwölf Stunden wieder jemanden umbringen.«

»Woher zum Teufel willst du das wissen?«

»Die Position bezieht sich auf die Uhrzeit. Drei Uhr zehn. Bisher hat er uns den Todeszeitpunkt immer mittels der Seitenzahl angegeben. »Wenn wir zu der ursprünglichen Seite zurückspringen …« Ich blätterte zurück. »Siehst du, wie er das erste *m* mit einem Kringel markiert hat? Das hat mich stutzig gemacht. Weißt du noch, wie er in den anderen Büchern das *n* auf diese Weise hervorgehoben hat?«

Herbs Augen leuchteten auf.

Er sagte: »Damit wollte er uns sagen, dass die Morde nachmittags stattfinden würden.«

»Genau. Und das Kapitel …«

»Ist das Datum.«

»Dann begeht er den nächsten Mord am zweiten April um drei Uhr zehn morgens. Heute Nacht also.«

»Aber wo, Jack? Du wusstest, dass dieser Mord hier geschehen würde … woher eigentlich?«

»Der Name des vorangegangenen Opfers weist auf den Ort hin, an dem der nächste Mord stattfindet.«

»Hat Luther dir das gesagt?«

»Nicht wortwörtlich. Aber schau dir doch nur die bisherigen Morde an. Er hat zuerst Jessica Shedd umgebracht und dann Reginald Marquette am Shedd-Aquarium. Danach hat er Peter Roe im Marquette-Hochhaus getötet.«

»Und wo schlägt er das nächste Mal zu, Jack?«

»Roe.«

»Roe? Was soll das heißen?«

»Keine Ahnung. Vielleicht ein Park, ein Gebäude oder ein Museum. Was auch immer.«

Herb runzelte die Stirn. »Vielleicht spielt er damit aber auf etwas ganz anderes an. Zum Beispiel *Roe vs. Wade*.«

Ich ließ mir Herbs Bemerkung durch den Kopf gehen und bekam eine Gänsehaut. *Roe vs. Wade* war das bahnbrechende Urteil des amerikanischen Verfassungsgerichts, welches Frauen das Recht auf Abtreibung zugestand.

Ich musste wieder an den Tag denken, an dem ich Luther zuletzt gesehen hatte. Mit meinem gebrochenen Bein war ich ihm damals hilflos ausgeliefert. Er hätte mich locker umbringen können. Aber er hatte gewusst, dass ich schwanger war, und erst jetzt beschlossen, wieder in mein Leben zurückzukehren.

»Ich hab da so ein ungutes Gefühl, Jack. Ich glaube, er ändert die Spielregeln.«

Eigentlich war ich nicht scharf darauf, dass Herb diesen Gedanken zu Ende führte. Trotzdem fragte ich: »Was meinst du damit?«

»Roe? Deine Schwangerschaft? Die Nachnamen haben immer etwas mit dem Schauplatz zu tun, hab ich recht?«

»Ja.«

»Was, wenn er damit sagen will, dass *du* der Schauplatz bist? Dass er deine Schwangerschaft heute Nacht um drei Uhr zehn beenden wird?«

Ich ging fünf Schritte zur Seite, um den Tatort nicht zu verunreinigen. Dann kotzte ich auf meine Turnschuhe.

Luther
18. März
Vierzehn Tage vorher
Vier Tage nach dem Vorfall mit dem Bus

»Soso, ein Pfarrer?«

»Ja. In einer katholischen Kirche in Pittsburgh.«

Luther beugt sich über den Tisch und hält eine Weile den Blickkontakt aufrecht. Er schätzt sein Gegenüber auf Mitte fünfzig. Der Mann ist glatt rasiert, hat schütteres graues Haar, einen schmalen Mund und freundliche Augen.

»Reden wir offen miteinander, Pater. Sind Sie damit einverstanden?«

»Natürlich.«

»Sie sind unverheiratet.«

»Das Priesteramt und die Ehe sind in der Regel unvereinbar.«

»Sie leben im Zölibat?«

»Ja.«

»Fällt Ihnen das nicht manchmal schwer?«

»Hin und wieder gerät man schon in Versuchung, aber bisher habe ich es mit Gottes Hilfe geschafft, mich an mein Gelübde zu halten.«

»Soso.«

»Ja.«

»Das muss verdammt schwierig sein, vor allem mit diesen süßen jungen Ministranten, oder? Diese wissbegierigen jungen Knaben, die Sie anhimmeln und zu Ihnen kommen, um das

Wort Gottes zu erfahren? Die wissen wollen, wie es in der großen, weiten Welt zugeht?«

»Ich würde mit denen nie etwas anstellen.«

»Soso.«

»Ich habe noch nie ein Kind angefasst. Meiner Meinung nach ist das von allen Sünden die schlimmste.«

»Aber Sie sind doch bestimmt schon in Versuchung geraten.«

»Zum Glück noch nie, zumindest nicht in dieser Hinsicht. Sicher, ich hatte noch nie Geschlechtsverkehr, aber wenn ich ehrlich bin, muss ich gestehen, dass ich mich hin und wieder nach einer Frau sehne.«

»Aber Sie haben diesbezüglich nie etwas unternommen?«

»Kein einziges Mal. Gott hat mich vor der Versuchung bewahrt.«

»Wow«, sagt Luther. »Sie sind also perfekt.«

»Nein, ich bin ein zutiefst unzulänglicher Mensch, wie wir alle.«

»Was sind dann Ihre Sünden, Pater? Tun Sie einfach so, als wäre ich ein Kollege, der Ihnen die Beichte abnimmt. Oder Gott.«

»Sie sind weder das eine noch das andere. Sie sind nur einer von vielen, die vom rechten Weg abgekommen sind und Hilfe brauchen. Ich werde für Sie beten.«

»Das wird nichts nützen. Erzählen Sie mir doch, was Sie während Ihrer letzten Beichte gesagt haben.«

»Das ist meine Privatsache.«

»Wenn es Ihnen lieber ist, kann ich Sie zwingen, mir zuzusehen, wie ich einen anderen Menschen töte.«

»Manchmal … stimme ich nicht mit gewissen Gepflogenheiten und Regeln der Kirche überein, obwohl ich sie offiziell vertreten muss. Letzten Monat zum Beispiel war ich nicht damit einverstanden, als der Papst die Verwendung von Kondomen zur Verhinderung der Übertragung von Geschlechtskrankheiten verurteilt hat. Es ging dabei vor allem um AIDS in Afrika.«

»Haben Sie das offen gesagt?«

»Nein. Ich habe meine abweichende Meinung für mich behalten.«

»Haben Sie jemals Geld aus der Kollekte gestohlen?«

»Natürlich nicht.«

»Beim Abendmahl zu viel Wein getrunken?«

»Nein.«

»Dann habe ich für Sie keine weitere Verwendung«, sagt Luther.

»Könnten Sie vielleicht ein paar von den anderen freilassen? Ich bleibe gerne an ihrer Stelle hier.«

»Haben Sie nicht gehört, was ich gerade gesagt habe?«

»Was?«

»Ich kann Sie nicht brauchen.«

Luther zieht die Glock.

In den Augen des Pfarrers spiegelt sich völliges Entsetzen wider, das schnell einer tiefen Traurigkeit weicht.

Dann strahlen sie auf einmal Intensität und Entschlossenheit aus. »Geben Sie mir einen Augenblick, mein Sohn?«, fragt der Pfarrer.

»Gerne.«

Der Geistliche schließt die Augen und flüstert ein Gebet.

Als er damit fertig ist, richtet Luther die Pistole auf ihn. »Sind Sie bereit, Ihrem Schöpfer zu begegnen?«

»Ja.«

»Sie haben überhaupt keine Angst?«

»Der Herr ist mein Hirte. Ich fürchte mich nicht vor dem Bösen.«

Luther nickt.

Dann steht er auf und schießt dem Pfarrer fünfmal in die Beine. Erst als er sicher ist, dass der Mann sich doch vor dem Bösen fürchtet, jagt er ihm eine Kugel in den Kopf.

Lucy
1. April, 15:00 Uhr

»Wie viel Benzin haben wir noch, D?«

Ihr Partner sah zu ihr hinüber. »Eine viertel Tankfüllung.«

»Schaffen wir es damit?«

»Das will ich doch hoffen. Wenn nicht, dann schicke ich dich auf den Strich. Was glaubst du, wie viele Freier du bedienen musst, damit du fünf Dollar zusammenbekommst?«

»Du bist ein Arschloch.«

Ein weiteres Straßenschild zog an ihnen vorbei.

Noch knapp hundert Kilometer.

Noch eine Stunde, dann hatten sie es geschafft.

Mit dem bisschen, was von ihrer Zunge noch übrig war, konnte Lucy förmlich schmecken, wie süß ihre Rache sein würde.

Luther
1. April, 17:30 Uhr

Luther starrt auf den Bildschirm seines Laptops und holt tief Luft.

Dann schreit er aus vollem Hals: Oh Gott, hilf mir! Bitte hilf mir! VERDAMMT NOCH MAL, HILF MIR DOCH ENDLICH EINER!«

Jack
1. April, 18:00 Uhr

Ich sträubte mich nicht länger dagegen.

Nicht dieses Mal.

Ich ließ Herb seine Beziehungen spielen, worauf das Chicago Police Department für mich und Phin unter falschen Namen ein Zimmer im Congress-Hotel buchte. McGlade bekam ein Zimmer gleich nebenan. Zwei Polizisten in Zivil standen in der Lobby Wache und hielten ein Auge auf sämtliche Leute, die im Hotel ein und aus gingen.

Phin und Harry hatten von zu Hause meine Klamotten und alles, was ich sonst noch brauchte, geholt, Duffy nach New York in die Obhut seines früheren Besitzers geschickt und die Vorrichtungen eingestellt, die Mr Friskers automatisch Futter und Wasser gaben und das Katzenklo sauber hielten. Ich machte einen neuen Anlauf, mit Phin über seinen Heiratsantrag zu reden, aber er verschränkte nur die Arme vor der Brust und fiel mir mit einem brüsken »Jetzt nicht« ins Wort.

Es gibt nichts Schlimmeres als die Rache eines geschmähten Bankräubers.

Was bei mir wiederum die Frage aufwarf, ob Phin den Verlobungsring mit Geld aus seinen nicht ganz legalen Geschäften gekauft hatte und was mit ihm passiert war, nachdem Duffy ihn aus Versehen verspeist hatte. Der Gedanke, dass Phin mit dem Hund spazieren gegangen war, ehe er ihn zum Flughafen brachte, ließ meinen Blutdruck gefährlich in die Höhe schnellen. Zur Not würde ich mir von McGlade einen Metalldetektor borgen und damit ein paar Stunden lang in meinem Garten auf Schatzsuche gehen.

Ich saß auf dem Doppelbett und griff zum Telefonhörer auf dem Nachttisch. Herb hatte mir bereits einen überflüssigen Vortrag über die Benutzung meines iPhones gehalten. Ein IT-Spezialist der Polizei hatte meine Nummer geklont. Auf diese Weise konnten Polizei und FBI meine Anrufe empfangen und Luthers Standort ermitteln, falls er sich wieder bei mir meldete.

Ich wusste, wie schwierig es war, Handys zu orten, und machte mir keine großen Hoffnungen. Außerdem wollte ich nicht, dass das FBI meine Privatgespräche mitschnitt.

Ich rief Duffy an und freute mich, als er ans Telefon ging. Dabei wurde mir bewusst, wie wenige Freunde ich hatte. Lag es daran, dass ich es nicht anders wollte, oder war ich einfach ein Workaholic, den niemand mochte?

»Hast du mir das Viech geschickt?«, fragte er.

»Phin erledigt das gerade. Ich schicke dir die Ankunftsinfo, sobald ich sie habe. Ach ja … es gibt da ein kleines Problem mit Duffy.«

»Leckt er ständig an seinem Penis? Das ist kein Problem, sondern seine Privatsache.«

»Phin hat mir einen Heiratsantrag gemacht und Duffy hat den Ring gefressen.«

»Von deinem Finger?«

»Er war noch nicht an meinem Finger.« Die Sache war mir peinlich, und Duffy war taktvoll genug, dazu zu schweigen.

»Ich soll mir also seine Scheiße genauer ansehen?«

Ich stieß einen verzweifelten Seufzer aus. »Tut mir leid, Duffy.«

»Mach dir keinen Kopf deswegen. Mein Hund Al hat mal alle meine Schlüssel gefressen. Sie hingen an einem Schlüsselbund aus Leder, und den hat er verdaut. Dann hat er jeden Schlüssel einzeln rausgeschissen. Hat acht Tage gedauert, bis ich meinen Autoschlüssel wieder hatte. Ich musste mit dem Taxi zu einem Boxkampf fahren. Das hat mich mehr gekostet, als ich an dem Abend gewonnen habe.

»Gewonnen? Hast du Lotto gespielt?«

»Bist du dir sicher, dass du bei der Polizei warst? Du klingst eher wie ein Kabarettist.«

»Nochmals vielen Dank, Duffy. Ich stehe tief in deiner Schuld.«

»Keine Ursache, Jack. Vielleicht brauch ich dich ja mal eines Tages dafür, dass du in der Scheiße von meinem Hund rumstocherst. Man kann nie wissen.«

Ich bedankte mich noch einmal und legte auf.

Dann ging ich mit meinem iPhone ins Internet und informierte mich über *Roe vs. Wade*.

Im amerikanischen Rechtssystem gibt man anonymen oder unbekannten Angeklagten häufig die Namen John Doe und Jane Doe. Analog dazu benutzt man Richard Roe und Jane Roe bei anonymen Klägern. Im Jahr 1970 klagte Roe gegen Henry Wade, den Bezirksstaatsanwalt für den Staat Texas. Der Fall landete schließlich vor dem amerikanischen Verfassungsgericht, welches in seinem Urteil verkündete, dass die US-Verfassung das Grundrecht auf Abtreibung garantierte.

Im Hotelzimmer war es heiß und stickig, und trotzdem zitterte ich. Wenn Herb mit seiner Vermutung richtig lag, dass Luther mein Baby töten wollte, so war ich mir nicht sicher, was er damit bezwecken wollte. Ein Serienmörder wie Luther war bestimmt kein Abtreibungsgegner. War das vielleicht nur ein Zufall?

Ich googelte »Roe« und »Chicago« und landete Treffer zu dem kürzlich verstorbenen Patentanwalt, einer Firma, die mit gebrauchten Büromöbeln handelte, sowie dem »Regional Office of Education«, einer Behörde des Bundesstaates Illinois.

Die Polizei hatte bereits Leute vor dem Möbelgeschäft und der Behörde postiert, aber ich glaubte nicht, dass Luther diese Plätze gemeint hatte.

Als Nächstes versuchte ich es mit »Wade« und »Chicago«, stieß dabei aber nur auf zig Artikel über den Basketballspieler Dwayne Wade aus Miami, der in Chicago geboren war.

Schließlich gab ich nur »Roe« ein und fand Hinweise darauf, dass die Buchstaben unter anderem als Abkürzung für den im Business-Jargon verwendeten Begriff »Return on Equity« Verwendung fanden. Außerdem gab es eine Veröffentlichung der Bundesumweltbehörde EPA mit dem Titel »Report on the Environment«, abgekürzt ROE.

Vielleicht benutzte Luther diesmal den Vor- anstelle des Nachnamens. Ich probierte es mit »Chicago« und »Peter«, fand aber nichts Konkretes.

Ich fügte den Begriff »Sehenswürdigkeit« hinzu und hoffte, Hinweise auf Bauwerke, Parks oder Museen zu finden, bei denen Peter zum Namen gehörte.

Kein einziger Treffer.

Ich rieb mir die Augen. Das iPhone-Display verschwamm vor meinem Blick, wahrscheinlich, weil ich zu lange auf die winzigen Buchstaben gestarrt hatte. Aber meine Sehschärfe wurde davon nicht besser, und auf einmal wurde mir schwindlig und alles im Zimmer drehte sich um mich. Ich hielt mich an den Armlehnen meines Stuhls fest und nahm meine ganze Willenskraft zusammen, um nicht in Ohnmacht zu fallen.

Schließlich ließ die Benommenheit nach und ich wandte mich wieder Google zu.

Aus irgendeinem Grund enthielten Luthers Botschaften immer wieder Anspielungen auf Dantes *Inferno*. Ich durchstöberte das Internet nach weiteren Informationen zu diesem Werk.

Das *Inferno* war der erste Teil der *Göttlichen Komödie*. Darin begegnet Dante dem römischen Dichter Virgil, der ihn durch die neun Kreise der Hölle führt. Dort wird er Zeuge des Leidens der Sünder. Die Qualen, die diese armen Schweine über sich ergehen lassen mussten, dienten Christen vom fünfzehnten Jahrhundert an als anschauliches Material – in der Bibel selbst mangelte es seltsamerweise an detaillierten Beschreibungen der Hölle. Unsere Vorstellung von Feuer und Schwefel und Dämonen, die die Verdammten quälen, verdanken wir in erster Linie Dante.

Letztendlich handelt das *Inferno* vom Pfad der Erleuchtung. Am Anfang irrt Dante ziellos umher, aber nach und nach hilft ihm der Anblick der in der Hölle schmorenden Sünder, den rechten Weg zu finden.

So ein Schwachsinn.

Ich scherte mich nicht viel um Religion, aber irgendwie fand ich die Vorstellung von einem Gott, der es zulässt, dass Menschen für alle Ewigkeit in heißem Öl braten, mit der von einem allmächtigen und gütigen Schöpfer unvereinbar. Die Hölle war ein Konzept, mit dem die Kirche die Massen kontrollierte und letztendlich eine Menge Geld verdiente.

Ich glaubte zwar nicht an die Hölle, aber gegen ein bisschen Erleuchtung hätte ich nichts einzuwenden. Ich bezweifelte jedoch, dass ich sie in einem mehrere Hundert Jahre alten Text finden würde.

Ich gähnte und rieb mir erneut die Augen.

Dann versuchte ich, den Auszug aus *Blauer Mörder* zu lesen, aber das Bild, das ich von dem Kindle-Bildschirm gemacht hatte, war zu klein, um etwas zu erkennen. Mir blieb also nichts anderes übrig, als mir noch so ein überteuertes E-Book von Andrew Z. Thomas zu kaufen und darin nach der Stelle zu suchen, die Luther markiert hatte.

Eine weitere Google-Suche ergab, dass das Zitat *Man glaubt bei euch nicht, wie viel Blut es kostet* ebenfalls von Dante stammte. Ferner war von der Kreuzung Oak und Sycamore die Rede. In

Illinois gab es zwar hunderte Straßen, die so hießen, aber sie kreuzten sich nirgendwo, auch nicht in Chicago.

Das brachte mich nicht weiter. Ich hatte keine Ahnung, was Luther mir sagen wollte. Als mir nichts weiter dazu einfiel, schob ich mir ein Kissen unter die Füße und machte mich an die Lektüre von *Blauer Mörder*. Angesichts der Tatsache, dass jemand in sieben Stunden und fünf Minuten eines grausamen Todes sterben würde – wie mir ein Blick auf den Timer meines iPhones verriet –, gab ich mir größte Mühe, mich zu konzentrieren.

Anders als *Der Feuerteufel* und *Die Waffe des Mörders*, die sich durch einen schonungslosen Realismus auszeichneten, enthielt *Blauer Mörder* übersinnliche Elemente.

Das Buch handelte von einem Mann, den seltsame Vorahnungen befielen, die alle Wirklichkeit wurden. Nach einer Stunde Lektüre gelangte ich zu der Überzeugung, dass der Protagonist keineswegs die Zukunft vorhersehen konnte, sondern sich vielmehr an schreckliche Ereignisse aus seiner Vergangenheit erinnerte, die er nicht wahrhaben wollte. Plötzlich hörte ich jemanden an der Tür.

Sofort hatte ich meinen Colt schussbereit in der Hand.

Ich hörte, wie Phin »Ich bin's« sagte, bevor er eintrat.

Er trug zwei Koffer und stellte sie neben die Tür.

»Hast du Duffy an Duffy geschickt?«, fragte ich.

Er nickte.

»Hat er, äh, einen Haufen gesetzt, bevor du ihn in die Transportkiste verpackt hast?«

Phin zog eine Augenbraue hoch. »Nee, er hat nur gepinkelt. Gibt es einen besonderen Grund, warum du mich nach den Körperfunktionen deines Hundes fragst?«

Mir fiel auf, dass er *dein Hund* anstatt *unser Hund* gesagt hatte. Und das, obwohl Duffy Phin mehr mochte als mich.

»Ich glaube, er hat Verstopfung«, log ich. »Ich mach mir einfach nur Sorgen um ihn.«

Phin bückte sich, öffnete den Reißverschluss an meinem Koffer, holte das Blutdruckmessgerät hervor und kam damit auf mich zu. Ich war zu beschäftigt, um mir den Blutdruck messen zu lassen. Aber Phin musste mich dafür anfassen und ich wollte seine Hände auf mir spüren.

Er legte mir die Manschette um und pumpte sie auf.

»Es tut mir leid, dass ich dich so behandelt habe«, sagte ich. »Aber dein Heiratsantrag kam total unvorbereitet.«

Er erwiderte nichts darauf.

Ich legte meine Hand auf die seine.

»Bitte, Phin. Rede mit mir.«

»Worüber soll ich mit dir reden, Jack? Ich habe die Frau, die ich liebe, gefragt, ob sie mich heiraten will, und bis jetzt noch keine Antwort erhalten. ›Möchtest du mich heiraten?‹ ist keine Frage, die man nur so zum Spaß stellt.«

Ich zog meine Hand weg. Da ich nicht wusste, was ich sagen sollte, gab ich ihm ein lahmes »Das tut mir leid.«

»Ich will keine Entschuldigung. Ich will eine Antwort, ja oder nein. Ich glaube, das hab ich verdient.«

»Schlechtes Timing«, sagte ich. »Im Moment hab ich zu viel um die Ohren.«

»Hör zu, ich weiß, dass ich nicht gerade der romantischste Mann auf dieser Welt bin …«

»Darum geht es nicht.«

»… und mein Heiratsantrag hätte besser sein können. Aber ich war nervös und hatte Angst, etwas falsch zu machen. Eigentlich hatte ich alles geplant. Ich wollte dich in dieses deutsche Restaurant einladen, das dir so gut gefällt …«

Mir kamen die Tränen. »Phin, bitte.«

»… und den Tubaspieler bitten, die Ankündigung zu machen. Ich wollte mich auf einem Knie …«

»Das ist es nicht, Phin. Ich … ich weiß, es klingt abgedroschen … aber es liegt nicht an dir. Ich bin das Problem.«

Er wartete, dass ich zu einer Erklärung ansetzte. Ich hatte ihn offensichtlich nicht überzeugt.

Ich gab mir Mühe. »Seit ein paar Monaten fühle ich mich wie ein Gegenstand, und nicht wie ein Mensch. Etwas, auf das man ständig aufpassen muss. Außerdem wächst ein Kind in mir heran, und das fühlt sich ziemlich komisch an. Ich bin mir immer noch nicht sicher, was ich davon halten soll. Sollte eine Mutter nicht von Anfang an einen Bezug zu ihrem ungeborenen Baby haben? Ich hab so was jedenfalls nicht. Mir kommt es eher so vor, als ob ein Fremder bei mir zu Hause eingezogen ist, und ich bin nicht sicher, ob ich ihn überhaupt bei mir haben will.«

Phin musterte mich mit grimmigem Blick.

Ich hatte keine Ahnung, was er wohl dachte. Wahrscheinlich dasselbe wie ich – *ich bin ein Loser, den niemand lieben kann.*

»Ich wollte dir nicht noch mehr Stress machen, Jack.«

»Verdammt noch mal, so habe ich das doch nicht gemeint.«

Er blickte auf die digitale Anzeige des Blutdruckmessgeräts. »Hundertfünfundvierzig zu neunzig. Immer noch hoch.«

Phin machte den Klettverschluss auf und ließ meinen Arm los.

Dann ging er hinüber zum Sofa, setzte sich und schaltete den Fernseher mit der Fernbedienung ein.

»Kommst du ins Bett?«, fragte ich.

»Ich bin nicht müde.«

»Dann lass uns weggehen. Wir haben schon ewig nicht mehr Billard miteinander gespielt. Wie wär's mit 'ner Partie 9-Ball?«

»Zu gefährlich. Ein Irrer ist hinter dir her, und außerdem brauchst du Ruhe.«

»Was ist mit Sex?«, probierte ich es. Ich hatte mich noch nie im Leben so wenig sexy gefühlt, aber vielleicht konnte ich ja seine Bedürfnisse befriedigen.

»Ich bin müde, Jack. Du bist nicht die Einzige, die im Moment viel um die Ohren hat.«

»Ich … wir sollten füreinander da sein und nicht streiten.«

Phin seufzte. »Ja. Es gibt ’ne Menge Dinge, die wir tun sollten.«

»Phin …«

»Können wir ein anderes Mal reden?«

»Sicher«, sagte ich und versuchte, gut gelaunt zu klingen.

Ich machte mich wieder über *Blauer Mörder* her und hoffte, dass Phin weder sehen noch hören konnte, dass ich weinte.

Dann las ich, bis mir die Augen zufielen, und schlief allein in meinem Bett ein.

Luther
1. April, 23:48 Uhr

All das Planen, all die Vorbereitung, all das Geld und die harte Arbeit – am Ende läuft es alles auf einen einzigen Augenblick hinaus, und zwar auf diesen.

Der Lastwagen steht bereit, ebenso der Van. Die Tragbahren, die Fernbedienung, die Aerosolbehälter, die Ventilatoren – alles einsatzbereit.

Luther testet alles ein letztes Mal, nur die Aerosolbehälter nicht. Erstens besitzt er von jedem Gas nur eine begrenzte Menge, und zweitens ist es ungesund, wenn nicht sogar tödlich, das Gift an sich selbst auszuprobieren.

Er muss an den Typen denken, den er neulich an der Tankstelle gesehen hat. Der Wichser hatte sich lautstark über die hohen Treibstoffpreise für erdgasbetriebene Autos aufgeregt und von einer Gaskrise gesprochen.

Chicago wird in Kürze eine Gaskrise erleben, so viel steht fest.

Aber nicht so, wie es dieser Idiot gemeint hat.

Luther hat bei seinen Recherchen alles über die Verbrecher erfahren, die Jack Daniels im Laufe ihres Lebens gejagt hat. Ein paar von ihnen kennt er sogar persönlich. Einige ragten durch ihre Taten heraus, darunter ein unter dem Alias »Der Chemiker« bekannter Giftmischer. Von ihm konnte man jede Menge lernen, so viel sogar, dass Luther eine Abkürzung nahm. Anstatt sich mühsam im Selbststudium die nötigen Kenntnisse in Chemie anzueignen, entführte Luther einfach einen Chemiker aus einem Labor in der Nähe und wandte die nötigen Überredungskünste an, um zu erfahren, was er wissen wollte.

Er wollte wissen, wie man an Giftgas herankam – Lewisit und BZ.

Lewisit erwies sich als besonders ekelhaft. Dic Versuche, die Luther durchführte, riefen äußerst scheußliche Symptome hervor. Der hilfsbereite Wissenschaftler, der es für ihn hergestellt hatte, erlitt einen grausamen Tod. Luther hatte zunächst das Lewisit an ihm ausprobiert und danach eine Dosis Kaliumchlorid.

BZ ist ebenfalls sehr nützlich. Luther hat sich nach dem Vorfall mit dem Bus von seiner Effektivität überzeugen können.

Zu seinem Bedauern hat Luther davon nur noch einen Tank übrig. Aber diese Menge wird auf jeden Fall für sein nächstes Vorhaben reichen.

Das ideale Mittel für bestimmte Kreise in seinem epischen Meisterwerk sowie für die bevorstehenden Festlichkeiten.

Luther sieht auf seinem iPhone nach, wie spät es ist, und verspürt ein erregendes Kribbeln.

Es ist nicht sexueller Natur, sondern lässt sich am besten mit der Vorfreude an Heiligabend vergleichen, die er als Kind empfunden hat, wenn er auf den Weihnachtsmann wartete. So ähnlich fühlt es sich jetzt an.

Er steht kurz davor, etwas Außerordentliches zu offenbaren. Etwas, das die Leben vieler Menschen verändern wird.

Es ist wie die Neueröffnung eines Geschäfts oder die Premiere eines Film-Hits.

Allerdings nicht für die vielen Menschen, die dabei leiden und sterben müssen.

Aber Luther ist dabei, ein Kunstwerk zu schaffen, und niemand hat gesagt, dies wäre einfach. Er weiß das aus eigener Erfahrung, weiß, dass die beste Kunst mit Blut geschrieben wurde.

Er lächelt.

»Es ist alles für dich, Jack«, sagt er mit Flüsterstimme, um die Toten nicht in ihrer Ruhe zu stören.

2. April

Jack
2. April, 2:39 Uhr

Mein iPhone summte auf dem Nachttisch.

Ich sah mit zusammengekniffenen Augen auf das Display. Eine SMS. Ich griff nach dem Gerät und las den Inhalt.

Sind der Natur Gesetze unwirksam.
Ins gelbe Zentrum jener ewigen Roe.

Der Absender hatte seine Rufnummer unterdrückt, aber das konnte nur Luther sein.

Ich vermutete, dass dieses Zitat ebenfalls aus der *Göttlichen Komödie* stammte. Eine schnelle Google-Suche bestätigte dies: Es war aus *Paradiso*.

Es fehlte jedoch ein Buchstabe, denn es müsste *ewige Rose* heißen.

Ich googelte »Chicago« und »Roe« …

… und landete diesen Treffer:

Hiram Roe gehörte das Land, auf dem sich später der Rosehill-Friedhof befinden sollte. Die Farm hieß Roe's Hill, *weil sie höher lag als der Sumpf, der sie umgab. Der Name wurde immer wieder falsch buchstabiert, bis schließlich* Rosehill *daraus wurde.*

Ich sah auf die Uhr und wurde mit einem Schlag hellwach. Es war zwei Uhr neununddreißig.

Der vierte Mord sollte um drei Uhr zehn, also in nur einer halben Stunde stattfinden und vom Hotel bis zum Rosehill-Friedhof brauchte man mit dem Auto mindestens eine Viertelstunde.

Phin schnarchte auf dem Sofa.

Ich weckte ihn auf und schrie: »Phin! Hol sofort Herb und Harry!«

Er fuhr hoch wie von einer Tarantel gestochen.

Ich rutschte mit meinem fetten Arsch zur Bettkante und zwängte meine Füße in ein Paar Turnschuhe, die ich mir erst kürzlich gekauft hatte.

»Luther hat mir eine SMS geschickt«, sagte ich. »Er ist auf dem Rosehill-Friedhof.«

Phin rief sofort Herb und Harry an und teilte ihnen die Neuigkeit mit.

Dann kam er zu mir und legte mir eine Hand auf die Schulter. »Jack, du bleibst hier.«

Er blickte mich liebevoll an und ich starrte grimmig zurück. »Ist das dein Ernst, Phin? Willst du mir schon wieder sagen, was ich tun und lassen kann? Weißt du noch, wie ich das letzte Mal darauf reagiert habe?«

»Luther will, dass du kommst. Es ist eine Falle.«

Ich verschränkte die Arme vor der Brust, was mir wieder einmal vor Augen führte, wie weit meine Schwangerschaft schon fortgeschritten war. Meine Brüste hatten eine ganze Körbchengröße zugelegt, und das machte mich noch wütender, als ich ohnehin schon war. »Verdammt noch mal, Phin. Herb wird sämtliche Cops und FBI-Agenten aus drei Staaten zusammentrommeln. Nirgendwo auf der Welt ist es dann so sicher wie auf diesem Friedhof.«

»Du weißt nicht, was er vorhat.«

»Aber im Gegensatz zu dir hab ich mit eigenen Augen gesehen, wozu er fähig ist. Ich muss unbedingt dort sein, Phin.«

Er presste die Lippen zu einem dünnen Strich zusammen und verschränkte ebenfalls die Arme.

Ich biss die Zähne zusammen. »Ich bin nun mal so und du wirst mich nie ändern. Und du würdest es auch nicht versuchen, wenn du mich wirklich liebst.«

Gespannt wartete ich auf seine Reaktion. Wenn er weiterhin darauf bestand, dass ich im Hotelzimmer blieb, würde ich ihm in die Eier treten und ihm den Ring zurücksenden, zusammen mit seinem ganzen anderen Krempel. Dass er sich um mich Sorgen machte, war okay, aber mich zu kontrollieren, ging absolut nicht.

Phin hatte mich offenbar verstanden, denn er kniete sich langsam vor mich hin und machte den Klettverschluss an meinem linken Schuh zu.

»Versprich mir, dass du kein Risiko eingehst«, sagte er und blickte zu mir empor. »Du darfst dich nicht unnötig in Gefahr begeben.«

»Mir wird schon nichts passieren«, sagte ich. »Gehen wir.«

Draußen auf dem Flur trafen wir die beiden Polizisten, die auf mich aufpassten. Im selben Moment kam McGlade mit verquollenen Augen, zerknittertem Anzug und offenem Hosenschlitz aus seinem Zimmer. Seine italienischen Lederschuhe hatte er verkehrt herum an.

»Welcher Arsch bringt um drei Uhr morgens jemanden um?«, stieß er mürrisch hervor. »Der Kerl tickt doch nicht richtig.«

»Ich fahre, Jack«, sagte Phin. »Kommst du mit uns, oder nimmst du deinen eigenen Wagen?«

McGlade runzelte die Stirn. »Der ist nicht aufgeladen. Hier im Hotel gibt es kein ausreichend langes Verlangerungskabel. Warum kommt Jack eigentlich mit?«

Ich antwortete nicht, sondern eilte mit den Männern im Schlepptau zum Lift. Herb teilte mir per SMS mit, er sei bereits unterwegs.

Meine Personenschützer nahmen ihren eigenen Wagen und ich fuhr mit meinen Jungs.

McGlade war ungewöhnlich schweigsam, doch dann stellte ich fest, dass er auf dem Rücksitz eingeschlafen war.

Wir kamen um zwei Uhr achtundfünfzig am Friedhof an. Am Eingang an der Ravenswood Avenue hatte die Polizei bereits eine Sperre errichtet. Nachdem wir unseren Wagen unter einem Eisenbahnviadukt geparkt hatten, traf ich Herb am Haupteingang, ein in gotischem Stil aus hellen Steinen errichtetes Bauwerk, das mit seinen Türmchen und Zinnen an das Mittelalter erinnerte. In Farbe und Stil ähnelte das Tor dem berühmten Wasserturm von Chicago. Neben fünf Streifenwagen und SUVs sah ich zwei Krankenwagen, drei Löschfahrzeuge der Feuerwehr sowie vier Zivilwagen des FBI. Es war kalt, und der eisige Wind erinnerte daran, dass der Winter Chicago immer noch im Griff hatte. Ich wünschte, ich hätte mir eine wärmere Jacke angezogen.

»Verdammt noch mal, Jack, was tust du hier?«, waren die ersten Worte aus Herbs Mund.

Ich schluckte meinen Ärger hinunter und versuchte zu akzeptieren, dass er sich wie Phin ganz einfach um mich Sorgen machte. Mich zu behandeln, als sei ich hilflos, zerbrechlich und tollpatschig, war ihre Art, mir zu zeigen, dass sie mich mochten.

»Was, wenn Luther mir heimlich folgt?«, fragte ich und bemühte mich, ruhig zu bleiben. »Wo bin ich wohl sicherer, hier mit einem massiven Polizeiaufgebot oder im Hotel mit zwei Personenschützern?«

»Okay. Aber du bleibst hier. Kommt überhaupt nicht infrage, dass du da reingehst.«

Sei nett zu ihm, Jack. »Wie ist die Lage?«

»Es befinden sich über fünfzig Polizisten hier, plus die Leute vom FBI. Ein Verhandlungsführer ist auch schon unterwegs, für den Fall, dass Luther Geiseln nimmt. Alle Ein- und Ausgänge sind abgeriegelt. Das Problem ist nur, dass Rosehill sehr groß ist, ungefähr eineinhalb Quadratkilometer, einschließlich eines riesigen Mausoleums im südwestlichen Teil. Wir durchsuchen das Gelände Abschnitt für Abschnitt, und das kann Stunden dauern.

»Gibt es Hinweise auf gewaltsames Eindringen?«

»Nein. Sämtliche Tore waren verschlossen. Wenn er bereits auf dem Gelände ist, dann kann er nur durch eine Lücke im Zaun gekommen sein, oder er hat sich drinnen versteckt, bevor der Friedhof für die Nacht geschlossen wurde.«

»Und um wie viel Uhr war das?«

»Der Haupteingang schließt um fünf Uhr. Alle anderen um vier.«

Mein Handy summte. Ich sah aufs Display.

Ein Anruf mit unterdrückter Nummer.

»Das ist er«, sagte ich und nahm ihn an.

»Hallo Jack.« Luthers Stimme. »Ich hab Ihnen soeben ein Bild geschickt.«

In diesem Augenblick summte das iPhone wieder. Eine SMS. Ich klickte sie an und sah ein Foto.

Das Leben ist, genau wie Gott, unendlich, unzerstörbar und ewig.
ROBERT E. FRANKS
19. September 1909 – 22. Mai 1924

Herb sah mir über die Schulter.

»Das Gelände ist umstellt, Luther«, sagte ich. »Ergeben Sie sich, oder Sie werden hier sterben.«

»Wir müssen alle mal sterben, Jack. Und das hier ist ein hübscher Ort dafür. Grün, friedlich, idyllisch. Sie sollten reinkommen. Ich habe nicht vor, Sie heute zu töten. Aber Sie, und nur Sie allein, können anderen das Leben retten, wenn Sie schnell genug sind. Absagen musst du jeglichem Bedenken und jeden Kleinmut in dir töten.«

Der letzte Satz klang wie ein Zitat aus der *Göttlichen Komödie*.

»Nein danke«, sagte ich. »Aber ich werde Sie besuchen, wenn Sie im Bezirksgefängnis von Cook County sitzen und sich für Zigaretten in den Arsch ficken lassen.«

»Wie Sie meinen. Ich hab gerade kein passendes Dante-Zitat parat, aber Burke tut's auch. Wie finden Sie dieses hier: ›Das Böse triumphiert allein dadurch, dass gute Menschen nichts unternehmen.‹ Ich wünsche Ihnen viel Vergnügen auf der Zuschauertribüne. Schauen Sie nur dabei zu, wie andere Menschen sterben, und denken Sie daran, dass Sie es hätten verhindern können.«

Er legte auf.

Ein kalter Luftzug fuhr mir durchs Haar und ließ meine Kopfhaut frösteln. Die Bäume hinter dem Eingangstor raschelten im Wind. Ich merkte, dass ich mir unbewusst den Bauch gerieben hatte, und nahm die Hand weg.

»Ist das Special Response Team schon hier?«, fragte ich Herb. Luthers Drohung gefiel mir ganz und gar nicht.

»Ja.«

»Und das Bombenentschärfungskommando?«

»Wir haben mehrere Hundestaffeln. Da sind auch Sprengstoffspürhunde dabei.«

»Sucht das Grab«, sagte ich. Kaum waren mir die Worte über die Lippen gegangen, wurde mir klar, dass ich nicht wollte, dass Herb sich an der Suche beteiligte. Ich nahm Luthers Drohung ernst. Obwohl ich wusste, dass er nichts weiter als ein kranker und gestörter Mensch war, befürchtete ein Teil von mir, dass er es irgendwie fertigbringen würde, jeden der hier Anwesenden zu töten. In meiner Polizeilaufbahn hatte ich jede Menge Monster kennengelernt, aber keiner jagte mir so viel Angst ein wie Luther.

Er war der Teufel in Menschengestalt.

»Gibt es hier nachts einen Sicherheitsdienst?«, fragte ich.

»Schon, aber nichts Besonderes. Ein einziger Mann, der das Gelände patrouilliert. Er hat sich noch nicht gemeldet.«

Ich starrte in die Dunkelheit auf der anderen Seite des Eingangs. »Wo sind die Lichter?«, fragte ich.

»Da drinnen gibt's keine.«

»Hausmeister?«

»Ja, da war einer. Ein Mann namens Willie. Tom hat vor ein paar Minuten mit ihm gesprochen.«

»Hausmeister Willie?«, fragte ich.

Herb zuckte mit den Schultern.

Detective Tom Mankowski und sein Partner Roy Lewis kamen zu uns. Lewis hatte eine Glatze und sah dem Boxer Marvin Hagler ziemlich ähnlich.

»Hey Lieutenant«, sagte Roy. Das Lächeln in seinem Gesicht reichte bis in seine Augen. »Schlimme Situation haben wir da. Freut mich aber trotzdem, Sie zu sehen.«

»Wir müssen das Grab von Robert E. Franks finden«, sagte ich. »Sagen Sie das den Jungs da drinnen.«

»Das ist nicht so einfach.« Tom rieb sich das Kinn. »Hier liegen eine Viertelmillion Menschen begraben.«

»Es muss doch einen Lageplan oder eine Datenbank geben.«

»Der Priester, der hier die Trauergottesdienste abhält, ist bereits unterwegs, aber es wird noch ein paar Minuten dauern, bis er hier ist.«

»Und was ist mit dem Hausmeister?«

Rob und Tom sahen sich suchend um. Schließlich deuteten sie auf einen Mann, der an der Steinmauer am Eingang lehnte und dem Treiben mit weit offenen Augen zusah. Als wir uns ihm näherten, fielen mir seine Größe und seine fette Wampe auf, die mit meiner mithalten konnte. Er hatte kurze rote Haare und eine spitze Nase wie Bob Hope.

»Mr Kneppel, wir würden gerne wissen, wo sich ein bestimmtes Grab befindet. Das von Robert E. Franks.«

Kneppel riss die Augen noch weiter auf. Als er den Mund öffnete, blitzte ein Goldzahn auf. »Bobby Franks?« Seine Stimme klang heiser. »Äh, also, wir dürfen niemandem sagen, wo dieses Grab liegt.«

Bobby Franks. Der Name sagte mir etwas. Eines der bekanntesten Mordopfer aller Zeiten. Damals im Jahr 1924 hatte sein Tod für Schlagzeilen gesorgt. Man sprach von einem Jahrhundertverbrechen. Zwei junge Jurastudenten namens Leopold und Loeb hatten den dreizehnjährigen Jungen ermordet, nur um zu testen, ob sie damit ungeschoren davonkämen. Sein Tod war für sie nichts weiter als ein Gedankenexperiment. Aber sie hatten aus Versehen Spuren neben der Leiche hinterlassen. Ihre Verteidigung übernahm Clarence Darrow, der damals wie heute wohl berühmteste Anwalt Amerikas. Darrow erreichte zwar keine Freisprüche für seine Mandanten, konnte jedoch die Todesurteile verhindern, welche die öffentliche Meinung gefordert hatte. Dass die Friedhofsverwaltung den genauen Ort der Grabstätte geheim hielt, wunderte mich nicht – schließlich war ein Friedhof ein Ort der Ruhe und der Trauer und man wollte unnötigen Rummel vermeiden.

»Das geht in Ordnung, Mr Kneppel«, sagte Herb. »Wir sind von der Polizei.«

»Oh, das ist natürlich was anderes. Er liegt im Jacob-Franks-Mausoleum. Die Wege sind alle beschildert.«

Willie nannte eine Wegkreuzung und Herb gab den Ort sofort über Funk weiter. Dann ging er zusammen mit Roy und Tom auf den Eingang zu.

»Hey, Jungs!«, rief ich ihnen nach.

Sie blieben stehen und wandten sich zu mir um.

»Überlasst das dem Special Response Team«, sagte ich. »Die haben Spürhunde und Sprengstoffexperten dabei.«

»Ist das dein Ernst?«, fragte Herb.

»Ich hab ein ungutes Gefühl bei der Sache.«

»Ist das jetzt dein Polizeiinstinkt? Oder …« Er sprach den Satz nicht zu Ende, und ich wusste sofort, worauf er hinauswollte. War ich verrückt? Sorgten der Stress, die Präeklampsie, das Baby und Luther dafür, dass ich nicht mehr klar denken konnte und überreagierte?

»Ich weiß nicht genau«, sagte ich. »Aber ihr würdet mir einen großen Gefallen tun, wenn ihr nicht zu dem Grab geht.«

Die Männer tauschten für ein paar Sekunden Blicke untereinander aus.

»Klar, Lieutenant«, sagte Tom. »Joan, meine Verlobte, legt großen Wert auf ihr Bauchgefühl. Ich habe inzwischen gelernt, auf sie zu hören. Wir können hierbleiben. Was meinst du, Roy?«

»Du bist für mich wie ein Bruder, Mann. Ich gehe nicht ohne dich. Und unserer Frau Lieutenant würde ich überallhin folgen, wenn sie es von mir verlangt.«

Ich warf Herb einen bohrenden Blick zu. »Herb?«

»Das ist mein Tatort, Jack. Ich bin der Ranghöchste hier.«

»Der Ranghöchste oder der Fetteste?«, warf McGlade in die Runde. Offenbar war er schlecht gelaunt, weil man ihn mitten in der Nacht aus dem Bett geholt hatte.

»Passen deine Schuhe?«, gab Herb zurück.

McGlade blickte hinunter auf seine Füße und bemerkte seinen Fehler. »Das hab ich mit Absicht gemacht. Auf Twitter ist das zurzeit der letzte Schrei. Du hast doch deine auch verkehrt an, aber bei deiner fetten Wampe kannst du deine Füße nicht sehen.«

Ich hörte ein Klicken und dachte schon, Herb hätte seine Zähne zusammengebissen. Bei seinen Hamsterbacken ließ sich das nur schwer erkennen.

»McGlade, irgendwann …«

»… hörst du damit auf, alles zu verputzen, was du in die

Finger kriegst?«, schnitt ihm Harry das Wort ab. »Sag lieber nichts. Ich hab Angst, dass du uns alle verschluckst, wenn du den Mund aufmachst.«

»Du bist ein Arschloch«, sagte Roy und machte einen Schritt auf McGlade zu. »Hat deine Mutter dir keine Manieren beigebracht?«

McGlade grinste spöttisch. »Nein. Aber dafür hat deine Mutter mir gestern Nacht ein paar tolle Sachen gezeigt.«

Roy machte noch einen Schritt, worauf Phin ebenfalls in Aktion trat und sich schützend vor Harry stellte.

Auf einmal lag so viel Testosteron in der Luft, dass ich mir Sorgen gemacht hätte, wäre ich nicht schon schwanger gewesen. »Hey, Jungs.« Ich hob beschwichtigend die Hände. »Jetzt beruhigt euch mal wieder. Herb, bitte tu mir den Gefallen.«

Seine schwabbeligen Wangen, die an Hundelefzen erinnerten, hingen nun noch tiefer herab und gaben seinem Schnurrbart die Form eines Hufeisens.

»Okay, Jack, ich schick das SRT hin.«

Er gab über Funk die nötigen Anweisungen und ich seufzte erleichtert.

»Hast du gesehen, wie ich ihn abgelenkt hab, damit er nicht selbst hingeht?«, flüsterte Harry mir zu. »Ich hätte ihm auch 'nen Donut zum Fraß vorgeworfen, aber ich hatte gerade keinen dabei.«

Ich fragte mich mal wieder, ob McGlade womöglich schlauer war, als sein Gehabe vermuten ließ.

Die nächsten Minuten warteten wir schweigend. Roy und Tom traten unruhig von einem Bein aufs andere. Harry trat beiseite und zog sich die Schuhe richtig an. Herb wirkte angespannter als je zuvor. Ich überlegte, ob ich Phins Hand nehmen und sie halten sollte, hatte aber Angst vor einer Abweisung. Willie zog ein uraltes aufklappbares Handy aus der Tasche, steckte sich einen Finger in sein freies Ohr und ging davon.

Endlich knisterte es in Herbs Funkgerät. »Wir sind am Mausoleum. Wir gehen rein.«

Ich blickte auf mein iPhone.

Drei Uhr zehn.

Luthers verschlüsselter Botschaft zufolge war das der Zeitpunkt, an dem das nächste Opfer sterben würde.

SRT-Kommandeur Lieutenant Matthews
2. April, 3:10 Uhr

Matthews schulterte das M-16-Sturmgewehr und sprach in sein Schultermikrofon: »Sanchez und Williams, ihr kommt mit mir. Swartwood und Patel, ihr geht hinter uns am Straßenrand in Stellung. Wir haben womöglich eine Geiselnahme, also passt auf, worauf ihr zielt. Kitt und Strand, ihr gebt mir Rückendeckung und sorgt dafür, dass sich uns niemand von hinten nähert.«

Die Männer umstellten das Mausoleum, ein Bauwerk aus Stein, das mit seiner Höhe von etwa drei Metern so groß wie ein Gartenhäuschen war. Blumenkästen aus Stein standen zu beiden Seiten der grünen Eisentür, wo sich zwei rote Rosen zwischen den Griffen hindurchschlängelten. Um das Bauwerk herum wuchsen gestutzte Hecken, während links und rechts ähnliche Mausoleen und Grabsteine standen. Matthews gefiel das nicht. Es gab zu viele Plätze, hinter denen sich ein Heckenschütze verstecken konnte.

»Battles, mach die Tür auf und geh zur Seite. Angelo, schau rein und gib mir einen Lagebericht. Ich bleibe auf deiner Sechs-Uhr-Position.«

Matthews sicherte die Tür und Battles zog den Bolzenschneider aus seinem Rucksack. Das Vorhängeschloss an der Tür glänzte im Schein der LED-Leuchte, die neben dem Zielfernrohr des M-16-Sturmgewehrs montiert war. Das Schloss war neu und vollkommen rostfrei, im Gegensatz zu der Eisentür, hinter der sich die Gruft befand.

»Gewehre auf Drei-Schuss-Feuerstoß einstellen und schussbereit halten«, befahl er. Dann hörte Matthews ein metallisches Klicken, als der Bolzenschneider das Schloss durchtrennte.

Battles steckte das Werkzeug wieder in den Rucksack und ging rückwärts die Treppe hinunter und weg vom Eingang. Er schulterte seine Waffe, als Angelo herankam.

Außerhalb des Lichtstrahls von Angelos LED-Leuchte konnte man nicht viel sehen.

»Bin an der Tür«, sagte Angelo gedämpft mit ruhiger Stimme, aber Matthews konnte die Angst darin hören. Angst war gut, denn sie schärfte die Sinne.

Der Lieutenant rechnete damit, dass die Eisentür quietschen würde, aber sie ließ sich leise und mühelos öffnen, als wären die Scharniere geölt.

»Gehe jetzt rein«, sagte Angelo.

Der Strahl seiner Stablampe glitt über das Gemäuer und leuchtete durch das Buntglasfenster an der hinteren Wand.

»Lagebericht«, sagte Matthews.

»Sauber. Hier sind zwei übereinanderliegende Grabstätten. Die untere ist die von Robert Franks. Darüber ein Buntglasfenster. Und dann haben wir noch eine Bombe.«

»Eine selbst gebastelte?«

»Ich glaube nicht. Ein Behälter aus Metall. Sieht aus wie eine Tauchflasche.«

Panik durchflutete Matthews. »Womöglich Aerosol. Holt eure Gasmasken raus und …«

Die Explosion war zwar längst nicht so laut wie Donner und auch nicht so hell wie ein Blitz, aber kräftig genug, um Angelo nach draußen zu schleudern.

Matthews spürte, wie der Boden unter seinen Kampfstiefeln vibrierte, und machte unwillkürlich einen Schritt zurück.

Die beiden Männer, die das Mausoleum flankierten, warfen sich auf den Boden, aber Matthews blieb stehen.

Einen langen Augenblick passierte gar nichts.

Niemand sagte einen Ton, niemand bewegte sich.

War das überhaupt eine Bombe?

Angelo war auf dem Rücken gelandet, aber jetzt setzte er sich aufrecht hin.

Gott sei Dank. Anscheinend hatte er die Explosion unbeschadet überstanden. Außerdem gab es keine Trümmer und Granatsplitter und auch kein Feuer oder Rauch.

Es war mucksmäuschenstill …

… bis auf ein leises Zischen in der Gruft.

Matthews roch den süßlichen Blumenduft, eine halbe Sekunde bevor Angelo zu husten und zu schreien anfing. Der Mann krallte die Hände ins Gesicht und versuchte verzweifelt, seine schusssichere Weste vom Körper zu reißen.

Jetzt erkannte Matthews den Geruch: Geranien.

Nach den Terroranschlägen vom 11. September 2001 hatten er und seine Männer einen Lehrgang über chemische Waffen absolviert. Ein Geruch nach Geranien, das bedeutete Lewisit – eines der schlimmsten Giftgase aus dem Ersten Weltkrieg.

Matthews schrie: »Giftgas, Masken aufsetzen!« Er warf den Rucksack ab, zerrte den Reißverschluss auf und wühlte nach seiner Gasmaske. Seine Augen fingen bereits an zu brennen.

Als er versuchte, über Funk Verstärkung herbeizurufen, versagte plötzlich seine Stimme und seine Kehle schwoll an.

In seinem Ohrhörer vernahm er ein wildes Durcheinander von Geräuschen: Würgen … Schreien … Husten … Kotzen … Die reinste Panik.

Bis zu diesem Augenblick hatte er gefroren, aber jetzt, da das unsichtbare Gas durch seine schusssichere Weste drang, spürte er Hitze auf der Haut. Die Schmerzen nahmen an Intensität zu – zunächst fühlte es sich an wie bei einem starken Sonnenbrand, dann wie ein Stechen, das nicht aufhörte, bis sich die Haut vom Fleisch löste.

Rotz, Schleim und Tränen liefen ihm übers Gesicht, und ehe er begriff, was passiert war, musste er sich übergeben.

Trotz der Schmerzen rappelte er sich wieder auf – er musste seinen Männern helfen, musste aufhören zu schreien –, aber als er loslief, erfasste er mit einem Mal das Problem – seine Augen hatten das Gas abbekommen.

Er konnte kaum etwas sehen.

Seine Knie knickten ein und er brach zusammen.

Er musste über Funk Hilfe anfordern, vor allem Sanitäter. Seine Männer brauchten medizinische Versorgung.

Aber mit jeder verstreichenden Sekunde wurden seine Panik und seine Schmerzen schlimmer und er konnte nur noch schreien.

Luther
2. April, 3:11 Uhr

Luther sieht sich das Massaker auf seinem iPhone an, das mit mehreren Netbook-Computern im Franks-Mausoleum synchronisiert ist. Die Netbooks sind batteriebetrieben und verfügen über Nachtsichtkameras. Noch so ein Trick, den er von Alex Kork gelernt hat, und es läuft wie geschmiert.

Die Szene erinnert an das Jüngste Gericht in der Bibel.

Schreie.

Hysterie.

Männer, die sich die Kleidung vom Leib reißen, als das Lewisit ihre Haut verbrennt. Die husten und spucken, als das Gift die Lungen verätzt. Die kotzen und bluten und hinfallen.

An jedem anderen Tag hätte Luther mit Vergnügen zugesehen, bis der letzte Mann am Boden lag.

Und dann hätte er es sich immer wieder von Neuem angesehen.

Aber das hier ist nur ein Aufwärmen für das Hauptereignis.

Er tritt hinter einen Grabstein und ruft Jack mit seinem iPhone an.

Jack
2. April, 3:11 Uhr

Die Schreie, die durch Herbs Mikrofon drangen, waren so schlimm, dass er die Lautstärke leiser stellen musste. Mich machten sie so fertig, dass ich mich an Phins Schulter klammerte, um nicht umzukippen. Als Luther mich mit dem iPhone anrief, hatte er Alex Kork imitiert. Jetzt trat er in die Fußstapfen eines anderen alten Feindes, eines Irren, der sich Der Chemiker nannte.

Mit welchen anderen Schurken aus meiner Vergangenheit würde Luther mir noch kommen?

Ein zweites SRT erschien, um das erste Team herauszuholen. Die Männer trugen ABC-Schutzanzüge. Herb forderte weitere Rettungsmannschaften und die Katastrophenschutzbehörde an.

Mein Handy klingelte. Ein Anruf mit unterdrückter Rufnummer. Ich nahm ihn wortlos an.

»Habe ich jetzt Ihre volle Aufmerksamkeit, Jack?«, säuselte Luther. »Sie hätten das verhindern können. Sie hätten mich bloß zu stoppen brauchen, dann wären diese Männer noch am Leben. Das ist es, was ich will, Jack. Ich will, dass Sie mich stoppen. Finden Sie mich, aber kommen Sie allein, sonst müssen noch etliche Menschen dran glauben. Ich habe hier überall Gasbomben installiert. Ihnen wird nichts passieren, aber wehe, es kommt sonst noch jemand, dann ist die Hölle los.«

Er legte auf.

Herb schrie Befehle in sein Walkie-Talkie und weigerte sich, seine Leute in die Gefahrenzone zu schicken, ehe sie die richtige Ausrüstung hatten. Ich wusste, dass McGlade einen Schutzanzug für Raumfahrer besaß, der Schutz vor chemischen Waffen bot, aber seine Wohnung lag zu weit entfernt.

»Luther hat gesagt, mir wird nichts passieren«, sagte ich zu Herb, als er gerade nicht damit beschäftigt war, über Funk Anweisungen zu geben.

»Nein, verdammt noch mal«, erwiderte er.

Phin und McGlade waren derselben Meinung und Tom und Roy schlossen sich ihnen an.

»Hört zu, Jungs. Er will mich nicht töten. Er möchte mich lebendig.«

Herbs Miene verfinsterte sich noch mehr. »Kommt überhaupt nicht infrage. Wir wissen nicht, mit welchem Gas wir es zu tun haben, ob es sich ausbreitet oder Krankheitserreger trägt. Ich habe soeben die Nationalgarde angefordert. Da wirst du jetzt nicht im Dunkeln auf einem Friedhof herumrennen und hoffen, dass dir …«

»Ich brauche nicht zu hoffen, dass Luther mir zufällig über den Weg läuft«, fiel ich ihm ins Wort. »Ich weiß, wo er ist.«

»Dann sag's mir, Jack.«

Ich schüttelte den Kopf. »Du schickst doch nur noch mehr Polizisten hinein. Luther wird jeden töten, der hinter ihm her ist. Jeden außer mich.«

Herb schüttelte ebenfalls den Kopf. »Jack …«

»Wir haben die Chance, die Sache ein für alle Mal zu beenden und diesen Dreckskerl zur Strecke zu bringen. Er wird mich nicht töten. Aber ich dafür ihn.«

Alle starrten mich wortlos an.

Früher hatte ich Menschen geführt und sie hörten auf mein Kommando. Nicht nur weil ich einen höheren Rang hatte, sondern weil sie mir vertrauten. Ich blickte entschlossen in die Runde, um ihnen zu zeigen, dass ich immer noch dieselbe Frau war.

Nur weil ich schwanger war und ein Serienkiller es auf mich abgesehen hatte, hieß das noch lange nicht, dass ich keine Führungsqualitäten besaß.

»Ich bin dabei«, sagte Tom und zog die Glock aus seinem Schulterhalfter.

Roy machte es ihm nach. »Ich auch.«

Phin und McGlade griffen ebenfalls zu ihren Waffen.

»Wir schnappen uns den Kerl«, sagte Harry.

»Ich würde dir in die Hölle folgen, Jack«, sagte Phin. »Das weißt du.«

Ich sah ihn an. »Ist das dein Ernst?«

»Voll und ganz. Du hattest recht.«

»Womit?«

»Dass ich versucht habe, dich zu kontrollieren. Ich liebe dich, und obwohl es mir nicht gefällt, dass du jetzt da reingehst, macht dich genau das zu der mutigen und furchtlosen Frau, die ich liebe. Ich will nichts anderes als dich beschützen.«

Seine Worte rührten mich zutiefst, aber ich versuchte, mir dies nicht anmerken zu lassen. »Das weiß ich doch, Phin.«

»Dann weißt du bestimmt auch, dass ich einen enormen Respekt vor dir habe, oder?«, sagte er.

Natürlich wusste ich das. Trotzdem tat es gut, es aus seinem Mund zu hören. Ich nickte.

»Und du weißt auch, dass ich für dich mein Leben geben würde?«

Ich nickte noch einmal und schluckte den Kloß in meiner Kehle hinunter. Wenn er mir das bei seinem Heiratsantrag gesagt hätte, dann hätte ich sofort Ja gesagt.

Ich wollte ihm um den Hals fallen und ihn küssen. Ich wollte ihm sagen, dass es mir leidtat, mich wie eine Zicke benommen zu haben.

Aber ich wusste nicht wie, und ich hatte keine Zeit, es mir zu überlegen. Später vielleicht, wenn das hier vorüber war.

»Seid ihr jetzt alle verrückt geworden?«, fragte Herb. »Ich hab gerade wer weiß wie viele Männer verloren und hab keinen blassen Schimmer warum.«

»Vielleicht war es Senfgas«, sagte McGlade. »An den Flecken auf deinem Hemd sehe ich, dass du Senf magst.«

»Sag mir einfach, wo er ist, Jack.« Herb sah mich flehend an.

Ich wandte mich an Hausmeister Willie, der inzwischen zurückgekommen war und das Ganze mit weit aufgerissenen Augen mitverfolgt hatte, wie ein Kind, das sich einen Horrorfilm anschaut. »Bobby Franks wurde von zwei Männern namens Leopold und Loeb umgebracht. Sind die beiden vielleicht auch hier begraben?«

Willie antwortete mit einer Mischung aus Nicken und Kopfschütteln. »Nein … nein, sind sie nicht … aber ihre Familien. Samuel und Babbette Leopold. Allan, Anna, Albert und Earnest Loeb.«

»Wissen Sie, wo die Gräber sind?«

»Ja. Aber sie liegen ziemlich versteckt. Ich kann Sie hinführen.«

»Bringen wir es zu Ende, Herb«, sagte ich. »Du warst in letzter Zeit so besessen davon, mich zu beschützen, dass du vergessen hast, wie oft ich schon deinen Arsch gerettet habe. Ich bin kein zerbrechliches Püppchen. Verdammt noch mal, ich bin nach wie vor die Frau, die ich schon immer war, und wenn wir noch Partner wären, würde ich da jetzt reinmarschieren, das weißt du genau.«

Herb starrte mich an. »Hast du überhaupt eine Pistole?«, fragte er schließlich.

Phin griff in die Wickeltasche, nahm meinen Colt heraus und drückte ihn mir in die Hand.

»Okay«, sagte Herb. »Bringen wir es zu Ende.«

Wir nahmen alle auf Willies Golfwagen Platz, worauf der Hausmeister sich wortlos hinter das Steuer setzte und unsere siebenköpfige Gruppe durch den Torbogen auf das Friedhofsgelände brachte.

Luther
2. April, 3:14 Uhr

Er fasst sich an die Nase und kann sich ein Lächeln nicht verkneifen.

Das läuft ja wie geschmiert.

Besser könnte es gar nicht funktionieren.

Jack
2. April, 3:15 Uhr

Luther konnte sich an jedem der beiden Gräber aufhalten. Willie setzte zuerst Tom und Roy an der Leopold-Grabstätte ab, und Herb wies die beiden an, unbedingt Funkkontakt zu halten, jede Bedrohung als potenziell lebensgefährlich anzusehen und entsprechend zu reagieren.

Wir anderen fuhren weiter zum Loeb-Grab, vorbei an endlosen Flächen mit weißen Grabsteinen, die blass und gespenstisch zwischen den Bäumen schimmerten.

Kaum verlangsamten wir unsere Fahrt, sah ich auch schon das Ding mitten auf dem Weg parken: ein Sattelschlepper mit dem unverkennbaren Logo des Chicago Police Department – einem schwarz-weißen Stern mit fünf Zacken. »Haben wir uns einen Sattelschlepper zugelegt, seit ich in Pension gegangen bin?«, fragte ich.

»Nicht dass ich wüsste«, sagte Herb. Er fragte über Funk nach, ob jemand in diesem Abschnitt des Friedhofs einen Lastwagen abgestellt hatte. Dann wandte er sich Harry zu. »Du Armleuchter kommst mit mir. Phin, du bleibst bei Jack.«

»Wir geben dir Rückendeckung«, sagte ich mit Nachdruck.

»Kommt nicht in die Tüte.«

»Jetzt, wo ich bewaffnet bin, lass ich mir von euch nicht mehr vorschreiben, was ich zu tun habe«, sagte ich. »Ich kann von uns allen am besten schießen. Wir geben dir Rückendeckung.«

Herb sah aus, als wollte er mir eine scheuern, aber dann beherrschte er sich und nickte nur.

Wir stiegen vom Golfwagen und schlichen über den Rasen auf den Lastwagen zu. Es war kalt, dunkel und still, mit Ausnahme gelegentlicher Schreie, die aus dem Franks-Mausoleum kamen. Aus dieser Entfernung klangen sie fast wie Vogelgezwitscher.

Eigentlich wollte ich mich auf den Lastwagen konzentrieren, doch dann dachte ich mir, dass Luther ihn womöglich dort hingestellt hatte, um uns abzulenken. Also ließ ich meinen Blick stattdessen über die Bäume, die Grabsteine und die Straße schweifen, die sich durch das Friedhofsgelände schlängelte.

Aber da es im Umkreis von mehreren Hundert Metern keine einzige Straßenlaterne gab, konnte ich nichts sehen.

Außerdem stellte ich fest, dass ich mir schon wieder unbewusst den Bauch tätschelte.

»Die hintere Ladeluke ist offen«, sagte McGlade, als wir bis auf fünf Meter an den Anhänger herangekommen waren. »Und da drin steht was unter einer Plane. Ich kann Reifen sehen. Sieht aus wie ein Pick-up oder Van.«

»Luthers Van?«, flüsterte ich Herb zu.

»Ich geh mal nachsehen«, sagte Herb. »Ihr bleibt hier.«

»Wie willst du reinkommen, du Fettwanst?«, sagte McGlade. »Gibt es hier irgendwo ’nen Kran?«

»Du kannst ja nachhelfen.«

»Und mir ’nen vierfachen Leistenbruch einhandeln? Nein danke. Kann Phin nicht da reingehen?«

»Ich lasse Jack nicht hier stehen«, sagte Phin. »Warum gehst du nicht, Harry?«

»Weil ich nicht so blöd bin wie dieser Fettwanst hier. Nur ein Vollidiot steigt freiwillig in diesen …«

»Oh Gott, hilf mir! Bitte hilf mir! VERDAMMT NOCH MAL, HILF MIR DOCH ENDLICH EINER!«

Für eine halbe Sekunde erstarrten wir alle.

Der Schrei kam aus dem Fahrzeug unter der Plane.

Ein Mensch – schwer zu sagen, ob es sich um einen Mann oder eine Frau handelte –, der schreckliche Schmerzen erlitt.

Herb rannte los, hievte sich unter großer Anstrengung in den Anhänger des Lastwagens und landete bäuchlings auf der Ladefläche. Trotz seiner massiven Körperfülle rappelte er sich schnell wieder auf und eilte dem Verletzten zu Hilfe.

Gerade als ich den Mund aufmachte und »Vorsicht!« schrie, fiel er auf die Knie und rollte zur Seite.

»Herb!«

Rückblickend betrachtet war es perfekt. Für manche Fallen verwendet man Käse oder Fleisch als Köder. Diese hier machte sich die menschliche Neigung zur Hilfsbereitschaft zunutze.

Als ich meinen früheren Kollegen und besten Freund auf dem Boden liegen sah, reagierte ich automatisch. Ich riss mich von Phin los und kletterte, ohne zu überlegen, in den Anhänger. Sobald ich drinnen war, erhob ich mich von meinen abgeschürften Knien und eilte zu Herb, um ihn da rauszuholen. Mit meiner freien Hand hielt ich mir Mund und Nase zu, damit ich das Gas nicht einatmete, das Herb außer Gefecht gesetzt hatte.

Phin und Harry folgten dicht hinter mir und riefen mir zu, ich solle umdrehen. Sie versuchten, mich an den Armen festzuhalten, aber ich riss mich los und streckte die Hand nach meinem Partner aus.

»Oh Gott, hilf mir! Bitte hilf mir! VERDAMMT NOCH MAL, HILF MIR DOCH ENDLICH EINER!«

Es war wortwörtlich dasselbe Geschrei wie vorhin. Dasselbe Tempo, derselbe Tonfall.

Das war kein echter Mensch, sondern eine Tonbandaufnahme. Die Erkenntnis traf mich wie ein Blitzschlag und breitete sich siedend heiß in meiner Brust aus. Reglos stand ich da und starrte Herb an, der immer noch bewusstlos am Boden lag.

Ich hatte uns alle in Gefahr gebracht.

Wir mussten so schnell wie möglich hier raus.

Als ich Herbs Arm berührte, hörte ich, wie hinter mir die metallene Rolltür heruntergelassen wurde. Zwei Sekunden bevor sie ganz zuging, blickte ich in Hausmeister Willies grinsendes Gesicht.

»Tut mir leid«, sagte ich zu Phin und Harry. »Es tut mir so furchtbar leid.«

Aber da brachen sie schon zusammen – und ich mit ihnen.

Als ich mit dem Gesicht auf dem kalten Boden des Anhängers lag, hörte ich die Stimme eines Polizisten aus Herbs Funkgerät: »Sergeant Benedict, wir haben keinen Sattelschlepper am Tatort. Wiederhole, kein Sattelschlepper am Tatort. Kommen.«

Ich konnte die Augen nicht länger offen halten.

Kurz bevor das Gas mich endgültig außer Gefecht setzte, überkam mich ein schrecklicher Gedanke.

»Sergeant Benedict?«

Wo –

»Können Sie mich hören?«

– werde ich sein –

»Sergeant Benedict!«

– wenn ich wieder zu mir komme?

Luther
2. April, 3:22 Uhr

Luther schließt die Anhängertür des Lastwagens und lässt das Giftgas wirken.

Während er wartet, entfernt er die Nase aus Latex und den Goldzahn und steckt beide ein. Dann wischt er sich den Kleber mit Alkohol aus dem Gesicht.

Zuletzt öffnet er den Gürtel, mit dem er sich das Kissen vor den Bauch geschnallt hat, und lässt es auf den Boden fallen.

Danke für die Hilfe, Hausmeister Willie.

Luther zieht sich wieder die Gasmaske an, zählt langsam bis sechzig und öffnet die Anhängertür.

Alle vier sind bewusstlos. Es wird mehrere Stunden dauern, bis sie wieder aufwachen.

Luther zieht die Laderampe aus Stahl heraus und steigt in den Anhänger.

Er muss sich beeilen.

Er braucht fünf Minuten, um sie alle in den Van zu laden. Vor allem der Dicke bereitet ihm Schwierigkeiten, und Luther überlegt schon, ob er ihn zurücklassen soll, aber das geht leider nicht.

Alle vier auf einen Schlag, wie ein Hauptgewinn im Lotto. Er lächelt. So etwas kann er sich unmöglich entgehen lassen.

Und abgesehen davon, dass Herb zu Jacks engsten Freunden zählt, weiß Luther schon jetzt, was er mit ihm machen wird.

Nachdem er seine Opfer in den Sprinter verladen hat, schüttet Luther im hinteren Teil des Vans einen Eimer Blut aus, das von dem richtigen Hausmeister stammt, und dazu noch einen mit einem Gemisch aus Kellogg-Weizenkleie und Wasser.

Dann fährt er den Van vorsichtig aus dem Anhänger und weiter zum nächsten Ausgang an der Western Avenue.

Natürlich gibt es auch dort eine Polizeisperre, aber mit der Gasmaske und dem neu angebrachten Logo der Katastrophenschutzbehörde CDC – Center for Disease Control – wirkt er glaubwürdig genug, um durchgelassen zu werden.

Trotzdem wird sein Van von der Polizei angehalten.

»Machen Sie bloß nicht hinten auf!«, schreit Luther durch das geschlossene Fahrerfenster. »Lewisit-Gas!«

»Die Jungs vom SRT?«, fragt ein Polizist mit Babygesicht.

»Zivilisten, die sich auf dem Gelände aufhielten. Sie liegen im Sterben.«

Der Polizist und sein Kollege leuchten mit den Taschenlampen auf die bewusstlosen Passagiere.

Das Blut und das falsche Erbrochene lassen den Van wie einen Verletztentransport an einem Kriegsschauplatz aussehen.

»Sie müssen ins Krankenhaus! Sofort!«, schreit Luther.

Der Cop, der so aussieht, als hätte er gerade die Pubertät hinter sich, spricht in sein Walkie-Talkie und winkt ihn durch.

Perfekt.

Luther fährt hocherfreut auf die Western Avenue.

Jetzt kann der Spaß losgehen.

Intermezzo

»Der Eingang bin ich zu der Stadt der Schmerzen;
Der Eingang bin ich zu den ewigen Qualen;
Der Eingang bin ich zum verlorenen Volke.«

Dante Alighieri, *Die göttliche Komödie*

Luther Kite
Sechzehn Monate vorher

Als Erstes nimmt er sich das Haus vor und reißt alles heraus, bis nur noch die nackten Wände und der Fußboden übrig sind.

Er braucht zwei Tage, um die Ketten anzubringen. Die Fußeisen, Handschellen und Halseisen benötigen eine stabile Verankerung, und dafür muss er tief in die Mauer bohren.

Fünfzehn Monate vorher

»Was kann ich für Sie tun?«

»Wenn ich Geld abhebe, kann ich es mir in jeder beliebigen Stückelung auszahlen lassen, sogar in Münzen, richtig?«

»Ja.«

»Gut, dann möchte ich bitte fünfzigtausend Dollar in Ein-Cent-Münzen.«

»Verzeihung, sagten Sie fünfzigtausend Dollar?«

»Ja. Das wären dann fünf Millionen Ein-Cent-Münzen.« Er grinst. »Ich gehe davon aus, dass Sie nicht so viel in Ihrer Kasse haben.«

»So viel haben wir nicht mal im Tresorraum. Aber wir können es Ihnen besorgen. Das wird allerdings ein bisschen dauern.«

»Das macht nichts. Ich hab Zeit.«

»Wofür brauchen Sie denn die vielen Münzen, wenn ich fragen darf?«

Er grinst wieder. »Ich möchte damit zeigen, dass Geld nicht glücklich macht.«

Vierzehn Monate vorher

Er steht den ganzen Tag vor der Einfahrt zum Lagerhaus und sieht den Lastwägen dabei zu, wie sie rückwärts hineinrangieren.

Eine Fuhre Sand nach der anderen, dazu der Lärm der Bulldozer, die ihn verteilen.

Er kann sich nicht erinnern, wann er zuletzt so viel Energie verspürt hat.

Endlich, nach all den Jahren, kann er wieder etwas schaffen.

Zwölf Monate vorher

Der Sturm kommt zwei Tage früher als ursprünglich vorgesehen, in der Form von zehn Windmaschinen, wie man sie beim Film verwendet.

Sie kosten sechstausend das Stück.

Nachdem die Installation beendet ist, geht er mit der Fernbedienung durch die Lagerhalle, spielt mit den Tasten herum und malt sich aus, wie viel Spaß er damit haben wird.

Acht Monate vorher

Luther beobachtet Jack Daniels von seinem Versteck hinter einem Baum vor ihrem Haus. Dabei entdeckt er eine weitere Person, die es ihm gleichtut.

Das geht ganz und gar nicht.

Jack gehört ihm, nur ihm allein.

Sechs Monate vorher

Die Rechnung für die Monitore, die Überwachungskameras mitsamt Batterien und die dazugehörigen Kabel beläuft sich auf etwas über zweihunderttausend Dollar.

»Wollen Sie ein eigenes Fernsehstudio eröffnen?«, fragt der Verkäufer, als Luther ihm die Kreditkarte reicht.

»So was in der Art.«

Drei Monate vorher

Als der Fahrer des Gülletransporters wieder in sein Fahrzeug steigt, sitzt Luther bereits auf dem Beifahrersitz. Er lächelt und richtet die Glock vom Kaliber .40 auf den Mann.

»Wie viel Scheiße haben Sie da im Tank?«, fragt er.

Der Fahrer sieht ihn verwirrt an. »Äh, der Tank ist etwa drei viertel voll.«

»Dann schnallen Sie sich mal an und fahren Sie da hin, wo ich es Ihnen sage.«

Zwei Monate vorher

Luther starrt in den Käfig. Das riesige Tier starrt zurück und ihre Blicke bleiben aneinander haften.

»Sind Sie sicher, Kumpel?«, fragt der Mann, der das Tier verkauft. »Der ist extrem aggressiv. Als Haustier taugt er ganz und gar nicht. Außerdem frisst er viel Fleisch.«

Luther nickt bedächtig. »Fleisch ist kein Problem.«

Einen Monat vorher

Es ist spät nachts.

Zwei, vielleicht auch drei Uhr morgens.

Es hat den ganzen Tag geregnet und es regnet immer noch. Er kann das Prasseln auf dem Dach hoch über ihm hören.

In einer Ecke am anderen Ende der Lagerhalle tropft Wasser durch eine undichte Stelle im Dach und sammelt sich in einer immer größer werdenden Pfütze auf dem Betonboden.

Er hat die Generatoren für die Nacht abgeschaltet und läuft jetzt im Dunkeln umher. Die Taschenlampe ist seine einzige Lichtquelle.

Er steigt die Metalltreppe in den Keller hinab. Seine Schritte hallen in der Dunkelheit wider.

Er bleibt vor der Zelle stehen, holt den Schlüssel aus der Hosentasche und dreht ihn im Schloss.

Er stößt die Tür auf und lässt den Strahl der Taschenlampe über die Mauern huschen, bis er auf eine jämmerliche menschliche Gestalt fällt, die in der Ecke kauert. Sie ist mit einem Halseisen an die Wand gekettet, wie in einem Folterkeller aus dem Mittelalter.

Als ihn der Lichtstrahl mitten ins Gesicht trifft, blickt der Mann auf.

Er sieht völlig ausgemergelt aus und hat keine Zähne mehr.

Sein Bart ist fast einen halben Meter lang.

Seit etwa einem Monat muss Luther ihn zwangsernähren, da er nach sieben Jahren Gefangenschaft in diesem Kerker anscheinend nicht mehr leben will.

Aber das lässt Luther nicht zu.

Er hat Andrew Z. Thomas sicherheitshalber einen Helm aufgesetzt. Aber wahrscheinlich hat er inzwischen gar nicht mehr die Kraft, seinen Kopf gegen die Mauer zu schlagen.

Luther setzt sich vor ihn auf den Boden.

»Ich höre dich ja gar nicht mehr tippen.« Er berührt die alte Schreibmaschine, die er seinem Gefangenen vor Jahren mitgebracht hat – ein perverser Scherz sozusagen. Anfangs hatte Andy jeden Tag geschrieben. Vor der Mauer liegt immer noch ein Stapel mit fünftausend einzeilig beschriebenen Seiten. Wahrscheinlich könnte man sie auf eBay verhökern und ein Vermögen damit machen.

Die ersten paar Hundert Seiten sind gar nicht mal schlecht, aber dann lässt die Qualität merklich nach und der Text liest sich wie das wirre Gefasel eines Verrückten. Kein Wunder – die lange Gefangenschaft hat ihren Tribut gefordert.

Zusammenhanglose Sätze.

Dann zusammenhanglose Worte.

Und schließlich nur noch ein einziges Wort, das sich lückenlos über fünf Bögen Papier hinzieht …

lutherlutherlutherlutherlutherlutherlutherlutherlutherlutherluther …

»Ich bin fast fertig«, sagt Luther. »Aber du musst dich noch ein wenig gedulden. Schließlich geht es bei dem Ganzen ja in erster Linie um dich. Wenn du brav bist, dann gebe ich dir, was du willst. Versprochen.«

Die Kette an der Wand rasselt, als Andy zu ihm aufblickt.

»Und das wäre?«, sagt Andy.

Er haucht die Worte nur, aber trotzdem starrt Luther ihn erstaunt an.

Die ersten Worte aus Andys Mund seit über einem Jahr. Luther hat schon geglaubt, der Mann könne keinen einzigen klaren Gedanken mehr fassen.

»Ich lasse dich frei«, sagt Luther und steht auf.

Russell Bilg
14. März
Neunzehn Tage vorher
Fünfzehn Minuten vor dem Vorfall mit dem Bus

Um vier Uhr nachmittags lenkte Russell Bilg den Reisebus in die Oase in Indianapolis. Die Fahrt von Philadelphia bis hierher hatte zehn Stunden gedauert. An Bord befanden sich zweiundvierzig Fahrgäste, die eine Busreise von Küste zu Küste gebucht hatten. Russell verstand nicht, wie jemand seinen Urlaub für so etwas verplempern konnte, oder noch schlimmer, sein sauer verdientes Geld. Der Bus fuhr entlang der Nordroute quer durch den Mittleren Westen, die Dakotas und Montana bis nach Seattle. Russell machte diese Tour nun schon zum vierundzwanzigsten Mal. Heute war der erste Tag und schon jetzt konnte er das Ende kaum erwarten.

Die Reisenden stiegen einer nach dem anderen aus dem Bus und bewegten sich wie eine Schafherde auf die Oase zu, eine Raststätte mit gigantischem Supermarkt, Toiletten, Duschen und mehreren Schnellrestaurants.

Russell hatte ihnen eingeschärft, in einer halben Stunde wieder zurück zu sein – sie hatten Reservierungen für ein Embassy-Suites-Hotel in Chicago. Er selbst wollte sich mit einem alten Kumpel zum Abendessen und auf ein paar Bier im Hopleaf treffen, seiner Lieblingskneipe.

Während der Bus vollgetankt wurde – was bei dem riesigen Tank länger dauern würde –, schnappte Russell sich die leere Colaflasche und ging in den Laden.

Er hatte sich den ganzen Tag in Geduld geübt, da er wusste, dass er an der Oase halten würde. Das lange Warten würde sich lohnen, denn hier gab es die besten Toiletten der Welt, mit Kabinenwänden bis zum Boden, die ein Höchstmaß an Ungestörtheit gewährten. Für eine Gebühr von fünf Dollar konnte man zwanzig Minuten lang eine garantiert saubere Luxuskabine benutzen, die über ein Bidet und eine große Auswahl an Zeitschriften verfügte.

Russ besorgte sich ein Ticket und ging in Richtung Toiletten.

In drei Stunden würde er in Chicago ankommen. Heute Nacht wollte er ordentlich einen draufmachen, denn morgen hatte er einen stinklangweiligen, öden Tag vor sich.

Auf dem Programm standen …

Der Willis Tower um halb zehn Uhr vormittags.

Mittagessen im Signature Room im achtundfünfzigsten Stock des Hancock Center.

Und dann ging es weiter nach St. Louis, wo sie als Erstes am Gateway Arch halten würden, dem berühmten Torbogen und Wahrzeichen der Stadt.

Russell hatte schon eine Menge Busreisen hinter sich und wusste, dass die Leute nichts anderes wollten, als den ganzen Tag auf ihren fetten Ärschen zu sitzen.

Er betrat den Toilettenraum und ging zu Kabine Nummer acht.

Tippte den Code und trat ein.

Drinnen war es blitzsauber und es duftete nach Rosen und Lavendel.

Er ließ sich auf seinem Thron nieder, breitete eine Zeitschrift auf dem Schoß aus und holte ein Säckchen aus Samt aus der Innentasche seiner Weste.

Aus dem Säckchen fischte er einen Schnellverschlussbeutel aus Plastik, in dem er das Marihuana und Zigarettenpapier aufbewahrte.

Zweiundvierzig Fahrgäste quer durchs Land kutschieren war ganz schön stressig.

Er richtete es sich immer so ein, dass er jeden Tag die letzten paar Hundert Kilometer high war. Da er bereits seit zwölf Jahren für dieses Busunternehmen fuhr, wusste er haargenau, in welchen Zeitabständen Drogentests fällig wurden – zweimal im Jahr, immer vor der großen Tour nach Alaska. Und so abhängig war er nun auch nicht, dass er nicht einen Monat, bevor er seine Urinprobe ablieferte, auf das Zeug verzichten konnte.

Er drehte sich einen Joint und zündete ihn an.

Dann nahm er einen tiefen, langen Zug, bis nur noch der halbe Joint übrig war, und drückte ihn an der Kabinenwand aus.

Er hielt den Rauch in der Lunge, bis sie brannte, öffnete die Colaflasche mit dem weiten Hals, die er genau für diesen Zweck mitgebracht hatte, und blies den Rauch hinein. Bevor etwas entweichen konnte, setzte er den Verschluss wieder auf.

Er lehnte sich auf der Toilette zurück, schloss die Augen und genoss die wohlige Wärme, die ihn überkam.

Ein Klopfen an der Kabinentür riss ihn aus seinem Wonnegefühl.

»Besetzt«, sagte er und musste husten.

»Ja, ich weiß. Ich wollte bloß mal fragen, ob ich mir … äh … vielleicht auch mal kurz was reinziehen darf?«

Scheiße.

»Ich weiß nicht, wovon Sie reden.«

»Hören Sie zu, wir sind doch alleine hier, oder?«

»Ich hab Ihnen doch gesagt, ich weiß nicht …«

»Lassen Sie gefälligst den Unfug. Ich kann das Zeug zehn Meter gegen den Wind riechen. Eigentlich könnte ich Sie verpfeifen. Aber ich will nur mal ’nen kleinen Zug machen.«

Russell seufzte. »Warten Sie einen Moment.«

Er erhob sich und zog das bescheuerte Käppi und die Weste aus, die er ständig tragen musste, solange er hinter dem Steuer saß. Darauf stand nicht nur sein Name, sondern auch das Firmenlogo des Busunternehmens.

Er versteckte die Kleidungsstücke hinter der Toilette.

»Lassen Sie mich jetzt rein oder was?«, rief der Mann durch die Tür.

Russ schob den Riegel zurück und machte auf.

Vor ihm stand ein großer, blasser Mann mit schulterlangen schwarzen Haaren.

»Kommen Sie rein«, flüsterte Russ, »bevor Sie noch jemand sieht.«

In der Kabine war genug Platz für zwei.

Russ holte das Feuerzeug und den angebrochenen Joint aus der Tasche. Am besten, er ließ den Kerl einmal inhalieren, dann war er ihn los. Er konnte von Glück reden, dass ihn kein Angestellter der Oase oder gar ein Polizist erwischt hatte.

»Wie viele Fahrgäste haben Sie eigentlich dabei?«, wollte der Mann wissen.

Russ stand kurz davor, den Joint anzuzünden, hielt dann aber erschrocken inne und starrte in die pechschwarzen Augen seines Gegenübers. »Wie bitte?«

»Ihr Bus da draußen … wie viele Leute sitzen da drin?«

Woher wusste der Typ überhaupt, dass er der Fahrer war? Hatte er ihn an der Zapfsäule gesehen und war ihm dann bis hierher gefolgt?

»Zweiundvierzig«, sagte Russ betont lässig, um sich seine Aufregung nicht anmerken zu lassen. »Also, wenn ich jetzt das Ding anzünde, müssen Sie ganz schnell und tief inhalieren, und das war's dann auch. Ich will nicht, dass sich der Geruch hier drinnen ausbreitet. Und ich muss Sie warnen … das Zeug hat's in sich. Ich weiß ja nicht, was Sie sonst so rauchen, aber das hier …«

»Zweiundvierzig … das ist perfekt. Ach ja, Ihre Firma kann den Bus jederzeit über einen Peilsender orten, nicht wahr?«

»Wovon reden Sie?«

»Von Ihrem Bus. Ihre Firma weiß immer, wo Sie gerade sind, und kann kontrollieren, ob Sie sich an den Fahrplan und die vorgegebene Route halten. Habe ich recht?«

Die Fragen machten Russ langsam, aber sicher nervös. »Ja, warum?«

»Weil ich den Sender deaktivieren muss. Wissen Sie, wo er ist?«

Plötzlich lief es Russ eiskalt über den Rücken. Das Gras war gut und er hatte tief inhaliert. Da konnte es durchaus sein, dass er schon high war und nicht merkte, dass der Fremde nur Witze machte.

Aber das war eher unwahrscheinlich. Nein, dieser Kerl musste einen gewaltigen Dachschaden haben.

»Der ist wirklich gut«, sagte Russ und zwang sich zu einem Lächeln. Er musste den Typen irgendwie ablenken und auf andere Gedanken bringen. »Was ist, haben Sie jetzt Lust auf ’nen Zug?«

Doch der Mann mit den langen schwarzen Haaren drehte Russ den Rücken zu.

Er hörte, wie der Riegel vorgeschoben wurde.

Als der Mann sich wieder zu Russ umdrehte, hielt er ein Messer in der Hand. Die gekrümmte Klinge glänzte im Neonlicht.

Russ’ High machte nackter Angst Platz.

»Hören Sie zu, Mann, von mir aus können Sie meine Brieftasche haben. Aber … tun Sie mir nichts. Bitte.«

»Tun Sie mir einen Gefallen«, sagte der Mann.

»Was Sie wollen.«

»Nehmen Sie die Weste und das Käppi, die da hinter der Kloschüssel liegen.«

»Ja, natürlich.«

Russ drehte sich um, kniete sich hin und nahm seine Arbeitskleidung an sich.

»Hier.« Er hielt sie dem Fremden hin.

»Nein, legen Sie sie einfach auf den Spülkasten.«

»Okay.«

Russ tat wie ihm geheißen.

»Vielen Dank«, sagte der Mann. »Ich wollte nur nicht, dass Ihr Blut an meine neuen Klamotten kommt.«

Russ nahm nur ein flüchtiges Schimmern wahr, als die Klinge sich ihm blitzschnell in einem weiten Bogen näherte und ohne nennenswerten Widerstand seine Kehle durchschnitt. Er spürte ein scharfes Brennen und einen stechenden Geruch nach rostigem Metall. Dann sah er, wie Blut aus der Wunde schoss und seine Brust hinunterlief. Er wollte Luft holen, brachte aber nur einen gurgelnden Laut zustande. Das Brennen in seiner Kehle wurde mit jeder Sekunde schlimmer und vor seinen Augen tanzten leuchtende schwarze Flecken wie Glühwürmchen aus der Hölle.

Der Mann mit den langen schwarzen Haaren nahm mehrere Lagen Toilettenpapier und wischte das Blut von der Klinge. Dann klappte er das Messer zu und steckte es wieder in die Seitentasche seiner Jeans.

Er legte Russ beide Hände auf die Schulter und drückte ihn auf den Toilettensitz hinunter.

»Wehr dich nicht dagegen, Bruder«, sagte der Mann. »Das macht alles nur noch schlimmer. Mach einfach die Augen zu und lass die Dunkelheit hereinbrechen.«

Luther
14. März
Neunzehn Tage vorher
Der Vorfall mit dem Bus

Die Weste sitzt enger, als ihm lieb ist, und das Käppi ist ein paar Nummern zu groß, aber er kann damit leben.

Er bezahlt die horrende Benzinrechnung mit Russell Bilgs Firmenkreditkarte und geht nach draußen, wo ihn ein ungemütlicher Märztag erwartet, mit bewölktem Himmel und Eisregen.

Er braucht fünf Minuten, um den Peilsender zu finden – ein Metallgerät von der Größe eines Packs Spielkarten, das mit einem Magnet an der Innenseite der hinteren Stoßstange befestigt ist. Er entfernt den Sender und bringt ihn am Unterboden eines Minivans an, der auf der anderen Seite der Zapfsäulen parkt. Dann rammt er zwei Schraubenzieher in die Scharniere des hinteren Notausgangs. Der Bus hat zwar noch zwei Seitenfenster mit Notausstieg, aber die dürften ihm keine Probleme bereiten.

Schließlich steigt er in den Bus und lässt seinen Blick über die Fahrgäste schweifen.

Fast nur Senioren.

Jede Menge graue und weiße Haare, wohin sein Auge blickt, aber damit hat er gerechnet. Er hat sogar darauf gehofft.

Senioren haben nämlich ihren Mitmenschen einiges an Lebenserfahrung voraus. Und Lebenserfahrung schließt immer auch Sünden ein.

Sünden jeder Art.

Ihm wird ganz warm ums Herz, wenn er an die Möglichkeiten denkt, die sich daraus ergeben.

»Guten Tag, Leute«, sagt er mit breitem Lächeln.

Obwohl sie gerade eine Pause hinter sich haben, blicken die Fahrgäste müde und gelangweilt drein.

»Mein Name ist Rob Siders und ich löse Russell Bilg ab. Ich weiß, Sie haben es wahrscheinlich nicht gemerkt, weil Mr Bilg ein äußerst professioneller Fahrer ist, aber ihm ging es heute ziemlich schlecht, und da hat er um Ablösung gebeten. Das ist auch der Grund für unsere Verspätung hier an der Oase, und ich möchte mich im Namen von Charter Bus USA dafür entschuldigen. Aber jetzt geht es weiter und wir haben noch ein paar Stunden Fahrt vor uns. Falls Sie noch Fragen haben, sagen Sie mir Bescheid.«

Eine ältere Frau am Ende des vorderen Drittels hebt die Hand.

»Ja, Ma'am?«

»Hi, mein Name ist Patricia Reid.«

»Hi Patricia.«

»Wie lange dauert es noch bis zu unserem Hotel?«

»Etwa drei Stunden, vorausgesetzt es gibt keine Verkehrsbehinderungen.« Luther lächelt wieder. »Na, was sagen Sie alle dazu? Kann es losgehen?«

Ein paar Fahrgäste nicken lustlos.

»Aber ich bitte Sie, das können wir doch besser, oder? Ich werde den Motor nicht anlassen, ehe Sie mich alle davon überzeugen, dass Sie richtig gut drauf sind. Also noch mal …« Er formt mit der Hand einen Trichter und hält ihn sich ans Ohr. »Kann es losgehen?«

Diesmal antworten ein Dutzend Leute ohne große Begeisterung mit *Yeah*-Rufen.

»Na also, geht doch!«

Luther stößt eine Faust in die Luft und dreht sich um, damit niemand sein fieses Grinsen sehen kann.

Er hat schon lange nicht mehr so viel Spaß gehabt, und es geht erst richtig los.

***

Er verlässt Indianapolis und fährt auf der I-69 nach Norden. Irgendwann wird bestimmt jemand fragen, wieso der Bus eine andere Route eingeschlagen hat und nicht mehr Richtung Chicago fährt. Aber die Fahrt dauert erst zwei Stunden und noch hat niemand was gesagt. Erst als der Bus die Grenze nach Michigan passiert, hört Luther vereinzeltes Raunen unter den Fahrgästen. Einige von ihnen starren durch die großen, getönten Fensterscheiben auf das öde Farmland hinaus, das draußen unter dem graublauen Dunstschleier eines kalten Frühjahrsabends vorbeizieht.

Aber er fährt weiter, und noch immer beschwert sich niemand.

***

Seit sie die Oase verlassen haben, sind vier Stunden vergangen. Inzwischen ist es Nacht geworden, aber den Fahrgästen winkt weder ein Abendessen noch ein Hotel. Am Ostende von Lancing sieht Luther, wie sich weiter hinten ein Mann aus seinem Sitz erhebt und durch den Gang nach vorne kommt.

Er stellt sich hinter Luther.

»Äh, Verzeihung, Sir.«

Für einen kurzen Moment konzentriert Luther sich nicht auf das riesige Lenkrad, sondern blickt über die Schulter zu dem Mann hinter ihm auf – Glatze, Brille mit dicken Gläsern, um die Hüften eine Gürteltasche. Dann richtet er den Blick wieder auf die Fahrbahn, die wie ein endloses Band unter dem Bus vorbeizieht.

»Ein paar von uns würden gerne wissen, wo wir genau sind.«

»In Michigan.«

»Ja, also, die Sache ist die … Wir dachten, dass wir jetzt eigentlich in Chicago sein müssten. Es ist schon spät und wir haben alle Hunger, und morgen stehen eine Menge Sehenswürdigkeiten auf dem Programm.«

»Ich werde eine Durchsage machen und erklären, warum sich unsere Route geändert hat«, sagt Luther.

»Das wäre nett. Die Leute möchten einfach nur wissen, was los ist.«

Als der Mann zurück zu seinem Sitz schlurft, nimmt Luther das Mikrofon vom Armaturenbrett und wendet sich an die Fahrgäste.

»Leute, man hat mir in Indianapolis mitgeteilt, dass es auf der I-65 bei Gary, Indiana einen schrecklichen Unfall gegeben hat. Wir müssen also auf Plan B ausweichen. Ich weiß, Sie haben alle einen langen Tag hinter sich, aber wir werden bald am Hotel ankommen.«

»Und was ist jetzt mit Chicago?«, nörgelt eine Oma weiter hinten.

»Da fahren wir übermorgen hin, Ma'am.«

»Was gibt's in Michigan zu sehen?«

Gute Frage, aber trotzdem geht sie ihm gewaltig auf die Nerven.

»Wir werden eine alte Autofabrik besichtigen«, sagt er.

»Ich will mir aber keine Autofabrik anschauen«, meldet sich eine andere Frau zu Wort. »Ich will den Sears Tower und das Hancock-Hochhaus sehen. Dafür habe ich schließlich bezahlt.«

»Ich auch.«

Das ist ja schlimmer, als einen Haufen Kinder in die Schule zu fahren. Luther macht sich nicht mal die Mühe, ihnen zu erklären, dass der Wolkenkratzer längst nicht mehr Sears gehört.

Acht Kilometer zuvor hat der Bus die Interstate verlassen, und sie sind fast da. Die Randgebiete der Stadt tauchen auf, die Häuser heruntergekommen, viele stehen leer.

Luther spricht erneut ins Mikrofon: »Glaubt mir, Leute. Wir werden die Nacht an einem ganz tollen Ort verbringen. Sie werden sich noch lange daran erinnern.«

Er bringt den Bus komplett zum Stehen und kramt die Fernbedienung aus der Sporttasche im Fußraum. Dabei behält er die Fahrgäste sorgfältig im Auge. Die meisten von ihnen starren durch die Fensterscheiben und versuchen, draußen etwas zu erkennen.

Na, dann viel Glück. Diese Geisterstadt hat seit Jahren keinen Funken Elektrizität mehr gesehen, mit Ausnahme von Luthers Generatoren. Aber die sind im Augenblick nicht eingeschaltet.

»Wo sind wir?«, will jemand wissen.

Luther lässt die Frage unbeantwortet im Raum stehen und lenkt den Bus durch das Tor auf einen großen und leeren Parkplatz. Überall sind Schlaglöcher und umgestürzte Laternenmasten.

»Ist das überhaupt eine richtige Straße?«, fragt ein Mann direkt hinter ihm.

Etwas weiter entfernt taucht die erste Lagerhalle auf. Im Licht der Scheinwerfer erhebt sich langsam das Tor.

Luther manövriert den Bus hinein, bringt ihn zum Stehen und schaltet den Motor aus.

Dann langt er noch einmal in die Reisetasche und holt die Glock mitsamt zwei extra Magazinen, eine Plastiktüte und einen Leinensack heraus. Er steckt die Pistole in den Hosenbund am Rücken und die Magazine und die Plastiktüte in die Hosentaschen und steigt vom Fahrersitz.

Er wendet sich den Fahrgästen zu. An ihren Augen erkennt er, wie müde sie sind. Die eine Hälfte starrt ihn wütend an, die andere späht verwirrt nach draußen in die nur trübe beleuchtete Lagerhalle.

»Ich kann Ihnen gar nicht sagen, wie sehr ich Ihre Geduld zu schätzen weiß«, sagt er.

Ein Mann, der sechs Reihen weiter sitzt, schält sich mühsam aus seinem Sitz. Er ist klein, rot im Gesicht und hat eine Glatze mit weißem Haarkranz. Auf seiner Kopfhaut schimmern überall dunkle Flecken – ein sicheres Zeichen von Hautkrebs. Er sagt: »Meine ist am Ende.«

»Setzen Sie sich bitte wieder, Sir«, fordert Luther ihn auf.

»Scheren Sie sich zum Teufel. Ich will sofort hier raus. Und ich will mein Geld zurück.«

»Wohin haben Sie uns gebracht?«, fragt jemand aus der Menge.

»Setzen Sie sich hin, Sir«, wiederholt Luther seine Aufforderung.

Andere Fahrgäste werden ebenfalls unruhig, und weiter hinten machen ein paar von ihnen Anstalten, ihre Plätze zu verlassen.

Das rüde Benehmen des Mannes wirkt ansteckend. Er bewegt sich durch den Gang auf Luther zu. Jeden Moment kann eine Meuterei ausbrechen. Luther hat zwar eine Gasmaske und einen Kanister mit BZ, einem Psychokampfstoff, aber nur für den äußersten Notfall.

Die intelligentere und einfachere Lösung wäre, ein Exempel zu statuieren.

Als der Mann sich ihm bis auf einen Meter genähert hat, zieht Luther die Glock und schießt ihm mitten ins Gesicht.

Er stürzt nach hinten in den Gang und spritzt die ersten drei Reihen mit seinem Blut voll. Kaum ist der Pistolenschuss verhallt, geht das Geschrei los.

Luther tritt einen Schritt zurück, nimmt das Mikrofon an sich und spricht in einem bewusst ruhigen Tonfall, der wohl in etwa so klingt wie die Stimme von HAL, dem verrückten Computer aus diesem Stanley-Kubrick-Film.

»Hören Sie bitte auf zu schreien und gehen Sie zurück zu Ihren Plätzen.«

Das Geschrei nimmt kein Ende.

»Hören Sie bitte auf zu schreien und gehen Sie zurück zu Ihren Plätzen.«

Am hinteren Ende des Busses bahnt sich eine Menschentraube einen Weg durch den Gang und ein paar Reihen weiter erleidet ein Mann einen Herzinfarkt.

Luther bittet die Leute zum dritten Mal höflich, zu ihren Plätzen zurückzugehen. Dann erschießt er einen Mann, der sich am Griff des seitlichen Notausstiegs zu schaffen macht, und drei weitere gleich dazu.

Dann wiederholt er in ruhigem Tonfall seine Bitte.

Durch den Pulverdampf sieht er, wie sie alle hektisch zu ihren Plätzen rennen, als spielten sie Reise nach Jerusalem.

»Sehr gut«, lobt er. »Sehr gut.«

Dann richtet er die Glock auf einen großen Mann mit Schnurrbart, der zwei Reihen weiter sitzt. Zusammen mit der übergewichtigen Frau auf der anderen Seite des Gangs gehört er offenbar zu den jüngsten Reiseteilnehmern. Luther schätzt beide auf Mitte vierzig, höchstens fünfzig.

»Wie heißen Sie, Sir?«

»Steve.«

Luther holt die Plastiktüte aus der Hosentasche und reicht sie dem Mann.

»Sammeln Sie sämtliche Handys ein, angefangen mit Ihrem eigenen. Meine Damen und Herren, unser Freund Steve kommt gleich zu Ihnen und nimmt Ihre Mobiltelefone entgegen. Legen Sie so lange beide Hände auf die Lehne des Vordermannes.

Das gilt für alle. Wenn Sie meiner Anweisung nicht Folge leisten, schieße ich.«

Luther langt nach hinten und hebt den schweren Leinensack voller Handschellen vom Fahrersitz. Er gibt ihn dem Fahrgast, der am nächsten sitzt, ein Mann mit ernstem Gesicht, Vollglatze und einem T-Shirt mit Chicago-Cubs-Aufdruck.

»Verteilen Sie die, aber schnell.« Dann spricht Luther wieder in das Mikrofon: »Wenn ich jemanden ohne Handschellen sehe, schieße ich.«

»Warum tun Sie uns das an?«, heult eine Frau.

Luther richtet die Glock auf sie und sagt: »Kommen Sie. Ja, Sie meine ich, ein bisschen plötzlich.« Die Frau tritt in den Gang. »Näher.« Als sie zwei Meter vor ihm steht, befiehlt er ihr, stehen zu bleiben. »Wie heißen Sie?«

»Lillian. Lillian Slusar.«

»Wissen Sie, was eine Dublette ist, Miss Slusar?«

Sie schüttelt den Kopf.

Er zeigt es ihr. Die zwei schnell aufeinanderfolgenden Schüsse durchlöchern in weniger als einer Sekunde ihr Herz.

Diesmal schreit keiner. Manche reißen den Mund auf und schnappen entsetzt nach Luft, andere schluchzen leise vor sich hin.

»Hat sonst noch jemand Fragen?« Luther blickt in die verschreckte Runde. »Ausgezeichnet.« Er hat noch drei Kugeln im Magazin, legt aber sicherheitshalber ein neues ein. »Na, wie kommen Sie voran, Steve?«

Der Dicke ist inzwischen ganz hinten angelangt.

»Ich hab alle.«

Die Frau mit dem Sack Handschellen ist zur Hälfte durch.

»Und wie läuft's bei der Domina?«

»Gut«, heult sie.

»Wenn Ihnen jemand Schwierigkeiten macht, sagen Sie mir einfach Bescheid.«

»Jawohl, Sir.«

Eine unheimliche Stille breitet sich im Reisebus aus. Außer dem Klimpern und Klicken der Handschellen hört man keinen Laut.

Steve kommt zurück und schmeißt Luther die Plastiktüte voller Handys vor die Füße. Dann legt er sich selbst ein Paar Handschellen an und geht zu seinem Platz.

Luther hält das Mikrofon vor den Mund.

»Wir steigen jetzt alle aus, und zwar immer zu zweit. Wir fangen hier vorne an. Ich habe für Sie Zimmer hergerichtet, manche sogar mit Feldbetten. Ich möchte zwar nicht noch mehr Leute erschießen, aber es ist Ihnen hoffentlich klar, dass ich nicht zögere. Beim nächsten Mal gibt es keine Warnung. Ich werde Sie nur einmal auffordern. Wenn Sie meine Anweisungen nicht zu hundert Prozent befolgen, schieße ich auf der Stelle. Ich weiß, das ist nicht gerade die Busreise quer durch Amerika, die Sie gebucht haben, aber eins verspreche ich Ihnen …« Er grinst breit. »Das hier ist eine ganze Ecke aufregender.«

Zweiter Teil

»Lasst, die ihr eingeht, alle Hoffnung fahren.«

Dante Alighieri, *Die Göttliche Komödie*

Luther

Der Anzug des Dicken ist schmutzig und zerrissen.

Er sitzt auf dem Boden und blickt zu Luther auf. Dabei bemüht er sich, trotzig dreinzuschauen, aber Luther spürt die Angst, die der Mann ausstrahlt. Die Hände sind mit Kabelbindern auf den Rücken gefesselt, und Luther stellt sich vor, wie die fetten Wurstfinger zittern.

»Wie geht es Ihnen, Herb?«

Der Dicke starrt ihn nur wütend an.

»Ich kann verstehen, dass Sie sauer auf mich sind.«

»Wo ist Jack?«

»Die ruht sich gerade aus. Sie hat einen langen Tag vor sich. Dasselbe gilt übrigens für Sie und Ihre Freunde, Harry und Phil.«

»Was haben Sie mit ihr gemacht, Sie Arschloch?«

»Davon können Sie sich selbst ein Bild machen. Ziemlich bald sogar, innerhalb der nächsten paar Stunden. Bei dem, was passieren wird, werden Sie eine wichtige Rolle spielen.«

Luther bückt sich, holt ein schwarzes Samttuch aus einer zerknitterten Papiertüte und legt es vor Herb auf den Tisch.

»Bevor wir anfangen, möchte ich eines klarstellen. Ich habe keine Lust, mit Ihnen darüber zu diskutieren, *warum* ich Sie blenden muss. Nur über die Methode.«

Er wartet auf eine Reaktion.

Da.

Der Hass und die Wut in den Augen des Dicken weichen nackter Angst.

Schön. Das gefällt Luther.

»Mich blenden?«, sagt Herb. Er klingt, als könne er nicht glauben, was er soeben gehört hat.

»Die gute Nachricht ist: Sie haben eine Wahl.«

Luther schlägt das Samttuch auf. Darauf liegen ein Eispickel und eine gekrümmte Nadel mit Faden.

»Ich kann Ihnen entweder mit dem Eispickel die Augen ausstechen oder die Augenlider zunähen. Sie können frei entscheiden. Aber wenn Sie glauben, Sie können nicht still sitzen, während ich nähe, dann sollten Sie lieber Manns genug sein und die schnellere und dauerhaftere Methode wählen.«

Jetzt schwitzt der Dicke. Der Schweiß tropft von seinem Doppelkinn.

»Kann ich mir auch die Augen verbinden lassen?«

»Herbert«, sagt Luther in einem Ton, als schimpfe er einen unfolgsamen Hund. »Sagen Sie mir einfach nur, was ich machen soll.«

»Oh Gott.«

Luther spürt, wie der Dicke sich nur mühsam beherrscht. »Entscheiden Sie sich, oder ich tue es für Sie.«

Herb bringt nur ein schwaches Krächzen hervor. »Die Nadel.«

»Okay«, sagt Luther und steht auf. »Aber Sie müssen jetzt still sitzen. Sie dürfen nicht zappeln, wenn ich mit der Nadel an Ihrem Auge herummache. Das wäre gefährlich. Ich könnte mir in den Finger stechen.«

»Wir … machen das … *jetzt?*«

»Ja, jetzt gleich.«

Luther kniet sich hin und hebt die Operationsnadel hoch. »Sie könnten vielleicht schon mal anfangen zu üben.«

»Was üben?«

Luther setzt sich an den Tisch, in der Hand die Nadel, an der ein dreißig Zentimeter langer schwarzer Faden hängt.

»Ganz, ganz still zu sitzen.«

Jack

Mein Baby fing an zu treten und weckte mich auf. Als ich die Augen aufschlug, lag ich auf rissigem Asphalt. Mein Kopf fühlte sich wie ein Heißluftballon an. Ich schluckte. Meine Kehle fühlte sich trocken an. Ich spürte einen leicht metallischen Geschmack im Mund und schwitzte am ganzen Körper.

Und dennoch zitterte ich.

Das prasselnde Geräusch auf meiner Windjacke klang wie Regen und die schmutzige Straße roch auch danach.

Ich blieb noch eine Weile auf dem nassen Asphalt liegen und versuchte, meinem Gedächtnis auf die Sprünge zu helfen. Es gelang mir nicht. Ich erinnerte mich an das Marquette-Hochhaus und daran, dass ich mich im Congress-Hotel einquartiert hatte, aber alles danach war schwammig. Irgendwas mit Phin und vielleicht auch Harry. Blinkende rote und blaue Lichter auf Grabsteinen. Aber nichts Konkretes.

Schwerfällig setzte ich mich auf.

Ich rieb mir den Schlaf aus den Augen und blinzelte ein paarmal, bis ich wieder klar sehen konnte.

Ich saß mitten auf einer verlassenen Straße mit kleinen Fertighäusern auf beiden Seiten.

Aus niedrigen schwarzen Wolken fiel Regen.

Ich musste mich auf den Bauch umdrehen, mich auf alle viere stellen und die Beine anziehen, um überhaupt aufstehen zu können. Kaum stand ich auf beiden Füßen, spürte ich Herzklopfen und dieses beunruhigende Kribbeln in Armen und Beinen.

Die Klamotten, die ich anhatte, waren nicht von mir – so viel wusste ich zumindest noch. Eine dunkelblaue Regenhose und eine dazu passende Jacke, darunter ein Sport-BH. Weiße Turnschuhe, die meine geschwollenen Füße drückten. Ich tastete mich ab und suchte nach meinem Handy und irgendeiner Waffe. Nichts.

Ich zog mir die Nylonkapuze über den Kopf und ging zu einem Haus auf der anderen Straßenseite. Erst als ich vor der Veranda stand, merkte ich, wie heruntergekommen es war.

Überall bröckelte der Putz ab, und die Dielen hingen durch.

Ich stieg die Stufen zum Eingang empor, klopfte an der Tür und wartete.

Niemand kam.

Ich trat an das Fenster neben der Tür, schirmte mit den Händen die Augen ab und spähte ins Innere. Bis auf ein paar Zacken im Fensterrahmen war fast die gesamte Scheibe herausgebrochen. Im Haus war es dunkel. In dem spärlichen Licht, das hereinfiel, sah ich, in welch jämmerlichem Zustand es sich befand – kaputte und verrottete Möbel, von denen nur noch zersplitterte Rahmen übrig waren. Auf dem Boden lagen überall Spritzen, leere Bierdosen und zerbrochene Flaschen herum. Außerdem roch es stark nach Schimmel, wie nach einem größeren Wasserschaden.

Hier wohnte schon seit Jahren keiner mehr.

Ich watschelte die knarrenden Treppenstufen hinunter. Allerhand Fragen gingen mir durch den Kopf.

Mitten auf der Treppe zum Nachbarhaus blieb ich stehen. Es war ebenfalls verlassen und sogar noch heruntergekommener. Vorne links war das Dach eingestürzt.

Als ich meinen Blick über die anderen Häuser in der näheren Umgebung schweifen ließ, boten sich mir ähnliche Bilder. Das gesamte Viertel, das aus überwiegend identischen Fertighäusern bestand, war nur noch eine Geisterstadt.

Eine Krähe flog über mich hinweg und kreiste um die Baumwipfel. Ihr Krächzen füllte die Luft mit einem einsamen, unheimlichen Echo.

Wo zum Teufel war ich nur? Und wie war ich hierhergekommen?

Außer dem Krächzen des Vogels hörte ich nichts. Am meisten fiel mir die völlige Abwesenheit von Verkehrslärm und anderen typischen Geräuschen einer Stadt auf. Ich hätte genauso gut mitten in einem abgelegenen Waldstück stehen können, so still war es.

Ich schlurfte mitten auf der Straße entlang und formte mit den Händen einen Trichter vor dem Mund.

»Hey! Ist da jemand?«

Niemand antwortete.

Etwas weiter weg stand ein alter Wasserturm. Gerade als ich versuchte, die verblichenen Buchstaben auf dem Tank zu entziffern, hörte ich jemanden schreien.

Obwohl ich mich immer noch nicht an die jüngsten Ereignisse erinnern konnte, wusste ich instinktiv, wer dahintersteckte.

Luther.

Bitte, bitte, bitte, lass den Menschen, von dem die Schreie kommen, nicht jemand sein, der mir etwas bedeutet …

Phin

Als Phin die Augen öffnete, fand er sich auf einem seltsamen Stuhl wieder, die Arme und Beine gestreckt und streng mit Lederriemen fixiert.

In das Möbelstück waren Zahnräder und eine Seilwinde integriert. Es sah aus wie ein hoch technisierter Zahnarztstuhl mit allerhand Zubehör, das nicht gerade einen angenehmen Eindruck machte.

Phin gefiel das ganz und gar nicht, und sein Herz hämmerte im Rhythmus eines Heavy-Metal-Songs. Er versuchte, sich zu befreien, aber die Riemen saßen zu fest.

Die Luft im Raum war stickig und roch nach Schimmel und Blut.

Betonwände, düsteres Licht.

Ein Fußboden voller Sand.

Ein Kerker. Er befand sich in einem Kerker.

Wie war er hier gelandet?

Die Erinnerungsfetzen zogen in schneller Reihenfolge vor seinem inneren Auge vorbei, als ob er mit dem Daumen ein Pack Spielkarten durchblätterte.

Der Friedhof.

Der Golfwagen.

Der Sattelschlepper.

Jack.

JACK.

»JACK!«, schrie er.

»Phin? Bist du das?«

Das war nicht Jack. Phin reckte den Hals und sah einen identischen Stuhl, der seinem gegenüberstand. Auch an ihn war jemand gefesselt.

»McGlade?«

»Bitte sag mir, dass wir zu viel getrunken haben und in einem Domina-Studio gelandet sind.«

»Luther hat uns in seiner Gewalt.«

»Meinst du, dass er uns ’ne echte Domina mitbringt?«

»Das bezweifle ich.«

»Hab ich’s mir doch gedacht.«

»Hast du Jack oder Herb gesehen?«

»Nein. Ich seh hier nur so ’ne Art Schaltpult auf einem Wägelchen. In der Wand gegenüber ist ein großes Fenster, aber dahinter ist es dunkel. Daneben hängt eine Tafel, aus Messing oder so, da steht was drauf. Ich kann aber nur KREIS und GEWALT lesen. Die anderen Worte sind zu klein. Und …« McGlade sprach den Satz nicht zu Ende.

»Und was?«

»Da ist ein Mensch. Sieht aus wie ’n Kerl. Sitzt in der Ecke.«

»Lebt er noch?«

»Nein.«

»Bist du dir sicher?«

»Du kannst ja mal schreien und schauen, ob er aufwacht. Aber ohne Kopf wird er dich wohl kaum hören.«

Phin lief es kalt den Rücken herunter. »Müsste jetzt nicht ein dämlicher Spruch von dir kommen, irgendwas mit ›Nur nicht den Kopf verlieren‹ oder ›Einen kühlen Kopf bewahren‹ oder so?«

Harry antwortete nicht.

»Bist du noch da, Harry? Dreh mir jetzt bloß nicht durch.«

»Ein Killer hat mich entführt und ich sehe gerade eine Leiche ohne Kopf vor mir. Wer würde da nicht durchdrehen?«

»Wir müssen rational denken.«

McGlade atmete langsam aus. »Willst du wissen, woran ich gerade rational denke? Wir sind wieder mal gefesselt und warten darauf, dass so ein Irrer uns zu Tode foltert. Eigentlich sollte ich mir jetzt vor Angst in die Hose machen.«

»Reiß dich gefälligst zusammen, Harry.«

»Wir hatten das doch alles schon mal«, sagte McGlade. »Weißt du, wie oft ich vom letzten Mal Albträume hatte?« Seine Stimme überschlug sich. »Ich … ich kann nicht mehr, Kumpel.«

»Doch, du schaffst das.«

»Schaff ich nicht. Ich hab das schon mal erlebt. Ich kann nicht …«

»Wir kommen hier raus, Harry. Noch ist nicht aller Tage Abend.«

Aber Phin glaubte selbst nicht an seine Worte. Und als er Harry leise weinen hörte, klangen sie erst recht hohl.

Jack

Ich rannte durch das wuchernde Unkraut im Garten und trat auf die Veranda. Wie alle anderen Häuser hier stand auch dieses kurz vor dem Einstürzen. Jedenfalls neigten sich die Wände gefährlich nach links. Durch die Tür drangen die Schreie einer Frau.

Eine Frau. Ich atmete auf. Gleichzeitig schämte ich mich, weil ich mich darüber freute, dass es niemand war, den ich kannte.

Sie schrie wieder.

Ich musste ihr helfen, zögerte aber einen Augenblick. Wenn ich jetzt unbewaffnet in das Haus eindrang, brachte ich mich selbst in Gefahr.

Aber dann drehte ich doch den Knauf und öffnete vorsichtig die Tür.

Es dauerte eine Weile, bis sich meine Augen an das schummrige Licht gewöhnten. Als ich einigermaßen sehen konnte, erkannte ich ein vergammeltes Sofa am hinteren Ende des Wohnzimmers, das nur noch aus einem Holzrahmen und rostigen Sprungfedern bestand. Erde, Laub, Tierexkremente und Pfützen mit abgestandenem Wasser zeugten davon, dass die Natur längst von dem Gebäude Besitz ergriffen hatte. Auf dem Boden lag ein zerbrochener Couchtisch und darüber baumelte eine nackte Glühbirne an einem Kabel von der durchhangenden Gipsplattendecke.

»Hallo?«, rief ich.

»Hier hinten!«, schrie eine Frau.

Die Holzdielen knarzten unter meinem Gewicht, als ich

durch das Wohnzimmer lief und dabei immer wieder klaffenden Löchern im Boden, wo das Holz durchgebrochen war, ausweichen musste.

Ich hielt inne und lauschte.

Ich befand mich in einem dunklen, schmalen Flur. Durch ein Loch in der Decke regnete es herein. Am Ende des Flurs zeichneten sich im spärlichen Licht die Umrisse einer Tür ab. Dahinter ertönte ein Chor von Schreien aus mehreren Kehlen, dann Stöhnen.

Als ich einen Schritt nach vorne machte, zerbrach eine Holzdiele mit lautem Knacken. Ich versank mit dem rechten Bein in dem Hohlraum zwischen Fuß- und Erdboden. Mein Fuß blieb im kalten Schlamm stecken. Ich zog ihn heraus und hievte mich aus dem Loch. Die Sehnen meiner Ellbogen schmerzten von der Anstrengung und ich rang keuchend nach Atem. Der Schweiß lief mir in Strömen übers Gesicht.

Das Geschrei hinter der Tür hörte nicht auf, aber ich konnte nicht sofort weiter. Es hatte mich viel Kraft gekostet, nach dem Sturz in das Loch wieder auf die Beine zu kommen, und meine ohnehin schon geringen Energiereserven waren verbraucht. Mir war schwindlig und ich hatte Schmerzen am ganzen Körper. Obwohl ich erst vor ein paar Minuten aufgewacht war, war ich bereits vollkommen fertig.

Ich konnte mich gerade noch auf den Beinen halten und taumelte die letzten Schritte bis zur Tür.

Ich stieß sie auf und stand keuchend auf der Schwelle. Sterne tanzten vor meinen Augen, und ich hatte das Gefühl, jeden Moment in Ohnmacht zu fallen.

Oh … du lieber Gott.

Der Raum war früher mal ein kleines Schlafzimmer gewesen. Durch das Fenster konnte man hinaus in den Garten sehen, wo eine Kinderschaukel stand. Dahinter erhoben sich Fabrikhallen.

Der Fußboden bestand nur noch aus Sperrholzplatten. An den Wänden hatte man stellenweise die Gipskartonplatten herausgerissen, sodass nur noch das Ständerwerk übrig blieb. An den Metallständern waren Fuß- und Handschellen sowie Halseisen befestigt. Vier Menschen waren daran gekettet, an jeder Wand einer. Ein Geruch, der mich an Grillfleisch erinnerte, hing in der Luft, und plötzlich sah ich von den Schultern eines alten Mannes am anderen Ende des Zimmers Rauch aufsteigen. An mehreren Stellen seiner Cordjacke befanden sich verkohlte Löcher, an deren Rändern Asche glühte.

Der Kopf des Mannes hing herab und er bewegte sich nicht. Er stand auf einem rußgeschwärzten Metallrost.

Plötzlich rief eine blonde Frau, die ein paar Jahre älter als ich war, meinen Namen.

Unsere Blicke kreuzten sich und blieben aneinander haften.

In ihren Augen spiegelte sich nackte Angst wider.

In meinen wahrscheinlich auch.

Luther

Er brüllt ins Mikrofon: »Sagen sie es! Sagen Sie's schon! Das ist der Anfang! Wenn Sie jetzt Mist bauen, zeige ich Ihnen, was echter Schmerz ist! Sagen Sie es!«

Jack

Der Frau liefen Tränen übers Gesicht und sie zitterte am ganzen Körper.

»Willkommen in der Hölle, Jack«, sagte sie mit einer Stimme, die klang, als käme sie nicht von dieser Welt.

»Ist Luther hier?«, fragte ich.

»Ich weiß nicht.«

»Ich werde Ihnen helfen«, sagte ich. »Ich werde euch alle hier rausholen.«

Die Angst stand ihr im Gesicht geschrieben. Sie schüttelte den Kopf. »Sie können uns nicht helfen.«

Ich machte einen Schritt in das Zimmer und sah mir den Metallrost auf dem Boden näher an. Unter den Gittern züngelten die Flammen.

Luther hatte das Zimmer in einen Backofen verwandelt.

Ich konnte mir nicht vorstellen, wie viel Zeit und Geld es wohl kostete, so etwas zu bauen. Und wozu? Was bezweckte Luther mit diesem Aufwand?

In einer der Ecken hing eine Überwachungskamera von der Decke. Darunter befand sich eine etwa dreißig Zentimeter lange und zehn Zentimeter breite Messingtafel, auf der die Worte »Erster Kreis: Limbus« und die Ziffern 666 eingraviert waren.

Ich ging zu dem Mann, von dessen Körper Rauch aufstieg, und prüfte seinen Puls. Eigentlich wusste ich, dass er tot war, aber ich versuchte es trotzdem. Dann ging ich weiter zu der Frau, die mit mir gesprochen hatte, und sah mir ihre Ketten an.

Sie waren aus solidem Eisen. Ohne fremde Hilfe oder Werkzeuge konnte ich nichts machen. Ich warf einen Blick auf die anderen Gefangenen, zwei Männer. Sie zuckten, als litten sie an Schüttellähmung.

»Ich komme wieder«, versprach ich.

Die Frau flüsterte kaum hörbar: »Lassen Sie mich hier nicht zurück.«

»Ich brauche etwas, womit ich diese Ketten aufbrechen kann.«

»Bitte«, flehte sie und reckte eine Hand nach mir, soweit es die Kette zuließ.

Ich nahm sie und drückte sie leicht.

»Wie heißen Sie?«, fragte ich.

Sie brauchte eine Weile, ehe sie mir antwortete, als könne sie sich nicht erinnern. »Andrea.«

»Andrea, ich bin Jack Daniels, und ich komme wieder, so schnell es geht. Das verspreche ich Ihnen.«

Ich verließ eilig den Raum und manövrierte vorsichtig um die Löcher im Flur herum. In der Küche durchwühlte ich die Schränke und Schubladen auf der Suche nach Gegenständen, mit denen ich die Ketten oder die Metallständer, an denen sie befestigt waren, aufbrechen konnte. Leider konnte ich nichts Brauchbares finden.

Dann verließ ich das Haus durch das Wohnzimmer und gelangte über die Veranda in den Garten und von dort auf die Straße.

Natürlich wusste ich, dass Luther hinter der Sache steckte, und trotzdem drehte sich mir alles im Kopf.

Ich konnte nicht begreifen, wie …

Plötzlich fiel ich auf die Knie und in meinen Ohren knackte es wie bei einem Druckabfall im Flugzeug. Der Windstoß einer Explosion erfasste mich, die Luft so heiß wie aus einem Backofen.

Eine Weile, die mir wie eine Ewigkeit vorkam, konnte ich nichts hören.

Flüssige Asche fiel vom Himmel wie Schneeflocken aus der Hölle.

Überall um mich herum lagen Dachschindeln, Bretter und Teile von Wandverkleidungen auf der Straße und brannten.

Ich blickte über meine Schulter nach hinten. Das Haus, in dem ich mich vor wenigen Sekunden aufgehalten hatte, stand in Flammen. Pechschwarze Rauchwolken stiegen von ihm auf. Die umstehenden Bäume hatten ebenfalls Feuer gefangen und ihre brennenden Äste leuchteten wie Fackeln unter dem grauen Nachmittagshimmel.

Meine Hände – nein, mein ganzer Körper – hörten nicht auf zu zittern.

Die vergangenen fünf Minuten waren die verrücktesten meines Lebens gewesen, und das sagte eine ganze Menge. Ehrlich gesagt wusste ich nicht, ob das alles wirklich geschehen war, und ich begann ernsthaft an meinem geistigen Zustand zu zweifeln. Plötzlich hörte ich Luthers Stimme, seltsamerweise in meinem Kopf.

»Sie sollten lieber weiterlaufen, Jack.«

Ich langte an mein rechtes Ohr und stellte fest, dass darin ein Ohrhörer steckte. Vergeblich versuchte ich, ihn zu entfernen.

»Den kriegen Sie nicht raus«, sagte Luther. »Ich hab Sekundenkleber verwendet.«

Ich zog fester daran, spürte aber einen stechenden Schmerz, als ich mir beinahe die Haut abriss.

Plötzlich fiel mir alles wieder ein.

Rosehill. Der Sattelschlepper. Das Giftgas.

Mir kam es vor, als läge das alles schon eine ganze Weile zurück.

Wie lange war ich bewusstlos gewesen?

Und dann dachte ich an Phin, Harry und Herb. Meine Jungs.

Meine tapferen Jungs, die sich um mich gekümmert und mich beschützt hatten. Wo steckten sie?

Der Schmerz drohte mich zu lähmen. Der Schmerz, die Schuldgefühle und die Wut, die ich angesichts dieser verrückten Situation empfand. Ich hätte wissen müssen, dass es so kommen würde.

Wenn er meinen Freunden auch nur ein Haar gekrümmt hatte …

»Wo ist Phin?«, fragte ich und versuchte, meine Stimme frei von Emotionen zu halten. Aber das Klingeln in meinen Ohren ließ sie seltsam klingen.

»Phin ist bei mir, Jack. Harry und Herb auch. Ich hab sie alle zu der Party eingeladen.«

Ich rappelte mich mühsam auf.

Die Explosion hatte mein Trommelfell erschüttert. Ich taumelte seitwärts und wäre beinahe hingefallen, wenn ich mich nicht an einem Briefkasten festgehalten hätte.

»Sehen Sie die Lagerhalle dort hinten?«, fragte Luther.

»Welche?«

»Der freistehende Backsteinbau.«

Das Gebäude war groß und genauso verfallen wie alle anderen ringsherum. »Ja, jetzt sehe ich sie.«

»Gehen Sie darauf zu.«

»Was wollen Sie von mir, Luther?« Mein Gleichgewichtssinn kehrte allmählich zurück und das Geräusch in meinen Ohren ließ nach. Ich richtete mich auf und lief die Straße entlang.

Die fensterlose Lagerhalle aus Backstein erhob sich ein paar Hundert Meter weiter hinter einem leeren Parkplatz. Selbst aus dieser Entfernung hörte ich, wie ein seltsames Geräusch nach außen drang – ein leises Surren und Brummen, wie von einer Maschine.

»Ich habe Sie fast ein Jahr lang beobachtet, Jack. Sie haben Ihre besten Jahre hinter sich, nicht wahr?«

»Was zum Teufel reden Sie da?«

»Sie waren früher bei der Polizei, haben dort zur Crème de la Crème gehört. Aber jetzt sind Sie eine Null und fühlen sich auch als solche, stimmt's, Jack? Freuen Sie sich überhaupt darauf, dieses Kind auf die Welt zu bringen?«

Seine Frage verunsicherte mich, und das nicht nur weil dieser Spinner mich einer Psychoanalyse unterzog.

Aber womöglich hatte er sogar recht.

Ich hatte gedacht, dass ich glücklich sein würde, sobald ich erst einmal den Polizeidienst quittiert hatte. Dass ich in ein Leben als Hausfrau schlüpfen konnte wie in ein Paar neue Schuhe. Aber dies erwies sich als schwieriger, als ich mir vorgestellt hatte. Abgesehen davon, dass ich ständig nach Luther Ausschau halten musste und keinen Schritt ohne meine Beschützer machen konnte, war ich mir immer noch nicht sicher, ob ich so ein Leben überhaupt wollte.

Aber eins war sonnenklar: Von Luther hatte ich gründlich die Schnauze voll.

»Sie können meine Fragen ruhig beantworten«, sagte er.

»Fahren Sie zur Hölle.«

Plötzlich zersprang der Außenspiegel eines verlassenen Autowracks, einen Meter von mir entfernt. Es war auf Ziegelsteinen aufgebockt und der Motor fehlte. Ich hechtete zur Seite und hörte das Echo eines Schusses zwischen den Hauswänden hallen.

Er kam aus ein paar Hundert Metern Entfernung. Scharfschützenmunition mit hoher Geschwindigkeit.

Ich duckte mich und hielt mir beide Hände über den Kopf. Die Angst durchfuhr mich wie ein Stromschlag.

Nichts, aber auch *gar nichts* jagte mir so viel Angst ein, als wenn jemand auf mich schoss.

»Kommt Ihnen das nicht irgendwie bekannt vor, Jack? Von einem Heckenschützen aufs Korn genommen. Ich habe mir sehr viel Mühe gegeben, von den Leuten zu lernen, mit denen Sie zu tun hatten.«

»Was zum Teufel wollen Sie von mir?«, brachte ich mühsam hervor. Meine Zähne klapperten und mein gesamter Körper krampfte sich zusammen.

»Ich kann jederzeit Ihr Leben beenden, oder das von Harry oder Herb oder Phin. Ich kann Ihren Freunden aber auch furchtbare Schmerzen zufügen und Sie zwingen, sich das Ganze mit anzuhören. Verstehen Sie, was ich meine?«

Ich knirschte mit den Zähnen.

»Antworten Sie mir« sagte Kite in mein Ohr.

Mir blieb nichts anderes übrig. »Ja, ich verstehe.«

»Freuen Sie sich überhaupt darauf, Ihr Kind auf die Welt zu bringen?«

»Unter den gegebenen Umständen …«

»Schluss damit. Bevor alles losging. Vor dem ersten Mord.«

»Ich bin … hin und her gerissen«, gab ich zu.

»Warum?«

»Ich weiß nicht.« Es war eine ehrliche Antwort und ich musste beinahe heulen.

»Haben Sie Angst davor, Mutter zu sein? Oder davor, das zu verlieren, was Sie zu sein glauben? Was, wenn ich Ihnen sage, wer Sie wirklich sind, Jack? Was, wenn ich Ihnen zeige, wie Sie der Mensch sein können, der schon immer in Ihnen gesteckt hat?«

»Was wollen Sie von mir, Luther?«

»Ich will, dass Sie jeden Augenblick auskosten, Jack. Die meisten Kunstwerke sind für die Massen bestimmt. Für das größtmögliche Publikum. Aber jetzt stellen Sie sich mal vor, Picasso hätte etwas gemalt, das nur einem einzigen Menschen gefällt. Was, wenn Hemingway ein Buch für nur einen einzigen Leser geschrieben hätte? Ich habe etwas nur für Sie geschaffen, Jack.«

Ich hatte schon zu viele verrückte Ausreden von Psychopathen gehört, mit denen sie ihre schrecklichen Verbrechen rechtfertigten, aber so viel Aufwand hatte noch keiner betrieben. Luther musste jahrelang an diesem Projekt gearbeitet haben. Das sprach Bände über das Ausmaß seiner kranken Fantasien und abgrundtiefen Bosheit.

Ich schloss aber auch daraus, dass ich hier wahrscheinlich nicht lebend herauskommen würde.

»Wieso ausgerechnet ich?«, fragte ich.

Das Geräusch, das aus dieser Lagerhalle aus Backstein drang, wurde lauter.

»Weil es Ihrer würdig ist«, sagte Luther. »Ich habe Ihre Laufbahn verfolgt und weiß über Ihre Erlebnisse und die Mörder, die Sie gejagt haben, Bescheid. Eine wie Sie hat es noch nie gegeben. Einen wie mich auch nicht. Wir sind zwei Seiten derselben Medaille.«

Ich nahm meinen Mut zusammen und stellte mich aufrecht hin, obwohl ich ein Dutzend Fadenkreuze auf meinem Körper spürte. Dann wandte ich den Blick in die Richtung, aus der der Schuss gekommen war.

»Sie sind überhaupt nichts Besonderes, Luther. Sie sind Abschaum, genau wie all die anderen Arschlöcher, hinter denen ich her war. Sie sind nichts weiter als ein gebrochener Mensch, dem es Spaß macht, anderen wehzutun.«

Ein weiterer Schuss löste sich und die Kugel pfiff über meinen Kopf hinweg. Mir schlotterten die Knie und mein Baby fing wie verrückt zu treten an, aber ich wich keinen Schritt von der Stelle.

»Da irren Sie sich, Jack«, sagte Luther, die Stimme zu einem Flüstern gesenkt. »Ich habe vor langer Zeit aufgehört, ein Mensch zu sein.«

Luther

Er liegt auf dem Dach eines Gebäudes unter einer Plane und beobachtet sie durch das Zielfernrohr.

Aus vierhundert Metern Entfernung wirkt Jack sehr klein, wie sie da über den großen leeren Parkplatz taumelt wie ein einsamer Wanderer, der sich in der Wüste verirrt hat.

Sie hat unbestreitbar etwas Heroisches an sich.

Gar keine Frage.

Sie hat schon eine ganze Reihe von Herausforderungen bestanden – vor ein paar Jahren hat Alex Kork sie beinahe umgebracht. Und da waren noch andere – Charles Kork, Barry Fuller, die drei Heckenschützen, Der Chemiker und dieser Fettsack Donaldson –, aber Jack war aus allen Begegnungen siegreich hervorgegangen. In dieser Frau, da ist er sich sicher, steckt ein Karbonkern und eine Psyche von der Härte eines Diamanten.

Und was passiert, wenn ein Diamant schließlich zerbricht?

Luther weiß es nur zu genau.

Ein spektakuläres Ereignis.

Eine Veränderung katastrophalen Ausmaßes.

Eine Kernspaltung.

Und er ist der richtige Mann für diese Aufgabe. Einen Diamanten kann man nur mit einem anderen Diamanten zerschneiden.

Er spricht ins Mikrofon: »Das ist die einzige Hilfe, die Sie von mir bekommen, Jack. Wenn Sie am Tor zu der Lagehalle ankommen, sehen Sie ein Tastenfeld. Was, glauben Sie, ist der Zugangscode?«

»Woher soll ich … warten Sie.«

Er hofft inständig, dass sie richtig kombiniert.

»Sechs-sechs-sechs.«

»Genau.«

Sie geht weiter und Luther verfolgt jede ihrer Bewegungen durch das Zielfernrohr. Da das Gewehr auf einem Zweibein ruht, erfordert dies keinen besonderen Kraftaufwand. Bei dieser Entfernung – etwa vierhundert Meter – gibt es für diesen Zweck nichts Besseres. Er braucht nur leicht den Finger am Abzug zu krümmen, und schon hat seine Zielperson ihren letzten Atemzug getan.

Damals, als er diesen Ort nach seinen Vorstellungen einrichtete, liefen ihm gelegentlich Drogenhändler und deren Handlanger über den Weg. Und manchmal verirrten sich heroinsüchtige Nutten auf der Suche nach einem ruhigen Plätzchen, wo sie sich einen Schuss setzen konnten, in diese Geisterstadt.

Er hatte sich diese Leute geschnappt, ihnen die Spielregeln erklärt und sie dann wieder laufen lassen.

Sie bekamen eine Flasche Wasser und zwei Minuten Vorsprung.

Wer die Nacht überstand, bekam sein Leben geschenkt und durfte gehen.

Für seine Menschenjagd benutzte er ein Bor-Scharfschützengewehr mit Kammerverschluss und dazu Munition vom Kaliber 7,62 x 51 mm.

Das Spiel fand grundsätzlich immer nachts statt. Von seinem Versteck auf dem Wasserturm aus verfolgte Luther die Bewegungen seiner Zielpersonen durch ein Nachtsichtgerät und hielt sie die ganze Nacht auf Trab. Den größten Spaß hatte er immer dann, wenn er keinen einzigen Schuss abgeben musste.

Er ließ seine Opfer einfach so lange rennen, bis sie vor Erschöpfung zusammenbrachen. Dann tötete er sie mit bloßen Händen.

Wenn er seine Augen schließt, sieht er die graugrünen, körnigen Silhouetten der Läufer, wie sie völlig außer Atem in der Finsternis hinter einem Müllcontainer kauern und sich vor lauter Erschöpfung die Eingeweide aus dem Leib kotzen, während er ein Loch durch das Metall neben ihren Köpfen schießt, damit sie weiterrennen.

Er sieht die nackte Angst in ihren Gesichtern. Ein unübertroffenes Gefühl.

Kommt man erst einmal auf den Geschmack, wird es zu einer richtigen Sucht.

Er ist ja so froh, dass er diese Stadt gekauft hat.

Nicht die ganze Stadt. Das war auch nicht nötig, denn sie war ja verlassen. Aber er hatte genügend zwangsversteigerte Häuser und leer stehende Fabriken und Lagerhallen erworben, und das zu Spottpreisen, die fast schon krimineller waren als die Schandtaten, die er hier beging.

Dieser Stadtteil gehörte Luther. Oder vielmehr das, was davon noch übrig war.

Um aus einer Stadt eine Geisterstadt zu machen, bedarf es oft nur eines einzigen Auslösers. Zuerst schließt die Autofabrik, dann das Stahlwerk. Geschäfte können sich nicht mehr halten, weil die Menschen wegziehen.

Und irgendwann stellen die Stadtwerke die Strom- und Wasserversorgung ein. Am Ende bleiben nur noch leer stehende, verfallene Häuser und Bauwerke.

Der perfekte Ort.

Er kann von Glück reden, dass er ihn gefunden hat und dass seine finanzielle Situation es ihm erlaubt hat, ihn nach seinen Wünschen und Vorstellungen umzubauen.

Und jetzt, nach all dem Aufwand an Zeit, Geld und Mühe, ist es endlich so weit.

Jack ist bereits fast an der ersten Lagerhalle angekommen.

Luther legt das Gewehr unter die Plane und geht hinunter

in den Kontrollraum, wo er sie auf dem Flachbildschirm sehen kann. Als er die Treppen hinuntersteigt, begreift er, dass alles, was bisher in seinem Leben passiert ist – das Gute, das Schlechte, Vergnügen und Schmerz –, letztendlich auf diesen Augenblick hinauslief.

Oder vielmehr auf das, was in den nächsten Stunden geschehen wird.

Er empfindet keine Freude. Zu echten Glücksgefühlen ist er längst nicht mehr fähig. Aber er hat schon lange nicht mehr so viel innere Ruhe verspürt.

Und obwohl er lange genug gelebt hat, um zu wissen, dass dieses Gefühl nicht ewig dauern wird, dass es vergeht und stirbt wie alles auf dieser Welt, die sich im Niedergang befindet, so weiß er doch aus Erfahrung, dass man es genießen muss, solange es anhält.

Dass man gänzlich und ohne Reue für den Augenblick leben muss.

Er hofft, dass er Jack das beibringen kann.

Selbst wenn es Jahre dauert.

Jack

Ich tippte den Code ein.

Ein grünes Licht blinkte.

Ein Riegel schnappte mit einem Klicken zurück.

Den Lärm, der aus dem Gebäude drang, konnte man selbst durch die geschlossene Tür laut und deutlich hören. Als ich sie nun öffnete, klang er ohrenbetäubend.

Ich dachte mir, dass es vielleicht keine besonders gute Idee war hineinzugehen, und hielt auf der Schwelle inne. Aber Luther schrie mir ins Ohr, ich solle weitergehen. Inzwischen hatte ich keine Angst mehr, dass er mich erschießen würde. Die Vorstellung, dass jemand auf mich schoss, war zwar schrecklich, aber Luther hatte zu viel Zeit und Mühe investiert, um mich zu töten, bevor ich all die Dinge sah, die er mir zeigen wollte.

Allerdings zweifelte ich nicht im Geringsten daran, dass er meinen Freunden etwas antun würde.

Kaum war ich eingetreten, fiel auch schon die Tür hinter mir ins Schloss. Ich zitterte.

Es war stockfinster und eiskalt.

Der Wind heulte.

Eisiger Regen schlug mir ins Gesicht.

Ich war mitten in einen Blizzard geraten – und das, obwohl ich mich in einem Gebäude befand.

Ich drehte mich um und versuchte verzweifelt, den Ausgang zu finden. Schon jetzt hatte ich die Orientierung verloren. Als ich gegen eine Wand stieß, tastete ich nach der Tür und fand sie auch. Aber innen hatte sie keinen Griff.

Ich saß in der Falle! Die Erkenntnis versetzte mich in klaustrophobische Panik.

Der Lärm schwoll noch mehr an und der Wind blies stärker.

Plötzlich hörte ich Stöhnen. Ich war nicht allein hier drin.

Ich atmete tief und langsam und zwang mich dazu, ruhig zu bleiben. Jetzt durfte ich auf keinen Fall den Kopf und die Nerven verlieren.

In einiger Entfernung blitzte ein Stroboskop – ein blaues Licht, das alle paar Sekunden zuckte wie Elektrizität in einer Wolke.

In seinem Schein sah ich vor mir eine wirbelnde Nebelwand.

Was zum Teufel ging hier vor? Wie viel Geld hatte er ausgegeben, um das hier zu bauen – was auch immer *das hier* war? Im Laufe der Jahre hatte ich mit jeder Menge Monstren zu tun gehabt, die ihre kranken Fantasien in die Tat umgesetzt hatten. Aber Luthers Fantasien waren jenseits von Gut und Böse. Der Kerl hatte sein eigenes psychopathisches Disneyland errichtet.

Ich hielt mir den linken Arm vors Gesicht und kämpfte gegen den Sturm an.

Das Ganze erinnerte mich an die schlimmsten Winterstürme in Chicago – die paar Male, in denen ich bei starkem Schneetreiben und eiskaltem Wind nach draußen musste und nicht mal zwei Meter weit sehen konnte.

Ich musste wohl fünfzig oder sechzig Schritte in der Lagehalle zurückgelegt haben – so genau hatte ich nicht gezählt –, als mich plötzlich Hände an der Schulter packten.

Ich schrie und sprang zurück, aber sie ließen mich nicht los. Kalte und nasse Finger gruben sich in meine Windjacke.

Im Schein des Stroboskops sah ich eine Frau in grellbuntem Nachthemd und mit gestylter Frisur. Sie sah aus wie jemand, der auf einen Maskenball wollte. Tränen und der eisige Regen hatten das Make-up auf ihrem hageren und bleichen Gesicht verschmiert.

»Helfen Sie mir!«

Sie trug ein Lederhalsband mit Kette. Und an der wiederum hing ein Metallkästchen.

»Wo geht es hier raus?«, schrie ich, um das Rauschen des Windes zu übertönen.

»Holen Sie mich raus!«

»Das versuche ich ja! Sie müssen mir sagen …«

»Er wird uns umbringen!«

»Wie viele Leute sind hier drinnen?«

»Vier! Im Käfig ist ein Girlie!«

Ich trat näher an sie heran und sah eine Tafel mit eingravierter Inschrift um ihre Brust hängen. Um die Buchstaben hatte sich Raureif gebildet.

ZWEITER KREIS: LUST

Man muss die Tatsache akzeptieren, dass Gefahr zumindest einen Teil des REIZES beim Sex ausmacht. Die Gefahr, überwältigt zu werden.

Da ich alle Bücher von Camille Paglia gelesen hatte, wusste ich, dass das Zitat von ihr stammte. Ich verstand nur nicht, was Luther mir damit sagen wollte.

»Wie heißen Sie?«, schrie ich der Frau entgegen.

»Patricia Reid!«

»Wie sind Sie hierhergekommen, Patricia?«

»Was?«

»Wie sind Sie in dieser Halle gelandet?«

»Ich war im Bus!«

»Was für ein Bus?«

»Der Bus!«, sagte sie und nickte dabei wie verrückt mit dem Kopf.

Da fiel mir wieder ein, was ALONEAGAIN im Andrew-Z.-Thomas-Forum gepostet hatte.

Luther ist zu allem fähig. Einmal hat er sogar einen Bus verschwinden lassen.

»Was für ein Bus?«, schrie ich, aber meine Worte gingen in einem neuen Geräusch unter, das sogar den Wind übertönte.

Ein schreckliches Quietschen.

Wie wenn Metall gegen Metall schleift. Oder wie das Geräusch, das ein altes, verrostetes Tor macht, wenn man es öffnet.

Oder ein neues, festgefrorenes Tor.

Ein Fluchtweg?

Patricia wandte sich in die Richtung, aus der das Geräusch kam. In dem blauen Stroboskoplicht, das wie Blitze im Nebel aussah, konnte ich ihr Gesicht kaum erkennen.

Bisher hatte der Wind beziehungsweise die Maschinen, die ihn künstlich erzeugten, alle anderen Geräusche weitgehend übertönt. Aber den Schrei, der nur wenige Meter von mir entfernt ertönte, vernahm ich laut und deutlich.

So einen Schrei hatte ich noch nie gehört.

Er kam von einer Frau und klang nach Todesangst und furchtbaren Schmerzen.

Ein bitterer, rostiger Geschmack stieg mir die Kehle hoch.

Ich wollte gerade Patricia fragen, ob sie wusste, wo es nach draußen ging, als ich sah, wie etwas langsam aus dem Eisnebel auftauchte.

Luther, war mein erster Gedanke, aber das konnte er unmöglich sein.

Das Ding war riesig und lief schwerfällig auf allen vieren wie ein Bär.

Ach du Scheiße.

Nicht *wie* ein Bär.

Es *war* ein Bär.

Das gewaltige, schwerfällige Ungetüm kam auf uns zu. Aus seinem Maul, das sich kauend bewegte, liefen blutige Speichelfäden.

Aus fünf Metern Entfernung sah das Tier gigantisch aus.

Das war kein Schwarz- oder Braunbär. Das konnte nur ein Grizzly sein.

Patricia hatte nicht von einem *Girlie* im Käfig gesprochen. Sie hatte *Grizzly* gesagt.

Luther hatte sich doch tatsächlich einen Grizzlybären zugelegt.

Patricia stürzte Hals über Kopf in die Nebelschwaden und zog die Kette hinter sich her. Doch die blieb irgendwo hängen, und ich hörte einen Schrei und einen dumpfen Aufprall, als Patricia zu Boden fiel.

Der Bär nahm sie wahr und drehte seinen massigen Schädel in ihre Richtung. Dann machte er drei Schritte und fiel über seine Beute her.

Patricia schlug wild um sich, als sich die Krallen des Raubtiers in ihr Genick bohrten.

Ein entsetzliches Knacken ertönte, und dann bewegte sie sich nicht mehr.

Der Bär legte ihr eine Pfote auf die Brust und zerfetzte ihr den Hals. Dann starrte er wieder mich an.

Ein Windstoß wehte den beißenden Geruch nach nassem Fell, Urin und frischem Blut zu mir herüber.

Ich ging rückwärts in den Nebelschleier, zunächst langsam, um das Tier nicht zu einer Verfolgungsjagd anzustacheln. Aber der Bär rannte los, seine Hüften und sein Gesäß bewegten sich auf und nieder. Ich dachte: *Das kann doch wohl nicht sein, dass ich auf diese Art und Weise sterbe. Ich bin aus Chicago, verdammt noch mal.*

Plötzlich hielt der Bär inne.

In dem flackernden blauen Licht konnte ich sehen, wie er

seine schwarze Nase rümpfte. Anscheinend drangen aus der Dunkelheit verschiedene Gerüche zu ihm hinüber. Das Fell um seinen Hals war blutverschmiert.

Ich ging weiter zurück, einen Schritt nach dem anderen. Mein Herz hämmerte in meiner Brust.

Das Ungetüm senkte den Kopf und starrte mich für einen langen, unheimlichen Augenblick aus diesen stechenden Augen an – sie erinnerten mich an Schweinsäuglein. Um seinen Hals hing ein dickes Lederhalsband mit einem Metallkästchen daran.

Dann senkte er den Kopf noch tiefer, und ich hatte eine schlimme Vorahnung, was als Nächstes passieren würde.

Ich hatte recht gehabt.

Der Bär griff mich mit der tödlichen Geschwindigkeit eines rollenden Fasses an. Ich wunderte mich, wie flink er sich trotz seiner massiven Körperfülle bewegen konnte.

Ich fuhr herum und rannte, so schnell ich konnte, gegen den eisigen Wind an. Als die Hagelkörner mich im Gesicht und am Körper trafen, legte ich eine Hand auf meinen Bauch. Ich konnte überhaupt nichts sehen, auch nicht, als die Strahlen des Stroboskops durch die Wolken schnitten.

Wenn ich im falschen Moment geblinzelt hätte, hätte ich die Leiter übersehen.

Sie tauchte kurz am Rand meines Gesichtsfelds auf, etwa drei Meter von mir entfernt.

Ich änderte meine Richtung, rannte auf sie zu und knallte so hart gegen das alte Metall, dass ich mir Prellungen an den Armen zuzog.

Sie führte an der Mauer empor in die Dunkelheit. Ich fasste die eiskalten Sprossen über meinem Kopf, zog mich hoch, sodass ich die unterste erreichen konnte, und kletterte los.

Der Bär krachte mit solcher Wucht gegen die Leiter, dass sie zitterte.

Ich blickte nach unten und sah, wie er sich auf den Hinterbeinen aufrichtete, wütend brüllte und mit einer seiner Tatzen nach mir schlug. Er verfehlte zwar knapp mein Bein, riss aber das untere Ende der Leiter aus ihrer Halterung in der Mauer.

Als die Leiter wackelte, klammerte ich mich noch fester an die Sprossen, kletterte aber weiter. Ich war bereits vier Meter über dem Boden und konnte ihn vor lauter Nebel kaum noch sehen. Der Bär war verschwunden.

Ich kletterte weiter. Meine Beine zitterten vor Angst und Erschöpfung. Die Leiter endete an einer Luke mit rostigem Vorhängeschloss. Kein Ausgang.

Ich verspürte nicht das geringste Verlangen, umzudrehen und wieder nach unten zu klettern. Aber auf dieser Leiter konnte ich auch nicht bleiben. Schon jetzt schmerzten meine Handgelenke und meine Finger waren gefühllos vor Kälte.

Hier oben machten die Windmaschinen nicht so viel Lärm und die Aussicht war besser.

Ich blickte mich um. Im Schein der Stroboskoplichter glaubte ich, in etwa fünfundzwanzig oder dreißig Meter Entfernung eine Tür zu erkennen. Außerdem sah ich zwei Menschen, die an gegenüberliegende Wände gekettet waren. Eine Frau und ein Mann.

Den Mann kannte ich nicht, und die Tatsache, dass es keiner von meinen Freunden war, verschaffte mir wieder einmal ein egoistisches Gefühl der Erleichterung.

Ich stieg wieder nach unten. Es gab ja sonst nichts zu tun.

Bis zum Boden waren es zehn Sprossen.

Der Bär brüllte wieder, aber bei dem lauten Wind konnte ich nicht erkennen, wo oder wie weit weg er sich befand. Ich hörte noch einen ängstlichen Hilfeschrei, der jedoch mittendrin verstummte. Patricia hatte erwähnt, dass sich vier Personen in dem Raum befanden. Wenn ich richtig gezählt hatte, hatte der Bär bereits drei von ihnen erwischt.

Ich brauchte eine Waffe, wenn ich die vierte retten wollte. Vielleicht fand ich ja im nächsten Raum eine.

Anscheinend hatte ich mir beim Rennen eine Sehne gezerrt, denn ich spürte ein Stechen in meinem linken Bein, als ich durch dichte Nebelschwaden auf die Tür zulief. Ein plötzlicher Windstoß warf mich beinahe um.

Völlig außer Atem stieß ich gegen die Tür, griff nach der Klinke und drückte sie nach unten.

Nichts geschah.

Ich wartete, bis das Stroboskoplicht erneut aufblitzte, und konnte jetzt das Tastenfeld sehen. Jemand hatte es verkehrt herum montiert.

Ich tippte 666 ein und wartete auf das grüne Licht. Aber stattdessen blinkte ein rotes.

Hatte ich mich vertippt?

Ich versuchte es noch mal und passte auf, dass die Nummer stimmte. Wieder ein rotes Licht.

Denk nach, denk nach, denk nach.

Scheiße.

Das Tastenfeld war ja verkehrt herum angebracht. Wenn man die Sechs auf den Kopf stellt, sieht sie wie eine Neun aus.

Ich versuchte es mit 999.

Rot.

Was machte ich falsch?

In dem Haus, das in die Luft geflogen war, hing eine Tafel mit der Aufschrift ERSTER KREIS: LIMBUS 666.

In diesem Raum hatte ich ebenfalls eine Tafel gesehen, nämlich die um Patricias Hals. Aber darauf hatten keine Zahlen gestanden, sondern nur das Wort REIZES in Großbuchstaben.

Der Bär brummte wieder, diesmal näher als zuvor.

Kurz darauf ertönte ein weiterer Todesschrei. Das letzte Opfer.

Jetzt war nur noch ich übrig.

Ich durfte nicht untätig herumstehen und mir vor Angst in die Hose machen. Ich musste weg.

Ich tastete mich an der Wand entlang. Da Luther mich auf dem Weg zur Lagerhalle ständig mit seinen Anweisungen abgelenkt hatte, hatte ich nicht auf ihre Größe und Ausdehnung geachtet.

Bis ich am Ende der Wand ankam, verging eine gefühlte Ewigkeit. Ich ging um die Ecke, wartete auf den nächsten Lichtblitz und sah eine etwa fünfzehn Meter lange Mauer aus Ziegelsteinen. Von einer weiteren Tafel keine Spur.

Ich lief schneller. Der Schmerz in meiner Sehne wurde schlimmer.

Plötzlich hörte ich einen neuen Schrei. Ich starrte in den tosenden, eisigen Wind. Das Stroboskop blitzte wieder für eine halbe Sekunde auf, und ich sah, wie der Grizzly nur zehn Meter weiter einen Menschen mit seinen Pranken zerriss und verspeiste.

Beim nächsten Lichtblitz sah ich etwas Glänzendes an der Wand hängen.

Es war keine Tafel, sondern nur ein Gebotsschild mit der Aufschrift SCHUTZHELM TRAGEN.

Ich machte in Richtung Tür kehrt und stieß beinahe mit dem Bär zusammen. Das Tier stand zwischen mir und der Wand.

Diesmal wartete ich nicht, bis er mich angriff, sondern fuhr herum und rannte wie der Teufel in die andere Richtung. Der Schmerz im Bein, das Kind in meinem Bauch – im Augenblick war mir alles egal. Ich rannte von der Wand weg, mitten in den Nebel. Der Wind blies mir eiskalte Wassertropfen ins Gesicht.

Weiter vorne standen ein paar Gegenstände dicht beieinander. Ich bahnte mir einen Weg zwischen alten Ölfässern hindurch. Als ich einen Blick über meine Schulter nach hinten riskierte, sah ich, wie der Grizzly immer näher kam. Er hatte inzwischen auf etwa sechs Meter aufgeholt.

Ich stieß im Vorbeilaufen sämtliche Ölfässer um. Der Lärm, den ich dabei machte, verstärkte das Chaos um mich herum.

Ich bog scharf nach links und stürzte mich in den Nebel. Weit und breit waren weder Mauern noch eine Tür zu sehen. Ich hörte, wie der Bär durch die umgestürzten Ölfässer polterte. Vielleicht gab mir das ein paar Sekunden Vorsprung.

Ich hatte keine Ahnung, ob ich überhaupt auf den Ausgang zulief. Mir kam es eher so vor, als flog ich durch einen elektrischen Sturm.

Plötzlich rutschten meine Schuhe auf dem Betonboden aus. Ich fiel jedoch nicht hin, sondern schaffte es im letzten Moment, die Füße seitlich zu drehen und auf meinen Sohlen zu schlittern. Als ich nach unten blickte, stellte ich fest, dass ich durch eine rote Lache rutschte.

Ich fiel auf ein Knie und spürte, wie etwas Warmes durch den Stoff meiner Hose drang – Blut. Kaum zu glauben, aber ich war wieder bei dem Tastenfeld angelangt, das verkehrt herum an der Wand hing.

Hinter mir ertönte ein Brüllen.

Der Grizzly war nur noch ein paar Meter von mir entfernt.

Ich starrte auf die Tastatur und versuchte es noch mal mit 666.

Nichts geschah.

999.

Immer noch nichts.

Das Stroboskoplicht blitzte wieder auf und warf den riesigen Schatten des Bären auf die Tür. Er war jetzt so nahe, dass ich ihn spüren konnte, aber ich wagte es nicht, mich umzusehen.

REIZES.

Das einzige Wort in dem Paglia-Zitat, das in Großbuchstaben geschrieben war.

Warum nur?

Plötzlich fiel es mir ein. Luther hatte sich ausführlich mit den Verbrechern beschäftigt, die ich gejagt hatte. Dann musste er auch über Mr K Bescheid wissen. Bei dem hatten Buchstaben, die eine Ähnlichkeit mit Zahlen besaßen, eine wichtige Rolle gespielt.

REIZES.

Wenn man diese Buchstaben spiegelverkehrt las oder auf den Kopf stellte, konnte man mit einiger Fantasie die Ziffern 931235 erkennen.

Ich tippte sie ein.

Das Lämpchen blinkte grün auf.

Ich hörte, wie sich der Bolzen im Schloss drehte.

Plötzlich stieß mir der Bär seine kalte, feuchte Schnauze in den Rücken.

Als ich herumwirbelte, befand sich sein Gesicht auf Höhe meiner Brust.

Dann fing er an, an meinem Bauch herumzuschnüffeln.

Nein!

NICHT MEIN BABY!

Ich holte aus und gab ihm einen Schlag auf die Schnauze.

»BÖSER BÄR!«

Das Tier machte einen Schritt zurück und legte die Ohren an. Der Anblick erinnerte mich an einen zu groß geratenen Hundewelpen, den man geschimpft hatte.

Ich riss die Tür auf und flüchtete nach draußen. Kaum hatte ich sie hinter mir zugeknallt, sprang der Bär so heftig dagegen, dass sie erzitterte.

Luther

Er beobachtet Jack auf dem Bildschirm. Die Nachtsichtkamera verleiht dem Bild einen Grünstich.

Gerade noch mal gut gegangen.

Luther hält die Masterbedienung fest umklammert. Er hat die ganze Zeit den Finger über der Taste gehabt, mit der man die Sprengladung am Halsband des Bären detonieren lassen kann. Ein paar Mal hätte er beinahe draufgedrückt. So viel der Bär ihn auch gekostet hat, Jack ist wertvoller. Er will sie etwas lehren, nicht sie töten.

Er muss sich jedoch eingestehen, dass es letztendlich so weit kommen kann.

Ein paar Mal war es wirklich knapp, und es war spannend gewesen, dabei zuzusehen. Aber Jack hat es dann doch geschafft, wie Luther gehofft hatte.

Jetzt wird es Zeit, dass er es schwieriger für sie macht. Er drückt auf die Mikrofontaste und aktiviert ihren Ohrhörer.

»Das mit dem Teddybär haben Sie gut gemacht, Jack. Ich muss Sie loben. Hab ich mir das nur eingebildet oder ist für einen kurzen Augenblick bei Ihnen der Mutterinstinkt zum Vorschein gekommen? Wie bei einer Wölfin, die ihr Junges schützt?«

»Ich hab die Schnauze voll von Ihrem Spiel, Luther.«

»Aber ich bitte Sie, jetzt geht es doch erst richtig los. Sehen Sie diesen Wasserturm hundert Meter weiter?«

»Ja.«

»Ich will, dass Sie da raufklettern. Am Fuß des Turms steht eine Leiter.«

»Kommt überhaupt nicht infrage.«

Luther hat mit so einer Reaktion gerechnet. Er verlässt den Kontrollraum und geht auf den siebten Kreis zu, wo Phin und Harry warten.

»Ich kann Sie wohl nicht zwingen. Aber vielleicht lassen Sie sich ja überreden. Wen soll ich zuerst verbrennen, Harry oder Phin?«

Jack spricht so leise, dass er sie kaum hören kann. »Lassen Sie sie in Ruhe, Luther.«

»Dann tun Sie, was ich Ihnen sage. Sie können entweder auf den Wasserturm klettern oder dabei zuhören, wie ich die beiden bei lebendigem Leibe verbrenne.«

Jack sagt einen Moment lang nichts.

Doch schließlich gibt sie sich geschlagen. »Also gut. Aber tun Sie ihnen nichts.«

Luther lächelt.

Es wäre schade gewesen, diesen Trumpf schon so früh zu spielen. Jack wäre mit Sicherheit entsetzt gewesen, wenn sie dabei hätte zuhören müssen, wie ihre Freunde verbrennen.

Wie viel schlimmer wird es dann erst für sie sein, wenn sie in diesem Kreis der Hölle angekommen ist und dabei *zusehen* muss.

Jack

Draußen war es zwar kühl, aber eine willkommene Abwechslung zu den eisigen Temperaturen in der Bärenhöhle.

Plötzlich versperrte mir ein stacheldrahtbewehrter Metallzaun den Zutritt zu dem Gelände, auf dem sich der Wasserturm befand.

»Sie glauben doch nicht im Ernst, dass ich da drüberklettern kann, Luther? Sie wissen doch, dass ich fast im neunten Monat schwanger bin.«

»Gehen Sie auf die andere Seite, da hab ich ein Loch reingeschnitten.«

Ich ging den Zaun entlang und trat dabei immer wieder auf Glasscherben, die unter meinen Tennisschuhen knirschten.

Als ich endlich an der Stelle ankam, blieb ich stehen. Luther hatte in den Zaun eine etwa eineinhalb Meter hohe und einen Meter breite Öffnung geschnitten. Ich zwängte mich hindurch und legte die letzten paar Meter zum Fuß des Turms zurück.

Es war ein älteres Bauwerk und sah aus wie ein Raumschiff – ein großer Metallzylinder auf Stelzen mit einem kegelförmigen Dach. Um den Tank verlief eine Plattform mit Laufsteg. Die vier Metallstützpfeiler steckten in einem Betonfundament, von dem bereits Teile abgebröckelt waren. Irgendwie hatte ich eine Wendeltreppe erwartet, aber es gab nur eine schmale Leiter, deren unterste Sprosse sich in Mannshöhe über dem Boden befand. Daran hing eine Strickleiter, die im Wind hin und her schaukelte.

Ich erstarrte und mein Magen verkrampfte sich.

»Luther, bitte.«

»Klettern Sie los.«

»Ich kann nicht.«

»Langsam wird es mir langweilig, ständig damit zu drohen, was ich Ihren Freunden antun werde.«

»Ich kann das nicht.«

»Wie Sie wollen.«

»Warten Sie.«

Er schnaubte. »Entscheiden Sie sich, oder ich …«

»Geben Sie mir eine Sekunde«, sagte ich.

Ich ging zur Strickleiter. Als ich mich daran festhielt, dachte ich an eine Geschichte, die ich schon oft gehört hatte. Sie handelte von Frauen in China, die auf den Reisfeldern schufteten, bis sie ihre Kinder zur Welt brachten. Dann hielten sie sich die Neugeborenen an die Brust und machten sich wieder an die Arbeit.

Wenn die das konnten, warum ich nicht?

Ich starrte die Leiter hoch und spürte ein Flattern im Bauch. Und plötzlich schoss etwas, das sich wie Strom anfühlte, meine Beine hinunter bis in die Zehenspitzen.

Mir kam es vor, als ragte die Leiter etwa fünfundzwanzig bis dreißig Meter in den Himmel. In höchstens einer halben Stunde würde die Dunkelheit hereinbrechen. Aus den tief hängenden Wolken, die am Wassertank vorbeizogen, fiel beständiger und kalter Nieselregen. Vielleicht bildete ich mir das nur ein, aber ich hatte den Eindruck, als würde der Turm schaukeln. In meiner Fantasie hörte ich das rostige Metall ächzen.

»Luther …«

»Sie haben genau sieben Minuten, um da hochzuklettern, oder ich bringe einen von Ihren Freunden um. Und das Tolle dabei ist, dass Sie sich das Ganze mit anhören müssen. Ihre letzten Augenblicke. Ich habe ein Aufnahmegerät, da können Sie es sich immer wieder anhören.«

Ich schloss die Augen und versuchte krampfhaft, meinen Herzschlag zu beruhigen. Ich litt unter Höhenangst. Phin hatte mich zu meinem achtunddreißigsten Geburtstag in ein brasilianisches Steakrestaurant namens Brazzaz im Zentrum von Chicago eingeladen. Aber zuvor hatte er mich überredet, mit ihm zur Aussichtsplattform auf dem Willis Tower hochzufahren. An der Westseite des Hochhauses befanden sich vier Balkone aus Glas, von denen aus man den Verkehr auf dem Wacker Drive vierhundert Meter tiefer beobachten konnte. Natürlich hatte ich gewusst, dass die Konstruktion stabil war. Schließlich würde keine Versicherung auf der Welt so eine Touristenattraktion versichern, wenn es dort nicht genauso sicher wäre wie daheim auf dem Sofa. Und trotzdem …

… hatte ich mich nicht getraut, einen dieser Balkone zu betreten.

In meinem Kopf hatten die Alarmglocken geschrillt und mich davon abgehalten, auch nur einen Fuß auf diese gläserne Plattform zu setzen.

Natürlich hatte Phin mich deswegen gnadenlos gehänselt.

Und jetzt …

»Was hält Sie zurück?«, säuselte Luther mir ins Ohr. »Die furchtlose Jack Daniels leidet doch nicht etwa ein klein bisschen unter Höhenangst?«

Ein klein bisschen? Sehr viel sogar.

»Sie sollten jetzt lieber loslegen.«

Ich griff mit beiden Händen nach der feuchten Strickleiter, hievte mich auf die unterste Leitersprosse und kletterte los. Die Strickleiter dehnte sich unter meinem Gewicht und die Metallsprossen über mir ächzten und quietschten.

Ich arbeitete mich langsam eine Sprosse nach der anderen hoch. Mein dicker Bauch machte diese Herausforderung nicht gerade leichter. Als ich die erste Metallsprosse erklomm, war die Kälte in der Bärenhöhle vergessen. Jetzt schwitzte ich.

Das Metall war kalt und nass und die Sprossen kaum breiter als dreißig Zentimeter. Mit meinen feuchten Händen konnte ich mich nur schwer daran festhalten.

Aber ich dachte nicht nach, sondern kletterte einfach drauflos. Da mein dicker Bauch mich daran hinderte, frontal auf der Leiter zu stehen, hielt ich den Körper zur Seite gewandt.

Ich hatte gerade fünf Sprossen hinter mich gebracht, als die Leiter unter meinem Gewicht zitterte – ein leichtes Vibrieren, das ich in den Knochen spürte und das mir Angst einjagte.

Aber ich machte weiter und vermied es dabei, nach unten zu schauen. Stattdessen konzentrierte ich mich auf die nächste Sprosse, den nächsten Schritt, und verbannte alle anderen Gedanken aus meinem Kopf.

Als ich in halber Höhe angekommen war, hielt ich inne. Nicht aus Angst – ich hatte kein einziges Mal nach unten geschaut, konnte aber die Höhe spüren –, sondern aus purer Erschöpfung.

»Wie geht's?«, fragte Luther.

»Nur ein bisschen verschnaufen.«

»Ich will ja nicht hetzen, aber Sie haben noch drei Minuten. Ich muss gestehen, ich hoffe ein bisschen, dass Sie es nicht schaffen.«

Schweiß lief mir in die Augen, und ich blinzelte, als sie davon brannten.

Ich kletterte weiter.

Einen Fuß nach oben.

Dann den nächsten.

Eine Hand auf die nächste rostige Sprosse.

Dann die andere Hand.

Und so weiter.

Die Bewegungsabläufe wären im Prinzip monoton gewesen, wenn mir nicht jeder Schritt ein Stück mehr Energie abverlangt hätte als der vorherige.

Wenn es mir nicht so vorgekommen wäre, als würde mein Körpergewicht mit jedem Schritt zunehmen.

Wenn nicht auch nur ein einziger Fehler ausgereicht hätte, um mich in den sicheren Tod stürzen zu lassen.

»Sie haben noch genau eine Minute«, sagte Luther.

Ich stieg mit meinen Füßen auf die nächste Sprosse und langte nach oben, ohne zu schauen.

Als ich ins Leere griff, drehte sich mir vor Schreck der Magen um. Ich klammerte mich an die Leiter. Meine Beine zitterten vor Erschöpfung und Angst.

Die nächste Sprosse über meinem Kopf fehlte. Wie es aussah, war sie einfach durchgerostet und abgefallen.

»Fünfundvierzig Sekunden.«

Ehe ich mich versah, starrte ich fünfundzwanzig Meter in die Tiefe. Mir war, als ob mir der Boden unter den Füßen weggezogen wurde und ich in freiem Fall nach unten stürzte.

Ich umklammerte die Sprosse noch fester. Luther lachte und sagte: »Noch dreißig Sekunden, Jack. Wenn ich gewusst hätte, dass Ihnen das so viel Angst macht, hätte ich mir einen höheren Turm ausgesucht.«

Los, mach schon, Jack. Jetzt gleich. Weiter, weiter, weiter. Du musst es tun.

Ich langte nach oben. Meine Finger berührten die nächste Sprosse. Ich umklammerte sie so fest, dass meine Knöchel weiß hervortraten, und zog mich hoch. Dabei schaffte ich es mit Ach und Krach, mit meinen Füßen die Lücke zu überwinden, die die fehlende Sprosse hinterließ.

»Zwanzig Sekunden.«

Ich kletterte, so schnell ich konnte. Eine Verschnaufpause einzulegen, war ein Luxus, den ich mir nicht leisten konnte.

»Zehn Sekunden.«

Noch drei Sprossen trennten mich von dem Geländer des Laufstegs, das um den Wassertank herumführte.

»Fünf Sekunden.«

Ich kämpfte mich die letzten paar Stufen hoch und hielt mich am Geländer fest, darauf vertrauend, dass es mein Gewicht aushalten würde – das musste es einfach. Dann wuchtete ich mich auf den Laufsteg, ließ mich auf den Rücken fallen und starrte in den inzwischen dunkel gewordenen Himmel. Der Schweiß lief mir in Strömen über das Gesicht.

Luther sagte mir etwas ins Ohr, aber ich schnaufte so laut, dass ich ihn nicht hören konnte.

Nach etwa zwanzig Sekunden sagte ich zu ihm: »Ich hab Sie nicht verstanden.«

»Ich sagte, Sie haben's geschafft, Jack. Herzlichen Glückwunsch.«

Ich rieb mir den Bauch und zog mich an dem dünnen Geländer in eine unbequeme sitzende Stellung hoch, die Beine auseinander. Der Laufsteg war etwas über einen halben Meter breit. Von da, wo ich saß, in etwa dreißig Meter Höhe, hatte ich eine beeindruckende Aussicht über Luthers Betonkönigreich.

Eine Straßenzeile nach der anderen mit verfallenen Fertighäusern.

Ein sechsstöckiger Sozialbau, der schon lange leer stand.

Fabriken und Lagerhallen, so weit das Auge reichte – riesige Ungetüme aus Ziegelsteinen mit Schornsteinen und leeren Parkplätzen, auf denen es früher nur so von Autos gewimmelt hatte. Aber jetzt war da nur noch eine ausufernde Betonwüste.

Ein Brachland.

Keinerlei Anzeichen von Industrie oder menschlichem Leben, abgesehen von einer niedrigen Skyline in etwa zwei oder drei Kilometer Entfernung, von der leises Verkehrsrauschen herüberdrang.

Sie hätte genauso gut tausend Kilometer weit weg sein können. Wo ich jetzt saß, war ich Luther hilflos ausgeliefert.

»Stehen Sie auf, Jack.«

Mühsam erhob ich mich. Meine Beine waren schwach und in den Armen verspürte ich ein Kribbeln.

Plötzlich vernahm ich über mir ein leises mechanisches Summen.

Ich hob den Kopf und blickte in die Linse einer Kamera.

Luther

Er streckt die Hand aus und berührt das Gesicht auf dem Bildschirm. Dann sagt er: »Bitte lächeln.«

Jack

Ich lächelte nicht in die Kamera. Sie hing genau über der Stelle, wo die Leiter auf den Laufsteg traf, und war auf mich gerichtet.

Unterhalb der Kamera sah ich eine weitere Messingtafel – der einzige Gegenstand auf diesem Turm, der nicht von Rost befallen war.

ACHTER KREIS: VERRAT 911
»Glaubte ich, dass meine Antwort wer vernähme,
Der je zur Oberwelt zurückgelangte,
So bliebe unbeweglich diese Flamme.
Weil aber, ist, was man sagte, richtig,
Lebendig niemand diesem Schlund entstiegen,
Kann ohne Furcht der Schmach ich Antwort geben.«
Inferno, Siebenundzwanzigster Gesang

Ein Geräusch auf der anderen Seite des Wassertanks ließ mich aufhorchen – es klang, als ob jemand eine Kette über das Metallgitter des Laufstegs zog.

Woher das Geräusch genau kam, konnte ich nicht erkennen, da der Tank mir die Sicht versperrte.

Plötzlich zitterte der Laufsteg. Schritte kamen auf mich zu.

»Was ist das, Luther? Sind Sie hier oben?«

Er gab mir keine Antwort.

»Luther?«

Die Schritte kamen jetzt immer näher. Sie erklangen rechts

von mir, gleich um die Ecke. Ich trat langsam den Rückzug an und brachte dabei instinktiv die Arme in Abwehrhaltung. Die Kampf-oder-Flucht-Reaktion brachte mein Adrenalin auf Hochtouren.

Plötzlich trat eine kleine, drahtige Frau mit silbernen Haaren in mein Blickfeld.

Sie trug genau wie ich einen Jogginganzug und hielt das größte Klappmesser in der Hand, das ich je gesehen hatte. Halt, das stimmt nicht ganz. Ich hatte dieses Messer schon einmal gesehen. McGlade besaß so eins – ein Cold Steel Espada mit gekrümmter, zweiundzwanzig Zentimeter langer Klinge. Er hatte es tagelang mit sich herumgetragen und den harten Typen raushängen lassen, indem er es wie ein Besessener auf- und zuschnappen ließ. Irgendwann war es ihm dann aus der Hand gerutscht und mit der Klinge in seinem LED-Flachbildfernseher stecken geblieben.

Luther sagte: »Sie will am Leben bleiben, Jack. Sehr sogar. Ich habe ihr versprochen, dass ich sie laufen lasse, wenn sie die Person tötet, die die Leiter hochklettert. Ich werde mein Wort halten, und sie glaubt mir. Für Sie besteht der einzige Ausweg darin, dass Sie sie zuerst töten.«

»Das werde ich nicht tun«, sagte ich und trat noch ein paar Schritte zurück.

»Dann bleiben Sie halt stehen und lassen sich von ihr in Stücke hacken.«

Die Frau kam immer noch auf mich zu. Ihre Augen hatten etwas Raubtierhaftes. Das Glänzen in ihnen verriet mir, dass sie etwas vorhatte.

Ach du Scheiße.

Sie musste dasselbe gedacht haben, denn wir blieben beide mit offenem Mund stehen.

»Kennen wir uns?«, fragte ich.

»Das frage ich mich auch.«

Als ich ihren unverkennbaren Manhattan-Akzent hörte, wusste ich es.

»Cynthia Mathis?«, fragte ich. »Die Literaturagentin von Andrew Z. Thomas?« Ich kannte ihr Gesicht von dem Foto in ihrem Blog.

»Ja, und wer sind Sie?«

»Wir haben vor ein paar Tagen miteinander telefoniert. Ich bin Jack Daniels.«

Ihre Augen weiteten sich. »Im wirklichen Leben sind Sie nicht so hübsch«, sagte sie.

Das musste sie gerade sagen. Das Foto in ihrem Blog war mindestens zwanzig Jahre alt. »Ich habe mich nicht gerade aufgebrezelt. Und na ja, ich bin momentan …«, ich tätschelte meinen Bauch, »ein bisschen schwanger.«

»Er hört uns zu«, sagte Cynthia.

Ich nickte. Mir war aufgefallen, dass sie ebenfalls einen Ohrhörer trug.

Die Tränen, die ihr Gesicht hinuntergelaufen waren, hatten tiefe Furchen in ihrem Make-up hinterlassen – wie ausgetrocknete Flussbetten. Falls sie zuvor hysterisch gewesen war – was ich glaubte –, so sah sie jetzt aus wie jemand, der zum Äußersten bereit war. Sie strahlte eine Härte aus, die weit über das hinausging, was sie brauchte, um erfolgreich mit Verlagen zu verhandeln. Ich fragte mich, wie lange er sie hier oben angekettet hatte, sodass sie nun bereit war zu töten. Stunden? Den ganzen Tag? Sie sah durchnässt und durchfroren aus.

Ihr Blick glitt zu dem Messer in ihrer Hand, dann wieder zu mir.

»Ich werde ganz offen mit Ihnen sein, meine Liebe … darf ich Sie Jack nennen?«

»Natürlich.«

Sie stand jetzt nur noch drei Meter von mir entfernt und verlagerte ihr Gewicht mal auf den einen, mal auf den anderen

Fuß – wie eine Tennisspielerin, die auf den gegnerischen Ball wartet.

»Er wird mich töten, Jack. Es sei denn, ich töte Sie.«

»Wie?«

Sie berührte etwas an ihrem Hals, das mir bisher nicht aufgefallen war. Ein Halsband. Ähnlich wie jenes, das ich an dem Bären gesehen hatte, nur kleiner.

»Ich warte nun schon eine ganze Weile hier oben und habe mich innerlich darauf vorbereitet. Er hat mir zwar nicht gesagt, dass Sie es sind, der da kommen wird, aber wissen Sie was?«

»Was, Cynthia?«

»Es ist mir egal.«

»Wieso?«

Sie machte einen Schritt nach vorn und schleifte die Kette über das Gitter. »Ich hab noch ein Jahr bis zur Rente. Ich habe Enkelkinder und einen Mann. Wir wollten den Sommer in Südfrankreich verbringen. Ich habe nicht vor, hier zu sterben. Sie oder ich. Und ich werde es nicht sein.«

»Hören Sie mir zu, Cynthia.«

»Was?«

»Es gibt auch eine andere Lösung.«

»Welche?«

»Ich weiß nicht, ich …«

»Er spricht gerade zu mir«, sagte die Frau. »Er besteht darauf, dass ich es tue. Er sagt, er wird mich töten, wenn Sie in sechzig Sekunden immer noch hier sind.«

»Geben Sie mir das Messer. Wir dürfen es nicht zulassen, dass er …«

»Jack, er wird mich in weniger als einer Minute umbringen.«

Sie brachte sich in die richtige Stimmung – das konnte ich in ihren Augen sehen.

»Cynthia …«

Jetzt sprach Luther zu mir: »Passen Sie auf, Jack. Sie wird

gleich angreifen. Ich hätte Ihnen gerne eine Waffe gegeben, aber das wäre dann ja kein fairer Kampf, wenn man Ihre Ausbildung und Erfahrung und Cynthias fortgeschrittenes Alter in Betracht zieht. Aber Vorsicht, sie ist zäh. Ein Hai, wenn es sein muss. Passen Sie also auf.«

Mathis kam noch einen Schritt näher. Sie hielt das Messer mit beiden Händen wie ein Schwert. Mit der langen Klinge sah es auch so aus.

»Ich helfe Ihnen, die Kette loszuwerden«, sagte ich, aber noch im selben Augenblick war mir klar, dass Luther sie töten würde, falls ich das tat. Entweder sie oder einen meiner Freunde.

»Was erwarten Sie sich davon, Luther?«, fragte ich genau in dem Moment, als Cynthia zum Angriff überging.

»Ich will zusehen, wie Sie sie töten.«

»Sie wissen genau, dass ich das nicht tun werde.«

»Dann tötet sie eben Sie. Und Ihr Baby gleich mit.«

Als hätte es unsere Unterhaltung mitbekommen, fing mein Baby zu zappeln an. Ich langte an meinen Bauch und konnte durch meine Windjacke spüren, wie es mit dem Fuß dagegen trat.

»Tut mir leid, Jack«, sagte Cynthia.

Es klang aber nicht so, als ob es ihr leidtat.

Cynthia machte drei schnelle Schritte auf mich zu. Mit der einen Hand hielt sie sich am Geländer fest, mit der anderen umklammerte sie das riesige Messer.

Nicht, dass es mich sonderlich überraschte, aber ich sah sofort, dass die Frau noch nie ein Messer in der Hand gehalten hatte. Für mich war das natürlich gut, denn es gab keine idiotensichere Methode, einen Messerangriff zu überleben, wenn man selbst keine Waffe besaß.

Davonlaufen war immer noch das Beste, wenn man es schaffte. Die zweitbeste Möglichkeit bestand darin, hinter etwas Deckung zu suchen.

Keine dieser Möglichkeiten stand mir offen, also blieb mir nichts weiter übrig, als die Hand, in der sie das Messer hielt, außer Gefecht zu setzen oder zuzuschlagen.

Meine Schwangerschaft und meine Erschöpfung arbeiteten gegen mich. Noch schlimmer war, dass ich es nicht einfach nur mit einem mickrigen Springmesser zu tun hatte. Wenn Mathis es richtig anstellte, konnte sie mir mit dem Ding den Arm abhacken.

Sie legte die eineinhalb Meter, die uns noch trennten, schneller als erwartet zurück und drehte sich seitwärts, die linke Schulter zu mir gewandt. Dann stürzte sie sich auf mich, die Klinge geradewegs auf meinen Bauch gerichtet.

Ich wich atemlos aus und taumelte zurück, mehr als nur ein klein bisschen erschrocken darüber, um wie wenig die Messerspitze meinen dicken Bauch verfehlt hatte.

»Sie sollten die Sache ernst nehmen«, sagte Luther.

Kaum hatte ich mich von dem Schrecken erholt, als Mathis schon wieder angriff. Dieses Mal stach sie mit dem Messer von oben nach unten zu. Da es schon fast dunkel war, konnte ich die Entfernung nicht richtig einschätzen und wich daher hastig zurück, als die Messerspitze nur wenige Zentimeter vor meinen Augen vorbeisauste.

Mathis schien sich an ihre Rolle als Angreiferin zu gewöhnen.

Als sie sich wieder aufrichtete, kam mir eine Idee. Vielleicht musste ich sie ja gar nicht anfassen.

Ich drehte mich um und rannte, so schnell es meine dicken Beine erlaubten. Meine Schuhsohlen drohten auf dem nassen Metallgitter auszurutschen.

Hinter mir ertönten Schritte. Mathis rannte mir nach. Aber sie hatte nicht mit meiner Flucht gerechnet – ein Umstand, der mir ein paar Schritte Vorsprung verschaffte.

Ich gelangte auf die andere Seite des Wassertanks und sah

genau das, was ich mir erhofft hatte – den Haken, an dem die Kette befestigt war, deren anderes Ende an Cynthias Halsband hing. Als ich davor niederkniete, wurde mir schwindlig, und der Schweiß brannte in meinen Augen. Da kam sie auch schon angerannt und fuchtelte wie wild mit dem Messer herum.

Ich griff nach der Kette und schlang sie mir um den Unterarm. Inzwischen war Cynthia nur noch eineinhalb Meter von mir entfernt.

Zum ersten Mal seit Monaten war ich dankbar dafür, dass ich so viel zugenommen hatte.

Genau in dem Moment, als Mathis zustach, zerrte ich mit aller Kraft an der Kette.

Ihr Kopf flog nach hinten und die Schuhe hoben vom Laufsteg ab. Dann prallte sie mit Schultern und Rücken so hart auf das Metallgitter, dass ihr die Luft aus der Lunge gepresst wurde.

Ich eilte zu ihr und beugte mich über sie, um sie mit einem Handballenschlag ins Gesicht außer Gefecht zu setzen. Ich holte mit dem rechten Arm aus, hielt dann aber inne.

Das Messer lag mit blutiger Klinge neben Cynthia auf dem Laufsteg.

Sie hielt beide Hände stöhnend an ihre Seite gepresst, als wollte sie verhindern, dass etwas aus ihrem Körper trat. Ein Rinnsal aus Blut lief wie aus einem undichten Wasserhahn durch das Metallgitter und tröpfelte auf die Betonoberfläche darunter.

Obwohl es schon fast dunkel war, sah ich, dass das Blut hellrot war. Das Messer hatte eine Schlagader erwischt.

Ich kniete mich neben sie. Ihre Augen standen weit offen, nicht vor Schmerz, sondern vor Verwunderung.

»Ich will nicht sterben.«

Ich brachte meine Hände an ihre Seite und sagte: »Lassen Sie mich mal.« Als ich auf ihre Wunde drückte, lief mir Blut zwischen den Fingern hindurch, und zwar sehr viel. Sie hatte sich eine schwere Verletzung zugefügt. Als ich fester drückte, stieß sie einen Schrei aus.

»Sie ist verletzt, Luther.«

»Ich weiß. Haben Sie eine Vorstellung davon, wie viel mich all diese Überwachungskameras gekostet haben?«

»Ihre Kameras sind mir scheißegal. Sie braucht sofort ärztliche Hilfe.«

»Wie hat es sich angefühlt, sie zu töten, Jack?«

»Das war ein Unfall. Und sie ist noch nicht tot.«

»Aber Sie haben es getan.«

»Nein, Luther. Das waren *Sie*. Helfen Sie ihr. Bitte.«

»Sehen Sie das Messer? Werfen Sie es runter.«

Ich kam seiner Aufforderung nach.

»Und jetzt gehen Sie von ihr weg«, befahl Luther.

»Sie wird verbluten.«

»Nein, das wird sie nicht. Das verspreche ich Ihnen.«

Ich zögerte einen Augenblick, doch dann nahm ich meine Hände von ihrer pulsierenden Wunde und trat ein paar Schritte zurück.

Zuerst ertönte ein Klicken, dann ein Knall wie ein Pistolenschuss.

Cynthias Kopf fiel ihr von den Schultern und rollte über den Laufsteg. Von ihrem Halsband – oder vielmehr von dem, was davon übrig geblieben war – stieg Rauch auf.

»Sprengladung im Halsband«, sagte Luther. »Hat sie auf der Stelle getötet. Ich sagte Ihnen ja, sie wird nicht verbluten.«

Am liebsten hätte ich laut geschrien und geweint und mich vor Erschöpfung fallen gelassen. Und das alles auf einmal.

»Sie sollten ihr keine Träne nachweinen, Jack. Immerhin hat sie ihr Bestes versucht, Sie zu töten. Bei ihrer Arbeit ist Cynthia schon immer eine Halsabschneiderin gewesen, nur auf ihren eigenen Vorteil bedacht. Ich hätte allerdings nicht erwartet, dass sie es so wörtlich nimmt.

»Was bezwecken Sie mit Ihrem bizarren Spiel, Luther?«

»Lassen Sie sich überraschen.«

»Vielleicht werde ich Sie überraschen, indem ich einfach von diesem Turm springe.«

»Das werden Sie nicht, Jack. Sie sind eine Kämpfernatur. Und noch habe ich Sie nicht gebrochen.«

Plötzlich wehte ein ekliger Geruch über mich hinweg. Wie Kloake.

»Was ist das denn?«, fragte ich.

Schon jetzt konnte ich sehen, wie eine zähflüssige, schlammige Brühe um die Kurve des Laufstegs herumgekrochen kam. Ein Teil davon tropfte durch das Metallgitter, doch das meiste floss ungehindert weiter, wie glühende Lava.

»An Ihrer Stelle würde ich schleunigst von dem Turm runter, Jack.«

»Was ist das für ein Zeug?«

»Wonach riecht es denn?«

»Nach Scheiße.«

»Cynthia war im Grunde ihres Herzens eine Schmeichlerin. Sie hat andere Menschen mithilfe der Sprache manipuliert. Im zweiten Graben des achten Kreises der Hölle in Dantes *Inferno* wurden Schmeichler in menschliche Exkremente getaucht. Genau das wird gleich mit Cynthia passieren. An Ihrer Stelle würde ich jetzt runterklettern.«

Ich eilte zur Leiter zurück und musste unterwegs der Kloake ausweichen, die aus einem Druckventil strömte und sich über den gesamten Laufsteg ergoss.

Ich hielt mich am Geländer fest und ließ mich vorsichtig auf die Leiter herab.

Obwohl ich eine Riesenangst hatte, zögerte ich diesmal nicht. Ich stieg nach unten, so schnell ich konnte. Als ich die Hälfte der Strecke hinter mir hatte, fiel mir ein Batzen Scheiße mitten auf den Kopf.

Für eine Sekunde erstarrte ich, doch dann kletterte ich weiter die Leiter hinunter, während mir die Kloake aus den Haaren ins Gesicht und zwischen die Augen lief.

Die Fäkalien prasselten wie ein Gewitter auf mich herab – ein Shitstorm im wahrsten Sinn des Wortes. Dicke braune Tropfen landeten auf meinen Armen und auf meinem Kopf, und die Metallsprossen wurden glitschig davon. Ich hätte gerne nach oben geschaut, um zu sehen, was noch kam, aber da ich das Zeug weder in die Augen noch in den Mund bekommen wollte, hielt ich den Kopf während des gesamten Abstiegs gesenkt.

Als ich schließlich unten ankam, von Kopf bis Fuß voller Scheiße, und von der untersten Sprosse der Strickleiter auf den Boden trat, knickten meine Beine unter mir weg und ich brach auf dem rissigen Beton zusammen.

Sämtliche Muskeln und Fasern meines Körpers zitterten unkontrolliert. Ich konnte meine Hände nicht zu Fäusten ballen – so überlastet waren meine Sehnen vom Festhalten an den Sprossen.

Ich lag stöhnend auf der Seite und hätte stundenlang so liegen bleiben können, wenn ich nicht voller Exkremente gewesen wäre.

Ich packte die Strickleiter und zog mich daran hoch.

Meine Knie zitterten.

Ich blickte nach Westen, wo gerade die Sonne über dieser Geisterstadt unterging, und hatte das Gefühl, als verwandelte sich meine Seele in Eis. Ich wusste nicht, wie lange ich das alles noch aushalten konnte. Gleichzeitig war mir klar, dass es längst nicht vorbei war.

Luther hatte Dantes *Inferno* speziell für mich nachgebaut.

Und ich hatte noch sechs Höllenkreise vor mir.

***

Ich trat von dem Fundament des Wasserturms hinunter und kroch wieder durch das Loch im Zaun.

Inzwischen hatte der Regen aufgehört und der Himmel spiegelte sich in den Pfützen wider.

Aus einer Dachrinne an einem Gebäude weiter vorne lief Wasser. Obwohl ich völlig erschöpft war, lief ich, so schnell ich konnte, darauf zu und stellte mich unter den Wasserfall.

Mehrere Minuten lang ließ ich den Wasserstrahl auf mich prasseln, bis er den Dreck fortgespült hatte.

Dann taumelte ich weiter. Ich war jetzt sauber, aber dafür völlig durchnässt, und ich fing an zu zittern.

Während der letzten fünf Minuten hatten die Wolken mehrmals die Farbe gewechselt: Rosa, Lila, Blau und zuletzt ein dunkles Grau, das sich in Kürze in Schwarz verwandeln würde.

Die Aussicht, nach Einbruch der Dunkelheit auf Luthers Spielplatz zu sein, verlieh dem Terror eine gänzlich neue Dimension.

»Können Sie mich noch hören? Funktioniert der Ohrhörer noch?« Seine Stimme schreckte mich auf.

»Ja.«

»Sehen Sie die Fabrikhallen dort hinten?«

»Ja.«

»Gehen Sie dorthin.«

Die Fabrikhallen – soweit ich sie in der Abenddämmerung sehen konnte – sahen wie eine Steampunk-Skyline aus. Riesige Schornsteine und Schlote, ein Gebäude nach dem anderen. Ein Labyrinth aus Industrieruinen.

Nach fünf Minuten gelangte ich zu einem von Laternenmasten gesäumten Parkplatz. Die meisten davon waren umgestürzt oder zerbrochen und im Laufe der Jahre verrottet.

Die dazugehörigen Stromleitungen lagen ineinander verschlungen und verrostet auf dem Boden, wie lange braune Würmer, die mitten in ihrer Bewegung erfroren waren.

Ein eiskalter Schauer überkam mich. Durch eine Stelle in meiner Windjacke, die Cynthia mit dem Messer aufgeschlitzt hatte, drang ein kalter Luftzug.

Ich näherte mich einem dreistöckigen Backsteinbau – der erste von vielen, die von oben auf dem Turm ausgesehen hatten, als wären sie miteinander verbunden.

»Sehen Sie die Doppeltüren?«, fragte Luther.

Mein Herz schlug schneller, und das nicht nur vor Erschöpfung.

»Ja.«

»Gehen Sie da durch. Ich hoffe, Sie wissen noch den Zugangscode, den Sie auf dem Wasserturm gesehen haben. Wäre doch schade, wenn Sie im Dunkeln wieder da raufklettern müssten.«

Donaldson
Davor

Er litt höllische Schmerzen.

Die Schmerzmittel, die sie gehortet hatten, hätten eigentlich für zwei Wochen reichen müssen. Aber seit ihrer Flucht waren gerade mal zwei Tage vergangen und sie hatten bereits die Hälfte verbraucht.

Sie waren vorige Nacht frierend und hungrig angekommen und hatten kaum noch Benzin im Tank. Wieder einmal waren sie gezwungen gewesen, im Auto zu übernachten. Donaldson wachte ständig von Lucys Schnarchen auf. Sie konnte nichts dafür – sie hatte nicht nur ihre Nase verloren, sondern auch einen Teil der Nasenscheidewand. Trotzdem hatte er letzte Nacht mehr als einmal den Gedanken gehegt, sie umzubringen.

Die Vorstellung hatte durchaus ihren Reiz – zum einen würde es seine Mordlust stillen, die sich jahrelang in ihm aufgestaut hatte, zum anderen müsste er die Schmerzmittel nicht mehr mit ihr teilen.

Aber er hatte dem Drang widerstanden. Wenn alles lief wie geplant, würde sich ihm schon heute die Gelegenheit zu einem Mord bieten. Und zwar auf eine Art und Weise, die weitaus langsamer und schmerzhafter war als dieses alte und langweilige Erwürgen.

Außerdem war ihm das Mädchen auf eine perverse Art ans Herz gewachsen. In seinem bisherigen Leben war Donaldson noch nie so lange mit einem anderen Menschen zusammen gewesen – geschweige denn mit jemandem, mit dem er auf einer

Wellenlänge war. Lucy hatte dieselben Bedürfnisse, dieselben Wünsche, dieselben Ängste.

Eine echte Seelenverwandtschaft, geschmiedet im Feuer der Hölle.

Nach dem Aufwachen verbrachten die beiden den ganzen Tag damit, die verlassene Stadt gründlich zu erforschen. Violet, diese fette Schlampe, hatte sie hierhergeschickt, aber keine genauen Angaben darüber gemacht, wo sie hinmussten. Also fuhren sie einfach in der Gegend herum. Sie froren, hatten Hunger und Schmerzen und wurden immer frustrierter.

Als es dunkel wurde, waren sie ihrem Ziel kein bisschen näher gekommen.

Und zu allem Überfluss saßen sie plötzlich mit leerem Tank fest.

Donaldson dachte gerade wieder daran, Lucy zu erwürgen, als sie die Explosion am anderen Ende der Stadt sahen. Ein wenig später ertönten mehrere Schüsse.

Sie gingen zu Fuß in die Richtung, wo es passiert war.

»Du läufst mir zu schnell, D.«

Lucy hinkte schlimmer als zuvor. Noch langsamer, und sie könnte genauso gut rückwärtsgehen.

»Wir sind fast am Ziel, Lucy. Mach jetzt nicht schlapp.«

»Ich kann nicht mehr.«

»Dann bleib, wo du bist«, blaffte er sie an. »Mir ist das scheißegal.«

»D, bitte …«

Donaldson blieb stehen. Das B-Wort hatte er aus Lucys Mund noch nie gehört.

Er drehte sich um und sah sie an. Der Schmerz stand ihr deutlich ins Gesicht geschrieben.

In diesem Augenblick tat sie ihm leid.

Donaldson konnte sich nicht daran erinnern, jemals für einen anderen Menschen Mitleid empfunden zu haben. Wenn seine zahlreichen Opfer ihn um Gnade angefleht hatten, hatte ihn das nur noch mehr erregt.

Aber als Lucy jetzt Bitte sagte, rührte sich ein anderes Gefühl in ihm – das Bedürfnis, ihr zu helfen und sie zu trösten.

Wirklich seltsam.

»Möchtest du eine kurze Pause einlegen?«, fragte er.

Sie nickte.

Die beiden setzten sich auf eine verfallene Bank an einer Bushaltestelle und gönnten ihren müden, geschundenen und verkrüppelten Gliedern ein wenig Ruhe.

»Brauchst du noch ein paar Pillen?«, fragte Donaldson.

»Wir brauchen sie viel zu schnell auf.«

»Ich weiß. Aber darüber können wir uns morgen auch noch Gedanken machen. *Wenn* wir morgen überhaupt noch leben. Aber was im Augenblick zählt, ist heute.«

Sie würgten je zwei Paracetamol ohne einen Schluck Wasser hinunter.

Inzwischen hatte der Regen aufgehört und die Sonne ging gerade unter. Es war fast schon schön.

»Was willst du machen, D, wenn das hier vorbei ist?«

»Was meinst du damit?«

»Ich meine, was kommt als Nächstes? Wir sind entflohene Straftäter und können uns nicht einfach frei in der Öffentlichkeit bewegen. Wir können nicht ewig davonlaufen und uns verstecken. Irgendwann finden sie uns.«

»Dann gehen wir eben nach Kanada«, schlug Donaldson vor.

»Und wovon sollen wir dort leben? Uns Jobs suchen?«

»Wer sagt eigentlich, dass wir zusammenbleiben?«, fragte Donaldson. Es klang harscher, als er beabsichtigt hatte.

»Willst du damit sagen, wir sollen uns trennen, wenn das hier vorbei ist?«

»Wir mussten bisher zusammenarbeiten, Lucy. Wenn wir das

hier erst einmal hinter uns haben, können wir unsere eigenen Wege gehen.«

Donaldson wartete und hoffte, dass sie ihm widersprach. Er wunderte sich, dass sie ihm so viel bedeutete.

»Wenn du das willst, D.«

Er wollte es nicht. Es war sogar das Letzte, was er wollte. Wie konnte er nur so etwas Dummes sagen.

»Darüber können wir, äh, später reden. Im Augenblick gibt es Wichtigeres. Bist du bereit?«

Lucy nickte.

»Schön, mal wieder jemanden umzubringen, meinst du nicht auch?«

Sie rang sich ein schmerzverzerrtes Lächeln ab. »Und wie!«

Die beiden gingen einen Block weiter. Ihre Schatten wurden länger und verschwanden schließlich ganz, nachdem die Sonne untergegangen war. Die einzige Lichtquelle, die sie bei sich hatten, war die kleine froschförmige Taschenlampe an ihrem Autoschlüsselanhänger.

Donaldson befand sich in einem Gewissenskonflikt. Er wusste, dass er sich auf das konzentrieren musste, was vor ihnen lag. Gleichzeitig ließ ihm die Bemerkung, die er Lucy gegenüber gemacht hatte, keine Ruhe. Er musste die Sache wieder gutmachen. Allerdings machte er sich nicht unbeträchtliche Sorgen darüber, dass sie ihm eine Abfuhr erteilte. Warum er davor so viel Angst hatte, konnte er nicht mit Bestimmtheit sagen. Aber so war es jedenfalls.

Donaldson räusperte sich, aber der Kloß in seiner Kehle ging davon nicht weg.

»Hör zu, ich hab mir gedacht, dass es wohl am besten ist, wenn wir als Team arbeiten und zusammenbleiben.«

»Ist das dein Ernst, D?«

»Ja. Wir könnten nach Kanada trampen, unterwegs Autofahrer umbringen und ihnen Geld und Kreditkarten wegnehmen.

Wenn wir dort sind, beschaffen wir uns falsche Papiere und geben uns als kanadische Staatsbürger aus. Dort oben gibt es eine staatliche Gesundheitsfürsorge. Schmerztabletten, so viel wir wollen, und das auf Staatskosten.«

»Keine schlechte Idee«, sagte Lucy.

Ihre Hand fand die seine in der Dunkelheit.

Donaldson tat die Berührung höllisch weh.

Aber in diesem Augenblick war ihm der Schmerz so egal wie schon lange nicht mehr.

***

Sie gingen noch zehn Minuten und kamen nur sehr langsam voran, weil sie häufige Pausen einlegten.

»D, schau mal.« Lucy deutete auf ein leeres Grundstück in der Ferne, auf dem nichts weiter stand als ein paar umgeknickte Laternenmasten – ein verlassener Parkplatz.

»Was denn?«

»Sag bloß, du siehst sie nicht.«

Er blieb stehen und starrte ins Weite, und als er schließlich sah, was Lucy ihm hatte zeigen wollen, war er zunächst begeistert, dann jedoch erstaunt. Wie konnte seine Partnerin mit ihrem einen Auge in der Dämmerung etwas erkennen, das mehrere hundert Meter weit weg war?

»Das ist sie doch, oder?«, sagte Lucy.

Aus dieser Entfernung konnte man weder Größe noch Länge und Farbe der Haare genau bestimmen, aber der dicke Bauch war unverkennbar.

Eine schwangere Frau humpelte gerade über den Parkplatz auf einen Backsteinbau zu.

»Ja«, sagte Donaldson, »das ist Jack Daniels.«

Phin

Er hörte, wie eine Tür aufging, und dann stand Luther Kite plötzlich in dem Verlies und starrte ihn und Harry an.

»Ich bin reich«, sagte McGlade.

»Ich auch«, erwiderte Luther. »Glauben Sie, dass Ihr Geld mir etwas bedeutet?«

»Nein. Aber es bedeutet mir etwas. Ich hatte eigentlich gehofft, Sie lassen mich gehen, damit ich mein Geld für Dinge ausgeben kann, die mir gefallen. Zum Beispiel eine vibrierende Stange für Stripperinnen.«

Luther fixierte Phin mit seinen dunklen Augen. »Macht er das immer? In Krisensituationen blöde Witze reißen?«

»Ja, andauernd.«

»Geht Ihnen das nicht auf die Nerven?«

Phin reckte das Kinn vor. »Wo ist Jack?«

»Sie wird in Kürze hier sein und zusehen, wie Sie beide leiden müssen. Ich muss nur noch ein paar letzte Tests machen, um sicherzugehen, dass alles reibungslos funktioniert. Diese Stühle, an die Sie gefesselt sind, sind ziemlich genial. Sie sind so konzipiert, dass man damit dem Opfer verschiedene Arten von Schmerzen zufügen kann. Mit diesem Schaltpult hier«, Luther ging zu einem Metallkarren, auf dem ein Laptop stand, »lassen sich Hitze, Kälte, Druck, Stromstöße, Durchlöcherungen und Abschürfungen verursachen. Mit anderen Worten, Sie erleiden Verbrennungen, Erfrierungen, Elektroschocks, Schnittwunden und Schrammen, und das alles auf verschiedene und qualvolle Arten und Weisen.«

»Nett«, sagte McGlade. »Bekommt man so was in einem Fachgeschäft für Psychopathen?«

Luther nahm zwei Gegenstände von dem Karren. Er trat hinter Phins Rücken und gab ihm einen davon in die Hand. Dasselbe tat er bei Harry.

»Dann will ich Ihnen mal erklären, wie das Spiel läuft«, sagte Luther. »Wir fangen mit Elektroschocks an. Jeder von Ihnen hält eine Fernbedienung mit einer Taste in der Hand. Wenn Sie draufdrücken, setzen Sie den anderen Stuhl unter Strom.«

Plötzlich traf Phin ein Stromschlag. Glühender Schmerz fuhr durch sämtliche Nerven seines Körpers.

Einen Augenblick später war es vorbei.

»Sorry, Kumpel«, sagte Harry. »Ich wollte nur mal sehen, ob es funktioniert.«

Phin atmete heftig aus. »Verdammt noch mal, McGlade.«

»Wie schlimm war es denn?«

Phin blinzelte die Tränen weg. »Schlimm.«

Luther verzog den Mund zu einem schwachen Lächeln. »Das Spiel läuft folgendermaßen. Nur eine dieser Tasten funktioniert gleichzeitig. Wenn Sie auf die Ihre drücken, verpassen Sie dem anderen einen Schock und unterbrechen den Stromfluss zu Ihrem eigenen Stuhl. Jack wird bald hinter dieser Plexiglasscheibe stehen und Ihnen zusehen.« Luther deutete auf die Wand am anderen Ende des Raumes. »Ich möchte, dass Sie Ihr eine gute Show liefern. Zeigen Sie ihr, wer von Ihnen der Stärkere ist. Ach ja, und außerdem wird die ganze Zeit glühende Asche auf Sie herabrieseln.«

»Da hab ich keine Chance«, sagte Harry. »Phin hält viel mehr aus als ich. Ich heule ja schon, wenn ich mir im Fernsehen Wiederholungen von *Familienbande* angucke.«

»Dann wird Phin eben für Sie beide leiden.«

Phin bereitete sich auf das Schlimmste vor. Dieser Stromschlag, der gerade mal eine Sekunde gedauert hatte, war das

Furchtbarste, was er je erlebt hatte. Und das, obwohl Schmerz ein alter Bekannter war.

Phin hatte zuvor eine Stunde damit verbracht, McGlade zu beruhigen und dafür zu sorgen, dass er endlich mit dem Heulen aufhörte. Er musste an das letzte Mal denken, als sie sich beide in einer ähnlichen Situation befunden hatten. Damals hatte Alex Kork Harrys Finger abgeschnitten und der arme Kerl hatte am meisten aushalten müssen.

Dafür war Phin diesmal bereit, das Schlimmste auf sich zu nehmen.

»Na, dann wollen wir mal«, sagte Luther und stellte sich hinter das Schaltpult. »Wir fangen mit Ihnen an, Phin. Und ich muss mich im Voraus bei Ihnen entschuldigen, dass ich Sie mit so einem Feigling zusammengebracht habe.«

Phin atmete langsam und tief ein und aus, um sich zu beruhigen.

»Harry McGlade ist mein Freund«, sagte Phin mit zusammengepressten Zähnen. »Und er ist der mutigste Mann, den ich kenne.«

»Meinst du das wirklich, Kumpel?«, fragte McGlade. Seine Stimme klang auf einmal sanft.

»Ja.«

»Willst du das Spiel von diesem Arschloch spielen?«

»Nein, verdammt noch mal.«

»Ich auch nicht. Bist du bei drei bereit?«, fragte McGlade.

Phin starrte Luther an und grinste. »Ja.«

»Eins … zwei … fick dich, Luther … drei!«

Phin drückte in schneller Folge auf die Taste. Er wusste, dass McGlade das Gleiche tat. Auf diese Art bekamen sie beide schnelle Schläge in kurzen Abständen und keiner musste alles auf einmal ertragen.

Trotzdem waren die Schmerzen furchtbar. Phin kam es vor, als hätte er am ganzen Körper einen gigantischen Muskelkrampf.

Aber da ihn nur alle zwei Sekunden ein Schlag traf, spürte er den Schmerz sporadisch und nicht am laufenden Band.

Er hörte Harry schreien.

Die Schreie wurden lauter wurden, und er merkte, dass er ebenfalls schrie.

»Aufhören!«, schrie Luther. »So läuft das Spiel nicht!«

McGlade brüllte immer wieder: »DAS IST SCHEISSE! DAS IST SCHEISSE!«, und Phin dachte schon, dass sein Freund kurz vor dem Zusammenbruch stand und er jetzt das Schlimmste ertragen musste.

Aber nein, Harry drückte weiter auf die Taste.

Phin ebenfalls.

Von dem Stuhl, an den er gefesselt war, stieg Rauch auf, und er hatte das Gefühl, als würde sein Blut kochen. Aber er drückte immer wieder auf die Taste.

Er schwor, lieber zu sterben, als damit aufzuhören.

McGlade schrie jetzt nicht mehr ständig »DAS IST SCHEISSE!«, sondern spuckte zwischen Stromschlägen und Schreien einzelne Worte aus. »STECK MIR … NE GLÜHBIRNE … IN DEN … MUND … UND … SCHAU … OB SIE … LEUCHTET!«

Phin zwang sich zu einem Lächeln. Dann presste er die Zähne zusammen und schloss die Augen. Obwohl der Schmerz so furchtbar war, dass er glaubte, jeden Moment in Ohnmacht zu fallen, drückte er immer wieder die Taste, bis er das Bewusstsein verlor.

Luther

Als Erstes hat Phins Stuhl einen Kurzschluss, der einen kleinen Brand verursacht. Dann passiert dasselbe bei McGlades Stuhl.

Luther greift nach dem Feuerlöscher unter dem Karren und erstickt die Flammen. Er braucht diese elektrischen Stühle noch. Sie sind ein wichtiger Teil seines Plans.

Die zwei sind bewusstlos. Damit sie es auch für eine Weile bleiben, holt Luther einen tragbaren Sauerstoffbehälter voller BZ-Gas und verabreicht jedem eine Dosis. Er selbst trägt zu seinem Schutz eine Gasmaske.

Dann bindet er sie los, legt sie auf den sandigen Boden und überprüft seine wertvollen Maschinen.

Die von Phin ist durchgebrannt, die Schaltplatte geschmolzen.

Luther versetzt dem bewusstlosen Mann einen festen Tritt in die Rippen und sieht sich dann Harrys Stuhl an.

Der scheint zum Glück noch zu funktionieren.

Luther fährt mit der Hand über sein Gesicht und überlegt, was er als Nächstes tun soll. Das da war der Kreis der Hölle, der für Gewalttäter reserviert war. Er hatte geplant, Jack dabei zusehen zu lassen, wie ihre Freunde sich gegenseitig umbrachten. Luther hat schon viele Menschen auf diese Stühle gesetzt und ist bisher noch nie enttäuscht worden. Die meisten leisteten am Anfang Widerstand, aber irgendwann wurden sie alle gebrochen und ließen ihr Gegenüber leiden.

Offenbar hatte er die Härte und Tapferkeit dieser beiden Männer unterschätzt. Vor allem die von McGlade.

Luther geht zu Harry und versetzt auch ihm einen festen Tritt.

Egal. Er kann die beiden später immer noch töten.

Wenn alles gut läuft, kann er vielleicht sogar dabei zusehen, wie Jack ihre Freunde tötet.

Aber dafür muss er sie zuerst brechen.

Er tritt ans Schaltpult und testet noch einmal sämtliche Funktionen des zweiten Stuhls. Leider ist es nicht mehr möglich, Elektroschocks zu verabreichen.

Aber das ist nicht so schlimm.

Man kann das Opfer immer noch strecken und ihm Verbrennungen, Erfrierungen, Schnittwunden und Abschürfungen zufügen.

Luther sieht ein, dass er den Verlauf von Jacks Reise durch das *Inferno* ändern muss. Eigentlich hätte sie als Nächstes den Kreis der Gewalt durchlaufen müssen. Aber das kann Luther sich für den Schluss aufsparen.

Denn wenn er sie erst einmal an diesen Stuhl gefesselt hat, wird sie nicht mehr in der Lage sein, auch nur einen einzigen Schritt zu tun.

Jack

Ich gelangte zum Eingang und gab den Code ein.

Als der Riegel zurückschnappte, öffnete ich die Tür.

Scheiße.

Draußen war es dunkel.

Drinnen war es stockfinster.

Durch das wenige Licht, das hereindrang, konnte ich schwach einen Korridor erkennen.

Der Linoleumboden wellte sich und hatte überall Risse.

Die Wände waren schwarz vor lauter Schimmel.

Die Deckenverkleidungen fehlten und man konnte die alten Leitungsrohre sehen.

Und dann war da noch etwas, das ich nicht richtig erkennen konnte, weil das Licht nicht so weit reichte.

»Worauf warten Sie noch, Jack?«

Ich trat über die Schwelle, blieb dann aber im Türrahmen stehen.

»Hier ist kein Licht, Luther.«

»Sie haben doch nicht etwa Angst?«

Ich nahm meine ganze Willenskraft zusammen und machte entschlossen drei Schritte nach vorn, bis ich nichts mehr sehen konnte.

Um mich herum gab es nur völlige Finsternis und völlige Stille.

»Luther?«

Er antwortete nicht.

»Luther, ich kann überhaupt nichts sehen. Wo muss ich hin?«

Ich wartete darauf, dass er mir antwortete und dass irgendwo ein Licht anging. Weder das eine noch das andere geschah.

Ich spürte ein Stechen in der Brust.

Ich rieb mir den Bauch und wiederholte in Gedanken folgendes Mantra: *Es ist alles Ordnung. Alles wird gut. Er will uns nicht töten. Er will uns nicht töten.*

Mir blieb nichts anderes übrig, als weiterzugehen.

Langsam und vorsichtig.

Einen Schritt nach dem anderen.

Ich streckte die Hände aus, um nicht irgendwo anzustoßen.

Nach zehn Schritten streifte ich mit der linken Hand eine Mauer. Ich hielt mich daran fest wie an einer Rettungsleine.

»Luther, was soll das?«, fragte ich. »Was wollen Sie?«

Anstatt einer Antwort hörte ich nur mein eigenes Echo.

Luther

Er beobachtet sie durch ein Loch in der Wand. Das Nachtsichtgerät zeigt sie in einer Mischung aus Grau- und Grüntönen.

Ihre Augen funkeln wie Smaragde.

Er sieht, wie ihre Brust sich in der Dunkelheit hebt und senkt.

Die Angst in ihrem Gesicht ist ausgeprägt und gleichzeitig schön.

Bei einer früheren Gelegenheit – er hat so etwas schon ein paar Mal gemacht – brach eine Frau zusammen, blieb zusammengerollt liegen und schrie, bis sie ohnmächtig wurde.

Jack wird so etwas nicht tun.

Sicher, auch Jack hat Angst, aber sie hat ihre Angst unter Kontrolle.

Er legt das Nachtsichtgerät beiseite, legt den Finger auf den Schalter und wartet.

Jack

Ich blieb stehen.

Einatmen, ausatmen. Einatmen, ausatmen.

Mein Herzschlag normalisierte sich wieder.

Ich dachte an Phin, Herb und Harry und vertrieb damit die Angst. In meiner Fantasie saß Phin mit mir auf dem Sofa, massierte meine geschwollenen Füße und erzählte mir eine Geschichte aus seiner Vergangenheit. Dabei hatte er dieses spitzbübische Grinsen im Gesicht, dem ich verfallen war, als wir das erste Mal zusammen Billard spielten. Ich stellte mir Herb vor, wie er mit Donut-Krümeln in seinem buschigen Schnauzbart vor mir stand und mir einredete, dass es diesmal mit seiner Diät klappen würde. Und ich hörte im Geist, wie Harry – dieser durchgeknallte, dumme, nervige und trotzdem wunderbare Mensch – mich dazu überreden wollte, meine Tochter nach irgendwelchen trendigen Cocktails zu benennen.

Die Liebe und Zuneigung zu meinen Jungs trieb mich an.

Zwei Schritte weiter lief ich plötzlich in etwas hinein und machte einen Satz zurück. Nur mit Mühe unterdrückte ich einen Aufschrei.

Nein, ich war nicht gegen etwas gestoßen, sondern gegen *jemanden.*

Die weiche und von Stoff bedeckte Haut ließ keine andere Schlussfolgerung zu.

»Luther? Sind Sie das?«

Ich taumelte immer noch rückwärts und merkte auf einmal, dass meine Hand die Wand nicht mehr berührte.

Plötzlich hatte ich die Orientierung verloren.

Ich wollte mich auf dem Boden abstützen, um nicht hinzufallen, blieb dann aber in der Hocke sitzen.

»Wer ist da?«

Niemand antwortete.

Mein Herzschlag klang wie eine Buschtrommel und übertönte alle anderen Geräusche.

Als ich weitergehen wollte, stieß ich gegen eine Wand.

Ich drehte mich um und machte einen Schritt nach vorn.

Kaum hatte ich gedacht, dass ich zurück zur Doppeltür am Eingang unterwegs war, stieß ich wieder gegen jemanden. Ich stieß einen Schrei aus, und plötzlich begriff ich.

Fäulnis … Verwesung.

Bitte nicht.

Für den Bruchteil einer Sekunde blitzte im Korridor ein grelles blaues Licht auf, und meine Knie zitterten vor Schreck.

Etwa ein Dutzend Männer und Frauen hingen in durchsichtigen Plastiksäcken von der Decke und baumelten hin und her, die Zehen nur wenige Zentimeter über dem Boden.

»Ist noch jemand am Leben?«

Ich bekam keine Antwort. Dann blitzte das Stroboskoplicht erneut auf und ich konnte die Verletzungen durch die Plastiksäcke sehen – Schüsse und Messerstiche sowie stumpfe Gewalteinwirkungen am Kopf. Einige der Säcke hatten Löcher, durch die das Blut auf den Linoleumboden lief und sich dort in glitschigen Lachen sammelte.

Ich stand kurz davor, zu hyperventilieren und völlig durchzudrehen.

Nein. Nein. Nein.

Genau das wollte er ja.

Sich an meiner Angst ergötzen.

Mich brechen.

Zum Teufel damit und zum Teufel mit ihm.

Ich durfte mich nicht unterkriegen lassen. Das schuldete ich meinen Freunden und meinem Baby.

Die Toten konnten mir ja nichts anhaben. Mit den Toten konnte ich leben.

Ich riss mich zusammen und zwängte mich durch die an Ketten hängenden und hin und her baumelnden Leichen. Ich stieß sie mit meinen Ellbogen zur Seite und passte dabei auf, nicht in die Blutlachen zu treten und den Verwesungsgestank einzuatmen, der einem Tränen in die Augen trieb.

Als ich mich hindurchgekämpft hatte und um die Ecke bog, ging das Stroboskoplicht aus.

Wieder umgab mich Finsternis.

Mit unsicherem Gang hastete ich weiter, schneller als zuvor, die Hände weit ausgestreckt. Ich wollte nur noch weg von diesen …

Da stieß ich wieder gegen etwas, diesmal mit den Knien.

Es bewegte sich unter mir und stieß einen Schrei aus.

Ich taumelte rückwärts. Im selben Augenblick ertönte ein ohrenbetäubendes Geräusch, als ob Metall auf Metall prallte.

Über mir entzündete sich eine Lampe und verbreitete gedämpftes blaues Licht.

Ich befand mich in einem von soliden Betonwänden eingefassten Raum von der Größe eines Badezimmers.

Im Schein der Lampe konnte ich sehen, dass die Wände mindestens fünf Meter emporragten, bevor die Dunkelheit sie verschluckte.

Hinter mir fiel eine schwarze Metalltür ins Schloss.

Sie hatte weder einen Griff noch ein Tastenfeld.

Eine ältere Frau kauerte zu meinen Füßen. Sie trug ein goldenes, mit glitzernden Pailletten bedecktes Ballkostüm.

Als Erstes fielen mir ihre Finger und Zehen auf – sie waren über und über mit Juwelenringen behängt. Mindestens zehn Perlenketten hingen ihr um den Hals und ihre Handgelenke und Unterarme verschwanden förmlich unter goldenen Armbändern.

Der Steinboden, auf dem sie kauerte, war mit Ein-Cent-Münzen übersät.

Die Frau versuchte, sich aufzurichten, konnte aber nur vornübergebeugt stehen. Sie trug ein Halsband, das an eine schwarze Eisenkugel von der Größe einer Wassermelone gekettet war. Auf der einen Seite stand »50 KG« und auf der anderen »EHEMANN NR. 6«.

Ich musste in die Hocke gehen, um ihr ins Gesicht sehen zu können.

Sie war schon etwas älter, aber immer noch schön.

Die Tränen hatten ihr dickes Make-up verschmiert.

»Ich bin Jack Daniels«, sagte ich. »Wie heißen Sie?«

»Amena.« Ihre Stimme klang schwach und heiser, als hätte sie lange und laut geschrien.

»Hat Luther Sie hier eingesperrt, Amena?«

»Ich weiß nicht, wie er heißt.«

»Ein Mann mit langen schwarzen Haaren?

»Ja.«

Ich sah mich noch einmal im Raum um und suchte nach einem Gegenstand, mit dem ich die Kette aufbrechen konnte. Aber außer glatten Betonwänden gab es hier nichts.

Nicht einmal eine Messingtafel mit verschlüsselten Hinweisen, was mir Sorgen machte.

»Warum tut er das?«, fragte Amena.

»Er ist krank im Kopf. So verschafft er sich einen Kick«, sagte ich, wohl wissend, dass er mich hören konnte.

Ich starrte ein weiteres Mal die Wände hoch. Das ergab keinen Sinn. Soweit ich sehen konnte, gab es nirgendwo einen Ausgang.

Halt.

Da.

In dem schummrigen Licht hatte ich es vorhin übersehen. In etwa drei Meter Höhe befand sich eine Öffnung. Von hier unten sah sie wie ein Lüftungsschacht aus.

Wie zum Teufel sollte ich da bloß hochkommen?

»Holen Sie mich hier raus!«, schrie die Frau.

»Das versuche ich ja«, sagte ich. »Lassen Sie mich einen Augenblick überlegen.«

Vielleicht konnte ich den Schacht erreichen, wenn ich mich auf ihre Schultern stellte. Nein, das ging nicht, denn ich hätte nur eine Chance, wenn sie aufrecht stand und mein Gewicht tragen konnte. Und sie war ja angekettet und konnte sich nicht von der Stelle bewegen.

Ich bückte mich und berührte das kalte Gewicht, das sie in ihrer kauernden Stellung festhielt.

Ich nahm die Kette in die Hand und zog kräftig daran.

Sie bewegte sich nicht. Dafür knackte meine Wirbelsäule wie eine Tüte Kartoffelchips.

Dann versuchte ich, die Kugel zu rollen. Ich schaffte es gerade mal, sie zehn Zentimeter weit zu bewegen.

»Gibt es einen Weg nach draußen?«, fragte sie.

»In der Wand befindet sich in etwa drei Meter Höhe ein Lüftungsschacht. Ich vermute, dass darin ein Tastenfeld versteckt ist, mit dem sich die Tür öffnen lässt.«

»Dann klettern Sie doch da rauf.«

»Ich komm nicht hin.«

»Sie blöde Kuh, helfen Sie mir doch!«

Plötzlich fiel mir etwas auf den Kopf, prallte ab und landete auf dem Boden.

Es fühlte sich wie ein Hagelkorn an, hart genug, dass es wehtat.

Was zum Teufel?

Gerade als ich nach oben sah, traf mich noch eins an der Stirn.

»Aua!«, schrie Amena.

Dann traf mich eins auf die Hand, fiel auf den Boden und kullerte weiter. Jetzt sah ich, was es war …

Ein-Cent-Münzen.

Es regnete Kupfermünzen.

»Was ist das?«, sagte Amena. »Ich hab meine Brille nicht auf. Ich kann nichts sehen.«

»Das sind Pennys«, sagte ich.

»Was?«

»Pennys.«

»Woher kommen sie?«

»Ich weiß nicht. Irgendwo von dort oben.«

Sie fielen jetzt schneller auf uns herab und prasselten mir auf den Kopf. Ein paar blieben an meinen Kleidern hängen, doch die meisten landeten auf dem Steinboden und verbreiteten in der Betonzelle nicht nur einen Riesenlärm, sondern auch den typischen Kupfermünzengeruch.

Ein Geruch wie nach Rost und Blut.

Die Münzen bedeckten den Steinboden bereits komplett und prasselten in immer größeren Mengen auf uns herab.

Amena schrie irgendwas, aber ihre Worte gingen in dem ohrenbetäubenden Lärm unter, der von Sekunde zu Sekunde lauter wurde.

»Was soll ich machen, Luther?«, schrie ich. Aber selbst wenn er mir antwortete, konnte ich ihn nicht hören – nur den Lärm der herabfallenden Pennys, die immer mehr wurden.

»Wie Dagobert Ducks Geldspeicher«, säuselte Luther spöttisch in mein Ohr.

Und dann ging es erst richtig los.

Eine wahre Flut von Münzen ergoss sich über mich. Sie prasselten auf meinen Rücken, meinen Kopf, meine Schultern und begruben meine Schuhe unter sich. Ich stand wie gelähmt in einem zehn, zwölf, fünfzehn Zentimeter hohen Meer aus Kupfer und zerbrach mir verzweifelt den Kopf darüber, was hier vorging und was ich tun sollte …

… und dann dämmerte es mir.

Oh nein.

Ich ging in die Hocke. Ein stechender Schmerz durchzuckte meine Oberschenkelmuskeln. Sofort begann ich, die Eisenkugel mit den Händen freizuschaufeln. Sie war bereits zu einem Drittel mit Münzen bedeckt.

Ich wusste nicht, ob Amena den Ernst der Lage schon begriffen hatte. Aber bei diesem Lärm konnte ich es ihr ohnehin nicht sagen.

Ich ging in die Kniebeuge und schaffte es, die Kugel unter Aufbietung aller meiner Kräfte ein paar Zentimeter zu heben. Kaum hatte ich das getan, wurde sie schon wieder von Münzen begraben.

Ich mobilisierte meine letzten Kraftreserven, versuchte es noch mal und renkte mir dabei prompt vier Rückenwirbel aus.

So ging das auf gar keinen Fall.

Als mein Blick sich mit dem von Amena kreuzte, sah ich in ihren Augen nackte Angst.

Sie wusste Bescheid.

»Helfen Sie mir doch!«, schrie ich sie an.

Die Münzen standen mir inzwischen fast bis zum Knie; bei Amanda dagegen erreichten sie bereits Hüfthöhe. Ich schaufelte wie verrückt und scharrte die Pennys von ihr weg, während sie krampfhaft versuchte, den Kopf zu heben. Aber die Kette ließ ihr nur wenig Spielraum – sie bekam ihn nicht höher als kurz über ihre Hüfthöhe.

Ich konnte nichts ausrichten. Die Münzen fielen schneller, als ich sie wegschaufeln konnte.

Ich glaubte, Luther in meinem Ohr zu hören. »Spüren Sie, wie sich die Luft verändert, Jack?«

Die Münzen prasselten unaufhörlich auf uns herab.

Meine Versuche, Amanda zu helfen, erwiesen sich als fruchtlos.

Sie schrie aus vollem Hals. Ihr Gesicht befand sich nur noch wenige Zentimeter über den Pennys. Der Haufen war mindestens einen Meter hoch. Ich musste meine Füße bewegen, um nicht selbst darin zu versinken.

Ich grub unter Amenas Gesicht und schaufelte die Pennys zur Seite, aber der Haufen wurde immer höher und ich fand kaum noch Platz. Ein Berg Münzen rutschte in die Mulde, die ich ausgescharrt hatte. Jetzt standen ihr die Pennys bis zum Kinn.

Amena konnte ihren Kopf keinen Millimeter höher heben. Sie zerrte an der Kette und ihr Gesicht lief dabei purpurrot an. Als die Münzen schließlich Mund, Nase, Augen und Stirn bedeckten, verstummten die Schreie.

Ich scharrte sie beiseite, bis mir die Fingernägel abbrachen, scharrte ihr über die Wangen und schaffte es, ihren Mund für eine Sekunde freizulegen. Münzen und Blut quollen daraus hervor und ihre Augen weiteten sich vor Angst.

Als ihr Kopf schließlich völlig verschwand, stieß ich ein Wimmern aus. Dann konzentrierte ich mich darauf, mich selbst zu retten.

Der Haufen wuchs zu schnell. Kaum hatte ich einen Fuß angehoben, versank der andere bis zum Knöchel.

Bald steckten beide Knöchel in Münzen.

Ich schaufelte weiter und warf sie nach hinten über die Schulter. Sobald ich meine Füße bewegen konnte, krabbelte ich auf allen vieren.

So fühlte es sich wahrscheinlich an, wenn man auf Wasser ging – der Haufen hob und senkte sich ständig und ich drohte immer wieder darin zu versinken. Ich kämpfte mich zur Wand durch und stellte mich mit gespreizten Beinen hin. Während der Haufen höher wurde, verlagerte ich ständig mein Gewicht von einem auf das andere Bein. Auf diese Weise ließ ich mich Zentimeter um Zentimeter nach oben tragen und näherte mich dem Lüftungsschacht.

Eine Hand ragte aus den Pennys hervor und griff mit zuckenden Fingern nach dem Himmel oder was auch immer.

Ich trat in die Mitte des Raums, stabilisierte mein Gleichgewicht und packte Amenas Hand. Während mir die Münzen über die Knöchel stiegen, drückte ich sie, bis sie erschlaffte.

Obwohl ich diese Frau nicht kannte, füllten sich meine Augen im Schein des blauen Lichts mit Tränen, während es weiter Kupfermünzen regnete.

***

Drei Minuten später hatte der wachsende Haufen Pennys mich so weit nach oben getragen, dass ich in den Lüftungsschacht steigen konnte.

Bevor ich mich durch die Öffnung zwängte, fiel mir etwas auf dem Beton darüber ins Auge – eine Tafel:

VIERTER KREIS: HABGIER
Des Volkes mehr als anderwärts noch sah ich,
Das, mit der Brust sich gegenstemmend, Lasten
Von beiden Seiten wälzte mit Geheule.
Sie stießen aufeinander, und dann wandte
Zur Stelle jeder sich und wälzte rückwärts
»Was hältst du fest?«, »Was wirfst du von dir?« rufend.
Inferno, Siebter Gesang

Ich hievte mich in den Schacht und robbte auf meinem dicken Bauch vorwärts. Aus meinen Haaren fielen Münzen.

Hier drinnen war es viel dunkler und der Lärm der fallenden Pennys verebbte langsam.

Im Schein des blauen Lichts, das aus dem Betonraum in den Schacht fiel, sah ich weiter vorne das Tastenfeld.

Als ich dort ankam, befiel mich für einen Augenblick Panik. Mir fiel nämlich ein, dass der Text auf der Tafel keinen Code enthielt.

Also probierte ich es einfach aufs Geratewohl und gab 2-1-1 ein – den Polizeicode für Raubüberfälle.

Und siehe da, ein grünes Licht leuchtete auf.

Die Tür ging auf und ich hievte mich nach oben in einen breiteren Schacht. Als ich keuchend nach Atem rang und einen plötzlichen Weinkrampf unterdrückte, hörte ich plötzlich Luther. »Sie sind ungewöhnlich schweigsam, Jack … überlegen Sie sich etwa, wie Sie es mir mit barer Münze heimzahlen können?«

Luther

Er bekommt ihre Antwort nicht mehr mit, da etwas anderes seine Aufmerksamkeit in Anspruch nimmt. Auf einem der Flachbildmonitore sieht er die zwei Eindringlinge, die schon seit vierundzwanzig Stunden in seiner Geisterstadt umherirren.

Sie nähern sich dem Lagerhaus, wo Jack gerade um ihr Leben gekämpft hat.

Luther muss sich um diese neue Bedrohung kümmern, und zwar sofort.

Aber noch kann er Jack nicht aus den Augen lassen.

Nicht jetzt, wo sie seinen liebsten Höllenkreis noch vor sich hat.

Jack

Ich beruhigte mich mithilfe der Lamaze-Atemtechnik aus dem Kurs, den Phin und ich gemeinsam besucht hatten. Eigentlich dauerte er drei Wochen, aber wir waren nur einmal hingegangen. Die vielen Fragen über mein Alter hatten mich genervt. Eine junge Frau hatte sogar die Frechheit besessen, mich für das Guinnessbuch der Rekorde vorzuschlagen.

Mir kam es vor, als wäre es eine Ewigkeit her, ja, als wäre es jemand anderem passiert, in einem anderen Leben. Ich versuchte, nicht mehr an die Vergangenheit und an Phin zu denken, und kroch weiter.

Mit meinem Schwangerschaftsbauch war das Kriechen eine schwierige und langsame Angelegenheit, wie alles andere auch. Aber ich ließ mich dadurch nicht stoppen, sondern arbeitete mich weiter voran. Dabei fielen die letzten Pennys von meinen Kleidern.

Schließlich gelangte ich zum Ende des Schachts. Ich stieß einen Gitterrost beiseite und steckte den Kopf durch die Öffnung. Eine nackte Glühbirne hing an einem Kabel von der Decke – die einzige Lichtquelle.

Der Raum vor mir war doppelt so groß wie der vorherige. Ich überlegte, wie ich aus dem Schacht nach unten kommen konnte, doch dann fiel mein Blick auf eine Reihe Eisenstangen, die in die Steinmauer eingelassen waren. Sie befanden sich in Reichweite und führten etwa drei Meter zum Boden hinab.

An einer anderen Wand sah ich eine Tür und daneben ein Tastenfeld.

Ein sargähnlicher Gegenstand aus Eisen oder Stahl lehnte aufrecht an der Wand gegenüber.

Ich hielt mich an der obersten Eisenstange fest und zog mich unter Aufbietung aller meiner Kräfte aus dem Schacht. Dann setzte ich meine Füße auf eine weiter unten liegende Stange. Das Grunzen, das ich dabei ausstieß, war mir so peinlich, dass ich froh war, nur einen Psychopathen als Zeugen zu haben.

Ich stieg vier Sprossen nach unten und stand schließlich auf einem Boden, der wie ein Metallrost aussah.

Meine Kleider waren von der Dusche unter der Dachrinne immer noch durchnässt und ich fröstelte. Aber irgendwie kam mir dieser Raum wärmer vor als die anderen.

Viel wärmer sogar.

Aber vielleicht litt ich auch nur unter einer massiven Hitzewallung.

Ich ging zur Wand und sah mir die Tür und das Tastenfeld an.

Dann drehte ich mich um und ging zu dem Sarg.

Er war aus einer dunkelgrauen Metalllegierung gefertigt und hatte eine glatte Oberfläche. Außer einer neuen Tafel und einem zehn Zentimeter breiten Schlitz in Kopfhöhe besaß er keine auffälligen Merkmale.

Ich stutzte.

Durch den Schlitz blickten mich Augen an.

»Wer ist da drin?«, fragte ich und trat einen Schritt näher.

Die Augen starrten mich reglos an. Zunächst fiel mir ihr freundlicher Ausdruck auf, doch dann stellte ich fest, dass jegliches Leben aus ihnen gewichen war.

Die Kapillaren im Augenweiß waren schon vor längerer Zeit geplatzt.

Es waren die Augen eines Toten.

Ich trat zurück und ließ etwas Licht hinein. Jetzt konnte ich das zerstörte Gesicht sehen, an dessen Wangen getrocknetes

Blut klebte. Ein schwarz-weißer Kragen eines Geistlichen umschloss den Hals. Luther hatte einen Priester ermordet und in den Sarg gesteckt.

Warum?

Mein Blick fiel auf die Tafel in der Mitte des Sargs. Im selben Moment überkam mich eine neue Hitzewallung. Während der Schwangerschaft war mir das öfter passiert, aber noch nie so stark wie in diesem Augenblick. Auf meiner Stirn brach Schweiß aus.

Ich las die Inschrift auf der Tafel:

SECHSTER KREIS: HÄRESIE
Halten Sie die Hitze aus?

Sonst stand da nichts. Kein Dante-Zitat. Auch kein Code.

Die Hitzewallung wurde schlimmer. Sie beschränkte sich nicht nur auf mein Gesicht. Fast kam es mir so vor, als würde die Hitze unter mir aus dem Boden emporsteigen.

Ich entfernte mich von dem Sarg. Mir wurde schwindlig, als stünde ich kurz vor einem Hitzschlag.

Von meiner Windjacke stieg Dampf auf.

Hitzewallungen während der Schwangerschaft waren nichts Ungewöhnliches, aber das hier war einfach lächerlich.

Plötzlich fiel mir etwas auf dem Boden ins Auge.

Oder vielmehr etwas unter dem Metallrost.

Ich sah konzentrische Kreise, die zunächst in einem schwachen Braun glühten, das irgendwann in Gelb und schließlich Orange überging. Der Anblick erinnerte mich an die Herdplatten in meiner Küche.

Die Hitze wurde schlimmer und verwandelte den Sarg in einen Backofen. In seinem Inneren zischte und brutzelte es, und dann füllte der Geruch von gebratenem Fleisch den Raum.

Ich rannte zum Tastenfeld an der Tür.

Bei der Hitze fiel es mir schwer, mich zu konzentrieren.

Okay, im letzten Raum hatte auf der Tafel kein Code gestanden, aber dafür hatte ein entsprechender Polizeicode funktioniert. Was war gleich wieder der Polizeicode für … starke Hitze?

Brandstiftung?

Ich wischte mir den Schweiß aus den Augen und tippte 447 ein.

Rotes Licht.

Die Raumtemperatur stieg immer schneller an. Ich blickte über meine Schulter nach hinten. Im Sarg züngelten die Flammen am Gesicht des Priesters empor. Der Gestank im Raum war schon mehr als widerwärtig – es roch nach menschlichem Fleisch, das sich in Rauch und Asche verwandelte.

Ich probierte etwas anderes – den Code für Feuer.

Da meine aktive Dienstzeit schon eine Weile zurücklag, musste ich kurz überlegen, aber dann fiel er mir ein.

904.

Rotes Licht.

Okay, dann eben den Elfer-Funkcode.

Feueralarm … Scheiße, was war das gleich wieder?

1170?

Ich probierte es einfach.

Das rote Licht blinkte zum dritten Mal. Gleichzeitig roch ich meine verbrannten Schuhsohlen – eine Mischung aus verschmortem Gummi und Grillfleisch.

Brandbericht.

1171.

Rotes Licht.

»Verdammt noch mal!«

Das Brennelement unter dem Gitterrost glühte jetzt in einem kräftigeren Orange und ich spürte die Hitze an meinen nassen Socken und meinen geschwollenen Füßen.

Ich musste etwas übersehen haben.

Ich taumelte in die Mitte des Raums und sah mich noch einmal gründlich um. Aus dem brennenden Sarg quoll der Rauch und füllte meine Nase mit einem süßlichen, Übelkeit hervorrufenden Geruch.

Was zum Teufel hatte ich nur übersehen?

Den Sarg hatte ich mir bereits gründlich angesehen. Aber vielleicht war mir beim erstmaligen Betreten des Raums etwas entgangen.

Ich starrte durch den Rauch zum Lüftungsschacht empor.

Da.

Es war mir vorhin überhaupt nicht aufgefallen.

Jetzt, wo der Deckel nach meinem Hindurchklettern den Schacht wieder verschloss, sah ich auf seiner Oberfläche einen runden Gegenstand, außen silbern, innen weiß, mit Ziffern und Strichen.

Vielleicht eine Uhr?

Nein.

Natürlich – ein Thermometer.

Um es mir näher anzusehen, musste ich allerdings wieder hinaufklettern.

Ich eilte zu den schwarzen Eisenstangen, die mir zuvor als Leiter gedient hatten, und griff nach einer auf Brusthöhe.

Kaum hatte ich sie angefasst, schrie ich auf und ließ sie los.

Das Metall war glühend heiß.

Ich blickte auf meine Schuhe. Die Sohlen qualmten.

Mein Glaube, Luther wolle mich nicht töten, wich jetzt der Furcht, bei lebendigem Leib zu verbrennen.

Ich zog die Ärmel meiner Windjacke über die Hände, um sie vor dem heißen Metall zu schützen.

Obwohl ich keine Lust hatte, mir erneut die Finger zu verbrennen, kletterte ich sofort los. Meine Beinmuskeln brannten zwar immer noch von der Anstrengung zuvor, aber ich konnte es mir nicht leisten, Zeit zu vertrödeln. Trotz der Jackenärmel spürte ich die glühende Hitze auf meinen Händen.

In ein paar Sekunden gelangte ich zur obersten Stange. Sie war merklich kühler als die untersten. Ich hielt mich mit einer Hand fest und lehnte mich zu dem Thermometer hinüber.

Es hatte einen Durchmesser von etwa acht Zentimetern und war mit einem Magnet an der Abdeckung des Lüftungsschachts befestigt. Meine Augen brannten vom Schweiß und vom Rauch. Ich blinzelte.

Es war eins von diesen Thermometern, wie man sie in Laboren findet, mit einer Skala von –50° C bis 260° C.

Als ich hinsah, kroch die Nadel an 49° C vorbei.

Mit der Temperatur stieg gleichzeitig meine Panik. Was bedeutete das? Was hatte es mit dem Code für das Tastenfeld zu tun? Würde Luther mich hier drinnen verrecken lassen?

Ich beugte mich näher an das Thermometer heran. Die Stange war inzwischen unerträglich heiß. Lange konnte ich mich nicht mehr halten.

Ich schaute auf den Herstellernamen, die Striche, die Ziffern, die …

Da.

Ich musste die Augen zusammenkneifen, um es überhaupt zu sehen. Bildete ich es mir nur ein, oder war da tatsächlich ein dünner, von Menschenhand angebrachter Strich neben der fetten Linie, die den Wert 190° C markierte?

War das Absicht?

Die Hitze wurde langsam unerträglich.

Ich kletterte wieder die Leiter hinab. Unten herrschten lebensbedrohliche Backofentemperaturen. Länger als eine Minute würde ich es nicht mehr aushalten.

Aus dem Sarg schossen Flammen und gelbe Rauchschwaden hingen im Raum.

Als ich auf das Metallgitter trat, zischten meine Schuhsohlen, und einer meiner offenen Schnürsenkel fing an zu glühen, als er den Boden berührte.

Ich taumelte zur Tür.

Der Schweiß lief mir in Strömen über die Stirn. Ich streckte die Hand nach dem Tastenfeld aus und gab 1-9-0 ein.

Etwa eine Minute lang passierte gar nichts.

Das Brennelement in der Mitte des Raums glühte inzwischen in einem kräftigen Orange. Flammen loderten aus dem Sarg mit dem toten Priester. Meine Schuhsohlen schmolzen mir unter den Füßen weg und die Hitze versengte die Härchen in meinen Nasenlöchern.

»Los, mach schon!«

Ein grünes Licht blinkte auf.

Das Bolzenschloss klickte.

Die Tür ging auf und ließ einen Schwall kalte Luft herein.

Ich zwängte mich durch den Türrahmen und stolperte aus dem sechsten Kreis der Hölle ins Freie.

»Wow«, sagte Luther. »Das war ’ne heiße Nummer.«

Für einen Moment dachte ich, ich wäre in einem anderen stockfinsteren Raum gelandet, aber allmählich funktionierten meine Augen wieder.

»Gute Arbeit, Jack. Gehen Sie weiter.«

Es roch nach Regen. Überall um mich herum hörte ich Wasser tropfen.

Ich wagte mich einen Schritt vorwärts. Meine Schuhe fühlten sich seltsam und uneben an, nachdem die Sohlen erst geschmolzen und dann wieder hart geworden waren.

An meiner rechten Hand hatte ich eine Brandblase vom Anfassen der heißen Eisenstangen.

Ich atmete ein paarmal tief durch, aber der Rauchgeruch hielt sich hartnäckig in meiner Nase.

Plötzlich schwand die Dunkelheit und ich sah alles vor mir.

Lange Fließbänder.

Roboterarme, die sich jahrelang nicht bewegt hatten.

Gigantische Maschinen. Bohrer. Pressen. Schleifmaschinen.

Dazu der starke Geruch nach altem Schmieröl.

Ich stand am Rand einer verlassenen Fabrikhalle. Durch Fenster oben im Dach konnte ich sehen, wie die untergehende Sonne die Wolken orange färbte.

»Was jetzt?«, fragte ich, bekam aber keine Antwort.

Ich fragte mich, ob er mit mir spielte oder vielleicht in Bewegung war.

Ich ging an einem Fließband entlang, vorbei an bis zur Unkenntlichkeit verrosteten Autokarosserien, bei denen Räder und Motoren fehlten.

Auf halbem Weg durch die Fabrik hielt ich an, setzte mich auf die Zinken eines kaputten Gabelstaplers und versuchte, ein wenig zu verschnaufen.

Als ich die Hände auf meinen Bauch legte, kamen mir die Tränen.

Zum Weinen hatte ich keine Zeit.

Und für einen Zusammenbruch erst recht nicht.

Meine Freunde brauchten mich.

Nach nur zwei Minuten auf meinem Hintern fühlte ich mich steif, und meine Oberschenkelmuskeln waren bis zum Zerreißen gespannt. Ich humpelte weiter durch die Fabrikhalle und gelangte schließlich an eine Doppeltür. Ich war mir immer noch nicht sicher, ob die Richtung stimmte.

Ich öffnete sie trotzdem.

Oh, perfekt. Schon wieder stockdunkel.

Ich stolperte vorwärts. Gerade als ich mit dem rechten Fuß ins Leere trat, bekam ich ein Treppengeländer zu fassen.

Ich hielt mich daran fest, folgte ihm Schritt für Schritt nach unten und erreichte den ersten Treppenabsatz.

Von dort ging es zum zweiten und weiter nach unten. Bald hatte ich völlig die Orientierung verloren.

Ich wollte schon umdrehen, doch dann sank ich beim nächsten Schritt etwa einen halben Meter tief in kaltes Wasser.

Donaldson

Völlig atemlos und stöhnend vor Schmerzen kamen sie an der Doppeltür an, durch die Jack fünfzehn Minuten zuvor die Lagerhalle betreten hatte.

»Ein Tastenfeld«, sagte Lucy. »Ich wette, die ist verschlossen.«

Donaldson griff mit seinen klauenartigen Händen nach der Tür und zog sie auf.

»Oder auch nicht.«

Donaldson starrte einen hell beleuchteten Korridor hinunter. Ein Lächeln huschte über sein ramponiertes Gesicht.

»Ist es das, was ich denke?«, fragte Lucy.

»Oh ja.«

Sie wankten ins Innere, schlossen die Tür hinter sich und bahnten sich einen Weg durch die von der Decke baumelnden Leichen.

»Hier war jemand fleißig«, sagte Donaldson und zog die Beretta aus Tasche. Sie folgten dem Korridor, bis dieser einen Knick machte und in einen kürzeren Gang mündete.

Der wiederum endete an einer schwarzen Metalltür, neben der sich ein weiteres Tastenfeld befand. Donaldson humpelte dorthin und versuchte, sie zu öffnen, aber sie war verschlossen.

»Die hier ist offen!«, rief Lucy.

Er drehte sich um und sah sie am anderen Ende des Flurs vor einer Tür stehen, die den Blick auf die Dunkelheit dahinter freigab.

Herb

Ein paar Minuten nachdem Luther ihn in einen kalten Raum gebracht und eine Kette an seinem Halsband befestigt hatte, hörte Herb aus wenigen Metern Entfernung eine Frauenstimme.

»Ist er weg?«, fragte sie.

»Ich weiß nicht«, sagte Herb. »Ich glaube, ich hab ihn weggehen hören.«

Er hätte gerne den Faden aus seinen Augenlidern gezogen oder wenigstens an ihnen gerieben, um das schreckliche Jucken zu beenden, aber seine Hände waren immer noch auf den Rücken gefesselt.

»Hat er Ihnen auch die Augen ausgestochen?«

Herb schauderte. Wer auch immer diese Frau war, Luther hatte ihr nicht die Wahl gelassen, sich die Augenlider zunähen zu lassen.

»Ich heiße Herb Benedict. Ich bin ein Polizist aus Chicago. Wer sind Sie?«

»Christine. Christine Ogawa.«

»Wissen Sie, wo wir sind, Christine?«

»Dieser Mann, er hat uns mitsamt unseres Busses entführt. Wir sind irgendwo in Michigan. Sind Ihre Kollegen unterwegs?«

»Ich weiß nicht. Wie viele Leute waren in dem Bus?«

»Über vierzig. Aber …« Sie sprach den Satz nicht zu Ende.

»Aber was?«

»Nicht alle haben überlebt.«

Herb hörte die Frau weinen, wusste aber nicht, wie er sie trösten sollte.

»Warum macht er das?«, brachte sie schließlich hervor.

»Er ist verrückt.«

»Bevor er mir … Sie wissen schon … die Augen ausgestochen hat, hat er mich gefragt, wie viel ich wiege. Ich glaube, deswegen hat er mich nicht sofort umgebracht, sondern hier eingesperrt.«

»Haben Sie Übergewicht?«

»Ja. Und Sie?«

»Ich hab noch nie zu einem Cheeseburger Nein gesagt.«

»Sagten Sie Cheeseburger? Oh mein Gott. Ich weiß, es klingt schrecklich, aber ich habe einen Riesenhunger. Ich bin blind und habe wahrscheinlich nicht mehr lange zu leben, und trotzdem denke ich ständig an Essen.«

»Machen Sie sich keine Sorgen, Christine. Ich bestell uns 'ne Pizza.«

Sie musste lachen.

»Mögen Sie Peperoni und Salami auf Ihrer Pizza?«, fragte er, um sie bei guter Laune zu halten.

»Ich komme ursprünglich aus Kalifornien, deshalb mag ich Pizza am liebsten mit Ananas und Sprossen.«

»So was gehört verboten.«

Sie musste wieder lachen. »Und Tofu. Am liebsten geröstet.«

»Was für ein Frevel.«

»In Arcadia gibt es dieses Restaurant, da machen sie Pizza aus Maismehlteig mit Mozzarella und frischem Mais. Die schmeckt so lecker. Ich … ich …« Sie fing wieder an zu weinen.

Herb wusste nicht, was er ihr sagen sollte. Am liebsten hätte er selbst geweint.

»Wir werden hier sterben, nicht wahr, Herb?«

Herb biss die Zähne zusammen. »Ich hab schon Schlimmeres überlebt. Man darf nie die Hoffnung aufgeben.«

Einen Augenblick lang herrschte Schweigen. Herb testete die Länge der Kette um seinen Hals, indem er vorsichtig vorwärtsging, bis sie sich spannte. Die Kette war dick und schwer und etwa eineinhalb Meter lang. Das reichte, um sich hinzusetzen, aber er hatte keine Lust dazu. Der Boden war kalt und von einer dicken Schlammschicht bedeckt. Verdammt kalt.

Seine Gedanken kreisten um schlimme Orte und schreckliche Dinge.

»Was ist Ihre Lieblingsbeschäftigung, Christine?«, fragte Herb.

»Ich singe gerne. Ich bin im Kirchenchor.«

»Ich würde mich freuen, wenn Sie für mich ein Kirchenlied singen würden.«

»Wirklich? Jetzt gleich?«

»Ja, auf jeden Fall. Was ist Ihr Lieblingslied?«

»Da gibt es viele. Aber am besten gefällt mir immer noch ›Die Schlachthymne der Republik‹.«

»Glory, glory, hallelujah?«

»Ja, genau.«

»Das ist auch mein Lieblingslied.«

Christine fing an zu singen. Sie hatte eine kräftige, schöne Stimme – die schönste, die er seit Langem gehört hatte. Er versuchte, ihr zuzuhören und sich ganz ihrem Gesang hinzugeben, aber dann musste er an Jack denken. Wo war sie nur? Was stellte Luther mit ihr an?

Christine sang jetzt »Fels des Heils«, ohne dass er sie dazu aufgefordert hatte.

Herb lehnte sich an die Betonmauer. Sie war so kalt, dass seine Hände wehtaten. Er vermutete, dass Jack Ähnliches durchmachte wie er selbst. Vielleicht sogar Schlimmeres. Dasselbe galt für Phin und McGlade.

Luther hatte ihre Entführung auf dem Friedhof brillant geplant. Andere Dinge offenbar auch.

Herb verfluchte sich dafür, dass er sich so leicht hatte aufs Kreuz legen lassen. Wenn es stimmte, was Christine sagte, und sie wirklich in Michigan waren, brauchte er sich keine Hoffnung auf Rettung zu machen. Seine Kollegen aus Chicago würden sie niemals finden.

Christine hatte recht.

Sie würden sterben.

Donaldson

Die Lagerhalle war kalt, dunkel und endlos.

Er hatte den Eindruck, dass Lucy überhaupt nichts sehen konnte, denn sie hielt sich an seinem Arm fest und stieß andauernd irgendwo gegen.

Früher hätte er sich mit ihr ein kleines Späßchen erlaubt, hätte sich losgerissen und hinter einer dieser riesigen Maschinen versteckt. Dann hätte er zugesehen, wie sie blind umhertappte und gegen harte Gegenstände aus Metall rannte.

So etwas würde ihm wahrscheinlich jetzt noch Spaß machen, und er musste bei dem Gedanken lachen.

»Was ist los, D?«

»Nichts, wieso?«

»Du hast gerade gelacht.«

»Ach so, ich musste nur an was denken.«

»Ich will's gar nicht wissen.«

Er konnte an ihrer Stimme hören, dass sie sich verletzt fühlte. Auf einmal fand er die Idee nicht mehr so lustig.

Am Ende der Lagerhalle stießen sie auf eine weitere Doppeltür.

Donaldson zwängte sich hindurch und knipste die Frosch-Taschenlampe an. Dann ließ er den schwachen Lichtstrahl über ein Treppenhaus huschen, das in die Dunkelheit führte.

»Halt dich lieber an mir fest«, sagte er.

Lucy schlang den Arm um seine Hüfte.

Irgendwie fühlte das sich sogar besser an als das Norco.

Jack

Ich rutschte mit dem anderen Fuß aus und schlitterte eine steile Betonböschung hinunter in etwa dreißig Zentimeter tiefes, eiskaltes Wasser. Meine Knie versanken im Schlamm.

Ich rappelte mich auf. Der Kälteschock verschlug mir den Atem. Instinktiv versuchte ich, in der Dunkelheit wieder nach oben zu klettern und trockenen Boden unter die Füße zu bekommen. Aber die Betonoberfläche war glatt und ich fand keinen Halt.

Ich rutschte die Böschung wieder hinunter und landete bis zu den Waden im Wasser. Ein Fäulnisgeruch stieg daraus empor, fast wie die Gase in einem Sumpf. Als ob verfaulende organische Abfälle und menschliche Exkremente sich einen Wettbewerb lieferten, wer schlimmer stank. Ich musste würgen und gegen den Brechreiz ankämpfen.

Entweder ich verlor langsam den Verstand oder etwas hatte sich in den letzten fünf Sekunden verändert. Plötzlich sah ich nämlich ein Licht, das vorher nicht da gewesen war. Es war etwas weiter weg – in der Dunkelheit war es schwer, Entfernungen zu schätzen – und zuckte wie eine Flamme.

Einen Augenblick lang zögerte ich, doch dann stapfte ich durch das kalte, übel riechende Wasser darauf zu. Das Wasser reichte mir jetzt bis zur Hüfte und der zähe Schlamm machte jeden Schritt zu einer Herausforderung. Das Plätschern meiner Schritte hallte als Echo wider. Es klang wie in einem geschlossenen Raum. Mir kam es vor, als hörte ich irgendwo in der Dunkelheit das Stöhnen eines Menschen.

Das Wasser linderte den Schmerz in meiner verbrannten rechten Hand, also tauchte ich sie in die schmutzige, stinkende Brühe, als ich auf das Licht zuging.

Je näher ich ihm kam, desto niedriger wurde der Wasserpegel – er reichte mir nur noch bis zu den Knien. Schließlich erklomm ich eine weitere Betonböschung und hatte wieder festen Boden unter den Füßen. An meinen Beinen klebte Schlamm und anderer, schlimmerer Dreck.

Eine Fackel brannte in einer Halterung an der Wand. Im flackernden Schein sah ich eine neue Messingtafel.

FÜNFTER KREIS: ZORN
Und während wir das tote Moor befuhren,
Taucht einer vor uns auf, den Schlamm bedeckte,
und rief: Wer bist du, der du vor der Zeit kommst?
Ich sagte: »Kam ich, ist's nicht, um zu bleiben.«
Inferno, Achter Gesang

»Wer ist da?«, rief mir ein Mann durch den Raum zu. In seiner Stimme schwangen Schmerz und Anspannung mit.

Ich antwortete nicht, sondern nahm die Fackel aus der Halterung und ging damit in den kalten Sumpf zurück. Als das Wasser mir wieder bis zur Hüfte reichte, fror ich.

Im Fackelschein glänzte das Wasser schwarz. Es sah aus wie ein Ölfilm.

»Wer ist da?«, ertönte die Stimme aufs Neue.

»Ich heiße Jack«, rief ich zurück. »Ich bin gekommen, um Sie zu retten.«

Außerhalb des Lichtscheins konnte ich immer noch nichts sehen, also lief ich in die Richtung, aus der die Stimme gekommen war.

Die Kälte ließ mich zittern. Nach etwa sechs Metern tauchte im flackernden Schein der Flamme eine kleine Insel im Sumpf auf. Ich blieb stehen und starrte darauf. Sie maß bestimmt nicht mehr als fünf Quadratmeter und bestand aus Betonblöcken, die nur ein paar Zentimeter aus dem Wasser herausragten.

Zwei Menschen lagen dort reglos aufeinander.

»Hallo?«, rief ich ihnen zu. »Können Sie mich hören?«

»Sie sind tot«, sagte der Mann am anderen Ende des Raums.

»Sind Sie sicher?«

»Ja.«

»Wie sind sie gestorben?«

»Er hat sie gegeneinander kämpfen lassen.«

Im Fackellicht blitzte der nasse Stahl einer Klinge auf. Einer der Toten hielt sie noch in der Hand.

Ich hielt die Fackel über die beiden und sah sie mir genauer an.

Junge Männer mit Banden-Tätowierungen auf den Armen.

Beide trugen Halsbänder mit Sprengsätzen. Damit hatte Luther sie in der Hand gehabt.

Ich ging weiter. Nach einer Minute sah ich im Schein der Fackel einen Mann. Er war an eine Betonwand gekettet.

»Jetzt sehe ich Sie!«, rief ich. »Ich bin gleich bei Ihnen.«

Meine Beinmuskeln verkrampften sich vom anstrengenden Stapfen durch den Schlamm, aber ich gab nicht auf und schleppte mich die letzten zehn Meter bis zu einer Betonböschung. An ihr kletterte ich empor und befand mich wieder im Trockenen.

Vor mir stand ein hochgewachsener, hagerer Mann ohne Hemd. In den Ketten, die ihn an die Wand fesselten, sah er aus wie eine Gestalt aus einer Geschichte von Edgar Allan Poe. Er war von Kopf bis Fuß mit Schlamm beschmiert, sodass man nur das Weiße seiner Augen sehen konnte. Seine Arme waren nach beiden Seiten gestreckt, die Füße dicht beieinander.

Ich kniete mich auf den Boden und legte eine kurze Verschnaufpause ein.

Gefühllosigkeit ergriff von meinen Händen und Füßen Besitz. Ich wusste nicht, wie lange ich das noch aushalten konnte.

»Sind Sie verletzt?«, fragte ich.

»Meine Schulter … ich glaube, sie ist ausgerenkt. Ich weiß nicht, wie lange ich schon hier unten bin. Haben Sie Wasser?«

Ich schüttelte den Kopf. Seine Frage machte mir bewusst, dass ich selbst großen Durst hatte. »Wie heißen Sie?«

»Steve.«

Als ich ihn mir genauer ansah, kam mir der Gedanke, dass bisher keiner dieser armen Schweine, die mir in den verschiedenen Kreisen der Hölle begegnet waren, überlebt hatte. Luther wollte nicht, dass ich sie rettete. Er wollte vielmehr, dass ich dabei zusah, wie sie leiden und sterben mussten. Aber Steve trug kein Halsband. Ich hoffte, das war ein gutes Zeichen.

»Ich werde versuchen, Ihnen zu helfen, Steve. Aber erst muss ich herausfinden, wie wir hier rauskommen. Irgendwo müsste es eine Tür und ein Tastenfeld geben.« Ich erhob mich.

Tränen glänzten in seinen Augen. »Wenn sie hier raus wollen, müssen Sie mich töten.«

»Was reden Sie da?«

»Sie müssen mich töten.«

»Das werde ich nicht tun, Steve.«

»Hinter mir hängt eine Bogensäge an einem Nagel.«

»Steve …«

»Sie verstehen mich nicht … wenn Sie's nicht tun, wird er mich zu Tode foltern. Ich habe bereits mit seiner Maschine Bekanntschaft gemacht. Ein zweites Mal halte ich das nicht aus.«

»Hören Sie mir zu …«

»Schneiden Sie mir die Kehle durch, und dann …«, er machte eine Kopfbewegung, »… können Sie … können Sie die Tür hinter mir öffnen.«

Ich konnte den Umriss der rostigen Tür ausmachen, an die er gekettet war. Der Griff befand sich nahe an seiner Hüfte.

Luther wollte nicht, dass ich Steve einfach nur tötete. Seine Hände waren an beiden Seiten des Türrahmens befestigt und seine Füße am unteren Rand der Tür selbst. Die Tür ließ sich nur öffnen, wenn ich Steves Arme und Beine abhackte.

»Kommt gar nicht infrage«, sagte ich und trat einen Schritt zurück.

»Bitte, Jack. Ich …«

»Nein!«

»… hab das verdient.«

»Das haben Sie nicht. Keiner hat so was verdient.«

Er stand am Rand eines Nervenzusammenbruchs und heulte los. »Ich habe einen Mann umgebracht«, schluchzte er. »Seit drei Jahren trag ich das mit mir herum, und jetzt sage ich Ihnen, ich *will* es so! Ich hab schon tausendmal an Selbstmord gedacht, hatte aber nie den Mut dazu.«

»Also ich werde es nicht tun, Steve. Das kann ich nicht.«

»Ist Ihnen klar, was Luther mit mir machen wird?«

Ich hatte bereits getötet. Aber selbst bei einem abgrundtief bösen Menschen wie Alex Kork war es mir nicht leichtgefallen, abzudrücken und damit zu leben. Erst recht könnte ich niemals einen wehrlosen, unbewaffneten, an eine Wand geketteten Mann umbringen, egal was er angestellt hatte, egal wie verzweifelt er mich anflehte, sein Leben zu beenden.

»Bitte, Jack!«

»Seien Sie einen Augenblick still und lassen Sie mich überlegen.«

Ich trat näher an ihn heran und musterte die Tür. Sie hatte keine Scharniere, ging also nach innen auf. Ich drückte mit einiger Anstrengung dagegen. Sie bewegte sich ein paar Zentimeter. Die Kette um Steves Fußknöchel spannte sich.

»Können Sie rückwärts hüpfen?«

»Ich hab kein Gefühl mehr in meinen Füßen. Sie sind so kalt.«

»Ich mach das nicht, Luther«, sagte ich.

In meinem Ohrhörer vernahm ich keine Antwort. Ich blickte mich nach einer Kamera um und sah eine an der Wand, in etwa drei Metern Höhe. Ich winkte ihr zu.

»Hören Sie mich, Sie Arschloch? Ich werde das nicht …«

Plötzlich ging die Tür hinter Steve nach innen auf und riss ihn mit. Er schrie, als sein ganzes Gewicht an seinen Armen hing und seine Beine zurückgezogen wurden. Obwohl die Tür sich nur ein paar Zentimeter weit öffnete, wand sich ein Arm durch den Spalt.

Ein nackter, von Narben bedeckter Männerarm.

Die Hand griff nach der Bogensäge an der Tür. Dann blickten zwei Augen durch die Öffnung.

»Sieh mal einer an, Jack Daniels. Lang ist's her.«

Das verunstaltete Gesicht kannte ich nicht, aber dafür die Stimme. Diese Stimme würde ich nie vergessen. Ich hatte sie vor Jahren das erste Mal gehört. Damals an dieser Fernfahrerraststätte.

Donaldson.

»Ich träume schon seit Langem davon, Sie wiederzusehen, Jack. Und davon, Stücke von Ihrem Gesicht abzuschneiden und Sie damit zu füttern. Das Einzige, was mir jetzt noch im Weg steht, sind ein paar Arme und Beine.«

Er schob die Säge durch den Türspalt und drückte die Schneidezähne auf Steves Handgelenk.

Mein Herzschlag dröhnte mir in den Ohren und das Baby in meinem Bauch trat wild um sich. Ich packte die Säge am anderen Ende und versuchte, sie Donaldson zu entreißen. Aber das Tauziehen, das daraus entstand, bewirkte genau das, was Donaldson wollte: Das Sägeblatt schnitt durch Haut und Knochen und Steve schrie wie am Spieß. Meine Beine fühlten sich an wie Pudding, und plötzlich drehte sich alles um mich und mir wurde schwarz vor Augen.

Nein!

Bloß keinen Anfall!

Nicht jetzt!

Ich kippte um und landete auf meinem Hintern … Steve verstummte … die ganze Welt verschwand vor meinen Augen … die Finsternis verschluckte mich.

Lucy

Der Mann, der an die Tür gekettet war, starb viel zu schnell. Ohne einen Druckverband, der die Blutung gestoppt hätte, fiel er nach einer Minute in Ohnmacht und starb kurz darauf.

Lucy hatte sich an seinen Schreien ergötzt wie in alten Zeiten, und sie fand es schade, als er schließlich seinen letzten Atemzug tat.

Die beiden sägten und zerrten fast fünf Minuten lang an der Leiche herum, bis sie endlich die Tür aufbekamen. Als sie es geschafft hatten, wollte Lucy nur noch eine Schmerztablette schlucken und schlafen.

Aber D hatte andere Pläne. Er beugte sich über die schwangere Frau, die bewusstlos dalag, und verzog sein ramponiertes Gesicht zu einem scheußlichen Grinsen.

»Das ist sie, Lucy. Es ist Jack Daniels.«

»Dafür haben wir jetzt keine Zeit.«

»Oh doch.«

Sie packte Donaldson am Arm. »Wir sind nicht ihretwegen ihr. Wir haben sie nur gebraucht, damit sie uns zu dem Dreckskerl führt, der uns das angetan hat.«

»Na und? Dann ist das eben eine Art Bonus, eine Vorspeise vor dem Hauptgericht.«

Donaldson wollte sich mit der Säge über die Frau hermachen, aber Lucy zog ihn zurück. Er fuhr herum.

»Was zum Teufel soll das? Du bist doch nicht etwa zimperlich geworden?«

»Natürlich nicht. Ich bin müde und habe Schmerzen. Ich will

mir meine Energie für den Kerl aufsparen, der uns gefoltert und verstümmelt und zu dem hier gemacht hat.« Sie hob die Arme und zeigte ihm das, was von ihren Händen noch übrig war.

»Ich will Luther genauso gern töten wie du, Lucy. Aber gönnen wir uns doch vorher ein bisschen Spaß. Die da ist das Traumopfer eines jeden Serienmörders, der absolute Höhepunkt meiner Karriere.«

Für einen Augenblick wollte Lucy ihren Partner von seinem Vorhaben abbringen und ihn daran erinnern, hinter wem sie her waren und warum. Aber als sie die Mordlust in seinen Augen sah, wusste sie, dass es keinen Zweck hatte.

»Also gut«, sagte sie und ließ seinen Arm los. »Mach, was du willst. Ich such ihn so lange.«

»Was? Du willst mir nicht helfen?«

»Ich will meine Kräfte schonen. Das solltest du auch tun.«

»Du könntest mir wenigstens dabei zuschauen.«

»Sie ist nicht mal bei Bewusstsein, D.«

Er grinste wieder und hob die Säge. »Ich weiß schon, wie ich sie wach kriege.«

»Von mir aus. Ich verschwinde.«

Lucy drehte sich um und humpelte zurück in das dunkle Labyrinth von Gängen, durch das sie hierhergelangt waren. Im Lauf der letzten paar Stunden hatten sie unterwegs viele verstümmelte Leichen gesehen. Der Mann, den sie suchten, war fleißig gewesen. Er musste sich lange auf diese Sache vorbereitet haben.

Sie ging nach links, dann wieder nach rechts und tastete sich im Dunkeln an den Betonwänden entlang. Sie hatten Jack gefunden, indem sie ihrer Stimme gefolgt waren. Ohne Geräusche als Anhaltspunkt hatte Lucy keine Ahnung, wohin sie gehen sollte.

Donaldson gegenüber würde sie es nie zugeben, aber Lucy hatte Angst. Bereits nach einer Minute bereute sie, ihn verlassen zu haben. Selbst wenn sie zu zweit nicht unbedingt sicherer waren, fühlte sie sich in der Gegenwart ihres Partners geborgen. Aber je mehr sie von diesem Ort sah, desto weniger glaubte Lucy daran, dass sie ihr ursprüngliches Vorhaben in die Tat umsetzen konnten. Sie fühlte sich überfordert und ihrem Gegner nicht ebenbürtig.

Es wäre besser, diese Polizistin am Leben zu lassen und mit ihr zusammen auf die Suche nach …

Plötzlich hörte sie etwas. Stimmen.

Donaldson und ein weiterer Mann …

Oh nein.

Lucy wäre am liebsten davongerannt, aber sie konnte D nicht im Stich lassen. Sie schlug die Richtung ein, aus der die Stimmen kamen, bis sie die einzelnen Worte verstehen konnte.

»Die Pistole in Ihrer Hose. Nehmen Sie sie langsam heraus und werfen Sie das Ding ins Wasser, und zwar sofort.«

Sie hörte ein leises Plätschern.

»Und jetzt legen Sie die Säge hin und gehen Sie von Jack weg.«

Die Säge fiel polternd zu Boden.

Lucy schlich näher heran.

»Wo ist das Mädchen?«

»Scheren Sie sich zum Teufel.«

Ein Schuss erklang und Donaldson schrie auf.

»Ich hab noch sieben Kugeln im Magazin. Die Beine tun Ihnen weh? Ich kann Ihnen auch in die Knie schießen. Oder in die Eier.«

»Die haben Sie mir schon abgeschnitten, Sie Dreckskerl.«

Lucy bog um die Ecke und sah die beiden schließlich durch die offene Tür, nur drei Meter weiter. Ihre Beine fühlten sich an wie Pudding.

»Ach ja, das hab ich völlig vergessen. Wir hatten damals Spaß miteinander, nicht wahr, Donaldson? Ich wette, dass Sie nicht scharf darauf sind, so etwas ein zweites Mal zu erleben. Sagen Sie mir, wo Lucy ist, und ich töte Sie schnell, mit einem Kopfschuss.«

»Ich hab keine Ahnung. Wir haben uns nach unserer Flucht getrennt.«

»Lügner.«

Ein weiterer Schuss erklang, gefolgt von einem Schrei. Lucy sah, wie Donaldson hinfiel und sich sein blutendes Knie hielt.

»Jetzt hab ich noch sechs Kugeln. Und wenn ich die verbraucht hab, mach ich mit der Säge weiter. Also, wo ist sie?«

Donaldson sprach mit zusammengepressten Zähnen. »Sie ist nach Kanada. Hat gehört, dass es dort schön ist um diese Zeit.«

Zwei weitere Schüsse ins selbe Bein. Lucy zuckte zusammen und machte in die Hose.

Sie hätte nie gedacht, dass es so enden würde.

Sie nahm all ihren Mut zusammen und trat einen Schritt nach vorn, um auf sich aufmerksam zu machen. Sie hielt es nicht länger aus, Donaldson leiden zu sehen.

Und dann sah sie es. Obwohl Donaldson sie in der Dunkelheit unmöglich sehen konnte, schien es, als starrte er sie für einen winzigen Augenblick an, direkt in ihre Augen.

Dabei schüttelte er kaum merklich den Kopf.

Die Botschaft war klar: Komm nicht näher.

Dann schaffte er es irgendwie, wieder auf die Beine zu kommen.

»Ich hab euch beide auf meinen Kameras gesehen. Ich weiß, dass sie hier ist. Das Ganze hat mich viel Geld und Mühe gekostet, und da kann ich es mir nicht leisten, dass zwei Amateure hier herumrennen und mir ins Handwerk pfuschen.«

»Amateure?« Donaldson stieß ein gequältes Lachen aus. »Darf ich Ihnen mal was sagen, Luther? Wenn es ums Töten geht, können Sie Lucy und mir nicht das Wasser reichen. Sie hat mir alles über Sie erzählt. Sie sind nicht echt, sondern nur ein Möchtegern. Sie sind das armseligste Arschloch, das mir je begegnet ist.«

Diesmal schoss Luther ihm in den rechten Arm.

Donaldson stöhnte, blieb aber aufrecht stehen.

Lucy traten Tränen in die Augen, als sie sah, wie Luther auf ihren Freund zuging.

»Sie lieben sie, nicht wahr? Ich hab doch gesehen, wie Sie mit ihr Händchen gehalten haben.«

Lucy hielt den Atem an. Sie hatte keine Ahnung, was Donaldson antworten würde, aber plötzlich war es ihr sehr wichtig.

»Ja«, sagte D. »Ich liebe sie.«

Lucy unterdrückte ein Stöhnen und zitterte am ganzen Körper.

»Sagen Sie mir, Donaldson, wie fühlt sich das an?«

»Wollen Sie das wirklich wissen?«

»Ja.«

Donaldson lachte. Es klang nicht künstlich, sondern echt. Ein schallendes Lachen, das lange andauerte.

»Ich war mein ganzes Leben allein«, sagte er. »Und deshalb fühlt es sich gut an, jemanden zu haben, der auf einen aufpasst. Lucy kriegt Sie, Sie Dreckskerl. Sie wird Sie so übel zurichten, dass ...«

Donaldson zuckte zusammen, als die Kugel ihn traf.

Luther trat einen Schritt zurück, und Lucy sah einen dunklen Blutfleck in Donaldsons Magengegend, der größer wurde. Donaldson hielt beide Hände auf die Stelle gepresst.

Luther hob das rechte Bein und trat Donaldson an die Brust, worauf dieser rückwärts ins Wasser taumelte.

Donaldson stolperte über seine Füße, drehte sich um die eigene Achse, fiel kopfüber in die Brühe und ging langsam unter.

Lucy musste sich ins Handgelenk beißen, um nicht loszuheulen.

Komm nach oben.

Bitte komm wieder nach oben, D.

Bitte …

Doch Donaldson tauchte nicht wieder auf.

Lucy trat den Rückzug in die dunklen Gänge an.

Der Schock traf sie mit voller Wucht. Es war schlimmer als körperliche Schmerzen.

Es tat ihr in der Seele weh.

Sie musste sich eine Waffe besorgen und diesen Dreckskerl töten.

Sie würde Donaldsons letzte Worte in die Tat umsetzen.

Donaldson.

Der einzige Mann, den sie je geliebt hatte.

Phin

Als er die Augen öffnete, war er an einen Stuhl gefesselt. Ihm tat alles weh, aber am schlimmsten war der Schmerz in seiner rechten Seite. Es fühlte sich wie eine gebrochene Rippe an.

Er blinzelte und kniff die Augen zusammen, um bei dem schwachen Licht im Raum besser sehen zu können. McGlade saß neben ihm, ebenfalls an einen Stuhl gefesselt. Das Möbelstück war aus Stahl und Leder, solide verarbeitet und mit hohen Beinen.

Nicht einer dieser schrecklichen Folterstühle von vorhin, sondern ein Barhocker.

Phin konnte keine Stricke um Harrys Arme und Beine erkennen. Er blickte auf seine eigenen Hände herab und stellte fest, dass sie mit Kabelbindern an den Armlehnen befestigt waren. Sie waren hellrosa und geschwollen. Er versuchte, die Füße zu bewegen, aber die waren ebenfalls gefesselt.

Phin zerrte an den Kabelbindern, um sie auf ihre Festigkeit zu testen.

Sie waren ziemlich stabil.

Er versuchte, am Stuhl zu rütteln, aber auch der war sehr solide.

Stahl. Schwer und unbeweglich.

Dann bewegte er die Handgelenke hin und her, um die Fesseln zu lockern. Vergeblich.

Es würde nicht mehr lange dauern, bis die Durchblutung vollständig gestoppt war. Dann würden die Hände absterben. Er konnte bereits dieses Kribbeln spüren.

»Harry! Wach auf!«

McGlade grunzte und riss die Augen auf. »Sag, dass wir zu viel getrunken haben und in einem Domina-Studio gelandet sind.«

»Den Witz hast du doch schon mal gemacht.«

»Witz? Zerstör mir nicht meine Hoffnungen, Mann. Wie fühlst du dich?«

»Wie ein Stück gebratene Scheiße. Und du?«

»Ich bin geschockt. Haha. Verstehst du den Witz?«

Phin sah sich um.

Der Raum sah nicht wie die Folterkammer von vorhin aus, sondern eher wie ein verlassenes Büro. Es gab Schreibtische, ein paar Stühle und jede Menge Staub. Etwa drei Meter zu seiner Linken fiel schwaches Licht durch eine offene Tür.

»Deine künstliche Hand ist doch ziemlich robust, oder?«, fragte Phin. »Kannst du damit deine Fesseln zerreißen?«

»Sie funktioniert nicht mehr. Dieser verdammte elektrische Stuhl hat die Batterie ruiniert. Und meine Härchen hat er auch verbrannt.«

»Deine Härchen?«

»Meine Schamhaare. Meine Sackwolle. Meine Schwanzlocken. Ich kann die verbrannten Haare riechen.«

»Nett.«

»Na ja, dafür hab ich mir nicht in die Hose gemacht. Vielleicht hätte ich es tun sollen. Dann hätte ich die Flammen in meinem Urwald gelöscht.«

Phin schaukelte auf dem Barhocker hin und her und schaffte es, ein paar Zentimeter über die Fliesen nach vorn zu rutschen. Die Stuhlbeine standen weit genug auseinander, sodass er nicht umkippte.

»Was ist mit dir?«, fragte Harry.

»Was soll mit mir sein?«

»Hat's bei dir auch am Sack gebrannt?«

»Können wir über etwas anderes reden?«

Phin gab sich noch mal einen Ruck, diesmal fester. Der Barhocker rutschte fast dreißig Zentimeter vorwärts, drohte jedoch zu kippen. Phin verlagerte sein Gewicht und fing sich wieder. Umfallen wäre schlimm. Er würde es nicht schaffen, sich wieder aufzurichten.

»Ich hätte nicht übers Pinkeln reden sollen«, sagte Harry. »Jetzt muss ich nämlich.«

»Denk an was anderes.«

»Das geht nicht. Kaum mach ich die Augen zu, muss ich an einen Springbrunnen denken. Aber an einen, wo das Wasser gelb ist.«

Phin bemühte sich, ihn nicht zu beachten. Er rutschte noch mal ein paar Zentimeter weiter nach vorn, auf die offene Tür zu.

»Meine Blase platzt gleich. Sie fühlt sich an wie ein Basketball voller Pisse.«

Phin rutschte weiter über den Fußboden, bis ein Stuhlbein hängen blieb. Er blickte nach unten und stellte fest, dass eine Fliese fehlte und im Boden eine Lücke hinterlassen hatte. Er rutschte rückwärts und versuchte, das Hindernis zu umgehen.

»Wo willst du hin?«, fragte Harry. »Auf die Toilette?«

»Ich will durch die Tür.«

»Geht's da auf die Toilette?«

»Weiß ich nicht. Aber vielleicht finde ich dort etwas, das wir gebrauchen können.«

»Weißt du, was ich jetzt gebrauchen könnte?«

Einen Maulkorb, dachte Phin, sprach es aber nicht aus. Stattdessen bewegte er sich weiter auf die Tür zu.

»Eine Toilette«, sagte Harry. »Ich könnte eine Toilette gebrauchen.«

»Tu mir bitte einen Gefallen, Harry.«

»Soll ich ruhig sein? Jedes Mal, wenn mich jemand um einen

Gefallen bittet, ist es das. Ich rede nun mal viel, wenn ich nervös bin. Und wenn ich versuche, nicht in die Hose zu machen.«

Es gelang Phin, die Stelle zu umgehen, wo die Fliese herausgebrochen war, aber er wurde langsam müde. Und Sorgen machte er sich auch. Schweiß lief ihm übers Gesicht und brannte in den Augen. Er kämpfte gegen seine wachsende Verzweiflung. Dass er hinter der Tür etwas finden würde, das ihnen bei der Flucht half, war unwahrscheinlich. Dafür war Luther zu intelligent und zu vorsichtig.

Phin schüttelte den Kopf wie ein Hund hin und her, um die Schweißtropfen loszuwerden. Er dachte an Jack und die schrecklichen Dinge, die sie durchmachen musste, und arbeitete sich weiter auf die Tür zu.

Harry hatte zum Glück aufgehört zu reden und machte es Phin nach. Die nächsten fünf Minuten kämpften sie sich grunzend und schwitzend auf ihren Stühlen voran, bis Phin es schließlich zur Tür schaffte.

Sie führte auf einen kurzen Flur hinaus, den eine von der Decke baumelnde Glühbirne erleuchtete. Der Boden war aus Beton, und der Gang endete an einer Treppe, die ins Dunkle führte.

»Was ist da?«, hörte er McGlade hinter sich. »Sag, dass es Drahtschneider und eine Toilette sind.«

Phin gab ihm keine Antwort. Er rutschte auf dem Stuhl in den Gang hinaus und hatte plötzlich eine Idee.

»Scheiße«, sagte Harry. »Sag bloß, das ist ’ne Treppe.«

»Ja.«

»Wie viele Stufen?«

Phin zählte. »Mindestens vierzehn. Ich kann nicht bis ganz nach unten sehen.« Er rutschte näher an die oberste Stufe heran.

»Was zum Teufel machst du da, Phin?«

»Diese Barhocker sind zu stabil, die kriegen wir nie kaputt.

Aber vielleicht zerbrechen sie, wenn sie aus einer bestimmten Höhe fallen.«

»Wir sollen uns also die Treppe runterfallen lassen, ohne Helm und sonstigen Schutz, und dabei hoffen, dass wir dabei die Stühle zerbrechen und nicht unsere Knochen?«

»Ja.«

»Klingt gut. Du fängst an.«

Phin rutschte noch ein wenig zur Seite. Dabei glitt ein Stuhlbein über den Treppenrand und hing in der Luft. Sich seitlich fallen zu lassen, war vielleicht klüger als mit dem Kopf voraus – wobei *klüger* vielleicht nicht der passende Ausdruck war.

Aber selbst wenn er schlimme Verletzungen erlitt oder sogar ums Leben kam, war das immer noch besser, als wenn Luther ihn zu Tode folterte.

»Wenn du stirbst, tust du das nicht vergebens«, sagte Harry. »Deine Leiche wird meinen Aufprall abfedern.«

Phin starrte die Treppe hinunter und ihm wurde schwindlig. Besonders hoch war sie nicht, aber als er den harten Beton sah, konnte er sich nur schwer überwinden.

»Zieh einfach den Kopf ein, mach die Augen zu und stell dir vor, es ist eine Achterbahn in Disneyland«, sagte Harry.

»Klar. Donald Ducks wilder Stuhl-Looping.«

»Chips und Chaps Sturz in den Tod.«

»Mr Toads Krüppelkarussell.«

»So hoch ist die Treppe auch wieder nicht«, sagte Harry. »Jetzt mach schon, ich will schließlich auch.«

Phin holte tief Luft, zog den Kopf ein, dachte an Jack und gab dem Stuhl einen letzten Ruck.

Er hing einen schrecklichen Augenblick lang reglos in der Luft, als hätte sich der Hocker noch nicht entschieden, ob er der Schwerkraft folgen sollte. Dann kippte er in quälend langsamem Zeitlupentempo die Treppe hinunter.

Ein unwillkürlicher Angstschrei raubte ihm den Atem. Kurz

darauf schlug seine rechte Schulter gegen eine Betonstufe. Bevor er feststellen konnte, ob er sich verletzt hatte, wirbelten seine Füße nach oben. Holz krachte, Metall knirschte und plötzlich bekam er ein Bein frei. Aber es ging noch weiter die Treppe hinunter und er schlug einen zweiten Purzelbaum.

Als er mit dem Kopf aufprallte, wurde ihm schwindlig. Hilflos der Schwerkraft ausgeliefert, schrie er vor Schmerz und Angst. Schließlich landete er unten auf dem Boden und schlitterte noch ein Stück weiter, bis er auf seiner linken Seite zu liegen kam.

Auf einmal war es still und das Klingeln in Phins Ohren ließ nach. Er versuchte, die Finger zu bewegen, spürte aber nichts. Sie waren taub.

Oder womöglich gelähmt.

»Lebst du noch?«, rief ihm Harry von oben auf der Treppe zu.

»Ja.«

»Hat's wehgetan?«

»Kein bisschen«, log Phin.

»Es hat aber so ausgesehen. Hast du dir was gebrochen?«

»Ich weiß nicht.«

»Bist du losgekommen?«

Phin zerrte an seinen Armen. Sie waren immer noch an den Stuhl gefesselt.

»Nein.«

»Siehst du irgendwo eine Toilette?«

»Ich hab noch nicht geschaut.«

»Okay, ich komme.«

»Harry! Warte!«

Aber McGlade hatte sich bereits über den Treppenrand fallen lassen und kam schreiend heruntergepurzelt. Die Angst, dass Harry auf ihn fallen könnte, verlieh Phin neue Energie. Er trat mit beiden Beinen, und als er merkte, dass sie frei waren, stieß er sich von der untersten Stufe ab, um Harry auszuweichen. Der schrie wie am Spieß, als er seinen ersten Purzelbaum hinlegte und der Stuhl beim Aufprall zerbrach. Dann schlitterte er mit dem Kopf voraus die letzten paar Stufen hinunter und schrie immer noch, selbst als er nur wenige Zentimeter von Phin entfernt auf dem Boden liegen blieb.

»AAAAAAAAH!«

»McGlade!«

»AAAAAAAAH!«

»McGlade!«

»AAAAAAAAH!«

»Harry! Hör endlich auf! Du hast's geschafft!«

Das Schreien verstummte. McGlade blickte sich hektisch um, bis er Phin sah.

»Ich hab in die Hose gemacht«, sagte Harry.

»Bist du verletzt?«

»Ich bin immer noch am Pissen. Ich kann nicht aufhören.«

»Harry, sind deine Hände frei?«

Phin hörte, wie sich etwas bewegte, dann das Scheppern von Metall auf Stein.

»Ich pisse immer noch. Verdammt, ist das peinlich, Phin. Du kannst dir gar nicht vorstellen, wie peinlich …« Er sprach den Satz nicht zu Ende.

»Verdammt noch mal, McGlade! Sind deine Hände frei?«

»Rutsch lieber ein Stück weiter, bevor die Pfütze bei dir ankommt.«

Phin gab auf. Er wälzte sich hin und her, zuckte vor Schmerz zusammen und schaffte es schließlich, auf die Knie zu kommen. Dann zwang er sich in eine aufrechte Haltung und brach den Sitz von der Rückenlehne ab. Seine Arme waren immer noch gefesselt, aber wenigstens konnte er jetzt gehen.

»Warte, ich helf dir«, sagte McGlade. Er trat neben Phin, stieß mit seiner freien Hand ein zerbrochenes Metallstück zwischen

Phins Handgelenk und die Plastikfessel und sprengte sie mit einer schnellen Drehung.

»Danke, McGlade. Ich könnte dich umarmen.«

»Tu das nicht. Ich bin immer noch am Pissen.«

Er gab Phin das Metallstück und watschelte mit krummen Beinen und triefender Hose davon. Phin löste die restlichen Fesseln und blickte den Flur entlang. Er endete vor einer Stahltür. Phin ging hin. Die Schmerzen in seinen Rippen, seiner Schulter und seinem rechten Knie ließen ihn zusammenzucken. Die Tür war verschlossen, aber der Rahmen steckte in feuchtem, bröckeligem Mauerwerk. Mit den Stuhlbeinen müsste man es in ein paar Minuten schaffen, da rauszukommen.

»Hilf mir, Harry.«

»Ich bin gleich fertig. Mir kommt's vor, als wäre ein Staudamm gebrochen.«

»Musst du immer noch? Wie groß ist denn deine verdammte Blase?«

»Fast so groß wie meine Prostata. Tu dir einen Gefallen und werde nicht älter als fünfundvierzig.«

Phin stieß ein kurzes Lachen aus. »Du musst es positiv sehen. Jetzt brauchst du wenigstens keine Toilette mehr zu suchen.«

Harrys Miene verfinsterte sich. »Phin, mal ganz im Ernst. Wir sind doch Freunde, oder?«

»Ja, natürlich.«

»Wir sind zusammen durch dick und dünn gegangen.«

»Was willst du, Harry?«

»Ich gebe dir zwanzigtausend Dollar, wenn du mit mir die Hosen tauschst.«

Phin grinste. »Komm her und bring ein Stuhlbein mit. Erledigen wir den Hurensohn, und dann retten wir Jack.«

Jack

Ich kam zu mir und fuhr erschrocken hoch, bereit, gegen Donaldson oder Luther oder sonst jemanden zu kämpfen, der so dumm war, mir zu nahe zu kommen.

Aber dann stellte ich fest, dass ich alleine war.

Alleine mit einer Leiche.

Donaldson war verschwunden, und Steve lag in Stücke zersägt auf dem Boden, sein Gesicht eine reglose, schmerzverzerrte Maske.

Da Luther als Einziger eine Waffe besaß, brauchte ich nicht lange, um mir den Hergang der Ereignisse zusammenzureimen. Verärgert über die Unterbrechung seiner kleinen Horrorshow, hatte Luther Donaldson aus dem Weg geräumt. Dass er mich in Ruhe gelassen hatte, konnte nur bedeuten, dass mir noch einiges bevorstand.

Wie viele Höllenkreise gab es bei Dante gleich wieder?

Neun.

Und ich hatte erst sechs durchlaufen.

Eigentlich reichte mir das für den Rest meines Lebens.

Ich legte die Hände auf den Bauch, drückte und wartete auf eine Reaktion.

Es kam keine.

Ich rieb etwas fester und Panik stieg in mir auf. Bei all dem Stress und der Eklampsie war das Baby womöglich …

Da. Sie bewegte sich. Gott sei Dank.

Ich fuhr mit einem Finger über die Wölbung und spürte ihre winzige Hand.

»Alles wird gut«, sagte ich zu meiner Kleinen. »Wir werden deinen Papa finden und …«

»Schön, dass Sie aufgewacht sind. Es ist Zeit weiterzugehen.«

Ich langte reflexartig an meinen Ohrhörer.

»Ich hab's satt, in Ihrem kranken Drama die Hauptrolle zu spielen, Luther.«

»Aber es gibt doch noch so viel zu sehen und zu lernen. Stehen Sie auf und gehen Sie durch die Tür. Ein alter Freund wartet auf Sie.«

»Und außerdem hab ich es satt, mir ständig Ihren Schwachsinn anzuhören.«

Ich zerrte an dem Ohrhörer und riss dabei ein Stück Haut ab.

»Jack, unterstehen Sie sich …«

Plötzlich riss der Hörer heraus. Ich spürte einen höllischen Schmerz im Ohr und warmes Blut lief mir den Hals hinunter. Ich warf das Ding ins Wasser, streckte der Kamera den erhobenen Mittelfinger entgegen und stand auf.

Die Tür ging auf einen dunklen Betonkorridor hinaus, der sich weiter hinten gabelte. Ich stolperte müde, halb verdurstet und hungrig voran.

Außerdem war ich wütend.

Sehr wütend sogar.

Zu viele Menschen hatten ihr Leben lassen müssen, nur damit dieser Irre …

Nur damit dieser Irre was tun konnte? Mir zeigen, wie viel Macht er besaß?

Mir Angst einjagen?

Mich lehren, was ein Leben wert war?

Ich wusste bereits, was ein Leben wert war. Dabei zusehen zu müssen, wie Luther Leben zerstörte, machte mein eigenes Leben in meinen Augen nicht wertvoller.

Vielleicht hatte ich bisher wirklich nicht genug Muttergefühle für mein ungeborenes Kind empfunden, aber das konnte ja noch werden.

Vielleicht hatte ich manchmal meine Mitmenschen schlecht behandelt, aber dazu hatte ich verdammt noch mal allen Grund.

Vielleicht war ich egoistisch, aber das stand mir zu. Ich hatte auf dieser Welt viel Gutes getan, hatte viele Schurken hinter Schloss und Riegel gebracht. Zum Dank dafür hatte ich nichts weiter erhalten als schlaflose Nächte und Schuldgefühle. Und ich hatte viele meiner Freunde und Verwandte vor den Kopf gestoßen.

Wenn ich ehrlich war, mochte ich mich nicht besonders.

Aber das machte mich noch lange nicht zu einem hoffnungslosen Fall.

Oder?

Meine Füße waren kalt, nass und schlecht durchblutet, also stampfte ich auf und ab. Ein Teil von mir bereute, den Ohrhörer weggeworfen zu haben. Auch wenn Luthers Sprüche mich nervten, so hätte er mir jetzt immerhin gesagt, wohin ich gehen musste.

Plötzlich hörte ich etwas.

Stimmen.

Stimmen, die sangen.

Eine davon kannte ich.

Ich ging in die Richtung, aus der sie kamen, was in der Dunkelheit und mit all diesen Echos nicht leicht war. Die Gänge bildeten ein Labyrinth mit Abbiegungen, Weggabelungen und Sackgassen. Ich kam nur langsam voran, aber dann wurden die Stimmen lauter, und ich gelangte in einen Gang, an dessen Ende sich eine Tür befand.

Als ich sie öffnete, hallte mir die dritte Strophe des Gospel-Songs »Michael Row Your Boat Ashore« entgegen. Ich trat in kalten Schlamm und sah …

»Herb!«

»Jack!«

Er war an die Wand gekettet und hatte einen von diesen schrecklichen Sprengsätzen um den Hals.

Ich eilte zu ihm und umarmte ihn hastig. Er fühlte sich noch kälter an als ich, und seine Hände waren auf den Rücken gefesselt. Trotzdem war es die wärmste und herzlichste Umarmung, die ich je erlebt hatte.

»Alles okay mit dir?«, fragten wir beide gleichzeitig. Dann mussten wir lachen. Angesichts der schlimmen Situation fühlte es sich gut an.

»Wo sind Phin und Harry?«, fragte ich.

Mein Freund ließ die Schultern sinken. »Keine Ahnung. Ich hab sie nicht gesehen. Ich hab überhaupt nichts gesehen.«

Ich trat eine Armlänge zurück. »Was meinst … oh, um Himmels willen. Herb …«

Jetzt erst sah ich seine Augen. Sie waren rot, geschwollen und zugenäht.

»Hast du vielleicht Augentropfen dabei?«, fragte er.

Ich umarmte ihn noch einmal, dieses Mal fester. Ich musste ihn – beziehungsweise uns beide – hier rausholen. Ein Blick auf seinen Rücken zeigte mir, dass seine Hände mit Kabelbindern gefesselt waren.

»Nimm meine Schnürsenkel«, sagte Herb. »Die sind extrem reißfest.«

Ich nickte und kniete mich in den kalten Schlamm. Es dauerte etwa eine Minute, bis ich den Schnürsenkel von einem seiner Schuhe entfernt hatte. Er war aus demselben Material wie Fallschirmschnüre, mit einer Mindestbelastbarkeit von zweihundertfünfzig Kilo. Ich schob die Schnur zwischen seinen Handgelenken hindurch und zog die Enden in schnellem Rhythmus hin und her, wie eine Säge.

Der Kabelbinder zerriss in wenigen Sekunden.

Jetzt konnten wir uns richtig umarmen.

»Sind Sie hier, um uns zu retten?«

Ich zuckte zusammen. Ich hatte vollkommen vergessen, dass noch jemand im Raum war.

Ich drehte mich um und sah eine stämmige Frau, die ebenfalls ein Halsband trug. Ein schwaches, fast schon glückliches Lächeln huschte über ihr rundes Gesicht. Aber ihre Augen …

Im Gegensatz zu Herb hatte Luther sie für immer geblendet.

Ich überwand meine Abscheu und versuchte, positiv zu klingen. »Ich heiße Jack Daniels und bin hier gefangen, genau wie Sie. Aber ich werde alles versuchen, um euch beide hier rauszuholen. War das vorhin Ihre wunderschöne Stimme?«

»Ja. Aber Ihr Freund hat die Melodie auch nicht schlecht hingekriegt. Ich bin Christine Ogawa. Als ich noch jung war, wollte ich immer wie Cher werden. Aber jetzt … vielleicht wie Stevie Wonder?«

Sie war mir auf Anhieb sympathisch.

»Mir hat Stevie schon immer besser gefallen als Cher«, sagte ich.

Ich ließ Herb los, sah mich im Raum nach einer Messingtafel um und fand sie schließlich an der Wand hinter Christine. Daneben befand sich ein Tastenfeld.

Ich ging hin.

DRITTER KREIS: MASSLOSIGKEIT

Wo ein Wille ist, ist auch ein Weg.

Ich las den Text noch mal, fand darin aber keine Ziffern. Ich rieb mir das Genick und überlegte.

»Herb, ich muss eine Zahlenkombination eintippen, damit die Tür aufgeht. Hier ist eine Tafel. Darauf steht: ›Dritter Kreis: Maßlosigkeit. Wo ein Wille ist, ist auch ein Weg.‹ Fällt dir dazu irgendwas ein?«

»Ein Weg?«

»Ja.«

Plötzlich fing Christines Halsband zu summen an. Ich fuhr herum, brachte aber nur noch ein »Oh nein« hervor, bevor es explodierte.

Luther

Er hat so viel Zeit aufgewendet, um das alles zu planen, hat alle Möglichkeiten und Ergebnisse bedacht, sodass es bisher wenig Überraschungen gab. Er hat für sämtliche Pannen vorgesorgt.

Die schwierigste Herausforderung bestand darin, Jacks Sicherheit zu gewährleisten. Trotz aller Hindernisse und Gefahren, die er ihr in den Weg gestellt hat, hat Luther dafür gesorgt, dass er ihr jederzeit helfen kann. Der Bär trug ein elektronisches Halsband mit Sprengladung, die jederzeit aktiviert werden konnte, bevor er Jack mit seinen Krallen zerrissen hätte. Dasselbe galt für Cynthia Matthis, die Literaturagentin. Der Ofen und die Penny-Lawine ließen sich abschalten, falls es zu gefährlich geworden wäre.

Wenn man etwas über mehrere Jahre hinweg plant, denkt man an jedes noch so kleine Detail.

Trotzdem hat es ein paar unerwartete Vorkommnisse gegeben. Lucy, diese dumme Tussi, die früher mal auf Andrew Z. Thomas abfuhr, irrt immer noch irgendwo auf dem Gelände herum, aber er wird sie noch aus dem Weg räumen, so wie er es mit ihrem geistig unterbelichteten Partner gemacht hat. Phin und Harry haben einen seiner Folterstühle kaputt gemacht, aber das ist eine Neuerung in letzter Minute gewesen, da er ursprünglich nicht geplant hat, die beiden zu entführen.

Manchmal muss man eben die Dinge nehmen, wie sie kommen. Improvisieren.

Er hat allerdings damit gerechnet, dass Jack sich irgendwann des Ohrhörers entledigen oder dass er kaputt gehen würde. Als vorbeugende Maßnahme hat Luther sämtliche Überwachungskameras in seinem Vergnügungspark mit Ton ausgestattet und Lautsprecher und Mikrofone installiert.

Wenn er sämtliche Aufnahmen zusammenschneidet, wird das einen tollen Film geben.

Nachdem er das Halsband von dieser fetten Kuh gesprengt hat, drückt er auf seinem Schaltpult die Taste für die Wechselsprechanlage.

»Sie musste sterben, weil Sie Ihren Ohrhörer entfernt haben.«

Sie hätte sowieso sterben müssen, allerdings aus einem anderen Grund. Aber Jack soll sich ruhig schuldig fühlen.

Die Schuldgefühle werden in den kommenden Monaten und Jahren ihre größte Herausforderung sein.

Oder vielmehr: ihnen nicht zu erliegen.

Er blickt auf den Monitor und sieht, wie Jack zu ihm emporstarrt.

Aber sie macht nicht den Eindruck, als fühle sie sich schuldig.

Angst scheint sie auch nicht zu haben.

Stattdessen wirkt sie stinksauer.

»Bevor der Tag vorbei ist, bringe ich Sie um«, sagt Jack.

Luther gefällt das nicht. Er will sie gedemütigt sehen. Sie soll kapieren, was mit ihr geschieht und warum. Widerspenstigkeit kann er nicht tolerieren.

Aber er weiß, wie er sie kleinkriegt.

»Sie haben genau dreißig Sekunden, um sich von Herb zu verabschieden«, sagt er zu ihr. »Dann jage ich sein Halsband in die Luft.«

Herb

Die zugenähten Augenlider waren schlimm gewesen. Nicht nur wegen der Schmerzen, sondern wegen der Hilflosigkeit. Aber Herb hatte durchgehalten, weil es auch noch Hoffnung gab.

Die Hoffnung, heil aus der Sache herauszukommen.

Die Hoffnung, weiterzuleben und seine Frau wiederzusehen.

Aber als er Luthers Worte durch die Sprechanlage hörte, brach der letzte Rest an Hoffnung zusammen.

Er würde sterben.

Nichts war erschreckender, ernüchternder und überwältigender als die Erkenntnis, dass einem der Tod kurz bevorstand.

Dass man bald den letzten Atemzug tun würde.

Dass das ganze bisherige Leben auf diesen endgültigen, schrecklichen Augenblick hinauslief.

Aber Herb ging tief in sich und nahm seinen ganzen Mut zusammen – einen Mut, von dem er selbst nicht geglaubt hätte, dass er in ihm steckte.

Anstatt sich vor seinem Schicksal zu fürchten, nahm Herb es hin. Mit Würde und innerer Stärke.

Jetzt blieb ihm nur noch, Abschied zu nehmen.

»Jack …«

»VERDAMMT NOCH MAL, LUTHER! TUN SIE DAS NICHT!«

»Jack! Hör mir zu!«

»LUTHER!«

»JACK!«

Er spürte, wie sie seine Hand nahm und sie festhielt. »Herb, es tut mir so leid …«

»Sch. Du kannst nichts dafür.«

»Herb …«

Er bemühte sich um ein Lächeln. »Das sind meine letzten Worte, nicht deine. Lass mich reden.«

Sie umarmte ihn. Er erwiderte die Geste kurz, dann schob er sie weg, aus Angst, die Explosion würde sie in Mitleidenschaft ziehen.

Seine Unterlippe zitterte, aber trotzdem brachte er ein Lächeln zustande.

»Jacqueline Daniels, ich kann mich noch an den Tag erinnern, als wir uns das erste Mal begegnet sind, in der Rechtsmedizin, vor all den Jahren. Ich glaube, ich wusste bereits damals, was für eine tolle Polizistin du warst. Es war mir wirklich die größte Ehre meines Lebens, mit dir zusammenzuarbeiten. Du warst die beste Freundin, die ich je hatte. Ich hoffe, dass du dich eines Tages selbst so hoch einschätzt, wie ich es tue. In meinem ganzen Leben ist mir noch niemand begegnet, der so selbstlos, so mutig und so loyal war wie du.«

»Herb …«

»Du wirst das hier überstehen, Jack, da bin ich mir sicher. Und wenn du hier rauskommst, sag bitte meiner Frau, dass ich mit meinen letzten Gedanken bei ihr war und dass meine Liebe zu ihr meine letzten Minuten auf dieser Welt versüßt hat.«

Jack stieß einen Schluchzer aus. Und dann sagte sie etwas, mit dem Herb nicht gerechnet hatte.

»Nein.«

Herb verzog das Gesicht. »Nein? Soll das ein Witz sein?«

»Du kannst es ihr selbst sagen«, sagte Jack. »Weil du heute verdammt noch mal nicht sterben wirst.«

Dann schlang Jack ihre Arme um seine Schultern und presste ihren Hals an seinen.

Luther

Er blickt grimmig drein.

Der heroische Monolog, den Herb gerade zum Besten gegeben hat, war rührend und hat Jack anscheinend tief beeindruckt.

Aber sie gehorcht immer noch nicht.

Stattdessen tut sie etwas, mit dem Luther nicht gerechnet hat. Etwas, das für ihn schlicht und einfach unannehmbar ist.

Solange Jack wie eine Klette an Herb hängt, kann er unmöglich das Halsband explodieren lassen. Die Sprengladung geht zwar nach innen los, aber die Gefahr, dass sie dabei verletzt oder getötet wird, ist zu groß.

»Herb, ich sprenge Ihr Halsband in fünf Sekunden. Wenn Jack Ihnen wirklich etwas bedeutet, sollten Sie sie wegstoßen. Fünf … vier … drei …«

Luther sieht zu, wie Herb versucht, Jack wegzuschubsen.

Sie stößt dem Dicken ein Knie in die Eier. Er strauchelt zur Seite, aber sie hält sich immer noch an ihm fest.

»Wollen Sie ewig an ihm hängen bleiben?«, fragt Luther ins Mikrofon.

Jack antwortet nicht.

Luther atmet zischend aus. Er freut sich zwar darüber, dass Jack endlich begriffen hat, was ihr ihre Freunde wert sind, aber diese Nummer, die sie da abzieht, bringt sein ganzes Unternehmen zum Stillstand. Natürlich könnte er einfach abwarten, bis sie einschläft, vor Erschöpfung umfällt oder eine Eklampsie erleidet. Oder er könnte das BZ-Gas, das er noch übrig hat, zum Einsatz bringen, obwohl er es eigentlich für einen anderen Zweck aufgehoben hat.

Aber das sind keine idealen Lösungen. Luther will endlich die nächste Phase in Angriff nehmen. Der Gedanke, stundenlang warten zu müssen, gefällt ihm ganz und gar nicht.

»Ich mache Ihnen einen Vorschlag, Jack«, sagt er. »Ich gebe Ihnen den Schlüssel für das Halsband, aber dafür müssen Sie meine Anweisungen befolgen.«

»Vergessen Sie's!«, schreit sie.

Luther ist überrascht. »Dann lasse ich Sie beide für ein paar Tage hier.«

»Das werden Sie nicht. Ich könnte ja sterben. Wir wissen beide, dass Sie das nicht wollen.«

»Was wollen Sie dann von mir? Ihnen dürfte doch wohl klar sein, dass ich Sie nicht einfach gehen lasse.«

»Ich will den Schlüssel für das Halsband und Ihr Ehrenwort, dass Sie ihn nicht töten.«

Luther denkt darüber nach. Natürlich könnte er sie anlügen und Herb dann doch umbringen. Aber wenn Jack zu einem Kompromiss bereit ist, zeigt das ihre Willfährigkeit.

Und Willfährigkeit ist der erste Schritt zur Demut.

Außerdem könnte Herb ihm später noch nützlich sein.

»In Ordnung«, sagt Luther. »Es wird ein paar Minuten dauern, bis ich bei Ihnen bin.«

Er geht zu dem Schränkchen, wo er die Schlüssel aufbewahrt, und sucht den passenden heraus. Dann prüft er, ob die Glock geladen ist, macht sich auf den Weg und durchquert die Lagerhalle, vorbei an den Zellen mit den Leichen derer, die es nicht geschafft haben.

Hier wird es ihm nie langweilig werden. Er mag den Geruch nach Rost, Schimmel und Verlassenheit.

Vielleicht wird der Tag kommen, an dem er zusammen mit Jack in diesen Lagerhallen auf die Jagd geht.

Fünf Minuten im Laufschritt und er kommt an der Tür zum dritten Kreis der Hölle an.

Er schließt sie auf, die Pistole schussbereit.

Jack hält Herb immer noch fest umklammert. Luther überlegt, ob er die beiden mit Gewalt auseinanderbringen soll. Aber dann müsste er nah an sie herantreten. Beide sind geübte Kämpfer.

Natürlich könnte er Herb einfach eine Kugel in den Kopf jagen, und die Sache wäre erledigt. Aber er muss sich Jack für den nächsten Teil ihrer Reise gefügig machen, und mit der bloßen Drohung, den Fettwanst zu töten, bewirkt er mehr, als wenn er es jetzt gleich tut.

Aber wenn alle Stricke reißen, hat er immer noch Harry und Phin. Die kann er ebenfalls als Druckmittel einsetzen.

Luther betritt den Raum und nähert sich den beiden bis auf drei Meter.

»Hier ist der Schlüssel«, sagt er und hält ihn hoch. »Ich werde ihn Ihnen zuwerfen. Lassen Sie ihn nicht in den Schlamm fallen.«

Er wirft ihn und sieht zu, wie er einen Bogen beschreibt und wie Jack ihn auffängt.

Sie braucht ein paar Sekunden, bis sie das Halsband aufgeschlossen hat.

»Okay, gehen Sie jetzt von ihm weg«, befiehlt Luther ihr.

Jack schüttelt den Kopf. »Dann werden Sie ihn töten.«

»Ich hab Ihnen doch gesagt, dass ihm nichts passiert, wenn Sie meinen Anweisungen Folge leisten. Gehen Sie jetzt weg oder ich töte ihn wirklich.«

Jack zögert einen Augenblick, tritt dann aber zur Seite.

Luther zielt auf den Dicken und drückt ab.

Jack

»Nein!«

Herb kippte vornüber und fiel in den Schlamm. Ich eilte zu ihm und kniete mich in eine eiskalte, schmutzige Pfütze.

»Verdammt noch mal, Luther!«

»Er atmet noch«, sagte Luther. »Ich hab ihn nicht getötet, werde es aber tun, wenn Sie sich nicht an meine Anweisungen halten. Stehen Sie jetzt auf und kommen Sie mit.«

»Er braucht einen Arzt!«

»Wenn Sie nicht auf mich hören, wird er ein Fall für den Rechtsmediziner. Kommen Sie jetzt endlich, Jack.«

»Ich hab dich lieb, Herb.«

»Ich weiß«, stöhnte er. »Ich dich auch.«

Ich richtete mich schwerfällig auf. Meine Füße waren taub, entweder von der Kälte oder meiner Eklampsie oder beidem. Luther hielt die Pistole weiterhin auf Herb gerichtet.

»Gehen Sie voraus und bleiben Sie nicht stehen.«

Ich stolperte durch den eiskalten Schlamm und sah mich alle paar Sekunden nach Herb um. Er lag immer noch reglos auf der Seite.

»Durch die Tür.«

Ich trat über die Schwelle und warf einen letzten Blick auf meinen Freund, bevor Luther die Tür hinter uns zuschlug.

Ich befand mich in einem kleinen, sterilen Raum. Er hatte weiße Betonwände und einen gefliesten Boden mit einem großen Metallabfluss. Ich hatte gedacht, dass mich nach all den schrecklichen Erlebnissen der vergangenen Stunden so schnell nichts mehr erschüttern konnte, aber ich hatte mich geirrt. In der Mitte des Raums stand ein blau gepolsterter Tisch mit Halterungen für Arme und Beine.

Ein Entbindungstisch.

»Legen Sie sich da drauf«, befahl Luther.

Ich blieb wie gelähmt stehen.

»Legen Sie sich auf den Tisch und schnallen Sie sich fest. Ich kümmere mich um Ihr freies Handgelenk.

Die Riemen für Knie und Handgelenke waren mir gar nicht aufgefallen.

Nein. Das konnte ich nicht tun.

Aber dann dachte ich an Herb, der draußen im Schlamm verblutete.

Ich ging durch den Raum und tat, was ich schon so oft während meiner Schwangerschaft getan hatte – hievte meinen fetten Arsch auf die gepolsterte Liege und zwängte die Beine in die Halterungen. Der zweite Schritt fiel mir schon bedeutend schwerer, nämlich das Zuschnallen der Riemen für Hand- und Fußgelenke.

»Verdammt, Jack«, sagte Luther, als er den Riemen um mein rechtes Handgelenk befestigte. »Ich hatte schon gedacht, ich müsste Sie mit Gas betäuben, um Sie auf diesen Tisch zu bekommen.«

»Meine Freunde bedeuten mir sehr viel, Luther. Aber das können Sie wohl kaum nachvollziehen …«

»Sie täuschen sich, wenn Sie glauben, mich zu kennen«, sagte er und zog sich eine Gummischürze an.

Er brachte einen Infusionsständer auf Rollen heran. Darauf befand sich auch ein Tablett mit medizinischen Geräten, einer Handvoll Spritzen und mehreren Glasfläschchen.

Er trat geräuschlos an den Tisch heran und blickte lächelnd auf mich herab. Ohne das lange Haar, das ich mit ihm assoziierte, sah er total anders aus.

Er legte seinen Handrücken auf meine Stirn. Ich versuchte, mich abzuwenden – ohne Erfolg.

»Die große Jack Daniels, wie sie leibt und lebt. Sie sind wirklich schön.«

»Und Sie sind widerlich.«

»Wollen Sie mich etwa verärgern? Jetzt, wo Sie so verwundbar sind?«

»Lassen Sie meine Freunde frei, dann sage ich Ihnen, was für ein Schatz Sie sind.«

Er berührte wieder meine Wange. Ich musste mich überwinden, nicht zusammenzuzucken. Im Augenblick war meine Wut noch größer als meine Angst. Aber ich hatte keine Ahnung, wie lang das noch anhalten würde. Ich hatte mich noch nie so verletzlich gefühlt, und ich wusste, dass es nur noch schlimmer werden konnte.

»Wie fühlen Sie sich?«, fragte er.

»Schrecklich.«

»Sie sind wie weit mit Ihrer Schwangerschaft? Achtunddreißigste Woche?«

»Ja, warum?«

»Ich glaube, es ist Zeit, das Baby aus Ihnen rauszuholen. Was meinen Sie?«

»Lassen Sie verdammt noch mal die Finger von mir.«

»Aber, aber.« Er nahm eine Spritze vom Tablett und stieß die Nadel in eine Ampulle.

»Was ist das?«, fragte ich und spürte, wie mein Herz schneller ging.

»Pitocin.«

Ich schloss die Augen. Das war ein Albtraum. Das konnte nicht sein.

»Es ist eine synthetische Form eines Hormons in Ihrem Körper – Oxytocin. Man verwendet es, wenn man Geburten einleiten …«

»Das weiß ich schon.«

»Die Wehen sollten bald einsetzen. Werden Sie es schaffen, das Baby in den nächsten paar Stunden selbst herauszupressen?«

Mir kamen die Tränen.

»Luther, um Gottes willen. Nicht auf diese Art.«

»Betteln passt nicht zu Ihnen, Jack. Lassen Sie sich doch nicht so gehen.«

Er füllte die Spritze und legte sie beiseite. Dann befestigte er eine Blutdruckmanschette an meinem Arm, pumpte sie auf und blickte auf die Anzeige.

Er schüttelte den Kopf. »Schlimmer, als ich dachte.«

»Wie hoch ist er?«, fragte ich.

»Einhundertfünfundsiebzig zu einhundertzehn. Kein Wunder, dass Sie einen Anfall hatten.« Er löste den Klettverschluss. »Wenn Sie bitte einen Augenblick stillhalten.«

Ehe ich merkte, was geschah, spürte ich die Nadel in einer Vene nahe am Handgelenk.

»Ich beginne jetzt eine Infusion. Wehren Sie sich nicht, Jack. Ist Ihnen eigentlich klar, wie sehr Ihr Leben im Moment in meiner Hand liegt?«

Eine Welle der Angst schwappte über mich hinweg, die weit über die Sorge um meine Freunde und meine eigene Sicherheit hinausging. In den letzten neun Monaten hatte ich nur an mich selbst gedacht und völlig vergessen, dass ein Mensch in mir heranwuchs.

Ein richtiges Lebewesen. Wertvoll. Hilflos. Vollkommen unschuldig.

Ein Mensch, der eines Tages laufen und sprechen würde. Der Vorlieben und Abneigungen, Träume und Ziele haben würde. Und ein eigenes Leben.

Und dieser Mensch würde das Licht der Welt in den Händen dieses Irren erblicken.

»Hören Sie zu, Luther …«

»Seien Sie still, Jack.«

»Werden Sie meinem Baby etwas antun?«

»Nein.«

»Sie lügen.«

»Sie müssen mir vertrauen, Jack. Sind Sie bereit?«

»Wozu?«

»Für die Wehen.« Er steckte die Nadel in die Injektionskanüle. »Ich gebe Ihnen eine hohe Dosis, Jack. Ich muss dafür sorgen, dass Sie bereit sind. Es wird schnell und heftig sein.«

Während er mir die Injektion verpasste, starrte ich in seine schwarzen, gefühllosen Augen.

»Sie sind dehydriert«, sagte er und holte eine Wasserflasche hervor.

Bevor ich sie sah, hatte ich gar nicht gemerkt, was für einen großen Durst ich hatte. Er hielt sie an meine Lippen, und ich trank gierig, bis er sie wegzog.

Drei Minuten später ging es los.

Die erste Wehe fühlte sich wie ein Periodenkrampf direkt oberhalb meines Schambeins an. Der messerscharfe Schmerz durchfuhr meinen ganzen Lendenbereich von Hüfte zu Hüfte.

Und von da an wurde es schlimmer – eine langsame Explosion zwischen meinen Beinen. Es hatte kaum angefangen, und ich wollte schon sterben.

Ich hatte zwar gewusst, dass es wegen meiner Präeklampsie zu einer frühzeitigen Einleitung der Geburt kommen konnte, aber die Aussicht auf großzügige Verabreichung schmerzstillender Medikamente hatte meine Ängste gemildert. Bei meinen Internetrecherchen war ich auf zahlreiche Blog-Einträge von Frauen gestoßen, die die Vorzüge einer natürlichen Geburt anpriesen – weil man sich dabei mit jeder Wehe und den damit verbundenen Schmerzen des eigenen Körpers bewusst wurde.

Diese Frauen waren völlig bekloppt.

Meine Devise lautete seit Monaten: Steckt mir eine Nadel in den Rücken und weckt mich erst wieder auf, wenn die Schmerzen vorbei sind.

Aber das konnte ich mir jetzt abschminken.

Keine schmerzstillenden Medikamente, keine Regionalanästhesie.

Kein Arzt.

Und um dem Ganzen die Krone aufzusetzen: Nach allem, was ich über frühzeitige Geburteneinleitung gelesen hatte, verstärkte Pitocin den Schmerz und die Intensität der Wehen – als ob es nicht schon schlimm genug war.

Als die nächste Kontraktion vorüberging, hörte ich einen Augenblick zu schreien auf und sagte: »Lassen Sie mich in Ruhe.«

Luther stand neben mir und drückte mir einen kalten Waschlappen auf die Stirn.

»Sie machen es ausgezeichnet, Jack. Aber Sie sollten jetzt noch nicht drücken, sonst ziehen Sie das Ganze nur in die Länge.«

»Verschwinden Sie, verdammt noch mal.«

»Wenn ich das tue, werden Sie sterben, Jack. Sie und Ihr kleines Mädchen, hier in diesem Zimmer.«

»Ich brauche Wasser.«

Er gab mir ein paar Schlucke mehr.

»Oh Gott, nicht schon wieder.«

Er streckte den Arm aus und bot mir seine Hand.

»Warum sind Sie auf einmal so nett zu mir?«, fragte ich.

»Ich habe meine Gründe.«

Ich weigerte mich, seine Hand zu nehmen, und ballte stattdessen die Faust.

Dann schrie ich und fixierte mit meinen Augen die Glühbirne, die langsam über meinem Kopf hin und her baumelte.

***

Vielleicht waren dreißig Minuten vergangen.

Oder fünf Stunden.

Oder auch ein ganzer Tag.

Die Zeit hatte für mich jede Bedeutung verloren.

Zwischen zwei Muskelkontraktionen hob ich den Kopf und sah, dass Luther zwischen meinen Beinen stand und meine Hose mit einem Messer aufschnitt.

»Ist es schon so weit?«, keuchte ich. Eigentlich wollte ich ihn nicht in meiner Nähe, hatte aber das furchtbare Gefühl, dass ich ihn brauchte.

Ich spürte seine Finger in mir.

»Ihre Fruchtblase ist geplatzt«, sagte er und hielt die Hände hoch. Fruchtwasser glänzte auf den Latexhandschuhen.

»Ist es so weit?«, wiederholte ich.

Er ging in die Hocke. Dieser Dreckskerl starrte mir zwischen die Beine, aber mir war das egal.

Ich wollte nur mein Baby aus meinem Körper haben. Dieses Bedürfnis war so stark, dass es alles andere in den Schatten stellte.

»Sie haben es fast geschafft«, sagte er. »Bei der nächsten Wehe?«

»Ja?«

»Drücken Sie, so fest Sie können.«

***

Es kam.

Ich schrie.

Ich drückte und drückte und drückte und drückte.

Nichts geschah.

***

»Sie müssen noch einmal fest drücken.«

Ich drückte die Augen zu und stellte mir vor, dass Phin bei mir war. Dass ich seine Hand hielt, anstatt meine zu einer Faust zu ballen.

Ich drückte mit aller Kraft.

»Einmal noch, Jack! Ich kann den Kopf sehen!«

***

Ichdrückteunddrückteunddrückteunddrückteunddrückteund-drückteunddrückteunddrückteunddrückteunddrückteund-drückteunddrückteunddrückteunddrückte …

***

»Kommen Sie, Jack, geben Sie jetzt bloß nicht auf. Sie haben es fast geschafft!«

Fast geschafft.

Fast geschafft.

Wie oft hatte er das schon gesagt?

Tat er womöglich etwas, das das Baby daran hinderte, herauszukommen?

***

Ich sog jedes verfügbare Luftmolekül in meine Lunge und drückte, als ob mein Leben davon abhing – was ja auch der Fall war. Noch eine Wehe würde ich nicht aushalten. Ich war an der Grenze meiner Leidensfähigkeit angelangt. Wenn das hier vorbei war, würde ich einfach nur daliegen und sterben.

Und dann war es so weit – der Feuerring.

Ein zutreffender Ausdruck.

Zehn Sekunden furchtbarste Schmerzen, bei denen ich das

Gefühl hatte, die Welt ginge unter. Plötzlich hörte ich Luther rufen: »Ich kann den Kopf sehen!« Und dann war es vorbei.

Ein Baby schrie.

Ich hob den Kopf und starrte Luther an. In seinen Armen wand sich ein lilafarbenes Etwas, das von Kopf bis Fuß mit weißem Schleim bedeckt war.

Es sah scheußlich aus …

… und gleichzeitig wunderbar.

Mein Baby.

Meins.

»Geben Sie sie mir«, keuchte ich.

Er löste die Fesseln um meine Handgelenke und sagte: »Machen Sie Ihre Jacke auf.«

Mit zitternden Fingern fand ich den Reißverschluss und zog ihn nach unten. Dann setzte ich mich auf und schlüpfte mit den Armen aus meiner Windjacke.

»Zerschneiden Sie meinen BH«, sagte ich. Er trat hinter mich, und ich spürte, wie das Messer durch den Stoff schnitt. Er entfernte den Sport-BH und hielt mir das Baby an die Brust.

Die Schmerzen waren weg.

Die Euphorie, die mich überkam, fühlte sich an, wie ich mir einen Schuss reines Heroin vorstellte.

Ich schäumte über vor Freude und mir kamen die Tränen.

»Ich lasse Sie eine Minute mit ihr allein«, sagte Luther.

Ich sah ihn nicht hinausgehen, weil ich meine Augen nicht von diesem wunderschönen und wertvollen Engel in meinen Armen abwenden konnte. Sie starrte schreiend und mit rotem Gesicht zu mir empor und wirkte dabei wütend, hilflos und murrisch.

»Hallo Kleines«, sagte ich mit einer Stimme, die viel zu hoch und zuckersüß für mich klang.

Sie hörte auf zu schreien und öffnete die Augen.

Phins hellblaue Augen.

Unglaublich.

Meine Stimme hatte sie beruhigt. Sie hatte sie erkannt.

Ich hob sie an meine Brust. Sie brauchte einen Augenblick, aber dann fand sie meine Brustwarze.

»Bekommst du etwas?«, fragte ich und hielt ihren winzigen Kopf.

Sie fing an zu nuckeln.

»Meine Güte, du kannst das wirklich gut, oder? Ja, das kannst du.«

Ich griff nach der Windjacke und deckte sie damit zu.

Sie starrte zu mir hoch, während sie an meiner Brust nuckelte.

Ich empfand ein intensives Glücksgefühl wie nie zuvor.

Pure Euphorie.

Das Baby nuckelte und ich starrte sie an und strich ihr mit dem Finger übers Gesicht.

»Ich bin deine Mutter«, sagte ich. »Aber ich wette, das weißt du schon, oder?«

Als ich sie hielt, wurde mir mit einem Mal bewusst, dass nichts mehr so sein würde wie bisher, selbst wenn wir das hier heil überstanden und ich mit ihr und Phin nach Chicago zurückkehrte. Und es war nicht der Schrecken des vergangenen Tages, der alles veränderte, sondern sie. In nur fünf Minuten war dieses winzige Etwas in mein Leben getreten, hatte in meine Augen gestarrt und eine andere Frau aus mir gemacht. Wovor hatte ich die ganze Zeit Angst gehabt? Davor, meine Identität zu verlieren? Oder meine Freiheit und Ungebundenheit? Wie dumm und egoistisch war ich nur gewesen. Jetzt, wo ich mein Kind in den Armen hielt und ihr zusah, wie sie an meiner Brust saugte, waren alle Zweifel und Ängste wie weggeblasen.

Ich verliebte mich sofort und unwiderruflich in sie.

Phin

McGlade hackte mit dem metallenen Stuhlbein mit aller Kraft auf die Betonwand ein, aber Phin wünschte, er würde einen Moment zur Seite treten.

Harrys nasse Hose trieb Phin Tränen in die Augen.

»Lass mich weitermachen, Harry.«

»Bist du sicher? Wir sind fast durch.«

»Ich mach den Rest. Du kannst 'ne Minute Pause machen.« Phin deutete beiläufig auf die andere Seite des Flurs. »Setz dich dort auf die Treppe. Du hast es verdient.«

»Danke, Kumpel.«

McGlade ging weg, hielt dann aber inne und drehte sich um. »Du willst mich doch nicht etwa loswerden, weil ich nach Pisse stinke, oder?«

Phin schüttelte hastig den Kopf. »Nein, natürlich nicht. Ich rieche nichts.«

»Bist du sicher? Sogar meine Socken sind durchnässt.«

»Mit dir ist alles in Ordnung«, log Phin und wandte sich schleunigst ab, um den Gestank nicht in die Nase zu bekommen.

Harry ging weg und machte bei jedem Schritt ein schwappendes, klatschendes Geräusch. Endlich konnte Phin atmen und machte sich mit erneutem Eifer an die Arbeit. Dreißig Sekunden später hatte er das Mauerwerk um das Schloss herausgebrochen. Ein schneller Tritt und die Tür sprang krachend auf.

»Man kann doch Lederschuhe waschen, oder?«, sagte Harry. »Die sind von Bruno Magli.«

»Von Bruno Magli? Ich dachte, das sind deine.«

»Sehr witzig. Sie haben mich fünfhundert Dollar gekostet. Aber wenn sie nach Pisse riechen, reduziert das ihr Sex-Appeal beträchtlich.«

»Können wir mal fünf Minuten nicht über Pisse reden?«

»Tut mir leid«, sagte Harry. »Ich wollte dir nicht ans Bein pinkeln.«

Phin schritt durch die Tür voraus in einen unbeleuchteten Gang. Sein Kopf tat von dem Treppensturz immer noch weh und sein rechtes Knie fing zu schwellen an. Er tastete mit einer Hand an der Wand entlang, hielt die andere ausgestreckt und ging so schnell, wie es die Umstände erlaubten. Die Wände waren aus kaltem Beton. Phin fragte sich nicht zum ersten Mal, wo sie sich befanden. In einer leer stehenden, verlassenen Fabrik- oder Lagerhalle? Er hielt einen Augenblick inne und lauschte. Kein Verkehrs- oder Fluglärm, keine Geräusche, die auf die Gegenwart von Menschen hindeuteten.

Na ja, bis auf McGlades schwappende Schritte.

Phin schnüffelte und rümpfte die Nase. Es roch nach Kloake.

»Ich war das nicht«, sagte Harry. »Ich hab nur Pipi gemacht.«

Phin vermutete, dass sie sich an einem unterirdischen Ort befanden, entweder in der Kanalisation oder in der Nähe davon. Aber als sie zu einer weiteren Tür gelangten, stellte er fest, dass er sich geirrt hatte. Der Raum dahinter war etwa zwanzig Meter lang und voll mit braunem, übel riechendem Wasser. Weiter nahm er ein schwaches orangefarbenes Leuchten wahr.

»Luther müsste mal seinen Pool sauber machen«, sagte Harry.

»Da hinten ist ein Licht.«

»Du hast doch nicht etwa vor, in diese Scheiße zu treten? Ich rieche schon schlimm genug.«

Aber Phin watete bereits in die Brühe. Es war weder ein Abwasserkanal noch eine Jauchegrube, sondern etwas, das Luther aus irgendeinem perversen Grund hier aufgebaut hatte.

Das Wasser war kalt. Phin hob die Hand und spürte einen Luftzug. Er lauschte eine Weile und vernahm das Brummen einer großen Klimaanlage.

Was zum Teufel wollte Luther mit diesem Ort bezwecken?

»Tut mir wirklich leid, Bruno«, jammerte Harry, als er hinter Phin ins Wasser stieg.

Die beiden hielten sich am Rand, wo es nicht so tief war. Es war zwar ein Umweg, aber dafür reichte ihnen das Wasser nur bis zu den Oberschenkeln.

McGlade hielt Phin mit seiner ständigen Nörgelei auf Trab.

»Igitt, riechst du das?«, sagte McGlade. »Was meinst du, wie viele Krankheitserreger in dieser Brühe rumschwimmen? Das ist ja eine echte Gefahrenzone …

… eine verdammte Gefahrenzone …

… ich weiß nicht mehr, ob meine Impfungen überhaupt noch gültig sind …

… igitt, ich bin gerade gegen etwas Festes gestoßen …

… ich glaub, das war ’ne Schlange …

… eine lange, braune, stinkende Schlange …

… entweder das oder ein Stück Scheiße …

… ich hoffe, es war ’ne Schlange …

… igitt, es war doch Scheiße …

… oder die Schlange war mit Maiskörnern bedeckt …

… ich hasse Scheiße …

… ich hasse Scheiße wirklich …

… kannst du die Scheiße riechen, Phin?«

»Harry, kannst du nicht einfach mal ein paar Minuten still sein? Bitte?«

»Es klebt an mir fest, als ob ich ein riesiger Magnet bin, der Scheiße anzieht.«

»McGlade …«

»Klebt es auch an dir?«

»McGlade!«

»Okay, ich sag ja schon nichts mehr.«

Es waren gerade mal zwanzig Sekunden vergangen, als Harry sagte: »Ich glaube, mir ist etwas davon in den Mund gespritzt.«

Aber Phin richtete seine ganze Aufmerksam auf die Plattform vor ihm.

Eine Plattform, auf der eine Leiche lag.

Er beschleunigte seine Schritte und ging zu der Betonplatte mit dem toten Mann.

Harry sagte: »Der Typ hatte es offenbar eilig.«

»Eilig?«, sagte Phin und starrte auf den zerstückelten Leichnam.

»Ja. Er hat sich schnellstens zum Henker geschert.«

»Manchmal frage mich, wie dein Hirn arbeitet, Harry.«

»Diesmal musste ich mir wirklich den Kopf zerbrechen.«

Das orangefarbene Licht kam von einer Gaslampe an der Wand. Daneben stand eine Tür offen. Im Türrahmen hingen die Überreste eines Mannes.

Plötzlich sah Phin etwas auf dem Boden. Es sah wie eine graue Zunge aus.

Ein Klettverschluss von Jacks Schuh.

»Jack war hier«, sagte er und eilte durch die Tür.

Panisch und voller Hoffnung rannte er durch mehrere dunkle Gänge. Jack lebte noch. Sie war hier vorbeigekommen. Jetzt mussten sie sie nur noch finden.

»Phin! Ich kann dich nicht mehr sehen, Kumpel!«

»Ich bin hier drüben!«, rief er Harry zu und rannte weiter.

»Phin!« Diesmal war es nicht Harry, sondern eine andere vertraute Stimme.

Herb.

»Herb! Hör nicht auf zu schreien!«

Herb schrie weiter, und schließlich gelangte Phin in einen anderen kalten Raum.

Herb saß auf dem Boden im Schlamm.

Inmitten einer Blutlache.

Jack

Meine Tochter schlief gerade, als die Tür aufging und Luther hereinkam. Er trug einen Metallzylinder mit einem Druckventil, an dem ein digitaler Zeitschalter befestigt war. Der Countdown startete bei fünfundachtzig Sekunden.

Luther stellte das Gerät auf dem Ausguss neben dem Stuhl ab.

»In weniger als eineinhalb Minuten wird dieser Kanister den Raum mit BZ-Gas füllen. Sie werden davon nur betäubt, aber ich fürchte, dass Ihr Kind sterben wird. Als Sie im Lastwagen waren, hat sie nur eine winzige Dosis abbekommen, weil sie noch in Ihrem Bauch war. Aber jetzt bekommt sie die volle Ladung. Wenn Sie sie mir geben, bringe ich sie in Sicherheit.«

»Fahren Sie zur Hölle.« Ich drückte meine Tochter noch fester an mich.

»Noch fünfundsiebzig Sekunden, Jack.«

»Bitte, Luther. Nicht einmal Sie …«

»Nicht einmal ich was?«

»Nicht einmal Sie würden mir oder ihr so etwas antun.«

»Sie haben ja keine Ahnung, wozu ich fähig bin.«

Ich brachte es nicht fertig. Ich konnte sie ihm unmöglich geben.

Aber die Vorstellung, sie in meinen Armen sterben zu sehen, war einfach zu viel.

»Wann sehe ich sie wieder?«

»Bald.«

»Wann?«

»Noch fünfundfünfzig Sekunden, Jack.« Er beugte sich vor und breitete die Arme aus.

»Das kann ich nicht«, schrie ich.

»Geben Sie sie mir, oder sie stirbt.«

»Ich habe ihr noch nicht einmal einen Namen gegeben!«

»Geben Sie sie mir, oder sie stirbt.«

Ich schloss die Augen. Luther redete immer noch, aber ich hörte nicht mehr hin. Stattdessen ließ ich meine Hand zwanzig Sekunden lang auf ihrem Rücken ruhen und spürte, wie er sich kaum merkbar hob und senkte, während das Kind friedlich schlief.

Wie konnte das nur passieren?

»Noch dreißig Sekunden, Jack.«

Ich flüsterte ihr ins Ohr: »Deine Mama hat dich so lieb. Ich werde dich bald wiedersehen.«

Dann öffnete ich die Augen und konnte wegen der Tränen nichts sehen. Ich sagte: »Sie müssen dafür sorgen, dass sie etwas zu essen bekommt und warm bleibt.«

Ich spürte, wie Luther sie mir wegnahm.

Ich wischte mir die Tränen aus den Augen und sah ihm zu, wie er mit ihr auf die offene Tür zuging.

Als er dort ankam, sagte er: »Jack, Ihnen ist doch wohl klar, dass Sie Ihr Kind nie wiedersehen werden, oder?«

Ich schrie wie ein tödlich verwundetes Tier, als er die Tür hinter sich schloss – als hätte mir jemand das Herz aus der Brust gerissen.

Wenn ich eine Pistole gehabt hätte, hätte ich den Lauf in den Mund gesteckt und abgedrückt.

Die menschliche Psyche ist nicht dazu geschaffen, so viel Schmerz zu ertragen.

Dann hörte ich ein Zischen, als das Gas aus dem Zylinder strömte und sich im Raum ausbreitete.

In dem Raum, wo Luther meine Seele zerstört hatte.

Herb

»Phin? Bist du das?«

»Ich bin hier, Herb.«

Herb spürte, wie Phin sich neben ihn kniete. »Blutest du?«

»Ein bisschen. Hab einen Schuss ins Bein bekommen. Glatter Durchschuss.«

»Aber …«

»Das meiste von diesem Blut stammt nicht von mir.« Ehe Phin die falschen Schlüsse zog, fügte Herb schnell hinzu: »Auch nicht von Jack. Luther hat sie durch die Tür dort hinten weggebracht.«

»Bis du das, du Fettsack?« McGlade kam mit schwappenden Schritten herein. »Mann, du bist ein Anblick für wunde Augen. Ups. Verdammt, tut mir leid, Herb. Er hat sie dir zugenäht?«

Herb spürte Phins Hand an seinem Kinn. »Warum?«, fragte Phin.

»Das hier ist Dantes *Inferno*«, sagte Herb. »Mich hat Luther dazu verurteilt, im dritten Kreis, wo die Maßlosen büßen müssen, blind in menschlichen Exkrementen zu hocken.«

»Nett«, sagte Harry. »Phin und ich waren im Kreis der Gewalt. Wir mussten uns gegenseitig Elektroschocks verpassen. Dann sind wir eine Treppe runtergefallen und durch eine Jauchegrube gewatet. Eine braune Schlange hat mich angegriffen, aber in Wirklichkeit war es keine Schlange, sondern ein Stück Scheiße. Soll ich dir mit deinen Augen helfen?«

Herb seufzte. Er konnte McGlade nicht ausstehen, und obwohl dieser erst vor ein paar Sekunden eingetroffen war, hatte

Herb von ihm bereits die Schnauze voll. »Wie denn? Hast du 'ne Schere dabei?«

»Soll ich dir jetzt helfen oder nicht?«

An den meisten Tagen kostete es Herb eine Riesenanstrengung, Harry überhaupt zu ertragen. Aber in diesem Augenblick konnte er jegliche Hilfe brauchen.

»Wie willst du's anstellen, McGlade?«

»Halt still.«

Herb spürte, wie Harry seinen Kopf in beide Hände nahm und sich vorbeugte, als wolle er ihn küssen. Aber stattdessen brachte er seinen Mund an Herbs rechtes Auge.

»Verdammt, McGlade, was machst du da?«

»Mach dir mal keine Sorgen. Ich kann mit meinen Zähnen einen Knoten in einen Kirschenstiel machen. Darin bin ich gut. Halt still.«

»Igitt. Harry …«

»Du darfst dich nicht bewegen. Ich will dir nicht das Augenlid abbeißen.«

Es war ekelhaft und auf eine bizarre Art und Weise intim, aber es tat wirklich nicht weh. Harry war nach ein paar Sekunden fertig und sagte: »Schon erledigt. Hab den Knoten abgebissen. Lass mich das andere Auge machen.«

Ein paar Sekunden später zog McGlade behutsam die Fäden aus Herbs Augenlidern.

Herb öffnete die Augen. Sie waren so stark geschwollen, dass er sie nur ein klein wenig aufbekam.

Aber das genügte.

»Harry … ich … ich kann kaum glauben, dass ich das jetzt sage, aber es ist toll, dich zu sehen.«

»Das Vergnügen ist ganz meinerseits.«

Herb verschlug es für einen Augenblick aus Dankbarkeit die Sprache. »Ich weiß gar nicht, wie ich dir danken soll.«

McGlade grinste. »Wie wär's mit 'nem Blowjob?«

Herb grinste zurück. »Darauf hab ich jetzt keinen Bock. Aber wie gefällt dir das?«

Und dann tat Herb etwas, von dem er nie geglaubt hätte, dass er es jemals tun würde, selbst wenn er hundert Jahre alt würde: Er schloss Harry McGlade in die Arme.

»Danke, Harry.«

»Keine Ursache, Herb. Ich hab mich dir gegenüber jahrelang wie ein Arschloch benommen. Das ist doch das Mindeste, was ich für dich tun kann.«

»Jedenfalls steh ich tief in deiner Schuld, und …« Herb rümpfte die Nase. »Riecht es hier nach Pisse?«

»Das ist Phin«, sagte Harry und stieß ihn weg. »Und jetzt machen wir, dass wir unser Mädchen wiederbekommen.«

Phin stand bereits an der Tür und zerrte am Griff. Als sie nicht aufging, stemmte er sich mit seiner unverletzten Schulter dagegen, aber das half auch nichts.

»Kannst du laufen?«, fragte Harry Herb.

»Ich weiß nicht.«

McGlade starrte auf die Schusswunde und zog dann die Jacke aus. »Ralph Lauren«, sagte er traurig. »Sorry, Ralph.«

Er klemmte sich die Jacke unter den Arm, riss einen Ärmel ab und verband damit Herbs Wade. Dann half er Herb auf die Füße, worauf dieser sich fragte, ob er es wirklich mit McGlade zu tun hatte oder mit einem Roboter, der nur so aussah.

»Kennst du den Code?«, rief Phin ihnen zu.

»Lies mir noch mal den Text auf der Messingtafel vor.«

»Maßlosigkeit. Wo ein Wille ist, ist auch ein Weg.«

Herb dachte nach und hatte plötzlich eine Idee.

»Maßlosigkeit beim Essen führt zu Übergewicht. Ich glaube, es ist ihr Gewicht«, sagte Herb und deutete auf Christines Leiche. Als er sie jetzt zum ersten Mal sah, fiel es ihm schwer, den Leichnam mit dieser wunderschönen Gesangsstimme in Verbindung zu bringen.

»Was meinst du, wie viel sie wiegt?«, sagte Phin.

Herb runzelte die Stirn. Sie war dicker als er, aber es war schwer zu sagen.

»Fang bei hundertfünfzig an«, sagte er. »Dann versuch es jeweils mit einem Kilo mehr.«

Jack

Als ich wieder zu mir kam, dachte ich, ich wäre immer noch auf dem Entbindungstisch festgeschnallt.

Aber das hier war etwas anderes.

Etwas Schlimmeres.

Ich hatte Damenbinden zwischen den Beinen und blutete.

Mit zusammengekniffenen Augen blickte ich mich im Raum um. Der Boden unter mir war mit Sand bedeckt. Im Lichtschein unter der Decke schwebten Staubpartikel. Als eins davon auf meinem Bein landete, erschrak ich darüber, wie heiß es war.

Es war glühende Asche.

Sie fiel auf mich herab.

An der Wand sah ich eine weitere Messingtafel mit der Aufschrift: »SIEBTER KREIS: GEWALT«. Darunter stand noch etwas, aber ich konnte es nicht lesen.

Als ich meine Fesseln prüfte, stellte ich fest, dass meine Hand- und Fußgelenke an einer Art Seilwinde befestigt waren. Zu meiner Rechten stand ein Metallwagen mit einem Schaltpult darauf.

Aber es interessierte mich nicht, wo ich war oder was mit mir geschah.

Ich dachte nur an meine Tochter.

Meine Tochter und meine Freunde.

Eine Tür ging knarzend auf. Ich reckte meinen Hals, um zu sehen, was los war.

Luther kam herein, stapfte durch den Sand auf mich zu, blieb neben mir stehen und starrte auf mich herab.

»Sie bluten immer noch ein bisschen, Jack. Ich war so frei, da unten ein paar Damenbinden anzubringen.«

»Wo ist sie, Sie Dreckskerl?«

Luther kratzte sich am Hinterkopf. »Ursprünglich saßen Phin und Harry in diesen Stühlen. Sie sollten sich gegenseitig zu Tode foltern, während Sie zusehen. Dabei wäre die glühende Asche auf sie herabgefallen. Sie hätten mich angefleht aufzuhören. Es wäre wirklich schön gewesen.«

Ein Stück Asche fiel ihm auf den Arm, und er sah zu, wie sie ein winziges Loch in seinen Ärmel brannte.

Ich biss die Zähne zusammen. »Wo ist meine Tochter?«

»Sie ist weg, Jack. Vielleicht erzähle ich Ihnen eines Tages, was mit ihr passiert ist. Wenn Sie bereit sind. Aber noch sind Sie nicht bereit.«

Ich war erschöpft und emotional ausgelaugt und ich hatte an einem Dutzend Stellen Schmerzen. Trotzdem zerrte ich mit aller Kraft an den Riemen.

Sie bewegten sich keinen Millimeter.

»Wut ist nicht die Reaktion, die ich bei Ihnen auslösen will«, sagte Luther. »Das müssen Sie hinter sich lassen.«

»Was wollen Sie dann von mir, Luther?«

Luther beugte sich vor und sah mir ins Gesicht. Seine dunklen Augen durchbohrten mich.

»Ich will eine Partnerin.«

Ich entgegnete nichts darauf und fragte mich, was zum Teufel er wohl damit meinte.

»Ich habe eine Seite in mir entdeckt, von der nur wenige wissen, dass sie überhaupt existiert«, fuhr er fort. »Eine dunkle, schwarze Seite. Im Laufe der Jahre habe ich andere Menschen getroffen, die ebenfalls diese dunkle Seite besitzen. Alex Kork gehörte dazu. Sagen Sie mir, was dachten Sie über Alex?«

»Sie war eine Psychopathin. Genau wie Sie.«

Er nickte. »Aber in ihr sprühte ein Funke, nicht wahr? Ich

habe sie im Gefängnis besucht. Wir hatten eine … *Verbindung*. Eine Verbindung, die tiefer ging als alles Körperliche oder Emotionale. Ich glaube, ich kann auch mit Ihnen eine solche Verbindung herstellen.«

Ich schloss die Augen. Der Kerl wurde immer verrückter, und ich hatte genug. Ich war in meinem Leben schon zu vielen Psychopathen mit wahnhaften Fantasien begegnet und fragte mich, ob ich diese Sorte Menschen wie ein Magnet anzog.

Luther berührte meine Augenlider und öffnete sie. »Moral ist ein künstliches Konstrukt. Zugegeben, sie ist für das Funktionieren der Gesellschaft und der Zivilisation unerlässlich. Aber selbst in den zivilisiertesten Nationen haben Mord und Folter Konjunktur. Grausamkeit gegenüber den Mitmenschen ist nicht das Zeichen einer primitiven Gesellschaft, sondern vielmehr der Inbegriff dessen, was eine Gesellschaft den Überlegenen zu bieten hat.«

»Ja, ich habe ebenfalls Nietzsche gelesen.«

»Aber letztendlich hat Nietzsche den Schwanz eingezogen.« Luther ließ meine Augen los. »Er hatte nicht den Mut, das auszusprechen, was er nur andeutete. Manche Menschen sind dazu bestimmt, andere zu ihrem Vergnügen zu jagen und zu töten.«

»Und Sie glauben im Ernst, dass ich das mit Ihnen gemeinsam habe?«

»Sie jagen ja bereits Menschen, Jack. Während Ihrer gesamten Laufbahn haben Sie nichts anderes gemacht. Aber Sie halten sich immer zurück, wenn es anfängt, lustig zu werden. Ich habe versucht, Ihnen beizubringen, Ihr inneres Selbst voll zur Geltung zu bringen. Das Raubtier in Ihnen.«

»Alex hatte eine Schraube locker. Aber Sie sind vollkommen durchgeknallt, Luther.«

»Sie sind verwirrt, Jack, und Sie wissen es nicht einmal. Genau wie Dante. Ich war früher auch verwirrt. Sogar als ich bereits mein wahres Selbst akzeptiert hatte, brauchte ich immer noch jemanden, der mir den richtigen Weg wies. Ich habe viel von anderen gelernt, zum Beispiel von Menschen wie Alex. Ich habe diese Vorbilder persönlich kennengelernt und sie studiert. Ich habe Ihre Fälle studiert und alles über die Menschen herausgefunden, die Sie gejagt haben. Ich habe mir die Dinge herausgepickt, die funktionierten, und sie dann verfeinert, wie Sie selbst gesehen haben. Jäger haben gewöhnlich eine kurze Aufmerksamkeitsspanne und einen Tunnelblick. Aber ich sehe die Dinge in ihrer gesamten Bandbreite. Es macht mir nichts aus, meine Befriedigung für eine Weile aufzuschieben, wenn ich dadurch auf lange Sicht ein besseres Ergebnis erziele.«

»Vollkommen durchgeknallt«, sagte ich.

»Ich dachte früher auch wie Sie. Aber dann hat mir etwas die Augen geöffnet.« Er lächelte, und es war ein hässlicher Anblick. »Schmerz, Jack. Schmerz reinigt und schafft Klarheit. Schmerz ist rein und beseitigt alles. Würde. Künstlichkeit. Moral. Der Schmerz hat es mir ermöglicht, mich wie neugeboren und wirklich frei zu fühlen.« Er senkte seine Stimme. »Und Ihnen wird es genauso gehen.«

Ich schüttelte den Kopf. »Niemals.«

»Doch. Die Frage ist nur, wie schlimm und wie lange ich Ihnen wehtun muss. Wollen Sie wissen, was ich vorhin gemeint habe, als ich sagte, etwas hätte mir die Augen geöffnet?«

Ich wollte es nicht wissen. Statt ihm zu antworten, starrte ich ihn nur wütend an.

Er tätschelte die Vorrichtung, an der ich mit Riemen fixiert war.

»Die Zeit, die ich in diesem Stuhl verbringen durfte, hat mich ein für alle Mal verändert, Jack. Davor war ich wie Sie und habe das Böse in mir unterdrückt. Akzeptieren Sie einfach, dass Sie bis jetzt überhaupt keine Vorstellung hatten, wie verkommen Sie wirklich sind. Dieser Stuhl wird einen anderen Menschen aus Ihnen machen.«

»Nein, Luther. Er wird mich vielleicht töten, aber ändern wird er mich nicht.«

Seine Miene verfinsterte sich. »Hören Sie mir mal zu, Jack. Wenn Sie glauben, der Tod könnte Sie erlösen, dann haben Sie sich gewaltig geirrt. Glauben Sie wirklich, ich würde es zulassen, dass Sie sterben? Bei allem, was Sie bisher hier durchgemacht haben, war ich zu jeder Zeit bereit, einzugreifen und Ihnen zu helfen. Sie werden nicht sterben, Jack, so sehr Sie sich auch danach sehnen mögen. Sie werden sogar besessen sein von dem Wunsch, dass der Tod Sie erlöst. Und die Tatsache, dass dies nicht geschehen wird, wird die Veränderung in Ihnen auslösen.«

Die Furcht vor dem unmittelbar bevorstehenden Schmerz ließ Übelkeit in mir aufsteigen.

»Sie sind wie ein Pferd, Jack. Wild und ungezähmt. Voller Potenzial. Aber man hat Sie noch nicht zugeritten. Ich muss Sie vollkommen zerstören und danach wieder aufbauen. Ihre Stärke, die ich so sehr an Ihnen mag, wird Ihnen helfen, das zu überstehen. Sie werden sogar noch stärker. Gleichzeitig werden Ihre Schwächen und Unzulänglichkeiten vollkommen zerstört. Das kann Tage dauern, aber auch Wochen oder gar Monate. Wie dem auch sei, ich habe alle Zeit der Welt, und niemand weiß, dass Sie hier sind. Ich werde Harry, Herb und Phin holen, und Sie dürfen dann zusehen, wie sie leiden müssen. Vielleicht zwinge ich Sie sogar dazu, Ihren Freunden wehzutun oder sie zu töten. Wir sind alle nur bis zu einem gewissen Grad belastbar, Jack. Das gilt auch für Sie.«

Ich starrte ihn trotzig an. »Sie werden mich vielleicht brechen, aber ich werde nie so werden wie Sie.«

»Sie sind bereits wie ich. Je eher Sie das akzeptieren, desto leichter wird es. Wenn Sie das alles hinter sich haben, werden Sie zum ersten Mal in Ihrem Leben begreifen, was wahres Glück bedeutet. Sie haben sich Ihr ganzes Leben lang elend gefühlt, stimmt's?«

Ich wusste nicht, was ich darauf antworten sollte.

»Mal ganz ehrlich, Jack. Sie schwelgen in Selbsthass. Alle Ihre Beziehungen gehen schief. Haben Sie sich schon mal überlegt, warum so viele Menschen in Ihrem Umfeld zu Schaden kommen? Kann es sein, dass Sie das sogar insgeheim wollen?«

»Das ist doch völliger Quatsch.«

»Und trotzdem machen Sie immer so weiter. Ihre Freunde und Verwandten werden verletzt oder sterben. Das muss daran liegen, dass Sie es so wollen. Und sagen Sie mir eins: Wann fühlen Sie sich am lebendigsten? Wann ist Ihr Selbstwertgefühl auf dem Höhepunkt? Ist das nicht immer dann der Fall, wenn Sie hinter einem Psychopathen her sind und sich der Beute nähern? Deswegen sind Sie doch überhaupt erst Polizistin geworden, oder nicht?«

Ich wusste nicht, was ich dazu sagen sollte. Luther drehte meine Lebensumstände so hin, dass sie in sein krankes Weltbild passten.

»Sie unterwerfen sich den Beschränkungen einer Gesellschaft, in der Sie ein Alpha-Raubtier sind, und davon müssen Sie sich befreien. Wollen Sie nicht endlich mal glücklich sein? Gut schlafen, anstatt sich die ganze Nacht schlaflos hin und her zu wälzen? Sie haben einen Willen, und je eher Sie lernen, ihm zu folgen, desto eher werden Sie Perfektion erlangen. Aber jetzt habe ich genug geredet. Fangen wir an.«

Luther trat hinter den Wagen und berührte das Schaltpult.

»Leider haben Phin und Harry dafür gesorgt, dass die Elektroschocks nicht mehr funktionieren. Ich habe die Szene auf Video festgehalten und werde sie Ihnen später zeigen. Die beiden mussten ganz schon leiden. Aber das war noch gar nichts im Vergleich zu dem, was ich mit Ihnen machen werde. Zum Glück hat dieser Stuhl noch eine Reihe anderer Funktionen, um Schmerz zu verursachen. Warum fangen wir beispielsweise nicht mit Abschürfungen an?«

»Ich habe gerade eine natürliche Geburt hinter mir, Sie Arschloch. Sie können mir also gar nicht wehtun.«

Luther verzog das Gesicht zu einem hässlichen Lächeln. »Oh doch, das kann ich sehr wohl.«

Ich schloss die Augen.

Sah Phins Gesicht vor mir und das meiner Tochter.

Und mein Leben.

Ich hatte kein perfektes Leben geführt, so viel stand fest. Aber mit dem Psycho-Geschwafel, das Luther in seinem unausgegorenen Versuch, mich zu analysieren, vom Stapel gelassen hatte, lag er voll daneben.

Natürlich stimmte es, dass ich unzufrieden war, zu viel arbeitete und zu wenig Zeit für mich selbst hatte. Aber das waren meine eigenen Entscheidungen und meine eigenen Fehler. Und langsam, aber sicher lernte ich aus ihnen.

Ich würde nie so werden wie Luther.

Niemals.

Egal was er mit mir anstellte.

Unter mir im Stuhl fing etwas zu summen an.

»Sind Sie bereit, Jack?«

Ich schlug die Augen auf und durchbohrte ihn mit meinem Blick. »Fangen wir endlich an, oder wollen Sie mich totquatschen, Sie Arschloch?«

Phin

Er gab 1-9-0 ein.

Nichts.

Vielleicht lag Herb falsch mit seiner Annahme, das Gewicht der toten Frau sei der Code.

1-9-1.

1-9-2.

1-9-3.

Grünes Licht!

Das Bolzenschloss ging auf. Als Phin durch die Tür ging und sah, was sich in dem Raum befand, brannte bei ihm eine Sicherung durch.

Langsam und vorsichtig näherte er sich dem Entbindungstisch. Auf dem blutverschmierten Edelstahl lag eine schleimige Nachgeburt, die an einer abgeschnittenen Nabelschnur hing. Phin sah die Riemen, mit denen die Frau, die er liebte, an den Tisch fixiert gewesen war, während sie ihre Tochter gebar.

Er versuchte, sich die Szene vorzustellen, verdrängte sie aber sogleich wieder.

Unbändiger Hass stieg in ihm auf und drohte, ihn zu überwältigen.

Er wollte Jack retten.

Und seine Tochter.

Aber mehr als alles andere wollte er Luther den Hals umdrehen.

Phin kannte Gewalt aus eigener Erfahrung. Er war oft mit ihr in Berührung gekommen, hatte ausgeteilt und eingesteckt.

Bisher hatte er nie ein Verlangen danach verspürt.

Aber jetzt würde er diesen Hurensohn in Stücke zerreißen und dabei lächeln.

»Oh … oh Mann. Phin … alles okay, Kumpel?«

Harry betrat den Raum mit einem humpelnden Herb im Schlepptau. Phin beachtete sie nicht. Während er den Ausgang suchte, tat er nach außen hin so, als hätte er sich unter Kontrolle. Sobald er ihn gefunden hatte, rannte er los und ließ seine Freunde zurück. Er musste unbedingt Luther finden.

Er stürmte durch eine offene Tür und dann einen langen, halbdunklen Korridor entlang. Am anderen Ende befand sich eine Tür. Phin warf sich dagegen und brach sie auf.

Jack saß gefesselt auf einem dieser Folterstühle.

Luther stand am Schaltpult.

Phins und Luthers Blicke trafen sich und Phin sah etwas in den Augen seines Gegners.

Angst?

Vielleicht. Aber da war noch etwas anderes.

Eine Spur von Resignation.

Phin stürzte sich auf ihn.

Luther hob die Pistole.

Drückte ab.

Schoss daneben.

Phin war fast auf ihm.

Noch ein Schuss.

Phin spürte einen Schmerz in der rechten Schulter, ließ sich aber nicht davon aufhalten.

Er stieß Luthers Schusshand beiseite.

Ballte die Faust.

Schlug mit aller Kraft zu.

Der Schlag ließ Luthers Nase wie eine faule Tomate platzen.

Dann riss Phin ihn zu Boden, setzte sich auf ihn und drosch wie ein Verrückter auf ihn ein.

Luther versuchte, die Pistole zu heben.

Phin packte ihn am Handgelenk, beugte sich vor und biss in den Arm, bis er auf den Knochen stieß.

Die Waffe schlitterte über den Fußboden.

Phin schlug erneut zu.

»Phin! Hör auf! Du bringst ihn um!«

Was du nicht sagst, Jack! Genau das ist meine Absicht!

»Phin! Unsere Tochter! Er hat sie mir weggenommen!«

Phin hatte bereits zu einem neuen Schlag ausgeholt. Seine Knöchel bluteten und brannten, und Luthers Gesicht war an einem halben Dutzend Stellen aufgeplatzt.

Doch dann ließ er die Faust sinken.

Unsere Tochter.

Er würde Luther nicht zum Reden bringen, indem er ihn tötete.

Phin drehte sich um und starrte auf den Stuhl, auf dem Jack saß.

Aber *damit* würde er ihn zum Reden bringen.

Als er von Luther abließ, sah er, wie dieser an seinen Gürtel griff.

Phin hielt die Hand sofort fest. In diesem Augenblick verzogen Luthers geschwollene Lippen sich zu einem blutigen Grinsen.

Es war ein Trick.

Luther hatte mit der anderen Hand ein Messer gezogen.

Eine gekrümmte silberne Klinge blitzte im Licht auf.

Luther stieß sie Phin in die Seite und traf die Niere. Der Schmerz raubte Phin den Atem.

Er rollte von Luther herunter. Alles drehte sich um ihn, bis die Welt vor seinen Augen verschwand.

Luther

Er dreht sich auf alle viere und sieht sich hektisch nach der gefallenen Glock um. Sie liegt ein paar Meter weit weg.

Er muss Phin töten, falls dieser nicht bereits tot ist. Oder ihn zumindest außer Gefecht setzen. Aber wenn Phin es geschafft hat zu entkommen, gilt dasselbe womöglich für Harry.

Luther schüttelt den Kopf und schleudert Blut, Rotz und Tränen in sämtliche Richtungen.

Sein Schädel pocht vor Schmerz, aber Luther beachtet ihn nicht.

Jack schreit nach ihrem Freund, aber Luther beachtet es nicht.

Harry stürzt in den Raum. Es ist kaum zu glauben, aber er hat Herb dabei. Luther beachtet sie nicht.

Das Einzige, was Luther im Augenblick interessiert, ist die Pistole.

Hat er sie, gewinnt er wieder die Oberhand.

Und dann kann das Spiel weitergehen.

Es *muss* weitergehen.

Es ist sein Lebens- und Meisterwerk.

Er muss es zu Ende bringen.

Erneute Schreie.

Jemand stürzt sich auf ihn.

Luther greift nach der Glock.

Grinst, als er sie in der Hand hält.

Dann dreht er sich um und schießt mit der einen Hand wild drauflos, während er mit der anderen das Messer schwingt.

Jack

Zusehen zu müssen, wie meine Freunde umfielen, war schlimmer als alles, was Luther mit mir auf diesem Folterstuhl anstellen konnte.

Erst Phin.

Dann brach Harry im Kugelhagel zusammen.

Und Herb fiel auf die Knie.

Ich schrie auf und zerrte an meinen Fesseln. Als Luther schließlich die Munition ausging, steckte er die Pistole in den Hosenbund und kroch auf Harry zu.

Mit dem Messer in der Hand.

»McGlade! Steh auf, verdammt noch mal!«, schrie ich.

Aber Harry rührte sich nicht.

Luther war jetzt nur noch drei Meter von ihm entfernt.

Zweieinhalb Meter.

Er kroch langsam weiter.

Grinste.

Hatte sichtlich Spaß daran.

»HARRY!«

»Jack …«

Ein Flüstern an meiner Seite. Ich drehte mich um und sah Phin neben mir sitzen. Da, wo er entlanggekrochen war, zog sich eine Blutspur über den Boden.

Er langte zum Schaltpult hoch und drückte einen Knopf.

Plötzlich waren meine Arme und Beine frei.

»Gib's ihm«, sagte er zu mir.

Und das tat ich.

Taumelnd erhob ich mich von dem Folterstuhl, ließ mich auf alle viere fallen und sah mich nach einer Waffe um. Und dann entdeckte ich eine unter dem Stuhl.

Eine leere Bierflasche.

Sam Adams Cherry Wheat.

Ich nahm die Flasche am Hals und richtete mich auf.

Luther war jetzt fast bei McGlade.

Aber ich war schneller.

Ich tat so, als hielte ich einen Golfschläger in der Hand, und schlug mit voller Kraft zu.

Ich steckte meine gesamte Furcht, meinen gesamten Schmerz, meine gesamte Wut in diesen Schlag.

Und mehr als das.

Ich hatte etwas von Luther gelernt. Aber nicht, was er mich lehren wollte.

Ich brauchte Luther nicht, um zu wissen, dass ich meine Freunde besser behandeln musste.

Ich brauchte Luther nicht, um zu wissen, dass ich mich selbst besser behandeln musste.

Ich brauchte Luther nicht, um zu wissen, dass ich eine gute Mutter sein würde.

Luther hatte es nicht geschafft, mich zu brechen. Er hatte mir lediglich gezeigt, was Nietzsche bereits wusste.

Was nicht tötet, macht noch härter.

Die Flasche traf sein Gesicht mit der Wucht eines Baseballschlägers bei einem Homerun.

Glas zerbrach.

Und Zähne.

Luther brach zusammen und rollte auf die Seite. Ich nahm sein Messer an mich und kniete mich auf seine Brust.

»Machen Sie schon«, sagte er. Anstelle seiner Zähne hatte er braune Glasscherben im Mund. »Sie sind jetzt wie ich, Jack. Töten Sie mich.«

Ich spürte Wut in mir hochsteigen, als ich an all die Menschen dachte, die diese Bestie auf dem Gewissen hatte. Und an all das, was er mir und meinen Freunden angetan hatte.

Mit zusammengebissenen Zähnen und Muskeln, die bis zum Zerreißen gespannt waren, brachte ich die Klinge an seine Kehle.

Vor langer Zeit hatte ich die Chance gehabt, eine gefährliche Psychopathin zu töten. Stattdessen hatte ich sie festgenommen. Alex Kork. Als sie entkommen konnte und aufs Neue mordete, musste ich für diese Entscheidung teuer bezahlen.

Aber ich bereute sie nicht.

Ich war nicht wie Alex. Und schon gar nicht wie Luther.

Ich war keine Mörderin.

»Ich bin überhaupt nicht wie Sie«, sagte ich und warf das Messer beiseite.

Dann packte ich seinen Kopf und schlug ihn gegen den Betonboden.

»Ich werde Sie nicht töten, Luther.« Ich ließ seinen Kopf ein zweites Mal gegen den Boden knallen. »Aber Sie werden mir sagen, wo mein Baby ist.«

Sein Kopf prallte ein drittes Mal auf dem Boden auf. Die Augenlider flatterten, und die Pupillen drehten sich nach oben, bis man nur noch das Weiße sah.

Dann tastete ich ihn ab, fand seine Kabelbinder und fesselte ihm die Hände auf den Rücken. Ich ging auf Nummer sicher, nahm drei Kabelbinder und zog sie fest zu. Mit vier weiteren fesselte ich seine Beine, schleifte ihn durch den Sand und fixierte seine Knöchel an einem der Metallbeine des Folterstuhls.

Dieser Psychopath wurde mir nicht noch einmal das Leben zur Hölle machen.

Stattdessen würde ich ihm das Leben zur Hölle machen, bis er mir mein Kind zurückgab.

Ich stolperte zu Harry und fühlte seinen Puls. Er ging stark.

Suchte nach Verletzungen und stellte fest, dass er am Kopf blutete.

Strich sein verklebtes Haar zur Seite und rechnete mit dem Schlimmsten.

Die Kugel hatte ihn gestreift und eine klaffende Fleischwunde hinterlassen, war aber anscheinend an seinem dicken Schädel abgeprallt.

Als Nächstes untersuchte ich Herb.

Sein Puls ging schwach.

Er hatte zwei Bauchschüsse abbekommen.

Als ich seinen Bauch berührte, stöhnte er.

»Ich hole Hilfe«, versprach ich ihm.

Er lächelte schwach. »Jack Daniels hat mal wieder die Lage gerettet.«

»Wir können erst sagen, wer wen gerettet hat, wenn wir alle hier rauskommen.«

Dann ging ich zu Phin.

Mein Mann saß aufrecht und hielt sich die Seite.

Er lächelte mich an. »So gefällt mir mein Mädchen.«

Ich fühlte seinen Puls.

Schwach.

»Mir tut alles so leid, Phin.«

»Wie sieht unser Baby aus?«

Meine Augen tränten.

»Hübsch. Sie hat deine Augen.«

Er griff nach meiner Hand und drückte sie. »Wir werden sie finden.«

Ich nickte und spürte einen Kloß in der Kehle. »Ich liebe dich, Phin. Ich liebe dich so sehr.«

»Ich dich auch, Baby.«

»Und ich liebe euch alle!« Harry war wieder aufgewacht. »Sogar dich, du Fettsack.«

Irgendwie schafften wir es alle, auf die Füße zu kommen. Wir hielten uns aneinander fest, stützten uns gegenseitig und humpelten los, weinende, zerlumpte, angeschlagene, angeschossene Gestalten, die dringend ärztliche Hilfe brauchten.

Aber Luther hatte es nicht geschafft, uns zu brechen.

Verdammt noch mal, wir waren ungebrochen.

Wir verließen den Kreis der Gewalt und schleppten uns wie eine kaputte Maschine einen dunklen Korridor entlang, bis wir zu einer weiteren Eisentür gelangten.

Dort hing eine Messingtafel.

NEUNTER KREIS: VERRAT
Trat er zur Seit' und hieß mich stille stehen.
Sieh, sprach er, hier ist Dis, und hier die Stelle,
Wo dir, mit Stärke dich zu waffnen, nottut.
Inferno, Vierunddreißigster Gesang

Ich zögerte einen Augenblick, bevor ich eintrat, und wollte schon wieder umkehren und einen anderen Weg suchen. Von Luthers Spielchen hatte ich gründlich die Schnauze voll. Doch dann dachte ich, dass sich dort drinnen womöglich weitere unschuldige Opfer befanden.

Also stieß ich die Tür auf.

Der Raum dahinter war längst nicht so aufwendig ausgestattet wie die anderen. Er sah eher wie eine Abstellkammer als ein Höllenkreis aus.

Kein Wind. Kein Strom. Kein eiskalter Schlamm. Kein Feuer. Keine menschlichen Exkremente. Keine Pennys. Keine Bären.

Nur ein einziger Mann hing in Ketten an der Wand. In seinem Mund steckte ein Knebel. Um ihn herum befand sich tonnenweise Papier im DIN-A4-Format – an die Wand gehängt, zu seinen Füßen gestapelt, sogar mit Heftklammern an Brust und Beinen befestigt.

Ein einziges Wort zog sich in einer endlosen Buchstabenreihe über jede einzelne Seite:

lutherlutherlutherlutherlutherlutherlutherlutherlutherlutherluther …

Der Mann war nackt, ausgemergelt und von Narben bedeckt. Haare und Bart waren grau und lang. Er war bewusstlos.

Irgendwie wusste ich, wer er war, obwohl er ganz und gar nicht so aussah wie auf dem Foto, das die Umschläge seiner Bücher zierte.

Es war der Schriftsteller Andrew Z. Thomas.

Ich ließ die Jungs stehen, ging zu ihm hin und nahm ihm den Knebel aus dem Mund.

Er hatte keine Zähne.

»Wir werden Ihnen helfen«, sagte ich, aber er war bewusstlos.

Ich zerrte an den Ketten. Sie waren fest verankert.

»Wir brauchen etwas, womit wir ihm die hier abnehmen können.«

Herb und Phin blieben bei ihm, da sie zum Treppensteigen zu schwach waren. McGlade kam mit mir. Wir brauchten eine halbe Stunde, bis wir den Kontrollraum fanden.

Er sah aus wie ein Hightech-Fernsehstudio. An drei Wänden waren Monitore befestigt, die mit Überwachungskameras in jedem von Luthers Höllenkreisen und überall in der Stadt verbunden waren. Auf einem sah ich einen Greyhound-Bus, der in einer Lagerhalle parkte. Ich sah mir der Reihe nach sämtliche Bildschirme an und suchte nach meiner Tochter.

Ich konnte sie nicht finden. Aber sie musste ganz in der Nähe sein.

Wo sonst?

»Ich hab die Schlüssel gefunden«, sagte McGlade. »Und schau mal hier.«

Auf einem Tisch lag ein riesiger Haufen Geldbörsen, Handtaschen und Handys. Ich fand sofort mein iPhone. Als ich es einschaltete, sah ich zu meiner Freude drei Signalbalken. Mithilfe der Karten-App konnte ich meinen genauen Standort bestimmen. Wir befanden uns in Dirk, Michigan, außerhalb von Detroit.

Ich wählte die Notrufnummer 911, nannte meinen Namen und forderte Polizisten, Suchmannschaften mit Hunden und mehrere Krankenwagen an.

»Noch etwas?«, fragte die erstaunte Telefonistin.

»Schicken Sie mir auch jemanden von der Tierschutzbehörde«, sagte ich zu ihr. »Hier läuft ein Grizzly frei herum.«

»Ein was?«

Ich legte auf und widmete mich wieder den Monitoren. Dabei versuchte ich, wie ein Psychopath von Luthers Kaliber zu denken. Er hatte geplant, dass ich hier mein Baby zur Welt bringen würde. Hatte gewartet, bis ich im richtigen Monat war. Hatte für mich einen Entbindungsraum eingerichtet. Er musste also Pläne für das Baby gehabt haben.

Anders konnte es nicht sein.

Verdammt noch mal, wo zum Teufel steckte sie nur?

»Ach du Scheiße«, sagte Harry.

Er starrte auf einen der Monitore. Den mit der Aufschrift GEWALT.

Ich sah den Folterstuhl, die zerbrochene Bierflasche, die Blutspuren auf dem Boden.

Aber Luther war verschwunden.

Dritter Teil

Jack

Ich konnte nur deshalb schlafen, weil man mir Schlaftabletten gab. Als ich abrupt aufwachte, überkam mich erst einmal Panik, weil ich dachte, ich befände mich immer noch in Luthers Schreckenskabinett.

Aber ein schneller Blick durch den Raum überzeugte mich davon, dass ich noch im Krankenhaus lag.

Wie ich an der Sonne sehen konnte, die durch die Vorhänge fiel, war es Nachmittag.

Ein Blick auf die Uhr neben dem Fernseher bestätigte meine Vermutung. Zehn nach drei.

Ich tätschelte geistesabwesend meinen Bauch und wunderte mich darüber, dass er kleiner geworden war.

Dann fiel mir wieder ein, was passiert war, und der Schmerz kehrte zurück.

»Hey!«

Ein alter, bewaffneter Polizist vom Detroit Police Department, der vor meiner Tür Wache stand, warf einen Blick ins Zimmer. Es war nicht derselbe Mann wie vorhin, bevor ich eingeschlafen war. Offenbar hatte ein Schichtwechsel stattgefunden.

»Mein Baby«, sagte ich mit überschnappender Stimme. »Hat man …?«

»Die Kollegen suchen noch«, sagte er. »Wir haben fünfzig Mann dort, aber das Gelände ist riesig. Wir finden sie.«

»Haben Sie Luthers Videoaufnahmen ausgewertet?«

»Die Videodateien sind verschlüsselt. Auch daran arbeiten wir noch.«

Ich gestand mir ein paar Sekunden Niedergeschlagenheit zu, verdrängte sie dann aber. So deprimiert, erschöpft und verletzt ich auch war, ich musste mich zusammenreißen und mein Bestes geben.

Ich atmete schwer aus. »Ich bin übrigens Jack Daniels«, sagte ich. »Danke, dass Sie auf mich aufpassen.«

»Keine Ursache. Ich heiße Richie. Wenn Sie was brauchen, sagen Sie mir einfach Bescheid.«

Ich rieb mir den Schlaf aus den Augen und kämpfte immer noch gegen die Panik an.

Ich musste raus aus diesem Zimmer und bei meinen Freunden sein.

Ich schwang meine Beine über die Bettkante und strich das Krankenhaushemd glatt, sodass es meine Oberschenkel bedeckte. Auf dem Boden standen ein Paar Einwegpantoffeln. Ich stand auf und schlüpfte langsam mit den Füßen hinein. Ich war immer noch benommen. Daran waren die Medikamente schuld, und alles, was zuvor passiert war.

»Ich weiß nicht, ob Sie aufstehen sollten, Lieutenant.«

»Ich bin nicht mehr bei der Polizei. Und ich möchte meine Freunde besuchen. Wissen Sie, wo sie sind?«

»Zwei Zimmer weiter. Ich zeig's Ihnen.«

Er führte mich einen hellen, antiseptischen Flur entlang.

Ich schlurfte langsam und kam mir vor wie ein Ballon, aus dem die Luft gelassen wurde. Richie wechselte ein paar Worte mit dem Polizisten, der vor der Tür Wache stand, und ich steckte den Kopf ins Zimmer.

Harry und Herb lagen in nebeneinanderstehenden Betten, was ich sofort für einen großen Fehler hielt. Aber entgegen meinen Erwartungen gingen sie sich nicht an die Kehle. Sie lächelten vielmehr und unterhielten sich freundschaftlich.

»Hey Jungs.«

Ich trat ein und umarmte jeden von ihnen.

»Hey Jackie«, sagte Harry. »Herb hat nicht gewusst, dass ich Logenplätze im Wrigley Field habe. Wir gehen nächste Woche zu einem Spiel.«

»Wer geht?«, fragte ich.

»Ich und Herb.«

Ich sah Herb an. »Du gehst mit Harry zu einem Spiel der Chicago Cubs?«

»Ja. Wir haben unsere Differenzen beigelegt und festgestellt, dass wir viel gemeinsam haben. Wir mögen beide Baseball. Und Hotdogs. Und Neil Diamond. Und Bier aus Kleinbrauereien. Harry ist echt ein ziemlich cooler Typ.«

Ich warf einen Blick auf Herbs Diagramm und sah nach, ob da etwas von einer Kopfverletzung stand.

»Wir würden dich ja gerne einladen mitzukommen«, sagte Harry, »aber es ist ein reiner Herrenabend. Baseball glotzen ohne Fotzen. Stimmt's, Meister?«

»Du sagst es.«

Ich sah erstaunt zu, wie sie ihre Fäuste aneinander stießen.

»Lass es krachen!«, sagte Harry.

Sie stießen wieder ihre Fäuste aneinander und mimten dabei eine Explosion, indem sie »Bumm!« riefen und blitzschnell die Finger spreizten.

Am liebsten hätte ich dabei die Augen verdreht, aber ich wollte ihnen ihren Spaß lassen. »Wo ist Phin?«

»Auf der Intensivstation«, sagte Herb. »Seine Operation hat länger gedauert als unsere.«

»Ich hab fünfzehn Nähte«, sagte McGlade und grinste stolz. »Herb hat dreißig. Darauf müssen wir anstoßen.«

Sie stießen wieder die Fäuste aneinander.

»Lass es krachen!«, sagte Harry.

Wieder machten sie »Bumm!«

Irgendwie hatte ich das Gefühl, dass die beiden mir besser gefallen hatten, als sie sich noch hassten.

Nein, das stimmte nicht. Ich hatte nicht nur das Gefühl, ich war mir sogar ganz sicher.

»Alles okay bei Phin?«, fragte ich.

Herb nickte. »Sie konnten seine Niere retten. Er war sechs Stunden unter dem Messer, aber jetzt geht's ihm wieder gut.«

»Ist alles nur halb so schlimm«, sagte Harry. »Er hat ja noch 'ne zweite. Muss wohl 'n genetisches Wunder sein, dass er mit zwei Nieren auf die Welt gekommen ist. Phin ist unser Mann, darauf stoßen wir an!«

Sie stießen wieder die Fäuste aneinander.

»Lass es krachen!«

Bumm!

Am liebsten hätte ich ihnen gesagt, sie sollten sich zusammen ein Zimmer nehmen, aber sie hatten ja schon eins.

»Ich seh mal nach, wie's ihm geht«, sagte ich und ließ die beiden allein, damit sie ihre neu entdeckte Männerfreundschaft pflegen konnten.

Der Polizist, der vor meinem Zimmer Wache hielt, fuhr mit mir zusammen im Fahrstuhl zur Intensivstation im sechsten Stock. Vor Phins Tür stand ebenfalls ein Wachposten, der mich nicht hineinlassen wollte, bis ich schließlich log und behauptete, ich wäre Phins Ehefrau.

Phin schlief. Er hatte einen Schlauch in der Nase und war bleich im Gesicht.

Als ich ihn auf die Stirn küsste, schlug er die Augen auf.

»Hey du«, flüsterte er.

»Hey. Wie fühlst du dich?«

»Noch ganz benommen, aber sonst ist alles okay. Hat man sie gefunden?«

Ich schüttelte den Kopf. Eine Träne lief mir die Wange hinunter. »Weder Luther noch unsere Tochter.«

Ich nahm seine Hand und drückte sie. Er erwiderte die Geste.

»Wie geht's Harry und Herb?«, fragte er.

»Ich glaube, die werden ein Paar.«

»Und wie geht's dir, Jack?«

Ich presste die Lippen zusammen, aus Angst, ich müsste heulen, wenn ich etwas sagte.

»Dieser Mann«, sagte Phin. »Der, den Luther in Ketten gelegt hat. Vielleicht weiß der was.«

Ich nickte und wischte mit dem Handrücken die Träne weg. »Soll ich versuchen, ob ich was aus ihm herausbekomme?«

»Keiner kann das besser als du, Baby.«

Ich gab Phin noch einen Kuss, diesmal auf die Wange.

Dann machte ich mich auf den Weg zu Andrew Z. Thomas.

Lucy
Davor

Sie betrat den Warteraum der Notaufnahme.

Alle glotzten sie an, was nicht verwunderlich war.

Ihr Kleid hing praktisch in Fetzen an ihrem Körper und stank nach getrockneter Kloake von ihrem Streifzug durch Luthers Spielplatz. Und sie sah aus wie …

Na ja, sie sah eben aus, wie sie aussah.

Sie schleppte sich zum Empfangsschalter und wartete darauf, dass die Krankenschwester von ihr Notiz nahm.

Die ältere Frau hinter der Glasscheibe blickte nicht einmal zu ihr auf, sondern sagte nur: »Füllen Sie das Anmeldeformular aus und bringen Sie es mir, wenn Sie fertig sind.«

Lucy beugte sich nahe an das Fenster und starrte die Frau mit ihrem verbliebenen Auge an. »Hey, das hier ist ein Notfall.«

Endlich kümmerte sich die Alte um sie. Als sie Lucys hässliche Fratze sah, blickte sie schockiert und erschrocken drein.

An Lucys spindeldürren Beinen lief bereits Blut herunter und bildete eine Lache um ihre Füße.

Lucy zog sich mit ihrer künstlichen Hand das Kleid über den Kopf und zeigte der Krankenschwester die Nähte der Hauttransplantate, die sie auf dem Parkplatz aufgerissen hatte. Sie hatte sich gedacht, dass man sie auf jeden Fall im Krankenhaus aufnehmen würde, wenn sie stark blutete.

Einer der Patienten im Warteraum stieß ein »Oh Gott« aus.

Die Schwester griff zum Telefonhörer und gab durch, dass sofort eine Tragebahre benötigt wurde.

Lucy hatte schon gedacht, sie müsste einen Ohnmachtsanfall vortäuschen, aber anscheinend wirkte sie überzeugend genug. Womöglich hatte sie zu viele Nähte aufgerissen. Jedenfalls lief das Blut schneller aus ihren Wunden, als sie geplant oder erwartet hatte.

Ein plötzliches Schwindelgefühl raubte ihr die letzte Kraft und ihre Beine gaben nach.

Sie war bewusstlos, bevor sie auf dem Boden lag.

Jack

Richie führte mich an der Schwesternstation vorbei zu einem Zimmer am Ende des Flügels, wo ein anderer Polizist vor der Tür Wache stand. Das konnte nur das Zimmer sein, in dem Andrew Z. Thomas lag.

Offenbar kannten sich die beiden Polizisten, denn sie begrüßten sich, indem sie die Fäuste aneinander stießen. Zum Glück verzichteten sie dabei darauf, Explosionsgeräusche nachzuahmen. Was war das nur mit Männern? Vielleicht hatte mich nie jemand eingeweiht, weil ich keine Eier hatte.

Mein Aufpasser sagte: »Was geht ab, Tony?«

»Was soll schon sein? Ich schieb hier vor der Tür Wache. Nicht viel los.«

»Bei mir auch nicht. Und so mag ich es auch. Heute ist mein letzter Arbeitstag, dann geh ich in Rente.«

»Hast du und deine Alte das Strandhaus in Florida gekauft?«

»Na klar. Ich werde auf meine alten Tage nur noch Hammerhaie fangen und Rumpunsch trinken.«

»Wer ist das?« Andrews Aufpasser deutete auf mich.

»Ich bin Jack Daniels«, stellte ich mich vor und reichte ihm die Hand.

»Officer Tony Satori. Schön, Sie kennenzulernen.«

»Ist er wach?« Ich deutete mit dem Daumen über meine Schulter. »Ich würde gerne mit ihm reden.«

»Der Arzt hat gesagt, dass keiner zu ihm darf.«

»Ist schon in Ordnung, Tony«, sagte Richie. »Sie hat ihm das Leben gerettet.«

Tony musterte mich von Kopf bis Fuß. »Natürlich. Sie sind doch diese Polizistin aus Chicago.«

»War ich mal«, sagte ich.

»Klar, gehen Sie rein. Sollen wir mit Ihnen kommen?«

»Ich wiege mindestens zwanzig Kilo mehr als er. Ich glaube, ich komme allein zurecht.«

Richie nickte. Ich betrat das Zimmer und machte hinter mir die Tür zu.

Andrew lag im Bett. Seine knochigen Arme schauten unter der Decke hervor. Man hatte ihm die Haare geschnitten und den Rauschebart abrasiert, was ihn nur noch mehr wie eine Leiche aussehen ließ. Er hatte die Augen geschlossen, und mir kam es so vor, als wäre ich nicht auf Krankenbesuch, sondern bei einer Totenwache.

»Mr Thomas?«

Er öffnete seine dunklen Augen. »Welches Jahr haben wir?«

Ich sagte es ihm.

»Ich war sehr lange weg«, sagte er ohne jede Spur von Selbstmitleid oder Bitterkeit.

»Es tut mir leid, dass er Ihnen das angetan hat.«

Er deutete ein Schulterzucken an. »Man erntet, was man gesät hat.«

»Wissen Sie, wer ich bin?«

Er nickte so langsam, dass ich den Eindruck hatte, es würde ihm wehtun. »Die Polizei hat mir von Ihnen erzählt. Man hat mir gesagt, ich müsste Ihnen danken.«

Aber er bedankte sich nicht bei mir, sondern verfiel wieder in Schweigen.

»Er hat mein Baby«, sagte ich schließlich.

»Das habe ich ebenfalls gehört.«

»Wissen Sie, wo es ist?«

»Nein.«

Ich versuchte es auf andere Weise. »Wahrscheinlich kennen

Sie ihn besser als jeder andere. Was glauben Sie, dass er mit ihr gemacht hat?«

»Ich weiß nicht. Ich habe ihn schreckliche Dinge tun sehen. Vieles davon hat er mir angetan. Er hat kein Mitgefühl, kein Mitleid. Er ist die perfekte Mordmaschine. Ich habe eine ziemlich rege Fantasie, aber ich hatte nicht die geringste Vorstellung von seiner abgrundtiefen Perversion.«

Thomas half mir nicht weiter. Im Gegenteil, er jagte mir nur noch mehr Angst ein.

Ich fragte mich, ob die Jahre der Folter und Gefangenschaft seine Seele zerstört hatten.

Was dachte ich eigentlich? Natürlich hatten sie das. Die Wahrscheinlichkeit, dass dieser Mann etwas wusste, war nicht besonders hoch.

Aber ich konnte es immerhin versuchen.

»Falls Sie irgendeine Idee haben, was er mit meiner Tochter angestellt haben könnte, sagen Sie es mir bitte.«

»Ein paar Ideen hätte ich schon. Vielleicht hat er Ihr Baby in eine Bratpfanne getan und die Herdplatte auf niedrig geschaltet. Ein Neugeborenes kommt da nicht alleine raus. Ihr bleibt nichts anderes übrig, als langsam zu braten und zu schreien und sich zu fragen, wie ihr nach neun Monaten Geborgenheit im Mutterleib so was Furchtbares passieren kann.«

Was er sagte, war so widerlich und machte mich so wütend, dass ich ihn um ein Haar geschlagen hätte. Ich musste mich daran erinnern, dass dieser Kerl verrückt war, dass er Dinge durchgemacht hatte, die kein Mensch durchmachen sollte. Er konnte nichts dafür.

»Ich …« Ich schluckte die Worte hinunter. »Es tut mir leid, dass ich Sie gestört habe, Mr Thomas.«

Ich wandte mich von ihm ab. Ich wollte nur noch hier raus.

»Warten Sie«, rief er mir nach.

Ich hielt inne.

»Versuchen Sie, so zu denken wie er«, sagte Thomas. »Er will Ihnen wehtun. Stimmt's?«

Ich nickte.

»Was würde Ihnen mehr wehtun? Wenn er Ihr Baby tötet? Oder wenn er es am Leben hält?«

Ich hatte keine Ahnung. Beide Möglichkeiten waren so furchtbar, dass ich gar nicht daran denken wollte.

»Wenn er sie tötet, ist das ein einmaliges Ereignis. Aber wenn er sie leben lässt und Ihnen hin und wieder Fotos schickt … vielleicht Fotos von den schrecklichen Dingen, die er mit ihr anstellt … wäre das nicht schlimmer für Sie?«

Mir kamen die Tränen. »Ja.«

Thomas hob beide Hände und breitete sie aus. »Dann wird er es so machen.«

Ich wollte etwas erwidern, doch dann fielen mir zum ersten Mal Thomas' Finger ins Auge.

Die Fingerkuppen fehlten.

Und ich wusste, was das bedeutete.

Luther

Er schaltet den Fernseher aus, in dem irgendeine blöde Spielshow läuft, steigt aus dem Bett und tappt ins Bad. Ein Blick in den Spiegel zeigt ihm, wie es um ihn bestellt ist.

Er sieht fürchterlich zugerichtet aus.

Ein geschwollenes Gesicht mit blauen Flecken, verschorften Narben und geplatzten Lippen starrt ihn an. Die Nase ist in Watte gepackt.

Die Kontaktlinsen und die schwarze Perücke hat er entsorgt. Um auf Nummer sicher zu gehen, hat er sich auf der Herrentoilette einer Tankstelle ein paar Kilometer außerhalb von Detroit den Schädel kahl rasiert.

Luther macht den Mund auf und verzieht das Gesicht, als er das schwarze und scharlachrote Zahnfleisch sieht, in dem sämtliche Zähne fehlen.

Er sieht wie ein Halloweenkürbis aus.

Aber es ist die perfekte Verkleidung. Er kann sich frei bewegen, ohne dass ihn jemand erkennt. Am liebsten würde er sich bei Phin dafür bedanken.

Vielleicht wird er das tun. Phin liegt nur ein Stockwerk höher in der Intensivstation.

Luther hat in den frühen Morgenstunden im Krankenhaus eingecheckt. Er hat seine Wunden von einem ungeschickten Arzt nähen und Röntgenaufnahmen sowie eine Computertomografie über sich ergehen lassen müssen. Nach drei Stunden Wartezeit und weiteren Tests hat man ihm eine Gehirnerschütterung bescheinigt.

Die hat er Jack zu verdanken. Er plant, ihr ebenfalls einen Besuch abzustatten.

Zuvor hat er sich von dem hilfsbereiten Personal einen Rollstuhl geliehen und die Zimmer gefunden, in denen Jack, Herb, Harry, Phin und Andrew liegen. Vor jedem hat ein bewaffneter Polizist Wache gehalten. Luther hat spät in der Nacht herumtelefoniert, um herauszufinden, in welches von den vielen Krankenhäusern in Detroit man sie gebracht hat. Nach dem vierten Anruf wusste er es.

Er macht sich keine Sorgen, dass ihn jemand erkennt – so, wie er momentan aussieht, würde das nicht mal seine tote Mutter schaffen. Und das Beste an einer einprägsamen Erscheinung – Cowboystiefel, schwarze Jeans, lange Haare – ist, dass die Leute sich daran mehr erinnern als an die Gesichtszüge.

Da die Polizei im gesamten Bundesstaat nach ihm fahndet, denkt er sich, dass er direkt vor ihrer Nase am sichersten ist.

Neben den vier Polizisten, die vor den Zimmern Wache schieben, befinden sich unten noch zwei. Außerdem gehen die Bullen und das FBI ständig ein und aus. Bei einem seiner Rundgänge hat Luther mitgehört, wie einer von Jacks Ärzten mit ein paar Leuten aus dem Büro des Sheriffs gesprochen und ihnen klargemacht hat, dass Jack frühestens in zwei Tagen befragt werden könne.

Der Arzt hat sich geirrt. Jack wird *nie* irgendwelche Fragen beantworten können.

»Leb wohl, Luther«, sagt er zu seinem Spiegelbild. »Es hat Spaß gemacht, dich zu spielen.«

Luther setzt sich in seinen Rollstuhl, legt sich eine Decke über den Schoß und bricht zu einem neuen Streifzug durch die Gänge auf. Es dauert nicht lange und er findet eine Abstellkammer für das Reinigungspersonal. Er sieht sich nach allen Seiten um, und als er sicher ist, dass ihn niemand beobachtet, geht er hinein und findet sofort, was er braucht.

Als Nächstes muss er einen Wäschewagen auftreiben.

Er wartet, bis ein Pfleger in einem Zimmer verschwindet, um dort die Bettbezüge zu wechseln, und bedient sich.

Schließlich bringt ihn der Fahrstuhl schnell in das Stockwerk, wo die Intensivstation liegt.

Wie er gehofft hat, hat bei den Wachen ein Schichtwechsel stattgefunden. Das bedeutet, dass der nächste erst in ein paar Stunden fällig ist.

Perfekt.

Leider befinden sich jetzt zwei Wächter vor Andrews Zimmer. Zum Glück stehen sie sich gegenüber und blicken nicht beide in dieselbe Richtung. Luther hat ihrem Gespräch ein paar Sekunden gelauscht und kennt daher ihre Namen.

Tony und Richie.

Er rollt langsam an Andrews Zimmer vorbei und blickt verstohlen durch das Fenster der geschlossenen Tür. Jetzt weiß er, warum hier zwei Wächter stehen.

Jack ist gerade bei ihm.

Er rollt weiter den Flur entlang und bleibt dann vor der Tür zur Herrentoilette stehen. Er tut so, als versuche er krampfhaft, sie zu öffnen, und wirft einen Blick zu den Polizisten hinüber, um zu sehen, ob sie ihn beobachten.

Was sie auch tun.

»Kann mir mal jemand helfen?«, ruft er.

Die beiden wechseln ein paar Worte und dann kommt der größere und ältere von ihnen – Richie – zu ihm.

Luther lässt eine Hand unter die Decke gleiten und öffnet das Klappmesser.

Der Polizist macht ihm die Tür auf, und Luther sagt: »Danke, Officer. Hören Sie, mir ist das wirklich peinlich, aber ich brauche ein bisschen Hilfe, um aus diesem Stuhl zu kommen.«

»Ich kann Ihnen einen Pfleger holen.«

»Sie müssen mich nicht ausziehen oder hinsetzen. Es reicht,

wenn Sie mir kurz unter die Arme greifen und mir hochhelfen. Bitte. Es ist ein Notfall. Ich will den Rollstuhl nicht versauen, wenn Sie wissen, was ich meine.«

Einen Augenblick lang sieht es so aus, als ob der mürrische alte Knacker sich weigert, einem verzweifelten, verletzten Mann zu helfen. Aber dann gibt er seinem Partner mit erhobenem Finger ein Zeichen und schiebt Luther in die Herrentoilette.

Wie Luther gehofft hat, ist es dort leer. Richie, der barmherzige Samariter, schiebt Luther zur Behindertenkabine und hält ihm die Tür auf. Dann stellt er den Rollstuhl neben die Toilettenschüssel.

»Okay, packen Sie mich einfach unter den Armen«, sagt Luther. Er legt dem Polizisten die Arme um die Schultern und hält das Messer mit der Klinge flach am Handgelenk.

Kaum hat der Mann ihn gehoben, rammt Luther ihm die gekrümmte Klinge ins Genick, so fest, dass sie die Wirbelsäule durchtrennt.

Der gewünschte Effekt tritt sofort ein. Richie fällt hin und ist auf der Stelle querschnittsgelähmt. Das Blut spritzt in dic andere Richtung und trifft Luther nicht.

Luther lässt den Polizisten und den Rollstuhl in der Kabine zurück und wischt die Klinge mit ein paar Papiertüchern ab. Dann steckt er den Kopf in den Flur hinaus.

»Ihr Kollege ist hingefallen!«, ruft er dem Polizisten vor Andrews Zimmer zu.

Tony kommt herbeigeeilt und öffnet beim Laufen die Klappe seines Pistolenhalfters. Als er hereinstürzt, lauert Luther hinter der Tür.

Der Mann ist misstrauischer als sein Kollege und schwingt sofort die Pistole in die Richtung, in der er Luther vermutet.

Aber Luther hat damit gerechnet und kauert unterhalb der Schusslinie. Er stößt dem Polizisten das Messer zwischen die Beine und durchtrennt die Oberschenkelschlagader, bis die

Klinge auf den Knochen trifft. Der Mann ist so gut wie tot, aber noch gefährlich, solange er noch nicht verblutet ist. Luther lässt das Messer fallen, packt Tonys Pistole mit beiden Händen und versucht, ihm die Waffe zu entreißen.

Sein Gegner ist stark, und für ein paar Sekunden hat Luther Angst, den Kampf zu verlieren.

Dann setzt der Schock ein, und als der Bulle endlich beschließt, um Hilfe zu rufen, hat Luther die Pistole und das Messer und beendet den Hilferuf mit einem schnellen Schnitt durch die Kehle.

Aus Angst, jemand könnte hereinkommen, eilt Luther zu seinem Rollstuhl und holt das gelbe Hinweisschild, das er aus der Abstellkammer entwendet hat. *Wegen Reinigung geschlossen* steht darauf. Er stellt es vor die Tür, schält sich aus seinem blutverschmierten Gewand und geht zum Waschbecken, wo er Hände und Arme vom Blut säubert.

Als er einigermaßen sauber ist, schnallt er sich den Pistolengurt des Polizisten um und schlüpft in das Krankenhaushemd, das er aus dem Wäschewagen entwendet hat.

Luther hat nicht vor, Jack oder sonst jemanden aus dem Krankenhaus zu entführen, weil er weiß, dass er es nicht lebend verlassen wird.

Sein Versuch, Jack zu brechen, ist gründlich schiefgegangen.

All die Jahre der Planung und Vorbereitung waren für die Katz.

Wenn er zu sehr darüber nachdächte, riskierte er, dass die Enttäuschung ihn niederschmettern würde. Er kann entweder darüber jammern oder die letzten zehn Minuten seines Lebens voll auskosten.

Jetzt muss er nur noch alle umbringen und mit Pauken und Trompeten untergehen.

Er hebt die Dienstwaffe des Polizisten, eine SIG Sauer vom Kaliber .40, vom Boden auf und prüft das Magazin.

Dreizehn Schuss.

Luther geht in die Toilettenkabine zurück und schaut sich die Waffe des anderen toten Bullen an. Eine Neun-Millimeter-Beretta.

Die SIG Sauer ist besser. Größere Mannstoppwirkung. Und mit der Linken kann er nicht schießen. Da ist es schon besser, er hat eine Hand für das Messer frei.

Für die Kleinarbeit.

Lucy

Die Ärzte hatten die Nähte an ihren Hauttransplantationen erneuert und ihr eine Bluttransfusion von einem Liter gegeben. Danach lag Lucy bequem in ihrem Zimmer.

Da sie behauptet hatte, sich nicht an ihren Namen oder die Ereignisse vor ihrer Ankunft im Krankenhaus erinnern zu können, würde sich innerhalb der nächsten Stunde ein Psychologe um sie kümmern.

Aber diesen Termin würde sie verpassen.

Auf der Intensivstation lagen nämlich ein paar alte Bekannte, die sie unbedingt besuchen wollte.

Sie kletterte aus dem Bett und humpelte in den Gang hinaus.

Auf ihrem Stockwerk war es ruhig. Es erinnerte sie an das Gefängniskrankenhaus und an die Zeit mit D, nach der sie sich jetzt zurücksehnte, so seltsam das auch anmutete.

Lucy ging den Flur hinunter und hielt auf die Aufzüge gegenüber der Schwesternstation zu.

Da die Schwestern mit Papierkram beschäftigt waren, nahm niemand von ihr Notiz.

Sie drückte auf den Nach-oben-Pfeil und wartete darauf, dass die Türen aufgingen.

Als der Lift ankam, ging sie hinein und war froh, dass die Kabine leer war.

Sie drückte auf den sechsten Stock, wo sich die Intensivstation befand. Plötzlich hörte sie Schritte auf dem Flur und dann eine Männerstimme, die darum bat, mit dem Aufzug zu warten.

»Zu spät«, sagte sie und drückte mit ihrem verkrüppelten Finger auf den Türe-schließen-Knopf.

Kaum hatte sie den Aufzug verlassen, sah sie einen Polizisten in die Herrentoilette rennen. Sie blieb einen Moment stehen und fragte sich, was da wohl los war.

Eine Minute später steckte ein Patient den Kopf heraus und stellte ein Hinweisschild vor die Tür.

Wegen Reinigung geschlossen.

Lucy hatte eine dumpfe Vorstellung, was da vor sich ging. Konnte sie wirklich so viel Glück haben?

Ihre Ahnung wurde einen Moment später bestätigt, als der Patient allein aus der Herrentoilette spazierte.

Sein Gesicht war zwar stark geschwollen, aber Lucy wusste, wer er war.

Sie wusste es tief in ihren Knochen, die sie noch hatte.

Jack

Die Tür ging auf und ich drehte mich um. Ich hatte mit Richie und Tony gerechnet, sah mich aber stattdessen einem Monster gegenüber.

Mit seinem geschwollenen und entstellten Gesicht erkannte ich ihn nicht gleich. Aber die Augen verrieten ihn. Die Farbe hatte sich auf unerklärliche Weise von Schwarz in Hellblau verwandelt, aber die Intensität war noch dieselbe.

In den schrecklichen Augenblicken, die wir miteinander geteilt hatten, hatten sie gelegentlich verspielt gewirkt, aber jetzt blitzte aus ihnen blanker Hass.

Luther Kite trat über die Türschwelle in das Zimmer. Mit einer Hand zog er leise die Tür hinter sich zu, mit der anderen richtete er eine Pistole auf mich.

Eine ganze Weile blieben wir beide still.

Luther atmete schneller, wahrscheinlich von der Anstrengung, die es ihn gekostet hatte, an den beiden Polizisten vorbeizukommen. Ich schrie nach ihnen.

»Hallo Jack. Auf Tony und Richie werden Sie vergebens warten.«

»Wo ist meine Tochter?«

»Sie werden sterben, ohne es jemals zu erfahren.«

Er zuckte und ich erkannte den Blick. Sein beherrschtes Äußeres war verschwunden. Er sah aus wie jemand, der kurz vor dem Ausrasten steht.

Ich hob beschwichtigend die Hände und versuchte, Zeit zu gewinnen. Wenn er die Polizisten draußen auf dem Flur getötet hatte, würden bald Kollegen anrücken. »Sie brauchen mich, Luther. Sie wollen mich. Glauben Sie wirklich, dass ich …«

»Ich bin mit Ihnen fertig, Jack. Wir hätten ein tolles Team abgeben können, aber Sie und Ihre Freunde haben alles kaputt gemacht. Ich würde Ihren Tod ja so gerne über mehrere Wochen in die Länge ziehen, aber wir müssen halt das Beste aus der kurzen Zeit machen, die uns noch bleibt.«

Er zog ein Messer aus seiner Hosentasche.

Ich überlegte fieberhaft. Wie alle Serienmörder, die ich kannte, war auch Luther ein maßloser Narzisst mit völlig übersteigertem Ego. Er hatte mich für sein perverses Spiel auserkoren, weil er in seiner wahnhaften Logik dachte, ich würde seine Genialität bewundern.

»Sie haben seine Fingerabdrücke genommen«, sagte ich und breitete die Hände aus. »Und dann haben Sie an den Tatorten sowohl Ihre Abdrücke als auch die von Andrew hinterlassen, damit es so aussah, als hätten Sie beide zusammen die Morde begangen.«

Luther zögerte. »Wie sind Sie denn darauf gekommen?«

»Bei Andrew fehlen die Fingerkuppen. Vermutlich haben Sie sie abgetrennt. Was haben Sie mit ihnen gemacht?«

Luther grinste. »Ich hab sie gegerbt und auf ein Paar Lederhandschuhe geklebt. Die hab ich regelmäßig eingefettet, damit sie nicht vertrocknen und keine Sprünge bekommen.«

Sorg dafür, dass er nicht aufhört zu reden, Jack.

»Warum?«, fragte ich. »Warum haben Sie Thomas diese Morde angehängt?«

»Ein Horrorautor, der plötzlich selbst mordet, anstatt nur darüber zu schreiben. Das ist doch 'ne interessante Story, finden Sie nicht?«

»Waren Sie auch ALONEAGAIN?«, fragte ich in Anspielung auf die Beiträge im Andrew-Z.-Thomas-Forum und die Buchrezensionen bei Amazon.

»Sie haben die also gesehen? Darauf hatte ich gehofft. Aber Ihnen entgeht ja auch nicht viel, oder, Jack? Aber eine Sache haben Sie übersehen, vielleicht das größte Geheimnis von allen. Leider werden Sie sterben, ohne ihm jemals auf die Spur …«

Die Tür sprang auf.

Ich drehte mich um, in der Hoffnung, Polizisten zu sehen. Aber es war nicht die Polizei.

Stattdessen stand eine furchtbar entstellte Frau im Türrahmen. In ihrer Hand, bei der zwei Finger fehlten, hielt sie eine Pistole.

Wir waren uns noch nie begegnet, aber ich wusste sofort, dass es Lucy war. Donaldsons Partnerin.

Für einen Augenblick sah es so aus, als würden Luther und sie sich gegenseitig abknallen. Aber keiner der beiden machte eine Bewegung.

»Auf der Station hier ist noch ein Bulle«, sagte Lucy. »Ein Schuss, und keiner kommt hier lebend raus.«

»Woher willst du wissen, ob ich überhaupt will, dass jemand überlebt, Lucy?«

»Stellen Sie sich nicht so an, Andrew. Sie sind doch viel zu sehr von sich selbst eingenommen, als dass Sie hier sterben wollen.«

Andrew?

Doch dann traf es mich wie ein Schlag.

Die Puzzlestücke fügten sich plötzlich zusammen.

Andrews fehlende Fingerkuppen.

Luthers Kontaktlinsen und Perücke.

Die seltsamen Kommentare von ALONEAGAIN.

Wie er es geschafft hatte, die Literaturagentin Cynthia Mathis nach Michigan zu locken.

Warum er ausgerechnet Bücher von Thomas bei den Leichen versteckt hatte.

Die manische Besessenheit mit Dante.

Ach du Scheiße.

Der Mann, den ich für Luther Kite gehalten hatte, war in Wirklichkeit Andrew Z. Thomas.

Ich warf einen Blick auf das Bett und den ausgemergelten Mann darin.

Das war nicht Andrew Z. Thomas. Das war …

»Hi Luther«, sagte Lucy zu dem Mann im Bett. »Wie ich sehe, haben Sie eine Diät hinter sich.«

»Kennen wir uns?«, fragte er.

»Ich hab ein paar Schönheitsoperationen hinter mir, seit wir uns das letzte Mal bei dieser Konferenz gesehen haben. Ich bin Lucy. Erinnern Sie sich noch an mich? Sie haben mir damals aus der Patsche geholfen.«

Der Mann im Bett – der echte Luther Kite – verzog das Gesicht zu einem teuflischen, zahnlosen Grinsen. »Klar erinnere ich mich, mein Engel. Schön, dich wiederzusehen. Ist Andrew hier schuld an deinem Aussehen?«

»An meinem und Ihrem.«

Ich drehte mich um und starrte den … als was sollte ich ihn wohl bezeichnen?

»Sie sind der Autor«, sagte ich zu dem Mann, der die Pistole auf mich gerichtet hielt. »Sie sind Thomas.«

»Das ist schon ewig her. Ich schreibe keine Bücher mehr. Heute gehe ich anderen kreativen Beschäftigungen nach, wie Sie ja selbst nur zu gut wissen, Jack.«

»Wie?«, fragte ich. »Wie konnte das …?«

»Luther«, sagte Andrew und zeigte mit dem Messer auf den Mann im Bett. Gleichzeitig hielt er Lucy mit der Pistole in Schach. »Er hat mich gebrochen, so wie ich versucht habe, Sie zu brechen, Jack. Das ist inzwischen sieben Jahre her. Die Folter hat natürlich eine Rolle dabei gespielt. Aber was bei meinem Wandel wirklich den Ausschlag gegeben hat, war das, was ich Violet antun musste.«

Ich dachte an Violet King. An die Brandnarben an ihren Armen. »Sie waren das?«

Andrew nickte. »Luther versprach mir, er würde sie freilassen, wenn ich es tat. Aber dann hab ich ihn überwältigt. Ich hab genauso gut ausgeteilt, wie ich zuvor eingesteckt hab, stimmt's, Luther?«

»Ja, das haben Sie wirklich, Andrew. Sogar um einiges mehr. Sie sind ziemlich gut geworden. Besser als ich.«

Ich riskierte einen nervösen Blick zur Tür und fragte mich, wo zum Teufel nur die Polizei blieb.

»Es ist schon komisch, Jack«, sagte der echte Andrew Thomas. »Eines Tages stellt man fest, dass man diese … Neigungen hat, aber man weiß nicht, wie man sie ausleben kann. Mir war es nicht vergönnt, von klein auf zu lernen. Ich musste einen Intensivkurs machen, um zu einem Raubtier zu werden.«

Er hatte einen glasigen und irren Blick, wie jemand auf Speed. Ich überlegte, ob ich versuchen sollte, ihm die Waffe zu entreißen, aber er hatte den Finger am Abzug.

»Also hab ich andere Mörder studiert«, fuhr Andrew fort. »Und ihre Methoden. Dann hab ich sie selbst ausprobiert, um zu sehen, ob sie funktionieren. Ich habe viele Stunden mit Luther verbracht und ihm seine Geheimnisse entlockt. Um seine Bankkonten zu plündern – seine Familie war stinkreich –, musste ich mich für ihn ausgeben. Und dann hab ich gemerkt, dass mir die Rolle gefiel. Ich bin in seine Cowboystiefel und schwarze Jeans geschlüpft, hab die Perücke und die Kontaktlinsen getragen und diese entsetzlichen Zitronenbonbons gelutscht, die er so gern mochte. Ich wusste, dass ich mich in seiner Haut am besten verwirklichen konnte. Also hab ich mit ihm getauscht. Wenn er Andrew Z. Thomas wurde, konnte ich Luther Kite sein.«

Der Typ war nicht nur gebrochen, er war jenseits von Gut und Böse.

»Hören Sie zu, Andrew«, sagte ich, »wir müssen …«

Der Schuss knallte so plötzlich, dass ich nicht wusste, woher er kam. Mündungsfeuer blitze auf und es roch nach Schießpulver.

Ein weiterer Schuss ertönte, dann noch einer.

Die Kugeln zerschmetterten Andrews Knie und seinen rechten Arm. Er ließ das Messer fallen, das unter das Bett schlitterte, und brach zusammen. Lucy stand über ihm und zielte mit einer Neun-Millimeter auf seinen Bauch.

»Ich habe früher mal für Sie geschwärmt«, sagte sie. »Einmal bin ich tausend Kilometer weit gefahren, nur um den berühmten Krimiautor Andrew Z. Thomas zu sehen und ein Autogramm zu bekommen. Ich war mal hübsch. Und Sie haben eine Missgeburt aus mir gemacht.«

Andrew wälzte sich stöhnend auf dem Boden und versuchte krampfhaft, an seine Pistole heranzukommen.

»Das ist für Donaldson«, sagte sie und schoss ihm zwischen die Beine.

»Lucy!«, schrie ich und trat einen Schritt nach vorn. »Hören Sie auf!«

»Gehen Sie zurück.« Sie richtete die Waffe auf mich, während Andrew sich stöhnend hin und her wälzte. »Ich werde mich gleich um Sie kümmern.«

Ich hob beschwichtigend die Hände. »Er wird im Gefängnis verrotten. Sie müssen das nicht tun.«

»Doch, muss ich.«

Wo blieb nur dieser verdammte Polizist? »Bitte, Lucy. Er hat mir mein Baby weggenommen.«

»Das ist Ihr Pech.«

»Lucy!«

Sie schwenkte die Waffe wieder zu Andrew. »Sie hätten mich erledigen sollen, als Sie die Chance dazu hatten«, sagte Lucy.

»Wir … sehen … uns … in der Hölle«, krächzte Andrew.

»Die Hölle gibt es nicht, Sie Vollidiot.«

Er krümmte sich vor ihren Füßen. Sie jagte ihm eine Kugel in den Kopf.

»Nein!« Ich stürzte mich auf sie, aber bevor ich bei ihr war, richtete Lucy die Waffe wieder auf mich. »Und jetzt der Nachtisch.«

»Tu's nicht«, sagte Luther heiser und versuchte, sich im Bett aufzurichten. »Sie hat mir das Leben gerettet, Lucy. Lass sie gehen.«

»Ich hab von ihr gehört. Soll 'ne ganz harte Nuss sein. Warum soll ich das Risiko eingehen? Sind Sie sich sicher?«

»Ja.«

Lucy bückte sich, entfernte ein Paar Handschellen von dem Gürtel, den Andrew dem Polizisten abgenommen hatte, und zwang mich mit vorgehaltener Waffe, ins Bad zu gehen.

»Gehen Sie in die Duschkabine, Jack.«

Ich gehorchte und sie warf mir die Handschellen zu. Wenn sie mich in diesem Augenblick getötet hätte, wäre es mir egal gewesen. Mit Andrew war auch die Hoffnung gestorben, meine Tochter zu finden.

»Sie wissen ja, was Sie zu tun haben«, sagte sie zu mir.

»Lucy …«

»Sie blöde Schlampe, mir geht langsam die Geduld aus.«

Ich ließ eine Manschette auf ein Handgelenk schnappen und schloss die andere um die Duschhalterung.

Lucy ging zurück ins Zimmer. Ich konnte nicht sehen, was sie machte, aber es hörte sich so an, als bemühe Luther sich, aus dem Bett zu kommen. Ich hörte, wie sie sagte: »Die können jeden Augenblick hier sein.«

»Warte. Hilf mir ins Bad.«

Lucy erschien mit Luther im Rollstuhl vor der Tür. Er starrte mich mit seinen pechschwarzen Augen an. »Andrew hat seine Menschlichkeit verloren«, sagte er. »Aber ein winziger Rest ist noch übrig geblieben. Deswegen ist er auch gescheitert. Er hat zu viele Überlebende zurückgelassen. So was wird einem zum Verhängnis.«

»Wissen Sie, wo mein Baby ist, Luther? Bitte.«

Nach einer Pause sagte er: »Andrew hat stets bedauert, was er Violet angetan hat. Violet und ihrem Sohn. So geht es oft. Wir alle machen Dinge kaputt. Aber manchmal …«, er fuhr sich mit der Zunge über die dünnen, farblosen Lippen, »manchmal versuchen wir, das, was wir kaputt gemacht haben, wieder zu richten.«

Das Letzte, was ich von ihm sah, war, wie Lucy ihn im Rollstuhl davonschob.

Dann ging die Tür auf und wieder zu. Jemand schrie, ein Schuss knallte. Mein Herzschlag setzte für eine Sekunde aus.

War das der Polizist, der auf Phin aufpasste?

Hatte er Lucy erwischt?

Oder sie ihn?

Oder … Gott bewahre … einen von meinen Jungs?

Ich blieb still. Es hatte keinen Sinn, um Hilfe zu rufen. Auf den angrenzenden Stockwerken konnte man die Schüsse hören, und die Nachricht würde sich im ganzen Krankenhaus wie ein Lauffeuer verbreiten.

Weniger als eine Minute später tauchten Harry und Herb im Bad auf. Beide hielten Pistolen in den Händen.

»Was ist mit Phin?«, fragte ich.

»Der ist sicher«, sagte Herb. »Vor der Tür liegt ein toter Polizist. Hier ist die Hölle los. Was zum Teufel ist passiert?«

»Schau, dass du den Schlüssel für die Handschellen findest.« Ich hielt den Arm hoch, wollte unbedingt freikommen. »Wir müssen uns beeilen, Herb. Ich glaube, ich weiß, wo mein Baby ist.«

***

Nachdem ich Andrews Geschichte gehört hatte, ergab alles einen Sinn.

Ich ging ein Risiko ein, indem ich nicht zuerst die Behörden verständigte. Ein Risiko, das während der langen Autofahrt schwer auf mir lastete. Aber ich wollte nicht, dass ein Spezialeinsatzkommando das Haus mit Waffengewalt stürmte. Ich hatte schon einmal erlebt, wie so etwas schiefging.

Mir blieb nichts weiter übrig, als mir immer wieder einzureden, dass mein Baby in Sicherheit war und dass ich es unbehelligt wiederbekommen würde.

Die Jungs hatten darauf bestanden, mich zu begleiten, obwohl sie ziemlich lädiert waren. Wir mussten Formulare unterschreiben, mit denen wir bestätigten, dass wir das Krankenhaus gegen ärztlichen Rat verließen.

Phin war besonders angeschlagen, aber ihn daran zu hindern, seine Tochter zu suchen, wäre genauso, als wenn man versuchte, eine Flut mit einem einzigen Sandsack zu stoppen.

Angespornt durch ihre neu entdeckte Männerfreundschaft und ein paar starke Schmerzmittel, machten Harry und Herb die Fahrt sowohl erträglich als auch unerträglich, indem sie alte Lieder von Neil Diamond sangen.

Am Anfang war es ja ganz lustig, aber nach der fünften Darbietung von »Song Sung Blue«, dessen Text keiner von ihnen vollständig kannte, knirschte ich so heftig mit den Zähnen, dass ich Granit hätte zermahlen können.

Als wir endlich in Peoria ankamen, prüfte ich sicherheitshalber nach, ob die Trommel meines Colts voll war – obwohl ich hoffte, die Waffe nicht zu brauchen.

»Harry und Herb, ihr nehmt den Hintereingang. Schließt mit dem Dietrich auf. Phin, du bleibst lieber hier.«

»Den Teufel werde ich tun.«

»Du hast eine schwere Operation hinter dir.«

Er verdrehte die Augen, als wollte er sagen, dass das nur eine

Kleinigkeit war, dann schnappte er sich den zweiten Schlüssel. Wir zwängten uns aus meinem Nissan Juke und gingen auf Violet Kings Haus zu.

Das hier musste der richtige Ort sein.

Andrew hatte ihr seine Tantiemenschecks geschickt.

Andrew hatte sich schuldig gefühlt, weil sie ihr Baby verloren hatte.

Jemand musste Andrew geholfen haben, sich aus diesen Kabelbindern zu befreien. Das Detroit Police Department hatte die Videoaufnahmen zwar noch nicht entschlüsselt, aber mein Bauchgefühl sagte mir, dass sie es getan hatte.

Die Flasche Sam Adams Cherry Wheat war der entscheidende Hinweis gewesen.

Und meine Ahnung bestätigte sich, als ich an die Tür trat und drinnen wunderschönes melodisches Babygeschrei hörte.

Phin hatte Nähte von seiner Operation und mir ging es auch nicht viel besser, also brachten wir unseren Universalschlüssel mit – eine mit Zement gefüllte Farbdose. Ein Schlag gegen das Schloss, und schon sprang die Tür auf.

Wir stürmten ins Innere.

Violet saß auf der Couch und hielt meine Tochter im Arm. Sie starrte uns entgeistert an. Doch die Überraschung währte nicht lange, sondern wich einem traurigen Blick.

»Andy hat euch im Krankenhaus nicht getötet«, sagte sie.

»Nein, das hat er nicht.« Weder Phin noch ich griffen zu unseren Waffen. »Sie haben ihm bei der Flucht geholfen.«

Violet nickte und ihr kamen die Tränen. »Er stand in meiner Schuld, nach allem, was er mir angetan hat. Ist er tot?«

»Ja.«

Erneutes Nicken. »Waren es diese beiden? Lucy und Donaldson?«

»Haben Sie die etwa geschickt?«

Ich hörte, wie jemand die hintere Tür aufbrach.

»Ich habe ihnen gesagt, sie könnten Andy töten, aber erst, wenn ich das Baby bekäme.« Violet senkte den Blick auf das Kind in ihren Armen. »Sie ist so süß.«

»Ich weiß.«

Phin trat einen Schritt vor und streckte die Hände aus. Violet zögerte.

»Das ist nicht Ihr Baby«, sagte ich. »Sie gehört uns. Bitte machen Sie es uns nicht unnötig schwer.«

Violet strich dem Baby zärtlich mit dem Finger über die Wange. Dann reichte sie es Phin, der es in seiner Armbeuge hielt.

»Hallo du«, sagte er. »Ich bin dein Papa.«

»Wir haben sie!«, rief ich. Einen Augenblick später kamen Herb und Harry hereingestürzt.

Wir sahen Phin zu, wie er das Kind im Arm hielt. Fast eine Minute lang waren wir alle still. Die einzigen Geräusche waren unser Atmen und das Schreien meines kleinen Mädchens.

Irgendwann ging das Schreien in glucksende Babylaute über.

»Oben sind Windeln«, sagte Violet. »Flaschen sind im Kühlschrank. Ich hab ihr nichts getan.«

»Ich weiß«, sagte ich zu ihr.

»Ich würde ihr nie etwas tun.«

»Ich weiß.«

Herb rief die Polizei.

Ich trat neben Phin und er legte seinen freien Arm um mich. Wir starrten beide unser Kind an.

Ich konnte es nicht erklären, aber irgendwie fühlte ich mich als ganzer Mensch.

»Wir haben ihr noch keinen Namen gegeben«, sagte Phin.

»Ich hab mal darüber nachgedacht. Dein Nachname, Troutt, klingt wirklich beschissen.«

»Wem sagst du das.«

»Und Daniels ist von meinem Exmann. Ich finde deshalb, wir sollten sie vollkommen anders nennen.«

»Woran hast du gedacht?«, fragte er.

Ich blickte an unserem Baby vorbei zu Violets Tisch, auf dem immer noch leere Bierflaschen standen.

In Michigan hatte ich Andy mit einer Flasche Sam Adams Cherry Wheat eins übergebraten. Damit hatte ich im Höllenkreis der Gewalt mein Leben gerettet.

Nicht nur meins, das von uns allen.

»Nennen wir sie doch Samantha«, schlug ich vor.

»Samantha?«

»Samantha Adams.«

Phin drückte mich noch fester. »Ich glaube, das ist der perfekte Name.«

»Sam Adams?«, sagte Harry. »Aber klar!«

»Nett«, sagte Herb.

Wir hielten Sam, bis die Polizei eintraf und Violet festnahm.

Dann hielten wir sie während der ganzen Heimfahrt.

Epilog

»Auf so verborgenem Pfad begann mein Führer,
mit mir zur lichten Welt zurückzukehren.
So stiegen, er zuerst und ich ihm folgend,
wir ohne uns Ruh zu gönnen immer aufwärts,
bis durch ein rundes Loch ich wieder etwas
von dem gewahr ward, was den Himmel schmückt.
Dann traten wir hinaus und sahen die Sterne.«

Dante Alighieri, *Die göttliche Komödie*

Jack

Ich unterschrieb die Empfangsbescheinigung für die FedEx-Sendung und machte sie voller Erwartung auf, noch während ich an der Tür stand. Neben dem Beutel befand sich eine Notiz.

Hübscher Stein. Ich habe ihn professionell reinigen lassen.
Werde dir morgen deinen Hund schicken. – Duffy

Ich nahm den Verlobungsring aus dem Beutel und starrte ihn an. Im Schein der Nachmittagssonne glitzerte der Diamant wie eine Discokugel.

»Wer war da gerade an der Tür?«

Ich drehte mich um. Phin war hinter mich getreten.

»Das erzähl ich dir später. Jetzt musst du mich erst mal wo hinfahren.«

Er zog eine Augenbraue hoch. »Wohin?«

»Zum Standesamt. Wenn wir heute die Heiratsurkunde beantragen, sind wir morgen ein Paar.«

Phin strahlte. »Ich geh mal eben und lege Samantha in die Babytrage.«

»Warte. Erst musst du mir den hier an den Finger stecken.« Ich hielt den Ring und die linke Hand hoch. »Bitte.«

Phin trat an mich heran und berührte mich so zärtlich, dass ich einen Kloß im Hals bekam.

»Jacqueline Daniels, möchtest du mich zum glücklichsten Menschen auf der ganzen Welt machen?«

»Nein«, sagte ich.

»Nein?« Die Freude in seinem Gesicht wich Verwirrung.

»Ich werde dich heiraten, Phineas Troutt. Aber ich werde dich nicht zum glücklichsten Menschen auf der ganzen Welt machen.« Ich lächelte und bekam feuchte Augen. »Du musst dich mit Zweitglücklichster begnügen.«

Dann steckte er mir den Ring an den Finger und küsste mich. In diesem einmaligen und magischen Augenblick wurde aus mir die Frau, die ich schon immer sein wollte.

Früher hatte ich mich über meinen Beruf definiert.

Dann hatten meine Beziehungen mich definiert.

Aber jetzt war ich so weit, dass ich mich selbst definieren wollte.

Ich war so weit, dass ich mich mochte.

Und ich war endlich so weit, dass ich glücklich sein konnte.

Phin verschwand im Haus, um unsere Tochter zu holen. Sein Kuss wirkte noch nach und zauberte mir ein Lächeln ins Gesicht. Ich starrte in den Spiegel im Flur und erkannte mich kaum wieder. Die Frau dort wirkte so entspannt, zufrieden und selbstbewusst.

Diese Frau war ich.

Andrew Z. Thomas hatte versucht, mich zu brechen, und dabei sein Bestes gegeben.

Aber er hatte es nicht geschafft.

Zum ersten Mal in meinen achtundvierzig Jahren fühlte ich mich als ganzer Mensch.

Officer Knight

Sie hatten die Lager- und Fabrikhallen den ganzen Tag durchsucht und dabei einen schrecklichen Fund nach dem anderen gemacht.

Überall Leichen.

Keine Überlebenden.

Welches Ungeheuer hatte sich diesen furchtbaren Ort in seiner Fantasie ausgedacht und dann auch tatsächlich Wirklichkeit werden lassen?

Was für ein krankes Hirn steckte dahinter?

Das hier war die Hölle auf Erden. Anders konnte man es nicht nennen.

Knight fragte sich, wie er heute Nacht würde schlafen können. Und ob er weiterhin seinen Kindern in die Gesichter sehen konnte, nachdem er einen Ort wie diesen gesehen hatte.

Er rechnete damit, in absehbarer Zeit eine Therapie machen zu müssen.

Zuerst war da dieser Wasserturm gewesen.

Dann der Kühlraum, wo der Bär diese armen Schweine in Stücke gerissen hatte.

Dann der Raum der Maßlosigkeit.

Und jetzt das hier … eine Lagerhalle voller Schlamm und eiskaltem Wasser.

Zwei Leichen lagen auf einer kleinen Insel mitten im Sumpf. Und gleich in der Nähe ein Mann mit abgehackten Gliedmaßen, dessen eines Handgelenk immer noch an einer Kette an der Tür hing.

Und dann dieser Kahlkopf im Overall, der mit dem Oberkörper auf dem Betonufer lag, die Beine noch im Wasser.

Knight wusste ehrlich gesagt nicht, wie viele dieser Anblicke er noch verkraften konnte. Es war erst sein zweites Jahr im Streifendienst, aber heute hatte man alle verfügbaren Männer losgeschickt, um an diesem Ort des Grauens nach Überlebenden zu suchen.

Er schlug seinen Notizblock auf und notierte eine kurze Beschreibung der Lagerhalle und die Anzahl der Opfer – vier.

Vielleicht steckten noch mehr im Schlamm, aber das war eine Aufgabe für die Polizeitaucher. Nie im Leben würde er da hineinsteigen.

Plötzlich hustete der Mann im Overall.

Ach du Scheiße.

Knight stopfte den Notizblock in die Tasche seines Parkas und eilte an den Wasserrand.

Er kniete nieder und griff nach der Hand des Mannes.

»Alles in Ordnung, Kumpel?«

Der Mann antwortete nicht, aber er atmete eindeutig.

Knight drehte ihn vorsichtig auf die Seite. Er hatte Schusswunden an Armen und Beinen.

Und eine im Bauch.

Um Himmels willen – sein Gesicht. Der arme Kerl hatte sich auch noch verbrannt. Bei näherem Hinsehen stellte Knight fest, dass der ganze Körper mit Narben übersät war.

Und dennoch atmete er.

Er hatte überlebt.

»Ich bin hier, Kumpel«, sagte Knight. »Wir holen Sie hier raus, und dann werden die Ärzte sich um Sie kümmern.«

Knights Brust schwoll vor Stolz an. Er hatte doch tatsächlich einen Überlebenden gefunden und würde ihm das Leben retten. Er drückte die Sprechtaste seines Schultermikrofons und bemühte sich, mit ruhiger Stimme zu reden. »Hier ist Knight in

Lagerhalle drei. Ich habe einen Überlebenden gefunden. Wiederhole: einen Überlebenden. Mehrere Schusswunden und Verletzungen am ganzen Körper, aber der Puls ist stabil. Ich brauche sofort einen Notarzt. Ende.«

Knight setzte sich neben das vernarbte und verstümmelte menschliche Wrack, dessen Namen er nicht einmal kannte, und wartete auf Hilfe.

Er hielt den Mann bei der Hand und betete für ihn. Er versicherte ihm immer wieder, dass alles in Ordnung sein würde.

»Sie werden es schaffen, Kumpel. Sie werden die beste ärztliche Versorgung bekommen.«

Das Wrack öffnete den Mund und krächzte mit heiserer Stimme: »Norco?«

»Selbstverständlich. Wir holen Sie hier raus, und dann bekommen Sie Spritzen, damit die Schmerzen aufhören.«

Knight war sich nicht sicher, aber es kam ihm so vor, als ob der Mann lächelte.

Luther

»Wie fühlst du dich?«, fragte Lucy.

»Mir geht's mit jedem Tag besser. Du bist wirklich ein Engel, dass du dich so um mich kümmerst.«

»Für einen Engel bin ich verdammt hässlich.«

»Nein, das bist du nicht, Lucy. Du bist wunderschön.« Luther schenkte ihr ein zahnloses Lächeln. »Komm her.«

Lucy humpelte zu ihm rüber und nahm seine skelettartige Hand in ihre künstliche Klaue. Vor ihrer Flucht aus dem Krankenhaus hatte Lucy vorgesorgt und die Apotheke geplündert. Sie hatten genug Schmerzmittel, um einen nuklearen Winter zu überstehen.

»Ich kenn da jemanden«, sagte Luther, »der uns falsche Pässe besorgen kann. Damit können wir ins Ausland. Wir gehen über die Grenze nach Mexiko. Dort können wir uns erholen, unsere Wunden verheilen lassen und ein bisschen Spaß haben.«

»Warum ausgerechnet Mexiko?«

»Weil die Leute dort nicht so pingelig sind, was Mord anbelangt. Wir könnten jede Menge Menschen töten, bevor jemand was merkt.«

Lucy lächelte. »Ist das dein Ernst?«

Der echte Luther Kite nickte. Er verspürte wieder dieses Gefühl. Dieses spezielle Gefühl, das in den langen Jahren seiner Gefangenschaft geschlummert hatte. »Mädchen, ich hab viel nachzuholen.«

ENDE

Anmerkung des Übersetzers

Sämtliche Zitate aus *Die Göttliche Komödie* von Dante Alighieri sind der im Jahr 1916 erschienenen Übersetzung von Karl Witte entnommen.

Nachwort

Hier plaudern Blake Crouch und Joe Konrath über ihre gemeinsame Arbeit an KITE …

Blake: Wir haben lange auf dieses Buch hingearbeitet. Vielleicht sollten wir um der Leser willen, die unsere Werke noch nicht kennen, damit beginnen, wie wir uns kennengelernt haben.

Joe: Ein paar gemeinsame Freunde von uns beiden (Jon und Ruth Jordan, Herausgeber des Krimi-Magazins Crimespree) hatten sowohl mein Buch *Whiskey Sour* als auch dein Buch *Bruderherz* gelesen und mir erzahlt, wie ähnlich sie die beiden Romane fanden. Ich bin dann auf einer Autorenkonferenz auf dich zugegangen. Das war 2004, glaube ich. Wir wurden Freunde, tauschten uns über unsere Projekte aus und lasen unsere Manuskripte gegenseitig Korrektur. Als dann 2009 diese E-Buch-Welle richtig losging, schrieben wir *Serial* zusammen (die erste Story, in der Donaldson und Lucy vorkommen).

Das wiederum führte zu einer weiteren Zusammenarbeit bei *Serial Uncut, Killers* und *Birds of Prey* (alle enthalten in dem Sammelband *Serial Killers Uncut*, wo auch Jack, Luther, Andrew, Donaldson, Lucy und viele andere unserer Figuren vorkommen).

Irgendwann kam mir dann die Idee zu *Kite*, einem Schlussband sowohl zu meiner Jack-Daniels-Serie als auch deiner Andrew-Z.-Thomas-Serie. Meine Heldin gegen deinen Schurken.

Blake: Aufgrund der Art und Weise, wie wir dieses Buch zusammen schrieben, fiel mir öfter die Rolle zu, aus der Perspektive deiner berühmtesten Figur zu schreiben, nämlich der, der du deine Karriere verdankst: Jack Daniels. Wie war das für dich, als jemand anderes über Jack schrieb?

Joe: Ich finde, du hast sie wirklich gut hingekriegt. Ich habe anschließend ein paar Szenen überarbeitet, war aber erstaunt und erfreut darüber, wie wenig ich nachbessern musste. Ich wette, meine Fans merken überhaupt nicht, welche Szenen mit Jack du geschrieben hast und welche aus meiner Feder stammen.

Im Gegenzug schrieb ich viele Szenen aus der jeweiligen Perspektive von Luther und Andy, und das sind ja eigentlich deine Figuren. Wie war das für dich?

Blake: Du hast bei meinen beiden Hauptfiguren tolle Arbeit geleistet. Trotzdem muss ich zugeben, dass es schon ein bisschen komisch war, die ersten Entwürfe zu lesen, in denen du aus der Perspektive von Luther oder Andy geschrieben hast. Nicht, dass du die beiden nicht gut hingekriegt hättest, aber es fühlte sich irgendwie so an, als existierten diese beiden Figuren das erste Mal außerhalb von meinem Kopf. Und so komisch es auch klingt, aber Luther und Andy wirkten auf diese Weise für mich authentischer als je zuvor.

Wir haben bei vielen Projekten zusammengearbeitet … *Draculas* (mit Jeff Strand und F. Paul Wilson) und unser epischer Mammutroman *Serial Killers Uncut*, den du bereits erwähnt hast … aber ich finde, *Kite* war bisher unsere größte Herausforderung. Wir mussten nämlich sämtliche Handlungsstränge und Figurenentwicklungen aus unseren bisherigen Werken zusammenfügen. Kam es dir auch so vor?

Joe: Obwohl sich die Jack-Daniels-Romane auch einzeln und unabhängig voneinander lesen lassen, waren sie für mich stets eine einzige große Story in mehreren Abschnitten. Es hat mir Spaß gemacht, Figuren aus früheren Romanen wieder aufleben zu lassen. Mir gefällt auch die Idee, dass zwei Autoren ihre fiktiven Welten miteinander vereinen und ihre Figuren gegeneinander antreten lassen.

Im Hinblick auf den schieren Umfang des Projekts war es natürlich eine große Herausforderung, mit diesem Roman nicht nur meine Jack-Daniels-Serie, sondern auch deine Luther/Thomas-Serie sowie den Handlungsstrang um Donaldson und Lucy so ausklingen zu lassen, dass die Leser zufrieden sind.

Trotzdem hat mir die Arbeit an diesem Buch einen Riesenspaß gemacht. Wir beide arbeiten jetzt schon so lange zusammen, dass jeder die Sätze des anderen zu Ende schreiben kann. *Kite* zu schreiben war einfach eine Mordsgaudi.

Wie hat es sich übrigens für dich angefühlt, Andrew Z. Thomas an einen derart finsteren Ort zu bringen?

Blake: Na ja, einfach war das nicht, denn ich mag Andy. Schließlich ist er die Figur, die meine Schriftstellerkarriere ins Rollen brachte. Aber bereits als ich den ersten Band meiner Serie, *Bruderherz*, schrieb, fand ich die Idee faszinierend, aus einem guten Mann im Laufe der Zeit ein Ungeheuer zu machen. Das kam daher, weil derartig dramatische Figurenentwicklungen in der Literatur eigentlich nicht vorkommen. Andy hatte schon immer eine dunkle Seite, und in *Break You* hat sie schließlich die Oberhand gewonnen. Ich hoffe, meine Fans werden mir das verzeihen.

Die Entführungsszene auf dem Friedhof war übrigens der schwierigste Teil im ganzen Buch. Wir beide haben uns sogar den Rosehill Cemetery bei meinem Besuch in Chicago angesehen, um ein Gefühl für den Ort zu bekommen. Das war ein interessantes Erlebnis, zumal uns die Polizei deinetwegen beinahe festgenommen hätte.

Joe: Ich hatte dreimal bei der Friedhofsverwaltung angerufen und um eine Besichtigungstour gebeten, aber man hat mich jedes Mal abgewimmelt. Wir sind dann einfach ins Büro gegangen, ohne zu sagen, wer wir sind, und haben allerhand Fragen gestellt, zum Beispiel über die nächtlichen Sicherheitsvorkehrungen und darüber, was passiert, wenn man nachts in das Gelände eindringt, und wie weit die nächste Polizeistation entfernt ist. Anscheinend haben wir der Dame an der Rezeption einen gehörigen Schrecken eingejagt, denn sie hat uns vom Wachpersonal hinausbegleiten lassen.

Und dann kriege ich zwei Tage später diesen Anruf, wo sie uns sagen, dass es mit der Besichtigungstour nun doch klappt. Das Leben ist schon seltsam …

Das hat jetzt damit nichts zu tun, aber ich bekomme ständig E-Mails von Lesern, die von mir verlangen, ich solle weitere Jack Daniels Bücher schreiben.

Diesen Lesern möchte ich sagen, dass der Enkel von Jack und Phin der Held meines Science-Fiction-Thrillers *Timecaster* ist (natürlich ist er ebenfalls ein Polizist in Chicago). Außerdem kommen Jack und Phin im Folgeband *Timecaster: Supersymmetry* vor. Sie sind da zwar schon ziemlich alt, können aber immer noch zuschlagen.

Aufmerksame Leser kommen vielleicht auch darauf, dass ich mir die Möglichkeit offengehalten habe, eine Thriller-Serie mit Jacks Tochter Sam Adams zu schreiben. Und einen Thriller mit Phin als Hauptfigur habe ich auch schon geplant.

In den nächsten Jahren wird es also in Jacks Welt bestimmt nicht langweilig.

Und wenn mir meine Leser weiterhin massenweise E-Mails schicken, in denen sie mir sagen, dass sie einen neuen Roman mit Jack Daniels wollen, wäre ich ja schön blöd, wenn ich nicht auf sie höre.

Schließlich haben wir uns ja ein Hintertürchen offen gelassen, indem wir Lucy, Donaldson und Luther am Leben ließen …

Blake: Das sieht uns wieder mal ähnlich, oder?

2273265R00291

Printed in Germany
by Amazon Distribution
GmbH, Leipzig